Diogenes Taschenbuch 23573

de
te
be

Unerhörte Begebenheiten

Klassische Geschichten und Gedichte

Herausgegeben von
Daniel Keel
und Daniel Kampa

Diogenes

Nach- und Hinweise
am Schluß des Bandes
Mitarbeit Nachweis: Lisa Jordi
Umschlagillustration: Auguste Renoir,
›La liseuse‹, 1875 (Ausschnitt)
Foto: Archiv für Kunst und Geschichte, Berlin

Originalausgabe

www.diogenes.ch
600/06/44/1
ISBN 13: 978 3 257 23573 9
ISBN 10: 3 257 23573 9

»Bin ich dieses Buchs überdrüssig, so nehme ich ein anderes zur Hand; und widme ihm nur die Stunden, in denen mich das Nichtstun zu langweilen beginnt. Ich greife kaum je nach neuen, weil mir die alten mehr Kraft und Fülle zu haben scheinen.«

Michel de Montaigne

»Man druckt viele neue Bücher; man würde gut tun, wenn man einige alte Bücher von neuem druckte.«

Hippolyte Taine

»Der Mensch sollte lesen, wozu es ihn gerade treibt; was er nur aus Pflichtgefühl liest, wird ihm wenig nützen.«

La Rochefoucauld

Zu diesem Buch

»Wer aber nicht eine Million Leser erwartet, sollte keine Zeile schreiben«, so Goethe. Die Diogenes Taschenbücher haben sogar noch mehr Leserinnen und Leser gefunden: In 35 Jahren wurden 100 Millionen detebe verkauft. Anstatt auszurechnen, ob 100 Millionen gestapelte Taschenbücher bis zum Mond reichen würden, haben wir lieber gelesen.

Gemäß unseren Verlags-Devisen »Erzählen ist das einzige Spiel, das zu spielen sich lohnt« (Fellini) und »Jede Art zu schreiben ist erlaubt, nur die langweilige nicht« (Voltaire) haben wir das Beste von Diogenes zusammengestellt (mit der Hilfe von Marion Hertle und Margaux de Weck, denen wir nicht genug danken können). Neben unseren Programmschwerpunkten – zeitgenössische deutschsprachige und internationale Literatur, Kriminalliteratur und Klassiker – gehören dazu auch Themen, die man beim ›Belletristen‹ Diogenes weniger vermutet, die aber seit Jahren ebenfalls wichtiger Bestandteil des Programms sind: Biographisches, Philosophisches und Satirisches. So sind sieben prallgefüllte Reader entstanden, zum Entdecken oder Wiederentdecken, für alle, die sich fragen: Was lese ich als nächstes? Und die nicht etwa mit Karl Kraus antworten: »Wo nehme ich nur all die Zeit her, so viel *nicht* zu lesen?«

Die Herausgeber

Inhalt

Bruder Hilario
Die Welt besehen

Lieber Mitbruder, als Du mir den Auftrag gabst, die Manuskriptbestände der Bibliothek in der Certosa von Pavia zu ordnen und neu zu registrieren, konnten wir wohl beide nicht ahnen, welche Überraschung dieses Unternehmen bringen würde. Aber alles der Reihe nach, wie es die Arbeit des Bibliothekars verlangt. Gleich zu Beginn meines Aufenthaltes hier machten mich die Brüder auf eine alte italienische Handschrift aufmerksam, die sie in einer Schatulle gefunden hatten und die nicht in der Inventarliste aufgeführt ist. Auf einem beigefügten Zettel gleichen Alters las ich die lateinische Notiz: »Der ehrwürdige Vater Giacchimo Ciani hatte mich gebeten, das Manuskript zu vernichten. Gott wird mir hoffentlich verzeihen, daß ich es nicht getan habe.«

Ich kann nicht verhehlen, daß dieses Geständnis meine Neugier nur noch steigerte. Der Handschrift nach zu schließen, dürfte der Text um die Mitte des 14. Jahrhunderts niedergeschrieben worden sein. Über dem Proemio steht in Versalien der lapidare Hinweis: »Es beginnt das Buch, genannt *Decamerone.*« Ehe ich jedoch etwas über den Inhalt erzähle, der mir viele heitere Stunden, aber auch mancherlei Skrupel und Anfechtungen bescherte, einiges über den Verfasser. Auf der letzten Seite des Manuskriptes, das übrigens recht zerlesen ist, findet sich in Latein folgende Eintragung von anderer Hand: »Dieses Buch übergab mir Messer Giovanni Boccaccio, der die Sünden seiner Jugend bereut. Möge das, was er fortan schreibt, zum Ruhme Gottes geschehen und den Menschen Vorbild sein.«

Durch Handschriftenvergleich fand ich heraus, daß diese Notiz nur von Giacchimo Ciani selbst stammen könne, der für den Kartäuserorden so viel Segensreiches getan hat. War er es doch, der in der zweiten Hälfte des 14. Jahrhunderts die Jugend für ein gottverbundenes Leben zu begeistern wußte und so manchem die Lust am Laster verdarb. So auch dem damals 48jährigen Boccaccio. Über ihn schreibt der sittenstrenge Girolamo Tiraboschi in seiner *Geschichte der Italienischen Literatur*: »Giovanni Boccaccio, 1313 zu Paris als natürlicher Sohn des Kaufmanns Boccaccio di Chellino aus Certaldo und einer vornehmen Pariser Witwe, namens Gianna, geboren und vom Vater zum Kaufmann bestimmt, widmete sich nur sehr widerwillig diesem verhaßten Beruf, bis er endlich die väterliche Erlaubnis erhielt zu studieren. Aber auch das Studium der Rechte, zu dem ihn sein Vater zwang, behagte ihm nicht. Erst nach dem Tode des Vaters konnte er sich dem zuwenden, was ihm wirklich am Herzen lag, nämlich der Dichtkunst und dem Studium der klassischen Literatur. Leidenschaftliche Liebe zu Maria, der natürlichen Tochter König Roberts von Neapel, brachte sein dichterisches Talent zur Entfaltung. Er widmete ihr viele lyrische Gedichte und fügte in einer Reihe von Romanen und Erzählungen in Prosa und in Versen die Geschichte seines Werbens, seines Glücks und seiner Verschmähung in die Darstellung ein. Mit Petrarca verband ihn eine unzertrennliche Freundschaft, die in zahlreichen Briefen dokumentiert ist. Florenz beauftragte Boccaccio mehrmals mit Gesandtschaftsreisen und politischen Missionen, die er erfolgreich und umsichtig durchführte. Er gilt als der erste, der für eine Neubelebung der griechischen Studien sorgte, ohne selber in dieser Sprache sehr weit über die Anfangsgründe hinausgekommen zu sein. Er starb am 21. Dezember 1375 in Certaldo, wo er ein idyllisches Gütchen besaß.« So viel im Auszug Tiraboschi, der immerhin das Werk Boccaccios wegen seines eleganten Stils und seiner großen Gelehrsamkeit lobt, es aber auch wegen seines gelegentlichen Hangs zur Zote und zum Obszönen tadelt.

Ich bitte um Nachsicht, wenn ich in der Nacherzählung des Stoffes mich einer zu freien Sprache bediene, denn frei, freizügig – und frivol geht's da schon her, daß es mich um die armen Seelen bangt, die sich die Lektüre zum Vorbild nehmen könnten.

Ich will es mit Matth. 8, 31 halten, wo es heißt: »Herr, erlaube mir, unter die Säue zu fahren«, auf daß ich den Rückweg finde! Aber zur Sache: Boccaccio berichtet in seinem Buch, das er *Decamerone* nennt, von einer Gesellschaft junger Leute, sieben Damen und drei Jünglinge aus der feinen Gesellschaft, die sich vor der 1348 in Italien grassierenden Pest in eine abgelegene Villa in der Nähe von Florenz zurückzogen und sich hier durch Erzählen von Geschichten die Zeit verkürzten. Die Pest ist jedoch mehr als nur düsterer, artistisch gewählter Hintergrund zu den heiteren zehn Geschichtenerzählern. Sie ist als äußeres Zeichen einer großen Umwälzung zu sehen, die sich damals im sozialen und sittlichen Leben Italiens vollzog. Sie beendete das Mittelalter und leitete die Katastrophe der Neuzeit ein, eines Zeitalters, das sich, wie wir wissen, bis heute jedem Halt des Ewigen verweigert. All das, was später an Libertinage, Freizügigkeit und Sittenlosigkeit in die Literatur einging – der Index librorum prohibitorum weiß ein Klagelied davon zu singen – im *Decamerone* ist es vorgeprägt, in einer heiteren, leichtfüßigen, die Sünde verharmlosenden Sprache. Ist es denn soviel leichter, die Wechselfälle des Lasters zu schildern als die ereignislose Standhaftigkeit der Tugend?

Ich selbst habe zu meiner Betrübnis lachen müssen, als ich die Geschichten las. Um mich selbst zu prüfen, las ich manche gar mehrmals – und mußte immer wieder lachen. Nur gut, daß mich keiner der Brüder dabei beobachtete: er hätte sich meine törichte Heiterkeit kaum erklären können.

Aber ich schweife ins Moralische ab. Die sich die Zeit vertreibende Gesellschaft, die der Pest entfloh, gibt den Rahmen der Erzählungen ab. Jeder erzählt zehn Geschichten, so daß nach zehn Tagen insgesamt hundert Geschichten vorliegen. Die Zahl Zehn ist nicht ohne Bedacht gewählt, hielt man doch damals Zehn für das Symbol des Vollkommenen. Wenigstens in diesen Dingen griff Boccaccio auf die Theologie zurück, wenn er auch die Theologen selbst nur in ihrer Unvollkommenheit vorführt. Man findet übrigens diese Form der Rahmenerzählung in der italienischen Novellistik öfters, wie ich einer neueren Literaturgeschichte entnehmen konnte. Selbst die dreiste Margarete von Navarra bediente sich ihrer, als würde die geschilderte Zuhörerschaft den Genuß an der Sünde nur noch steigern. So ist es heute noch. Die Sünde sucht die

Öffentlichkeit – und die Tugend die Verborgenheit. Sie findet noch nicht einmal mehr einen Verleger.

Freilich muß ich bekennen, daß die Eleganz Boccaccios, seine unbekümmerte Volkstümlichkeit sowie die Leichtigkeit seiner Sprache, die das Anstößige nur eben andeutet, weit über dem steht, was später geschrieben wurde – und was heute geschrieben wird. Wie häßlich klingt doch das heutige Wort ›bumsen‹ als Bezeichnung für die Liebesvereinigung, wenn man die Wendung Boccaccios dagegenhält, der von dem Spiel des Tiers mit den beiden Rücken spricht – und wieviel treffender ist seine Bezeichnung Teufel für das männliche Glied als die heutigen groben Eindeutigkeiten! Das mußte ich konstatieren, weil ich glaube, daß der Sprachgebrauch stets auch einen moralischen Aspekt hat!

Boccaccios Geschichten sind von der mannigfachsten Art, und nicht wenige kannte ich schon, wenn auch in plumperer Form, aus lateinischen Autoren und alten Schwankbüchern, mit denen die Mönche sich früher (und heute!) von der frömmelnden Langeweile zu befreien suchten. Sie behandeln tragische und komische, wunderbare und rührende, witzige und schlüpfrige Stoffe, letztere vor allem zu Lasten der Mönche und Priester, denen Boccaccio offenbar die Keuschheit nicht so recht abzunehmen vermochte. Ich will den Mantel des Schweigens darüber ausbreiten. Du weißt, wie gefährlich dieses Thema ist. Die Witzbolde der Jahrhunderte haben es bis zum Überdruß ausgebeutet, als gäbe es über andere Dinge nichts zu lachen.

Natürlich wußte Boccaccio ganz genau, wie stark seine Geschichten gepfeffert waren, sagt er nicht selbst in seinem Nachwort: »Wer die Geschichten lesen will, soll die lassen, die ihm zuwider sind, und die lesen, die ihn freuen.« Wie aber, muß ich fragen, erfährt man denn, was einem zuwider ist? Doch nur, indem man die Geschichte liest. Dann ist es aber schon zu spät, und man sitzt in der süßen Falle frivoler Neugier. Du siehst, daß ich bei allen Skrupeln die Tatsache nicht unterdrücken kann, daß ich herzlich gelacht habe oder um ehrlicher zu sein: schadenfroh. Ist das eine Sünde?

Gerade diese meine unfreiwillige Heiterkeit, die mir seltsamerweise wie eine Reinigung vorkam, drängt mich, eine Publikation dieser Handschrift zu befürworten und die Aufforderung des ehrwürdigen Vaters Giacchimo Ciani in allen Ehren zu ignorieren. Der *Decamerone* gehört jetzt der Wissenschaft! Wenn ich mir vorstelle, wieviel heiterer die Weltliteratur geworden wäre, wenn sie dieses Werk gekannt hätte.

Ich schicke Dir eine Kopie des Manuskripts zu. Überzeuge Dich selbst. Ich würde jedoch empfehlen, das Buch in einem weltlichen Verlag veröffentlichen zu lassen, sonst heißt es noch, wir würden aus der Unmoral Profit ziehen.

Dein Mitbruder Hilario

Giovanni Boccaccio
Federigo und sein Falke

In jüngst verflossener Zeit lebte – und lebt vielleicht heute noch – ein Mann namens Coppo di Borghese Domenichi in unserer Stadt, der bei allen ein großes und ehrenvolles Ansehen genoß, und weit mehr noch als wegen des Adels seines Blutes um seiner Tugenden und erlesenen Sitten willen gefeiert und allgemeinen Ruhmes würdig war. Dieser fand nun in seinen späten Jahren Gefallen daran, sowohl seinen Nachbarn als auch Fremden von vergangenen Ereignissen oftmals zu erzählen, wie er denn solches mit größerem Redeschmuck und treuerem Gedächtnis als irgendein anderer zu tun verstand.

Unter anderen schönen Geschichten pflegte er namentlich auch zu erzählen, daß einst in Florenz ein junger Edelmann, Federigo di Messer Filippo Alberti genannt, gewesen sei, den man in ritterlichen Übungen und adligen Sitten höher gehalten habe als irgendeinen seiner Standesgenossen in der Toskana. Wie es nun edlen Jünglingen zu widerfahren pflegt, so verliebte sich auch Federigo in eine adlige Frau namens Monna Giovanna, welche zu jener Zeit für eine der holdseligsten und schönsten in Florenz gehalten wurde, und um ihre Liebe zu gewinnen, scheute er in Turnieren und Kampfspielen keinerlei Aufwand, richtete Feste her und teilte Geschenke aus, ohne seines Vermögens irgend zu achten. Die Dame aber, die ebenso sittsam war wie schön, kümmerte sich so wenig um dies alles, das ihr zu Ehren geschah, als um diejenigen, von denen es ausging.

Da Federigo jedoch über seine Kräfte hinaus große Summen vertat und nichts erwarb, verfiel er binnen kurzem in solche Armut, daß er von allen seinen Besitztümern nichts behielt als ein kleines Bauerngut, dessen Einkünfte ihm kümmerlichen Unterhalt gewährten, und einen Falken, wie es kaum einen edleren auf der Welt geben mochte. Inzwischen war seine Liebe zwar nur noch glühender geworden als zuvor; da er jedoch als Städter nicht mehr so, wie er es gewünscht hätte, leben zu können glaubte, zog er sich auf das Land zurück und ertrug dort auf seinem Gütchen, ohne jemandes Hilfe anzusprechen, unter Vogelstellen geduldig seine Armut.

Während nun Federigos Vermögensumstände sich so sehr verschlechtert hatten, geschah es, daß der Gemahl der Monna Giovanna schwer erkrankte; und als er gewahr wurde, daß es mit ihm zu Ende gehe, machte er ein Testament, in dem er sein schon ziemlich herangewachsenes Söhnlein zum Erben aller seiner großen Reichtümer ernannte und für den Fall, daß der Knabe unbeerbt versterben sollte, die Monna Giovanna, die er zärtlich geliebt hatte, zur Nachfolge bestellte.

Bald darauf starb er, und die hinterbliebene Witwe zog, wie es unter den hiesigen Witwen üblich ist, für den Sommer des Jahres auf das Land nach einer ihrer Besitzungen, die dem Gütchen Federigos ziemlich nahe gelegen war. So trug es sich denn zu, daß jener Knabe, der an Hunden und Vögeln seine Freude hatte, mit Federigo vertraut wurde. Als er nun dessen Falken öfter hatte fliegen sehen, fand er an ihm so überschwengliches Gefallen, daß er ihn zu besitzen höchlichst begehrte; doch traute er sich nicht, darum zu bitten, da er wohl sah, wie wert er dem Federigo sei.

Um diese Zeit ereignete es sich, daß der Knabe erkrankte. Die Mutter, die nur dies eine Kind hatte und es von ganzer Seele liebte, betrübte sich unsäglich, und wie sie den ganzen Tag um den Kranken beschäftigt war, sprach sie ihm guten Mut zu und fragte ihn unter dringenden Bitten, es ihr zu sagen, ob er denn nicht vielleicht nach irgend etwas Verlangen hege; sie wolle ja, wenn es nur möglich sei, sicher Sorge tragen, daß sie es ihm verschaffte. Schon mehrmals hatte der kranke Knabe diese Anerbietungen vernommen, als er endlich antwortete: »Mutter, könnt Ihr machen, daß ich Federigos Falken erhalte, so glaube ich in kurzem wieder gesund zu werden.«

Eine Zeitlang, nachdem sie diese Worte vernommen, blieb die Edeldame in sich gekehrt und erwog, was sie tun sollte. Sie wußte wohl, daß Federigo sie lange geliebt hatte, ohne von ihr jemals auch nur einen Blick zu erlangen; daher sagte sie bei sich selber: »Wie darf ich zu Federigo wegen dieses Falken senden oder gar selbst deshalb zu ihm gehen, da, wie ich höre, dieser Falke der edelste ist, der je einem Jäger diente, und da er noch überdies seinem Herrn in solcher Weise den Lebensunterhalt gewährt? Und wie könnte ich so rücksichtslos sein, einem Edelmann, dem sonst keine Freude mehr geblieben ist, diese seine einzige rauben zu wollen?«

Obgleich sie nun sicher war, den Falken zu erhalten, sobald sie darum bäte, antwortete sie doch, von jenem Gedanken bestrickt, nichts auf das Verlangen ihres Söhnleins und schwieg. Endlich aber trug die Liebe zu dem Knaben doch den Sieg davon, und, um ihn zufriedenzustellen, entschloß sie sich, was auch immer die Folge davon sein würde, nicht zu Federigo zu senden, sondern selber zu ihm zu gehen, um den Falken zu holen. Deshalb sagte sie: »Mein Kind, gib dich zufrieden und sorge nur, daß du gesund wirst; denn ich verspreche dir, daß morgen früh mein erster Gang wegen des Falken sein wird, und gewiß, ich werde ihn dir bringen.«

Schon diese Antwort erfreute den Knaben so sehr, daß noch an demselben Abend einige Besserung an ihm zu bemerken war.

Am nächsten Morgen nahm Monna Giovanna eine andere Dame zum Geleit und lustwandelte mit dieser bis zu Federigos kleinem Häuschen. Zum Vogelstellen war es nicht die Zeit, und schon seit mehreren Tagen war er nicht deshalb ausgegangen; so verweilte er denn, als sie nach ihm fragte, in seinem Garten und ließ dort gewisse kleine Arbeiten besorgen. Als er vernahm, daß sie an seiner Tür sei und nach ihm verlange, erstaunte er höchlichst und eilte ihr mit ehrfurchtsvollem Gruße freudig entgegen; sie aber begrüßte ihn mit freundlicher Anmut und sagte: »Guten Morgen, Federigo! Ich bin gekommen, dir für all das Ungemach Ersatz zu leisten, das du seither um meinetwillen erduldet hast, weil du mich leidenschaftlicher liebtest, als dir dienlich gewesen wäre; der Ersatz aber besteht darin, daß ich mit dieser meiner Begleiterin heute vertraulich bei dir zu Mittag zu essen gedenke.«

Hierauf antwortete Federigo in Demut: »Madonna, ich weiß von keinem Ungemach, das mir je durch Euch zuteil geworden wäre, wohl aber von so vielem Heile, daß, wenn jemals an mir irgend etwas Lob verdiente, ich dies nur Eurer Trefflichkeit und meiner Liebe zu Euch verdanke. Und wahrlich, dieser Euer Besuch, den Ihr aus freier Güte mir gewährt, ist mir, wenngleich Ihr zu einem dürftigen Wirte gekommen seid, unendlich viel lieber, als wenn mir die Mittel zurückgegeben wären, die ich zu der Zeit besaß, wo ich einst den größten Aufwand machte.«

Nach diesen Worten führte er sie schüchtern in sein Haus und von diesem in den Garten. Weil er aber sonst niemand hatte, der ihr hier Gesellschaft hätte leisten können, sagte er: »Madonna, da kein anderer hier ist, so wird dieses gute Weib, die Frau des Mannes, der hier meinen Acker bestellt, während ich den Tisch besorgen lasse, Euch zur Gesellschaft bleiben.«

Wie groß nun auch seine Armut war, so war er bis dahin eigentlich noch nicht gewahr geworden, wie sein ungeordnetes Verschwenden der früheren Reichtümer ihn Mangel leiden ließ. Diesen Morgen aber, als es ihm an allem gebrach, um die Dame zu ehren, der zuliebe er einst so Unzählige bewirtet und geehrt hatte, erkannte er zuerst seine Dürftigkeit. In der peinlichsten Herzensangst lief er wie außer sich hin und her und verwünschte sein Schicksal, als er weder Geld noch irgend etwas, das er hätte versetzen können, vorfand. Inzwischen war die Zeit schon vorgerückt, und so groß auch sein Verlangen war, die edle Dame einigermaßen wenigstens zu ehren, so konnte er sich doch nicht entschließen, irgend jemand, nicht einmal seinen Gartenarbeiter, um etwas anzusprechen.

Da fiel ihm sein guter Falke in die Augen, der im Speisezimmer auf seiner Stange saß, und wie er sonst nirgends einen Ausweg zu entdecken vermochte, faßte er ihn und erachtete das edle Tier, da es fett war, als eine würdige Speise für solch edle Dame. Und ohne sich weiter zu besinnen, drehte er ihm den Hals um und ließ ihn dann eilig, von seiner Magd gerupft und hergerichtet, an den Spieß stecken und sorgsam braten. Dann breitete er schneeweiße Tücher, deren ihm noch einige geblieben waren, über den Tisch und ging mit frohem Gesicht wieder hinaus zu seiner Dame, um ihr zu sagen, daß das Mittagessen, so gut er es zu bieten vermöge, bereit sei. So erhoben sich denn die Dame und ihre Begleiterin, gingen zu Tische und verzehrten, ohne zu wissen, was sie aßen, mit Federigo, der sie mit größter Sorgfalt bediente, den guten Falken.

Als sie darauf von Tische aufgestanden waren und noch einige Zeit in freundschaftlichen Gesprächen mit ihm verbracht hatten, schien es der Dame an der Zeit, das zu sagen, um dessentwillen sie gekommen war, und freundlichen Blickes zu Federigo gewandt, begann sie also:

»Federigo, gedenkst du deiner früheren Schicksale und meiner Sittenstrenge, die du vermutlich als Härte und Grausamkeit erachtet hast, so zweifle ich nicht, daß du über meine Dreistigkeit erstaunen wirst, wenn du vernimmst, warum ich eigentlich hierhergekommen bin. Hättest du aber Kinder oder hättest du welche besessen, so daß du die Liebe, die man für sie hegt, zu kennen vermöchtest, so glaub ich mit Zuversicht, daß ich dir wenigstens zum Teil entschuldigt erscheinen würde. Du besitzest deren nicht; ich aber, die ich einen Sohn habe, vermag mich dem Gesetze, dem alle Mütter unterliegen, nicht zu entziehen und sehe mich zufolge seines Gebotes genötigt, gegen meine Neigung, ja, gegen Anstand und Pflicht, dich um ein Geschenk zu bitten, von dem ich weiß, wie teuer es dir ist. Auch hast du allen Grund, es so wert zu halten, da die Ungunst des Schicksals dir keine andere Freude, keine Zerstreuung, keinen Trost als diesen einen gelassen hat. Dieses Geschenk aber ist dein Falke, nach dem mein Knabe so unmäßiges Verlangen trägt, daß ich fürchten muß, die Krankheit, an welcher er darniederliegt, werde sich, wenn er ihn nicht erhält, um vieles verschlimmern und eine Wendung nehmen, infolge deren ich ihn verliere. So beschwöre ich dich denn, nicht bei der Liebe, die du für mich hegst (denn um derentwillen hast du gegen mich keinerlei Verpflichtung), sondern bei deiner adligen Gesinnung, welche du in Hofsitte und Freigebigkeit mehr als irgendein anderer bewährt hast, daß es dir gefallen möge, mir deinen Falken zu schenken, damit ich sagen könne, du habest mir durch diese Gabe das Leben meines Sohnes erhalten und damit er dir immerwährenden Dank schuldig bleibe.«

Als Federigo vernahm, was die Dame begehrte, und sich dabei bewußt war, ihr nicht genügen zu können, da er ihr den Falken zur Mahlzeit vorgesetzt hatte, fing er in ihrer Gegenwart, bevor er noch eine Silbe der Antwort vorbringen konnte, bitterlich zu weinen an. Anfangs glaubte die Dame, diese Tränen galten dem Schmerze, sich von dem guten Falken trennen zu sollen, und schon war sie im Begriff, zu sagen, daß sie ihn lieber nicht haben wolle; doch bezwang sie sich und erwartete Federigos Antwort, der, nachdem er seine Tränen bemeistert, also sprach:

»Madonna, seit es Gott gefallen hat, daß ich Euch meine

Liebe zuwendete, hab ich bei vielen Gelegenheiten das Schicksal mir feindlich gefunden und über seine Ungunst mich zu beschweren gehabt; dies alles aber war nur gering im Vergleich mit dem, was mir jetzt widerfährt. Denn wie sollte ich wohl mit meinem Geschicke je mich wieder aussöhnen, wenn ich bedenke, daß ich durch seine Tücke außerstande gesetzt bin, Euch das kleine Geschenk zu geben, das Ihr begehrt, nun Ihr zu meinem verarmten Hause gekommen seid, das Ihr, solange es ein reiches war, nie Eures Besuches gewürdigt habt. Warum ich dies aber nicht vermag, will ich Euch kurz berichten: Als ich vernahm, Ihr wolltet, Dank sei es Eurer Güte, bei mir zu Mittag essen, glaubte ich, im Gedanken an Euren Adel und Eure Trefflichkeit, es sei würdig und angemessen, soweit meine Kräfte reichten, Euch durch eine wertvollere Speise zu ehren, als diejenigen sind, mit denen man andere Menschen zu bewirten pflegt. Da gedachte ich des Falken, den Ihr jetzt von mir begehrt, und wie vorzüglich er sei, und hielt ihn für eine Euer würdige Speise; so habt Ihr ihn denn heute mittag gebraten auf der Schüssel gehabt, und ich glaubte, ihm die beste Stätte bereitet zu haben. Da ich aber sehe, daß Ihr in anderer Weise seiner begehrtet, ist mein Schmerz, Euren Wunsch nicht erfüllen zu können, so heftig, daß ich nicht glaube, mich je wieder darüber beruhigen zu können.«

Nach diesen Worten ließ er zum Beweise des Gesagten ihr Federn, Fänge und Schnabel des Falken vorzeigen.

Als die Dame dies alles hörte und sah, tadelte sie ihn anfangs, daß er zur Bewirtung eines Weibes einen so edlen Falken getötet habe; dann aber bewunderte sie im stillen die Größe seiner Gesinnung, die die bittere Armut weder abzustumpfen vermocht hatte, noch gegenwärtig vermochte. Da ihr jedoch alle Hoffnung geraubt war, den Falken zu besitzen, und die Befürchtungen wegen der Genesung des Knaben nun in ihr aufstiegen, schied sie voller Betrübnis und kehrte zu ihrem Sohne zurück.

War es nun die Wirkung des Verdrusses, daß ihm der Falke nicht gewährt werden konnte, oder war die Krankheit von der Art, daß sie auch ohne das zu solchem Ende führen mußte – genug, nur wenige Tage waren verstrichen, als der Knabe zum größten Leidwesen seiner Mutter aus diesem Leben schied. Infolge dieses Verlustes blieb sie zwar geraume Zeit in Tränen und Traurigkeit; da sie jedoch noch jung und in den Besitz eines glänzenden Vermögens gelangt war, drängten ihre Brüder sie vielfach, zu einer zweiten Ehe zu schreiten. Obwohl sie sich nun dessen am liebsten enthalten hätte, so gedachte sie doch bei solchem Andringen Federigos Trefflichkeit und des letzten Beweises seiner hochherzigen Gesinnung, den er ihr gegeben, indem er einen solchen Falken getötet hatte, allein um sie zu ehren. Darum sagte sie zu ihren Brüdern: »Am liebsten ließe ich, wolltet ihr es gestatten, meinen Witwenstuhl unverrückt; ist es aber euer Begehren, daß ich zu einer zweiten Ehe schreite, so werde ich wahrlich keinem anderen mich vermählen, wenn ich Federigo degli Alberighi nicht erhalte.«

Auf diese Rede verhöhnten ihre Brüder sie und sagten: »Törichte, was schwatzest du da? Wie kannst du ihn nehmen wollen, der nichts auf der Welt hat?«

Sie aber antwortete: »Meine Brüder, wohl weiß ich, daß

es sich also verhält, wie ihr sagt; ich aber ziehe den Mann, der des Vermögens entbehrt, dem Vermögen vor, das eines Mannes entbehrt.«

Als die Brüder diese ihre Gesinnung vernahmen und sich überzeugten, daß Federigo trotz seiner Armut ein höchst ehrenhafter Mann sei, gewährten sie ihn nach Giovannas Wünschen samt allen ihren Reichtümern. Er aber beschloß, im Besitz einer so trefflichen und so überschwenglich von ihm geliebten Gattin, und noch überdies eines außerordentlichen Vermögens, nach langen Jahren freudig seine Tage.

François Villon
Testament

Und hiemit schließt das Testament,
das euch François Villon beschert.
O kommt zur Leiche, falls ihr könnt,
wenn ihr das Sterbeglöcklein hört;
doch in zinnoberrotem Kleid:
er ist ein Märtyrer, der leidet.
Er schwört's bei seiner Männlichkeit,
bis er aus diesem Leben scheidet.

Und er spricht wahr. Von seinen Lieben
ward schon von je François Villon
mit Schimpf und Schmach davongetrieben,
so daß von hier bis Roussillon
kein Bäumchen, keine Hecke steht,
die ihn mit scharfem Dorn nicht schneidet
kein Wind geht, der ihn nicht verweht,
bis er aus diesem Leben scheidet.

Und naht einst seine Todesstunde,
besitzt er sicher keinen Fetzen;
die kaum vernarbte tiefe Wunde
wird stets die Liebe neu verletzen.

Von ihrem scharfen Dorne wird
das Leben täglich ihm verleidet,
so daß er ohne Ruhe irrt,
bis er aus diesem Leben scheidet.

Wie es kam,
daß Schehersad die Geschichten von Tausendundeiner Nacht erzählte

Man erzählt, daß einst in uralter Zeit und längst entschwundenen Tagen ein König auf den Inseln Indiens und Chinas lebte, der eine starke Heeresmacht, zahlreiche Leibgarden, große Dienerschaft und stattliches Gefolge besaß. Er hatte auch zwei Söhne, von denen der eine in vorgerückteren Jahren stand, während der andere noch jung war; beide waren tapfere Reitersleute, doch war der ältere noch ritterlicher als der jüngere. Er war auch der Herrscher des Landes und waltete in Gerechtigkeit über seine Untertanen, so daß ihm das Volk seines Landes und Königreiches in Liebe zugetan war. Sein Name war König Schahriar, sein jüngerer Bruder aber hieß König Schahseman und war König zu Samarkand in Persien.

Zwanzig Jahre lang hatte ein jeder von ihnen in seinem Lande in Gerechtigkeit seine Untertanen regiert und in vollster Fröhlichkeit und Zufriedenheit ununterbrochen gelebt, als der ältere Bruder von Sehnsucht nach seinem jüngeren Bruder ergriffen wurde und seinen Wesir deshalb beauftragte, zu ihm zu reisen und ihn mit sich zu bringen.

Der Wesir antwortete: »Ich höre und gehorche« und machte sich auf den Weg, bis er bei dem Bruder seines Königs wohlbehalten anlangte. Vor Schahseman geführt, überbrachte er ihm Grüße, tat ihm kund, daß sein Bruder

Sehnsucht nach ihm trüge, und forderte ihn auf, ihn zu besuchen.

Schahseman willigte unverzüglich ein und traf die Vorkehrungen zur Reise. Nachdem er dann die Zelte, Kamele und Maultiere, die Dienerschaft und die Leibwache hatte vor die Stadt ziehen lassen und den Wesir zum Landesverweser bestellt hatte, machte er sich selber auf den Weg nach dem Lande seines Bruders.

Gegen Mitternacht fiel ihm jedoch ein, daß er etwas Wichtiges im Schlosse hatte liegenlassen; er kehrte wieder um und fand daselbst seine Gemahlin in seinem Bette in den Armen eines schwarzen Sklaven ruhen. Bei diesem Anblick wurde die Welt schwarz vor seinen Augen, und er sprach bei sich: »Wenn sich das schon zuträgt, bevor ich noch die Stadt verlassen habe, was wird dann diese Dirne erst anstellen, wenn ich eine Weile bei meinem Bruder bin?« Darauf zog er sein Schwert und gab beiden im Bett den Todesstreich. Er kehrte dann sofort wieder um, gab Befehl zum Aufbruch und reiste fort und fort, bis er sich der Residenz seines Bruders näherte. Schahriar zog ihm erfreut über seine Ankunft entgegen und begrüßte ihn in höchster Freude; dann ließ er ihm zu Ehren die Stadt festlich schmücken, setzte sich an seine Seite und plauderte mit ihm fröhlich und vergnügt.

Der König Schahseman gedachte jedoch des Vorfalls mit seiner Gattin, und der Kummer bedrückte ihn so heftig, daß seine Farbe gelb wurde und sein Körper sich verzehrte. Schahriar bemerkte es wohl, doch dachte er bei sich, die Ursache hiervon wäre die Trennung von seinem Lande und Königreiche; er ließ ihn deshalb in Ruhe und befragte ihn nicht weiter.

Nach einiger Zeit jedoch sagte er zu ihm: »Mein Bruder, ich sehe, wie sich dein Körper verzehrt und wie deine Farbe immer gelber wird.« Er aber antwortete nur: »Ach, mein Bruder, ich leide an einer inneren Wunde« und erwähnte nichts von seiner Gattin. Schahriar meinte darauf: »Wie wär's, wenn du mit mir auf die Jagd zögest, vielleicht erheitert das dein Gemüt?« Schahseman aber lehnte es ab, und so zog sein Bruder allein auf die Jagd aus.

Nun befanden sich im Schlosse des Königs Schahseman Fenster, welche auf den Garten seines Bruders hinausgingen. Da sah er plötzlich, wie sich das Schloßtor auftat und aus ihm zwanzig Sklavinnen und zwanzig Sklaven heraustraten, in deren Mitte in vollendeter Schönheit und Anmut die Gemahlin seines Bruders einherschritt. Sie begaben sich zu einem Springbrunnen, machten dort halt, legten ihre Sachen ab und setzten sich zueinander. Auf einmal rief die Gemahlin seines Bruders: »Masud!« Da kam ein schwarzer Sklave herbei und umarmte sie; desgleichen taten die übrigen Sklaven mit ihren Sklavinnen und hörten nicht eher auf, als bis der Tag sich neigte.

Als der Bruder des Königs dies sah, sprach er bei sich: »Bei Gott, mein Unglück ist leichter als dieses hier.« All sein Zorn und Kummer schwand, er aß und trank wieder und dachte: Dies ist viel schlimmer als das, was mir widerfahren ist.

Als nun der König Schahriar von seinem Ausfluge wieder heimkehrte und sie einander begrüßt hatten, sah er, daß sein Bruder Schahseman seine Farbe wiederbekommen hatte und sein Antlitz wieder rot geworden war und daß er, nachdem er zuvor nur wenig Speise und Trank zu sich genommen hatte, jetzt wieder mit Appetit aß. Er verwunderte sich darüber und sprach zu ihm: »Mein Bruder, vordem sah ich die Farbe deines Antlitzes gelb, jetzt aber hast du deine Farbe wiederbekommen; erzähle mir doch, wie das zugegangen ist.«

Schahseman antwortete ihm: »Wie es kam, daß sich meine Farbe veränderte, will ich dir wohl erzählen; doch verlange nicht, auch von mir zu erfahren, wie ich sie wiedererlangte.« Da sagte er zu ihm: »So erzähle mir zuerst, wie sich deine Farbe änderte und du siech wurdest, daß ich es höre.«

Nun erzählte er ihm: »Wisse, mein Bruder, als du deinen Wesir zu mir geschickt hattest, mich zu dir zu holen, und ich mich reisefertig gemacht hatte und schon aus der Stadt hinaus ins offene Feld gezogen war, fiel mir ein, daß ich den Edelstein, den ich dir zum Geschenk machte, im Schlosse vergessen hatte. Wie ich deshalb wieder umkehrte, fand ich im Bette bei meiner Gemahlin einen schwarzen Sklaven ruhen. Ich tötete beide und kam dann zu dir; doch mußte ich fortwährend an diesen Vorfall denken. Das ist's, warum sich meine Farbe änderte und mein Leib sich verzehrte; wie ich sie aber wiederbekam, danach befrage mich nicht.«

Als Schahriar seinen Bruder dies erzählen hörte, drang er in ihn und sprach: »Um Gott, ich beschwöre dich, erzähle mir, wie es kam, daß deine Farbe wiederkehrte.« Da erzählte er ihm alles, was er gesehen hatte. Schahriar sagte darauf: »Ich muß es mit eigenen Augen sehen.« Infolgedessen gab ihm Schahseman den Rat: »Tue so, als ob du wieder einen Jagdzug unternehmen wolltest, und verbirg dich bei mir; dann wirst du es mit eigenen Augen sehen und dich davon überzeugen können.«

Da ließ der König sofort ausrufen, daß er wieder einen Ausflug unternehmen wolle; die Truppen zogen aus, die Zelte wurden vor die Stadt geschafft, und der König begab sich hinaus ins Lager. Dort angelangt, gab er seinen Pagen Befehl, niemand vorzulassen, verkleidete sich dann und ging insgeheim in das Schloß seines Bruders, wo er sich an das Fenster, das auf den Garten hinausging, setzte. Nach einer Weile betraten denn auch wieder die Sklavinnen mit ihrer Gebieterin und den Sklaven den Garten und verfuhren bis zum Abend in derselben Weise, wie es ihm sein Bruder erzählt hatte.

Bei diesem Anblick schwand dem König Schahriar der Verstand aus dem Kopfe. Er sprach zu seinem Bruder: »Komm, laß uns unseres Weges ziehen und uns nicht eher wieder um unser Reich bekümmern, als bis wir jemand gefunden haben, dem ein Gleiches wie uns widerfahren ist. Wenn nicht, so ist der Tod für uns besser als das Leben.«

Schahseman willigte sogleich ein, und so machten sich die beiden aus einer verborgenen Pforte des Schlosses auf den Weg und wanderten Tag und Nacht, bis sie zu einem Baum inmitten einer Wiese, bei welcher eine Quelle floß, am Gestade des Salzmeeres anlangten. Sie tranken dort von der Quelle und ließen sich nieder, um sich auszuruhen.

Nach einiger Zeit begann das Meer plötzlich zu toben; eine schwarze Säule erhob sich aus ihm, stieg bis zum Himmel und kam dann gerade auf die Wiese zu. Wie sie dessen gewahr wurden, erschraken sie und stiegen in den Gipfel des Baumes, der sehr hoch war, und beobachteten von dort, was aus der Sache werden wollte. Und siehe! Da war's ein Dschinni, ein Dämon von riesenhaftem Wuchs, mit breitem Haupt und weiter Brust, der auf dem Kopfe einen Kasten trug. Nun stieg er ans Land, kam gerade auf den Baum zu, auf welchem die beiden saßen, und ließ sich unter ihm nieder. Dann öffnete er den Kasten und langte aus ihm eine Schachtel hervor; nachdem er auch diese geöffnet hatte, stieg ein Mädchen, schön und strahlend wie die leuchtende Sonne, heraus.

Nun schaute sie der Dschinni an und sprach zu ihr: »O du Herrin der edelgeborenen Frauen, die ich mir in der Brautnacht entführte, ich trage Verlangen, ein wenig zu schlafen.« Darauf legte er sein Haupt in ihren Schoß und entschlief. Wie nun das Mädchen den Kopf hob und zum Gipfel des Baumes schaute, erblickte sie die beiden Könige, die dort oben saßen. Da legte sie das Haupt des Dschinni von ihrem Schoß auf die Erde, trat unter den Baum und gab ihnen durch Zeichen zu verstehen, vom Baume herunterzusteigen und sich nicht vor dem Ifrit zu fürchten. Sie riefen jedoch hinunter: »Um Gott, erlaß uns das!« Da drohte sie ihnen: »Bei Gott, steigt ihr nicht vom Baume herunter, so wecke ich den Ifrit, daß er euch auf die grausamste Weise umbringt.« Da erschraken sie und stiegen hinunter. Sie trat nun zu ihnen heran und sagte: »Seid mir zu Willen, oder ich wecke den Ifrit.« Da sprach der König Schahriar zu seinem Bruder Schahseman: »Mein Bruder, tu, was sie dich heißt«; Schahseman hingegen sagte: »Nicht eher, als bis du es vor mir getan hast«, und einer blinzelte dem anderen zu, den Anfang zu machen. Da sagte sie: »Was blinzelt ihr einander zu? Seid ihr mir nicht zu Willen, so wecke ich den Ifrit.« So gehorchten sie ihr denn aus Furcht vor dem Dschinni, worauf sie aus ihrer Tasche einen Beutel hervorholte und aus ihm eine Schnur, an welcher fünfhundertsiebzig Siegelringe hingen, herauszog. Dann fragte sie: »Wißt ihr, was diese Ringe bedeuten?« Sie antworteten: »Wir wissen es nicht.« Da sagte sie: »Die Besitzer dieser Ringe waren mir, ohne daß der Ifrit es merkte, zu Willen; so gebt mir nun auch eure beiden Ringe, ihr Brüder.« Als sie die Ringe vom Finger abzogen und ihr gegeben hatten, sagte sie: »Seht, dieser Ifrit da hat mich in der Hochzeitsnacht entführt, mich in eine Schachtel gesperrt, hat dann die Schachtel in diesen Kasten gepackt und sieben Schlösser davorgelegt und mich auf dem Grund des tosenden, wellenbrandenden Meeres versteckt, ohne zu wissen, daß wir Frauen alles, was wir wollen, auch durchsetzen.«

Als sie diese Worte von ihr vernahmen, verwunderten sie sich über die Maßen und sprachen zueinander: »Wenn diesem, der doch ein Ifrit ist, Schlimmeres als uns widerfahren ist, so liegt für uns hierin ein Trost.«

Darauf verließen beide sie zur Stunde, kehrten in die Stadt des Königs Schahriar zurück und begaben sich wieder in sein Schloß. Dort angelangt, ließ der König Schahriar unverzüglich seiner Gemahlin, den Sklavinnen und den Sklaven den Kopf abschlagen. Dann ließ er sich eine Jungfrau bringen und ließ sie nach der Brautnacht hinrichten; und so verfuhr er drei Jahre lang, bis die Leute zu schreien anhoben und mit ihren Töchtern flohen, so daß in jener Stadt kein erwachsenes Mädchen mehr zu finden war.

Als nun der Wesir wieder vom König den Befehl erhielt, ihm in üblicher Weise ein Mädchen zu bringen, und er vergebens nach einem gesucht hatte, ging er voll Zorn und Schmerz und in Furcht vor dem König nach Haus. Nun hatte der Wesir zwei Töchter, beide schön, anmutig, entzückend und von ebenmäßigem Wuchs; der Name der älteren war Schehersad, der der jüngeren Dunjasad. Die ältere hatte viele Bücher und Chroniken, die Lebensbeschreibungen der früheren Könige und die Geschichte der vergangenen Völker gelesen; es wird auch berichtet, daß sie tausend Bücher von den Chroniken, die sich mit den vergangenen Völkern und verstorbenen Königen befaßten, und die Dichter gesammelt hatte. Dieselbe fragte nun ihren Vater: »Mein Vater, warum bist du so verändert, so voll Sorge und Kummer?« Darauf erzählte der Wesir ihr von Anfang bis Ende alles, was sich da mit dem König zugetragen hatte. Da sagte sie: »Um Gott, mein Vater, vermähle mich mit dem König: Entweder bleibe ich am Leben, oder ich opfere mich für die Töchter der Moslems auf und werde die Ursache ihrer Errettung aus seinen Händen.« Der Wesir antwortete ihr jedoch: »Um Gott, nimmermehr! Willst du dein Leben aufs Spiel setzen?« Sie erklärte aber: »Es muß sein.«

Da schmückte er sie bräutlich und begab sich zum König Schahriar, während sie inzwischen ihrer jüngeren Schwester folgendes ans Herz legte: »Wenn ich mich zum König hinbegeben habe, werde ich nach dir schicken und dich holen lassen. Bist du dann zu mir gekommen, so sprich, wenn der König meiner nicht mehr bedarf: ›Schwester, erzähle mir doch eine merkwürdige Geschichte, daß wir dabei wach bleiben.‹ Dann erzähle ich dir eine Geschichte, worin, so Gott will, die Errettung liegen wird.«

Hierauf begab sich ihr Vater, der Wesir, mit ihr zum König, welcher bei ihrem Anblick erfreut sagte: »Hast du gebracht, was ich wünschte?« Worauf der Wesir antwortete: »Ja.«

Als nun der König ihr Lager teilen wollte, begann sie zu weinen, so daß er sie fragte: »Was fehlt dir?« Sie antwortete ihm: »Ach, mein König, siehe, ich habe noch eine Schwester, von der ich gern Abschied nehmen möchte.« Darauf ließ sie der König holen, und als sie zu ihrer Schwester gekommen war, umarmte sie sie und setzte sich am Fußende des Lagers nieder.

Als nun der König mit Schehersad geruht hatte und sie sich zum Plaudern setzten, hub die jüngere Schwester zur älteren an: »Um Gott, meine Schwester, erzähl uns doch eine Geschichte, daß wir dabei wach bleiben.« Schehersad antwortete: »Recht gern, wenn es mir dieser edle König gestattet.« Der König war hierüber erfreut, da er sich aufgeregt fühlte, und sagte zu ihr: »Erzähle.« So begann denn Schehersad zu erzählen, und ihre Geschichte war so schön und wunderbar, daß der König und die Schwester nicht aufhören konnten, ihr zu lauschen, ohne zu merken, wie die Zeit verstrich.

Als Schehersad aber das Morgenlicht dämmern sah, brach sie ihre Erzählung mitten ab. Da rief ihre Schwester: »Wie schön ist doch deine Geschichte, wie lieb, wie süß und entzückend!« Schehersad erwiderte jedoch: »Was ist dies im Vergleich zu dem, was ich euch in der kommenden Nacht erzählen werde, wenn mich der König am Leben läßt.« Da sprach der König bei sich: »Bei Gott, sie soll nicht eher sterben, als ich das Ende ihrer Geschichte gehört habe.«

Am Morgen aber begab sich der König in die Regierungshalle, in welcher sich der Wesir mit dem Leichentuch unter dem Arm eingefunden hatte. Hierauf sprach der König Recht und setzte ein und ab bis zum Ende des Tages, ohne daß er dem Wesir irgend etwas mitteilte, so daß dieser sich höchlichst verwunderte. Nach Schluß des Diwans begab sich dann der König wieder in sein Schloß.

Wie nun die zweite Nacht anbrach, sagte Dunjasad wieder zu ihrer Schwester Schehersad: »Schwester, erzähle uns doch deine Geschichte zu Ende.« Schehersad antwortete: »Recht gern, wenn es mir der König gestattet.« Der König sagte: »Erzähle!« Und so fuhr sie denn fort.

Als sie aber die Erzählung geendet hatte, wußte sie sofort eine neue anzufügen, und da sie sie beim Morgengrauen abbrach, gab ihr der König abermals Frist. Und so geschah es weiter: Sie verwob ihre Geschichten so kunstvoll ineinander, daß der König nie müde wurde, ihr zuzuhören, und stets mehr zu hören begehrte. So verschonte er ihr Leben von Tag zu Tag, und sie erzählte tausendundeine Nacht hindurch immer neue seltsame Begebenheiten.

Michel de Montaigne
Ich weiß nicht einmal die Namen der wichtigsten Haushaltgeräte

Von den Büchern

Ohne Zweifel geschieht es mir oft, daß ich über Dinge spreche, die an anderen Orten von den Meistern des Faches ausgiebiger und zuverlässiger behandelt werden. Hier versuche ich mich bloß nach meinen angeborenen, keineswegs mit den erworbenen Kräften; und wer mich bei Unwissenheit ertappt, tut mir nichts zuleide, denn ich möchte für meine Gedanken kaum gegen einen anderen einstehen, da ich gegen mich selber nicht dafür einstehe und gar nicht mit ihnen zufrieden bin. Wer Gelehrsamkeit sucht, muß sie da suchen, wo sie zu Hause ist: es gibt nichts, worauf ich weniger Anspruch erhebe. Mit diesen meinen Einfällen versuche ich nicht, die Dinge bekannt zu machen, sondern mich selbst: sie werden mir eines Tages vielleicht bekannt werden, oder sie sind es schon einmal gewesen, je nachdem mich das Glück zu den Stellen geführt hat, wo ein Licht auf sie fiel; doch ich entsinne mich nicht mehr. Wenn ich zwar jemand bin, der manches gelesen hat, bin ich doch jemand, der nichts behält. […]

Wegen der Schwierigkeiten, die ich beim Lesen antreffe, beiße ich mir die Fingernägel nicht ab; ich gebe es auf, wenn ich mich zwei- oder dreimal bemüht habe. Wenn ich weiter darauf bestünde, würde ich mich und die Zeit vergeuden; denn ich habe einen sprunghaften Geist, und was ich nicht auf den ersten Blick sehe, das sehe ich noch weniger, wenn ich mich anstrenge. Ich tue nichts, ohne dabei fröhlich zu sein, und zu große Anspannung lähmt meine Urteilskraft, macht sie düster und matt; mein Sehen trübt und verwirrt sich, ich muß den Blick abwenden und immer wieder neu hinschauen.

Mißfällt mir das eine Buch, nehme ich ein andres und lese es nur in den Stunden, da mir das Nichtstun lästig wird.

[...]

Die Gelehrsamkeit und die Wahrheit können in uns ohne Urteilskraft hausen, und ebenso kann die Urteilskraft ohne sie aushalten; ja, die Erkenntnis der Unwissenheit ist für die Urteilskraft eines der schönsten und sichersten Zeugnisse, die ich kenne. Ich habe keinen anderen Weibel, der mein Stückwerk in Ordnung hält, als das gute Glück. So wie meine Eingebungen daherkommen, stelle ich sie in die Reihe; bald drängen sie sich in Haufen heran, bald schleichen sie hintereinander einher. Man soll meinen angeborenen und gewöhnlichen Gang sehen, so unordentlich wie er ist. Ich gehe, wie es gerade kommt.

Zweites Buch, Kapitel 10

Seine Unwissenheit

Es gibt keine noch so dürftige und rohe Seele, daß man nicht eine besondere Gabe aus ihr hervorleuchten sähe; keine so tief vergrabene, daß sie nicht hier oder da hervorbräche. Und wie es zugeht, daß eine für alle anderen Dinge blinde und schläfrige Seele sich aus besonderem Anlaß lebhaft, klar, überlegen zeigt, darüber muß man die Gelehrten befragen; die schönen Seelen aber sind die allseitigen, die für alles offenen und empfänglichen Seelen, die ungebildet sein mögen, aber sich wenigstens bilden lassen. Ich sage dies, um meine eigene anzuklagen; denn ob nun aus Schwäche oder aus Unachtsamkeit (und das außer acht zu lassen, was vor unseren Füßen liegt, was wir in Händen halten, was im Leben unmittelbar von Nutzen ist, stimmt mit meiner Anschauung gar nicht überein), es gibt hinsichtlich eben solch alltäglicher Dinge, in denen man nicht ohne Schande unwissend sein kann, keine so unwissende und untüchtige als die meine. Ich muß davon einige Beispiele geben.

Ich bin auf dem Lande und in der Landwirtschaft geboren und aufgewachsen und habe die Wirtschaft und die Haushaltung zu besorgen, seit mir diejenigen, die mir im Besitz meiner Güter vorangingen, Platz gemacht haben. Ich kann aber weder mit Zahlpfennigen noch mit der Feder rechnen; die meisten unserer Münzsorten kenne ich nicht; die Unterschiede zwischen den Getreidesorten kann ich, wenn sie nicht sehr auffallend sind, weder auf dem Feld noch in der Scheune erkennen, und nur mit Mühe denjenigen zwischen dem Kohl und dem Lattich in meinem Garten. Ich weiß nicht einmal die Namen der wichtigsten Haushaltgeräte oder die ersten Anfangsgründe des Ackerbaus, die selbst die Kinder kennen; noch weniger verstehe ich mich auf das Handwerk, auf den Handel oder die Waren, auf die Verschiedenheit und die Natur der Früchte, der Weine, der Fleischsorten, auf die Abrichtung der Vögel, die Behandlung eines kranken Pferdes oder Hundes; und um meine Schande ganz zu bekennen, so ist es noch nicht ein Monat her, daß man mich dabei ertappte, wie ich nicht wußte, wozu die Hefe beim Brotbacken dient.

Zweites Buch, Kapitel 17

Miguel de Cervantes Saavedra
An den Leser

Wenn es irgend angängig wäre, geliebter Leser, so würde ich dieses Vorwort ungeschrieben lassen; denn mit dem, das ich meinem *Don Quixote* vorausschickte, habe ich nicht so gute Erfahrungen gemacht, daß ich Lust verspürte, mit diesem hier noch einmal das gleiche zu erleben. Die Schuld daran, daß ich es nun doch schreibe, trägt einer der vielen Freunde, die ich mir im Verlaufe meines Lebens mehr durch meinen Charakter als durch mein Talent erworben habe. Dieser Freund hätte nun, wie es Sitte und Brauch ist, auf der ersten Seite dieses Buches mein Bild in Holz oder Kupfer bringen können; die Vorlage dazu hätte er von dem berühmten Don Juan de Jauregui bekommen. Damit wäre mein Ehrgeiz befriedigt gewesen und zugleich der Wunsch manches Lesers, der gern einmal erfahren hätte, wie denn eigentlich dieser Mann von Gestalt und Antlitz beschaffen sei, der es wagt, mit so vielen eigenen Erfindungen auf den Markt der Welt zu treten und sie vor den Augen der Leute auszubreiten. Unter das Bild hätte er dann schreiben können: »Da ist er, schaut ihn euch nur an: ein scharfgeschnittenes Gesicht, kastanienbraunes Haar, eine freie, offene Stirn, fröhliche Augen und eine gebogene, aber wohlproportionierte Nase, ein silbergrauer Kinnbart, der vor kaum zwanzig Jahren goldblond schimmerte, ein großer Schnurrbart und ein kleiner Mund. Die

Zähne sind weder besonders zahlreich noch ansehnlich; er hat nur noch sechs davon, und auch die sind in schlechtem Zustand und stehen ihm zudem noch ungeschickt im Munde, da häßliche Lücken zwischen ihnen sind. Die Gestalt hält etwa die Mitte zwischen groß und klein, die Gesichtsfarbe ist frisch, eher weiß als bräunlich, die Schultern sind etwas hochgezogen und die Beine nicht sehr flink. Das, ich versichere es dir, ist der Verfasser der *Galatea* und des *Don Quixote von der Mancha*, der Mann, der in Anlehnung an Cesare Caporali aus Perugia die *Reise auf den Parnaß* schrieb und dazu noch eine Reihe anderer Werke, die irgendwo in der Welt umherirren und vielleicht sogar den Namen ihres Autors verloren haben, der gemeinhin MIGUEL DE CERVANTES SAAVEDRA lautet. Lange Jahre hindurch war er Soldat, und fünfundeinhalbes Jahr verbrachte er in der Gefangenschaft, wo er lernte, auch im Unglück Geduld und Fassung zu bewahren. In der Seeschlacht bei Lepanto wurde ihm durch einen Musketenschuß die linke Hand verstümmelt, und wenn diese Wunde auch häßlich aussehen mag, so gilt sie ihm doch als schön, weil er sie bei dem denkwürdigsten und großartigsten Ereignis erwarb, das die Jahrhunderte je sahen und sehen werden, im Kampf unter den siegreichen Bannern jenes Feldherrn, der ein Sohn des Schlachtenblitzes, Karls V. glücklichen Angedenkens war.«

Und wenn diesem Freund, über den ich mich hier beklage, nichts weiter eingefallen wäre, was er von mir berichten könnte, so hätte ich selbst wohl ein paar Dutzend Zeugnisse zusammengestellt und sie ihm im geheimen mitgeteilt, damit er meinen Namen berühmt machen und meinen Geist preisen könnte; denn man darf doch beileibe nicht denken, daß die Verfasser solcher Lobreden sich immer streng an die Wahrheit halten müßten, da bekanntlich Lob wie Tadel nicht an feste und bestimmte Grenzen gebunden sind.

Diese gute Gelegenheit ist ja nun leider verpaßt; das Titelblatt ist weiß geblieben und trägt nicht mein Bildnis, und so muß ich mich wohl oder übel meines eigenen Mundwerks bedienen. Und wenn es auch sonst etwas damit hapern mag, so wird es doch schnell ein paar Wahrheiten stammeln, die auch in der Umschreibung verstanden zu werden pflegen. So wende ich mich denn noch einmal direkt an dich, liebenswürdiger Leser, und versichere dir, daß du aus den Novellen, die ich dir hier darbiete, auf keinen Fall ein wildes Gemengsel, sozusagen einen Geflügelsalat, machen darfst, denn sie haben weder Kopf noch Fuß noch Eingeweide noch sonst etwas Ähnliches. Damit will ich sagen, daß die süßen Liebesworte, die du in einigen dieser Novellen finden wirst, so ehrbar und so durchaus einem christlichen Denken und Reden angemessen sind, daß sie keinen Menschen auf schlechte Gedanken bringen können, mag er sie nun flüchtig oder sorgsam lesen.

Beispielhafte Novellen habe ich mein Buch genannt, und wenn du recht hinsiehst, so wirst du keine Novelle finden, aus der sich nicht irgendeine nützliche Lehre ziehen ließe. Wenn es mir nicht gegen den Strich ginge, dieses Thema noch weiter auszuspinnen, so könnte ich dir vor Augen führen, wie sich aus allen zusammen und aus jeder einzelnen ein gar köstlicher und ehrenhafter Gewinn ziehen läßt.

Es war meine Absicht, auf dem großen Marktplatz unseres öffentlichen Lebens einen Spieltisch aufzustellen, an den jedermann herantreten und sich ergötzen kann, ohne wie beim Ringspiel mit den Eckpfeilern in Konflikt zu geraten; dies ist so zu verstehen, daß er weder an seinem Körper noch an seiner Seele dabei Schaden leiden soll, wie denn überhaupt ein wohlanständiger und angenehmer Zeitvertreib eher nützt als schadet.

Ja, so ist es: man kann nicht alle Zeit in den Kirchen zubringen, nicht immer sind die Bethäuser besetzt und nicht immer liegt man seinen Geschäften ob, so wichtig sie sein mögen. Es muß auch Stunden der Erholung geben, in denen der müde Geist ausruhen kann. Zu diesem Zweck pflanzt man die schönen Alleen, zu diesem Zweck erschließt man die Quellen, ebnet das abschüssige Gelände und legt mit aller Sorgfalt zierliche Gärten an.

Eins noch wage ich dir zu sagen: wäre es möglich, daß ein Leser meiner Novellen durch sie zu unredlichen Gelüsten oder Gedanken angeregt würde, so wollte ich mir lieber die Hand abhacken, mit der ich sie niederschrieb, als daß ich sie vor die Öffentlichkeit brächte. Mein Alter ist nicht dazu angetan, leichtfertig über das Jenseits zu spotten: denn es ist schon seine neun Jährchen her, seit ich fünfundfünfzig war.

Geist und Neigung führten mich auf diesen Weg, und so kann ich nun mit Recht behaupten, daß ich der erste bin, der in kastilischer Sprache Novellen geschrieben hat. Denn all die vielen Novellen, die bisher bei uns gedruckt wurden, sind aus fremden Sprachen übersetzt; diese hier jedoch stammen von mir selbst, sie sind nicht abgeguckt und nicht gestohlen: mein Hirn erzeugte sie, meine Feder gebar sie und unter den Fittichen der Druckerpresse sollen sie nun heranwachsen. Hernach will ich dir, sofern mein Leben mir die Zeit dazu läßt, noch die *Leiden des Persiles* darbringen, ein Buch, das sich anmaßt, mit Heliodor zu wetteifern, falls es nicht um dieser Anmaßung willen ein schlechtes Ende mit ihm nimmt. Vorerst aber wirst du in Kürze einen Band sehen, in dem die Heldentaten Don Quijotes und die witzigen Einfälle Sancho Pansas ihre Fortsetzung finden, und später kommen dann noch die *Wochen im Garten* hinzu. Ich verspreche viel trotz meiner schwachen Kräfte, aber wer kann wohl seinen Wünschen Zügel anlegen? Nur das eine noch bitte ich dich zu bedenken: da ich die Kühnheit gehabt habe, diese Novellen dem hochgeborenen Grafen von Lemos zu widmen, muß in ihnen schon ein Geheimnis verborgen liegen, das ihnen solch hohen Wert verleiht. Jetzt wünsche ich nur noch, daß Gott dich behüten und mir die nötige Geduld verleihen möge, um all die scharfe Kritik zu ertragen, mit der die spitzfindigen Gekken nun über mich herfallen werden. Und damit gehab dich wohl!

An Don Pedro Fernandez de Castro,
Graf von Lemos, von Andrade und von Villalba,
Marquis von Sarria,
Kammerherr Seiner Majestät,
Vizekönig, Gouverneur und Generalkapitän
des Königreichs Neapel,
Komtur der Ordenspfründe La Zarza
im Alcántara-Orden

Diejenigen, die einem großen Herrn ihre Werke widmen, verfallen dabei gewöhnlich in zwei Fehler. Zum ersten lassen sie sich von den Tatsachen oder auch von ihrem Hang zur Schmeichelei verführen und verbreiten sich in ihrem Widmungsschreiben, das doch möglichst kurz und gedrängt sein muß, ausführlich und eingehend über die Taten nicht nur der Eltern und Voreltern, sondern auch der weiteren Verwandten, Freunde und Wohltäter ihres Gönners. Zweitens verkünden sie, daß sie ihre Werke unter den Schutz und Schirm des hohen Herrn stellen wollen, damit die spitzen Lästerzungen sich nicht an sie heranwagen, um sie zu zerstückeln und zu zersetzen. Ich will diese beiden Fehler vermeiden und übergehe daher mit Stillschweigen all die Großtaten und Ehrentitel des altehrwürdigen Fürstengeschlechtes, dem Ew. Exzellenz angehören. Ich will seine unendlichen, ihm von der Natur verliehenen oder durch eigenes Verdienst erworbenen Vorzüge hier nicht aufzählen, sondern überlasse es lieber einem neuen Phidias oder Lysipp, den Marmorblock oder die Bronzetafel zu finden, in dem er sie so verherrlichen kann, daß sie den Lauf der Zeiten überdauern. Auch bitte ich Ew. Exzellenz nicht, dieses Buch unter Dero Schutz zu nehmen; denn ich weiß wohl, wenn es nicht gut wäre, so könnte ich es getrost unter die Flügel des Musenrosses oder in den Schatten der Keule des Herkules legen, die Zoilosse, die Zyniker, die Aretine und die Bernias würden darum doch ohne Rücksicht ihre scharfen Zungen daran wetzen. Nur mögen Ew. Exzellenz gnädigst bemerken, daß ich Euch hier mir nichts dir nichts zwölf Erzählungen übersende, die, wären sie nicht in der Werkstatt meines Geistes entstanden, wohl

Anspruch darauf erheben dürften, den vortrefflichsten an die Seite gestellt zu werden. So wie sie sind, mögen sie nun hinausgehen, und ich will zufrieden sein in dem Glauben, daß ich mit ihnen ein wenig bewiesen habe, wie groß mein Wunsch ist, Ew. Exzellenz als meinem wahren Herrn und Wohltäter dienstbar zu sein. Gott möge Euch schützen.

Madrid, am vierzehnten Juli eintausendsechshundertunddreizehn.

Ew. Exzellenz ergebenster Diener

Miguel de Cervantes Saavedra

Die bestmögliche aller Welten

Acht berühmte Romananfänge von Voltaire, Laurence Sterne, Stendhal, Charles Dickens, Herman Melville, Leo Tolstoi, Mark Twain, Jules Verne

Voltaire
Candide

In Westfalen lebte auf dem Schloß des Barons Thunder-ten-tronckh ein junger Mensch, dem die Natur die sanfteste Gesinnung verliehen hatte. Seine Gesichtszüge spiegelten sein Inneres wider. Ein gesundes Urteil verband sich bei ihm mit Arglosigkeit; aus diesem Grunde, glaube ich, wurde er Candide genannt. Die alten Bediensteten des Hauses vermuteten, er sei der Sohn der Schwester des Barons und eines guten, anständigen Edelmannes aus der Gegend, den das Fräulein niemals hatte heiraten wollen, weil er nur einundsiebzig Vorfahren nachweisen konnte und der Rest seines Stammbaums durch die Schuld der Zeit verlorengegangen war.

Der Baron war einer der mächtigsten Herren in Westfalen, denn sein Schloß besaß eine Tür und Fenster. Den großen Saal schmückte sogar eine Tapisserie. Die Hunde auf dem Hühnerhof stellten im Notfall eine Jagdmeute dar;

die Stallknechte waren die Piköre; der Dorfgeistliche gab den Schloßkaplan ab. Alles nannte ihn »Euer Gnaden« und lachte über die Geschichten, die er zum besten gab.

Die Baronin, die etwa dreihundertfünfzig Pfund wog, stand dadurch in hohem Ansehen und machte die Honneurs des Hauses mit einer Würde, die ihr noch größeren Respekt einbrachte. Ihre Tochter Kunigunde war siebzehn Jahre alt, rotbackig, frisch, fett und appetitlich. Der Sohn des Barons schien in jeder Hinsicht des Vaters würdig zu sein. Der Hofmeister Pangloss war das Orakel des Hauses, und der kleine Candide lauschte seinen Unterweisungen mit der ganzen Zutraulichkeit seines Alters und Wesens.

Pangloss lehrte die metaphysisch-theologische Kosmolonigologie. Er wies aufs bewunderungswürdigste nach, daß es keine Wirkung ohne Ursache gäbe und daß in der bestmöglichen aller Welten das Schloß Seiner Gnaden des Herrn Baron das schönste aller möglichen Schlösser und die Frau Baronin die beste unter allen möglichen Baroninnen sei.

»Es ist erwiesen«, sagte er, »daß die Dinge nicht anders sein können, als sie sind, denn da alles um eines Zwecks willen geschaffen ist, dient alles notwendigerweise dem besten Zweck. Bemerken Sie bitte, daß die Nasen geschaffen wurden, um Brillen zu tragen, so haben wir denn auch Brillen. Die Füße wurden sichtlich gemacht, um Schuhe zu tragen; und so haben wir Schuhe. Die Steine wurden gebildet, damit man sie zuhaue und daraus Schlösser baue, und so besitzt denn Seine Gnaden ein schönes Schloß; der größte Baron der Provinz muß am besten wohnen; und da die Schweine zum Essen gemacht sind, essen wir das ganze

Jahr hindurch Schweinernes. Infolgedessen ist die Behauptung, es sei alles auf dieser Welt gut eingerichtet, eine Dummheit; vielmehr müßte man sagen, daß alles aufs beste eingerichtet ist.«

Candide hörte aufmerksam zu und glaubte in aller Unschuld, was man ihm sagte; denn er fand Fräulein Kunigunde außerordentlich schön, obwohl er niemals so kühn war, es ihr zu gestehen. Er schloß, daß nach dem Glück, als Baron Thunder-ten-tronckh geboren zu sein, der zweite Grad des Glücks darin beruhe, Fräulein Kunigunde zu sein, der dritte, sie täglich zu sehen, und der vierte, Meister Pangloss, dem größten Philosophen der Provinz und also der ganzen Erde, zuhören zu können.

Eines Tages sah Kunigunde, die in der Nähe des Schlosses in dem Wäldchen spazierte, das man Park nannte, den Doktor Pangloss im Unterholz, wie er der Kammerjungfer ihrer Mutter, einer sehr hübschen und folgsamen kleinen Brünette, eine Lektion in experimenteller Physik erteilte. Da Fräulein Kunigunde ein großes Interesse für die Wissenschaft besaß, beobachtete sie atemlos die wiederholten Experimente, deren Zeuge sie wurde; sie sah deutlich den zureichenden Grund des Doktors, die Wirkungen und Ursachen, und kehrte ganz aufgewühlt und nachdenklich nach Hause zurück, erfüllt von dem Wunsch nach Gelehrsamkeit und von dem Gedanken, sie selber könne wohl der zureichende Grund des jungen Candide und dieser seinerseits der ihre werden.

Sie begegnete Candide, als sie ins Schloß zurückkam, und errötete; Candide errötete ebenfalls; sie wünschte ihm mit stockender Stimme einen guten Tag, und Candide sprach zu ihr, ohne zu wissen, was er sagte. Als man am nächsten Tag von der Tafel aufstand, befanden sich Kunigunde und Candide hinter einem Wandschirm; Kunigunde ließ ihr Taschentuch fallen, Candide hob es auf, sie ergriff in aller Unschuld seine Hand, der junge Mann küßte in aller Unschuld die Hand des Fräuleins mit ganz besonderer Lebhaftigkeit, Empfindung und Grazie; ihre Lippen trafen aufeinander, ihre Blicke entflammten, ihre Knie wankten, ihre Hände verirrten sich. Der Baron Thunder-ten-tronckh ging gerade an dem Wandschirm vorbei und jagte beim Anblick dieser Ursache und Wirkung Candide mit heftigen Tritten in den Hintern aus dem Schloß; Kunigunde fiel in Ohnmacht; sie wurde von der Frau Baronin geohrfeigt, sobald sie wieder zu sich gekommen war; und alles war tief betroffen in dem schönsten und angenehmsten aller möglichen Schlösser.

Laurence Sterne
Tristram Shandy

Wenn doch mein Vater oder meine Mutter oder eigentlich beide – denn beide waren gleichmäßig dazu verpflichtet – hübsch bedacht hätten, was sie vornahmen, als sie mich zeugten! Hätten sie geziemend erwogen, wieviel von dem abhinge, was sie damals taten – daß es also nicht nur die Erzeugung eines vernünftigen Wesens galt, sondern daß möglicherweise die glückliche Bildung und ausgiebige Wärme des Körpers, daß vielleicht des Menschen Geist und seine ganze Gemütsbeschaffenheit, ja sogar – denn was wußten sie vom Gegenteile? – das Wohl und Geschick seines ganzen Hauses durch ihren damals vorherrschenden Seelen- und Körperzustand bestimmt werden konnte; – wenn sie, wie gesagt, das alles getreulich erwogen und überdacht hätten und dementsprechend vorgegangen wären, so würde ich nach meiner Überzeugung eine ganz andere Figur in der Welt gemacht haben als die, in welcher mich fortan der Leser dieses Buches erblicken wird. Glaubt mir, gute Leute, es ist das gar keine so geringfügige Angelegenheit, wie viele von euch wohl meinen. Ihr alle habt wohl von den Lebensgeistern gehört, wie diese vom Vater in den Sohn einströmen usw. usw., und noch manches andere von ähnlicher Art. Gut, nehmt aber mein Wort, neun Zehntel von eines Menschen Vernunft und Unvernunft, alle seine Erfolge und Entgleisungen in diesem Leben hängen von den Bewegungen und der Aktivität eben jener Lebensgeister ab, desgleichen von der Spur, auf die ihr sie bringt, und von der Gangart, in die ihr sie versetzt, so daß, wenn sie einmal im Trabe sind – ob im rechten oder im unrechten, macht keinen Unterschied –, sie dahinstürzen, drunter und drüber, als wären sie alle toll und aus dem Häuschen; und indem sie immer wieder und wieder dieselbe Spur verfolgen, bahnen sie sich eine Straße, so eben und glatt wie ein Gartenweg, wovon sie später, sobald sie sich einmal daran gewöhnt haben, selbst der Teufel in eigener Person manchmal nicht würde verjagen können.

Sag doch, lieber Mann, sprach meine Mutter, du hast doch nicht etwa vergessen, die Uhr aufzuziehen?

Großer Gott, rief mein Vater aus, bemühte sich aber, seine Stimme zu mäßigen, hat jemals seit der Erschaffung der Welt ein Weib den Mann mit einer so albernen Frage mittendrin unterbrochen?

Bitte, was hat Ihr Vater gesagt? – Nichts.

Stendhal
Die Kartause von Parma

An der Spitze jener jungen Armee, die eben die Brücke von Lodi überschritten und der Welt bewiesen hatte, daß nach so vielen Jahrhunderten Cäsar und Alexander ein Nachfolger erstanden sei, zog der General Bonaparte am 15. Mai 1796 in Mailand ein.

Die Wunder an Kühnheit und Geist, deren Italien Zeuge war, erweckten binnen wenigen Monaten ein verschlafenes Volk; acht Tage vor dem Einmarsch der Franzosen noch sahen die Mailänder in ihnen bloß ein räuberisches Gesindel, das vor den Truppen Seiner Kaiserlichen und Königlichen Majestät zu fliehen gewohnt war: dies verkündete ihnen wenigstens dreimal wöchentlich immer wieder eine bloß handgroße, auf schmutzigem Papier gedruckte Zeitung.

Im Mittelalter waren die Mailänder tapfer wie die Franzosen der Revolution, und verdienten es daher wohl, daß ihre Stadt von den deutschen Kaisern völlig dem Erdboden gleichgemacht wurde. Seit sie »getreue Untertanen« geworden waren, hielten sie es für ungemein wichtig, gelegentlich der Heirat eines Mädchens aus adeligem oder reichem Hause, Sonette auf kleine Taschentücher aus rosa Taft zu drucken... Zwei oder drei Jahre nach diesem großen Ereignis ihres Lebens nahm jenes junge Mädchen einen Ehrenkavalier: bisweilen stand der Name des von der Familie des Gatten gewählten Cicisbeo im Heiratskontrakt an ganz besonderer Stelle. Von diesen weichlichen Sitten lagen die tiefen Emotionen, die das unerwartete Erscheinen der Franzosen auslöste, weit ab. Bald entwickelten sich neue und leidenschaftliche Sitten. Am 15. Mai 1796 wurde es einem ganzen Volke klar, daß alles, was es bisher verehrt hatte, höchst lächerlich, in manchen Fällen sogar verabscheuungswürdig sei. Der Abzug des letzten österreichischen Regiments war das äußere Zeichen für den Niederbruch der alten Ideen: das Leben der Gefahr auszusetzen wurde Mode. Nach Jahrhunderten der Heuchelei und schaler Sensationen sah man, daß man, um glücklich zu sein, irgend etwas wahrhaft leidenschaftlich lieben und bei Gelegenheit sein Leben der Gefahr aussetzen müsse. Durch die Fortdauer der ängstlichen Despotie Karls v. und Philipps ii. waren die Lombarden in tiefe Nacht getaucht; sie warfen ihre Götzen um und plötzlich sahen sie sich in einem Meer von Licht. Seit etwa fünfzig Jahren, besonders seit die Enzyklopädie und Voltaire in Frankreich triumphierten, schrien die Mönche den guten Mailändern zu, daß lesen oder sonst etwas auf der Welt zu lernen sehr unnütze Mühe sei, und daß man, wenn man nur dem Pfarrer sehr pünktlich die Zehnte zahle und vor ihm getreulich auch die kleinsten Sünden auskrame, so ziemlich sicher wäre, einen guten Platz im Paradies zu erlangen. Um dieses einst so furchtbare Volk völlig zu entnerven, hatte ihm Österreich billig das Privilegium verkauft, der Armee keine Rekruten stellen zu müssen.

Charles Dickens
David Copperfield

Ob ich mich in diesem Buche zum Helden meiner eignen Leidensgeschichte entwickeln werde oder ob jemand anders diese Stelle ausfüllen soll, wird sich zeigen.

Um mit dem Beginn meines Lebens anzufangen, bemerke ich, daß ich, wie man mir mitgeteilt hat und wie ich auch glaube, an einem Freitag um Mitternacht zur Welt kam. Es heißt, daß die Uhr zu schlagen begann, gerade als ich zu schreien anfing.

Was den Tag und die Stunde meiner Geburt betrifft, so behaupteten die Kindsfrau und einige weise Frauen in der Nachbarschaft, die schon Monate zuvor, ehe wir noch einander persönlich vorgestellt werden konnten, eine lebhafte Teilnahme für mich gezeigt hatten,

erstens: Daß es mir vorausbestimmt sei, nie im Leben Glück zu haben, und

zweitens: Daß ich die Gabe besitzen würde, Geister und Gespenster sehen zu können. Wie sie glaubten, hingen diese beiden Eigenschaften unvermeidlich all den unglücklichen Kindern beiderlei Geschlechts an, die in der Mitternachtsstunde eines Freitags geboren sind.

Über den ersten Punkt brauche ich nichts weiter zu sagen, weil ja meine Geschichte am besten zeigen wird, ob er eingetroffen ist oder nicht.

Was den zweiten anbelangt, will ich nur feststellen, daß ich bisher noch nichts bemerkt habe. – Vielleicht hab ich schon als ganz kleines Kind diesen Teil meiner Erbschaft angetreten und aufgebraucht. Ich beklage mich auch durchaus nicht, falls mir diese schöne Gabe vorenthalten bleiben sollte. Und wenn sich irgend jemand anders ihrer vielleicht bemächtigt hat, mag er sie in Gottesnamen behalten.

Herman Melville
Moby-Dick

Nennt mich meinethalben Ismael. Vor einigen Jahren – gleichviel, wie lange es her ist –, als eines Tages mein Beutel leer war und an Land mich nichts mehr hielt, kam mir der Gedanke, mich ein wenig auf See umzutun und den nassen Teil der Welt zu besehen. Das ist so meine Art, mich wieder zur Raison zu bringen und mir das Blut aufzufrischen. Immer, wenn mir der Mißmut am Mundwinkel zerrt und nieselnder November in die Seele einzieht, wenn ich unwillkürlich vor den Fenstern der Sargtischler stehenbleibe und hinter jedem Leichenzug hertrotte, der mir in die Quere kommt; und nun gar, wenn die Grillen überhandnehmen, daß ich mir Gewalt antun muß, um nicht auf die Straße hinunterzulaufen und jedem, der mir begegnet, kalten Blutes den Hut herunterzuschlagen – dann ist's für mich die allerhöchste Zeit, zur See zu gehen. So helfe ich mir, wo andere sich eine Kugel in den Kopf schießen. Mit einer philosophischen Fanfare stürzt Cato sich in sein Schwert; ich verziehe mich wortlos an Bord. Dabei ist gar nichts Verwunderliches. Zuweilen hegt wohl jeder auf seine Weise ähnliche Empfindungen für das Weltmeer wie ich – er weiß nur nichts davon.

Da liegt unsere Inselstadt Manhattan, gegürtet mit ihren Docks wie eine Südseeinsel mit Korallenriffen und allenthalben vom Handel umbrandet. Rechts und links führen die Straßen wasserwärts, hinunter zur »Battery«, wo die stolze Mole unseres Kontinents von den Wellen bespült wird und kühl angefächelt von der Brise, die ein paar Stunden zuvor noch nicht wußte, was Land ist. Und nun seht die Scharen von Menschen, die dort alle aufs Wasser hinausschauen.

Leo Tolstoi
Anna Karenina

Alle glücklichen Familien gleichen einander, jede unglückliche Familie ist auf ihre eigene Weise unglücklich.

Bei Oblonskijs ging alles drunter und drüber. Die Frau vom Hause hatte erfahren, daß ihr Mann mit der französischen Gouvernante, die früher im Hause gewesen war, ein Liebesverhältnis unterhielt, und hatte ihrem Manne erklärt, sie könne nicht mehr unter einem Dache mit ihm wohnen. Die Dinge lagen schon seit drei Tagen so und die Situation wurde von den Gatten selbst, von allen Familienmitgliedern und Hausgenossen sehr peinlich empfunden. Alle Familienmitglieder und Hausgenossen fühlten, daß ihr Zusammenleben keinen Sinn habe und daß in jedem Wirtshaus an der Landstraße die zufällig dort zusammengekommenen Gäste einander näherständen als sie, die Familienmitglieder und Hausgenossen der Oblonskijs. Die Frau verließ ihre Gemächer nicht, der Mann war seit drei

Tagen nicht mehr nach Hause gekommen; die Kinder liefen im ganzen Hause wie verloren umher; die englische Gouvernante hatte sich mit der Wirtschafterin gezankt und an eine Freundin geschrieben, ob sie ihr nicht eine neue Stelle verschaffen könnte; der Koch war bereits gestern fortgegangen, gerade als man beim Essen saß; die Küchenmagd und der Kutscher baten um ihre Entlassung.

Am dritten Tag nach dem Streit erwachte Fürst Stepan Arkadjewitsch Oblonskij – in der Gesellschaft wurde er meist Stiwa genannt – zur gewohnten Zeit, das heißt um acht Uhr morgens, nicht im ehelichen Schlafgemach, sondern in seinem Arbeitszimmer, auf dem mit Saffian bezogenen Sofa. Er drehte seinen vollen, gut gepflegten Körper auf dem federnden Sofa auf die andere Seite, als wollte er noch einmal für längere Zeit einschlafen, schob die Hand unter das Kissen und drückte es fest gegen seine Wange; plötzlich aber sprang er auf, setzte sich auf dem Sofa hin und öffnete die Augen.

›Ja, ja, wie war das bloß?‹ dachte er, sich auf seinen Traum besinnend. ›Wie war das doch? Ja! Alabin gab ein Diner in Darmstadt; nein, nicht in Darmstadt, es war etwas Amerikanisches. Ja, Darmstadt lag in Amerika. Alabin gab also ein Diner an gläsernen Tischen, ja, und die Tische sangen: *Il mio tesoro*. Es klang aber doch nicht wie *il mio tesoro*, sondern viel schöner, und dann waren noch kleine Likörflaschen da, das waren Frauen‹, erinnerte er sich.

Stepan Arkadjewitschs Augen leuchteten fröhlich auf und er dachte schmunzelnd nach. ›Ja, es war schön, sehr schön. Es waren noch sehr viel ausgezeichnete Dinge da, die man weder mit Worten bezeichnen noch ausdenken kann; wenn man wach ist, läßt es sich überhaupt nicht mehr ausdrücken.‹ Als er den Lichtstreifen sah, der zwischen Fensterrahmen und Vorhang hindurch ins Zimmer fiel, hob er fröhlich die Beine vom Sofa herunter, tastete mit den Füßen nach den mit goldglänzendem Saffian besetzten Pantoffeln, die seine Frau ihm im vorigen Jahr zum Geburtstag gestickt hatte, und streckte nach alter, neunjähriger Gewohnheit, ohne aufzustehen, die Hand in der Richtung aus, wo in seinem Schlafzimmer der Schlafrock hätte hängen müssen. Hier aber besann er sich wieder darauf, daß und warum er nicht im ehelichen Schlafzimmer, sondern im Arbeitszimmer geschlafen hatte; das Lächeln verschwand von seinem Gesicht, er runzelte die Stirn.

»Ach, ach, ach! Ah!« brummte er in Erinnerung alles dessen, was geschehen war. Und in seiner Phantasie stiegen wieder alle Einzelheiten des Zwistes mit seiner Frau, die ganze Aussichtslosigkeit seiner Lage, und – was ihn am meisten quälte – seine eigene Schuld auf.

Mark Twain
Huckleberry Finns Abenteuer

Ihr wißt noch nichts von mir, wenn ihr nicht ein Buch gelesen habt, das sich *Tom Sawyers Abenteuer* nennt, aber das macht nichts. Das Buch hat Mr. Mark Twain geschrieben, und im großen und ganzen hat er da drin die Wahrheit gesagt. Es gibt zwar Dinge, wo er 'n bißchen geflunkert hat, aber er hat im großen und ganzen die Wahrheit gesagt. Das ist nicht schlimm. Ich habe noch nie jemand gesehen, der nicht hin und wieder mal geschwindelt hätte, außer Tante Polly und die Witwe und vielleicht Mary. Über Tante Polly – das ist Tom seine Tante Polly – und Mary und die Witwe Douglas ist alles in dem Buch berichtet worden, das zum größten Teil ein wahres Buch ist, mit ein paar Flunkereien, wie ich schon gesagt habe.

Nun, das Buch endet folgendermaßen: Tom und ich fanden das Geld, das die Räuber in der Höhle versteckt hatten, und wir wurden dadurch reich. Wir kriegten jeder sechstausend Dollar – alles in Gold. Es war 'ne furchtbare Menge Geld, wie das Ganze da so auf einem Haufen lag. Na, Richter Thatcher nahm's und legte es gegen Zinsen an, und das brachte uns pro Mann und Tag einen Dollar ein, das ganze Jahr über – so viel, daß man nicht weiß, was man damit anstellen soll. Die Witwe Douglas, die nahm mich als Sohn an und erklärte, sie wollte mich siwilisieren; immerzu im Haus zu wohnen war aber ein schweres Leben, wenn man in Betracht zieht, wie scheußlich regelmäßig und anständig die Witwe in allem war, und als ich's nicht mehr aushalten konnte, verdrückte ich mich. Ich stieg wieder in meine alten Lumpen und meine Zuckertonne und war frei und zufrieden. Aber Tom Sawyer, der stöberte mich auf und sagte, er wollte 'ne Räuberbande gründen und ich dürfte mitmachen, wenn ich zur Witwe zurückgehen und achtbar sein würde. Da bin ich eben zurückgegangen.

Die Witwe weinte über mich und nannte mich ein armes, verirrtes Lamm und gab mir noch 'ne Menge andere Namen, aber sie hat's nicht böse gemeint. Sie steckte mich wieder in diese neuen Sachen, und mir blieb nichts andres übrig, als immerzu zu schwitzen und zu schwitzen und mir ganz eingezwängt vorzukommen. Na ja, und dann ging die alte Leier wieder los. Die Witwe läutete die Glocke zum Abendbrot, und man mußte pünktlich kommen. Wenn man am Tisch angelangt war, durfte man nicht etwa gleich essen, sondern mußte warten, bis die Witwe ihren Kopf runtergebogen und 'n bißchen über das Essen gebrummelt hatte, obwohl gar nichts damit los war. Das heißt, nichts, bloß alles war einzeln gekocht. In 'nem Behälter mit allerlei Resten ist das anders, da vermischt sich alles, und der Saft schwappt so rum, und das schmeckt viel besser.

Nach dem Abendbrot holte sie dann ihr Buch raus und lernte mir was über Moses und die Bimsen, und ich war ordentlich scharf drauf, alles über ihn zu erfahren, aber schließlich verriet sie, daß Moses schon 'ne beträchtliche Weile tot ist; da habe ich mir dann nichts mehr aus ihm gemacht, denn für Tote intressier' ich mich nicht.

Bald darauf wollte ich rauchen und bat die Witwe, mir's zu erlauben. Das wollte sie aber nicht. Sie sagte, das wäre 'ne niedrige und unsaubre Angewohnheit, und ich sollte versuchen, es nicht mehr zu tun. So machen's eben manche Leute. Die sind gegen eine Sache, von der sie keine Ahnung haben. Da zerbrach sie sich den Kopf über Moses, der überhaupt nicht mit ihr verwandt war und niemand was nützte, weil er ja nicht mehr lebte, und mir verübelte sie's mächtig, weil ich was tat, wo doch was Gutes dran war. Und dabei schnupfte sie; aber das war natürlich richtig, weil sie's tat.

Jules Verne
Reise um den Mond

Das ganze Jahr 186. hindurch wurde die ganze wissenschaftliche Welt durch ein Experiment in Atem gehalten, das in den Annalen der Wissenschaft noch niemals seinesgleichen gehabt hatte. Die Mitglieder des Gun Clubs, einer Vereinigung, die sich nach dem Unionskrieg in Baltimore in den Vereinigten Staaten gebildet hatte, waren auf die Idee gekommen, sich durch eine Kugel mit dem Mond – jawohl, mit dem Mond! – in Verbindung zu setzen, die sie auf ihn abschossen. Der Präsident des Clubs, Barbicane, war der Urheber des Unternehmens. Nachdem er die Astronomen der Sternwarte von Cambridge über die Angelegenheit konsultiert hatte, veranlaßte er, alle von der Mehrheit der Fachleute gebilligten Maßnahmen zu treffen, die zum Erfolg dieser außergewöhnlichen Unternehmung notwendig waren. Nachdem er ferner eine Subskription aufgelegt hatte, die nahezu 30 Millionen Francs einbrachte, nahm er seine riesenhaften Arbeiten in Angriff.

Gemäß dem von den Mitgliedern der Sternwarte abgefaßten Gutachten mußte die für den Abschuß der Kugel bestimmte Kanone, um den Mond im Zenit zu visieren, in einem Land aufgestellt werden, das zwischen 0 und 28 Grad nördlicher oder südlicher Breite liegt. Der Kugel mußte eine Anfangsgeschwindigkeit von 12 000 Yards pro Sekunde gegeben werden. Der Abschuß mußte am 1. Dezember genau um 13 Minuten und 20 Sekunden vor 23 Uhr erfolgen. Vier Tage nach ihrem Abschuß, am 5. Dezember genau um

Mitternacht, wenn sich der Mond in seinem Perigäum, das heißt in der Erdnähe befand, also genau 86410 Lieues von der Erde entfernt war, mußte die Kugel auf den Mond treffen.

Die wichtigsten Mitglieder des Gun Clubs, der Vorsitzende Barbicane, der Major Elphiston, der Schriftführer I.-T. Maston und andere Gelehrte hielten mehrere Sitzungen ab, in denen die Form und Metallmischung für die Kugel, die Stellung und Beschaffenheit der Kanone, die Qualität und Quantität des zu verwendenden Pulvers erörtert wurden. Es wurde beschlossen: 1) Das Geschoß sollte eine Hohlgranate aus Aluminium von 108 Zoll Durchmesser sein, seine Wände sollten 12 Zoll dick sein, es sollte 19250 Pfund wiegen; 2) die Kanone sollte eine gußeiserne Columbiade von 900 Fuß Länge sein, die direkt in den Erdboden zu gießen sei; 3) die Ladung sollte aus 400000 Pfund Schießbaumwolle bestehen, die 6 Milliarden Liter Gas unter dem Geschoß entwickeln und das Geschoß mit Leichtigkeit zum Gestirn der Nächte führen würden.

Nach endgültiger Lösung all dieser Fragen bestimmte Präsident Barbicane zusammen mit dem Ingenieur Murchison Florida als Abschußplatz – und zwar genau bei 27° 7' nördlicher Breite und 5° 7' westlicher Länge. Dort erfolgte dann nach Bewältigung einer ganzen Reihe erstaunlicher Arbeiten der Guß der Columbiade mit günstigem Erfolg.

Soweit waren die Dinge gediehen, als ein Zwischenfall eintrat, der das Interesse, das sich an diese Unternehmung knüpfte, verhundertfältigte.

Ein Franzose aus Paris, eine phantasievolle Künstlernatur von großem Geist und großer Verwegenheit, belegte telegraphisch einen Platz in der Kugel, um auf diesem Weg zum Mond hinauf zu gelangen und eine Erkundung des Trabanten der Erde vorzunehmen. Dieser unerschrockene Abenteurer hieß Michel Ardan. Er kam nach Amerika, wurde mit schwärmerischer Begeisterung begrüßt, veranstaltete Versammlungen, ließ sich im Triumph vom Platz tragen, söhnte den Präsidenten Barbicane mit seinem Todfeind Kapitän Nicholl aus und brachte sie dazu, sich als Versöhnungspfand mit ihm zusammen in dem Geschoß einzuquartieren.

Der Vorschlag Michel Ardans wurde angenommen. Die Kugelform wurde geändert und es wurde eine zylindrisch-konische Form gewählt. Das hierdurch geschaffene Zwischending von Wurfgeschoß und Eisenbahnwaggon wurde mit Springfedern von mächtiger Stärke und Verschlägen von äußerster Zerbrechlichkeit ausgestattet, die den Rückstoß des Abschusses mildern sollten. Man versorgte das Geschoß mit Lebensmitteln für ein Jahr, mit Wasser für einige Monate, mit Gas für einige Tage. Ein selbsttätig wirkender Apparat erzeugte und lieferte die für die Atmung der drei Reisenden notwendige Luft. Zur gleichen Zeit ließ der Gun Club auf einem der höchsten Gipfel des Felsengebirges ein Riesenteleskop aufstellen, das es dem menschlichen Auge ermöglichen sollte, dem Geschoß auf seiner Reise durch den Weltraum zu folgen. Alles war bereit.

Daniel Defoe
Robinson Crusoe und Freitag

Anderthalb Jahre waren verflossen, seit ich jene Pläne entworfen hatte, welche aus Mangel an Gelegenheit zu ihrer Ausführung zunichte wurden, als ich eines Morgens in der Frühe durch den Anblick von nicht weniger als fünf Kanus an dem Ufer auf meiner Seite der Insel überrascht wurde, deren Besitzer bereits an Land gestiegen und mir aus dem Gesichte waren.

Die Zahl dieser Kanus machte mir einen Strich durch meine ganze Rechnung; denn, da ich wußte, daß sie in der Regel zu fünft oder sechst in jedem Boote kamen, konnte ich allein nicht daran denken, einen Angriff auf zwanzig bis dreißig Wilde zu machen. Ich blieb daher ruhig in meiner Festung, verlegen und unentschlossen; indessen bereitete ich alles für den Kampf vor, wie ich es vorher bestimmt hatte, und hielt mich bereit zum Angriff, wenn die Gelegenheit dazu sich darbieten würde. Nachdem ich mich so einige Zeit geduldet hatte, lauschte ich, ob ich nicht ein Geräusch vernähme; endlich konnte ich meiner Neugierde nicht länger widerstehen, ließ meine beiden Flinten unten am Fuß der Leiter und stieg auf meinen gewöhnlichen Stufen auf den Gipfel des Felsens. Dort stellte ich mich so, daß mein Kopf nicht oberhalb des Hügels erschien, damit man mich auf keine Weise sehen konnte. In dieser Stellung nahm ich mit Hilfe meines Sehrohres wahr, daß die Wilden etwa dreißig an der Zahl sein mochten, daß sie Feuer angezündet und ihr Mahl bereitet hatten. Aus welchen Gerichten letzteres bestand, und wie sie es zubereiteten, konnte ich nicht erkennen; aber alle sah ich auf ihre Weise mit tausend seltsamen Stellungen und Gebärden um das Feuer herumtanzen.

Während ich so aufmerksam durch mein Fernrohr blickte, gewahrte ich zwei arme Unglückliche, welche man aus einem Kanu schleppte, wo sie ohne Zweifel gelegen hatten, und an Land führte, um sie umzubringen. Einen von ihnen sah ich alsbald niederstürzen, getroffen vermutlich vom Schlag einer Keule oder dem Hieb eines hölzernen Säbels, wie sie es in der Gewohnheit hatten. Zwei oder drei von den Wilden stürzten über ihn her, um ihn in Stücke zu zerreißen, während der andere zum Schlachtopfer Bestimmte unbeweglich blieb und zu warten schien, bis die Reihe an ihn kam. In diesem Augenblicke faßte der arme Unglückliche, wie er sich frei und seiner Bande ledig sah, einige Hoffnung, sein Leben zu retten; er sprang auf und fing an, mit unglaublicher Schnelligkeit am Ufer hin zu laufen, indem er seine Richtung auf mich zu nahm, das heißt, gegen den Teil der Küste, wo meine Wohnung sich befand.

Ich muß gestehen, daß ich fürchterlich erschrak, als ich ihn diesen Weg einschlagen sah, hauptsächlich, wenn ich mir vorstellte, daß er von der ganzen Schar verfolgt werde; ich erwartete, daß er wie in meinem Traume einen Zufluchtsort in meinem Wäldchen suchen würde, ohne hoffen zu können, daß auch der übrige Teil des Traumes in Erfüllung gehe, nämlich daß die Wilden ihn dort nicht finden werden. Ich blieb jedoch auf dem nämlichen Platz und hatte bald Ursache, mich wieder zu fassen, als ich sah, daß er nur von drei Mann verfolgt wurde und einen bedeutenden Vorsprung vor diesen gewann, so daß, wenn er diesen Lauf noch eine halbe Stunde aushielt, er ihnen unfehlbar entkam.

Zwischen ihnen und meiner Festung befand sich die kleine Bucht, von welcher ich im früheren Verlauf dieser Geschichte, als ich das Schiff ausleerte, oft gesprochen habe; und ich sah deutlich, daß, wenn er nicht hindurchschwamm, er an dieser Stelle gefangen werden würde. Als er aber dort angekommen war, besann er sich nicht lange; obwohl die Flut gerade sehr hoch ging, warf er sich doch mir nichts dir nichts hinein und erreichte mit höchstens dreißig Stößen das jenseitige Ufer; dann fing er wieder mit neuer Kraft und der vorigen Schnelligkeit zu laufen an.

Als seine drei Feinde an die Bucht kamen, bemerkte ich, daß nur zwei derselben schwimmen konnten; der dritte kehrte, nachdem er eine kleine Weile am Ufer stehengeblieben war, langsamen Schrittes zu dem Orte des Schmauses zurück; und demzufolge, was nachher geschah, war dies ein großes Glück für ihn.

Ich beobachtete, daß die beiden Schwimmer zum Übersetzen über jenes Wasser doppelt soviel Zeit brauchten, wie ihr Gefangener gebraucht hatte. Ich war jetzt vollkommen überzeugt, daß die Gelegenheit günstig war, mir einen Diener, vielleicht einen Gesellschafter und einen Freund zu erwerben, und daß ich augenscheinlich vom Himmel berufen war, diesem armen Unglücklichen das Leben zu retten. In diesem festen Glauben eilte ich von den Felsen herab, um meine Gewehre, welche ich, wie gesagt, am Fuß der Leiter zurückgelassen hatte, zu holen, stieg dann mit derselben Geschwindigkeit wieder hinauf und nahm meine Richtung dem Meere zu. Da ich nur eine kurze Strecke Wegs zu machen hatte, warf ich mich zwischen die Verfolger und den Verfolgten, indem ich dem letzteren zurief, haltzumachen. Er drehte sich um, und vielleicht hatte er anfänglich mehr Furcht vor mir als vor seinen Bedrängern; aber ich gab ihm ein Zeichen mit der Hand, umzukehren, ging vorsichtig den beiden letzten entgegen und warf mich blitzschnell auf den ersten, welchen ich mit einem Kolbenschlag niederschmetterte. Ich wagte nicht Feuer zu geben, aus Furcht, die Wilden durch den Knall aufmerksam zu machen; übrigens wäre er auf diese Entfernung nicht leicht zu hören gewesen, und da sie den Rauch des Schusses nicht wahrnehmen konnten, hätten sie nicht gewußt, was es wäre. Als der zweite seinen Kameraden stürzen sah, blieb er plötzlich wie erschrocken stehen. Ich ging ruhig auf ihn zu; als ich aber näher kam und sah, daß er mit Bogen und Pfeilen bewaffnet und im Begriffe war, sich derselben gegen mich zu bedienen, sah ich mich genötigt, ihm zuvorzukommen. Ich legte daher auf ihn an und streckte ihn mit dem ersten Schusse zu Boden. Der arme Flüchtling aber, ob er gleich seine beiden Feinde unschädlich gemacht sah, war so erschreckt durch das Feuer und den Knall, welchen der Flintenschuß hervorbrachte, daß er auf einmal stehenblieb, ohne einen Schritt vorwärts oder rückwärts zu wagen, obwohl er, wie es mir schien, mehr Lust hatte, zu fliehen als an mich heranzukommen. Ich rief ihm von neuem zu und gab ihm Zeichen, daß er sich nähern sollte, was er mit leichter Mühe begriff. Er tat jetzt einige Schritte, dann blieb er stehen, dann schritt er ein wenig vorwärts, dann blieb er wieder stehen; und ich sah ihn zittern, wie wenn er sich für meinen Gefangenen gehalten und an dem Punkt zu sein geglaubt hätte, ebenso wie seine beiden Feinde getötet zu werden. Ich rief ihm wiederholt zu und gab ihm alle Zeichen von Ermutigung, welche ich erfinden konnte. Endlich kam er näher und immer näher, indem er alle zehn oder zwölf Schritte niederkniete, um mir seine Dankbarkeit dafür, daß ich ihm das Leben gerettet hatte, zu bezeugen. Ich lächelte ihm so huldreich zu, als es mir möglich war. Endlich, ganz nahe zu mir herangekommen, warf er sich von neuem auf die Knie, küßte die Erde und ergriff meinen Fuß, welchen er sich auf den Nacken setzte, was ich als einen Schwur ansah, sich auf immer für meinen Sklaven zu machen. Ich hob ihn auf, indem ich ihn auf alle Weise liebkoste, um ihn zu ermutigen.

Aber das Werk war noch nicht vollendet; ich sah bald, daß der Wilde, welchen ich zu Boden geschlagen hatte, und den ich für tot hielt, nur betäubt war und sich wieder zu rühren anfing. Ich zeigte ihn meinem Wilden mit dem Finger, indem ich ihm bemerklich machte, daß er nicht tot war. Hierauf sagte er einige Worte zu mir, welche ich nicht verstehen konnte, die mir aber um so angenehmer klangen, als es der erste Laut einer menschlichen Stimme war, welche, die meinige ausgenommen, seit vierundzwanzig Jahren an meine Ohren schlug.

Dies war jedoch nicht der Augenblick, solche Betrachtungen anzustellen; der erste Wilde hatte bereits wieder Kräfte genug bekommen, um sich aufrecht hinzusetzen, und ich bemerkte, daß der meinige (denn ich betrachtete ihn schon als mir angehörig) sich zu fürchten anfing; als er mich aber mit meiner zweiten Flinte auf den Unglücklichen anlegen sah, gab er mir durch Zeichen zu verstehen, ich möchte ihm meinen Säbel geben, welcher offen an meiner Seite hing. Kaum hatte er ihn, als er gerade auf seinen Feind zulief und demselben mit einem einzigen Hieb den Kopf so geschickt herunterschlug, daß kein Scharfrichter in ganz England dieses Geschäft schneller und besser hätte besorgen können. Dies schien mir erstaunlich von einem Menschen, welcher niemals in seinem ganzen Leben einen anderen Säbel gesehen haben mußte als die hölzernen Säbel der Wilden; indessen habe ich später erfahren, daß das Holz, aus welchem letztere diese Waffen verfertigen, so hart, und die Schneide derselben so scharf ist, daß sie mit *einem* Zuge einen Kopf oder Arm abhauen können. Nach dieser Heldentat kam er mit lautem Gelächter, zum Zeichen seines Triumphes, zu mir zurück und legte mir unter tausend Gebärden, deren Bedeutung ich nicht kannte, meinen Säbel nebst dem Kopf des Wilden zu Füßen.

Was ihm außerordentlich viel zu schaffen machte, war die Art und Weise, wie ich den anderen Indianer auf eine so große Entfernung getötet hatte, weshalb er, indem er auf ihn deutete, mich durch Zeichen um die Erlaubnis bat, denselben aus der Nähe zu sehen. Nachdem er hinzugetreten war, vermehrte sich seine Überraschung; er betrachtete ihn, drehte ihn bald auf die eine, bald auf die andere Seite; er untersuchte die Wunde, welche die Kugel mitten in die Brust gemacht, und deren Öffnung nicht viel Blut herausgelassen hatte, da es sich hineinwärts ergoß. Er nahm ihm hierauf seinen Bogen und seine Pfeile ab und kam zu mir zurück. Entschlossen, jetzt mich zu entfernen, befahl ich ihm, mir zu folgen, wobei ich ihm zu verstehen gab, daß ich fürchtete, die Wilden in größerer Anzahl herbeikommen zu sehen.

Er gab mir ein Zeichen, daß er die beiden Toten begraben wolle, damit nicht die anderen, wenn sie herbeikämen, sie entdeckten. Ich gestattete es ihm. Nachdem er in einem Augenblick mit den Händen ein Loch in den Sand gehöhlt hatte, schleppte er einen Leichnam hin, welchen er verscharrte; dann machte er es ebenso mit dem anderen. Er brauchte nicht mehr als eine Viertelstunde, um beide unter den Boden zu bringen.

Jetzt rief ich ihm von neuem zu und führte ihn nicht in meine Festung, sondern in die Höhle, welche ich weiterhin auf der Insel besaß; hierbei ging mein Traum nicht in Erfüllung, nach welchem er sich in mein Wäldchen flüchten mußte. Dort angekommen, gab ich ihm Brot, eine Weintraube und Wasser, dessen er wegen des schnellen Laufens hauptsächlich bedurfte. Nachdem er sich erquickt hatte, machte ich ihm ein Zeichen, schlafen zu gehen, indem ich ihm einen Haufen Reisstroh mit einer Decke, was mir selbst schon oft als Bett gedient hatte, anwies; das arme Geschöpf gehorchte und legte sich nieder. Es war ein gutaussehender und wohlgewachsener junger Mensch, weder zu dick noch zu groß, sondern schlank und kräftig, ungefähr sechsundzwanzig Jahre alt. Er hatte eine derbe Haltung und in seinen Zügen etwas sehr Männliches, wiewohl ohne Beimischung von Roheit oder Trotz. Man fand darin im Gegenteil alle Sanftmut, alle Gemütlichkeit der Europäer, hauptsächlich wenn er lächelte. Seine Haare waren lang und schwarz und nicht kraus wie Wolle; seine Stirn war hoch und breit, seine Augen hell und voll Feuer. Die Gesichtsfarbe war nicht schwarz, aber sehr gebräunt, ohne etwas von jener widerlichen und abstoßenden gelblichen Farbe der Brasilianer, Virginier oder anderen Wilden von Amerika zu haben; sie näherte sich vielmehr dem Dunkelolivenfarbigen, was angenehmer zu sehen war als leicht zu beschreiben. Er hatte ein rundes und volles Gesicht; die Nase war wohlgebildet und nicht abgeplattet wie bei den Negern; seine Zähne standen in guter Ordnung und waren weiß wie Elfenbein.

Nachdem er ungefähr eine halbe Stunde eher geschlummert als geschlafen hatte, wurde er wieder munter und trat aus der Höhle, um mir Gesellschaft zu leisten. Ich war gerade mit dem Melken der Ziegen beschäftigt, welche sich in der Umzäunung dort in der Nähe befanden. Als er mich bemerkte, eilte er auf mich zu und warf sich mit allen Zeichen ehrerbietiger und aufrichtiger Dankbarkeit zu Boden, indem er wiederum eine Menge seltsamer Gebärden machte. Endlich legte er sich mit der Stirne auf den Boden, ganz nahe bei meinem Fuße, welchen er ergriff und abermals auf seinen Kopf setzte; dann machte er mir alle erdenklichen Zeichen von Unterwürfigkeit, um mir anzudeuten, daß er mir sein ganzes Leben lang dienen wolle.

Ich verstand die meisten seiner Zeichen und versuchte, ihm begreiflich zu machen, daß ich sehr wohl mit ihm zufrieden sei. In kurzer Zeit fing ich an, mit ihm zu sprechen und lehrte ihn, seinerseits mit mir zu sprechen. Ich bedeutete ihm zuerst, daß er *Freitag* heißen sollte, ein Name, den ich ihm gab zum Andenken an den Tag, an welchem er in meine Gewalt geraten war. Weiter lehrte ich ihn, mich *Herr* zu nennen, dann *Ja* und *Nein* sagen, indem ich ihm zu verstehen gab, was diese Worte bezeichnen.

Ich reichte ihm hierauf Milch in einem irdenen Topfe; zuerst trank ich davon, dann tauchte ich mein Brot hinein und gab ihm ein Stück davon, damit er es ebenso machen sollte. Sobald er davon gekostet hatte, machte er mir ein Zeichen, daß es ihm sehr wohl schmecke.

Ich blieb die ganze Nacht in meiner Höhle mit ihm; aber sobald der Tag anbrach, gab ich ihm zu verstehen, daß er mir folgen sollte und daß ich ihm Kleider geben würde; letzteres schien ihm Freude zu machen, denn er war ganz nackt. Als wir an den Ort kamen, wo die Wilden verscharrt waren, bezeichnete er mir ihn genau, sowie die Merkmale, welche er gemacht hatte, um ihn wiederzuerkennen, wobei er mir andeutete, daß wir sie ausgraben und verzehren sollten. Ich gab mir bei dieser Zumutung das Ansehen eines sehr zornigen Menschen. Ich drückte ihm den Abscheu, den ich vor einem solchen Gedanken empfand, dadurch aus, daß ich tat, als ob ich mich erbrechen wollte, und befahl ihm, sich zu entfernen; was er auf der Stelle mit großer Unterwürfigkeit befolgte. Hierauf führte ich ihn auf den Gipfel des Hügels, um zu sehen, ob seine Feinde fort wären. Mit Hilfe meines Fernrohres entdeckte ich den Platz, wo die Wilden gewesen waren, sah aber weder sie noch ihre Kanus, ein sicheres Zeichen, daß sie sich eingeschifft und ihre beiden Kameraden im Stich gelassen hatten, ohne sich die Mühe zu nehmen, dieselben aufzusuchen.

Mit dieser Entdeckung war ich noch nicht zufrieden; da

ich mehr Mut und folglich auch mehr Neugierde in mir verspürte, nahm ich meinen Freitag mit mir. Ich überließ ihm meinen Säbel, samt dem Bogen und den Pfeilen, mit welchen er, wie ich sah, sehr geschickt umzugehen wußte; dann gab ich ihm eine Flinte zu tragen und nahm zwei andere für mich selbst. So bewaffnet gingen wir dem Orte des Festmahles zu, denn ich wollte mir nähere Aufklärung verschaffen. Als ich daselbst ankam, gerann das Blut in meinen Adern zu Eis und mein Puls stockte beim Anblick eines gräßlichen Schauspieles, welches in der Tat schrekkenerregend war, wenigstens für mich, denn auf Freitag machte es nicht den nämlichen Eindruck. Der Platz war bedeckt mit menschlichen Gebeinen, der Boden feucht von Blut und der Rasen übersät mit halbabgenagten und geschundenen Stücken Fleisch, kurz, mit allen Überbleibseln des Triumphschmauses, durch welchen die Wilden den über ihre Feinde davongetragenen Sieg gefeiert hatten. Ich sah am Boden drei Schädel, fünf Hände, nebst den Knochen von zwei oder drei Schenkeln und ebenso vielen Beinen. Freitag gab mir durch Zeichen zu verstehen, daß die Wilden vier Gefangene hergebracht und drei derselben gefressen hätten, indem er selbst der vierte war; daß eine große Schlacht zwischen ihnen und einem benachbarten König, dessen Untertan er war, stattgefunden habe, und daß infolge dieses Kampfes viele Gefangene an verschiedene Orte weggeführt worden seien, um aufgezehrt zu werden, wie die Unglücklichen, deren Überreste ich vor mir sah.

Ich befahl Freitag, alle diese Überlinge von Knochen und Fleisch auf einen Haufen zu sammeln und ringsherum ein großes Feuer anzuzünden, um sie zu Asche zu verbrennen. Ich sah wohl, daß sein Magen großes Gelüste nach diesem Fleisch hatte, und daß er im Herzen noch ein echter Kannibale war; aber ich zeigte ihm so viel Abscheu schon vor der Vorstellung davon, daß er es nicht wagte, seine Wünsche an den Tag zu legen; denn ich hatte ihm begreiflich gemacht, daß ich ihn töten würde, wenn er sich gegen mich äußerte.

Hierauf kehrten wir um und gingen in meine Festung, wo ich an den Kleidern für Freitag zu arbeiten anfing. Ich gab ihm vorerst ein paar leinene Unterhosen, welche ich in der Kiste des armen Konstabels gefunden hatte, und die ihm mit einigen Änderungen ziemlich gut paßten. Dazu tat ich eine Jacke von Ziegenfell, welche ziemlich gut zugeschnitten war, denn ich war ein erträglicher Schneider geworden; dann machte ich ihm eine sehr bequeme und ziemlich geschmackvolle Mütze aus Hasenfell; dies reichte für den Augenblick hin. Er war vor Vergnügen außer sich, sich beinahe so gut gekleidet zu sehen wie seinen Herrn, obwohl diese Kleider ihm am Anfang ein lächerliches Aussehen gaben, hauptsächlich die Hosen, die ihm gewaltig unbequem waren. Die Ärmel der Jacke taten ihm gleichfalls auf den Schultern und unter den Armen weh; ich besserte aber alles, wo es nötig war, aus, und da die Gewohnheit das übrige tat, wurde er bald mit diesen Kleidern vertraut.

Den Tag nachher suchte ich einen Ort ausfindig zu machen, wo ich meinem Diener eine für ihn passende und für mich bequeme Wohnung anweisen könnte. Ich fand nichts Besseres, als ihm zwischen meinen beiden Befestigungswerken eine kleine Hütte zu bauen. Weil aber meine Höhle innerhalb dieses Zwischenraumes einen Zugang hatte, brachte ich mitten auf dem Gange ein wenig vorwärts von meinem Eingange ein regelmäßig gezimmertes hölzernes Gesimse mit einer Brettertür an, welche nach innen aufging; diese Tür schloß ich während der Nacht, wobei ich noch darauf bedacht war, meine beiden Leitern wegzuschaffen, so daß Freitag nicht bis zu mir innerhalb meiner inneren Verschanzung gelangen konnte, ohne Gefahr zu laufen, mich durch das Geräusch, das er beim Hinaufsteigen machte, aufzuwecken. Mein erster Wall hatte jetzt ein dichtes Dach von langen Stangen, welche mein Zelt bedeckten und an den Felsen gesprießt waren. Über diese Stangen, welche mit dünnen Zweigen anstatt der Latten durchflochten waren, hatte ich eine dichte Bedeckung von Reisstroh gearbeitet, was so fest ist wie Schilfrohr. An dem Loch oder dem Durchgang, welchen ich gelassen hatte, um mit meiner Leiter hinauszukommen, hatte ich eine Falltüre angebracht, welche, wenn sie von außen aufgebrochen werden wollte, mit großem Getöse herabgestürzt wäre, statt sich zu öffnen. Die Waffen nahm ich alle zur Nachtzeit mit mir. Ich hatte jedoch diese Vorsichtsmaßregeln nicht nötig, denn niemals hatte jemand einen treueren, ehrlicheren und anhänglicheren Diener. Ohne Launen, ohne Eigensinn, ohne Vorbehalt war er mir gänzlich ergeben, und seine Neigung zu mir war die eines Kindes gegen seinen Vater. Ich wage zu behaupten, daß er sein Leben aufgeopfert hätte, um das meinige zu retten, wenn sich die Gelegenheit dazu dargeboten hätte. Er gab mir davon so viele Beweise, daß es mir unmöglich war, an ihm zu zweifeln und nicht die Entbehrlichkeit meiner gegen ihn angewendeten Vorsicht einzusehen.

Jonathan Swift
Die Akademie

Das Gebäude der Akademie besteht nicht aus einem einzelnen, sondern aus einer Reihe mehrerer Häuser an beiden Seiten der Straße, die zu diesem Zwecke gekauft und eingerichtet wurden, da sie bereits leer standen und in Verfall gerieten. Ich wurde von dem Direktor sehr gut aufgenommen und besuchte darauf mehrere Tage die Akademie. Jedes Zimmer beherbergte einen oder mehrere Projektmacher, und ich glaube, ich bin in nicht weniger als fünfhundert Zimmern gewesen.

Der erste, den ich erblickte, war ein magerer Mann mit schmutzigen Händen und Gesicht, langem Bart und Haar, zerzaust und an mehreren Stellen versengt. Kleider, Hemd und Haut waren bei ihm von derselben Farbe. Er hatte acht Jahre lang das Projekt verfolgt, Sonnenstrahlen aus Gurken zu ziehen, welche in hermetisch geschlossenen Phiolen verwahrt und in rauhen Sommern herausgenommen wurden, weil sie die Luft erwärmen sollten. Er sagte mir, ohne Zweifel werde er in acht Jahren oder vielleicht in noch längerer Zeit imstande sein, die Gärten des Gouverneurs zu mäßigen Preisen mit Sonnenschein zu versehen. Er beklagte sich jedoch über Mangel an Kapital und bat mich, ihm zur Ermutigung des Genies etwas zu geben, besonders, da die Gurken in jetziger Jahreszeit sehr teuer gewesen wären. Ich gab ihm ein kleines Geschenk, denn der adlige Herr hatte mich zu dem Zwecke mit Geld versehen, weil er die Gewohnheit jener Leute kannte, von jedem, der sie besuchte, etwas zu erbetteln.

Ich ging in ein anderes Zimmer, war aber schon im Begriff zurückzueilen, weil mich ein furchtbarer Gestank beinahe überwältigte. Mein Führer aber drängte mich wieder voran, indem er mich mit einem Flüstern beschwor, keinen Anstoß zu erregen, den man mir im höchsten Grade übelnehmen würde; deshalb wagte ich nicht einmal, mir die Nase zuzuhalten. Der Projektmacher in dieser Zelle war der älteste Gelehrte der Akademie; Gesicht und Bart waren von blassem Gelb, Hände und Kleider mit Kot bedeckt. Als ich ihm vorgestellt wurde, erdrückte er mich beinahe mit einer Umarmung, ein Kompliment, auf das ich gerne verzichtet hätte. Seine Beschäftigung war seit seiner ersten Anstellung in der Akademie ein Verfahren, um den Menschenkot wieder in den ursprünglichen Zustand der Nahrung zu versetzen durch Ausscheidung der verschiedenen Teile, Entfernung der Gallenstoffe, Verdunstung des Geruches und Abschlacken des Speichels. Die Gesellschaft hatte ihm wöchentlich ein mit Kot gefülltes Gefäß von der Größe einer Tonne bewilligt.

Ich sah einen anderen, welcher Eis zu Schießpulver kalzinieren wollte. Dieser zeigte mir auch eine Abhandlung, die er über die Hämmerbarkeit des Feuers geschrieben hatte und die er herausgeben wollte.

Auch befand sich dort ein wahrhaftes Genie von Architekt, er hatte eine neue Baumethode erfunden, nach welcher man mit dem Dach anfangen und so bis zum Fundamente fortfahren sollte. Er rechtfertigte dieses Verfahren mit dem Hinweis auf die Bauart der klügsten Insekten, der Bienen und Spinnen.

Ein Blindgeborener hatte dort mehrere Lehrlinge, die sich in demselben Zustand befanden. Ihre Beschäftigung bestand darin, daß sie Farben für Maler mischten; ihr Lehrer hatte sie nämlich unterrichtet, dieselben durch Gefühl und Geruch zu unterscheiden. Zu meinem Unglück hatten sie damals noch keine großen Fortschritte gemacht, und auch der Professor versah sich jeden Augenblick. Dieser Künstler findet aber bei der ganzen Brüderschaft viel Ermutigung und Achtung.

In einem anderen Zimmer fand ich viel Vergnügen an einem Projektmacher, welcher einen Entwurf erfunden hatte, das Land mit Schweinen zu pflügen, um die Kosten des Pflugs, des Rindviehs und der Arbeit zu ersparen. Seine Methode ist folgende: Man vergräbt in dem Acker acht Zoll tief und sechs Zoll voneinander entfernt eine Anzahl Eicheln, Datteln, Kastanien und andere zur Mast dienende Pflanzen, welche bei jenen Tieren besonders beliebt sind. Hierauf treibt man eine Herde von sechshundert Stück auf das Land, und dann wühlen die Schweine, um ihre Nahrung zu suchen, den Boden derart auf, daß er sich zur Saat eignet, und versehen ihn zugleich auch mit Dünger. Man hat allerdings den Versuch gemacht, fand aber Kosten wie Mühe sehr groß und die Ernte nur sehr gering; man zweifelt jedoch nicht daran, daß die Erfindung sehr verbessert werden kann.

Ich ging in ein anderes Zimmer, wo Wand und Decke mit Spinnweben gänzlich bedeckt waren; nur ein kleiner Weg war dem Künstler zum Ein- und Ausgehen geblieben. Als ich eintrat, rief er mir mit lauter Stimme zu: Ich solle seine Spinnweben nicht beschädigen. Er beklagte den unglücklichen Irrtum, welchen die Welt so lange gehegt habe, indem sie Seidenwürmer benütze, da man doch eine solche Menge häuslicher Insekten habe, welche die Seidenwürmer bei weitem übertreffen, weil sie sowohl zu weben wie zu spinnen verstünden. Auch war er der Meinung, durch Benützung der Spinnen würden die Kosten des Färbens der Seide gänzlich erspart werden; er zeigte mir eine Menge sehr schön gefärbter Fliegen, womit er seine Spinnen fütterte, und behauptete, die Spinnweben würden dadurch eine bestimmte Färbung erlangen. Da er nun Fliegen von allen Farben besitze, so hoffe er, den Geschmack eines jeden zu befriedigen, sobald er ein passendes Futter von Gummi, Ölen und gallertartigen Stoffen für die Fliegen auffinden könne, wodurch dann auch die Fäden des Gewebes Stärke und Konsistenz erhalten müßten.

Da gab es einen Astronomen, der sich anheischig gemacht hatte, eine Sonnenuhr auf dem Wetterhahn des Stadtturmes aufzustellen, welche die jährlichen und täglichen Bewegungen der Erde um die Sonne anzeigen und zugleich auch den zufälligen Wechsel des Windes angeben sollte.

Da ich seit einiger Zeit an einer schwachen Kolik litt, brachte mich mein Führer in ein Zimmer, wo ein großer Arzt wohnte, welcher durch die Behandlung dieser Krankheit berühmt geworden war. Derselbe kurierte durch ein Instrument, mit dem er je nach Bedarf verschiedenartige Wirkungen erzielte. Er hatte nämlich einen großen Blasebalg mit einem langen und schmalen Mundstück aus Elfenbein. Dieses führte er nun acht Zoll den Anus hinauf, und wenn er die Luft einzog, behauptete er, könne er die Eingeweide hierdurch so schlaff machen wie eine getrocknete Blase. War aber die Krankheit zu hartnäckig und heftig, so steckte er die Mündung in den Leib des Patienten hinein, während der Blasebalg voll Wind war, und entlud denselben in die Eingeweide; alsdann zog er sein Instrument zurück, um es wieder zu füllen, hielt aber unterdessen mit seinem Daumen die Öffnung des Hinteren zu. Nachdem dies drei- oder viermal wiederholt sei, müsse der hinzugekommene Wind nach seiner Behauptung sich herausdrängen und den schädlichen mit sich fortreißen, wie man Wasser in eine Pumpe schütte, um sie zu reinigen. Alsdann sei der Patient gänzlich hergestellt. Ich sah, wie er beide Experimente bei einem Hunde machte, konnte jedoch keine Wirkung des ersteren bemerken. Nach dem zweiten war das Tier dem Bersten nahe und machte eine so furchtbare Entladung, daß es für mich und meinen Führer sehr ekelhaft war. Der Hund starb auf der Stelle, und wir verließen den Doktor, als er ihn durch dieselbe Operation wieder zum Leben zu erwecken versuchte.

Ich besuchte noch viele andere Zimmer, werde aber den Leser mit allen von mir beobachteten Merkwürdigkeiten nicht langweilen, da ich mich der Kürze befleißige.

Bis dahin hatte ich bloß eine Seite der Akademie gesehen; die andere ist nämlich für die Förderer spekulativer Wissenschaften bestimmt; ich werde davon reden, wenn ich zuvor noch eine ausgezeichnete Person erwähnt habe, welche dort mit dem Namen ›der Universalkünstler‹ bezeichnet wird. Derselbe sagte uns, er habe dreißig Jahre lang ausschließlich die Verbesserung des menschlichen Lebens im Auge gehabt. Er hatte zwei geräumige Zimmer, die mit wunderbaren Seltenheiten gefüllt, und fünfzig Menschen, die stets an der Arbeit waren. Einige verdickten die Luft in eine trockene und greifbare Substanz, indem sie die Kohlensäure ausschieden und die flüssigen Teile verdunsten ließen; andere erweichten den Marmor zu Kissen und Polstern; andere versteinerten die Hufe lebendiger Pferde, um sie vor Hufentzündung zu bewahren. Der Künstler selbst beschäftigte sich damals mit zwei großartigen Projekten; das erste bestand darin, Ackerland mit Spreu zu besäen, worin er die wahre Keimkraft nachweisen wollte und worüber er auch Versuche anstellte, die ich jedoch nicht klug genug war zu verstehen. Das andere Projekt war ein Plan, durch eine gewisse Mischung aus Gummi, Mineral- und Pflanzenstoffen, welche äußerlich angewandt werden mußten, das Wachsen der Wolle auf zwei jungen Lämmern zu verhindern; er hoffte nach gehöriger Zeit die Zucht nackter Schafe in dem ganzen Königreich verbreiten zu können.

Wir gingen darauf zur anderen Seite der Akademie hinüber, wo die Projektmacher in spekulativen Wissenschaften, wie ich bereits gesagt habe, residieren.

Der erste Professor, den ich sah, befand sich in einem großen Zimmer und war von vierzig Schülern umgeben. Nach der gewöhnlichen Begrüßung bemerkte er, daß ich ernstlich einen Rahmen betrachtete, welcher den größten Teil des Zimmers in Länge und Breite ausfüllte, und sagte: ich wundere mich vielleicht, daß er sich mit einem Projekt beschäftige, die spekulativen Wissenschaften durch praktische und mechanische Operationen zu verbessern. Die Welt werde aber bald die Nützlichkeit dieses Verfahrens bemerken. Er schmeichle sich mit dem Gedanken, daß eine höhere und edlere Idee noch nie aus dem Gehirn eines Menschen entsprungen sei. Ein jeder wisse, wieviel Mühe die gewöhnliche Erlernung der Künste und Wissenschaften erfordere; er sei überzeugt, durch seine Erfindung werde die ungebildetste Person bei mäßigen Kosten und bei nur einiger körperlicher Anstrengung Bücher über Philosophie, Poesie, Staatskunst, Gesetze, Mathematik und Theologie ohne die geringste Hilfe von Geist oder Studium schreiben können. Er führte mich an einen Rahmen, wo alle seine Schüler in Reihen aufgestellt waren. Der Rahmen war zwanzig Quadratfuß groß und befand sich in der Mitte des Zimmers. Die Oberfläche bestand aus einzelnen Holzstücken von der Dicke eines Würfels, von denen jedoch einzelne größer als andere waren. Sie waren sämtlich durch dünne Drähte miteinander verknüpft. Diese Holzstücke waren an jeder Fläche mit überklebtem Papier bedeckt, und auf diesen Papieren waren alle Worte der Landessprache, und zwar in den verschiedenen Modis, in Konjugationen und Deklinationen, jedoch ohne alle Ordnung aufgeschrieben. Der Professor bat mich achtzugeben, da er nun seine Maschine in Bewegung setzen wolle. Jeder Zögling nahm auf seinen Befehl einen eisernen Griff zur Hand, von denen vierzig am Rande des Rahmens befestigt waren. Durch eine plötzliche Umdrehung wurde dann die ganze Anordnung der Wörter verändert. Alsdann befahl er sechsunddreißig der jungen Leute, die verschiedenen Zeilen langsam zu lesen, und wann sie drei oder vier Wörter ausgefunden hatten, die einen Satz bilden konnten, diktierten sie dieselben den vier anderen, welche sie niederschrieben. Diese Arbeit wurde drei- oder viermal wiederholt. Die Maschine war aber so eingerichtet, daß die Wörter bei jeder Umdrehung einen neuen Platz einnahmen, sobald der Holzwürfel sich von oben nach unten drehte.

Sechs Stunden mußten die Schüler täglich bei dieser Arbeit zubringen. Der Professor zeigte mir mehrere Folianten, welche auf diese Weise mit Bruchstücken von Sätzen gefüllt waren und die er zusammenstellen wollte. Aus diesem reichen Material werde er der Welt ein vollständiges System aller Wissenschaften und Künste geben; ein Verfahren, das er jedoch verbessern und schneller beendigen könne, wenn das Publikum ein Kapital zusammenbringen wolle, um fünfhundert solcher Rahmen in Lagado zu errichten, und wenn man die Unternehmer veranlassen werde, ihre verschiedenen Sammlungen zu einer gemeinsamen zu vereinigen.

Er gab mir die Versicherung, diese Erfindung habe schon von Jugend auf alle seine Gedanken in Anspruch genommen; er habe seinen Rahmen so eingerichtet, daß er den ganzen Sprachreichtum umfasse, und sogar das allgemeine Verhältnis berechnet, welches in Büchern hinsichtlich der Anzahl von Partikeln, Haupt- und Zeitwörtern und anderen Satzteilen stattfinde.

Ich bezeigte dieser ausgezeichneten Person meinen demütigsten Dank für seine große Güte, mir die ganze Erfindung mitzuteilen, und versprach, im Falle ich das Glück hätte, in mein Vaterland zurückzukehren, würde ich ihm die Gerechtigkeit erweisen, ihn als den einzigen Erfinder dieser wunderbaren Maschine zu preisen; ich bat, ihre Form und Einrichtung auf Papier aufzeichnen zu dürfen, wie ich sie hier in einer Abbildung wiedergebe. Ich sagte ihm: obgleich es in Europa die Gewohnheit bei Gelehrten sei, die Erfindungen sich einander zu stehlen, wodurch sie den Vorteil hätten, daß wenigstens ein Streit über die richtigen Eigentümer stattfinde, so werde ich doch mit aller Vorsicht darauf hinwirken, daß er ohne irgendeinen Nebenbuhler die Ehre derselben ausschließlich erlange.

Hierauf begaben wir uns in die Sprachschule, wo drei Professoren saßen und sich über die zweckmäßigste Methode, ihre Landessprache zu verbessern, berieten. Das Projekt des ersten bestand darin, die Rede dadurch abzukürzen, daß man die vielsilbigen Wörter in einsilbige verwandle und Verben und Partizipien auslasse; denn alle vorstellbaren Dinge seien in Wirklichkeit nur Hauptwörter.

Das zweite Projekt bezweckte die gänzliche Abschaffung aller Wörter, und dies ward als eine große Verbesserung in bezug auf Gesundheit wie der Kürze betrachtet. Denn es ist klar, daß jedes von uns gesprochene Wort eine Schwächung unserer Lungen durch Abnutzung, folglich auch die Verkürzung unseres Lebens zur Folge hat. Es wurde deshalb folgendes Auskunftsmittel angeboten: Da Worte Dinge seien, so wäre es vorteilhafter, wenn alle Menschen solche Dinge bei sich herumtrügen, welche das besondere Geschäft bezeichneten, worüber sie sich unterhalten wollten.

Diese Erfindung würde sicher allgemein geworden sein, zur großen Erleichterung und für aller Gesundheit, wenn sich nicht die Weiber mit dem Pöbel und den ungebildeten

Menschen verbunden und mit einer Rebellion gedroht hätten, im Fall ihnen nicht die Freiheit ihrer Zungen nach herkömmlicher Weise verbliebe; der Pöbel ist ja ohnedem der unversöhnliche Feind jeder Wissenschaft.

Die Klügsten und Weisesten jedoch befolgen die neue Methode, sich durch Dinge auszudrücken; die einzige Unbequemlichkeit, die sich daraus ergibt, besteht nur darin, daß ein Mann, dessen Geschäft sehr groß und von verschiedener Art ist, ein großes Bündel von Dingen auf seinem Rücken mit sich herumtragen muß, wenn er nicht imstande ist, sich einen oder zwei starke Bediente zu halten.

Zwei dieser Weisen habe ich oft unter ihren Bündeln beinahe zusammensinken sehen, wie dies bei Hausierern in England wohl der Fall ist. Wenn sie sich in den Straßen begegneten, legten sie ihre Last nieder, öffneten ihre Säcke und hielten ein stundenlanges Gespräch; alsdann füllten sie ihre Behälter aufs neue, halfen sich einander die Last wieder auf den Rücken zu nehmen und empfahlen sich.

Für ein kurzes Gespräch mag jeder seinen Bedarf in der Tasche oder unter dem Arme tragen, weil ihm weniger genügt. Zu Hause aber kann niemand in Verlegenheit kommen. Deshalb ist ein Zimmer, wo eine in dieser Kunst gewandte Gesellschaft zusammenkommt, mit allen Dingen angefüllt, griffbereit, um Stoff zu einem solchen künstlichem Gespräch darzubieten.

Ein anderer Vorteil, welcher sich aus dieser Erfindung ergeben muß, besteht darin, daß sie für eine allgemeine Sprache brauchbar wäre, die man bei allen zivilisierten Nationen verstände, bei denen Güter und Gerät sich gleichen oder fast ähneln, so daß ihre Benutzung leicht verstanden werden kann. So könnten Gesandte mit fremden Fürsten oder Staatsmännern leicht verhandeln, obgleich sie deren Sprache nicht verständen.

Ich war auch in der mathematischen Schule, wo die Lehrer nach einer Methode unterrichten, von der man in Europa kaum einen Begriff hat. Satz und Beweis werden auf einer dünnen Oblate mit Tinte aus Gehirntinktur aufgezeichnet. Der Schüler muß dieselbe auf nüchternen Magen schnell hinunterschlucken und dann drei Tage lang nichts als Brot und Wasser nehmen. Ist die Oblate verdaut, so steigt die Tinktur ins Hirn und führt dort den mathematischen Satz ein. Bisher hat aber der Erfolg sich noch nicht erwiesen, ein Umstand, der teilweise aus einem Fehler in der Menge oder der Zusammensetzung folgen mag, teilweise auch aus der Störrigkeit der jungen Leute, denen diese Medizin so ekelhaft ist, daß sie sich gewöhnlich fortstahlen und sich der Dosis von oben entledigten, bevor sie wirken konnte; auch hat man sie bis jetzt nicht überreden können, so lange zu hungern, wie es bei dem Rezepte notwendig ist.

Choderlos de Laclos
Gefährliche Liebschaften

Sie erinnern sich, wie ganz Paris sich mit den drei Frauen beschäftigte, die alle drei gleich hübsch, all drei gleich talentiert, alle drei mit ihren Prätentionen auf derselben Linie von ihrem Eintritt in die Gesellschaft an so eng liiert blieben, daß man sie die Unzertrennlichen nannte. Erst glaubte man, der Grund davon sei unsichere Schüchternheit; aber bald machte man ihnen reichlich den Hof, was sie graziös hinnahmen; sie lernten ihren Wert kennen und sie blieben trotzdem unzertrennlich wie zuvor: man hätte sagen mögen, der Triumph der einen sei auch der der beiden andern. Man hoffte auf die Liebe, daß die doch einige Rivalität da hineinbringen würde, und ich hätte mich selbst wohl daran beteiligt, wäre mir nicht gerade in dieser Zeit die große Gunst der Gräfin von ** geworden, was mir keine Untreue erlaubte, bevor nicht das Ziel erreicht war.

Es kam der Karneval und unsere drei trafen ihre Wahl. Man hatte sich davon den großen Sturm erwartet, aber er kam nicht nur nicht, sondern die Freundschaft der Unzertrennlichen zeigte sich nur noch auffallender.

Die abgeschlagenen Liebhaber taten sich mit den eifersüchtigen Frauen zusammen, um diese skandalöse Beständigkeit gehörig unter die Leute zu bringen. Die einen wußten, daß das Fundamentalgesetz der Unzertrennlichen die Gütergemeinschaft sei, unter welchem Gesetz auch die

Liebe stünde; andere versicherten, daß die drei Liebhaber, unter Rivalen gewählt, untereinander keine Rivalen wären, ja man sagte sogar, daß die drei Erwählten nur den Titel, aber nicht dessen Funktionen hätten.

Das Gerede hatte, ob wahr oder falsch, nicht den Effekt, den man sich davon versprochen hatte. Die drei Paare fühlten im Gegenteil, daß sie verloren wären, wenn sie sich in diesem Moment trennten, und sie hielten dem Sturme stand. Die Gesellschaft wird schließlich alles müde, so auch die ergebnislosen Scherze über die drei Paare: man beschäftigte sich mit was anderem, und als man wieder darauf zurückkam, geschah es mit dieser der Gesellschaft eigentümlichen Inkonsequenz: wo man früher boshafte Witze gemacht hatte, dort kannte man nun des Lobes kein Ende. Das wurde wie alles Mode und die Begeisterung für die drei wuchs ins Sinnlose. Da unternahm es Prévan, der Sache nachzugehen.

Er suchte also die drei Damen auf, die schon zu Mustern der Vollkommenheit avanciert waren. In ihre Gesellschaft gelassen zu werden, war nicht schwer, woraus er sich schon manches versprach. Denn er wußte ganz gut, daß glückliche Menschen keine so offene Türe haben, und sah bald, daß dieses über alle Himmel gepriesene Glück der drei nur das Glück der Könige war, mehr beneidet als des Wunsches wert. Er bemerkte, daß diese angeblichen Unzertrennlichen anfingen, das Vergnügen etwas außerhalb ihres Kreises zu suchen, sich anderswo zu amüsieren, und er schloß daraus, daß die Bande der Freundschaft gelockert oder gar schon zerrissen sein müßten und nur Egoismus und Gewohnheit die Sache noch zusammenhielten.

Die Frauen behielten untereinander noch den Anschein der alten Intimität, aber die größere Freiheit der Männer fand wieder Pflichten, die zu erfüllen, oder Geschäfte, denen nachzugehen; sie taten wohl so, als ob sie darüber klagten, doch dispensierten sie sich weder von Geschäft noch Pflicht, und selten waren die Abende komplett. Dem sehr eifrigen Prévan, der immer Zeit hatte, war das sehr angenehm, denn ihm fiel es natürlicherweise zu, die jeweils Verlassene des Tages zu trösten. Das wußte er, daß er unter den Dreien nicht wählen dürfe, ohne alle drei zu verlieren, daß die falsche Scham, die erste Ungetreue zu sein, die Bevorzugte scheu machen würde, und daß die verletzte Eitelkeit der beiden andern sie zu Feindinnen des neuen Geliebten machen müßte, und er dann die ganze Strenge der großen Prinzipien zu spüren bekäme; und schließlich war es sicher, daß die Eifersucht den einen Rivalen warm machen und ihn zurückbringen würde. Mit einer anzufangen, da wäre alles Hindernis geworden – mit allen dreien war die Sache ein Kinderspiel. Denn dann ist jede der drei Frauen nachsichtig, weil sie selbst beteiligt ist, und jeder Mann, weil er glaubt, er sei es nicht.

Prévan hatte damals nur eine Frau, der er opferte und war glücklich, etwas zu ihrem Ruhme zu tun, der schon nicht klein war; denn als Fremde und nach einem refüsierten Prinzen war sie bei Hof und in der Stadt in ziemlichem Ansehen. Prévan teilte die Ehre und profitierte davon bei seinen drei neuen Geliebten. Die einzige Schwierigkeit bestand darin, diese drei Intrigen gleichzeitig zu führen, wodurch das Tempo naturgemäß ein sehr langsames sein mußte. Ich habe es von einem seiner Intimen, daß das Allerschwerste darin bestand, die eine von den Dreien aufzuhalten, die aus dem Ei kriechen wollte vierzehn Tage vor den andern.

Endlich kam der große Tag. Prévan hatte die drei Zusagen erhalten und traf seine Bestimmungen. Von den drei Eheherren war der eine verreist, der andere wollte früh den nächsten Tag verreisen, und der dritte war in der Stadt. Die Unzertrennlichen sollten bei der zukünftigen Strohwitwe zu Abend essen, aber der neue Herr hatte es nicht erlaubt, daß die alten Diener dort zugezogen würden. Am selben Morgen machte er aus den Briefen seiner aufgegebenen Geliebten drei Pakete: in eines legte er das Miniaturporträt, das er von ihr bekommen hatte, in das zweite ein verliebtes Monogramm, das sie selbst gezeichnet hatte, und in das dritte eine Locke von ihrem Haar. Jede der drei erhielt dieses Drittel des Opfers und willigte dafür ein, dem in Ungnade gefallenen Liebhaber einen deutlichen Absagebrief zu schreiben.

Das war viel, doch nicht genug. Die, deren Gatte in der Stadt war, konnte nur über den Tag verfügen; es wurde daher ausgemacht, daß sie, ein Unwohlsein vorschützend, sich vor dem Diener bei der Freundin dispensieren und diese Zeit Prévan gehören sollte –; die Nacht bewilligte die, deren Mann verreist war, und den Morgen, wo der dritte Gatte abreisen sollte, bestimmte die Dritte für ihre Schäferstunde.

Prévan, der an alles denkt, läuft zu seiner schönen Freundin und provoziert dort einen Streit, der ihm vierundzwanzig Stunden absolute Freiheit gibt. Nachdem er seine Dispositionen getroffen hat, geht er nach Hause und will ein paar Stunden schlafen, aber da erwarten ihn schon neue Geschäfte. Mit den Abschiedsbriefen war den verabschiedeten Liebhabern ein Licht aufgegangen: jedem war es klar, daß er Prévan geopfert wurde. Der Ärger, zum Narren gehalten zu sein und diese Demütigung, die in einer Verabschiedung liegt, ließen die drei in Gnaden Entlassenen gleichzeitig alle unabhängig voneinander zu dem Entschluß kommen, Prévan zur Rechenschaft zu ziehen.

Der fand also bei sich zu Hause die drei Schriftstücke und erledigte sie völlig korrekt. Aber da er das Vergnügen und den Eklat des Abenteuers nicht entbehren wollte, setzte er das Rendezvous auf den nächsten Vormittag an und bestellte alle drei an denselben Ort und zur selben Stunde an eines der Tore des Bois de Boulogne.

Der Abend kam und er lief seine dreifache Bahn mit gleichbleibendem Erfolg – jedenfalls hat er sich später gerühmt, daß jede seiner drei Damen dreimal Wort und Pfand der Liebe erhielt. Hier fehlen, wie Sie sehen, die Beweise für die Geschichte, und alles, was der unparteiische Historiograph tun kann, ist: dem ungläubigen Leser zu bedenken geben, daß Eitelkeit und exaltierte Phantasie Wunderdinge verrichten können, und dieses noch, daß der Morgen, der dieser außerordentlichen Nacht folgen sollte, in Zukunft von aller solcher Mühe dispensierte. Sei das wie immer – was folgt, ist historisch.

Prévan war pünktlich beim Rendezvous, und fand da seine drei Rivalen, die ein wenig überrascht über ihr Zusammentreffen waren und vielleicht jeder auch schon ein bißchen getröstet, da er Leidensgenossen fand.

Prévan begrüßte sie sehr höflich und ganz Kavalier und hielt ihnen folgende mir wörtlich hinterbrachte Rede:

»Meine Herren, da Sie sich alle drei hier versammelt finden, haben Sie wohl ohne Zweifel erraten, daß Sie alle drei denselben Grund haben, sich über mich zu beklagen. Ich bin bereit, Ihnen jede Genugtuung zu geben, und es soll das Los entscheiden, wer von Ihnen zuerst mich seine Rache fühlen läßt, zu der Sie alle ein gleiches Recht haben. Ich habe weder Sekundanten noch Zeugen mitgenommen – ich hatte keine für die Beleidigung, ich verlange keine für die Genugtuung. Ich weiß, man gewinnt selten siebenmal den Satz; aber welches Los mich auch erwartet, man hat immer genug gelebt, wenn man Zeit gehabt hat, die Liebe der Frauen und die Achtung der Männer zu erwerben.«

Während sich seine Gegner erstaunt und schweigend ansahen und sich ihr Zartgefühl vielleicht ausrechnete, daß dieser dreifache Kampf eine etwas ungleiche Sache sei, nahm Prévan wieder das Wort: »Ich verhehle Ihnen nicht, daß mich die letzte Nacht ziemlich müde gemacht hat. Es wäre liebenswürdig von Ihnen, wenn Sie mir gestatteten, meinen Kräften etwas aufzuhelfen. Ich habe ein Frühstück angeordnet – ich bitte Sie um die Ehre, meine Einladung dazu anzunehmen. Frühstücken wir gemeinsam und frühstücken wir insbesondere lustig. Man kann sich um solche Bagatellen wohl schlagen, aber um unsere gute Laune sollen sie uns, glaube ich, nicht bringen dürfen.«

Die Einladung wurde angenommen. Man sagt, Prévan sei nie liebenswürdiger gewesen. Er war so höflich, keinen seiner Gegner die etwas lächerliche Situation spüren zu lassen und überzeugte sie, daß alle drei mit derselben Leichtigkeit das Gleiche hätten tun können, und daß keiner von ihnen eine ähnliche Gelegenheit hätte vorübergehen lassen. Man gab das allseits zu, und nun ging das übrige ganz von selbst. Das Frühstück war noch nicht zu Ende und man hatte sich schon zehnmal die Versicherung gegeben, solche Frauen wären es nicht wert, daß man sich für sie schlage. Das gab eine angenehme Eintracht, wobei der Wein das seine tat, und es dauerte nicht lange, und man schwor sich ewige Freundschaft. Vom Duell war keine Rede mehr.

Prévan, dem diese Lösung ebenso angenehm war wie den andern, wollte jedoch nichts von seinem Ruhme verlieren, und so machte er einen geschickt auf die Umstände eingerichteten Vorschlag: »Tatsächlich haben Sie sich nicht an mir, sondern an Ihren untreuen Geliebten zu rächen, und ich will Ihnen Gelegenheit dazu geben. Ich weiß jetzt schon, daß ich mich selber bald mit Ihnen in die Beleidigung werde teilen können, die Ihnen widerfahren ist; denn da es keinem von Ihnen gelang, eine einzige festzuhalten, wie sollte es mir da mit dreien gelingen? Also Ihre Sache wird auch die meine. Kommen Sie heute abend auf ein kleines Souper zu mir in meine Petite Maison – ich hoffe, daß Sie da Ihre Rache haben werden.« Man wollte etwas Bestimmtes wissen, aber Prévan bemerkte mit dem überlegenen Ton, den ihm die Umstände erlaubten: »Ich glaube Ihnen, meine Herren, bewiesen zu haben, daß es mir an Geist, solche Dinge ganz gut einzurichten, nicht fehlt, also verlassen Sie sich auf mich.« Man war einverstanden, die neuen Freunde umarmten einander und man trennte sich bis zum Abend.

Prévan verliert keine Zeit, geht nach Paris zurück und lädt seine drei Damen für denselben Abend zu einem intimen Souper in seine Petite Maison. Zwei von ihnen machten wohl einige Schwierigkeiten – aber was läßt sich abschlagen »am Tag nachher«? Er bestimmte das Rendezvous in Abständen von je einer Stunde, wie er es für seinen Plan brauchte. Er traf alle Vorbereitungen, benachrichtigte seine Mitverschworenen und zu viert zogen sie in bester Stimmung hinaus, die Opfer zu erwarten.

Es kommt die erste. Prévan zeigt sich allein, und voll Eifer führt er sie gleich ins Allerheiligste, als dessen Gottheit sie sich fühlt. Hierauf verschwindet er unter irgendeinem Vorwand und läßt sich durch den beleidigten Liebhaber ersetzen.

Sie begreifen, daß die Bestürzung einer Frau, die noch keine Übung in Abenteuern hat, den Triumph leicht und billig macht – jeder gar nicht geäußerte Vorwurf zählte als eine Gnade, und die entflohene Sklavin war ihrem alten Herrn wieder ausgeliefert, nur zu glücklich, Verzeihung zu erhoffen, indem sie ihre Kette wieder aufnahm. Der Friedensschluß wurde an einem etwas einsameren Ort unterzeichnet, und auf die leer gewordene Bühne traten jetzt der Reihe nach die übrigen Akteure – mit demselben Stück und der gleichen Lösung des Konflikts, ohne daß eine der Frauen darum wußte, denn jede glaubte sich allein im Spiel.

So war ihre Verblüffung und ihre Verlegenheit nicht gering, als sich die drei Paare zum Souper trafen. Aber die Überraschung erreichte ihre Höhe, als Prévan jetzt mitten unter den drei Paaren erschien und die Grausamkeit hatte, die drei ungetreuen Damen um Entschuldigung zu bitten, was ihr Geheimnis preisgab, und sie so wissen ließ, wie arg ihnen mitgespielt worden war.

Man setzte sich zu Tisch und bald kam wieder etwas Haltung in die Gesellschaft: die Herren wurden vertraulich, die Damen schwach. Alle hatten sie wohl den Haß im Herzen, aber was man sich sagte, war voll zärtlichster Gefühle. Ausgelassenheit weckte die Begierde, die wieder zu neuen Reizen half. Diese sonderbare Orgie dauerte bis in den Morgen, und als man sich trennte, konnten die Frauen glauben, es wäre ihnen verziehen – aber die Männer hatten ihr Ressentiment bewahrt und brachen schon am nächsten Tag das Verhältnis gründlich. Sie begnügten sich nicht einmal damit, ihre leichtsinnigen Geliebten bloß aufzugeben: sie erzählten ihr Abenteuer auch jedem, der es hören wollte. Da kam die eine der drei ins Kloster und die beiden andern langweilen sich in der Provinzverbannung auf ihren Gütern.

Johann Peter Hebel
Unverhofftes Wiedersehen

In Falun in Schweden küßte vor guten fünfzig Jahren und mehr ein junger Bergmann seine junge, hübsche Braut und sagte zu ihr: »Auf Sankt Luciä wird unsere Liebe von des Priesters Hand gesegnet. Dann sind wir Mann und Weib und bauen uns ein eigenes Nestlein.« – »Und Friede und Liebe soll darin wohnen«, sagte die schöne Braut mit holdem Lächeln, »denn du bist mein einziges und alles, und ohne dich möchte ich lieber im Grab sein als an einem andern Ort.« Als sie aber vor Sankt Luciä der Pfarrer zum zweiten Male in der Kirche ausgerufen hatte: »So nun jemand Hindernis wüßte anzuzeigen, warum diese Personen nicht möchten ehelich zusammenkommen«, da meldete sich der Tod. Denn als der Jüngling den andern Morgen in seiner schwarzen Bergmannskleidung an ihrem Haus vorbeiging, der Bergmann hat sein Totenkleid immer an, da klopfte er zwar noch einmal an ihrem Fenster und sagte ihr guten Morgen, aber keinen guten Abend mehr. Er kam nimmer aus dem Bergwerk zurück, und sie saumte vergeblich selbigen Morgen ein schwarzes Halstuch mit rotem Rand für ihn zum Hochzeitstag, sondern als er nimmer kam, legte sie es weg und weinte um ihn und vergaß ihn nie. Unterdessen wurde die Stadt Lissabon in Portugal durch ein Erdbeben zerstört, und der Siebenjährige Krieg ging vorüber, und Kaiser Franz der Erste starb, und der Jesuitenorden wurde aufgehoben und Polen geteilt, und die Kaiserin Maria Theresia starb, und der Struensee wurde hingerichtet, Amerika wurde frei, und die vereinigte französische und spanische Macht konnte Gibraltar nicht erobern. Die Türken schlossen den General Stein in der Veteraner Höhle in Ungarn ein, und der Kaiser Joseph starb auch. Der König Gustav von Schweden eroberte Russisch-Finnland, und die Französische Revolution und der lange Krieg fing an, und der Kaiser Leopold der Zweite ging auch ins Grab. Napoleon eroberte Preußen, und die Engländer bombardierten Kopenhagen, und die Ackerleute säeten und schnitten. Der Müller mahlte, und die Schmiede hämmerten, und die Bergleute gruben nach den Metalladern in ihrer unterirdischen Werkstatt. Als aber die Bergleute in Falun im Jahr 1809 etwas vor oder nach Johannis zwischen zwei Schachten eine Öffnung durchgraben wollten, gute dreihundert Ellen tief unter dem Boden, gruben sie aus dem Schutt und Vitriolwasser den Leichnam eines Jünglings heraus, der ganz mit Eisenvitriol durchdrungen, sonst aber unverwest und unverändert war, also daß man seine Gesichtszüge und sein Alter noch völlig erkennen konnte, als wenn er erst vor einer Stunde gestorben oder ein wenig eingeschlafen wäre an der Arbeit. Als man ihn aber zu Tage ausgefördert hatte, Vater und Mutter, Gefreundte und Bekannte waren schon lange tot, kein Mensch wollte den schlafenden Jüngling kennen oder etwas von seinem Unglück wissen, bis die ehemalige Verlobte des Bergmanns kam, der eines Tages auf die Schicht gegangen war und nimmer zurückkehrte. Grau und zusammengeschrumpft kam sie an einer Krücke an den Platz und erkannte ihren

Bräutigam; und mehr mit freudigem Entzücken als mit Schmerz sank sie auf die geliebte Leiche nieder, und erst als sie sich von einer langen heftigen Bewegung des Gemüts erholt hatte, »es ist mein Verlobter«, sagte sie endlich, »um den ich fünfzig Jahre lang getrauert hatte und den mich Gott noch einmal sehen läßt vor meinem Ende. Acht Tage vor der Hochzeit ist er auf die Grube gegangen und nimmer gekommen.« Da wurden die Gemüter aller Umstehenden von Wehmut und Tränen ergriffen, als sie sahen die ehemalige Braut jetzt in der Gestalt des hingewelkten kraftlosen Alters und den Bräutigam noch in seiner jugendlichen Schöne, und wie in ihrer Brust nach fünfzig Jahren die Flamme der jugendlichen Liebe noch einmal erwachte; aber er öffnete den Mund nimmer zum Lächeln oder die Augen zum Wiedererkennen; und wie sie ihn endlich von den Bergleuten in ihr Stübchen tragen ließ, als die einzige, die ihm angehörte und ein Recht an ihn habe, bis sein Grab gerüstet sei auf dem Kirchhof. Den andern Tag, als das Grab gerüstet war auf dem Kirchhof und ihn die Bergleute holten, schloß sie ein Kästlein auf, legte ihm das schwarzseidene Halstuch mit roten Streifen um und begleitete ihn in ihrem Sonntagsgewand, als wenn es ihr Hochzeitstag und nicht der Tag seiner Beerdigung wäre. Denn als man ihn auf dem Kirchhof ins Grab legte, sagte sie: »Schlafe nun wohl, noch einen Tag oder zehn im kühlen Hochzeitbett, und laß dir die Zeit nicht lang werden. Ich habe nur noch wenig zu tun und komme bald, und bald wirds wieder Tag. Was die Erde einmal wiedergegeben hat, wird sie zum zweiten Male auch nicht behalten«, sagte sie, als sie fortging und noch einmal umschaute.

Heinrich von Kleist
Brief an Henriette Vogel

Berlin, nach Michaelis 1811

Mein Jettchen, mein Herzchen, mein Liebes, mein Täubchen, mein Leben, mein liebes, süßes Leben, mein Lebenslicht, mein Alles, mein Hab und Gut, meine Schlösser, Äcker, Wiesen und Weinberge, o Sonne meines Lebens, Sonne, Mond und Sterne, Himmel und Erde, meine Vergangenheit und Zukunft, meine Braut, mein Mädchen, meine liebe Freundin, mein Innerstes, mein Herzblut, mein Eingeweide, mein Augenstern, o Liebste, wie nenn ich Dich? Mein Goldkind, meine Perle, mein Edelstein, meine Krone, meine Königin und Kaiserin. Du lieber Liebling meines Herzens, mein Höchstes und Teuerstes, mein Alles und Jedes, mein Weib, meine Hochzeit, die Taufe meiner Kinder, mein Trauerspiel, mein Nachruhm. Ach, Du bist mein zweites besseres Ich, meine Tugenden, meine Verdienste, meine Hoffnung, die Vergebung meiner Sünden, meine Zukunft und Seligkeit, o Himmelstöchterchen, mein Gotteskind, meine Fürsprecherin, mein Schutzengel, mein Cherubim und Seraph, wie lieb ich Dich!

Meine Ruh' ist hin

Sieben der schönsten deutschen Liebesgedichte von Johann Wolfgang Goethe, Joseph von Eichendorff, Wilhelm Müller, Matthias Claudius, Ludwig Uhland, Heinrich Heine

Johann Wolfgang Goethe
Heidenröslein

Sah ein Knab ein Röslein stehn,
Röslein auf der Heiden,
War so jung und morgenschön,
Lief er schnell, es nah zu sehn,
Sah's mit vielen Freuden.
Röslein, Röslein, Röslein rot,
Röslein auf der Heiden.

Knabe sprach: Ich breche dich,
Röslein auf der Heiden!
Röslein sprach: Ich steche dich,
Daß du ewig denkst an mich,
Und ich will's nicht leiden.
Röslein, Röslein, Röslein rot,
Röslein auf der Heiden.

Und der wilde Knabe brach
's Röslein auf der Heiden;
Röslein wehrte sich und stach,
Half ihm doch kein Weh und Ach,
Mußt es eben leiden.
Röslein, Röslein, Röslein rot,
Röslein auf der Heiden.

Meine Ruh' ist hin

Meine Ruh' ist hin,
Mein Herz ist schwer,
Ich finde sie nimmer
Und nimmermehr.

Wo ich ihn nicht hab',
Ist mir das Grab,
Die ganze Welt
Ist mir vergällt.

Mein armer Kopf
Ist mir verrückt,
Mein armer Sinn
Ist mir zerstückt.

Meine Ruh' ist hin,
Mein Herz ist schwer
Ich finde sie nimmer
Und nimmermehr.

Nach ihm nur schau' ich
Zum Fenster hinaus,
Nach ihm nur geh' ich
Aus dem Haus.

Sein hoher Gang,
Sein' edle Gestalt,
Seines Mundes Lächeln,
Seiner Augen Gewalt,

Und seiner Rede
Zauberfluß,
Sein Händedruck,
Und ach, sein Kuß!

Meine Ruh' ist hin,
Mein Herz ist schwer,
Ich finde sie nimmer
Und nimmermehr.

Mein Busen drängt
Sich nach ihm hin,
Ach dürft' ich fassen
Und halten ihn.

Und küssen ihn,
So wie ich wollt',
An seinen Küssen
Vergehen sollt'!

Joseph von Eichendorff
Das zerbrochene Ringlein

In einem kühlen Grunde
Da geht ein Mühlenrad,
Mein' Liebste ist verschwunden,
Die dort gewohnet hat.

Sie hat mir Treu versprochen,
Gab mir ein'n Ring dabei,
Sie hat die Treu gebrochen,
Mein Ringlein sprang entzwei.

Ich möcht' als Spielmann reisen
Weit in die Welt hinaus
Und singen meine Weisen
Und gehn von Haus zu Haus.

Ich möcht' als Reiter fliegen
Wohl in die blut'ge Schlacht,
Um stille Feuer liegen
Im Feld bei tiefer Nacht.

Hör' ich das Mühlrad gehen,
Ich weiß nicht, was ich will –
Ich möcht' am liebsten sterben,
Da wär's auf einmal still!

Wilhelm Müller
Gute Nacht

Fremd bin ich eingezogen,
Fremd zieh ich wieder aus.
Der Mai war mir gewogen
Mit manchem Blumenstrauß.

Das Mädchen sprach von Liebe,
Die Mutter gar von Eh' –
Nun ist die Welt so trübe,
Der Weg gehüllt in Schnee.

Ich kann zu meiner Reisen
Nicht wählen mit der Zeit,
Muß selbst den Weg mir weisen
In dieser Dunkelheit.
Es zieht ein Mondenschatten
Als mein Gefährte mit,
Und auf den weißen Matten
Such ich des Wildes Tritt.

Was soll ich länger weilen,
Bis man mich trieb hinaus?
Laß irre Hunde heulen
Vor ihres Herren Haus!

Die Liebe liebt das Wandern –
Gott hat sie so gemacht –
Von einem zu dem andern –
Fein Liebchen, Gute Nacht!

Will dich im Traum nicht stören,
Wär schad um deine Ruh,
Sollst meinen Tritt nicht hören –
Sacht, sacht die Türe zu!
Ich schreibe nur im Gehen
Ans Tor noch gute Nacht,
Damit du mögest sehen,
Ich hab an dich gedacht.

Matthias Claudius
Der Tod und das Mädchen

Das Mädchen
Vorüber! Ach, vorüber!
Geh wilder Knochenmann!
Ich bin noch jung, geh Lieber!
Und rühre mich nicht an.

Der Tod
Gib deine Hand, du schön und zart Gebild!
Bin Freund, und komme nicht, zu strafen.
Sei gutes Muts! ich bin nicht wild,
Sollst sanft in meinen Armen schlafen!

Ludwig Uhland
Der Wirtin Töchterlein

Es zogen drei Burschen wohl über den Rhein,
Bei einer Frau Wirtin, da kehrten sie ein:

»Frau Wirtin, hat Sie gut Bier und Wein?
Wo hat Sie Ihr schönes Töchterlein?« –

»Mein Bier und Wein ist frisch und klar.
Mein Töchterlein liegt auf der Totenbahr.«

Und als sie traten zur Kammer hinein,
Da lag sie in einem schwarzen Schrein.

Der erste, der schlug den Schleier zurück
Und schaute sie an mit traurigem Blick:

»Ach, lebtest du noch, du schöne Maid!
Ich würde dich lieben von dieser Zeit.«

Der zweite deckte den Schleier zu
Und kehrte sich ab und weinte dazu:

»Ach, daß du liegst auf der Totenbahr!
Ich hab dich geliebet so manches Jahr.«

Der dritte hub ihn wieder sogleich
Und küßte sie an den Mund so bleich:

»Dich liebt ich immer, dich lieb ich noch heut
Und werde dich lieben in Ewigkeit.«

Heinrich Heine
Im wunderschönen Monat Mai

Im wunderschönen Monat Mai
Als alle Knospen sprangen,
Da ist in meinem Herzen
Die Liebe aufgegangen.

Im wunderschönen Monat Mai,
Als alle Vögel sangen,
Da hab ich ihr gestanden
Mein Sehnen und Verlangen.

Jane Austen
Gefühl und Verstand

Barton Park lag etwa eine halbe Meile von dem Landhaus entfernt. Auf ihrer Herfahrt durch das Tal waren die Damen nahe daran vorbeigekommen, doch war es durch einen vorgelagerten Hügel ihrem Blick verborgen geblieben. Das Haus war groß und ansehnlich, und der Lebensstil der Middletons zeichnete sich gleichermaßen durch Gastlichkeit und Eleganz aus. Das erstere war auf Sir Johns Einfluß zurückzuführen, das letztere auf den seiner Gattin. Es geschah nur selten, daß nicht ein paar Freunde bei ihnen zu Besuch weilten, und sie pflegten mehr Geselligkeit aller Art als jede andere Familie in der Gegend. Beide brauchten das zum Glücklichsein; denn so verschieden sie im Hinblick auf ihr Wesen und ihr Benehmen auch sein mochten, so sehr ähnelten sie einander durch einen völligen Mangel an Talent und Geschmack, der ihre Beschäftigungen, soweit sie nicht durch gesellschaftlichen Umgang bedingt waren, in einem sehr engen Rahmen hielt. Sir John widmete sich ganz der Jagd, Lady Middleton ihrer Aufgabe als Mutter. Er ging auf die Pirsch und schoß, und sie verwöhnte ihre Kinder – das war für beide der einzige Lebensinhalt. Lady Middleton genoß den Vorteil, ihre Kinder das ganze Jahr über verziehen zu können, für Sir Johns Lieblingsbeschäftigungen dagegen gab es nur während der Hälfte dieser Zeit Gelegenheit. Ständige Verpflichtungen daheim und außer Hause sorgten jedoch dafür, daß Sir John bei guter Laune blieb und seine Frau ihre gute Lebensart betätigen konnte.

Lady Middleton bildete sich viel auf die Eleganz ihrer Tafel und ihrer gesamten Haushaltung ein, und aus dieser Eitelkeit erwuchs ihr bei all ihren Gesellschaften das meiste Vergnügen. Dagegen war die Befriedigung, die Sir John in geselligem Umgang fand, bei weitem realer; es machte ihm Freude, mehr junge Leute um sich zu versammeln, als sein Haus fassen konnte, und je ausgelassener es zuging, desto schöner fand er es. Er war ein Segen für die gesamte Jugend der Umgebung; denn im Sommer veranstaltete er eine Landpartie mit gekochtem Schinken und Brathuhn nach der anderen, und im Winter waren seine privaten Bälle so zahlreich, daß sie jeder jungen Dame genügen mußten, die nicht gerade unter dem unstillbaren Vergnügungsdurst einer Fünfzehnjährigen litt.

Die Ankunft einer neuen Familie in der Gegend war für ihn immer ein freudiges Ereignis, und von den Bewohnern, die sein Landhaus bei Barton nun hatte, war er in jeder Hinsicht entzückt. Die Schwestern Dashwood waren jung, hübsch und natürlich. Das genügte, sie ihm sympathisch zu machen; denn Natürlichkeit war alles, was ein junges Mädchen brauchte, um geistig ebenso anziehend auf ihn zu wirken wie körperlich. Sein freundliches Gemüt fühlte sich dadurch beglückt, daß er einer Familie ein Heim geboten hatte, deren augenblickliche Lebenslage man im Vergleich zu ihrer früheren Situation bedauernswert nennen konnte. Indem er sich gegen seine Verwandten großmütig zeigte, wurde ihm daher die wahre Befriedigung eines edlen Herzens zuteil, und daß er eine nur aus Frauen bestehende Familie in seinem Landhaus untergebracht hatte, gewährte ihm alle Befriedigung eines Weidmanns; denn ein Weidmann schätzt zwar von seinen Geschlechtsgenossen einzig diejenigen, die gleich ihm Weidmänner sind, aber er verspürt nicht oft Lust, ihren Geschmack zu bilden, indem er ihnen Wohnung auf seinem Gut zugesteht.

Mrs. Dashwood und ihre Töchter wurden an der Schwelle des Hauses von Sir John empfangen, der sie mit aufrichtiger Freude in Barton Park willkommen hieß, und während er seine Gäste in den Salon geleitete, äußerte er, wie schon am Tag zuvor, den jungen Damen gegenüber abermals sein Bedauern, daß es ihm nicht gelungen sei, ein paar nette junge Männer herbeizuschaffen. Außer ihm selbst würde nur noch ein Herr anwesend sein, sagte er, ein guter Freund, der gerade zu Besuch weile, jedoch weder sehr jung noch sehr lustig sei. Er hoffe, sie würden entschuldigen, daß die Gesellschaft so klein sei, doch er könne ihnen versichern, es solle nie wieder geschehen. Er habe im Laufe des Vormittags bei mehreren Familien vorgesprochen, um die Zahl der Gäste zu vergrößern, aber es sei gerade Vollmond, und da habe jeder schon eine Menge Einladungen. Zum Glück sei vor kaum einer Stunde Lady Middletons Mutter in Barton eingetroffen, eine sehr heitere, angenehme Frau; die jungen Damen würden es daher hoffentlich nicht so langweilig finden, wie sie vielleicht befürchteten. Aber den jungen Damen und ihrer Mutter genügte es durchaus, daß sich zwei völlig Fremde unter der Gesellschaft befanden, und sie wünschten sich keineswegs noch mehr.

Mrs. Jennings, Lady Middletons Mutter, war eine gutmütige, lustige, korpulente ältere Frau, die ungemein viel redete und einen sehr glücklichen und ziemlich vulgären Eindruck machte. Sie steckte voller Späße und Gelächter, und noch ehe die Mahlzeit vorbei war, hatte sie etliche witzige Bemerkungen über Liebhaber und Ehemänner zum besten gegeben, gehofft, sie hätten ihr Herz nicht in Sussex zurückgelassen, und behauptet, sie sähe sie erröten, ganz gleich, ob es an dem war oder nicht. Marianne ärgerte sich um ihrer Schwester willen darüber und warf Elinor, besorgt, wie sie wohl diese Spötteleien ertrüge, einen Blick zu, dessen Ernsthaftigkeit Elinor weitaus peinlicher berührte als Mrs. Jennings' billige Anzüglichkeiten.

Oberst Brandon, Sir Johns Freund, stach in seiner ganzen Art so sehr von diesem ab, daß er ebensowenig als Freund zu ihm zu passen schien wie Lady Middleton als Frau oder Mrs. Jennings zu Lady Middleton als Mutter. Er war wortkarg und verschlossen. Seine äußere Erscheinung wirkte jedoch nicht unangenehm, obwohl er, nach Mariannes und Margarets Meinung, ein eingefleischter alter Hagestolz war, denn er hatte die Fünfunddreißig bereits hinter sich; ein schönes Gesicht besaß er zwar nicht, aber seine Miene verriet Empfindsamkeit, und sein Benehmen war das eines vollendeten Gentlemans.

Keiner der Anwesenden hatte etwas an sich, was ihn den Dashwoods als geeigneten Umgang empfohlen hätte; Lady Middletons kalte Teilnahmslosigkeit jedoch wirkte so abstoßend, daß sich im Vergleich dazu Oberst Brandons Ernst und selbst die überschwengliche Ausgelassenheit Sir Johns und seiner Schwiegermutter geradezu anziehend ausnahmen. Lady Middleton schien erst dann Freude zu empfinden, als nach dem Essen ihre vier Rangen hereingetobt kamen, mit ihr tollten, an ihren Kleidern zerrten und jedem Gespräch ein Ende machten, das sich um etwas anderes als sie selbst drehte.

Am Abend, als man entdeckte, daß Marianne musikalisch war, bat man sie zu spielen. Das Instrument wurde aufgeschlossen, alle bereiteten sich auf den Kunstgenuß vor, und Marianne, die sehr gut singen konnte, trug auf allgemeinen Wunsch den größten Teil der von Lady Middleton bei ihrer Hochzeit in die Ehe gebrachten Lieder vor, die seitdem wahrscheinlich unberührt auf dem Pianoforte gelegen hatten; denn Ihre Ladyschaft hatte jenes Ereignis damit gefeiert, daß sie das Musizieren aufgab, obwohl sie nach den Worten ihrer Mutter ganz hervorragend und nach ihren eigenen sehr gern gespielt hatte.

Mariannes Vortrag wurde mit größtem Beifall aufgenommen. Jedesmal, wenn sie ein Lied beendet hatte, bewunderte Sir John sie lautstark, und ebenso lautstark unterhielt er sich mit den anderen, während sie sang. Lady Middleton rief ihn mehrfach zur Ordnung, drückte ihre Verwunderung darüber aus, wie sich jemand auch nur einen Augenblick davon ablenken lassen könne, der Musik zu lauschen, und bat Marianne, doch ein bestimmtes Lied zu singen, das diese eben erst vorgetragen hatte. Nur Oberst Brandon hörte ihr zu, ohne in Verzückung zu geraten. Er zollte ihr lediglich das Kompliment, aufmerksam zu sein, und aus diesem Grund empfand sie eine Hochachtung vor ihm, die sich die übrigen verständlicherweise durch ihre unentschuldbare Geschmacklosigkeit verscherzt hatten. Sein Gefallen an der Musik glich zwar nicht jenem ekstatischen Hingerissensein, das allein zu ihrem eigenen stimmen konnte, aber verglichen mit der entsetzlichen Stumpfheit der andern war es doch recht schätzenswert, und sie war vernünftig genug, einzuräumen, daß ein Mann mit fünfunddreißig Jahren sehr wohl über das Alter stürmischer Gefühle und die Fähigkeit zu intensivem Genuß hinaus sein konnte. Sie war ohne weiteres bereit, dem Oberst in Anbetracht seines vorgerückten Alters alles zugute zu halten, was die Menschlichkeit gebot.

Mrs. Jennings war eine Witwe mit einem stattlichen Leibgedinge. Sie besaß nur zwei Töchter, die sie beide anständig unter die Haube gebracht hatte, und daher blieb ihr jetzt nichts Besseres zu tun, als den Rest der Welt ebenfalls unter die Haube zu bringen. Dieses Ziel zu verwirklichen, war sie mit Eifer bestrebt, soweit es in ihrer Gewalt stand, und so versäumte sie keine Gelegenheit, eheliche Verbindungen zwischen den jungen Leuten ihres Bekanntenkreises anzubahnen. Sie besaß einen erstaunlichen Scharfblick für aufkeimende Herzensregungen und hatte so manches Mal das Vergnügen ausgekostet, eine junge Dame durch Anspielungen auf ihre Macht über einen gewissen jungen Herrn schamrot und eitel zu machen; und dieser Spürsinn befähigte sie denn auch, bald nach ihrer Ankunft in Barton mit Entschiedenheit zu erklären, daß Oberst Brandon bis über beide Ohren in Marianne Dashwood verliebt sei. Sie habe es gleich am ersten Abend, den sie zusammen gewesen seien, vermutet, denn er habe ihr so aufmerksam beim Singen zugehört, und als der Besuch erwidert worden und die Middletons in dem Landhäuschen zum Dinner erschienen seien, da habe sich die Tatsache bestätigt, denn er habe ihr wieder zugehört. Es mußte einfach so sein. Davon war sie felsenfest überzeugt. Sie würden ein ideales Paar abgeben, denn er war reich und sie war hübsch. Seit Mrs. Jennings auf Grund ihrer Beziehungen zu Sir John mit Oberst Brandon Bekanntschaft geschlossen hatte, war sie bestrebt gewesen, eine geeignete Partie für ihn ausfindig zu machen, so wie sie stets bestrebt war, allen hübschen Mädchen zu einem guten Mann zu verhelfen.

Der unmittelbare Gewinn, der dabei für sie selbst heraussprang, war keineswegs gering, denn sie erhielt Gelegenheit, über die beiden endlos Witze zu reißen. In Barton Park lachte sie über den Oberst und in dem Landhaus über Marianne. Dem ersteren war ihr Gespött, soweit es nur ihn selbst betraf, wahrscheinlich völlig gleichgültig, doch der letzteren war es zunächst unverständlich; und als sie begriff, worauf es abzielte, wußte sie nicht recht, ob sie über die Absurdität lachen oder sich über die Unverschämtheit ärgern sollte; denn sie betrachtete es als eine herzlose Verunglimpfung des Obersts im Hinblick auf seine vorgerückten Jahre und seinen einsamen Stand als alter Junggeselle.

Mrs. Dashwood, die einen Mann, der fünf Jahre jünger war als sie selbst, nicht für so überaus hochbetagt hielt, wie er der jugendlichen Phantasie ihrer Tochter erschien, bemühte sich, Mrs. Jennings von dem Verdacht zu reinigen, sie wolle sich über sein Alter lustig machen.

»Aber du kannst doch sicher nicht bestreiten, Mama, daß diese Unterstellung ausgesprochen absurd ist, auch wenn du vielleicht nicht glaubst, daß sie vorsätzlicher Bosheit entspringt. Oberst Brandon ist allerdings jünger als Mrs. Jennings, aber er ist alt genug, um mein Vater zu sein; und sollte er je so lebensvoll gewesen sein, sich zu verlieben, dann muß er jetzt längst über jedes derartige Gefühl hinaus sein. Das ist denn doch zu lächerlich! Wann wird ein Mann vor solchen Witzeleien sicher sein, wenn ihn nicht einmal Alter und Gebrechlichkeit davor bewahren?«

»Gebrechlichkeit?« sagte Elinor. »Willst du behaupten, Oberst Brandon sei gebrechlich? Ich kann zwar gut verstehen, daß dir sein Alter viel höher erscheint als unserer Mutter, aber du wirst dir doch nicht etwa vormachen, daß ihm schon die Glieder versagen?«

»Hast du denn nicht gehört, wie er über Rheumatismus klagte? Und ist das etwa nicht das häufigste Gebrechen in vorgerücktem Alter?«

»Mein liebes Kind«, sagte ihre Mutter lachend, »unter diesen Umständen mußt du ja ständig befürchten, daß es mit mir zu Ende geht, und es muß dir geradezu wie ein Wunder vorkommen, daß ich das ehrwürdige Alter von vierzig Jahren überhaupt erreicht habe.«

»Mama, du tust mir unrecht. Ich weiß sehr wohl, Oberst Brandon ist noch nicht so alt, daß sich seine Freunde schon Sorgen machen müßten, ihn durch den Lauf der Natur zu verlieren. Vielleicht hat er noch zwanzig Jahre zu leben. Aber mit fünfunddreißig denkt ein Mann nicht mehr ans Heiraten.«

»Mit fünfunddreißig sollte ein Mann vielleicht nicht mehr daran denken, eine Siebzehnjährige zu heiraten«, sagte Elinor. »Aber wenn sich eine Siebenundzwanzigjährige findet, die noch ledig ist, dann glaube ich nicht, daß seine fünfunddreißig Jahre für Oberst Brandon ein Hinderungsgrund wären, sie zu heiraten.«

»Mit siebenundzwanzig«, sagte Marianne nach einer kurzen Pause, »darf sich eine Frau keine Hoffnung machen, noch einmal Liebe zu empfinden oder zu erwecken; und wenn sie ein Zuhause hat, wo sie sich nicht wohl fühlt, oder ein zu geringes Vermögen, dann kann ich mir vorstellen, daß sie sich mit der Rolle einer Krankenpflegerin abfindet, um das Auskommen und die Sicherheit der Ehefrau zu besitzen. Wenn er also eine solche Frau heiratet, dann ist daran nichts Unpassendes. Es wäre eine Vernunftehe, und die Leute würden nichts dabei finden. In meinen Augen wäre es überhaupt keine Ehe, aber das tut nichts zur Sache. Für mich wäre das Ganze ein bloßer Tauschhandel, bei dem jeder auf Kosten des andern profitieren möchte.«

»Ich weiß ja«, erwiderte Elinor, »du würdest dich niemals von mir überzeugen lassen, daß eine Siebenundzwanzigjährige in der Lage wäre, für einen Fünfunddreißigjährigen etwas zu empfinden, was der Liebe nahe genug kommt, um ihn ihr als erstrebenswerten Gefährten erscheinen zu lassen. Aber ich muß dir widersprechen, wenn du Oberst Brandon und seine Frau zu ständiger Gefangenschaft in einem Krankenzimmer verurteilst, bloß weil er gestern bei dem naßkalten Wetter zufällig mal über ein rheumatisches Ziehen in der Schulter klagte.«

»Aber er hat von Flanellwesten gesprochen«, sagte Marianne, »und für mich ist eine Flanellweste unweigerlich mit Schmerzen, Krämpfen, rheumatischen Beschwerden und Leiden aller Art verbunden, die alte und gebrechliche Menschen befallen.«

»Hätte ihn nur ein heftiges Fieber geschüttelt, dann hättest du nicht halb so geringschätzig über ihn geurteilt. Gib zu, Marianne, die glühenden Wangen, die eingesunkenen Augen und der jagende Puls eines Fiebernden haben doch etwas ungemein Interessantes für dich, nicht wahr?«

Ein wenig später, nachdem Elinor das Zimmer verlassen hatte, sagte Marianne: »Mama, was übrigens Krankheit anbelangt, so mache ich mir Sorgen, die ich dir nicht verschweigen möchte. Ich bin überzeugt, daß es Edward Ferrars nicht gutgeht. Wir sind nun schon bald vierzehn Tage hier, und er hat sich noch immer nicht sehen lassen. Nur eine ernste Indisposition kann der Grund für dieses ungewöhnliche Säumnis sein. Was sollte ihn denn sonst in Norland aufhalten?«

»Hattest du damit gerechnet, daß er so schnell kommt?« fragte Mrs. Dashwood. »Ich nicht. Im Gegenteil, wenn ich mir überhaupt deswegen Gedanken gemacht habe, dann nur, weil ich mich erinnerte, daß er sich manchmal nicht besonders über meine Einladung zu freuen schien, wenn ich davon sprach, er solle nach Barton kommen. Wartet Elinor schon auf ihn?«

»Ich habe nicht mit ihr darüber gesprochen, aber ganz sicher wartet sie schon auf ihn.«

»Ich glaube, da irrst du dich, denn als ich mich gestern mit ihr darüber unterhielt, ob wir uns nicht einen neuen Kamin für die unbenutzte Schlafkammer zulegen sollten, meinte sie, das habe keine Eile, weil in der nächsten Zeit nicht damit zu rechnen sei, daß der Raum gebraucht werde.«

»Merkwürdig! Was kann das bloß bedeuten? Aber die ganze Art und Weise, wie sie sich gegeneinander benahmen, ist mir unerklärlich! Wie kalt, wie gefaßt sie sich voneinander verabschiedet haben! Wie steif sie sich am letzten Abend ihres Beisammenseins miteinander unterhielten! Beim Abschied war Edward zu Elinor nicht anders als zu mir: er teilte seine besten Wünsche gleichmäßig zwischen uns beiden wie ein lieber Bruder. Zweimal habe ich sie im Laufe des letzten Vormittags absichtlich allein gelassen, und jedesmal ist er mir ganz unerklärlicherweise aus dem Zimmer gefolgt. Und Elinor hat nicht geweint wie ich, als sie Norland und Edward Lebewohl sagte. Sogar jetzt ist ihre Selbstbeherrschung durch nichts zu erschüttern. Ist sie je niedergeschlagen oder melancholisch? Versucht sie je, allein zu sein, oder wirkt sie auch nur einmal in Gesellschaft ruhelos und unzufrieden?«

James Fenimore Cooper
Der letzte Mohikaner

An jenem Tage schlenderten zwei Männer an dem Ufer eines kleinen, aber reißenden Stroms, ungefähr eine Tagesreise von dem Lager Webbs, als harrten sie der Ankunft eines Dritten, oder der Annäherung eines erwarteten Ereignisses. Das weite Laubdach des Waldes dehnte sich an dem Rande des Flusses aus, indem es das Wasser überhing und seine dunklen Fluten mit noch tieferem Dunkel überschattete. Die Strahlen der Sonne fingen bereits an schwächer zu werden, und die übermäßige Hitze des Tages sich zu mildern, während kühlere Dünste von Quellen aus ihren Laubbetten emporstiegen und sich mit der Atmosphäre vermischten. Immer noch herrschte in dieser Einsamkeit jene Stille, welche die drückende Schwüle einer amerikanischen Juli-Landschaft charakterisiert, und wurde nur von den leisen Stimmen der Männer, dem gelegentlichen, müden Picken eines Waldspechts, dem unharmonischen Schrei eines bunten Hähers oder dem dumpfen Rauschen eines entfernten Wasserfalls unterbrochen.

Diese schwachen und abgebrochenen Laute waren jedoch den Waldbewohnern zu vertraut, als daß sie ihre Aufmerksamkeit von dem interessanteren Gegenstand ihrer Unterhaltung abgezogen hätten. Während einer dieser müßigen Wanderer die rote Haut und den wilden Aufzug eines Eingeborenen der Wälder hatte, zeigte der andere unter der Hülle roher und fast wilder Bekleidung die hellere, wenngleich sonnenverbrannte und lang verwitterte Farbe eines, der auf europäische Abstammung Anspruch machen durfte. Der eine saß auf dem Rand eines bemoosten Baumstammes in einer Stellung, die ihm vergönnte, die Wirkung seiner ernsten Rede durch die ruhigen und ausdrucksvollen Gebärden des in einem Streitgespräche begriffenen Indianers zu erhöhen. Sein beinahe nackter Leib bot durch die verschlungene Mischung weißer und schwarzer Farbenzüge ein schreckliches Sinnbild des Todes dar. Sein kahlgeschorener Kopf, auf dem kein anderes Haar als der wohlbekannte, ritterliche Skalpierschopf belassen worden, war ohne anderen Putz als eine einzige Adlerfeder, die über seinen Scheitel lief und auf die linke Schulter, herunterhing. Ein Tomahawk und ein Skalpiermesser von englischer Arbeit staken in seinem Gürtel, während eine Büchse von der Art, womit die Politik der Weißen ihre wilden Verbündeten bewaffnete, nachlässig über seinen bloßen, sehnigen Knien lag. Die gewölbte Brust, die vollgeformten Glieder und die ernste Haltung dieses Kriegers schienen anzudeuten, daß er sich in der Vollkraft seines Lebens befinde, ohne Spuren der Abnahme seiner Mannheit zu fühlen.

Die Gestalt des Weißen glich, nach den Körperteilen zu schließen, welche er nicht mit dem Kleide bedeckte, jemand, der seit seiner frühesten Jugend Mühseligkeiten zu ertragen und Anstrengungen zu machen gelernt hatte. Seine Person, obgleich muskulös, war eher mager als voll; aber jeder Nerv und Muskel schien gedrungen und durch unausgesetzte Anstrengung und Arbeit abgehärtet. Er trug ein waldgrünes Jagdhemd, mit verwittertem Gelb besetzt, und eine Sommermütze von geschorenem Fell. Auch trug er ein Messer in einem Wampumgürtel, gleich dem, der die ärmliche Bekleidung des Indianers umschloß, aber keinen Tomahawk. Seine Mokassins waren nach der Weise der Eingeborenen verziert, während der einzige Teil seiner unteren Bekleidung, der unter dem Jagdrock sichtbar war, aus ein Paar bockledernen Gamaschen bestand, die, auf beiden Seiten verbrämt, über dem Knie mit Hirschsehnen befestigt waren. Eine Jagdtasche und ein Pulverhorn vollendeten seinen Anzug, und eine Büchse von großer Länge, welche die Theorie der erfahreneren Weißen die Waldbewohner als die gefährlichste Feuerwaffe betrachten ließ, lehnte an einem benachbarten Bäumchen. Das Auge des Jägers oder Kundschafters, was immer er sein mochte, war klein, lebhaft, scharf und unruhig, und rollte, während er sprach, in allen Richtungen umher, als ob er ein Jagdwild suchte oder die plötzliche Annäherung eines Feindes befürchtete. Trotz dieser Symptome gewohnten Mißtrauens verriet sein Gesicht nicht nur keine Tücke, sondern trug in dem Augenblick, da er sprach, sogar das Gepräge offener Rechtlichkeit.

»Selbst eure Überlieferungen sprechen für mich, Chingachgook«, entgegnete er in einer Sprache, welche allen Eingebornen, die früher das Land zwischen dem Hudson und dem Potomac bewohnten, bekannt war, und von der wir zugunsten des Lesers eine freie Übersetzung geben, aber zugleich darauf Bedacht nehmen werden, einige Eigentümlichkeiten, sowohl des Individuums als des Ausdrucks beizubehalten. »Eure Väter kamen von der untergehenden Sonne her, gingen über den großen Fluß, kämpften mit dem

Volke des Landes und nahmen dieses weg; die meinigen kamen vom roten Morgenhimmel über den Salzsee und taten ganz nach dem Beispiel, das die eurigen ihnen gegeben hatten. So laß denn Gott unsere Sache entscheiden, und Freunde darüber keine Worte verlieren.«

»Meine Väter fochten mit dem nackten roten Mann«, versetzte der Indianer ernst, in der nämlichen Sprache. »Ist kein Unterschied, Falkenauge, zwischen dem steingespitzten Pfeil des Kriegers und der bleiernen Kugel, womit ihr tötet?«

»Ein Indianer hat Verstand, wenn ihm die Natur eine rote Haut gegeben hat«, sprach der Weiße, den Kopf schüttelnd, gleich einem, bei dem eine solche Berufung auf seine Gerechtigkeit nicht weggeworfen war. Einen Augenblick schien es ihm, als ob er im Nachteil wäre; dann aber nahm er sich zusammen und beantwortete den Einwurf seines Gegners so gut, als seine beschränkten Kenntnisse ihm gestatteten. »Ich bin kein Schriftgelehrter und schere mich auch den Henker um ihre Weisheit; wenn ich aber nach dem urteile, was ich bei meinen Jagden auf die Hirsche und Eichhörnchen von den Burschen da unten gesehen habe, da sollt' ich meinen, daß eine Büchse in den Händen ihrer Großväter nicht so gefährlich gewesen wäre als ein Bogen von Nußbaumholz und eine gute Feuersteinspitze sein mochten, wenn jener mit indianischer Umsicht gespannt und diese mit einem Indianerauge entsendet wurde.«

»Dir wurde die Geschichte so von deinen Vätern erzählt«, erwiderte der andere, mit der Hand eine verächtliche Bewegung machend. »Was sagen eure alten Männer? Sagen sie den jungen Kriegern, daß die Blaßgesichter den roten Männern entgegengetreten sind, die zum Krieg bemalt und mit der steinernen Streitaxt und dem hölzernen Geschoß bewaffnet waren?«

»Ich habe keine Vorurteile und bin nicht der Mann, der sich natürlicher Vorrechte rühmt, obgleich der schlimmste Feind, den ich habe, und der ist ein Irokese, nicht wagen darf, zu leugnen, daß ich von echt weißer Abstammung bin«, sprach der Kundschafter, indem er mit geheimem Wohlgefallen die verwitterte Farbe seiner knöchernen und sehnigen Hand überblickte, »und ich gestehe gerne, daß mein Volk manche Wege geht, die ich als ehrlicher Mann nicht gutheißen kann. Es ist eine ihrer üblen Gewohnheiten, daß sie in Bücher schreiben, was sie getan und gesehen haben, statt davon in ihren Dörfern zu erzählen, wo man einen feigen Prahlhans ins Gesicht Lügen strafen und der brave Soldat seine Kameraden zu Zeugen für die Wahrheit seiner Worte aufrufen kann. Infolge dieser schlechten Sitte kann ein Mensch, der zu gewissenhaft ist, um seine Tage unter Weibern und im Lernen der schwarzen Zeichen zu verschwenden, nie von den Taten seiner Väter hören, noch einen Stolz darein setzen, sie übertreffen zu wollen. Für meinen Teil glaube ich, daß alle Bumppos schießen konnten: denn ich habe ein natürliches Geschick für die Büchse, das sich von Geschlecht zu Geschlecht vererbt haben muß, da, wie unsere heiligen Gebote uns melden, alle guten und schlimmen Gaben von oben kommen, obgleich ich in solchen Dingen nicht gern für andere stehe. Aber jedes Ding hat seine zwei Seiten: so frage ich dich, Chingachgook, was begab sich nach den Überlieferungen der roten Männer, als unsere Väter sich zuerst getroffen haben?«

Eine augenblickliche Stille erfolgte, während welcher der Indianer stumm dasaß; dann fing er, von der Würde seines Amtes erfüllt, seine kurze Erzählung mit einer Feierlichkeit an, die dazu diente, ihre anscheinende Wahrheit zu verstärken.

»Höre, Falkenauge, und dein Ohr soll keine Lüge trinken. So haben meine Väter gesagt und die Mohikaner getan.« Er zögerte einen Augenblick und heftete einen vorsichtigen Blick auf seinen Begleiter. Dann fuhr er auf eine Weise fort, die zwischen Frage und Behauptung geteilt war: »Fließt nicht der Strom zu unseren Füßen dem Sommer zu, bis seine Wasser salzig werden und sein Lauf aufwärts geht?«

»Es kann nicht geleugnet werden, daß eure Überlieferungen in diesen beiden Stücken Wahrheit enthalten«, sagte der weiße Mann; »denn ich bin dagewesen und habe sie gesehen; warum aber das Wasser, das so süß im Schatten ist, in der Sonne bitter wird, weiß ich nicht und habe mir's nie erklären können.«

»Und der Lauf?« fragte der Indianer, welcher seine Antwort mit jener Art von Interesse erwartete, das jemand bei der Bestätigung eines Wunders fühlt, das er selbst unbegreiflich findet, während er seine Wirklichkeit anerkennt; »die Väter von Chingachgook haben nicht gelogen.«

»Die heilige Bibel ist nicht wahrer, und das ist doch das Wahrste, was es hienieden gibt. Die Leute nennen diesen aufströmenden Lauf die Flut, was bald erörtert und klar genug ist. Sechs Stunden laufen die Wasser hinein und sechs heraus und das kommt daher: wenn das Wasser in der See höher ist als in dem Fluß, dann läuft es herein, und wenn's der Fluß gewinnt und wieder höher wird, dann läuft es wieder hinaus.«

»Die Wasser in den Wäldern und an den großen Seen laufen hinab, bis sie so flach daliegen wie meine Hand«, versetzte der Indianer, indem er diese horizontal vor sich ausstreckte, »und dann laufen sie nicht weiter.«

»Kein ehrlicher Mann wird das bestreiten«, erwiderte der Kundschafter, ein wenig empfindlich über dieses Mißtrauen gegen seine Erklärung des Geheimnisses der Flut, »und ich gebe zu, daß es wahr ist im verjüngten Maßstab, und wo das Land eben ist. Aber alles kommt darauf an, nach welchem Maßstab du die Dinge betrachtest. Nun ist die Erde nach dem verjüngten Maßstab eben; nach dem vergrößerten aber ist sie rund. So mögen Teiche und Weiher und selbst die großen Frischwasserseen stillstehen, wie du und ich wissen, weil wir sie gesehen haben; wenn du aber kommst und Wasser über eine große Fläche gießest, wie die See: wie kann da das Wasser vernünftigerweise ruhig bleiben, wo die Erde rund ist? Ebensogut kannst du erwarten, daß der Fluß an dem Rand der schwarzen Klippen da oben eine halbe Meile über uns ruhig liegenbleibe, während deine eigenen Ohren dir sagen, daß er in diesem Augenblick darüber hinwegbraust.«

Wenn auch unbefriedigt von der Philosophie seines Begleiters, so besaß der Indianer doch zuviel Würde, um seinen Unglauben zu verraten. Er hörte zu wie jemand, der sich überzeugen lassen will, und nahm dann seine Erzählung mit der früheren Feierlichkeit wieder auf:

»Wir kamen von dem Orte, wo die Sonne nachts sich verbirgt, über große Flächen, wo die Büffel leben, bis wir den großen Fluß erreichten. Hier kämpften wir mit den Alligewis, bis der Boden sich von ihrem Blute rötete. Von den Ufern des großen Flusses bis zu den Gestaden des Salzsees war keiner mehr, der es mit uns aufgenommen hätte. Dann folgten in einiger Entfernung die Maquas. Wir sagten, das Land sollte unser sein, von der Stelle an, wo das Wasser nicht mehr stromaufwärts fließt, bis zu einem Flusse zwanzig Sonnen (Tagreisen) sommerwärts. Das Land, das wir als Krieger eroberten, behaupteten wir als Männer. Wir trieben die Maquas in die Wälder zu den Bären. Sie schmeckten das Salz ihrer Tränen und zogen keinen Fisch aus dem großen See: wir warfen ihnen die Gräten zu.«

»All das habe ich gehört und glaube es«, sagte der Weiße, als er bemerkte, daß der Indianer innehielt; »aber das war lange, bevor die Engländer in das Land kamen.«

»Damals wuchs eine Fichte da, wo jetzt dieser Kastanienbaum steht. Die ersten Blaßgesichter, welche zu uns kamen, sprachen kein Englisch. Sie kamen in einem großen Kanu, als meine Väter den Tomahawk mit den roten Männern um sie her begraben hatten. Da, Falkenauge«, fuhr er fort, indem er seine tiefe Bewegung nur dadurch kundgab, daß er seine Stimme zu jenen tiefen Kehltönen herabsinken ließ, die seine Sprache oft so musikalisch machten; »da, Falkenauge, waren wir *ein* Volk, und wir waren glücklich. Der Salzsee gab uns seine Fische, der Wald sein Wild und die Luft ihre Vögel. Wir nahmen Weiber, die uns Kinder gebaren; wir beteten den großen Geist an und hielten die Maquas außer dem Bereiche unserer Triumphgesänge.«

»Weißt du etwas von deiner eigenen Familie zu jener

Zeit?« fragte der Weiße. »Du bist ein gerechter Mann für einen Indianer; und da du, wie ich vermute, ihre Eigenschaften geerbt hast, so müssen deine Väter brave Krieger und weise Männer beim Versammlungsfeuer gewesen sein.«

»Mein Stamm ist der Ahnherr von Nationen, aber ich bin unvermischt geblieben. Das Blut von Häuptlingen rollt in meinen Adern, wo es immer verbleiben soll. Die Holländer landeten und gaben meinem Volke das Feuerwasser; sie tranken, bis Himmel und Erde sich zu berühren schienen, und wähnten in ihrer Torheit, sie hätten den großen Geist gefunden. Dann mußten sie von ihrem Land scheiden. Schritt für Schritt wurden sie zurück von den Gestaden getrieben, bis ich, der ich ein Häuptling und Sagamore bin, die Sonne nie anders als durch die Bäume habe scheinen sehen; und noch nie hab' ich die Gräber meiner Väter besucht!«

»Gräber bringen das Gemüt in feierliche Stimmung«, bemerkte der Kundschafter, merklich gerührt von dem ruhigen Leiden seines Begleiters, »und oft helfen sie einem zu guten Entschlüssen. Ich für mein Teil erwarte, daß meine Gebeine einstens unbegraben bleiben, um in den Wäldern zu bleichen oder von den Wölfen zerrissen zu werden. Aber wo finden sich diejenigen deines Geschlechtes, welche vor so vielen Sommern zu ihren Verwandten nach dem Delaware gekommen sind?«

»Wo sind die Blüten jener Sommer! – gefallen, einer nach dem andern; denn alle von meiner Familie sind, wie die Reihe an sie kam, in das Land der Geister hinübergegangen. Ich stehe oben auf dem Berg und muß ins Tal hinab;

und wenn Uncas meinen Fußstapfen folgt, so ist keiner mehr übrig vom Blut der Sagamore: denn mein Knabe ist der letzte Mohikaner.«

»Uncas ist da!« sprach eine andere Stimme in denselben sanften Kehllauten, dicht bei ihm; »wer fragte nach Uncas?« Der Weiße fuhr bei dieser plötzlichen Unterbrechung mit seinem Messer aus der ledernen Scheide und machte eine unwillkürliche Bewegung mit der Hand nach seiner Büchse; der Indianer aber saß ruhig da, ohne den Kopf nach den unerwarteten Tönen umzuwenden.

Im nächsten Augenblick schritt ein junger Krieger mit geräuschlosem Tritt zwischen ihnen durch und setzte sich an das Ufer des reißenden Stromes. Kein Laut der Überraschung entfuhr dem Vater, mehrere Augenblicke hindurch ward keine Frage getan, noch eine Antwort gegeben, da jeder den Moment zu erwarten schien, wo er sprechen könnte, ohne weibische Neugierde oder kindische Ungeduld zu verraten. Der Weiße schien ihr Beispiel nachzuahmen, zog seine Hand von der Büchse zurück und blieb gleichfalls still und in sich gekehrt. Endlich wandte Chingachgook seine Augen langsam nach seinem Sohn und fragte:

»Wagen die Maquas, die Spuren ihrer Mokassins diesen Wäldern einzudrücken?«

»Ich war ihnen auf der Fährte«, antwortete der junge Indianer, »und weiß, daß ihrer so viele sind, als Finger an meinen zwei Händen; aber sie liegen wie Feiglinge verborgen.«

»Die Diebe sind auf der Lauer nach Skalps und nach Beute?« sprach der Weiße, den wir mit seinen Begleitern Falkenauge nennen wollen. »Der rührige Franzmann Montcalm wird seine Spione noch bis in unser Lager schicken, aber er soll erfahren, welchen Weg wir nehmen.«

»Genug!« versetzte der Vater, sein funkelndes Auge nach der untergehenden Sonne gerichtet; »sie sollen vertrieben werden wie das Wild aus den Büschen. Falkenauge, wir wollen zu Nacht essen und morgen den Maquas zeigen, daß wir Männer sind.«

»Ich bin zu dem einen wie zu dem andern bereit; aber um mit den Irokesen zu kämpfen, muß man sie in ihrem Verstecke finden, und um zu essen braucht man ein Wild – sprich vom Teufel und er ist nicht weit von dir; da bewegt sich ein Paar der stärksten Geweihe, die ich dieses Jahr gesehen habe, hinter den Büschen den Hügel hinab. Nun, Uncas«, fuhr er halb flüsternd fort, indem er vor sich hin lachte, wie jemand, der gelernt hat, auf seiner Hut zu sein, »ich wette mein Horn, dreimal mit Pulver gefüllt, gegen einen Fuß Wampum, daß ich ihn zwischen den Augen und näher dem rechten als dem linken Auge nehme.«

»Es kann nicht sein«, sprach der junge Indianer, indem er mit jugendlichem Ungestüm aufsprang; »es ist ja alles bis auf die Spitze des Geweihes hinter dem Gebüsch verborgen!«

»Er ist ein Knabe!« sprach der Weiße, den Kopf schüttelnd und sich zum Vater wendend. »Meint er, der Jäger könne, wenn er einen Teil vom Tiere sieht, nicht sagen, wo das übrige zu finden ist?«

Er richtete sein Gewehr und war im Begriff, eine Probe der Geschicklichkeit abzulegen, die er so sehr an sich schätzte, da fuhr der Krieger mit der Hand nach der Waffe und sagte:

»Falkenauge! Hast du Lust, mit den Maquas zu fechten?«

»Diese Indianer kennen die Wälder wie durch Instinkt!« versetzte der Kundschafter, indem er seine Büchse sinken ließ und sich abwendete wie einer, der sich eines Irrtums überwiesen sieht. »Ich muß den Bock deinem Pfeil überlassen, Uncas, oder wir töten das Tier, nur um die Diebe, die Irokesen, damit zu füttern.«

Kaum hatte der Vater diese Aufforderung mit einer ausdrucksvollen Bewegung der Hand begleitet, so warf sich Uncas zu Boden und näherte sich mit vorsichtigen Bewegungen dem Tiere. Als er nur noch wenige Klafter von dem Verstecke entfernt war, legte er mit größter Sorgfalt einen Pfeil auf den Boden, und das Geweih bewegte sich, als ob sein Besitzer einen Feind witterte. Im nächsten Augenblick schwirrte der Bogen, ein weißer Streif fuhr in das Gebüsch, und der verwundete Rehbock stürzte aus seinem Schutzorte zu den Füßen des verborgenen Feindes. Dem Geweih des wütenden Tieres ausweichend, sprang Uncas auf die Seite und stach ihm das Messer durch die Kehle; der Rehbock stürzte an den Rand des Flusses und fiel zu Boden, indem er die Wasser mit seinem Blute rötete.

»Das nenn' ich Indianergeschick!« sprach der Kundschafter, vor sich hin lachend, mit großem Wohlgefallen; »und es war ein artiger Anblick! Obschon der Pfeil nur in die Nähe geht und der Nachhilfe des Messers bedarf.«

»Ha!« rief sein Begleiter, sich plötzlich wendend wie ein Hund, der die Fährte eines Wildes wittert.

»Bei Gott, da ist ein ganzes Rudel!« rief der Kundschafter, dessen Augen vor Lust zu seiner Lieblingsbeschäftigung funkelten. »Wenn sie in Kugelweite kommen, brenn' ich einem eins auf, und wenn alle sechs Nationen auf der Lauer lägen! Was hörst du, Chingachgook? Für meine Ohren sind die Wälder stumm.«

»Hier ist nur ein Reh, und das ist tot«, sprach der Indianer, indem er sich niederbückte, bis sein Ohr beinahe die Erde berührte. »Ich höre Fußtritte!«

»Vielleicht haben die Wölfe den Rehbock in das Versteck getrieben und sind ihm jetzt auf der Spur.«

»Nein, Pferde weißer Männer kommen!« erwiderte der andere, indem er sich mit Würde erhob und mit der früheren Ruhe seinen Sitz auf dem Stamme wieder einnahm. »Falkenauge, es sind deine Brüder; sprich mit ihnen!«

»Das will ich und in einem Englisch, auf das der König sich nicht schämen dürfte, zu antworten«, versetzte der Jäger in der Sprache, deren er sich rühmte; »aber ich seh' nichts, noch höre ich einen Laut von einem Menschen oder Vieh; es ist sonderbar, daß ein Indianer die Laute von Weißen besser kennen soll, als einer, dem seine Feinde selbst gestehen müssen, daß er kein Falsch in seinem Blute hat, obgleich er lange genug mit den Rothäuten gelebt haben mag, um einiges Mißtrauen zu erregen. Ha! Da kracht etwas wie dürres Holz, – nun höre ich das Gebüsch sich bewegen – ja, ja, es sind Pferdetritte, die ich für das Fallen des Wassers nahm – und – aber da kommen sie selbst; Gott behüte sie vor den Irokesen!«

Ulrich Bräker
Die Schlacht bey Lowositz

Früh Morgens mußten wir uns rangiren, und durch ein enges Thälchen gegen dem grossen Thal hinuntermarschieren. Vor dem dicken Nebel konnten wir nicht weit sehen. Als wir aber vollends in die Plaine hinunterkamen, und zur grossen Armee stiessen, rückten wir in drey Treffen weiter vor, und erblickten von Ferne durch den Nebel, wie durch einen Flor, feindliche Truppen auf einer Ebene, oberhalb dem Böhmischen Städtchen Lowositz. Es war Kaiserliche Kavallerie; denn die Infanterie bekamen wir nie zu Gesicht, da sich dieselbe bey gedachtem Städtchen verschanzt hatte. Um 6. Uhr gieng schon das Donnern der Artillerie sowohl aus unserm Vordertreffen als aus den Kaiserlichen Batterien so gewaltig an, daß die Kanonenkugeln bis zu unserm Regiment (das im mittlern Treffen stuhnd) durchschnurrten. Bisher hatt' ich immer noch Hofnung, vor einer Bataille zu entwischen; jetzt sah' ich keine Ausflucht mehr weder vor noch hinter mir, weder zur Rechten noch zur Linken. Wir rückten inzwischen immer vorwärts. Da fiel mir vollends aller Muth in die Hosen; in den Bauch der Erde hätt' ich mich verkriechen mögen, und eine ähnliche Angst, ja Todesblässe, las' man bald auf allen Gesichtern, selbst deren, die sonst noch so viel' Herzhaftigkeit gleichsneten. Die gelärten Branzfläschgen (wie jeder Soldat eines hat) flogen untern den Kugeln durch die Lüfte;

die meisten soffen ihren kleinen Vorrath bis auf den Grund aus, denn da hieß es: Heute braucht es Courage, und Morgens vielleicht keinen Fusel mehr! Itzt avanzierten wir bis unter die Kanonen, wo wir mit dem ersten Treffen abwechseln mußten. Potz Himmel! wie sausten da die Eisenbrocken ob unsern Köpfen weg – fuhren bald vor bald hinter uns in die Erde, daß Stein und Rasen hoch in die Luft sprang – bald mitten ein, und spickten uns die Leuthe aus den Gliedern weg, als wenn's Strohhälme wären. Dicht vor uns sahen wir nichts als feindliche Cavallerie, die allerhand Bewegungen machte; sich bald in die Länge ausdehnte, bald in einem halben Mond, dann in ein Drey- und Viereck sich wieder zusammenzog. Nun rückte auch unsre Kavallerie an; wir machten Lücke, und liessen sie vor, auf die feindliche losgalloppieren. Das war ein Gehagel, das knarrte und blinkerte, als sie nun einhieben! Allein kaum währte es eine Viertelstunde, so kam unsere Reuterey, von der Oestereichischen geschlagen, und bis nahe unter unsre Kanonen verfolgt zurücke. Da hätte man das Specktackel sehen sollen: Pferde die ihren Mann im Stegreif hängend, andre die ihr Gedärm der Erde nachschleppten. Inzwischen stuhnden wir noch immer im feindlichen Kanonenfeuer bis gegen 11. Uhr, ohne daß unser linke Flügel mit dem kleinen Gewehr zusammentraf, obschon es bereits auf dem rechten sehr hitzig zugieng. Viele meinten, wir müßten noch auf die Kaiserlichen Schanzen sturmlaufen. Mir war's schon nicht mehr so bange, wie anfangs, obgleich die Feldschlangen Mannschaft zu beyden Seiten neben mir wegraffeten, und der Wallplatz bereits mit Todten und Verwundeten übersäet war – als mit Eins ungefehr um 12. Uhr die Ordre kam, unser Regiment, nebst zwey andern (ich glaube Bevern und Kalkstein,) müßten zurückmarschieren. Nun dachten wir, es gehe dem Lager zu, und alle Gefahr sey vorbey. Wir eilten darum mit muntern Schritten die gähen Weinberge hinauf, brachen unsre Hüte voll schöne rothe Trauben, assen vor uns her nach Herzenslust; und mir, und denen welche neben mir stuhnden, kam nichts arges in Sinn, obgleich wir von der Höhe herunter unsre Brüder noch in Feuer und Rauch stehen sahen, ein fürchterlich donnerndes Gelerm hörten, und nicht entscheiden konnten auf welcher Seite der Sieg war. Mittlerweile trieben unsre Anführer uns immer höher den Berg hinan, auf dessen Gipfel ein enger Paß zwischen Felsen durchgieng, der auf der andern Seite wieder hinunterführte. Sobald nun unsre Avantgarde den erwähnten Gipfel erreicht hatte, gieng ein entsetzlicher Musketenhagel an; und nun merkten wir erst wo der Haas im Stroh lag. Etliche Tausend Kaiserliche Panduren waren nämlich auf der andern Seite den Berg hinauf beordert, um unsrer Armee in den Rücken zu fallen; dieß muß unsern Anführern verrathen worden seyn, und wir mußten ihnen darum zuvorkommen: Nur etliche Minuten späther, so hätten sie uns die Höhe abgewonnen, und wir wahrscheinlich den Kürzern gezogen. Nun setzte es ein unbeschreibliches Blutbad ab, ehe man die Panduren aus jenem Gehölz vertreiben konnte. Unsre Vordertruppen litten stark; allein die hintern drangen ebenfalls über Kopf und Hals nach, bis zuletzt alle die Höhe gewonnen hatten. Da mußten wir über Hügel von Todten und Verwundeten hinstolpern. Alsdann gieng's Hudri, Hudri, mit den Panduren die Weinberge hinunter, sprungweise über eine Mauer nach der andern herab, in die Ebene. Unsre geborne Preussen und Brandenburger packten die Panduren wie Furien. Ich selber war in Jast und Hitze wie vertaumelt, und, mir weder Furcht noch Schrecken bewußt, schoß ich Eines Schiessens fast alle meine 60. Patronen los, bis meine Flinte halb glühend war, und ich sie am Riemen nachschleppen mußte; indessen glaub' ich nicht, daß ich eine lebendige Seele traf, sondern alles gieng in die freye Luft. Auf der Ebene am Wasser vor dem Städtchen Lowositz postirten sich die Panduren wieder, und pülferten tapfer in die Weinberge hinauf, daß noch mancher vor und neben mir ins Gras biß. Preussen und Panduren lagen überall durcheinander; und wo sich einer von diesen letztern noch regte, wurde er mit der Kolbe vor den Kopf geschlagen, oder ihm ein Bajonett durch den Leib gestossen. Und nun gieng in der Ebene das Gefecht von neuem an. Aber wer wird das beschreiben wollen.

Ich schlich also zuerst mit langsamem Marsch ein wenig auf diese linke Seite, die Reben durch. Noch eilten etliche Preussen bey mir vorbey: »Komm', komm', Bruder«! sagten sie: »Viktoria«! Ich rispostirte kein Wort, that nur ein wenig blessirt, und gieng immer noch allgemach fort, freylich mit Furcht und Zittern. Sobald ich mich indessen so weit entfernt hatte, daß mich niemand mehr sehen mochte, verdoppelte- verdrey- vier- fünf- sechsfachte ich meine Schritte, blickte rechts und links wie ein Jäger, sah noch von Weitem – zum letzten Mal in meinem Leben – morden und todtschlagen; strich dann in vollem Galopp ein Gehölze vorbey, das voll todter Husaren, Panduren und Pferde lag;

rannte Eines Rennens gerade dem Fluß nach herunter, und stand jetzt an einem Tobel. Jenseits desselben kamen so eben auch etliche Kaiserliche Soldaten angestochen, die sich gleichfalls aus der Schlacht weggestohlen hatten, und schlugen, als sie mich so daherlaufen sahen, zum drittenmal auf mich an, ungeachtet ich immer das Gewehr streckte, und ihnen mit dem Hut den gewohnten Wink gab. Doch brannten sie niemals los. Ich faßte also den Entschluß, gerad' auf sie zuzulaufen. Hätt' ich einen andern Weg genommen, würden sie, wie ich nachwerts erfuhr, unfehlbar auf mich gefeuert haben. Ihr H... dacht' ich, hättet ihr euer Courage bey Lowositz gezeigt! Als ich nun zu ihnen kam, und mich als Deserteur angab, nahmen sie mir das Gewehr ab, unterm Versprechen, mir's nachwerts schon wieder zuzustellen. Aber der, welcher sich dessen impatronirt hatte, verlor sich bald darauf, und nahm das Füsil mit sich. Nun so sey's! Alsdann führten sie mich ins nächste Dorf, Scheniseck (es mochte eine starke Stunde unter Lowositz seyn). Hier war eine Fahrt über das Wasser, aber ein einziger Kahn zum Transporte. Da gab's ein Zettermordiogeschrey von Männern, Weibern und Kindern. Jedes wollte zuerst in dem Teich seyn, aus Furcht vor den Preussen; denn alles glaubte sie schon auf der Haube zu haben. Auch ich war keiner von den letzten, der mitten unter eine Schaar von Weibern hineinsprang. Wo nicht der Fährmann etliche derselben hinausgeworfen, hätten wir alle ersaufen müssen. Jenseits des Flusses stand eine Panduren-Hauptwache. Meine Begleiter führten mich auf dieselbe zu, und diese rothen Schnurrbärte begegneten mir auf's manierlichste; gaben mir, ungeachtet ich sie und sie mich kein Wort verstuhnden, noch Toback und Branntwein, und Geleit bis auf Leutmeritz, glaub' ich, wo ich, unter lauter Stockböhmen übernachtete, und freylich nicht wußte ob ich da mein Haupt sicher zur Ruhe legen konnte – aber – und dieß war das Beßte – von dem Tumult des Tags noch einen so vertaumelten Kopf hatte, daß dieser Kapitalpunkt mir am allermindesten betrug. Morgens darauf (2. Okt.) gieng ich mit einem Transport ins Kaiserliche Hauptlager nach Budin ab. Hier traf ich bey 200. andrer Preußischer Deserteurs an, von denen so zu reden jeder seinen eigenen Weg, und sein Tempo in Obacht genommen hatte; neben andern auch unsern Bachmann. Wie sprangen wir beyde hoch auf vor Entzücken, uns so unerwartet wieder in Freyheit zu sehn! Da gieng's an ein Erzählen und Jubilieren, als wenn wir schon zu Haus hinterm Ofen sässen. Einzig hieß es bisweilen: Ach! wäre nur auch der Schärer von Weil bey uns! Wo mag der doch geblieben seyn? Wir hatten die Erlaubniß, alles im Lager zu besichtigen. Offiziers und Soldaten stuhnden dann bey Haufen um uns her, denen wir mehr erzählen sollten, als uns bekannt war. Etliche indessen wußten Winds genug zu machen, und, ihren dießmaligen Wirthen zu schmeicheln, zur Verkleinerung der Preussen hundert Lügen auszuhecken. Da gab's denn auch unter den Kaiserlichen manchen Erzprahler; und der kleinste Zwerge rühmte sich, wer weiß wie manchen Brandenburger – auf seiner eignen Flucht in die Flucht geschlagen zu haben. Drauf führte man uns zu etwa 50. Mann Gefangener von der Preussischen Cavallerie; ein erbärmlich Specktackel! Da war kaum einer von Wunden oder Beulen lär ausgegangen; etliche über's ganze Gesicht heruntergehauen, andre ins Genick, andre über die Ohren, über die Schultern, die Schenkel u. s. f. Da war alles ein Aechzen und Wehklagen! Wie priesen uns diese armen Wichte selig, einem ähnlichen Schicksal so glücklich entronnen zu seyn; und wie dankten wir selber Gott dafür! Wir mußten im Lager übernachten, und bekamen jeder seinen Duckaten Reisgeld. Dann schickte man uns mit einem Cavallerietransport, es waren unser an die 200., auf ein Böhmisches Dorf, wo wir, nach einem kurzen Schlummer, folgenden Tags auf Prag abgiengen. Dort vertheilten wir uns, und bekamen Pässe, je zu 6. 10. bis 12. hoch welche einen Weg giengen; denn wir waren ein wunderseltsames Gemengsel von Schweitzern, Schwaben, Saxen, Bayern, Tyrolern, Welschen, Franzosen, Polacken und Türken. Einen solchen Paß bekamen unser 6. zusammen bis Regenspurg. In Prag selber war indessen ebenfalls ein Zittern und Beben vor den Preussen, ohne seinesgleichen. Man hatte dort den Ausgang der Schlacht bey Lowositz bereits vernommen, und glaubte nun den Sieger schon vor den Thoren zu sehn. Auch da stuhnden ganze Truppen Soldaten und Bürger um uns her, denen wir sagen sollten, was der Preuß' im Sinn habe? Einige von uns trösteten diese neugierigen Haasen; andre hingegen hatte noch ihre Freude daran, sie dapfer zu schrecken, und sagten ihnen: Der Feind werde späthstens in vier Tagen anlangen, und sey ergrimmt wie der Teufel. Dann schlugen viele die Händ' überm Kopf zusammen; Weiber und Kinder wälzten sich gar heulend im Koth herum.

Brüder Grimm
Von dem Wacholderbaum

Das ist nun schon alles lange her, wohl an die zweitausend Jahr, da war einmal ein reicher Mann, der hatte eine schöne fromme Frau, und sie hatten einander sehr lieb. Sie hatten aber keine Kinder und wünschten sich doch sehr welche. Die Frau betete Tag und Nacht darum, aber sie kriegten und kriegten keine. Vor ihrem Haus war ein Hof, in dem ein Wacholderbaum stand, unter dem stand die Frau einmal im Winter und schälte sich einen Apfel, und wie sie den Apfel so schälte, da schnitt sie sich in den Finger, und das Blut fiel in den Schnee. »Ach«, sagte die Frau und seufzte tief, besah das Blut vor sich und wurde ganz wehmütig, »hätte ich doch ein Kind, so rot wie Blut und so weiß wie Schnee.« Und wie sie das gesagt hatte, da wurde ihr ganz froh zumute, und ihr schien, als sollte das etwas werden. Da ging sie ins Haus, und es ging ein Mond dahin, der Schnee schmolz; und es vergingen zwei Monde, da war alles grün; drei Monde, da sprossen die Blumen aus der Erde; vier Monde, da drängten sich alle Bäume im Holz und die grünen Zweige waren ineinandergewachsen: da sangen die Vögelchen, daß es im ganzen Holz widerhallte, und die Blüten fielen von den Bäumen; da war der fünfte Mond vorüber, und sie stand unter dem Wacholderbaum, der roch so gut, da hüpfte ihr das Herz, und sie fiel auf die Knie und konnte sich vor Freude nicht fassen; und als der sechste Mond dahingegangen war, da waren die Früchte dick und stark, da wurde sie ganz still; und der siebte Mond, da griff sie nach den Wacholderbeeren und aß sie so gierig, daß sie traurig und krank davon wurde; da ging der achte Mond dahin, und sie rief ihren Mann und weinte und sagte »wenn ich sterbe, so begrabe mich unter dem Wacholderbaum«. Da war sie getröstet und freute sich, bis der neunte Mond vorbei war, da bekam sie ein Kind, das war so weiß wie Schnee und so rot wie Blut, und als sie das sah, freute sie sich so sehr, daß sie starb.

Da begrub ihr Mann sie unter dem Wacholderbaum, und er fing an, bitterlich zu weinen; nach einer Zeit ließ es ein wenig nach, und als er noch etwas geweint hatte, da hörte er auf, und als noch ein wenig Zeit vergangen war, da nahm er sich wieder eine Frau.

Mit der zweiten Frau bekam er eine Tochter, das Kind aber von der ersten Frau war ein kleiner Sohn, der war so rot wie Blut und so weiß wie Schnee. Wenn die Frau ihre Tochter ansah, so hatte sie diese sehr lieb, aber dann sah sie den kleinen Jungen an, und das gab ihr einen Stich ins Herz. Es deuchte sie, daß er ihr immerzu im Wege stünde, und sie dachte darüber nach, wie sie ihrer Tochter das ganze Vermögen zuwenden könne, und der Böse gab ihr das ein, daß sie dem kleinen Jungen ganz gram wurde, und sie stellte ihn von einer Ecke in die andere und puffte ihn hier und knuffte ihn dort, so daß das arme Kind immer in Angst lebte. Wenn er aus der Schule kam, hatte er kein ruhiges Eckchen.

Einst war die Frau in die Kammer gegangen, da kam die kleine Tochter auch herein und sagte »Mutter, gib mir einen Apfel«. »Ja, mein Kind«, sagte die Frau und gab ihr einen schönen Apfel aus der Kiste; die Kiste hatte aber einen großen schweren Deckel mit einem großen scharfen eisernen Schloß. »Mutter«, sagte die kleine Tochter, »soll Bruder nicht auch einen haben?« Das verdroß die Frau, doch sagte sie »ja, wenn er aus der Schule kommt«. Und als sie aus dem Fenster gewahr wurde, daß er kam, so war es ganz, als ob der Böse über sie käme, und sie griff zu und nahm ihrer Tochter den Apfel wieder weg und sagte »du sollst nicht eher einen haben als Bruder«. Sie schmiß den Apfel in die Kiste und machte die Kiste zu. Als der kleine Junge durch die Tür kam, da gab ihr der Böse ein, daß sie freundlich zu ihm sagte »mein Sohn, willst du einen Apfel haben?« und sah ihn ganz böse an. »Mutter«, sagte der kleine Junge, »was siehst du so grimmig aus! Ja, gib mir einen Apfel.« Da war ihr, als müsse sie ihm gut zureden. »Komm mit mir«, sagte sie und machte den Deckel auf, »hol dir einen Apfel heraus.« Und als sich der kleine Junge hineinbückte, so sprach zu ihr der Böse, bratsch! schlug sie den Deckel zu, daß der Kopf abflog und zwischen die roten Äpfel fiel. Da überkam sie die Angst und sie dachte »könnte ich das nur von mir wenden!« Sie ging hinauf in die Stube zu ihrer Kommode und holte aus der obersten Schublade ein weißes Tuch und setzte den Kopf wieder auf den Hals, band das Tuch darum, daß man nichts sehen konnte, setzte ihn vor die Tür auf einen Stuhl und gab ihm den Apfel in die Hand.

Da kam Marlenchen zu ihrer Mutter in die Küche, die stand vor dem Feuer und hatte einen Topf mit heißem Wasser vor sich und rührte immer darin. »Mutter«, sagte Marlenchen, »Bruder sitzt vor der Tür und sieht ganz weiß aus und hat einen Apfel in der Hand. Ich habe ihn gebeten, mir den Apfel zu geben, aber er antwortet nicht, da wurde mir ganz unheimlich.« »Geh noch einmal hin«, sagte die Mutter, »und wenn er dir nicht antworten will, so gib ihm eins auf die Ohren.« Da ging Marlenchen hin und sagte »Bruder, gib mir den Apfel«. Aber er schwieg still, da gab sie ihm eins auf die Ohren, da fiel der Kopf herunter. Darüber erschrak sie und fing an zu weinen und zu schreien und lief zu ihrer Mutter und sagte »ach, Mutter, ich hab meinem Bruder den Kopf abgeschlagen«, und weinte und weinte und wollte sich nicht beruhigen. »Marlenchen«, sagte die Mutter, »was hast du getan! Aber schweig schön still, daß es kein Mensch merkt, es ist nun doch nicht mehr zu ändern; wir wollen ihn in Essig kochen.« Da nahm die Mutter den kleinen Jungen und hackte ihn in Stücke, tat ihn in den Topf und kochte ihn in Essig. Marlenchen aber stand dabei und weinte und weinte, und die Tränen fielen alle in den Topf, und sie brauchten gar kein Salz.

Da kam der Vater nach Haus und setzte sich an den Tisch und sagte »wo ist denn mein Sohn?« Da trug die Mutter eine große große Schüssel Schwarzsauer auf, und Marlenchen weinte und konnte sich nicht halten. Da sagte der Vater wieder »wo ist denn mein Sohn?« »Ach«, sagte die Mutter, »er ist übers Land gegangen, zum Großonkel der Mutter, er will da ein bißchen bleiben.« »Was macht er denn da? Und hat mir nicht einmal adieu gesagt!« »Oh, er wollte gern hin und bat mich, ob er wohl sechs Wochen da bleiben dürfe. Er ist ja dort wohl gut aufgehoben.« »Ach«, sagte der Mann, »mir ist so recht traurig, das ist doch nicht recht, er hätte mir doch adieu sagen sollen.« Damit fing er an zu essen und sagte »Marlenchen, was weinst du? Bruder wird ja wiederkommen«. »Ach, Frau«, sagte er dann, »was schmeckt mir das Essen gut! Gib mir mehr!« Und je mehr er aß, desto mehr wollte er, und sagte »gebt mir mehr, ihr sollt nichts davon abhaben, das ist, als ob das alles meins wäre«. Und er aß und aß, und die Knochen schmiß er alle unter den Tisch, bis er alles aufgegessen hatte. Marlenchen aber ging nach hinten an die Kommode und nahm aus der untersten Schublade ihr bestes Seidentuch und holte alle Gebeine und Knochen unter dem Tisch hervor und band sie in das Seidentuch, trug sie vor die Tür und weinte ihre blutigen Tränen. Dort legte sie sie unter den Wacholderbaum in das grüne Gras, und als sie sie da hingelegt hatte, wurde ihr mit einemmal ganz leicht ums Herz, und sie weinte nicht mehr. Da fing der Wacholderbaum an sich zu bewegen, und die Zweige bogen sich auseinander und wieder zusammen wie einer, der sich freut und mit den Händen so tut. Derweil stieg ein Nebel von dem Baum auf, und in dem Nebel, da brannte ein Feuer, und aus dem Feuer flog so ein schöner Vogel heraus, der sang so herrlich und flog hoch in die Luft, und als er weg war, da war der Wacholderbaum so, wie er vorher gewesen war, und das Tuch mit den Knochen war weg. Marlenchen aber war ganz leicht und vergnügt zumute, ganz als ob ihr Bruder noch lebte. Da ging sie fröhlich zurück ins Haus, setzte sich an den Tisch und aß. Der Vogel aber flog fort und setzte sich auf eines Goldschmieds Haus und fing an zu singen

»mein Mutter, die mich schlacht,
mein Vater, der mich aß,
mein Schwester, das Marlenichen,
sucht alle meine Benichen,
bind't sie in ein seiden Tuch,
legts unter den Wacholderbaum.
Kywitt, kywitt, was fürn schöön Vogel
  bin ich!«

Der Goldschmied saß in seiner Werkstatt und machte eine goldene Kette, da hörte er den Vogel, der auf seinem Dach saß und sang, und das dünkte ihn sehr schön. Da stand er auf, und als er über die Schwelle trat, verlor er einen Pantoffel. Er ging aber genauso die Straße hinauf, einen Pantoffel und einen Socken an den Füßen. Das Schurzfell hatte er vorgebunden, in der einen Hand hatte er die goldene Kette und in der anderen die Zange; und die Sonne schien ganz hell auf die Straße. Da blieb er so stehen und sah den Vogel an. »Vogel«, sagte er da, »wie schön du singen kannst! Sing mir das Lied noch einmal.« »Nein«, sagte der Vogel, »zweimal sing ich nicht umsonst. Gib mir die goldene Kette, so will ich es dir noch einmal singen.« »Da«, sagte der Goldschmied, »hast du die goldene Kette, nun sing mir das noch einmal.« Da kam der Vogel und nahm die goldene Kette in die rechte Kralle, er setzte sich vor den Goldschmied und sang

»mein Mutter, die mich schlacht,
mein Vater, der mich aß,
mein Schwester, das Marlenichen,

sucht alle meine Benichen,
bind't sie in ein seiden Tuch,
legts unter den Wacholderbaum.
Kywitt, kywitt, was fürn schöön Vogel
bin ich!«

Da flog der Vogel fort zu einem Schuster und setzte sich auf dessen Dach und sang

»mein Mutter, die mich schlacht,
mein Vater, der mich aß,
mein Schwester, das Marlenichen,
sucht alle meine Benichen,
bind't sie in ein seiden Tuch,
legts unter den Wacholderbaum.
Kywitt, kywitt, was fürn schöön Vogel
bin ich!«

Der Schuster hörte das und lief in Hemdsärmeln vor die Tür und sah zu seinem Dach hinauf und mußte die Hand vor die Augen halten, daß die Sonne ihn nicht blendete. »Vogel«, sagte er, »was kannst du schön singen.« Da rief er zur Tür hinein »Frau, komm einmal heraus, da ist ein Vogel, sieh mal den Vogel, der kann einmal schön singen«. Da rief er seine Tochter und Kinder und Gesellen, Knecht und Magd, und sie kamen alle die Straße herauf und sahen den Vogel an, wie schön er war, und er hatte wunderbar rote und grüne Federn, der Hals schien wie aus Gold zu sein, und die Augen blinkten in seinem Kopf wie Sterne. »Vogel«, sagte der Schuster, »nun sing mir das Lied noch einmal.« »Nein«, sagte der Vogel, »zweimal sing ich nicht umsonst, du mußt mir was schenken.« »Frau«, sagte der Mann, »geh auf den Boden: auf dem obersten Brett steht ein Paar rote Schuhe, die bring herunter.« Da ging die Frau hin und holte die Schuhe. »Da, Vogel«, sagte der Mann, »nun sing mir das Lied noch einmal.« Da kam der Vogel, nahm die Schuhe in die linke Kralle und flog wieder auf das Dach und sang

»mein Mutter, die mich schlacht,
mein Vater, der mich aß,
mein Schwester, das Marlenichen,
sucht alle meine Benichen,
bind't sie in ein seiden Tuch,
legts unter den Wacholderbaum.
Kywitt, kywitt, was fürn schöön Vogel
  bin ich!«

Und wie er fertig gesungen hatte, so flog er fort, die Kette hatte er in der rechten und die Schuhe in der linken Kralle, und er flog weit weg zu einer Mühle, und die Mühle ging »klippe klappe, klippe klappe, klippe klappe«. Und in der Mühle, da saßen zwanzig Müllersburschen, die behauten einen Stein und hackten »hick hack, hick hack, hick hack«, und die Mühle ging »klippe klappe, klippe klappe, klippe klappe«. Da setzte der Vogel sich auf eine Linde, die vor der Mühle stand, und sang

»mein Mutter, die mich schlacht,«

da hörte einer auf,

»mein Vater, der mich aß,«

da hörten noch zwei auf und hörten zu

»mein Schwester, das Marlenichen,«

da hörten wieder vier auf,

»sucht alle meine Benichen,
bind't sie in ein seiden Tuch,«

nun hackten nur noch acht,

»legts unter«

nun nur noch fünf,

»den Wacholderbaum.«

nun nur noch einer.

»Kywitt, kywitt, was fürn schöön Vogel
bin ich!«

Da hörte der letzte auch auf und hatte den Schluß noch gehört. »Vogel«, sagte er, »was singst du schön! Laß mich das auch hören, sing mir das noch einmal.« »Nein«, sagte der Vogel, »zweimal sing ich nicht umsonst, gib mir den

Mühlstein, so will ich das noch einmal singen.« »Ja«, sagte er, »wenn er mir allein gehörte, so solltest du ihn haben.« »Ja«, sagten die anderen, »wenn er noch einmal singt, so soll er ihn haben.« Da kam der Vogel herunter, und die Müller faßten alle zwanzig an und hoben den Stein auf, »hu uh uhp, hu uh uhp, hu uh uhp!« Da steckte der Vogel den Hals durch das Loch, legte ihn um wie einen Kragen und flog wieder auf den Baum hinauf und sang

»mein Mutter, die mich schlacht,
mein Vater, der mich aß,
mein Schwester, das Marlenichen,
sucht alle meine Benichen,
bind't sie in ein seiden Tuch,
legts unter den Wacholderbaum.
Kywitt, kywitt, was fürn schöön Vogel
bin ich!«

Und wie er fertig gesungen hatte, da breitete er die Flügel aus und hatte in der rechten Kralle die Kette und in der linken die Schuhe und um den Hals den Mühlstein und flog weit weg zu seines Vaters Haus.

In der Stube saßen der Vater, die Mutter und Marlenchen bei Tisch, und der Vater sagte »ach, was wird mir leicht, mir ist so wohl zumute.« »Nein«, sagte die Mutter, »mir ist ganz bange, ganz als ob ein Gewitter käme.« Marlenchen aber saß und weinte und weinte, da kam der Vogel geflogen, und als er sich auf das Dach gesetzt hatte, sagte der Vater »ach, mir ist so freudig zumute, und die Sonne scheint draußen so schön, mir ist, als ob ich einen alten Bekannten wiedersehen sollte«. »Nein«, sagte die Frau, »mir ist angst und bange, die Zähne klappern mir, und es ist mir, als ob ein Feuer in meinen Adern brenne.« Und sie riß sich ihr Leibchen auf und noch mehr, aber Marlenchen saß in der Ecke und weinte und hatte die Schürze vor den Augen und weinte die Schürze patschnaß. Da setzte sich der Vogel auf den Wacholderbaum und sang

»mein Mutter, die mich schlacht,«

Da hielt sich die Mutter die Ohren zu und kniff die Augen zu und wollte nicht sehen und hören, aber das brauste ihr in den Ohren wie der allerstärkste Sturm, und die Augen brannten ihr und zuckten wie Blitze.

»mein Vater, der mich aß,«

»Ach, Mutter«, sagte der Mann, »da ist ein schöner Vogel, der singt so herrlich, die Sonne scheint so warm, und das riecht ganz wie nach Zimt.«

»mein Schwester, das Marlenichen,«

Da legte Marlenchen den Kopf auf die Knie und weinte in einem fort, der Mann aber sagte »ich gehe hinaus, ich muß den Vogel von nahem sehen.« »Ach, geh nicht«, sagte die Frau, »mir ist, als bebe das ganze Haus und stünde in Flammen.« Aber der Mann ging hinaus und sah den Vogel an.

»sucht alle meine Benichen,
bind't sie in ein seiden Tuch,
legts unter den Wacholderbaum.
Kywitt, kywitt, was fürn schöön Vogel
bin ich!«

Damit ließ der Vogel die goldene Kette fallen und sie fiel dem Mann um den Hals, genau so herum, daß sie ihm recht schön paßte. Da ging er hinein und sagte »sieh, was ist das für ein schöner Vogel, hat mir so eine schöne goldene Kette geschenkt und sieht so schön aus.« Die Frau aber war so voller Angst und fiel längs in der Stube hin, und die Mütze fiel ihr vom Kopf. Da sang der Vogel wieder

»mein Mutter, die mich schlacht,«

»Ach, daß ich tausend Fuß unter der Erde wär, daß ich das nicht hören müßt!«

»mein Vater, der mich aß,«

Da fiel die Frau wie tot nieder.

»mein Schwester, das Marlenichen,«

»Ach«, sagte Marlenchen, »ich will auch hinausgehen und sehen, ob der Vogel mir was schenkt.« Da ging sie hinaus.

»sucht alle meine Benichen,
bind't sie in ein seiden Tuch,«

Da warf er ihr die Schuhe hinunter.

»legts unter den Wacholderbaum.
Kywitt, kywitt, was fürn schöön Vogel
bin ich!«

Da war ihr so leicht und fröhlich. Sie zog die neuen roten Schuhe an und tanzte und sprang hinein. »Ach«, sagte sie, »ich war so traurig, als ich hinausging, und nun ist mir so leicht, das ist vielleicht ein herrlicher Vogel, hat mir ein Paar rote Schuhe geschenkt.« »Nein«, sagte die Frau und sprang auf, und die Haare standen ihr zu Berge wie Feuersflammen, »mir ist, als werde die Welt untergehen, ich will auch hinaus, ob es mir leichter wird.« Und als sie aus der Tür herauskam, bratsch! schmiß ihr der Vogel den Mühlstein auf den Kopf, daß sie ganz zerquetscht wurde. Der Vater und Marlenchen hörten das und gingen hinaus: da ging ein Dampf und Flammen und Feuer auf vor dem Haus, und als das vorbei war, da stand der kleine Bruder da, und er nahm seinen Vater und Marlenchen bei der Hand, und alle drei waren so recht vergnügt und gingen ins Haus, setzen sich zu Tisch und aßen.

Jeremias Gotthelf
Elsi, die seltsame Magd

Reich an schönen Tälern ist die Schweiz, wer zählte sie wohl auf? In keinem Lehrbuch stehn sie alle verzeichnet. Wenn auch nicht eins der schönsten, so doch eines der reichsten ist das Tal, in welchem Heimiswyl liegt und das oberhalb Burgdorf ans rechte Ufer der Berner Emme sich mündet. Großartig sind die Berge nicht, welche es einfassen, in absonderlichen Gestalten bieten sie dem Auge sich nicht dar; es sind mächtige Emmentaler Hügel, die unten heitergrün und oben schwarzgrün sind, unten mit Wiesen und Äckern eingefaßt, oben mit hohen Tannen bewachsen. Weit ist im Tale die Fernsicht nicht, da es ein Quertal ist, welches in nordwestlicher Richtung ans Haupttal stößt; die Alpen sieht man daher nur auf beiden Eggen, welche das Tal umfassen, da aber auch in heller Pracht und gewaltigem Bogen am südlichen Himmel. Herrlich ist das Wasser, das allenthalben aus Felsen bricht, einzig sind die reichbewässerten Wiesen und trefflich der Boden zu jeglichem Anbau, reich ist das Tal und schön und zierlich die Häuser, welche das Tal schmücken. Wer an den berühmten Emmentaler Häusern sich erbauen will, der findet sie zahlreich und ausgezeichnet in genanntem Tale.

Auf einem der schönen Höfe lebte im Jahr 1796 als Magd Elsi Schindler (dies soll aber nicht der rechte Name gewesen sein); sie war ein seltsam Mädchen, und niemand wußte, wer sie war und woher sie kam. Im Frühjahr hatte es einmal noch spät an die Türe geklopft, und als der Bauer zum Läufterli hinausguckte, sah er ein großes Mädchen draußen stehen mit einem Bündel unter dem Arme, das über Nacht fragte, nach altherkömmlicher Sitte, nach welcher jeder geldlose Wanderer, oder wer sonst gerne das Wirtshaus meidet, um Herberge frägt in den Bauernhäusern und nicht nur umsonst ein Nachtlager erhält, bald im warmen Stall, bald im warmen Bette, sondern auch abends und morgens sein Essen und manchmal noch einen Zehrpfennig auf den Weg. Es gibt deren Häuser im Bernbiet, welche die Gastfreundschaft täglich üben den Morgenländern zum Trotz und deren Haus selten eine Nacht ohne Übernächtler ist. Der Bauer hieß das Mädchen hereinkommen, und da sie eben am Essen waren, hieß er es gleich zuechehocke. Auf der Bäuerin Geheiß mußte das Weibervolk auf dem Vorstuhl sich zusammenziehen, und zu unterst auf selbigen setzte sie die Übernächtlerin.

Man aß fort, aber einige Augenblicke hörte man des Redens nicht viel, alle mußten auf das Mädchen sehen. Dasselbe war nämlich nicht nur groß, sondern auch stark gebaut und schön von Angesicht. Gebräunt war dasselbe wohl, aber wohl geformt, länglicht war das Gesicht, klein der Mund, weiß die Zähne darin; ernst und groß waren die Augen, und ein seltsam Wesen, das an einer Übernächtlerin besonders auffiel, machte, daß die Essenden nicht fertig wurden mit Ansehen. Es war eine gewisse adeliche Art an dem Mädchen, die sich weder verleugnen noch annehmen läßt, und es kam allen vor, als säße sie da unten als des Meisters Tochter oder als eine, die an einem Tische zu befehlen oder zu regieren gewohnt sei. Es verwunderten sich daher alle, als das Mädchen auf die endlich erfolgte Frage des Bauern: »Wo chunst und wo wottsch?« antwortete: Es sei ein arm Meitli, die Eltern seien ihm gestorben, und es wolle Platz suchen als Jungfere da in den Dörfern unten. Das Mädchen mußte noch manche Frage ausstehen, so ungläubig waren alle am Tisch. Und als endlich der Bauer mehr zur Probe als im Ernste sagte: »Wenn es dir ernst ist, so kannst hier bleiben, ich mangelte eben eine Jungfere«, und das Mädchen antwortete, das wäre ihm gerade das Rechte, so brauchte es nicht länger herumzulaufen, so verwunderten sich alle noch mehr und konnten es fast nicht glauben, daß das eine Jungfere werde sein wollen.

Und doch war es so und dem Mädchen bitterer Ernst, aber freilich dazu war es nicht geboren. Es war eine reiche Müllerstochter aus vornehmem Hause, aus einem der Häuser, von denen ehedem, als man das Geld nicht zu nutzen pflegte, die Sage ging, bei Erbschaften und Teilungen sei das Geld nicht gezählt, sondern mit dem Mäß gemessen worden. Aber in der letzten Hälfte des vergangenen Jahrhunderts war ein grenzenloser Übermut eingebrochen, und Viele taten so übermütig wie der verlorne Sohn, ehe er zu den Trebern kam. Damals war es, daß reiche Bauernsöhne mit Neutalern in die Wette über die Emme warfen und machten »Welcher weiter?«. Damals war es, als ein reicher Bauer, der zwölf Füllimähren auf der Weide hatte, an einem starkbesuchten Jahrmarkt austrommeln ließ: Wer mit dem Rifershäuserbauer zu Mittag esse und sein Gast sein wolle, der solle um zwölf Uhr im Gasthause zum Hirschen sein. So einer war auch des Mädchens Vater gewesen.

Bald hielt er eine ganze Stube voll Leute zu Gast, bald prügelte er alle, die in einem Wirtshause waren, und leerte es; am folgenden Morgen konnte er dann ausmachen um schwer Geld dutzendweise. Er war imstande, als Dragoner an einer einzigen Musterung hundert bis zweihundert Taler zu brauchen und ebenso viel an einem Markt zu verkegeln. Wenn er zuweilen recht einsaß in einem Wirtshause, so saß er dort acht Tage lang, und wer ins Haus kam, mußte mit dem reichen Müller trinken, oder er kriegte Schläge von ihm. Auf diese Weise erschöpft man eine Goldgrube, und der Müller ward nach und nach arm, wie sehr auch seine arme Frau dagegen sich wehrte und nach Vermögen zur Sache sah.

Sie sah das Ende lange voraus, aber aus falscher Scham deckte sie ihre Lage vor den Leuten zu. Ihre Verwandten hatten es ungern gesehen, daß sie den Müller geheiratet, denn sie war von braven Leuten her, welchen das freventliche Betragen des Müllers zuwider war; sie hatte es erzwungen und auf Besserung gehofft, aber diese Hoffnung hatte sie betrogen – wie noch manche arme Braut – und statt besser war es immer schlimmer gekommen. Sie durfte dann nicht klagen gehen, und darum merkten auch die Leute, gäb wie sie sich wunderten, wie lange der Müller es machen könnte, den eigentlichen Zustand der Dinge nicht, bis die arme Frau, das Herz vom Geier des Grams zerfressen, ihr Haupt neigte und starb. Da war nun niemand mehr, der sorgte und zudeckte; Geldmangel riß ein, und wo der sichtbar wird, da kommen wie Raben, wenn ein Aas gefallen, die Gläubiger gezogen und immer mehrere, denn einer zieht den andern nach, und keiner will der letzte sein.

Eine ungeheure Schuldenlast kam an Tag, der Geltstag brach aus, verzehrte alles, und der reiche Müller ward ein alter, armer Hudel, der in der Kehr gehen mußte von Haus zu Haus gar manches Jahr, denn Gott gab ihm ein langes Leben. So aus einem reichen Mann ein armer Hudel zu werden und als solcher so manches Jahr umgehen zu müssen von Haus zu Haus, ist eine gerechte Strafe für den, der in Schimpf und Schande seine Familie stürzt und sie so oft noch um mehr bringt als um das leibliche Gut. So einer ist aber auch eine lebendige Predigt für die übermütige Jugend, ob welcher sie lernen mag das Ende, welches zumeist dem Übermute gesetzet ist.

Zwei Söhne hatte der Müller, diese waren schon früher der väterlichen Roheit entronnen, hatten vor ihr im fremden Kriegsdienst Schutz gesucht. Eine Tochter war geblieben im Hause, die schönste, aber auch die stolzeste Müllerstochter das Land auf und ab. Sie hatte wenig teilgenommen an den Freuden der Jugend; sie gefielen ihr nicht, man hielt sie zu stolz dazu. Freier hatten sie umlagert haufenweise, aber einer gefiel ihr so schlecht als der andere, ein jeder erhielt so wenig ein freundlich Wort als der andere. Ein jeder derselben ward ihr Feind und verschrie ihren Übermut. Zu einem aber ward sie nie zu stolz erfunden, zur Arbeit nämlich und zu jeglicher Dienstleistung, wo Menschen oder Vieh derselben bedurften. Von Jugend an war sie früh auf, griff alles an, und alles stund ihr wohl, und gar oft waren es die Eltern, die ihren Willen hemmten, ihr dies und jenes verboten, weil sie meinten, einer reichen Müllerstochter zieme solche Arbeit nicht. Dann schaffte sie gar manches heimlich, und oft, wenn ihre kranke Mutter des Nachts erwachte, sah sie ihre Tochter am Bette sitzen, während sie doch einer Magd zu wachen befohlen, ihre Tochter aber mit allem Ernst zu Bette gehen geheißen hatte.

Als nun die Mutter gestorben war und das Unglück ausbrach, da wars, als wenn ein Blitz sie getroffen. Sie jammerte nicht, aber sie schien stumm geworden, und die Leute hatten fast ein Grausen ob ihr, denn man sah sie oft stehen auf hohem Vorsprung oder in tiefem Wasser und ob den Mühlrädern am Bache, und alle sagten, es gebe sicher ein Unglück, aber niemand reichte die Hand, selbigem auf irgend eine Weise vorzubeugen. Alle dachten, und Viele sagten es, es geschehe Elsi recht, Hochmut komme vor dem Falle, und so sollte es allen gehen, die so stolz wie Elsi täten; und als dasselbe am Morgen, als alles aufgeschrieben werden sollte, verschwunden war, sagten alle: Da hätte mans, und sie hätten es längst gesagt, daß es diesen Ausweg nehmen würde. Man suchte es in allen Bächen, an jungen Tannen, und als man es nirgends fand, da deuteten Einige darauf hin, daß einer sei, der schon Viele geholt und absonderlich Stolze und Übermütige, und noch nach manchem Jahre ward stolzen Mädchen darauf hingedeutet, wie einer sei, der gerade Stolze am liebsten nehme; sie sollen nur denken an die reiche Müllerstochter, die so ungesinnet verschwunden sei, daß man weder Haut noch Haar je wieder von ihr gesehen.

So übel war es indes Elsi nicht ergangen, aber Böses hatte es allerdings in den ersten Tagen im Sinne gehabt. Es war ihm gewesen, als klemme jemand ihm das Herz entzwei, als türmten sich Mühlsteine an seiner Seele auf; es war ein Zorn, eine Scham in ihm, und die brannten ihns, als ob es mitten in der Hölle wäre. Allen Leuten sah es an, wie sie sein Unglück ihm gönnten, und wenn man ihm alle Schätze der Welt geboten hätte, es wäre nicht imstande gewesen, einem einzigen Menschen ein freundlich Wort zu geben.

Indessen wachte über dem armen Kinde eine höhere Hand und ließ aus dessen Stolze eine Kraft emporwachsen, welche demselben zu einem höhern Entschlusse half; denn so tut es Gott oft, eben aus dem Kerne, den die Menschen verworfen, läßt er emporwachsen die edelste Frucht. Der Stolz des Mädchens war ein angeborner Ekel gegen alles Niedere, geistig Hemmende, und wer es einmal beten gesehen hätte, hätte auch gesehen, wie es sich demütigen konnte vor dem, in dem nichts Niederes, nichts Gemeines ist. Aber sein Inneres verstund es nicht, sein Äußeres beherrschte es nicht, und darum gebärdete es sich wie eine reiche Müllerstochter, welcher die ganze Welt nicht vornehm genug ist. Da weg wollte es, aber vor der Untat schauderte es; die Schande wollte es seiner Familie nicht antun, wollte nicht die Seele mit dem Leibe verderben, aber wie sich helfen, wußte es lange nicht. Da, in stiller Nacht, als eben seine Angst um einen Ausweg am größten war, öffnete ihm Gott denselben. Weit weg wollte es ziehen, Dienst suchen als niedere Magd an einsamem Orte, dort in Stille und Treue unbekannt sein Leben verbringen, solange es Gott gefalle. Wie in starken Gemütern kein langes Werweisen ist, wenn einmal ein Weg offen steht, so hatte es noch in selber Nacht sich aufgemacht, alle Hoffart dahinten gelassen, nur mitgenommen, was für eine Magd schicklich war, keinem Menschen ein Wort gesagt und war durch einsame Steige fortgegangen aus dem heimischen Tale. Manchen Tag war es gegangen in die Kreuz und Quere, bald gefiel es ihm nicht, bald gedachte es an bekannte Namen, die hier oder dort wohnten, und so war es gekommen bis ins Heimiswyltal. Dort hinten im heimeligen Tale gefiel es ihm, es suchte Dienst und fand ihn.

Augen, meine lieben Fensterlein

Zwanzig der schönsten deutschen Gedichte von Johann Wolfgang Goethe, Friedrich Schiller, Joseph von Eichendorff, Eduard Mörike, Heinrich Heine, Theodor Fontane, Ferdinand Raimund, Wilhelm Busch, Friedrich Nietzsche, Theodor Storm, Matthias Claudius, Gotthold Ephraim Lessing

Johann Wolfgang Goethe
Ein Gleiches

Über allen Gipfeln
Ist Ruh;
In allen Wipfeln
Spürest du
Kaum einen Hauch;
Die Vögelein schweigen im Walde.
Warte nur, balde
Ruhest du auch.

Das Göttliche

Edel sei der Mensch,
Hilfreich und gut!
Denn das allein
Unterscheidet ihn
Von allen Wesen,
Die wir kennen.

Heil den unbekannten
Höhern Wesen,
Die wir ahnen!
Ihnen gleiche der Mensch;
Sein Beispiel lehr uns
Jene glauben.

Denn unfühlend
Ist die Natur:
Es leuchtet die Sonne
Über Bös' und Gute,
Und dem Verbrecher
Glänzen, wie dem Besten,
Der Mond und die Sterne.

Wind und Ströme,
Donner und Hagel
Rauschen ihren Weg
Und ergreifen
Vorübereilend
Einen um den andern.

Auch so das Glück
Tappt unter die Menge,
Faßt bald des Knaben
Lockige Unschuld,
Bald auch den kahlen
Schuldigen Scheitel.

Nach ewigen, ehrnen,
Großen Gesetzen
Müssen wir alle
Unseres Daseins
Kreise vollenden.

Nur allein der Mensch
Vermag das Unmögliche;
Er unterscheidet,
Wählet und richtet;
Er kann dem Augenblick
Dauer verleihen.

Er allein darf
Den Guten lohnen,
Den Bösen strafen,
Heilen und retten,
Alles Irrende, Schweifende
Nützlich verbinden.

Und wir verehren
Die Unsterblichen,
Als wären sie Menschen,

Täten im großen,
Was der Beste im kleinen
Tut oder möchte.

Der edle Mensch
Sei hilfreich und gut!
Unermüdet schaff er
Das Nützliche, Rechte,
Sei uns ein Vorbild
Jener geahneten Wesen!

Friedrich Schiller
An die Freude

Freude, schöner Götterfunken,
Tochter aus Elysium,
Wir betreten feuertrunken,
Himmlische, dein Heiligtum.
Deine Zauber binden wieder,
Was die Mode streng geteilt,
Alle Menschen werden Brüder,
Wo dein sanfter Flügel weilt.
Seid umschlungen, Millionen!
Diesen Kuß der ganzen Welt!
Brüder – überm Sternenzelt
Muß ein lieber Vater wohnen.

Wem der große Wurf gelungen,
Eines Freundes Freund zu sein,

Wer ein holdes Weib errungen,
Mische seinen Jubel ein!
Ja – wer auch nur *eine* Seele
Sein nennt auf dem Erdenrund!
Und wer's nie gekonnt, der stehle
Weinend sich aus diesem Bund.
Was den großen Ring bewohnet,
Huldige der Sympathie!
Zu den Sternen leitet sie,
Wo der Unbekannte thronet.

Freude trinken alle Wesen
An den Brüsten der Natur,
Alle Guten, alle Bösen
Folgen ihrer Rosenspur.
Küsse gab sie uns und Reben,
Einen Freund, geprüft im Tod,
Wollust ward dem Wurm gegeben,
Und der Cherub steht vor Gott.
Ihr stürzt nieder, Millionen?
Ahnest du den Schöpfer, Welt?
Such ihn überm Sternenzelt!
Über Sternen muß er wohnen.

Freude heißt die starke Feder
In der ewigen Natur.
Freude, Freude treibt die Räder
In der großen Weltenuhr.
Blumen lockt sie aus den Keimen,
Sonnen aus dem Firmament,

Sphären rollt sie in den Räumen,
Die des Sehers Rohr nicht kennt.
Froh, wie seine Sonnen fliegen
Durch des Himmels prächtgen Plan,
Wandelt, Brüder, eure Bahn,
Freudig wie ein Held zum Siegen.

Aus der Wahrheit Feuerspiegel
Lächelt sie den Forscher an.
Zu der Tugend steilem Hügel
Leitet sie des Dulders Bahn.
Auf des Glaubens Sonnenberge
Sieht man ihre Fahnen wehn,
Durch den Riß gesprengter Särge
Sie im Chor der Engel stehn.
Duldet mutig, Millionen!
Duldet für die beßre Welt!
Droben überm Sternenzelt
Wird ein großer Gott belohnen.

Göttern kann man nicht vergelten,
Schön ist's, ihnen gleich zu sein.
Gram und Armut soll sich melden,
Mit den Frohen sich erfreun.
Groll und Rache sei vergessen,
Unserm Todfeind sei verziehn,
Keine Träne soll ihn pressen,
Keine Reue nage ihn.
Unser Schuldbuch sei vernichtet!
Ausgesöhnt die ganze Welt!

Brüder – überm Sternenzelt
Richtet Gott, wie wir gerichtet.

Freude sprudelt in Pokalen,
In der Traube goldnem Blut
Trinken Sanftmut Kannibalen,
Die Verzweiflung Heldenmut.
Brüder, fliegt von euren Sitzen,
Wenn der volle Römer kreist,
Laßt den Schaum zum Himmel spritzen:
Dieses Glas dem guten Geist!
Den der Sterne Wirbel loben,
Den des Seraphs Hymne preist,
Dieses Glas dem guten Geist
Überm Sternenzelt dort oben!

Festen Mut in schweren Leiden,
Hilfe, wo die Unschuld weint,
Ewigkeit geschwornen Eiden,
Wahrheit gegen Freund und Feind,
Männerstolz vor Königsthronen –
Brüder, gält es Gut und Blut:
Dem Verdienste seine Kronen,
Untergang der Lügenbrut!
Schließt den heilgen Zirkel dichter,
Schwört bei diesem goldnen Wein.
Dem Gelübde treu zu sein,
Schwört es bei dem Sternenrichter!

Hoffnung

Es reden und träumen die Menschen viel
Von bessern künftigen Tagen,
Nach einem glücklichen goldenen Ziel
Sieht man sie rennen und jagen;
Die Welt wird alt und wird wieder jung,
Doch der Mensch hofft immer Verbesserung.

Die Hoffnung führt ihn ins Leben ein,
Sie umflattert den fröhlichen Knaben,
Den Jüngling locket ihr Zauberschein,
Sie wird mit dem Greis nicht begraben;
Denn beschließt er im Grabe den müden Lauf,
Noch am Grabe pflanzt er – die Hoffnung auf.

Es ist kein leerer schmeichelnder Wahn,
Erzeugt im Gehirne des Toren,
Im Herzen kündet es laut sich an:
Zu was Besserm sind wir geboren.
Und was die innere Stimme spricht,
Das täuscht die hoffende Seele nicht.

Joseph von Eichendorff

Mondnacht

Es war, als hätt der Himmel
Die Erde still geküßt,
Daß sie im Blütenschimmer
Von ihm nun träumen müßt.

Die Luft ging durch die Felder,
Die Ähren wogten sacht,
Es rauschten leis die Wälder,
So sternklar war die Nacht.

Und meine Seele spannte
Weit ihre Flügel aus,
Flog durch die stillen Lande,
Als flöge sie nach Haus.

Der frohe Wandersmann

Wem Gott will rechte Gunst erweisen,
Den schickt er in die weite Welt;
Dem will er seine Wunder weisen
In Berg und Wald und Strom und Feld.

Die Trägen, die zu Hause liegen,
Erquicket nicht das Morgenrot,
Sie wissen nur von Kinderwiegen,
Von Sorgen, Last und Not um Brot.

Die Bächlein von den Bergen springen,
Die Lerchen schwirren hoch vor Lust,
Was sollt ich nicht mit ihnen singen
Aus voller Kehl und frischer Brust?

Den lieben Gott laß ich nur walten;
Der Bächlein, Lerchen, Wald und Feld
Und Erd und Himmel will erhalten,
Hat auch mein Sach aufs best bestellt!

Die zwei Gesellen

Es zogen zwei rüstige Gesellen
Zum erstenmal von Haus,
So jubelnd recht in die hellen,
Klingenden, singenden Wellen
Des vollen Frühlings hinaus.

Die strebten nach hohen Dingen,
Die wollten, trotz Lust und Schmerz,
Was Rechts in der Welt vollbringen,
Und wem sie vorüber gingen,
Dem lachten Sinnen und Herz. –

Der erste, der fand ein Liebchen,
Die Schwieger kauft' Hof und Haus;
Der wiegte gar bald ein Bübchen,
Und sah aus heimlichem Stübchen
Behaglich ins Feld hinaus.

Dem zweiten sangen und logen
Die tausend Stimmen im Grund,

Verlockend' Sirenen, und zogen
Ihn in der buhlenden Wogen
Farbig klingenden Schlund.

Und wie er auftaucht' vom Schlunde,
Da war er müde und alt,
Sein Schifflein das lag im Grunde,
So still wars rings in die Runde,
Und über die Wasser wehts kalt.

Es singen und klingen die Wellen
Des Frühlings wohl über mir;
Und seh ich so kecke Gesellen,
Die Tränen im Auge mir schwellen –
Ach Gott, führ uns liebreich zu Dir!

Eduard Mörike
Er ists

Frühling läßt sein blaues Band
Wieder flattern durch die Lüfte;
Süße, wohlbekannte Düfte
Streifen ahnungsvoll das Land.
Veilchen träumen schon,
Wollen balde kommen.
– Horch, von fern ein leiser Harfenton!
Frühling, ja du bists!
Dich hab ich vernommen!

Gottfried Keller

Abendlied

Augen, meine lieben Fensterlein,
Gebt mir schon so lange holden Schein,
Lasset freundlich Bild um Bild herein:
Einmal werdet ihr verdunkelt sein!

Fallen einst die müden Lider zu,
Löscht ihr aus, dann hat die Seele Ruh';
Tastend streift sie ab die Wanderschuh',
Legt sich auch in ihre finst're Truh'.

Noch zwei Fünklein sieht sie glimmend steh'n
Wie zwei Sternlein, innerlich zu seh'n,
Bis sie schwanken und dann auch vergeh'n,
Wie von eines Falters Flügelweh'n.

Doch noch wandl' ich auf dem Abendfeld,
Nur dem sinkenden Gestirn gesellt;
Trinkt, o Augen, was die Wimper hält,
Von dem goldnen Überfluß der Welt!

Erkenntnis

Willst du, o Herz! ein gutes Ziel erreichen,
Mußt du in eigner Angel schwebend ruhn;
Ein Tor versucht zu geh'n in fremden Schuh'n,
Nur mit sich selbst kann sich der Mann vergleichen!

Ein Tor, der aus des Nachbars Kinderstreichen
Sich Trost nimmt für das eigne schwache Tun,
Der immer um sich späht und lauscht und nun
Sich seinen Wert bestimmt nach falschen Zeichen!

Tu' frei und offen, was du nicht willst lassen,
Doch wandle streng auf selbstbeschränkten Wegen
Und lerne früh nur *deine* Fehler hassen!

Und ruhig geh' den anderen entgegen;
Kannst du dein Ich nun fest zusammenfassen,
Wird deine Kraft die fremde Kraft erregen.

Heinrich Heine
Weltlauf

Hat man viel, so wird man bald
Noch viel mehr dazu bekommen.
Wer nur wenig hat, dem wird
Auch das wenige genommen.

Wenn du aber gar nichts hast,
Ach, so lasse dich begraben –
Denn ein Recht zum Leben, Lump,
Haben nur, die etwas haben.

Die Wanderratten

Es gibt zwei Sorten Ratten:
Die hungrigen und satten.
Die satten bleiben vergnügt zu Haus,
Die hungrigen aber wandern aus.

Sie wandern viele tausend Meilen,
Ganz ohne Rasten und Weilen,
Gradaus in ihrem grimmigen Lauf,
Nicht Wind noch Wetter hält sie auf.

Sie klimmen wohl über die Höhen,
Sie schwimmen wohl durch die Seen;
Gar manche ersäuft oder bricht das Genick,
Die lebenden lassen die toten zurück.

Es haben diese Käuze
Gar fürchterliche Schnäuze;
Sie tragen die Köpfe geschoren egal,
Ganz radikal, ganz rattenkahl.

Die radikale Rotte
Weiß nichts von einem Gotte.
Sie lassen nicht taufen ihre Brut,
Die Weiber sind Gemeindegut.

Der sinnliche Rattenhaufen,
Er will nur fressen und saufen.
Er denkt nicht, während er säuft und frißt,
Daß unsre Seele unsterblich ist.

So eine wilde Ratze,
Die fürchtet nicht Hölle, nicht Katze;
Sie hat kein Gut, sie hat kein Geld
Und wünscht aufs neue zu teilen die Welt.

Die Wanderratten, o wehe!
Sie sind schon in der Nähe.
Sie rücken heran, ich höre schon
Ihr Pfeifen, die Zahl ist Legion.

O wehe! Wir sind verloren!
Sie sind schon vor den Toren!
Der Bürgermeister und Senat,
Sie schütteln die Köpfe, und keiner weiß Rat.

Die Bürgerschaft greift zu den Waffen,
Die Glocken läuten die Pfaffen.
Gefährdet ist das Palladium
Des sittlichen Staats, das Eigentum.

Nicht Glockengeläute, nicht Pfaffengebete,
Nicht hochwohlweise Senatsdekrete,
Auch nicht Kanonen, viel Hundertpfünder,
Sie helfen euch heute, ihr lieben Kinder!

Heut' helfen euch nicht die Wortgespinste
Der abgelebten Redekünste.
Man fängt nicht Ratten mit Syllogismen,
Sie springen über die feinsten Sophismen.

Im hungrigen Magen Eingang finden
Nur Suppenlogik mit Knödelgründen,
Nur Argumente von Rinderbraten,
Begleitet mit Göttinger Wurstzitaten.

Ein schweigender Stockfisch, in Butter gesotten,
Behaget den radikalen Rotten
Viel besser als ein Mirabeau
Und alle Redner seit Cicero.

Theodor Fontane
Herr von Ribbeck auf Ribbeck im Havelland

Herr von Ribbeck auf Ribbeck im Havelland,
Ein Birnbaum in seinem Garten stand,
Und kam die goldene Herbsteszeit,
Und die Birnen leuchteten weit und breit,
Da stopfte, wenns Mittag vom Turme scholl,
Der von Ribbeck sich beide Taschen voll,
Und kam in Pantinen ein Junge daher,
So rief er: »Junge, wist 'ne Beer?«
Und kam ein Mädel, so rief er: »Lütt Dirn,
Kumm man röwer, ick hebb 'ne Birn.«
So ging es viel Jahre, bis lobesam
Der von Ribbeck auf Ribbeck zu sterben kam.
Er fühlte sein Ende. 's war Herbsteszeit,
Wieder lachten die Birnen weit und breit,
Da sagte von Ribbeck: »Ich scheide nun ab.
Legt mir eine Birne mit ins Grab.«

Und drei Tage drauf, aus dem Doppeldachhaus,
Trugen von Ribbeck sie hinaus,
Alle Bauern und Büdner, mit Feiergesicht,
Sangen »Jesus, meine Zuversicht«,
Und die Kinder klagten, das Herze schwer:
»He is dod nu. Wer giwt uns nu 'ne Beer?«

So klagten die Kinder. Das war nicht recht.
Ach, sie kannten den alten Ribbeck schlecht,
Der *neue* freilich, der knausert und spart,
Hält Park und Birnbaum strenge verwahrt,
Aber der *alte*, vorahnend schon
Und voll Mißtraun gegen den eigenen Sohn,
Der wußte genau, was damals er tat,
Als um eine Birn ins Grab er bat,
Und im dritten Jahr, aus dem stillen Haus
Ein Birnbaumsprößling sproßt heraus.

Und die Jahre gehen wohl auf und ab,
Längst wölbt sich ein Birnbaum über dem Grab,
Und in der goldenen Herbsteszeit
Leuchtets wieder weit und breit.
Und kommt ein Jung übern Kirchhof her,
So flüsterts im Baume: »Wiste 'ne Beer?«
Und kommt ein Mädel, so flüsterts: »Lütt Dirn,
Kumm man röwer, ick gew di 'ne Birn.«

So spendet Segen noch immer die Hand
Des von Ribbeck auf Ribbeck im Havelland.

Es kribbelt und wibbelt weiter

Die Flut steigt bis an den Ararat,
Und es hilft keine Rettungsleiter,
Da bringt die Taube Zweig und Blatt –
Und es kribbelt und wibbelt weiter.

Es sicheln und mähen von Ost nach West
Die apokalyptischen Reiter,
Aber ob Hunger, ob Krieg, ob Pest,
Es kribbelt und wibbelt weiter.

Ein Gott wird gekreuzigt auf Golgatha,
Es brennen Millionen Scheiter,
Märtyrer hier und Hexen da,
Doch es kribbelt und wibbelt weiter.

So banne dein Ich in dich zurück
Und ergib dich und sei heiter;
Was liegt an dir und deinem Glück?
Es kribbelt und wibbelt weiter.

Ferdinand Raimund
Das Hobellied

Da streiten sich die Leut herum
Oft um den Wert des Glücks,
Der eine heißt den andern dumm,
Am End weiß keiner nix.

Das ist der allerärmste Mann,
Der andre oft zu reich,
Das Schicksal setzt den Hobel an
Und hobelt's beide gleich.

Die Jugend will halt stets mit Gwalt
In allem glücklich sein,
Doch wird man nur ein bissel alt,
Da gibt man sich schon drein.
Oft zankt mein Weib mit mir, o Graus!
Das bringt mich nicht in Wut,
Da klopf' ich meinen Hobel aus
Und denk', du brummst mir gut.

Zeigt sich der Tod einst mit Verlaub
Und zupft mich: »Brüderl, kumm«,
Da stell' ich mich im Anfang taub
Und schau' mich gar nicht um.
Doch sagt er: »Lieber Valentin,
Mach keine Umständ, geh!«,
Da leg' ich meinen Hobel hin
Und sag' der Welt ade.

Wilhelm Busch
Dilemma

Das glaube mir – so sagte er –
Die Welt ist mir zuwider,
Und wenn die Grübelei nicht wär,
So schöß ich mich darnieder.

Was aber wird nach diesem Knall
Sich späterhin begeben?
Warum ist mir mein Todesfall
So eklig wie mein Leben?

Mir wäre doch, potzsapperlot,
Der ganze Spaß verdorben,
Wenn man am Ende gar nicht tot,
Nachdem daß man gestorben.

Friedrich Nietzsche
Das trunkene Lied

O Mensch! Gib acht!
Was spricht die tiefe Mitternacht?
»Ich schlief, ich schlief –,
Aus tiefem Traum bin ich erwacht: –
Die Welt ist tief,
Und tiefer als der Tag gedacht.
Tief ist ihr Weh –,
Lust – tiefer noch als Herzeleid:
Weh spricht: Vergeh!
Doch alle Lust will Ewigkeit –,
Will tiefe, tiefe Ewigkeit!«

Theodor Storm
Oktoberlied

Der Nebel steigt, es fällt das Laub;
Schenk ein den Wein, den holden!
Wir wollen uns den grauen Tag
Vergolden, ja vergolden!

Und geht es draußen noch so toll,
Unchristlich oder christlich,
Ist doch die Welt, die schöne Welt,
So gänzlich unverwüstlich!

Und wimmert auch einmal das Herz –
Stoß an und laß es klingen!
Wir wissen's doch, ein rechtes Herz
Ist gar nicht umzubringen.

Der Nebel steigt, es fällt das Laub;
Schenk ein den Wein, den holden!
Wir wollen uns den grauen Tag
Vergolden, ja vergolden!

Wohl ist es Herbst; doch warte nur,
Doch warte nur ein Weilchen!
Der Frühling kommt, der Himmel lacht,
Es steht die Welt in Veilchen.

Die blauen Tage brechen an,
Und ehe sie verfließen,
Wir wollen sie, mein wackrer Freund,
Genießen, ja genießen!

Matthias Claudius
Abendlied

Der Mond ist aufgegangen,
Die goldnen Sternlein prangen
Am Himmel hell und klar;
Der Wald steht schwarz und schweiget,
Und aus den Wiesen steiget
Der weiße Nebel wunderbar.

Wie ist die Welt so stille
Und in der Dämmrung Hülle
So traulich und so hold,
Als eine stille Kammer,
Wo ihr des Tages Jammer
Verschlafen und vergessen sollt.

Seht ihr den Mond dort stehen? –
Er ist nur halb zu sehen
Und ist doch rund und schön!
So sind wohl manche Sachen,
Die wir getrost belachen,
Weil unsre Augen sie nicht sehn.

Wir stolze Menschenkinder
Sind eitel arme Sünder
Und wissen gar nicht viel;
Wir spinnen Luftgespinste
Und suchen viele Künste
Und kommen weiter von dem Ziel.

Gott, laß uns dein Heil schauen,
Auf nichts Vergänglichs trauen,
Nicht Eitelkeit uns freun!
Laß uns einfältig werden
Und vor dir hier auf Erden
Wie Kinder fromm und fröhlich sein!

Wollst endlich sonder Grämen
Aus dieser Welt uns nehmen
Durch einen sanften Tod!
Und, wenn du uns genommen,
Laß uns in Himmel kommen,
Du unser Herr und unser Gott!

So legt euch denn, ihr Brüder,
In Gottes Namen nieder;
Kalt ist der Abendhauch.
Verschon uns, Gott! mit Strafen,
Und laß uns ruhig schlafen
Und unsern kranken Nachbar auch!

Gotthold Ephraim Lessing
Auf sich selbst

Ich habe nicht stets Lust zu lesen.
Ich habe nicht stets Lust zu schreiben.
Ich habe nicht stets Lust zu denken;
kurz um, nicht immer zu studieren.

Doch hab ich allzeit Lust zu scherzen.
Doch hab ich allzeit Lust zu lieben.
Doch hab ich allzeit Lust zu trinken;
kurz, allezeit vergnügt zu leben.

Verdenkt ihr mirs, ihr sauern Alten?
Ihr habt ja allzeit Lust zu geizen;
Ihr habt ja allzeit Lust zu lehren;
Ihr habt ja allzeit Lust zu tadeln.

Was ihr tut, ist des Alters Folge.
Was ich tu, will die Jugend haben.
Ich gönn euch eure Lust von Herzen.
Wollt ihr mir nicht die meine gönnen?

Honoré de Balzac
Zwei Frauen

Drei Briefe von Mademoiselle Louise de Chaulieu an ihre Jugendfreundin Madame Renée de L'Estarerade sowie eine Antwort

O Renée, Du hast mich für viele Tage traurig gestimmt! So wird nun also dieser entzückende Körper, das schöne, stolze Antlitz, das mit natürlichstem Anstand ausgestattete Wesen, dieses reichbegabte Herz, diese Augen, in denen sich die Seele wie in einer frischen Quelle labte, dieses von den zartesten Rücksichten bewegte Gemüt, der weite Geist, alle die seltenen Fähigkeiten, die Bemühungen der Natur und unserer gegenseitigen Erziehung, Schätze, aus denen für Leidenschaft und Sehnsucht einzigartige Reichtümer strömen sollten, Stunden, die Jahre aufwogen, Freuden, die einen Mann zum Sklaven einer einzigen reizenden Bewegung gemacht hätten –, so wird sich dieses alles in der Öde einer gemeinen, alltäglichen Ehe verlieren – ertrinken in der Leere eines Lebens, das Dir zum Überdruß gereichen muß! Ich hasse zum voraus die Kinder, die Du zur Welt bringst, sie werden mißgestaltet sein! In Deinem Leben ist nun alles vorgesehen, Dir bleibt nichts mehr zu hoffen, zu fürchten, zu leiden. Was aber, wenn an einem Tag der Herrlichkeit Du dem Wesen begegnest, das Dich dem Schlummer, der Dich jetzt umfängt, stürmisch entreißt?... Ach, ein Schauer überfällt mich bei diesem Gedanken. Vergiß dann nicht, daß Du eine Freundin hast! (...)

Wirklich, meine Liebe, Schöne, da Du nur noch über eheliche Liebe reden kannst, ist es für unser Doppeldasein dringend nötig, daß ich Mädchen bleibe und einige schöne Passionen erlebe, damit wir das Leben dennoch gründlich kennenlernen. Erzähle mir ausführlich alles, was Dir in den ersten Tagen Deines Zusammenseins mit diesem Tier – ich kann einen Gatten nicht anders nennen – begegnet! Ich verspreche Dir die gleiche Genauigkeit, wenn ich je geliebt werden sollte. Adieu – arme verschlungene Geliebte!

Wie, Liebe! um Dein eintöniges Landleben zu würzen, verteilst Du Deine Gunst in klüglich abgewogenen Dosen; verfährst mit der Liebe nicht anders als mit Deinen Wäldern! O tausendmal lieber will ich in den Wirbelstürmen meines ungestümen Herzens zugrunde gehen, als in der Dürre Deiner weisen Arithmetik zu verschmachten. Du warst mir das klügste Mädchen; denn wir hatten über wenige Dinge viel nachgedacht: jedoch, Liebste, eine Philosophie ohne Liebe oder mit einer vorgetäuschten Liebe ist die schrecklichste aller ehelichen Heucheleien. Ich weiß nicht, ob nicht selbst der größte Esel der Welt von Zeit zu Zeit in einem Rosengarten den Schuhu der Weisheit eingenistet findet. Eine wenig ergötzliche Entdeckung, die selbst die flammendste aller Leidenschaften auszulöschen vermöchte. Du schneiderst Dir Dein Geschick fein säuberlich zurecht, anstatt Dich ihm als Spielball anheimzugeben. Wir entwickeln uns beide auf recht seltsame Weise: Viel

Philosophie und wenig Liebe! – so lautet Dein Rezept! Viel Liebe und wenig Philosophie das meine. Rousseaus Julie, die mir schon wie ein Professor vorkam, ist an Dir gemessen nur erst Student! Ausbund weiblicher Tugend! Ach, ich spotte, und vielleicht hast Du doch recht! Du hast an einem einzigen Tag Deine Jugend hingeopfert und wurdest geizig vor der Zeit. Dein Louis ist ohne Zweifel glücklich. Wenn er Dich liebt, und ich zweifle nicht daran, wird er nie entdecken, daß Du Dich im Interesse Deiner Familie nicht anders benimmst wie eine Kurtisane um des Geldes willen; aber die macht die Männer ja glücklich, wenn man der tollen Verschwendung glauben will, die um ihretwillen begangen wird. (…) Denn, Liebste, in meinen Augen bleibt die Liebe der Urquell aller Tugenden, die den Stempel der Göttlichkeit tragen. Die Liebe läßt sich so wenig wie jedes andere Element berechnen, sie ist die Unendlichkeit unserer Seele. Aber wolltest Du nicht vor Dir selbst die furchtbare Lage der Frau rechtfertigen, die ihren Mann im besten Falle achtet? Pflicht! So lautet Deine Regel und Dein Maßstab; aber der bloßen Notwendigkeit folgen, ist das nicht die Moral einer atheistischen Menschheit? Aus Liebe und Gefühl handeln, ist das nicht das geheime Gesetz für die Frauen? Du hast Dich selbst zum Mann gemacht und Deinem Louis den Platz der Frau angewiesen. (…) Ich tröste mich mit der Hoffnung, daß im Augenblick, wo ich Dir schreibe, die Liebe vielleicht schon das ganze Baugerüst Deines Verstandes eingerissen hat. Vielleicht stelle ich noch Schlimmeres an, ohne Überlegung und ohne Berechnung. Die Leidenschaft ist eine Gewalt mit nicht minder grausamen Gesetzen als die Deinen.

Du bist entzückend, meine Renée, und ich stimme jetzt vollkommen mit Dir überein: daß es ehrlich ist zu lügen! – Bist Du jetzt zufrieden mit mir? Außerdem ist der Mann, der uns liebt, unser Eigentum, es ist unser freies Recht, ein Genie oder einen Dummkopf aus ihm zu machen; unter uns, wir machen zumeist den Dummkopf aus ihm. Du wirst aus Deinem ein Genie machen und wahrst obendrein Dein Geheimnis: zwei herrliche Taten! (...) Ja, ich bin ein schrecklich falsches Geschöpf: Ich liebe Felipe – und verberge es ihm mit der ruchlosesten Verstellung. Ich möchte, er schwänge sich von seinem Baum auf den Kamm der Mauer, vom Kamm der Mauer auf meinen Balkon; doch würde er es ausführen, was ich mir wünsche, meine Verachtung schlüge ihn zu Boden. Du siehst, ich bin rechtschaffen fürchterlich. Was hält mich zurück? Welche geheimnisvolle Macht verhindert mich, meinem geliebten Felipe das ganze Glück einzugestehen, das er mir mit seiner reinen, restlosen, großen, geheimnisvollen Liebe in so reichem Maße schenkt? Madame de Mirbel malt mein Porträt; ich habe mir vorgenommen, es ihm zu schenken. Was mich täglich mit neuem Staunen erfüllt, ist die Aktivität, die die Liebe dem ganzen Leben gibt! Wie wichtig wird jede Stunde, jede Handlung, die allerkleinste Nebensache; und welch wundersame Verwirrung von Vergangenheit und Zukunft in der Gegenwart! Wir leben in allen drei Zeiten des Verbums zugleich. Wird es auch nach der Erfüllung so bleiben? O antworte, sage mir, was ist Glück? Stillt es oder reizt es nur auf?

Unverschämte! Warum hätte ich Dir schreiben sollen? Was könnte ich Dir erzählen? Du schilderst mir ein Leben, ausgefüllt mit Festen, belebt durch die Sorgen und Qualen der Liebe, dem ich wie einem gut gespielten Theaterstück folge, während mein einförmiges, streng umgrenztes Klosterleben seinen ruhigen Gang nimmt. (...) So verbringe ich meine Tage zwischen einem wunschlosen Alten und einem Manne, dessen ganzes Glück ich bin. Louis ist froh, daß seine Freude mir nun auch das Herz erwärmt hat. Vielleicht ist Glück für uns nicht gleichbedeutend mit Freude. Manchmal abends, wenn ich bei einer Partie Karten aushelfen muß und tief in meinem Lehnstuhl versunken liege, werden meine Gedanken so mächtig, daß ich mich in Dich hineinversetzen kann: dann vermähle ich mich Deinem furchtbaren, vielfarbigen, leidenschaftlich bewegten Leben, und ich frage mich, wohin dieses stürmische Vorwort führen will; wird es nicht das ganze übrige Buch erdrükken? Du darfst Dich noch den Illusionen der Liebe hingeben, Du darfst es, liebes Herz! Mir bleiben nur noch die Tatsächlichkeiten des Haushaltes. Ja, Deine Liebe scheint mir wie ein wundersamer Traum, und kaum verstehe ich, warum Du sie so romantisierst. Du verlangst vom Manne mehr Seele als Sinne, mehr Größe und Tugend als Liebe. Du verlangst, daß die Träume der jungen Mädchen, auf der Schwelle des Lebens geträumt, lebendige Form annehmen; Du forderst Opfer, nur um dieselben belohnen zu dürfen; Du unterwirfst Deinen Felipe Prüfungen, um zu ergründen, ob sein Verlangen, seine Hoffnung, seine Neugierde ewig dauern werden. Aber, liebes Kind, hinter Deinen phantastischen Kulissen erhebt sich der Altar, vor dem ewige Bande geknüpft werden. Der Morgen nach der Hochzeit, die schreckliche Tatsache, die aus dem Mädchen eine Frau, aus dem Liebhaber einen Gatten macht, kann das gefällige Gerüst Deiner empfindsamen Vorkehrungen umwerfen! Lerne doch endlich begreifen, daß Liebende so gut wie verheiratete Menschen, gleich Louis und mir, aus den Freuden der Liebe, wie Rabelais sagt, ein großes »Vielleicht« greifen. (…)

Ich wage mich nicht mit Ratschlägen hervor, die Erfahrung mir beigebracht hat; aber laß mich, aus der Tiefe dieses Tales heraus, Dir diese Weisheit zu Deinem Glücke mitgeben: Der Zehrpfennig für die Ehe heißt Resignation und Aufopferung! Denn, Deiner Prüfungen, Koketterien und Beobachtungen ungeachtet, verheiratest Du Dich geradeso wie ich. Nur indem Du die Sehnsucht weiterspannst, gräbst Du den Abgrund tiefer – das ist der ganze Unterschied.

Honoré de Balzac
Oberst Chaberts Entschluß

»Kommen Sie, mein Herr«, sagte sie und nahm seinen Arm mit einer Gebärde unbeschreiblicher Vertraulichkeit, wie sie nur Menschen kennen, die einmal sehr gut miteinander gewesen sind.

Diese Bewegung der Gräfin, der Tonfall ihrer Stimme, der wieder anmutig und fein geworden war, war das nicht genug, um dem Obersten die Ruhe wiederzugeben? Und so ließ er sich zu ihrem Wagen führen.

»Bitte, steigen Sie ein«, sagte sie, als der Bediente den Wagentritt herabgelassen hatte.

»Wohin, gnädigste Gräfin?« fragte der Diener.

»Nach Groslay«, sagte sie.

Die Pferde setzten sich in Gang und nun ging es quer durch ganz Paris.

»Mein Herr«, sagte die Gräfin zum Obersten und der bloße Klang ihrer Stimme ließ Gefühle in ihm wach werden, die im Leben eines solchen Mannes sich nie wiederholen und um derentwillen man lebt.

In diesen Stunden bebt alles: Herz, Nerven, Fibern, Gesicht, Seele und Körper, alles zittert, alles ist in tiefster Bewegung. Das Leben, das Dasein scheint nicht mehr in unserem Innern beschlossen, es strömt aus uns reich hervor, sprudelt und sprüht, es teilt sich mit wie ein Hauch, es setzt sich fort, im Blick, in der Betonung eines Wortes, in jeder

Gebärde, so wirkt unser Wollen bestimmend, zwingend auf den andern neben uns. Der alte Soldat zitterte wie Espenlaub bei dieser schrecklichen Anrede: mein Herr! Aber bedeutete dies denn nicht auch eine Bitte, einen Vorwurf, ein Hoffen und Verzweifeln, Fragen und Antworten? Man konnte *alles* mit diesem einen Worte sagen. Nur eine Komödiantin konnte so viel Überredung in ein paar Silben fassen, so viel Gefühle in einen Ton zwingen. Die Wahrheit, die Echtheit ist nicht so reich in ihrer Ausdrucksfähigkeit, sie kann nicht alles nach außen umsetzen, aber sie läßt ahnen, was im Innern vorgeht.

Der Oberst schämte sich tief seines Verdachtes, seiner Forderungen, seines Zornes gar, er senkte seine Blicke, damit man seine Verwirrung nicht erkenne.

»Mein Herr«, sagte die Gräfin nach einer kaum wahrnehmbaren Pause, »ich habe Sie wohl erkannt.«

»Rosine«, sagte der alte Soldat, »dieses eine Wort schüttet den reinsten Balsam auf meine Wunden.« Zwei dicke Tränen rollten heiß in die Hände seiner Frau. Er zog sie an sich, er wollte ihr seine väterliche Zärtlichkeit beweisen.

»Mein Herr«, begann sie wieder, »haben Sie es denn nicht gefühlt, wie furchtbar schwer es mich ankam, in einer so falschen Situation mich vor einem Fremden zu zeigen? Muß ich schon über mich erröten, dann sei es wenigstens im Kreise der Meinen. Sollte dies Geheimnis nicht in unserm Herzen begraben bleiben? Sie werden mich entschuldigen, wenn ich dem Unglück eines Menschen gegenüber kalt blieb, an dessen Existenz ich zu glauben nicht vermochte. Ich habe Ihre Briefe erhalten«, sagte sie mit Lebhaftigkeit, als auf den Zügen ihres Mannes seine Gedanken klar lesbar erschienen, »ich habe sie erhalten, aber erst dreizehn Monate nach der Schlacht bei Eylau. Sie waren offen, schmutzbedeckt, die Schrift kaum zu entzifffern, und da dachte ich, da schon die Unterschrift Napoleons auf meinen neuen Heiratskontrakt gesetzt war, da habe ich gedacht – es treibe ein geschickter Betrüger sein Spiel mit mir. Um nicht die Ruhe des Grafen Ferraud zu stören und die Bande der Familie zu lockern, habe ich mich gegen einen falschen Chabert zu schützen versucht. War das nicht recht, sagen Sie!«

»Ja, das war recht«, sagte er. »Ich bin der dumme Lümmel, ein Tier, eine plumpe Bestie, daß ich nicht besser die Folgen einer solchen Lage voraussehen konnte. Aber wohin führst du mich«, rief er aus, als er die Barriere von la Chapelle vor sich erblickte.

»Auf mein Landgut, bei Groslay, im Tale von Montmorency. Dort wollen wir in Ruhe darüber nachdenken, welchen Weg wir aus unseren Schwierigkeiten suchen können. Ich kenne meine Pflichten. Ich gehöre Ihnen nach dem Gesetz, aber nicht de facto. Es kann Sie doch unmöglich reizen, daß wir das Gespött von ganz Paris werden. Lassen wir die Öffentlichkeit im dunkeln über eine Lage, die mich ein wenig lächerlich macht, und setzen wir unsere Würde obenan. Sie lieben mich noch«, sagte sie mit einem traurigen, milden Blick, »aber war ich nicht berechtigt, ein anderes Band zu knüpfen? In all diesen Widrigkeiten sagte mir eine innere Stimme, ich solle mich auf Ihre nur zu bekannte Güte verlassen. Und habe ich unrecht daran getan, Sie als einzigen und ersten Richter über mein Los entscheiden zu lassen? Seien Sie Richter und Partei in einem!

Ich überliefere mich ganz dem Adel Ihres Charakters. Sie müssen mir in Ihrer Güte alles verzeihen, was aus unschuldigem Irren erwachsen ist. Ich will Ihnen nämlich gestehen, ich liebe den Grafen Ferraud. Ich glaubte, ich dürfte es. Ich erröte bei diesem Geständnis nicht vor Ihnen. Es mag Sie kränken, aber es macht Ihnen keine Schande. Tatsachen kann ich Ihnen nicht verbergen. Als das Schicksal mich zur Witwe machte, hatte ich Mutterfreuden noch nicht erfahren.«

Der Oberst machte seiner Frau mit der Hand Zeichen, um sie um Stillschweigen zu bitten, und so fuhren sie eine halbe Meile, ohne zu sprechen. Chabert glaubte die zwei Kinder vor sich zu sehen.

»Rosine?«

»Mein Herr?«

»Die Toten haben also unrecht, wiederzukommen?«

»Nein, nein, nein! Undankbar bin ich nicht. Glauben Sie das nicht! Nur vergessen Sie nicht, Sie finden eine liebende Gattin, eine Mutter, wo Sie eine Ehefrau verlassen haben. Es geht über meine Kraft, Sie zu lieben, aber ich weiß, wie unendlich viel ich Ihnen schulde, alle Neigung einer Tochter will ich Ihnen widmen.«

»Rosine«, sagte der Alte mit sanfter Stimme, »ich denke nicht mehr im bösen an dich. Wir wollen alles vergessen«, flüsterte er mit einem Lächeln, dessen mildes Licht immer der Abglanz einer großen Seele ist. »Ich bin nicht so brutal, um Zeichen von Liebe bei einer Frau zu suchen, die mich nicht mehr liebt.«

Die Gräfin warf ihm einen Blick voll von Dankbarkeit zu, so dankbar, daß der arme Chabert am liebsten wieder in seine Totengrube zu Eylau zurückgekehrt wäre. Nur wenige Menschen haben die Kraft zu solchen Entschlüssen, aber sie werden durch das Gefühl belohnt, alles für die geliebte Person getan zu haben.

»Mein Freund«, antwortete die Gräfin, »von all dem später und mit ruhigerem Sinn.«

Das Gespräch nahm eine andere Wendung, denn es war unmöglich, noch weiter über das alte Thema zu sprechen. Obwohl die Ehegatten oft auf ihre bizarre Situation zurückkamen, sei's durch Anspielungen, sei's ganz im Ernst, hatten sie doch eine reizende, kleine Reise, während deren sie einander gegenseitig die Ereignisse ihrer gemeinsamen Vergangenheit und auch die Zeiten des großen Kaisers ins Gedächtnis zurückriefen. Wie fein verstand es die Gräfin, den Erinnerungen etwas Holdes, Zartes zu geben, und um jedes Wort einen Mantel von Melancholie und Wehmut zu breiten, und dabei doch ihre Würde nie zu vergessen. Sie ließ die Liebe wiederaufleben, ohne die Begier zu wecken, ließ den ersten Gatten alle seelischen Schätze sehen, die sie inzwischen erworben, und ihr einziger Wunsch schien, ihn daran zu gewöhnen, er möge sein Glück darin suchen, in ihr die geliebte und liebende Tochter zu sehen. Der Graf hatte eine Gräfin des Kaiserreichs verlassen, er fand eine Gräfin der Restaurationszeit in ihr wieder. Endlich kamen die Gatten quer durchs Gelände auf einen schmaleren Weg, und dann zu einem mächtigen Park, tief in dem kleinen Tal, das die Hügel von Margency von dem hübschen Städtchen Groslay trennt. Die Gräfin besaß hier ein wundervolles Haus, in dem der Graf, als er ankam, alle Vorbereitungen für sich und für sie getroffen fand. Das Unglück ist ein Talisman, der die natürlichen Kräfte unserer Seele verstärkt. Er erhöht die Bosheit und das Übelwollen bei den Bösen, bei den Guten aber steigert er den Edelgehalt der reinen Herzen. Das schlimme Geschick hatte den Obersten noch mehr hilfsbereit und gütig gemacht, als ers gewesen, er konnte daher tiefer in die Falten einer leidenden Frauenseele dringen, als sonst die Männer meist. Und doch, so wenig mißtrauisch er war, konnte er einen Gedanken nicht unterdrücken: »Sie waren also sicher, mich hierher mitzubekommen?«

»Ja«, sagte sie, »wenn es der Oberst Chabert war, der mir als Kläger gegenüberstand.«

Sie wußte dieser Antwort allen Schein der Wahrheit zu geben, und so verabscheute sie das leise Mißtrauen, dessen sich der Oberst jetzt sogar schämte. Während der ersten drei Tage war die Gräfin bezaubernd und anbetungswert gegen ihren ersten Mann. Zarte Vorsorge, immerwährende Freundlichkeit waren ihre Mittel, alle Spuren von Kummer auszulöschen, so wollte sie die Verzeihung für alles Schwere erbitten, das, nach ihrem Geständnis, ohne böse Absicht, durch sie über ihn gekommen war. Sie entfaltete für ihn, ohne den Schleier von Melancholie zu heben, der alles umgab, unbeschreiblichen Reiz, dem er, wie sie ihn kannte, nicht zu widerstehen vermochte. Denn wir können alle in gewissen Dingen nicht widerstehen, es gibt eine Art Herzenstakt oder geistige Grazie, gegen die wir machtlos sind. Er mußte Anteil an ihrem Geschick nehmen, sie wollte ihn ganz weich, ganz ihren Wünschen gefügig, um rücksichtlos über ihn herrschen, mit ihm schalten und walten zu können. Sie war zu allem entschlossen, ihr Ziel mußte sie erreichen, sie wußte noch nicht, was sie aus diesem Menschen machen wollte, aber aus der Gesellschaft sollte und mußte er verschwinden und ausgelöscht werden für immer. Am Abend des dritten Tags fühlte sie, daß sie, aller Anstrengung ungeachtet, nicht die Unruhe verbergen konnte, die sie diese fragwürdigen Schleichwege kosteten. Sie wollte sich einen Augenblick lang erholen und stieg zu ihren Zimmern herauf, setzte sich an den Schreibtisch. Jetzt warf sie die Maske der Ruhe und der Freundlichkeit ab, die sie vor Chabert trug, nun glich sie einer Komödiantin, die todmüde nach einem schweren fünften Akt sich in ihre Garderobe schleppt, wie leblos niedersinkt. Noch lebt sie im Publikum unter einem Bilde weiter, das sie selbst nicht mehr ist. Schnell beendete sie ein Schreiben an Delbecq, worin sie ihn aufforderte, in ihrem Namen zu Derville zu gehen, sich alle Akten, die den Oberst Chabert betrafen, zur Kopierung vorlegen zu lassen und dann sofort nach Groslay zu kommen. Kaum hatte sie den Brief beendigt, als sie auf dem Korridor den Schritt des Obersten hörte, welcher, unruhig geworden, sie aufsuchte.

»Mein Gott«, sagte sie laut, »ich möchte sterben. Wer kann so weiterleben ...«

»Aber nein, was haben Sie?« fragte der gute Mann.

»Ach nichts.«

Sie stand auf, ließ den Obersten allein und ging herab, um ungestört mit ihrer Kammerfrau sprechen zu können. Sie schickte sie nach Paris und gab ihr den Brief an Delbecq mit, den sie eben geschrieben und der nach der Lektüre wieder abzuliefern war. Dann setzte sie sich auf eine Bank, wo sie der Oberst sehen konnte. Und in der Tat suchte er sie bereits, eilte herbei und setzte sich zu ihr.

»Rosine«, sagte er, »was haben Sie?«

Sie antwortete nicht. Der Abend war wundervoll ruhig. Er strömte eine himmlische Ruhe aus, die Luft der Juninacht war süß und rein, tief das Schweigen ringsum, ferne konnte man im Park die Stimmen von Kindern hören, eine zarte Melodie zu der überirdischen Schönheit der Landschaft.

»Sie antworten nicht?« fragte der Oberst seine Frau.

»Mein Gatte…«, sagte die Gräfin, dann konnte sie nicht weiter, machte eine Pause und fuhr errötend fort, »wie soll ich ihn denn nennen, den Grafen Ferraud?«

»Nenne ihn ruhig deinen Gatten, mein armes Kind«, sagte er in seiner ganzen Güte, »ist er doch der Vater deiner Kinder.«

»Nun raten Sie mir«, begann sie von neuem, »wenn er mich fragt, was ich hier getan, wenn er erfährt, daß ich mich mit einem Unbekannten eingeschlossen habe, was ihm dann sagen? Hören Sie, mein Herr«, wiederholte sie mit ihrer ganzen Würde, »entscheiden Sie mein Los, ich bin zu allem entschlossen.«

»Meine Liebe«, sagte der Oberst und ergriff die Hände seiner Frau, »ich habe mich entschieden, mich ganz Ihrem Glück zu opfern.«

»Aber das ist unmöglich«, sagte sie mit einer krampfhaften Bewegung. »Denken Sie doch daran, daß Sie durch eine authentische Unterschrift auf sich selbst verzichten müßten…«

»Wie das?« sagte der Oberst, »genügt Ihnen nicht mein Wort?«

Die Bezeichnung »authentisch« hatte im Herzen des

Alten, fast gegen seinen Willen, Mißtrauen erweckt. Er blickte seine Frau ernst an, und sie errötete unter diesem Blick. Sie mußte die Augen senken. Er hatte Angst, er müsse sie verachten. Seine Frau fürchtete, sie hätte sein Gefühl naiver Scham verletzt, die erprobte Ehrlichkeit eines Mannes, dessen edlen Charakter, dessen primitive Tugend sie kannte. Zwar hatten nun diese Gedanken leichte Wolken in den Seelen zusammengezogen, doch bald verbreitete sich wieder das Gefühl der Eintracht zwischen ihnen. Und zwar so. Ein Kinderruf ertönte in der Ferne.

»Julius, lasse deine Schwester in Frieden«, rief die Gräfin.

»Wie? Ihre Kinder sind hier?«

»Ja, aber ich habe ihnen verboten, Sie zu stören.«

Der alte Soldat wußte das hohe Maß von Zartgefühl und Takt zu würdigen, das die Gräfin in ihr Benehmen gelegt, und nahm ihre Hand, um sie zu küssen.

»Lassen Sie doch die Kinder kommen«, sagte er. Das kleine Mädchen eilte herbei, um sich über den Bruder zu beklagen.

»Mama!«

»Mama!«

»Er hat...«

»Sie hat...«

Die Kinderhände streckten sich gegen die Mutter aus, und die hohen Stimmen mischten sich miteinander. Wie schön war diese Szene anzusehen!

»Arme Kinder«, rief die Gräfin und konnte ihren Tränen nicht mehr Halt gebieten, »ich muß euch verlassen. Wem wird das Gericht sie zusprechen? Eine Mutter wird sich nie auf einen Vergleich einlassen. Ich will sie haben, ich, ich allein.«

»Sind Sie es, der unser Mütterchen weinen macht?« sagte Julius und warf zornige Blicke auf den Obersten.

»Ruhe, Julius«, sagte die Mutter gebieterisch.

Die Kinder blieben still und sahen ihre Mutter und den Unbekannten mit einer Neugierde an, die Worte nicht schildern können.

»Oh, oh«, sagte sie, »wenn man mich vom Grafen Ferraud scheidet, dann lasse man mir nur meine Kinder, und ich will zu allem ja sagen.«

Das war das entscheidende Wort, das den ersehnten Effekt machte.

»Ja«, rief der Oberst, als beende er einen Satz, den er innerlich längst zu Ende gedacht, »unter die Erde! Unter die Erde muß ich. Ich habe es mir schon einmal gesagt.«

»Kann ich ein solches Opfer annehmen?« antwortete die Gräfin. »Haben früher Menschen ihr Leben darangegeben, um die Ehre ihrer Geliebten zu retten, so haben sie es doch nur ein einziges Mal getan. Sie aber würden Tag für Tag Ihr Leben dahingeben. Nein, nein, das ist unmöglich. Würde es nur um Ihre Existenz gehen, dann wäre es nicht so schlimm. Aber unterzeichnen: ›Ich bin nicht Chabert‹, anerkennen: ›ich bin ein Betrüger‹, die Ehre opfern, jede Stunde des Tages eine Lüge sagen, das geht über Menschenkraft. Denken Sie es doch aus! Nein. Hätte ich nicht meine armen Kinder, ich wäre mit Ihnen längst geflohen ans andere Ende der Welt.«

»Aber«, sagte Chabert, »kann ich denn nicht hier leben, in Ihrem kleinen Pavillon, wie einer Ihrer Verwandten. Ich bin verbraucht wie eine ausgeschossene Kanone, was brauche ich mehr als ein wenig Tabak und den *Constitutionel*?«

Die Gräfin verlor sich in Tränen. Und nun begann zwischen ihr und dem Obersten ein Wettstreit in Edelmut, wobei der Oberst Sieger blieb. Als er nun eines Abends diese Mutter mitten unter ihren Kindern sah, konnte er dem rührenden Zauber dieses Familienbildes nicht widerstehen, hier auf dem Lande, im Dämmer, im Schweigen wirkte der Frieden besonders stark. Er faßte den Entschluß, unter den Toten zu bleiben, er scheute nicht mehr ein »authentisches« Protokoll, er fragte nur, was soll ich tun, um auf immer das Glück der kleinen Familie sicher zu gründen.

»Tun Sie, was Sie wollen«, antwortete die Gräfin, »ich erkläre Ihnen, ich will mich nicht mehr in diese Angelegenheit einmischen. Ich darf es nicht.«

Seit einigen Tagen war Delbecq da. Er war wörtlich den Befehlen der Gräfin gefolgt, und so hatte er völlig sich das Vertrauen des alten Soldaten zu erwerben gewußt. Und so machte sich denn am nächsten Morgen zu früher Stunde der Oberst mit dem abgetanen Anwalt auf den Weg nach Saint Leu-Taverny, wo Delbecq bei dem Notar hatte einen Schriftsatz ausfertigen lassen. Dieses Protokoll war aber in derart wüsten Ausdrücken abgefaßt, daß der Oberst die Kanzlei schroff verließ, nachdem er das Schriftstück überflogen.

»Tausend Donner! Da wäre ich ja ein Lump! Bin ich denn ein Fälscher?« schrie er.

»Mein Herr«, sagte Delbecq, »ich rate Ihnen, sich nicht zu übereilen. Ich würde an Ihrer Stelle eine Rente von mindestens dreißigtausend Franc aus dem Prozeß herausschinden, denn die Gräfin würde sie zahlen.«

Aber der Ehrenmann blitzte den ausgedienten Schuft nur mit einem zornigen Blick an, dann eilte er fort, die Brust von tausend widerstrebenden Empfindungen zerrissen. Mißtrauen, Wut, Mitleid und Groll gingen durcheinander, bis er sich etwas beruhigte. Er trat durch eine Mauerlücke in den Park von Groslay, ging langsamen Schrittes weiter, um sich auszuruhen und endlich alles ungestört durchdenken zu können, er suchte ein kleines Zimmer auf, das oben in einem Gartenpavillon gelegen war, mit der Aussicht auf den Weg nach Saint-Leu.

Die Allee war mit feinem gelben Sande hoch bestreut, und die Gräfin, die sich zufällig in dem Gartenpavillon aufhielt, hörte nicht den Obersten kommen. Sie war zu gespannt auf den Ausgang der Unternehmung, um auch nur die mindeste Aufmerksamkeit den sachten Schritten ihres Mannes auf dem Sande zu widmen. Er aber bemerkte von seiner Seite die Gräfin erst dann, als er fast vor ihr stand.

»Nun, mein lieber Delbecq, hat er unterzeichnet?« fragte die Gräfin ihren Intendanten, den sie jenseits der Hecke allein daherkommen sah.

»Nein, Frau Gräfin. Ich weiß nicht, was in den Kerl gefahren ist. Der alte Klepper ist in die Höhe gegangen.«

»Wir müssen ihn also ins Narrenhaus sperren«, sagte sie, »wir lassen ihn nicht los, da wir ihn einmal haben.«

Der Oberst fand plötzlich seine ganze Jugendkraft wieder, er setzte in einem kühnen Sprung über die Hecke, stand in Blitzesschnelle vor dem Intendanten und knallte ihm ein so saftiges Paar Ohrfeigen auf die Backen, wie sie nur je ein Sachwalter eingesteckt hat.

»Schreibe es dir hinter die Ohren, daß die alten Klepper noch ausschlagen können!« sagte er.

Als der erste Zorn verraucht war, fühlte der Oberst nicht mehr die Kraft, über die Hecke zurückzuspringen. Er hatte die Wahrheit in ihrer ganzen abstoßenden Nacktheit gesehen. Das Wort der Gräfin und die Antwort des Intendanten hatten das Komplott entschleiert, dem er zum Opfer hatte fallen sollen. Alle Liebe und Freundschaft war nur der Köder gewesen, sich daran zu fangen. Dieser Vorfall wirkte wie ein Tropfen des schärfsten Giftes, jetzt kamen die schweren seelischen und körperlichen Leiden des Obersten wieder.

Er kehrte auf Umwegen durch das Gartentor zu dem Kiosk zurück, er kam nur mühselig weiter, ein gebrochener Mann. Es gab keinen Frieden für ihn, keine Atempause, keine Gnade. Er mußte, und zwar ohne Zögern, mit dieser Frau einen ihm von Herzensgrund verhaßten Kampf aufnehmen, von dem ihm Derville gesprochen, er mußte sich in die Ränke und Schliche der Gerichtsschikane einlassen, sich von Galle nähren, jeden Morgen seinen Kelch Bitternis trinken. Und dann, welch schrecklicher Gedanke, woher das Geld nehmen, das man für die ersten Instanzen brauchte? Das Leben ekelte ihn an, hätte er Pistolen gehabt, so hätte er sich den Schädel zertrümmert. Dann verfiel er wieder in das Schwanken und Zaudern, das seit der Unterredung mit Derville auf dem Hofe des Viehzüchters seine moralische Kraft gebrochen hatte. Endlich kam er vor dem Kiosk an, stieg in das obere Zimmer empor, aus dessen Fenstern man einen so zauberhaften Ausblick auf die schöne Landschaft hatte. Dort traf er seine Frau.

Die Gräfin sah mit vollendeter Ruhe auf die Landschaft hinaus, die Starrheit ihres Gesichtes war nicht zu durchdringen. Solche eiserne Züge haben alle Frauen, die zum Letzten entschlossen sind. Sie trocknete die Augen, als hätte sie geweint, sie spielte wie verträumt mit einem langen rosenfarbigen Bande ihres Gürtels. Und doch, trotz ihrer scheinbaren Sicherheit, konnte sie ein Zittern nicht unterdrücken, als sie ihrem verehrungswürdigen Wohltäter unter die Augen kam, der aufrecht, mit gekreuzten Armen, bleich, mit düsterer Stirn vor ihr stand.

»Gnädige Frau«, sagte er und blickte sie so scharf an, daß sie erröten mußte, »gnädige Frau, ich verdamme Sie nicht. Ich verachte Sie. Jetzt danke ich dem Zufall, der uns auseinandergebracht hat. Ich spüre keine Rachsucht in mir, ich liebe Sie auch nicht mehr. Sie können nun ruhig leben, auf mein Wort und meine Ehre bauen, dies ist sicherer als alles Gekritzel aller Notare von Paris. Ich will von Ihnen nichts. Ich werde nie den Namen zurückverlangen, den ich berühmt gemacht habe. Ich bin nur ein armer Teufel jetzt, genannt Hyacinth, er will nichts als sein Plätzchen an der Sonne. Adieu …«

Die Gräfin warf sich ihm zu Füßen, wollte ihn an den Händen zurückhalten, aber er stieß sie mit Schauder zurück und sagte: »Rühren Sie mich nicht an!«

Wer könnte die Haltung der Gräfin beschreiben, als sie die Schritte ihres Mannes verklingen hörte. Aber dann sah sie, eisklar, wie alle starken Verbrecher oder wie alle unzähmbaren Egoisten der hohen Gesellschaft, sie sah, daß sie von heute an den Frieden ihres Hauses auf dem Wort eines ehrlichen Offiziers aufbauen konnte und auf seiner Verachtung.

Der Oberst Chabert verschwand. Der Viehzüchter sagte Bankrott an und wurde Droschkenkutscher. Vielleicht betrieb der Oberst zu dieser Zeit ein ähnliches Gewerbe. Vielleicht auch stürzte er, einem fallenden Stein im Abgrund vergleichbar, mit unaufhaltsamer Schnelligkeit in die Tiefe, um endlich unter dem elenden Moder und Lumpenflickwerk zu enden, das auf den Straßen von Paris wuchert.

Victor Hugo
Der Glöckner von Notre Dame

Im Mittelalter hatte jede Stadt, und bis zu Louis XII. jede Stadt in Frankreich, ihre Freistätten. Diese Zufluchtsorte waren inmitten der Flut strafender Gesetze und barbarischer Gerichtsbarkeit, welche die Stadt überschwemmten, eine Art von Inseln, die sich über das Niveau menschlicher Gerechtigkeit erhoben. Jeder Verbrecher, welcher hier landete, war gerettet. Es gab in dem Umkreise einer Stadt fast ebenso viele Asyle, als Richtstätten. Es war der Mißbrauch der Straflosigkeit gegenüber dem Mißbrauch der Todesstrafen: zwei schlechte Dinge, die sich gegenseitig zu bessern suchten. Die Paläste des Königs, die Häuser der Fürsten, besonders die Kirchen, hatten Asylrechte. Manchmal machte man eine ganze Stadt, die man wieder bevölkern wollte, zeitweise zu einem Zufluchtsorte. Louis XI. machte Paris im Jahre 1467 zu einer Freistätte. Wenn der Verbrecher den Fuß in das Asyl gesetzt hatte, war er geweiht; aber er mußte sich hüten, es wieder zu verlassen: einen Schritt aus dem Heiligtume heraus, und er versank wieder in den Wogen. Das Rad, der Galgen und die Wippe hielten gute Wacht um die Freistätte her und spähten unaufhörlich nach ihrer Beute, wie die Haifische, die das Schiff umschwimmen. Man hat Verurteilte gesehen, die so in einem Kloster, auf der Treppe eines Palastes, in dem Anbau einer Abtei, unter der Vorhalle einer Kirche ergrauten; und auf diese Art waren die Freistätten nur eine Art andere von Gefängnis.

Es kam manchmal vor, daß ein feierlicher Parlamentserlaß die Zufluchtsstätte verletzte und den Verurteilten dem Henker überlieferte; aber es geschah selten. Die Gerichtshöfe traten dadurch den Bischöfen zu nahe, und wenn diese beiden Würdenträger aneinandergerieten, hatte die Amtsrobe kein leichtes Spiel gegen die Soutane. Manchmal jedoch, wie bei der Ermordung Petit-Jeans, des Henkers von Paris, und bei derjenigen Jean Vallerets durch Emery Rousseau, trug der Gerichtshof den Sieg über die Kirche davon und ließ das Urteil vollstrecken; aber wehe dem, der es wagte, ohne Parlamentsbeschluß mit bewaffneter Hand einen Zufluchtsort zu entweihen! Man weiß, welches Ende Robert de Clermont, Marschall von Frankreich, und Jean de Châlons, Marschall von Champagne, fanden; und doch handelte es sich hier nur um einen gewissen Perrin Marc, den Gehilfen eines Wechslers, einen elenden Mörder; aber die beiden Marschälle hatten die Tore von Saint-Méry erbrochen, darin lag die ungeheure Schuld...

In Notre Dame war über den niedrigen Seitenschiffen, unter den Endbogen, eine Zelle eingerichtet, vom Kloster aus gesehen gerade an der Stelle, wo die Frau des Turmwächters sich einen Garten angelegt hat, der sich zu den schwebenden Gärten von Babylon wie eine Salatstaude zu einer Palme, oder wie eine Pförtnerin zur Semiramis verhält... Hier hatte Quasimodo nach seinem ungebändigten Triumphlaufe über die Türme und Galerien Esmeralda niedergelegt. Während des ganzen Laufes war das junge Mädchen nicht wieder zur Besinnung gekommen; halb wachend, halb schlafend, fühlte sie nur, daß sie emporstieg, durch die Luft flog, daß etwas sie der Erde entrückte. Von Zeit zu Zeit hörte sie das schallende Gelächter, die lärmende Stimme Quasimodos an ihrem Ohr; wenn sie dann die Augen halb öffnete, sah sie undeutlich unter sich Paris mit seinen Schiefer- und Ziegeldächern wie ein buntes Mosaikbild, und über ihrem Kopfe das abschreckende Gesicht Quasimodos mit dem Ausdruck der Freude darauf. Dann sanken ihre Lider wieder; sie glaubte, alles sei zu Ende, man habe sie während ihrer Ohnmacht hingerichtet, und der mißgestaltete Geist, der ihr Schicksal geleitet, habe sie nun ergriffen und trage sie fort. Sie wagte nicht, ihn anzusehen; sie leistete keinen Widerstand.

Aber als der Glöckner sie, keuchend und mit wirrem Haar, in der Zelle für die Verfolgten niedergelegt hatte, als sie fühlte, wie seine großen Hände behutsam den Strick losmachten, der ihre Arme fesselte, empfand sie eine Erschütterung, wie Passagiere, die plötzlich erwachen, wenn das Schiff in dunkler Nacht landet. Ihre Erinnerungen erwachten auch und kamen nach und nach zurück. Sie sah, daß sie in Notre Dame war, und erinnerte sich, den Händen des Henkers entrissen zu sein; sie ward inne, daß Phöbus lebte und sie nicht mehr liebte; diese beiden Vorstellungen, von denen die eine so viel Bitterkeit für sie enthielt, stürmten vereint auf die arme Verurteilte ein, daß sie sich zu Quasimodo wandte, der vor ihr stand und ihr Furcht einflößte. – »Warum habt Ihr mich gerettet?« fragte sie ihn. Er sah sie ängstlich an, als wenn er zu erraten suchte, was sie sagte. Sie wiederholte ihre Frage. Er warf ihr einen tieftraurigen Blick zu und floh … Sie blieb erstaunt zurück.

Einige Augenblicke später kam er wieder und brachte ein Paket, das er zu ihren Füßen niederlegte. Es waren Kleider, welche wohltätige Frauen für sie auf der Schwelle der Kirche niedergelegt hatten. Nun senkte sie die Augen auf sich selbst herab – sie sah sich fast nackt und errötete... Das Leben kehrte zurück... Quasimodo schien selbst etwas von ihrem Schamgefühl zu empfinden. Er legte seine große Hand über sein Auge und entfernte sich noch einmal, aber mit langsamen Schritten... Sie legte eilig die Kleider an... Es war ein weißes Kleid und ein weißer Schleier: der Anzug für die Novizen des Krankenhauses.

Sie war kaum angekleidet, da kam Quasimodo zurück. Er trug einen Korb unter dem einen und eine Matratze unter dem andern Arme. In dem Korbe war eine Flasche, Brot und einige Lebensmittel. Er stellte den Korb auf die Erde und sagte: »Eßt!« Er breitete die Matratze auf den Boden und sagte: »Schlaft!« – Es war seine eigene Mahlzeit und sein eigenes Bett, das der Glöckner geholt hatte... Die Zigeunerin richtete die Augen auf ihn, um ihm zu danken, aber sie konnte kein Wort hervorbringen. Der arme Teufel war wirklich zu entsetzlich. Sie senkte den Kopf und zitterte vor Schreck... Da sagte er zu ihr: »Ich verursache Euch Furcht. Nicht wahr, ich bin sehr häßlich? Seht mich nicht an, hört mir nur zu. Am Tage müßt Ihr hierbleiben; in der Nacht könnt Ihr in der ganzen Kirche umhergehen. Aber geht nie aus der Kirche, weder bei Tag noch bei Nacht. Ihr würdet verloren sein. Man würde Euch töten, und ich müßte sterben.«

Bewegt erhob sie den Kopf, um ihm zu danken, da war er verschwunden. Sie sah sich allein und grübelte über die

Worte dieses mißgestalteten Wesens nach und fühlte sich ergriffen von dem Tone seiner rauhen und doch so sanften Stimme. Dann untersuchte sie die Zelle. Es war ein Zimmer von ungefähr sechs Fuß im Quadrat mit einem kleinen Dachfenster und einer Tür, die auf eine Fläche des hier nur wenig abgeschrägten, mit flachen Steinen belegten Daches führte. Mehrere Dachrinnen in der Form von Tierfiguren schienen sich vorzubeugen und den Hals zu recken, um in ihr Dachfenster zu sehen. Vom Rande des Daches aus bemerkte sie Tausende von Schornsteinen, aus denen unter ihren Augen der Rauch aus allen Kaminen von Paris aufstieg. Ein trauriges Schauspiel für die arme Zigeunerin, das Findelkind, die zum Tode Verurteilte, das unglückliche Geschöpf ohne Vaterland, ohne Familie, ohne Heimat.

In dem Augenblicke, wo ihr das Gefühl ihrer Vereinsamung bitterer als je zum Bewußtsein kam, fühlte sie einen behaarten, bärtigen Kopf auf ihren Knien sich in ihre Hand schmiegen. Sie zitterte, denn alles erschreckte sie jetzt, und sie sah hin. Es war die arme Ziege, die kluge Djali, die ihr sogleich gefolgt war, als Quasimodo die Brigade Charmolues auseinandergesprengt hatte, und die sich seit einer Stunde liebkosend zu ihren Füßen drängte, ohne einen Blick von ihr erhalten zu können. Die Zigeunerin überhäufte sie mit Küssen. »O! Djali!« sagte sie, »wie konnte ich dich vergessen? Du denkst doch immer an mich! O nein! Du bist nicht undankbar!« Und als wenn eine unsichtbare Hand das Gewicht aufgehoben hätte, das ihre Tränen seit so langer Zeit in ihr Inneres zurückdrängte, fing sie an zu weinen, und mit ihren Tränen fühlte sie auch das Herbste und Bitterste ihres Schmerzes sich auflösen.

Als es Abend geworden war, fand sie die Nacht so schön und den Mond so milde, daß sie um die obere Galerie ging, welche die Kirche umgibt. Sie fühlte sich dadurch etwas erleichtert: so friedlich erschien ihr die Erde, von diesem Stück Erde aus gesehen.

Am folgenden Morgen bemerkte sie beim Erwachen, daß sie geschlafen hatte. Das setzte sie in Erstaunen! Es war schon so lange Zeit, daß sie keinen Schlaf mehr kannte! Ein heiterer Strahl der aufgehenden Sonne drang durch ihr Dachfenster und traf ihr Gesicht. Zu gleicher Zeit mit der Sonne sah sie an dem Dachfenster einen Gegenstand, der sie erschreckte: das unglückliche Gesicht Quasimodos. Unwillkürlich schloß sie die Augen wieder, aber es war vergebens; sie glaubte auch, durch ihre geschlossenen, rosigen Augenlider, seine einäugige, zahnlückige Gnomenlarve zu sehen. Da hörte sie, immer noch mit geschlossenen Augen, eine rauhe Stimme sehr sanft sagen:

»Fürchtet Euch nicht! Ich bin Euer Freund! Ich war gekommen, um Euch schlafen zu sehen. Das kann Euch doch nichts schaden, nicht wahr, wenn ich Euch schlafen sehe? Was macht es, wenn ich da bin, und Ihr habt die Augen geschlossen? Jetzt werde ich wieder weggehen. Seht, ich habe mich hinter die Mauer gestellt, Ihr könnt die Augen wieder öffnen.« Es lag etwas noch viel Traurigeres in dem Ton seiner Stimme als in den Worten selbst; die Zigeunerin öffnete gerührt die Augen. Er war wirklich nicht mehr an dem Dachfenster. Sie ging an das Fenster und sah den armen Buckligen an eine Mauerecke gedrückt, in schmerzlicher, resignierter Haltung. Sie bemühte sich, den Widerwillen, den er ihr einflößte, zu überwinden. »Kommt!« sagte sie sanft zu ihm. Quasimodo glaubte nach der Bewegung ihrer Lippen, die Zigeunerin jage ihn fort; er erhob sich und schlich langsam, hinkend, mit gesenktem Haupte fort und wagte nicht, seinen trostlosen Blick zu dem jungen Mädchen zu erheben. – »Kommt doch!« rief sie. Aber er schritt weiter. Da eilte sie aus ihrer Zelle, lief zu ihm und ergriff seinen Arm. Als er sich von ihr berührt fühlte, zitterte Quasimodo an allen Gliedern. Er erhob bittend sein Auge zu ihr, und als er sah, daß sie ihn zu sich zurückführen wollte, strahlte sein Gesicht vor Freude und Zärtlichkeit. Sie wollte ihn in ihre Zelle treten lassen, aber er bestand darauf, auf der Schwelle zu bleiben. »Nein, nein«, sagte er, »die Eule kommt nicht in das Nest der Lerche.«

Sie kauerte sich graziös auf ihr Lager, mit der schlafenden Ziege zu ihren Füßen. Beide betrachteten einander schweigend ein paar Augenblicke, er erstaunt über so viel Anmut, sie über so viel Häßlichkeit. In jedem Augenblick entdeckte sie an Quasimodo einen neuen Fehler. Ihr Blick glitt von seinen krummen Knien zu seinem Buckel, von seinem Buckel zu seinem einzigen Auge. Sie konnte es nicht begreifen, daß ein so häßliches Wesen existieren konnte. Aber es lag über seinem ganzen Wesen so viel Trauer und Sanftmut ausgegossen, daß sie anfing, sich an ihn zu gewöhnen... Er brach zuerst das Schweigen. »Ihr rieft mich also zurück?« – Sie nickte mit dem Kopfe und sagte: »Ja!« – Er verstand das Zeichen mit dem Kopfe. »Ach!« sagte er zögernd, »es ist... ich bin taub!« – »Armer Mann!« rief die Zigeunerin mit dem Ausdrucke wohlwollenden Mitleids. – Er lächelte schmerzlich. »Ihr findet, daß weiter nichts fehlte als das! nicht wahr? Ja, ich bin taub. So bin ich beschaffen. Es ist schrecklich, nicht wahr? Ihr seid so schön!«

Es lag in dem Ton des Armen ein solcher Ausdruck des Jammers, daß sie nicht die Kraft hatte, ein Wort zu sagen. Übrigens würde er sie nicht gehört haben. Er fuhr fort: »Niemals habe ich meine Häßlichkeit so empfunden als jetzt! Wenn ich mich mit Euch vergleiche, fühle ich ordentlich Mitleid mit mir armem, unglücklichem Ungeheuer, das ich bin! Ich muß Euch vorkommen wie ein wildes Tier, sagt es nur. Ihr, Ihr seid ein Sonnenstrahl, ein Tautropfen, ein Vogelgesang! Ich bin etwas Abscheuliches, weder Mann noch Tier! Ein Etwas, häßlich und mißgestaltet wie ein Kieselstein, den man mit Füßen tritt.« Dann fing er an zu lachen, und dieses Lachen war das herzzerreißendste, das man sich auf der Welt denken kann. Er fuhr fort: »Ja, ich bin taub. Aber Ihr könnt durch Gebärden und Zeichen mit mir sprechen. Ich habe einen Herrn, der auf diese Art mit mir spricht. Und ich werde bald, was Ihr sagen wollt, aus der Bewegung Eurer Lippen und aus Euren Blicken erraten lernen.« – »Nun wohl«, versetzte sie lächelnd, »so sagt mir, warum Ihr mich gerettet habt?« – »Ich habe Euch verstanden«, antwortete er, »Ihr fragt mich, warum ich Euch gerettet habe. Ihr habt einen Elenden vergessen, der in einer Nacht versucht hat, Euch zu rauben, einen Elenden, dem Ihr selbst am folgenden Tage an dem entehrenden Pranger Hilfe gebracht habt. Ein Tropfen Wasser und ein wenig Mitleid, das ist mehr, als ich je in meinem Leben vergelten kann. Ihr habt diesen Elenden vergessen, er hat sich an Eure Wohltat erinnert.«

Sie hörte ihm mit tiefer Rührung zu. Eine Träne stand in dem Auge des Glöckners, aber sie rollte nicht herab. Es schien ihm Ehrensache zu sein, sie zurückzuhalten... »Hört«, sagte er, als er nicht mehr fürchtete, daß die Träne herabfallen würde, »wir haben hier sehr hohe Türme! Wenn ein Mann hinabfiele, würde er tot sein, ehe er den Boden berührte; wenn Ihr wollt, daß ich hinabstürzen soll, braucht Ihr mir nicht einmal ein Wort zu sagen; ein Wink Eurer Augen genügt!«

Dann erhob er sich. So unglücklich sich die Zigeunerin auch selbst fühlte, dieses seltsame Wesen erweckte doch ihr Mitleid. »Nein, nein«, sagte er. »Ich darf nicht zu lange bleiben. Ich fühle mich nicht frei, wenn Ihr mich anseht. Nur aus Mitleid wendet Ihr die Augen nicht ab. Ich werde wohin gehen, wo ich Euch sehen kann, ohne daß Ihr mich gewahr werdet. So wird es besser sein.« Er zog aus seiner Tasche eine kleine Metallpfeife... »Nehmt«, sagte er, »wenn Ihr mich nötig habt, wenn Ihr wollt, daß ich kommen soll, wenn Ihr nicht zu viel Abscheu empfindet, mich zu sehen, so pfeift darauf. Ich höre dieses Geräusch.« Er legte die Pfeife auf die Erde und entfloh.

Aleksandr Puškin
Der Schuß

Wir standen in der Ortschaft ***. Das Leben eines Armee-Offiziers ist bekannt. Morgens Exerzieren, Manege; Essen beim Regimentskommandeur oder in der jüdischen Schenke; abends Punsch und Karten. In *** gab es kein einziges offenes Haus, keine einzige Braut; wir besuchten einander gegenseitig, wo wir, außer unseren Uniformen, nichts zu sehen bekamen.

Nur ein einziger Mensch gehörte zu unserer Gesellschaft, der kein Militär war. Er war etwa fünfunddreißig Jahre alt, und wir hielten ihn deshalb für einen alten Mann. Die Erfahrung verlieh ihm uns gegenüber so manchen Vorzug; außerdem übten sein gewöhnlich mürrisches Wesen, sein schroffer Charakter und seine böse Zunge einen starken Einfluß auf unsere jungen Gemüter. Etwas Geheimnisvolles umgab sein Schicksal; er wirkte russisch, trug jedoch einen ausländischen Namen. Früher hatte er bei den Husaren gedient, und das sogar mit Erfolg; niemand wußte den Grund, der ihn bewogen hatte, seinen Abschied zu nehmen und sich in der armseligen Ortschaft niederzulassen, wo er armselig und verschwenderisch zugleich sein Leben fristete: ewig ging er zu Fuß, im abgetragenen schwarzen Rock, doch unterhielt er einen offenen Tisch für alle Offiziere unseres Regiments. Zwar bestand das Essen bei ihm nur aus zwei oder drei Gängen, zubereitet von einem ausgemusterten Soldaten, doch der Champagner floß in Strömen. Niemand wußte etwas über sein Vermögen oder seine Einkünfte, und niemand hätte sich erdreistet, ihn danach zu fragen. Er hatte Bücher, zum großen Teil militärische, aber auch Romane. Er gab sie einem gern zu lesen, ohne je eines zurückzuverlangen; dafür gab er nie ein Buch zurück, das er selbst sich geliehen hatte. Seine Hauptbeschäftigung bestand im Pistolenschießen. Die Wände seines Zimmers waren sämtlich durchlöchert von Kugeln, durchsiebt wie eine Bienenwabe. Eine reiche Pistolensammlung war der einzige Luxus der armseligen Lehmhütte, die er bewohnte. Die Kunst, die er erlangt hatte, war unglaublich, und wenn er sich anheischig gemacht hätte, wem auch immer eine Birne von der Mütze herabzuschießen, niemand in unserem Regiment hätte Bedenken getragen, ihm den Kopf hinzuhalten. Das Gespräch unter uns berührte oft Zweikämpfe; Silvio (so will ich ihn nennen) mischte sich nie da hinein. Auf die Frage, ob er sich einmal geschlagen habe, antwortete er trocken, er habe, gab jedoch nie Einzelheiten preis, und man sah, daß ihm derlei Fragen unangenehm waren. Wir nahmen an, auf seinem Gewissen liege ein unglückliches Opfer seiner schrecklichen Kunst. Übrigens wäre uns nie in den Sinn gekommen, ihm etwas wie Furchtsamkeit zu unterstellen. Es gibt Menschen, deren bloßes Äußeres derlei Unterstellungen fernhält. Ein unverhoffter Zufall verblüffte uns alle.

Einmal saßen an die zehn unserer Offiziere bei Silvio zu Tisch. Sie tranken wie gewohnt, das heißt sehr viel; nach dem Essen beredeten wir den Gastgeber, für uns die Bank zu halten. Lange weigerte er sich, denn er spielte fast nie; schließlich ließ er Karten auftragen, leerte fünfzig Dukaten auf den Tisch und eröffnete die Bank. Wir setzten uns um ihn im Kreis, und das Spiel nahm seinen Lauf. Silvio hatte die Angewohnheit, während des Spiels völliges Stillschweigen zu wahren, stritt nie und ließ sich nie auf Erklärungen ein. Wenn ein Pointeur sich verrechnet, zahlte er umgehend entweder den Rest drauf oder schrieb das zu viel Berechnete an. Wir wußten das und ließen ihn auf seine Art gewähren; doch unter uns befand sich ein Offizier, der erst vor kurzem zu uns versetzt worden war. Er, ebenfalls am Spiel beteiligt, bog aus Versehen eine Ecke zu viel um. Silvio nahm die Kreide und glich die Rechnung aus, so wie er es gewohnt war. Der Offizier, in der Meinung, Silvio habe sich geirrt, erging sich in Erklärungen. Silvio hielt weiter schweigend die Bank. Der Offizier, dem die Geduld riß, nahm die Bürste und wischte aus, was seiner Ansicht nach falsch angeschrieben war. Silvio nahm die Kreide und schrieb es wieder an. Der Offizier, erhitzt vom Wein, vom Spiel und vom Gelächter der Kameraden, fühlte sich aufs gröbste beleidigt, griff in seiner Wut nach dem Messingleuchter auf dem Tisch und schleuderte ihn auf Silvio, der dem Aufprall nur mit knapper Not auszuweichen vermochte. Wir waren bestürzt. Silvio, bleich vor Zorn, stand auf und sagte mit blitzenden Augen: »Gnädiger Herr, belieben Sie zu gehen und danken Sie Gott, daß dies in meinem Hause geschehen ist.«

Wir zweifelten nicht an den Folgen und sahen unseren neuen Kameraden bereits als toten Mann. Der Offizier ging hinaus, nicht ohne zu sagen, daß er bereit sei, für die

Beleidigung Genugtuung zu geben, in welcher Form es dem Herrn Bankhalter beliebe. Das Spiel wurde noch einige Minuten lang fortgesetzt; doch da wir spürten, daß dem Hausherrn der Sinn nicht nach Spielen stand, hörten wir einer nach dem anderen auf und gingen in unsere Quartiere, im Gespräch über die baldige Vakanz.

Am andern Tag in der Manege fragten wir bereits, ob der arme Lieutenant noch am Leben sei, als er leibhaftig unter uns erschien; wir stellten ihm dieselbe Frage. Er antwortete, von Silvio habe er noch keinerlei Nachricht. Das erstaunte uns. Wir gingen zu Silvio und fanden ihn auf dem Hof, wo er Kugel um Kugel auf ein As abfeuerte, das am Hoftor klebte. Er nahm uns wie gewöhnlich auf, ohne auch nur ein Wort über das gestrige Vorkommnis zu verlieren. Drei Tage vergingen, der Lieutenant war immer noch am Leben. Wir fragten erstaunt: wird Silvio sich etwa nicht schlagen? Silvio schlug sich nicht. Er begnügte sich mit einer sehr leichten Aussprache und war versöhnt.

Dies hatte ihm in der Meinung der Jugend außerordentlich geschadet. Mangel an Mut entschuldigen am wenigsten junge Menschen, die gewohnt sind, in der Tapferkeit den Gipfel aller menschlichen Tugenden und die Entschuldigung aller möglichen Laster zu sehen. Doch nach und nach geriet alles in Vergessenheit, und Silvio gewann seinen früheren Einfluß zurück.

Allein ich konnte mich ihm nicht wieder annähern. Von Natur mit einer Vorstellungskraft für Romane begabt, war ich vor diesem Vorfall stärker als alle an den Menschen gebunden gewesen, dessen Leben mir ein Rätsel war und der mir vorkam wie der Held einer geheimnisvollen Novelle.

Er liebte mich; zumindest gab er mir gegenüber sein gewohnt schroffes Gelăster auf und sprach über die verschiedensten Gegenstände mit Einfachheit und außergewöhnlicher Anmut. Doch nach jenem unglückseligen Abend wollte der Gedanke, daß seine Ehre befleckt und durch eigenes Verschulden nicht reingewaschen sei – dieser Gedanke wollte nicht von mir weichen und hinderte mich, wie früher mit ihm zu verkehren; es war mir peinlich, ihm ins Gesicht zu sehen. Silvio war zu klug und zu erfahren, um dies nicht zu bemerken und nicht den Grund zu erraten. Dies schien ihn zu bekümmern; zumindest bemerkte ich ein, zwei Male bei ihm den Wunsch, sich mit mir auszusprechen; doch ich mied solche Gelegenheiten, und Silvio ließ von mir ab. Seitdem sah ich ihn nurmehr in Gegenwart der Kameraden, und unsere früheren offenen Gespräche unterblieben.

Zerstreuung gewohnte Hauptstadtbewohner haben keinen Begriff von vielen Eindrücken, die Bewohnern von Dörfern oder Kleinstädten so geläufig sind, zum Beispiel vom Warten auf den Posttag: am Dienstag oder Freitag wimmelte unsere Regimentskanzlei von Offizieren: der eine erwartete Geld, der andere Briefe, wieder andere Zeitungen. Die Couverts wurden gewöhnlich noch hier entsiegelt, Neuigkeiten ausgetauscht, und die Kanzlei bot ein höchst belebtes Bild. Silvio erhielt seine Briefe an die Adresse unseres Regiments und befand sich gewöhnlich ebenfalls hier. Eines Tages überreichte man ihm ein Couvert, von dem er das Siegel mit einer Miene größter Ungeduld abriß. Den Brief überfliegend, blitzten seine Augen. Die Offiziere, jeder mit den eigenen Briefen beschäftigt, bemerkten nichts. »Meine Herren«, sagte Silvio zu ihnen, »die Umstände erfordern meine sofortige Abwesenheit; ich reise noch heute nacht; ich hoffe, Sie werden es nicht ablehnen, ein letztes Mal bei mir zu speisen. Ich erwarte auch Sie«, fuhr er, an mich gewandt, fort, »ich erwarte Sie unbedingt.« Mit diesen Worten ging er eilig hinaus; und wir, einig, uns bei Silvio einzufinden, gingen jeder seiner Wege.

Ich kam zu Silvio zur festgesetzten Zeit und fand bei ihm fast das gesamte Regiment. All seine Habe war bereits gepackt; geblieben waren nur die nackten, durchschossenen Wände. Wir setzten uns zu Tisch; der Hausherr war außerordentlich guter Laune, und seine Heiterkeit ging bald in allgemeine über; die Korken knallten alle Augenblicke, die Gläser schäumten und zischten unaufhörlich, und wir wünschten dem Scheidenden mit aller uns möglichen Inbrunst glückliche Reise und alles Gute. Erst am späten Abend standen wir vom Tisch auf. Beim allgemeinen Sortieren der Mützen faßte mich Silvio, während er sich von allen verabschiedete, am Arm und hielt mich genau in dem Augenblick fest, als ich hinausgehen wollte. »Ich muß mit Ihnen sprechen«, – sagte er leise. Ich blieb.

Die Gäste waren gegangen; wir blieben allein, setzten uns einander gegenüber und rauchten schweigend die Pfeifen an. Silvio war besorgt; keine Spur war mehr von seiner krampfhaften Heiterkeit. Die düstere Blässe, die blitzenden Augen und der dichte Rauch, der seinem Munde entströmte, verliehen ihm das Äußere eines wahren Teufels. Einige Minuten vergingen, und Silvio brach das Schweigen.

»Wir werden uns vielleicht nie wiedersehen«, sagte er zu mir; »vor unserer Trennung wollte ich mich mit Ihnen aussprechen. Sie haben bemerken können, daß ich auf die Meinung Dritter wenig gebe; Sie aber liebe ich und spüre: es würde mich erdrücken, in Ihrer Vorstellung einen falschen Eindruck zu hinterlassen.«

Er hielt inne und begann, seine ausgebrannte Pfeife zu stopfen; ich schwieg, den Blick gesenkt.

»Sie fanden sonderbar«, fuhr er fort, »daß ich keine Genugtuung verlangt habe von diesem betrunkenen Wirrkopf P***. Sie werden zustimmen, daß, nachdem ich das Recht hatte, die Waffe zu wählen, sein Leben in meinen Händen lag, während meines beinahe außer Gefahr war: ich könnte meine Mäßigung der reinen Großmut zuschreiben, aber ich will nicht lügen. Wenn ich P*** hätte bestrafen können, ohne mein Leben aufs Spiel zu setzen, ich hätte ihm nie und nimmer verziehen.«

Ich sah Silvio verblüfft an. Ein derartiges Geständnis stürzte mich in völlige Verwirrung. Silvio fuhr fort.

»Es ist so: ich habe nicht das Recht, mich dem Tode auszusetzen. Vor sechs Jahren habe ich eine Ohrfeige erhalten, und mein Feind ist noch am Leben.«

Meine Neugierde war aufs heftigste geweckt.

»Sie haben sich nicht mit ihm geschlagen?« fragte ich. – »Sicher haben die Umstände Sie getrennt?«

»Ich habe mich mit ihm geschlagen«, antwortete Silvio, – »und hier ist das Denkmal unseres Zweikampfs.«

Silvio stand auf und holte aus dem Karton eine rote Pelzmütze mit goldener Quaste, mit Tresse (das, was die Franzosen *bonnet de police* nennen); er setzte sie auf; sie war einen Zoll über der Stirn durchschossen.

»Sie wissen«, fuhr Silvio fort, »ich habe im *** Husarenregiment gedient. Sie kennen meinen Charakter: ich bin es gewohnt, der Erste zu sein, aber das war schon von Jugend an meine Leidenschaft. Zu unserer Zeit stand Draufgängertum in Mode: ich war der erste Draufgänger in der Armee. Wir prahlten mit unserer Trinkfestigkeit: ich habe den berühmten Burcov unter den Tisch getrunken, den Denis Davydov besungen hat. Duelle gab es in unserem Regiment alle Augenblicke: ich war bei jedem zugegen, entweder als Zeuge oder als handelnde Person. Die Kameraden vergötterten mich, die Regimentskommandeure, die alle Augenblicke wechselten, sahen in mir ein notwendiges Übel.

Ich genoß in aller Ruhe (oder Unruhe) meinen Ruhm, als zu uns ein junger Mann aus reicher und angesehener Familie versetzt wurde (seinen Namen will ich nicht nennen). Von Kind an bin ich keinem so strahlenden Glückspilz begegnet! Denken Sie sich Jugend, Geist, Schönheit, die ausgelassenste Heiterkeit, die verwegenste Tapferkeit, einen klangvollen Namen, Geld, das er nicht zu zählen verstand und das ihm nie ausging, und stellen Sie sich den Eindruck vor, den er unter uns erzeugen mußte. Meine Vorrangstellung geriet ins Wanken. Geschmeichelt von meinem Ruhm, begann er meine Freundschaft zu suchen; doch ich begegnete ihm kalt, und er ließ ohne jedes Bedauern von mir ab. Ich begann ihn zu hassen. Seine Erfolge im Regiment und in Damengesellschaft stürzten mich völlig in Verzweiflung. Ich begann, Streit mit ihm zu suchen; meine Epigramme beantwortete er mit Epigrammen, die mir stets überraschender und schärfer vorkamen als meine eigenen und die natürlich weitaus witziger waren: er scherzte, während ich wütete. Eines Tages schließlich, auf dem Ball eines polnischen Gutsbesitzers, da ich ihn als Gegenstand der Aufmerksamkeit aller Damen sah, und besonders der Gastgeberin, die mit mir ein Verhältnis hatte, sagte ich ihm eine platte Grobheit ins Ohr. Er brauste auf und gab mir eine Ohrfeige. Wir stürzten zu den Säbeln; die Damen fielen in Ohnmacht; man brachte uns auseinander, und noch in derselben Nacht fuhren wir los, um uns zu schlagen.

Es war bei Morgengrauen. Ich stand am festgesetzten Platz mit meinen drei Sekundanten. Mit unaussprechlicher Ungeduld erwartete ich meinen Gegner. Die Frühlingssonne ging auf, die Hitze hatte uns schon ereilt. Ich erblickte ihn von weitem. Er kam zu Fuß, die Uniformjacke über dem Säbel, begleitet von einem Sekundanten. Er kam näher, die Mütze voller Kirschen in der Hand. Die Sekundanten maßen die zwölf Schritt ab. Ich hatte als erster zu schießen, doch die Zorneswallung in mir war so heftig, daß ich mich auf die Sicherheit meiner Hand nicht verlassen konnte und, um mir Zeit zu geben abzukühlen, ihm den ersten Schuß überließ; mein Gegner war nicht einverstanden. Man ließ uns das Los werfen: die erste Nummer fiel auf ihn, den ewigen Liebling des Glücks. Er zielte und durchschoß meine Mütze. Die Reihe war an mir. Endlich lag sein Leben in meinen Händen; ich sah ihn begierig an, bemüht, auch nur einen Schatten der Beunruhigung zu erhaschen... Er stand vor meiner Pistole, wählte die reifen Kirschen aus der Mütze und spuckte die Kerne aus, die bis zu mir herüberflogen. Seine Gleichgültigkeit machte mich rasend. Was nützt es mir, dachte ich, ihm das Leben zu nehmen, wenn ihm so wenig daran liegt? Ein böser Gedanke kam mir in den Sinn. Ich senkte die Pistole. – Ihnen scheint nicht nach Sterben zumute zu sein, sagte ich zu ihm; Sie belieben zu frühstücken, ich möchte Sie nicht stören... ›Sie stören mich nicht im geringsten‹, widersprach er, ›belieben Sie zu schießen, im übrigen wie Sie wünschen; Sie haben einen Schuß gut; ich stehe Ihnen jederzeit zu Diensten.‹ Ich wandte mich an die Sekundanten und erklärte, ich hätte jetzt nicht die Absicht zu schießen, und damit war der Zweikampf beendet.

Ich nahm meinen Abschied und zog in diese Ortschaft. Seither ist kein einziger Tag vergangen, an dem ich nicht an Rache gedacht hätte. Jetzt ist meine Stunde gekommen...«

Silvio zog den am Morgen erhaltenen Brief aus der Tasche und gab ihn mir zu lesen. Jemand (wie es schien, ein Anwalt in Geschäftsdingen) schrieb ihm aus Moskau, die *bewußte Person* werde demnächst mit einer jungen und sehr schönen Frau in die gesetzliche Ehe eintreten.

»Sie erraten«, sagte Silvio, »wer diese *bewußte Person* ist. Ich reise nach Moskau. Wir werden sehen, ob er vor seiner Hochzeit dem Tod so gleichgültig entgegensieht, wie er ihm einst beim Kirschenessen entgegensah!«

Mit diesen Worten stand Silvio auf, warf die Mütze zu Boden und begann im Zimmer auf und ab zu gehen wie der Tiger in seinem Käfig. Ich hatte ihm regungslos zugehört; sonderbare, widerstreitende Gefühle bewegten mich.

Der Diener trat ein und erklärte, die Pferde stünden bereit. Silvio drückte mir kräftig die Hand, wir küßten einander. Er setzte sich in ein Wägelchen, in dem zwei Felleisen lagen, eines mit den Pistolen, das andere mit seinen

Habseligkeiten. Wir verabschiedeten uns noch einmal, und die Pferde sprengten davon.

Einige Jahre waren vergangen, und häusliche Umstände hatten mich genötigt, mich in einem armseligen Dörfchen des Kreises N** niederzulassen. Während ich Landwirtschaft betrieb, hörte ich insgeheim nicht auf, meinem geräuschvollen und sorglosen Leben nachzutrauern. Am schwersten war, mich daran zu gewöhnen, die Herbst- und Winterabende in völliger Einsamkeit zu verbringen. Bis zum Essen brachte ich die Zeit noch irgendwie hin, indem ich mit dem Dorfältesten sprach, zu den Feldarbeiten fuhr oder die neuen Einrichtungen abging; doch kaum begann es zu dämmern, wußte ich einfach weder aus noch ein. Die wenigen Bücher, die ich unter den Schränken und in der Speisekammer gefunden hatte, kannte ich längst auswendig. Alle Märchen, deren sich die Beschließerin Kirilovna nur erinnern konnte, hatte sie mir erzählt; die Lieder der Weiber stürzten mich in Trübsinn. Ich hatte mich am ungesüßten Liqueur versucht, doch davon schmerzte mir der Kopf; und ich gebe zu, ich fürchtete, zum Trinker zu werden, der trinkt, weil das Leben *so hart* ist, d. h. zum *harten Trinker*, für den ich in unserem Kreis eine Menge Beispiele kannte. Mir nahe Nachbarn hatte ich keine, außer zwei oder drei *harten*, deren Unterhaltung größtenteils aus Rülpsern und Seufzern bestand. Die Einsamkeit war besser zu ertragen.

Vier Verst von mir entfernt befand sich ein reicher Landsitz, der der Gräfin B*** gehörte; doch lebte auf ihm nur der Verwalter, die Gräfin hatte ihren Landsitz nur ein einziges Mal besucht, im ersten Jahr ihrer Ehe, und dort kaum einen Monat verbracht. Im zweiten Frühjahr meines Einsiedlerdaseins jedoch verbreitete sich das Gerücht, die Gräfin komme mit ihrem Mann für den Sommer in ihr Dorf. Tatsächlich trafen sie Anfang Juni ein.

Die Ankunft eines reichen Nachbarn ist für Landbewohner ein epochales Ereignis. Die Gutsbesitzer und ihr Hofgesinde sprechen darüber schon ein, zwei Monate vorher und noch drei Jahre danach. Was mich betrifft, so hatte mich, wie ich zugebe, die Nachricht vom Eintreffen der jungen und schönen Nachbarin stark beeindruckt; ich brannte vor Ungeduld, sie zu sehen, und deshalb begab ich mich am ersten Sonntag nach ihrer Ankunft nach Tisch in das Dorf ***, um mich Ihren Erlauchten vorzustellen als ihr nächster Nachbar und allerergebenster Diener.

Ein Lakai führte mich ins gräfliche Kabinett und ging mich melden. Das weiträumige Kabinett war mit dem größtmöglichen Luxus eingerichtet; an den Wänden standen Bücherschränke, und auf jedem von ihnen eine Bronzebüste; über dem Kamin hing ein breiter Spiegel; der Fußboden war mit grünem Tuch ausgeschlagen und mit Teppichen ausgelegt. Mich, der ich in meinem armseligen Winkel des Luxus entwöhnt war und lange keinen fremden Reichtum mehr gesehen hatte, verließ der Mut, und ich erwartete den Grafen mit dem gewissen Zittern, wie der Bittsteller aus der Provinz den Auftritt des Ministers. Die Tür öffnete sich, und ein trat ein Mann von etwa zweiunddreißig Jahren, von gutem Aussehen. Der Graf näherte sich mir mit offener und leutseliger Miene; ich versuchte, mir Mut zu machen, und hatte dazu angesetzt mich vorzustellen, doch er kam mir zuvor. Wir setzten uns. Sein Gespräch, frei und liebenswürdig, zerstreute alsbald meine hinterwäldlerische Schüchternheit; schon begann ich, die gewohnte Fassung wiederzuerlangen, als plötzlich die Gräfin eintrat und mich eine Verlegenheit überkam, schlimmer als diejenige zuvor. Sie war tatsächlich eine Schönheit. Der Graf stellte mich vor; ich wollte ungezwungen erscheinen, doch je mehr ich mich bemühte, mir den Anschein der Gelöstheit zu geben, desto beklommener fühlte ich mich. Um mir Zeit zu lassen, zu mir zu finden und mich an die neue Bekanntschaft zu gewöhnen, begannen sie sich zu unterhalten, wobei sie mich behandelten wie einen guten Nachbarn, ohne alle Umstände. Unterdessen ging ich auf und ab, die Bücher und Bilder betrachtend. In Bildern bin ich kein Kenner, doch eines zog meine Aufmerksamkeit auf sich. Es stellte eine Ansicht aus der Schweiz dar; doch mich verblüffte daran nicht die Malerei, sondern der Umstand, daß das Bild von zwei Kugeln durchschossen war, von denen eine auf der anderen saß. »Ein guter Schuß«, sagte ich, an den Grafen gewandt. – »Ja«, antwortete er, »ein höchst bemerkenswerter Schuß. Sind Sie ein guter Schütze?« fuhr er fort. – »Ein ordentlicher«, antwortete ich, froh, daß das Gespräch einen Gegenstand berührte, der mir nahe war. »Auf dreißig Schritt verfehle ich die Karte nicht, selbstverständlich nur mit Pistolen, die ich kenne.« – »Wirklich?« sagte die Gräfin, mit einer Miene großer Aufmerksamkeit; »und du, mein Freund, triffst du eine Karte auf dreißig Schritt?« – »Irgendwann«, antwortete der Graf, »probieren wir es aus. Zu meiner Zeit war ich kein schlechter Schütze; aber es sind jetzt schon vier Jahre, daß ich keine

Pistole mehr in die Hand genommen habe.« – »Oh«, bemerkte ich, »in diesem Fall möchte ich wetten, daß Euer Erlaucht die Karte nicht einmal auf zwanzig Schritt treffen: die Pistole erfordert tägliche Übung. Das weiß ich aus Erfahrung. Bei uns im Regiment galt ich als einer der besten Schützen. Einmal traf es sich, daß ich einen Monat lang keine Pistole halten sollte: meine waren in Reparatur; und was meinen Sie, Euer Erlaucht? Das erste Mal, als ich danach wieder schoß, habe ich viermal hintereinander eine Flasche auf fünfundzwanzig Schritt verfehlt. Wir hatten einen Rittmeister, einen geistreichen Spötter; er stand neben mir und sagte: wie man sieht, Freund, deine Hand erhebt sich gegen keine Flasche. Nein, Euer Erlaucht, man darf nicht aus der Übung kommen, sonst hat man sich im Nu entwöhnt. Der beste Schütze, dem ich je begegnet bin, schoß jeden Tag, mindestens dreimal vor dem Essen. Das war bei ihm die Regel, wie das Gläschen Vodka.« Graf und Gräfin waren froh, daß ich die Sprache wiedergefunden hatte. »Und wie hat er geschossen?« fragte mich der Graf. – »Na so, Euer Erlaucht: er sieht, da sitzt eine Fliege an der Wand und schreit: Kuzka, die Pistole! Kuzka bringt ihm die geladene Pistole. Und plopp, versenkt er die Fliege in der Wand!« – »Erstaunlich!« sagte der Graf; »und wie hieß er?« – »Silvio, Euer Erlaucht.« – »Silvio!« schrie der Graf und sprang von seinem Platz auf; »Sie haben Silvio gekannt?« – »Wie hätte ich ihn nicht kennen sollen, Euer Erlaucht; wir waren befreundet; er war bei uns im Regiment wie zu Hause, wie unser Kamerad; nur sind es jetzt schon fünf Jahre, seit ich keine Nachricht von ihm habe. Euer Erlaucht haben ihn also auch gekannt?« – »Das habe ich, sehr gut sogar. Hat er Ihnen nicht erzählt … aber nein; ich denke nein; hat er Ihnen nicht von einer sehr sonderbaren Begebenheit erzählt?« – »Sie meinen die Ohrfeige, Euer Erlaucht, die er einmal auf einem Ball von irgendeinem Taugenichts erhalten hat?« – »Und hat er Ihnen den Namen dieses Taugenichts genannt?« – »Nein, Euer Erlaucht, das hat er nicht …– Ach! Euer Erlaucht«, fuhr ich fort, die Wahrheit erratend, »entschuldigen Sie … ich wußte nicht … sind das etwa Sie?« – »Ich bin es«, antwortete der Graf mit überaus bedrückter Miene, »und das durchschossene Bild ist das Denkmal unserer letzten Begegnung …« – »Ach, Liebster«, sagte die Gräfin, »um Gottes willen, erzähle es nicht; mir wird beim bloßen Zuhören angst.« – »Doch«, widersprach der Graf, »ich werde alles erzählen; er weiß, wie ich seinen Freund beleidigt habe: soll er auch erfahren, wie Silvio sich an mir gerächt hat.« – Der Graf rückte mir einen Sessel heran, und ich hörte mit lebhaftester Neugierde die folgende Geschichte.

»Vor fünf Jahren habe ich geheiratet. – Den ersten Monat, the honey moon, verbrachte ich hier, in diesem Dorf. Diesem Haus verdanke ich die schönsten Augenblicke meines Lebens und eine der schlimmsten Erinnerungen.

Eines Abends waren wir gemeinsam ausgeritten; das Pferd meiner Frau bockte plötzlich; sie erschrak, gab mir die Zügel und ging zu Fuß nach Hause; ich ritt voraus. Auf dem Hof erblickte ich einen Reisewagen; man sagte mir, in meinem Kabinett sitze ein Mann, der seinen Namen nicht nennen wolle, sondern einfach gesagt habe, er habe etwas mit mir zu erledigen. Ich kam in dieses Zimmer und erblickte im Dunkeln einen Mann, staubig und mit einem

Bart zugewachsen; er stand hier am Kamin. Ich trat auf ihn zu, bemüht, mich seiner Züge zu erinnern. ›Du hast mich nicht erkannt, Graf?‹ – sagte er mit zitternder Stimme. Silvio! – schrie ich auf und gebe zu, wie mir plötzlich die Haare zu Berge standen. ›Jawohl‹, fuhr er fort, ›einen Schuß habe ich noch gut; ich bin gekommen, meine Pistole zu entladen; bist du bereit?‹ Die Pistole ragte aus seiner Seitentasche. Ich maß die zwölf Schritt ab und stellte mich dort in die Ecke, wobei ich ihn bat, schnell zu schießen, ehe meine Frau zurück sei. Er zögerte – er bat um Licht. Man brachte Kerzen. Ich schloß die Tür ab, befahl, niemanden hereinzulassen, und bat ihn erneut zu schießen. Er zog die Pistole und zielte … Ich zählte die Sekunden … ich dachte an sie … Es verging eine entsetzliche Minute! Silvio senkte den Arm. ›Ich bedaure‹, – sagte er, ›daß die Pistole nicht mit Kirschkernen geladen ist … die Kugel ist zu schwer. Mir scheint, das hier ist kein Duell, sondern Mord: ich bin es nicht gewöhnt, auf Unbewaffnete zu zielen. Beginnen wir von vorn: werfen wir das Los, wer als erster schießt.‹ Mich schwindelte … Mir scheint, ich war nicht damit einverstanden … Schließlich luden wir eine weitere Pistole, falteten zwei Billets; er legte sie in die Mütze, die ich einmal durchschossen hatte; ich zog abermals die Nummer eins. ›Graf, du hast ein verteufeltes Glück‹, – sagte er mit einem spöttischen Lächeln, das ich nie vergessen werde. Ich begreife nicht, wie mir geschah und wie er mich dazu hat nötigen können … aber ich schoß, und traf hier dieses Bild.« (Der Graf zeigte mit dem Finger auf das durchschossene Bild; sein Gesicht brannte wie Feuer; die Gräfin war bleicher als ihr Taschentuch: ich konnte einen Ausruf nicht unterdrücken.)

»Ich schoß«, fuhr der Graf fort, »und Gott sei Dank, ich verfehlte ihn; dann begann Silvio ... (und in diesem Augenblick war er wirklich furchterregend) Silvio begann auf mich zu zielen. Plötzlich öffnete sich die Tür, Maša kommt herein, mit einem Aufschrei wirft sie sich mir um den Hals. Ihre Anwesenheit gab mir alle meine Lebensgeister zurück. – Liebste, sagte ich zu ihr, siehst du denn nicht, daß wir scherzen? Wie konntest du mich so erschrecken! geh, trink ein Glas Wasser und komm wieder zu uns; ich werde dir einen alten Freund und Kameraden vorstellen. – Maša wollte es noch immer nicht glauben. – ›Sagen Sie, spricht mein Mann die Wahrheit?‹ sagte sie, an den schrecklichen Silvio gewandt, ›ist es wahr, daß Sie beide nur scherzen?‹ – ›Er scherzt doch immer, Gräfin‹, antwortete ihr Silvio; ›einmal hat er mir zum Scherz eine Ohrfeige gegeben, zum Scherz hat er mir diese Mütze hier durchschossen, zum Scherz hat er mich soeben verfehlt; jetzt habe auch ich Lust, ein wenig zu scherzen ...‹ Mit diesen Worten wollte er auf mich zielen ... in ihrer Anwesenheit! Maša warf sich ihm zu Füßen. – Steh auf, Maša, schäme dich! – schrie ich, rasend; – und Sie, mein Herr, wollen Sie aufhören, eine arme Frau zu verhöhnen? Werden Sie schießen oder nicht? – ›Ich werde nicht‹, antwortete Silvio, ›ich bin zufrieden: ich habe deine Zerknirschung gesehen, deine Angst; ich habe dich genötigt, auf mich zu schießen, mir reicht es. Du wirst an mich denken. Ich überlasse dich deinem Gewissen.‹ Damit hatte er sich zum Gehen gewandt, doch in der Tür blieb er stehen, blickte sich nach dem von mir durchschossenen Bilde um, schoß darauf, fast ohne zu zielen, und verschwand. Meine Frau lag in einer Ohnmacht; die Leute wagten nicht, ihn aufzuhalten, und sahen ihm voller Entsetzen nach; er trat auf die Freitreppe hinaus, rief den Kutscher und fuhr davon, ehe ich meine Fassung wiedererlangt hatte.«

Der Graf schwieg. Auf diese Weise erfuhr ich das Ende der Geschichte, deren Anfang mich einst so verblüfft hatte. Ihrem Helden bin ich nie wieder begegnet. Man erzählt, Silvio habe während des Aufstands Alexander Ypsilantis einen Trupp Hetaeristen befehligt und sei in der Schlacht bei Sculeni getötet worden.

Iwan Turgenjew
Erste Liebe

Genau um acht Uhr trat ich im Gehröckchen, die Haartolle steif nach oben gebürstet, in den Vorraum des Flügels, darin die Fürstin wohnte. Der alte Diener sah mich finster an und erhob sich unwillig von seiner Truhe. Aus dem Salon tönten heitere Stimmen. Ich öffnete die Türe und trat vor Überraschung zurück. Inmitten des Zimmers stand die Prinzessin auf einem Stuhl und hielt einen Männerhut vor sich; rings um den Stuhl drängten sich fünf Mannsbilder. Sie versuchten die Hände in den Hut zu stecken, sie aber hob ihn nach oben und schüttelte ihn stark. Als sie mich erblickte, rief sie: »Halten Sie ein, halten Sie ein! Ein neuer Gast, auch er muß ein Los erhalten«, und faßte mich, leicht vom Stuhl springend, an den Revers meines Gehrocks. »Kommen Sie«, sagte sie, »warum stehen Sie dort? Messieurs, gestatten Sie, Sie bekannt zu machen: dies ist Msjö Woldemar, der Sohn unseres Nachbarn. Dies aber«, fügte sie, zu mir gewandt, hinzu und wies der Reihe nach auf die Gäste, »sind Graf Malewskij, Doktor Luschin, der Dichter Maidanow, der Hauptmann im Abschied Nirmatzkij und Belowsorow, der Husar, den Sie bereits sahen. Ich bitte um gegenseitiges Verständnis.«

Ich war so verlegen, daß ich mich vor keinem einzigen verbeugte; in Doktor Luschin erkannte ich den gleichen brünetten Herrn, der mich so mitleidlos im Garten beschämt hatte; die anderen waren mir nicht bekannt.

»Graf!« fuhr Sinaida fort, »schreiben Sie ein Los für Msjö Woldemar.«

»Das ist ungerecht«, erwiderte mit leicht polnischem Akzent der Graf, ein braunhaariger junger Mann, sehr hübsch und elegant gekleidet, mit ausdrucksvollen braunen Augen, einem schmalen weißen Näschen und feinem Schnurrbärtchen über dem winzigen Munde. »Er hat ja im Pfänderspiel nicht mitgespielt.«

»Ist ungerecht«, wiederholten Belowsorow und der als Hauptmann im Abschied bezeichnete Herr, ein Mann von vierzig Jahren, pockennarbig bis zur Widerwärtigkeit, kraushaarig wie ein Neger, untersetzt, krummbeinig und in einem Militärrock ohne Epauletten, der weit offen stand.

»Schreiben Sie das Los aus, sagt man Ihnen«, wiederholte die Prinzessin. »Was ist das für ein Aufstand? Msjö Woldemar ist mit uns das erstemal, und so gibt es heute noch kein Gesetz für ihn. Nichts da zu knurren, schreiben Sie, ich will es so.« Der Graf zuckte die Achseln, indes er neigte gehorsam das Haupt, nahm einen Federstiel in die weiße, mit Ringen geschmückte Hand, riß einen Fetzen Papier ab und begann darauf zu schreiben.

»Erlauben Sie zum mindesten, Herrn Woldemar zu erklären, worum es geht«, begann Luschin mit spöttelnder Stimme, »denn er ist zunächst völlig verwirrt. Sehen Sie mal, junger Mann: wir spielen ein Pfänderspiel; die Prinzessin erhält eine Strafe, und jener, der das glückhafte Los zieht, hat das Recht, ihr Händchen zu küssen. Haben Sie eigentlich verstanden, was ich Ihnen gesagt habe?«

Ich blickte ihn nur an und fuhr fort, wie ein Benebelter dazustehen, die Prinzessin aber sprang aufs neue auf den Stuhl und begann wiederum den Hut hin und her zu schütteln. Alle reckten sich danach und ich mit ihnen.

»Maidanow«, sprach die Fürstin zu dem langgewachsenen jungen Mann mit dem hageren Gesicht, den kleinen kurzsichtigen Äuglein und den ungewöhnlich langen schwarzen Haaren, »als Poet müssen Sie großmütig sein und Ihr Los Msjö Woldemar abtreten, so daß er zwei Chancen statt einer erhält.«

Indes Maidanow schüttelte nur ablehnend den Kopf und warf die Haare zurück. Nach all den anderen steckte auch ich meine Hand in den Hut, zog ein Los und rollte es auf... Mein Gott! wie wurde mir, als ich darauf das Wort: »Der Kuß!« las! »Der Kuß!« rief ich unwillkürlich.

»Bravo! er hat gewonnen!« fiel die Prinzessin ein. »Wie freue ich mich darüber!« Sie stieg vom Stuhl und sah mir so klar und süß in die Augen, daß sich das Herz mir im Leibe bewegte. »Und Sie, freuen Sie sich auch?« fragte sie mich.

»Ich?...« stammelte ich.

»Verkaufen Sie mir Ihr Los«, dröhnte Belowsorow plötzlich über meinem Ohr. »Ich zahle Ihnen hundert Rubel dafür.«

Ich warf dem Husaren zur Antwort einen Blick so voller Unwillen zu, daß Sinaida in die Hände klatschte und Luschin ausrief: »Ein feiner Junge!«

»Indes«, fuhr er fort, »ich bin verpflichtet, als Zeremonienmeister die Durchführung der Regeln zu wahren. Msjö Woldemar, lassen Sie sich auf ein Knie nieder. So ist das bei uns hergebracht.«

Sinaida stellte sich vor mir auf, sie neigte den Kopf ein wenig seitwärts, wie um mich besser mustern zu können, und hielt mir voller Würde die Hand hin. Es nebelte vor meinen Augen; statt mich auf ein Knie niederzulassen, sank ich auf beide und berührte so ungeschickt mit meinen Lippen Sinaidens Finger, daß ich mir dabei an ihrem Fingernagel leicht die Nasenspitze ritzte.

»Gut!« schrie Luschin und half mir aufstehen.

Das Pfänderspiel wurde fortgesetzt. Sinaida plazierte mich neben sich. Was sie alles an Strafen erdachte! Sie hatte unter anderem eine »Statue« vorzustellen – und da wählte sie zum Piedestal den häßlichen Nirmatzkij; sie befahl diesem, sich niederzulegen und seinen Kopf einzuziehen. Das Lachen verstummte nicht auf eine Sekunde. Mir, dem einsam und nüchtern aufgezogenen Knaben, der in einem gesetzten Herrenhause aufgewachsen war, stiegen dieser Lärm und dies Getobe, diese völlig unzeremonielle, fast tolle Heiterkeit und diese bisher nie erfahrenen Beziehungen zu den fremden Menschen geradezu zu Kopf. Ich wurde berauscht fast wie von Wein. Ich begann lauter als die anderen zu schwatzen und zu lachen, so daß sogar die alte Fürstin, die im Nebenzimmer mit einem Gerichtsschreiber vom Iwersschen Tor, der zu einer Beratung herbestellt worden war, saß, herauskam, mich anzuschauen. Ich fühlte mich jedoch dermaßen glücklich, daß mir alles egal war und daß ich keinerlei Spott und keinerlei schiefen Blick beachtete. Sinaida fuhr fort, mich zu bevorzugen, und ließ mich nicht von ihrer Seite. Bei einer der Strafen hatte ich neben ihr zu sitzen, vom gleichen Seidentuch eingehüllt: ich hatte ihr dabei *mein Geheimnis* zu beichten.

Ich erinnere mich noch, wie unsere beiden Köpfe plötzlich von einer warmen, halb durchsichtigen, halb wohlriechenden Dunkelheit eingeschlossen waren und wie nah durch diese Dunkelheit ihre Augen weich schimmerten und wie heiß ihre geöffneten Lippen atmeten, und ich sah auch ihre Zähne und fühlte, wie ihre Haare mich kitzelten und versengten. Ich schwieg. Sie lächelte geheimnisvoll und verschmitzt und raunte mir schließlich zu: »Nun und?« Ich aber errötete nur und lachte nur und wandte mich ab und konnte kaum Atem kriegen. Das Pfänderspiel langweilte uns, so machten wir uns an das Leinenspiel. Mein Gott! welch einen Jubel fühlte ich, als ich, einmal zu spät gekommen, von ihr einen festen und scharfen Schlag über die Finger erhielt, und wie ich dann absichtlich mir den Anschein gab, zu spät zu kommen, und wie sie mich neckte und trotzdem die vorgehaltenen Hände nicht anrührte!

Und was wir außerdem noch alles im Lauf dieses Abends anstellten! Wir spielten Klavier und sangen und tanzten und stellten ein Zigeunerlager dar. Nirmatzkij wurde als Bär verkleidet und mit Salzwasser getränkt. Graf Malewskij zeigte uns verschiedene Kartenkunststücke und endete damit, daß er, nachdem er die Karten gemischt, sich selber zum Whist alle Trümpfe gab, wozu Luschin »die Ehre hatte zu gratulieren«. Maidanow deklamierte uns Bruchstücke aus seiner Verserzählung *Der Mörder* (das Ganze spielte ja zur Blütezeit der Romantik), die er in schwarzem Umschlag, die Titelbuchstaben in blutiger Farbe, herauszugeben gedachte; dem Gerichtsschreiber vom Iwersschem Tor wurde der Hut von seinen Knien weggestohlen, und er wurde gezwungen, um ihn wiederzuerhalten, einen

Kosakentanz zu tanzen, der alte Bonifazius wurde mit einer Haube bekleidet – die Prinzessin aber setzte einen Männerhut auf ... Alles aufzuzählen ist unmöglich. Einzig Belowsorow hielt sich mehr in einer Ecke, finster und böse ... Zuweilen stieg das Blut in seine Augen, dann lief er rot an, und man konnte glauben, daß er im gleichen Augenblick sich auf uns alle stürzen und uns wie Strohhalme auseinanderschmettern würde; dann aber blickte ihn die Prinzessin nur an, drohte ihm mit dem Finger, und er verkroch sich wieder in seinen Winkel.

Wir waren schließlich völlig entkräftet. Obwohl die Fürstin, wie sie selber sagte, gut trainiert war – keinerlei Schreie machten sie je verwirrt –, indes auch sie fühlte Müdigkeit und wollte ausruhen. Um zwölf Uhr nachts wurde das Abendessen serviert, das aus einem Stück altem trockenem Käse bestand und kalten Pastetchen mit gewiegtem Schinken, die mir freilich schmackhafter vorkamen als alle Pasteten der Welt; an Wein gab es alles in allem eine Flasche, und die war recht sonderbar; sie war dunkel mit einem gebauchten Halse, und der Wein darin hatte eine rosige Farbe; übrigens trank niemand davon. Müde und glücklich bis zur Erschöpfung verließ ich den Flügel: Sinaida drückte mir zum Abschied fest die Hand und lächelte dabei wieder so rätselhaft.

Schwer und feucht hauchte mir die Nacht ins erhitzte Gesicht; es schien, daß ein Gewitter drohe; schwarze Wolken wuchsen auf und krochen am Himmel hin, ihre rauchigen Konturen schnell verändernd. Unruhig flatterte der Wind in den dunklen Bäumen, und fern am Himmelsrande knurrte ärgerlich und dumpf, gewissermaßen für sich, der Donner.

Ich gelangte in mein Zimmer durch die Hintertür. Mein alter Diener schlief auf dem Fußboden, und ich mußte über ihn hinwegsteigen; er wachte auf, sah mich und berichtete, daß Mütterchen wieder sehr ärgerlich über mich geworden sei und aufs neue nach mir habe schicken wollen, doch daß mein Vater sie davon abgehalten habe. (Ich legte mich niemals hin, ehe ich von Mütterchen Abschied genommen und ihren Segen erbeten hatte.) Da war nichts zu machen!

Ich sagte meinem alten Diener, daß ich mich selber ausziehen und dann schlafen legen werde – und löschte die Kerze aus. Indes ich zog mich nicht aus und legte mich auch nicht hin.

Ich setzte mich auf einen Stuhl und saß lange wie ein Verzauberter da. Das, was ich empfand, war so neu für mich und war so süß... Ich saß, kaum um mich blickend und mich nicht bewegend; ich atmete langsam und lachte nur zuweilen dumpf auf, wenn ich mich an was erinnerte, bald wieder aber fröstelte mich beim Gedanken, daß ich verliebt und dies die Liebe wäre. Sinaidens Antlitz schwamm leise vor mir in der Dunkelheit – es schwamm vor mir und wollte nicht vorüberschwimmen; immer noch lächelten ihre Lippen genauso rätselhaft, immer noch sahen mich ihre Augen ein wenig von der Seite her an, fragend, versonnen und zärtlich... wie in dem Augenblick, da ich von ihr Abschied genommen. Endlich erhob ich mich, trat auf Zehenspitzen an mein Bett heran und bettete, ohne mich auszukleiden, meinen Kopf vorsichtig auf das Kissen, als hätte ich Angst, mit einer zu energischen Bewegung das aufzuwecken, wovon ich so sehr erfüllt war...

Ich legte mich, allein ich schloß die Augen nicht. Bald

schon bemerkte ich, daß in mein Zimmer unablässig gewisse schwache Reflexe zu fallen schienen... Ich erhob mich und schaute durchs Fenster. Der Fensterrahmen hob sich deutlich von den geheimnisvoll und trüb schimmernden Scheiben ab. Ein Gewitter – überlegte ich; und wirklich, es war ein Gewitter, allein es zog sehr weit vorüber, so daß nicht einmal Donner zu hören war; ununterbrochen aber glommen am Himmel nicht sehr helle, lange und förmlich verästelte Blitze auf; ja, nicht einmal, daß sie aufglommen, sie zitterten nur und ruckten, wie der Flügel eines sterbenden Vogels. Ich stand auf, trat ans Fenster und blieb dort bis zum Morgen... Die Blitze ließen nicht für eine Sekunde nach; es war das, was man im Volk eine Sperlingsnacht nennt. Ich blickte das stumme Sandfeld und die dunkle Masse des Neskutschnyj Parkes an sowie die gelblichen Fassaden der fernen Gebäude, die ebenfalls bei jedem schwachen Aufglimmen zu erbeben schienen... Ich blickte und konnte mich nicht losreißen: diese stummen Blitze, dieses zurückhaltende Funkeln, wie schien es doch den stummen und geheimen Trieben zu entsprechen, die genauso in mir aufglommen. Der Morgen dämmerte herauf; die Morgenröte trat mit roten Flecken hervor. Je näher der Sonnenaufgang war, desto blasser wurden die Blitze und desto kürzer flackerten sie: immer seltener und seltener sprangen sie auf, und schließlich verschwanden sie ganz, überschwemmt von dem ernüchternden und unzweifelhaften Licht des anbrechenden Tages...

Auch in mir verschwanden meine Blitze. Ich spürte große Müdigkeit und eine Stille... Sinaidens Antlitz aber fuhr fort, triumphierend über meiner Seele zu schweben.

Dieses Antlitz selber schien jedoch völlig beruhigt zu sein; wie ein aus Sumpfgräsern auffliegender Schwan entfernte es sich von den es umgebenden anderen, wenig ansehnlichen Gestalten, und ich fiel zum letztenmal schon im Einschlafen voller Anbetung vor ihm nieder, in Abschiedsvergötterung und voller Zuversicht…

O ihr sanften Gefühle, ihr weichen Klänge, du Güte und Verstummen der gerührten Seele, schmelzende Freude der ersten Rührungen der Liebe – wo seid ihr, wo seid ihr?

Nikolai Gogol
Die Nase

Am fünfundzwanzigsten März ist in Petersburg eine außerordentlich merkwürdige Sache passiert. Der am Wosnjessénski-Prospekt wohnhafte Barbier Iwán Jákowlewitsch (sein Familienname ist verlorengegangen, und sogar auf seinem Aushängeschilde – wo ein Herr mit eingeseifter Backe und die Worte *Auch wird zur Ader gelassen* zu sehen sind – selbst da findet sich nichts weiter vor), der Barbier Iwan Jakowlewitsch also wachte ziemlich früh auf und roch den Duft von frischgebackenem Brot. Nun stützte er sich ein wenig auf seinem Bett auf und stellte fest, daß seine Frau Gemahlin, eine recht ehrenwerte Dame, welche leidenschaftlich Kaffee zu trinken liebte, soeben die fertiggebackenen Brote aus dem Ofen hervorzog. »Heute, Prasskówja Ossipowna, werde ich keinen Kaffee trinken«, sprach Iwan Jakowlewitsch, »statt dessen aber möcht ich ein warmes Brot mit Zwiebeln essen.« (Das heißt, Iwan Jakowlewitsch hätte ganz gern sowohl das eine als auch das andere gehabt, wußte aber genau, daß es vollkommen ausgeschlossen war, die beiden Dinge auf einmal zu verlangen, weil nämlich Prasskowja Ossipowna solche Scherze durchaus nicht liebte). ›Soll der Schafskopf Brot essen, um so besser für mich‹, dachte die Gemahlin bei sich, ›damit bleibt mir doch eine Extraportion Kaffee‹ – und warf daher ein Brot auf den Tisch.

Iwan Jakowlewitsch zog anstandshalber über das Hemd seinen Frack an, setzte sich vor dem Tisch zurecht, schüttelte Salz auf, machte zwei Zwiebeln gebrauchsfertig, nahm das Messer in die Hand und begann jetzt mit bedeutsamer Miene das Brot zu schneiden. Nachdem er das Brot in zwei Hälften zerschnitten hatte, guckte er in die Mitte hinein – und bemerkte dort zu seinem Erstaunen irgend etwas weißlich Schimmerndes. Iwan Jakowlewitsch bohrte vorsichtig mit dem Messer nach und fühlte dann mit dem Finger: »Etwas Kompaktes!« so sprach er zu sich selbst. »Was könnte das nur eigentlich sein?«

Jetzt steckte er die Finger hinein und zog heraus – eine Nase! ... Iwan Jakowlewitsch wollten die Hände sinken; er rieb sich die Augen und begann das Ding fieberhaft zu betasten: eine Nase, tatsächlich, eine Nase! und dabei sogar noch scheinbar von irgendwem Bekannten. Entsetzen malte sich auf dem Antlitz Iwan Jakowlewitschs. Allein dieses Entsetzen war noch gar nichts gegen die Empörung, die sich seiner Gemahlin bemächtigte.

»Wo hast du, Viehstück, diese Nase abgeschnitten?« schrie sie in flammendem Zorne. »Gauner! versoffener Kerl! ich werde dich selbst bei der Polizei anzeigen. So ein Bandit! Jetzt hab ich es schon von drei Menschen gehört, daß du beim Rasieren immer so mit den Nasen herumwirtschaftest, daß sie sich kaum noch halten können.«

Allein Iwan Jakowlewitsch war weder tot noch lebendig: er hatte soeben erkannt, daß dies die Nase von niemand anderem als dem Kollegienassessor Kowalioff war, den er jeden Mittwoch und Sonntag zu rasieren pflegte.

»Wart mal, Prasskowja Ossipowna! Ich werd sie in ein

Papierchen wickeln und in die Ecke hinlegen: sie kann da ruhig ein bißchen liegen; und später trag ich sie weg.«

»Das wär ja noch schöner! Ich soll erlauben, daß bei mir im Zimmer sich eine abgeschnittene Nase herumtreibt!... Du vertrockneter Zwieback! Er weiß auch gerade nur mit dem Messer auf dem Riemen herumzufahren, aber seine Pflicht wird er bald überhaupt nicht mehr imstande sein zu erfüllen, so ein Strabanzer, so ein Taugenichts! Daß ich jetzt noch die Verantwortung vor der Polizei habe, was?... Ach, du Schmutzfink, stupider Holzbalken! Fort damit! fort! Schlepp sie, wohin du willst! daß ich auch keinen Hauch mehr von ihr im Zimmer spüre!«

Iwan Jakowlewitsch stand vollkommen vernichtet da. Er dachte – und wußte doch nicht, was er denken sollte. »Weiß der Teufel, wie das gekommen ist«, sprach er endlich und kratzte sich mit der Hand hinterm Ohr, »ob ich nun gestern betrunken nach Hause gekommen bin, oder nicht – das weiß ich mit Bestimmtheit nicht mehr zu sagen. Aber nach allen Anzeichen muß dies ein ganz ungewöhnlicher Vorfall sein, weil doch das Brot – sozusagen Backware ist, die Nase hingegen absolut nichts dergleichen. Ich kann da wirklich gar nichts begreifen!« Iwan Jakowlewitsch verstummte. Der Gedanke, daß die Polizisten bei ihm die Nase finden und ihn auf den Kopf zu beschuldigen könnten, brachte diesen einer Ohnmacht nahe. Schon flimmerte ihm vor den Augen ein roter Kragen, schön mit Silber ausgenäht, ein Degen... und er begann am ganzen Leibe zu zittern. Schließlich kramte er jedoch seine Unterkleider und Stiefel hervor, zog sich dieses ganze Dreckzeug über den Leib und begab sich nun, nachdem er die Nase in ein

Papierchen gewickelt hatte, von den massiven Vermahnungen Prasskowja Ossipownas begleitet, auf die Straße.

Er wollte sie irgendwo heimlich hinlegen: etwa hinter den Prellstein eines Torweges, oder aber das Ding irgendwie unabsichtlich fallen lassen und dann rasch in eine Querstraße einbiegen. Aber zum Unglück mußte ihm immer wieder der eine oder andere Bekannte begegnen, welcher sofort zu inquirieren anhub: »Wohin gehst du?« oder »Wen willst du so früh rasieren?«, so daß Iwan Jakowlewitsch auf keine Weise den günstigen Moment abpassen konnte. Ein anderes Mal hatte er sie bereits vollkommen fallen gelassen; jedoch ein Polizeiwächter zeigte schon von ferne darauf mit seiner Hellebarde und rief ihm zu: »Heb doch auf, da, du hast dort was verloren!«, so daß Iwan Jakowlewitsch die Nase wieder aufheben und in seine Tasche stecken mußte. Ihn ergriff Verzweiflung, um so mehr, als die Anzahl der Menschen auf der Straße mit dem Aufsperren der Geschäftsläden und Buden unaufhörlich zunahm.

Er beschloß, zur Isaaksbrücke zu gehen: ob es nicht doch gelingen würde, sie irgendwo heimlich in die Newa zu schmeißen... Aber ich muß um Entschuldigung bitten, daß ich bis jetzt noch gar nichts von Iwan Jakowlewitsch selbst, einem in vieler Beziehung ehrenwerten Menschen, erzählt habe.

Wie jeder ordentliche russische Handwerker war Iwan Jakowlewitsch schrecklich versoffen, und wenngleich er jeden Tag fremde Kinnladen zu rasieren hatte, so schauten seine eigenen doch ewig unrasiert aus. Der Frack Iwan Jakowlewitschs (Iwan Jakowlewitsch ging niemals im Rock) war scheckig, das heißt, er war eigentlich schwarz, und dazu über und über grau sowie gelblichbraun geäpfelt; die Aufschläge glänzten fettig; statt der drei Knöpfe jedoch hingen nur noch die Fäden herunter. Iwan Jakowlewitsch war ein großer Zyniker, und wenn Kollegienassessor Kowalioff zu ihm während des Rasierens, wie gewöhnlich, sagte: »Bei dir, Iwan Jakowlewitsch, stinken ewig die Hände!«, so antwortete Iwan Jakowlewitsch darauf mit der geschickten Frage: »Warum sollen sie denn stinken?« – »Das weiß ich nicht, mein Lieber, aber sie stinken«, sagte dann der Kollegienassessor, worauf Iwan Jakowlewitsch, nach einem kleinen Schnupfprischen, ihm dafür auf die Backen schaumpinselte, und unter der Nase, und hinterm Ohr, und an die Augen – mit einem Wort, wo er nur Lust hatte.

Dieser ehrenwerte Staatsbürger befand sich bereits auf der Isaaksbrücke. Zuerst einmal blickte er sich nach allen Seiten um, stützte sich sodann auf das Geländer, anscheinend um nachzusehen, ob unter der Brücke viele Fische herumschwömmen, und schmiß dabei heimlich das Papierchen mit der Nase hinunter. Es war, als ob sich von ihm plötzlich eine Last von zehn Pud abgewälzt hätte. Iwan Jakowlewitsch kicherte sogar ein wenig. Statt an sein alltägliches Rasieren von Beamtenkinnbacken zu gehen, wollte er sich bereits in ein Etablissement mit der Inschrift ›Essen und Tee‹ aufmachen, um dort ein Glas Punsch zu verlangen, als er plötzlich am Brückenende einen Quartalsaufseher bemerkte, einen Mann von erhabenem Äußeren mit breiten Bartkoteletten, Dreispitz und Degen. Iwan Jakowlewitsch erstarrte; aber unterdessen hatte ihm der Quartalerer schon mit einem Finger gewinkt und sagte: »Also komm doch mal her, mein Lieber!«

In Kenntnis der Formen nahm Iwan Jakowlewitsch schon von weitem die Mütze ab und sprach, eifrig heranstiefelnd: »Gesundheit zu wünschen, Euer Hochwohlgeboren!«

»Nein, nein, mein Lieberchen, nichts von Hochwohlgeboren – aber sag doch mal: was hast du denn dort gemacht, als du auf der Brücke standest?«

»Bei Gott, Herr, ich ging rasieren und habe bloß bißchen geguckt, ob der Fluß auch schnell fließt.«

»Gelogen, gelogen! Damit wirst du mir nicht loskommen. Geruh mal zu antworten!«

»Ich bin bereit, Euer Gnaden zweimal in der Woche zu rasieren, oder sogar dreimal – ohne die geringste Widerrede«, antwortete Iwan Jakowlewitsch.

»Nein, mein Freundchen, das sind Flausen! Mich rasieren ganze drei Barbiere, und rechnen sich's sogar noch zur Ehre an. Aber statt dessen erzähl mir doch lieber, was du dort gemacht hast?«

Iwan Jakowlewitsch ward kreidebleich... Allein hier bedeckt sich dieser Vorfall plötzlich mit einem dichten Nebel, und alles, was weiter geschah, bleibt vollständig unbekannt.

Der Kollegienassessor Kowalioff wachte ziemlich früh auf und machte mit seinen Lippen: »brr...« – was er, wenn er aufwachte, stets zu tun pflegte, obwohl er sich den Grund sogar selbst nicht recht klarmachen konnte. Kowalioff reckte sich und ließ sich einen kleinen auf dem Tisch stehenden Spiegel reichen. Er wollte einen Blick auf jenes Pickelchen werfen, das ihm gestrigen Abends an der Nase aufgesprungen; allein er sah zu seinem größten Erstaunen, daß bei ihm, statt der Nase, eine vollkommen glatte Stelle war. Tief erschrocken ließ Kowalioff Wasser bringen und rieb sich mit dem Handtuch die Augen: tatsächlich, die Nase war nicht da! Er begann mit der Hand nachzutasten, er kniff sich, um festzustellen, ob er nicht schlafe: anscheinend schlief er nicht. Kollegienassessor Kowalioff sprang vom Bett auf, schüttelte sich – die Nase war noch immer nicht da!... Er ließ sich auf dem Fleck die Kleider bringen und flog direkt zum Oberpolizeimeister.

Aber unterdessen wird es notwendig, ein paar Worte über Kowalioff zu sagen, damit der Leser sehen möge, von welcher Art dieser Kollegienassessor war. Kollegienassessoren, die den Rang mit Hilfe gelehrter Attestate bekommen, lassen sich auf keine Weise mit jenen Kollegienassessoren vergleichen, die auf dem Kaukasus gemacht wurden. Es sind dies zwei vollkommen verschiedene Arten. Die gelehrten Kollegienassessoren... Aber Rußland ist ein so wunderbares Land: wenn du nur irgend etwas von einem speziellen Kollegienassessor sagst, so beziehen es sämtliche Kollegienassessoren, von Riga bis Kamtschatka, todsicher sofort auf sich; ein Gleiches versteh auch von allen anderen Ständen und Titeln. Kowalioff jedenfalls war ein kaukasischer Kollegienassessor. Erst seit zwei Jahren nur stand er in diesem Rang und konnte ihn deshalb auch keine Sekunde vergessen; um aber sich selbst noch mehr Adel und Gewicht zu verleihen, nannte er selber sich niemals einfach Kollegienassessor, sondern stets Major. »Hör mal, mein Täubchen«, sagte er gewöhnlich, wenn er auf der Straße ein Weib traf, das Vorhemden verkaufte, »komm du zu mir auf die Wohnung; mein Quartier ist in der Ssadówaja-Straße; frag bloß: ›Wohnt hier der Major Kowalioff?‹ – jeder wird es dir zeigen.« Traf er aber dabei auf irgendein glattes Gesichtchen, so gab er ihr überdies noch eine insgeheime Anweisung, und setzte hinzu: »Frag, Herzchen, nach dem Quartier des Majors Kowalioff.« Und eben darum wollen auch wir diesen Assessor in Zukunft Major nennen.

Major Kowalioff hatte die Gewohnheit, jeden Tag auf dem Newski-Prospekt auf und ab zu spazieren. Sein Hemdkragen war stets außerordentlich sauber und steifgestärkelt. Die Bartkoteletten waren bei ihm von der Art, wie man sie auch heute noch sehen kann bei Gouvernements- und Kreislandmessern, bei Architekten und Regimentsärzten, dann auch bei Ausübern diverser Tätigkeiten, und endlich überhaupt bei all jenen Männern, welche volle rote Wangen haben und sehr gut Boston spielen: diese Bartkoteletten gehen genau über die Mitte der Wange und reichen schnurstracks bis zur Nase. Major Kowalioff trug als Berloques eine ganze Anzahl von Karneolpetschaften – sowohl solche mit Wappen als auch andere, auf denen *Mittwoch, Donnerstag, Montag* usw. ausgeschnitten stand. Major Kowalioff war nach Petersburg in einer notwendigen Angelegenheit gekommen, und zwar, um eine seinem Rang angemessene Stellung zu suchen: wenn es ging, einen Vizegouverneursposten, andernfalls aber wenigstens den eines Exekutors in irgendeinem besseren Departement. Major Kowalioff hätte auch nichts dagegen gehabt, sich zu verheiraten, jedoch nur in dem Falle, wenn sich hinter der Braut noch ein Kapital von Zweimalhunderttausend fände. Und darum kann jetzt der Leser selber beurteilen, wie die Lage dieses Majors plötzlich war, als er, statt einer ziemlich netten und maßvollen Nase, bloß eine schafsdumme, ebene und glatte Stelle erblickte.

Wie zum Tort war auch keine einzige Droschke auf der Straße zu sehen, so daß er zu Fuß gehen mußte – wobei er sich tief in den Mantel einmummte, sein Gesicht mit einem Schnupftuch bedeckte und sich den Anschein gab, als ob ihm die Nase blutete. ›Aber, kann sein, daß es mir vielleicht nur so vorgekommen ist: das ist doch ausgeschlossen, daß eine Nase so blöde verlorengeht‹, dachte er bei sich und ging in eine Konditorei, speziell zu dem Zweck, um sich im Spiegel zu betrachten. Zum Glück war in der Konditorei niemand anwesend: die Kellnerburschen fegten den Fußboden und stellten Stühle auf: einige trugen mit verschlafenen Augen warme Kuchen auf Blechen heraus; auf Tischen und Stühlen lagen kaffeeübergossene gestrige Zeitungen herum. »Na, Gott sei Dank, niemand ist da«, murmelte er, »jetzt kann man gucken.« Er trat scheu an einen Spiegel heran und warf einen Blick hinein. »Weiß der Teufel, was für ein Mist!« sagte er und spuckte aus. »Wenn doch auch nur irgend etwas statt der Nase da wäre, aber so ist absolut gar nichts! ...«

Voll Ärger biß er sich auf die Lippen, trat aus der Konditorei und entschloß sich, ganz gegen seine Gewohnheit auf keinen Menschen zu blicken und auch niemanden anzulächeln. Plötzlich blieb er wie angewurzelt bei der Tür eines Hauses stehen; vor seinen Augen zeigte sich eine unbegreifliche Erscheinung: an der Anfahrt hielt eine Equipage, der Schlag öffnete sich, heraus sprang, mit gebückter Haltung, ein Herr in Uniform und lief hastig die Treppe hinauf. Wie groß war jedoch das Entsetzen und zugleich die Verblüfftheit Kowalioffs, als er erkannte, daß dies niemand anders war – als seine eigene Nase! Bei diesem ungewöhnlichen Schauspiel schien ihm, als ob sich alles vor seinen Augen drehte; er fühlte, daß er kaum aufrecht zu stehen vermochte, entschloß sich jedoch, kost es, was es wolle, die Rückkehr dieses Herrn zur Equipage zu erwarten, und zitterte dabei wie im Fieber. Nach zwei Minuten kam die Nase tatsächlich wieder heraus. Sie war in einer goldgestickten Uniform mit hohem, steifem Kragen, trug sämischlederne Pantalons und an der Seite einen Degen. An dem Federbusch ihres Hutes konnte man erkennen, daß sie den Rang eines Wirklichen Staatsrats einnahm. Allen Anzeichen nach fuhr sie gerade irgendwohin zu einer Visite. Sie sah sich nach beiden Seiten um, schrie dem Kutscher zu: »Vorfahren!« nahm Platz und rollte davon.

Der arme Kowalioff wurde fast verrückt. Er wußte nicht, was er von solch einem unerhörten Vorfall auch nur denken sollte. Wie ist das aber auch nur möglich, wirklich wahr, daß eine Nase, die ihm gestern noch im Gesicht gestanden, und die keineswegs herumfahren oder gehen konnte, plötzlich in Uniform war! Er lief hinter der Equipage her, welche zum Glück nicht weit fuhr und beim Gostjíny Dwor haltmachte.

Er eilte dorthin und arbeitete sich durch eine Reihe alter Bettlerinnen hindurch, die mit vermummten Gesichtern und zwei Öffnungen für die Augen dasaßen und über die er früher so gelacht hatte. Sonst gab es nur wenig Menschen. Kowalioff fühlte sich so verwirrt, daß er sich zu gar nichts entschließen konnte und bloß immer mit den Augen alle Winkel nach jenem Herren absuchte; endlich sah er ihn vor der Auslage eines Geschäftes stehen. Die Nase ließ ihr Gesicht fast völlig im hohen Goldkragen verschwinden und betrachtete mit großer Aufmerksamkeit verschiedene ausgestellte Waren.

›Wie könnte man sich ihr nähern?‹ dachte Kowalioff. ›Nach allem – nach der Uniform, nach dem Federbusch – zu urteilen, muß sie Wirklicher Staatsrat sein. Weiß der Teufel, wie man das machen soll!‹

Er begann in ihrer Nähe leicht zu husten; allein die Nase änderte auch nicht für eine Sekunde ihre Haltung.

»Sehr geehrter Herr«, sagte Kowalioff, indem er sich innerlich zur Courage zwang, »sehr geehrter Herr…«

»Was wünschen Sie?« erwiderte die Nase und wandte sich um.

»Es kommt mir merkwürdig vor, mein Herr… mir scheint… Sie sollten doch eigentlich Ihren Platz wissen. Und plötzlich entdecke ich Sie, und noch dazu wo?… Sie müssen zugeben…«

»Verzeihung, aber ich kann nicht verstehen, wovon Sie sprechen… Erklären Sie sich deutlicher.«

›Wie soll ich ihm das nur erklären?‹ dachte Kowalioff, nahm einen Anlauf und begann: »Natürlich, ich… übrigens bin ich Major. Sie werden zugeben, daß ich ohne Nase nicht herumgehen kann, das schickt sich doch nicht. Irgendeine Weibsperson, die auf der Wosskressénskibrücke geschälte Apfelsinen verkauft, die kann ja noch vielleicht ohne Nase sitzen; aber, wo ich gerade Aussicht habe, einen… und wo ich dazu noch in vielen Häusern bekannt bin, mit Damen der Gesellschaft, mit der Staatsrätin Tschechtarjówa und mit anderen... Urteilen Sie doch selbst... Ich weiß nicht, mein Herr« (hier zuckte Major Kowalioff mit den Achseln) »...Sie müssen schon entschuldigen... wenn man diese Sache vom Standpunkt der Ehre und der Pflicht betrachtet... das werden Sie doch selbst einsehen...«

»Kann absolut nichts verstehen«, sagte die Nase. »Drücken Sie sich präziser aus.«

»Sehr geehrter Herr«, sprach Kowalioff mit dem Gefühl gekränkter Würde, »ich weiß nicht, wie ich Ihre Worte zu verstehen habe... Die Sache liegt hier doch, glaube ich wohl, klar auf der Hand... oder sollten Sie etwa... Aber Sie sind ja doch – meine eigene Nase!«

Die Nase blickte den Major an und runzelte ein wenig die Stirn.

»Sie irren sich, mein Herr: ich bin ganz separat für mich. Außerdem kann es zwischen uns nicht die geringsten Beziehungen geben. Nach den Knöpfen Ihrer Uniform zu urteilen, müssen Sie in einem ganz anderen Ressort dienen.« Mit diesen Worten drehte ihm die Nase den Rücken.

Kowalioff wurde ganz verwirrt und hatte keine Ahnung, was er tun, ja auch nicht, was er denken sollte. In diesem Augenblick hörte er das angenehme Rascheln von Damenkleidern: es näherte sich eine bejahrte, über und über mit Spitzen garnierte Dame, und zugleich mit dieser eine schlanke in einem weißen Kleide, das sich sehr lieblich um die feste kleine Taille legte; ihr paille-farbener Hut war ätherisch wie ein Schaumtörtchen. Hinter den beiden faßte ein baumlanger Heiduck Posto und öffnete seine Schnupftabaksdose; er trug gewaltige Bartkoteletten und ein ganzes Dutzend von Mantelkragen.

Kowalioff trat näher heran, zupfte seinen Batistkragen ein wenig hervor, brachte die an der Goldkette hängenden Petschaften in Ordnung und wandte nun, nach beiden Seiten hin lächelnd, seine Aufmerksamkeit dieser himmlischleichten Dame zu, welche sich wie eine Frühlingsblume zart geneigt hatte und das weiße Händchen mit den rosigdurchsichtigen Fingern an die Wange führte. Das Lächeln auf Kowalioffs Gesicht rückte noch breiter auseinander, als er unter ihrem Hütchen ein blendendweißes Kinn und den Teil einer Wange hervorlugen sah, welche vom Rot der frühesten Frühlingsrose überlaufen war; doch plötzlich sprang er zurück, wie wenn er sich verbrannt hätte. Er hatte sich erinnert, daß ja bei ihm, an Stelle der Nase, absolut gar nichts vorhanden war – und Tränen rannen ihm die Backen herunter. Er wandte sich rasch zurück, um dem Herren in der Uniform geradeheraus zu sagen, daß er nur so tue, als ob er Wirklicher Staatsrat wäre, daß er ein Schwindler, ein Lump und weiter gar nichts sei als lediglich seine eigene Nase… Allein die Nase war bereits nicht mehr da; sie hatte schon Zeit gefunden, davonzujagen, höchstwahrscheinlich wieder zu irgend jemand auf eine Visite.

Edgar Allan Poe
Die schwarze Katze

Daß man den so unheimlichen und doch so natürlichen Geschehnissen, die ich jetzt berichten will, Glauben schenkt, erwarte ich nicht, verlange es auch nicht. Ich müßte wirklich wahnsinnig sein, wenn ich da Glauben verlangen wollte, wo ich selbst das Zeugnis meiner eigenen Sinne verwerfen möchte. Doch wahnsinnig bin ich nicht – und sicherlich träume ich auch nicht. Morgen aber muß ich sterben, und darum will ich heute meine Seele entlasten. Aller Welt will ich kurz und sachlich eine Reihe von rein häuslichen Begebenheiten enthüllen, deren Wirkungen mich entsetzt – gemartert – vernichtet haben. Ich will jedoch nicht versuchen, sie zu deuten. Mir brachten sie die fürchterlichste Qual – anderen werden sie vielleicht nicht mehr scheinen als groteske Zufälligkeiten. Es ist wohl möglich, daß später einmal irgendein besonderer Geist sich findet, der meine anscheinend phantastischen Berichte als nüchterne Selbstverständlichkeiten zu erklären vermag – ein klarer und scharfer Geist, weniger exaltiert als ich, der in den Umständen, die ich mit bebender Scheu enthülle, nichts weiter sieht als die einfache Folge ganz natürlicher Ursachen und Wirkungen.

Seit meiner Kindheit galt ich als weichherziger, anschmiegsamer Mensch. Ja, meine hingebende Herzlichkeit trat so offen hervor, daß sie oft den Spott meiner Kameraden herausforderte. Da ich eine ganz besondere Zuneigung für die Tiere empfand, beglückten mich meine Eltern gern mit allerlei Lieblingen. Mit diesen verbrachte ich all meine freie Zeit, und nie war ich glücklicher, als wenn ich sie fütterte und liebkoste. Diese Liebhaberei wuchs mit mir heran, und noch im Mannesalter war sie mir eine Hauptquelle meiner Freuden. Wer jemals für einen treuen und klugen Hund wahre Zärtlichkeit hegte, den brauche ich nicht auf die innige Dankbarkeit, die das Tier uns dafür entgegenbringt, hinzuweisen. In der selbstlosen und opferfreudigen Liebe eines Tieres ist etwas, das jedem tief zu Herzen gehen muß, der je Gelegenheit hatte, die armselige ›Freundschaft‹ und geschwätzige Treue des ›erhabenen‹ Menschen zu erproben.

Ich heiratete früh und war herzlich froh, in meinem Weib ein mir verwandtes Gemüt zu finden. Als sie meine Liebhaberei für allerlei zahmes Getier erkannt hatte, versäumte sie keine Gelegenheit, solche Hausgenossen der angenehmsten Art anzuschaffen. Wir besaßen Vögel, Goldfische, einen schönen Hund, Kaninchen, einen kleinen Affen und – eine Katze.

Diese letztere war ein auffallend großes und schönes Tier, ganz schwarz und erstaunlich klug. Wenn wir auf ihre Intelligenz zu sprechen kamen, gedachte meine Frau, die übrigens nicht im geringsten abergläubisch war, manchmal des alten Volksglaubens, daß Hexen oft die Gestalt schwarzer Katzen anzunehmen pflegen. Nicht, daß sie damit jemals eine ernstliche Anspielung hätte machen wollen – ich erwähne es nur, weil ich gerade jetzt daran dachte.

Die Katze war mein bevorzugter Freund und Spielkamerad. Ich selbst fütterte sie, und wo ich im Hause stand und ging, war sie bei mir. Nur schwer konnte ich sie davon zurückhalten, mir auch auf die Straße zu folgen.

So bestand und bewährte sich unsere Freundschaft mehrere Jahre lang. In dieser Zeit aber hatte mein Charakter infolge meiner teuflischen Trunksucht – ich erröte bei diesem Bekenntnis – eine völlige Wandlung zum Bösen durchgemacht. Ich wurde von Tag zu Tag mürrischer, reizbarer, rücksichtsloser gegen die Gefühle anderer. Ich erlaubte mir selbst meiner Frau gegenüber rohe Worte. Schließlich schlug ich sie sogar. Meine Tiere mußten unter meiner Verkommenheit selbstverständlich ganz besonders leiden. Ich vernachlässigte sie nicht nur, sondern mißhandelte sie auch. Auf die Katze indessen nahm ich noch immer so viel Rücksicht, daß ich sie nicht ebenso schlecht behandelte wie die Kaninchen, den Affen und auch den Hund, die ich bei jeder Gelegenheit mißhandelte, wenn sie mir zufällig oder aus alter Anhänglichkeit in den Weg liefen. Doch mein Leiden wuchs – denn welches Leiden ist lebenszäher als der Hang zum Alkohol! – und endlich mußte selbst die Katze, die jetzt alt und daher etwas grämlich zu werden begann, die Ausbrüche meiner Übellaunigkeit fühlen.

Eines Nachts, als ich schwer betrunken aus einer meiner Schnapsspelunken nach Hause kam, schien es mir so, als ob die Katze mir auswiche. Ich packte sie – und da, wahrscheinlich erschreckt durch meine Heftigkeit, riß sie mir mit den Zähnen eine leichte Schramme über die Hand. Im Augenblick geriet ich in wahnsinnige Wut. Ich war nicht mehr ich selbst. Mein wahres Wesen war plötzlich entflohen, und an seiner Stelle spannte eine viehische, trunkene

Bosheit jeden Nerv in mir. Ich nahm aus der Westentasche ein Federmesser, öffnete es, riß das arme Tier am Halse empor und bohrte bedachtsam eines seiner Augen aus seiner Höhle heraus! – Die brennende Glut der Scham und kalte Schauder des Entsetzens überfallen mich jetzt, da ich jener höllischen Verruchtheit gedenke.

Am andern Morgen, nachdem ich meinen Rausch verschlafen hatte und mir die Vernunft zurückgekehrt war, empfand ich halb Grauen, halb Reue über das Verbrechen, dessen ich mich schuldig gemacht hatte; aber es war nur ein schwaches, oberflächliches Gefühl, und meine Seele blieb unbewegt. Ich stürzte mich aufs neue in wüste Ausschweifungen, und bald war im Wein jede Erinnerung an meine Untat ersäuft.

Inzwischen erholte sich die Katze langsam. Die leere Augenhöhle bot allerdings einen schrecklichen Anblick, aber Schmerzen schien das Tier nicht mehr zu haben. Wie früher ging es im Hause umher, floh aber, wie nicht anders zu erwarten war, in wahnsinniger Angst davon, sobald ich in seine Nähe kam. Es war mir noch immer so viel von meinem Gefühl geblieben, daß ich diese offenbare Abneigung eines Geschöpfes, das mich vordem so geliebt hatte, anfangs schmerzlich empfand. Doch dieses Empfinden wich bald einem anderen – der Erbitterung. Und dann kam, wie zu meiner endgültigen und unaufhaltsamen Vernichtung, noch der Geist des Eigensinns hinzu. Diesen Geist beachtet die Philosophie nicht, und dennoch bin ich wie von dem Leben meiner Seele davon überzeugt, daß Eigensinn eine der ursprünglichsten Regungen des menschlichen Wesens ist – eine der elementaren, primären Eigenschaften oder

Empfindungen, die dem Charakter des Menschen seine Richtung geben. Wer hat nicht schon hundertmal eine gemeine oder dumme Handlung begangen, einzig und allein, weil er wußte, daß er eigentlich nicht so handeln solle! Haben wir nicht eine beständige Neigung, das Gesetz zu übertreten, nur weil wir eben wissen, daß es »Gesetz« ist? Ich sage, dieser Geist des Eigensinns war es, der mich endgültig umwarf. Es war jene unergründliche Gier der Seele, sich selbst zu quälen und im Trotz gegen ihre erhabene Reinheit allein um des Bösen willen das Böse zu tun, die mich antrieb, meine Schuld an der wehrlosen Katze noch zu erweitern, soweit nur eben möglich. So legte ich ihr eines Morgens eine Schlinge um den Hals und knüpfte sie an einem Baumast auf; ich erhängte sie unter strömenden Tränen und bittersten Gewissensqualen; erhängte sie, eben weil ich wußte, daß sie mich geliebt hatte, und weil ich fühlte, daß sie mir keinen Grund zu dieser Greueltat gegeben hatte; erhängte sie, weil ich wußte, daß ich damit eine Sünde beging – eine Todsünde, die meine unsterbliche Seele so befleckte, daß, wenn irgendeine Sünde nicht vergeben werden könnte, die unendliche Gnade des allbarmherzigen Gottes sich meiner Seele nicht erbarmen könnte.

In der auf diese grausame Tat folgenden Nacht wurde ich durch Feuerlärm aus dem Schlafe aufgeschreckt. Meine Bettvorhänge brannten. Das ganze Haus stand in Flammen. Mit knapper Not entrannen wir, meine Frau, unsere Magd und ich, dem Feuertode. Alles wurde vernichtet. Meine ganze irdische Habe war dahin, und ich überließ mich von nun an haltloser Verzweiflung.

Ich habe nicht die Schwäche, zwischen meiner Schandtat und diesem Unglück einen Zusammenhang, wie etwa Ursache und Wirkung, suchen zu wollen. Da ich aber eine Kette von Tatsachen anführe, so glaube ich, auch das allerkleinste Glied nicht unerwähnt lassen zu dürfen. Am Tage nach dem Brande besichtigte ich die Trümmerstätte. Die Mauern waren bis auf eine eingestürzt. Dies war eine nicht sehr starke Scheidewand, ungefähr aus der Mitte des Hauses, an der das Kopfende meines Bettes gestanden war. Sie hatte die Einwirkung des Feuers hartnäckig überdauert, eine Tatsache, die ich dem Umstande zuschrieb, daß dort der Bewurf erst kürzlich erneuert worden war. Vor dieser Mauer stand eine dichte Menschenmenge, und einzelne Personen schienen eine bestimmte Stelle eingehend und aufmerksam zu untersuchen. Die Worte »sonderbar!«, »seltsam!« und andere ähnliche Ausrufe erregten meine Neugier. Ich trat heran – und sah auf die helle Fläche eingedrückt das Reliefbild einer großen Katze. Der Abdruck war erstaunlich naturgetreu. Um den Hals des Tieres lag ein Strick.

Als ich zuerst diesen Höllenspuk erblickte – denn für etwas anderes konnte ich es nicht halten –, geriet ich außer mir vor Staunen und Entsetzen. Schließlich aber kam mir die Überlegung zu Hilfe. Der Garten, in dem ich die Katze erhängt hatte, lag dicht bei dem Hause. Auf den Feuerlärm hin war sofort eine Menschenmenge in den Garten eingedrungen, und irgendeiner mußte dort das Tier abgeschnitten und durch das offenstehende Fenster in mein Zimmer geworfen haben, wahrscheinlich in der guten Absicht, mich dadurch aus dem Schlaf zu wecken. Durch stürzendes Mauerwerk war das Opfer meiner Grausamkeit in die

Masse des frisch aufgetragenen Bewurfs eingedrückt worden, und der Kalk dieses letzteren, in Verbindung mit der Brandglut und dem Ammoniak des Kadavers, hatte dann das Reliefbild so wunderbar geprägt, wie es nun zu sehen war.

Obgleich ich dieser eigenen, vernünftigen Erklärung bereitwillig Glauben schenkte, konnte mein Gewissen sich nicht so leicht beruhigen, und das Ereignis lastete schwer auf meiner Seele. Monatelang beschäftigte sich meine Phantasie mit der Katze, und es erwachte in mir ein Gefühl, das beinahe Reue sein konnte. Es kam so weit, daß ich den Verlust des Tieres bedauerte und mich in den Spelunken, in denen ich mich jetzt meistens herumtrieb, nach einer anderen Katze umsah, die der gemordeten möglichst ähnlich sein und deren Platz bei mir ausfüllen sollte.

Als ich einmal in der Nacht halb stumpfsinnig vor Trunkenheit in einer ganz gemeinen Schnapskneipe saß, wurde ich plötzlich auf einen schwarzen Gegenstand aufmerksam, der oben auf einem riesenhaften Oxhoft Branntwein oder Rum, dem Hauptmöbel der dunstigen Höhle, thronte. Da ich schon einige Minuten lang stier auf die Höhe des Fasses geblickt hatte, war ich jetzt erstaunt darüber, daß ich den Gegenstand dort oben nicht schon früher bemerkt hatte. Es war eine schwarze Katze – eine sehr große – gerade so groß wie die ermordete und dieser auch in allem ähnlich – bis auf eines: die meine hatte nicht ein einziges weißes Haar am ganzen Körper, diese Katze aber hatte einen großen, allerdings nicht scharf abgegrenzten weißen Fleck, der fast die ganze Brust bedeckte.

Als ich sie berührte, erhob sie sich sofort, schnurrte laut, rieb sich an meiner Hand und schien von der Beachtung, die ich ihr schenkte, entzückt zu sein. Das war also ganz ein Geschöpf, wie ich es suchte. Ich bot dem Wirt sofort an, ihm das Tier abzukaufen; der aber erhob keinen Anspruch auf die Katze: er kenne sie gar nicht – habe sie nie vorher gesehen.

Ich liebkoste das Tier, und als ich mich zum Heimgehen anschickte, zeigte es Lust, mich zu begleiten. Das erlaubte ich ihm. Unterwegs beugte ich mich manchmal zu ihm nieder und streichelte es. In meinem Hause fühlte sich die Katze sofort heimisch, und auch mit meiner Frau war sie vom ersten Tage an sehr befreundet.

In mir aber regte sich bald eine Abneigung gegen die Katze; das war gerade das Gegenteil dessen, was ich erwartet hatte, aber – ich weiß nicht, wie und weshalb es so kam – ihre aufdringliche Liebe zu mir war mir unangenehm, ja sogar zuwider. Nach und nach steigerte sich dieses Gefühl der Abneigung und des Ekels bis zu bitterstem Haß. Ich ging dem Vieh aus dem Wege; was mich davon zurückhielt, es zu mißhandeln, waren allein ein gewisses Schamgefühl und die Erinnerung an meine frühere Greueltat. Einige Wochen lang konnte ich mich noch so weit beherrschen, die Katze weder zu schlagen noch sonstwie absichtlich schlecht zu behandeln, aber allmählich – mit jedem Tage mehr – sah ich sie nur noch mit unaussprechlichem Abscheu und floh bei ihrem unerträglichen Anblick so entsetzt davon wie vor dem Gifthauch der Pestilenz.

Was meinen Haß gegen das Katzenvieh zweifellos genährt hatte, war eine Entdeckung gewesen, die ich sofort, nachdem ich es zu mir genommen, gemacht hatte – die Entdeckung, daß es, wie die erste Katze, um eins seiner Augen beraubt war. Für meine Frau hingegen, die, wie ich schon sagte, jene unendliche Herzensgüte besaß, die auch mich einst auszeichnete und mir viel reine und harmlose Freuden gebracht hatte, war dies nur ein Grund mehr, das Tier zu lieben.

Mit meiner Abneigung gegen die Katze schien deren Vorliebe für mich nur zu wachsen. Sie folgte meinen Schritten mit einer unbeschreiblichen Beharrlichkeit, von der man sich kaum einen Begriff machen kann. Wenn ich mich setzte, kroch sie unter meinen Stuhl oder sprang auf mein Knie und belästigte mich mit ihren widerwärtigen Liebkosungen. Wenn ich aufstand, um fortzugehen, lief sie mir zwischen die Beine, so daß ich in Gefahr geriet, hinzufallen, oder sie hing sich mit ihren langen scharfen Krallen in meine Kleider und kletterte mir bis zur Brust herauf. Trotzdem ich mich dann stets versucht fühlte, sie mit einem Faustschlag umzubringen, schreckte ich doch davor zurück, teils im Gedenken an mein früheres Verbrechen, hauptsächlich aber – ich will es nur gleich bekennen – aus sinnloser Angst vor der Bestie.

Diese Angst war nicht gerade Furcht davor, daß mir das Tier irgendeine Verletzung zufügen könnte, aber ich wüßte auch nicht, wie ich sie anders erklären sollte. Ich kann nur mit Beschämung gestehen – ja, selbst in dieser Verbrecherzelle schäme ich mich dessen –, daß die Gefühle des Schreckens und Entsetzens, die das Tier in mir hervorrief, durch ein Hirngespinst, wie man sich kaum eins närrischer denken kann, maßlos gesteigert wurden. Meine Frau hatte mich mehr als einmal auf die Form des weißen Brustfleckes aufmerksam gemacht, von dem ich bereits gesprochen habe und der das einzig sichtbare Unterscheidungsmerkmal zwischen dieser fremden und der von mir umgebrachten Katze bildete. Man wird sich meiner obigen Beschreibung entsinnen, wonach dieser Fleck, obschon er ziemlich groß war, ursprünglich nur undeutlich hervortrat; doch nach und nach, in kaum merklich fortschreitendem Wachstum – einem Vorgang, den meine Vernunft lange Zeit als reine Augentäuschung zu verwerfen strebte – wurde dieses Zeichen in scharfen Umrissen deutlich sichtbar. Es hatte nun die Form eines Gegenstandes, den ich nur mit Grausen nenne und dessen Abbild mich mehr als alles andere schreckte und entsetzte, so daß ich das Scheusal am liebsten umgebracht hätte, wenn ich nur den Mut dazu hätte finden können. Es war das Bild – so sei es denn herausgesagt – eines unheimlichen, eines fürchterlichen Dinges – eines Galgens! – O schrecklich drohendes Werkzeug des greuelhaften Mordes – des martervollen Todes!

Und jetzt war ich wirklich elend – elend weit über alles Menschenelend hinaus. Und ein vernunftloses Vieh – von dessen Geschlecht ich eines verächtlich umgebracht hatte – ein vernunftloses Vieh konnte mich – mich, den Menschen, das Ebenbild Gottes – so unsäglich elend machen! Ach, ich kannte nicht mehr den Segen der Ruhe, weder bei Tag noch bei Nacht! Bei Tage ließ das Tier mich nicht einen Augenblick allein, und in der Nacht fuhr ich fast jede Stunde aus qualvollen Angstträumen empor, um den heißen Atem des Viehes über mein Gesicht wehen zu fühlen und den Druck seines schweren Gewichts – wie die Verkörperung eines gräßlichen Alpgespenstes, das ich nicht abzuschütteln vermochte – auf meiner Brust zu tragen.

Unter der Wucht solcher Qualen erlag in mir der schwache Rest des Guten. Böse Gedanken wurden die Vertrauten meiner Seele – schwarze, ekle Höllengedanken! Meine bisherige Stimmung schwoll an zu bösem Haß gegen alles in der Welt und gegen die ganze Menschheit; und meistens war es, ach! mein schweigend duldendes Weib, das nun das unglückliche Opfer meiner häufigen, plötzlichen und zügellosen Wutausbrüche wurde.

Eines Tages begleitete sie mich irgendeines häuslichen Geschäftes wegen in den Keller des alten Gebäudes, das wir in unsrer Armut zu bewohnen genötigt waren. Die Katze folgte mir die Stufen der steilen Treppe hinab und war mir dabei so hinderlich, daß ich beinahe kopfüber hinuntergestürzt wäre. Das machte mich rasend. In sinnlosem Zorn vergaß ich die kindische Furcht, die meine Hand bisher zurückgehalten hatte, ergriff eine Axt und führte einen Hieb nach dem Tier, der augenblicklich tödlich gewesen wäre, wenn er sein Ziel getroffen hätte. Aber meine Frau fiel mir in den Arm. Diese Einmischung brachte mich in wahrhaft teuflische Wut. Ich entwand mich ihrem Griff und schlug die Axt tief in ihren Schädel ein. Sie brach lautlos zusammen.

Nachdem dieser gräßliche Mord geschehen war, machte ich mich sogleich und mit voller Überlegung daran, den Leichnam zu verbergen. Ich wußte, daß ich ihn weder am Tage noch in der Nacht aus dem Hause schaffen konnte, ohne dabei Gefahr zu laufen, von den Nachbarn beobachtet zu werden. Mancherlei Pläne schossen mir durch den Sinn. Zuerst dachte ich daran, den Körper in kleine Stücke zu zerhacken und sie durch Feuer zu vernichten. Dann beschloß ich, ihm im Boden des Kellers ein Grab zu graben. Ich überlegte mir aber auch, ob ich ihn nicht lieber im Hof in den Brunnen werfen sollte – oder ob ich ihn wie eine Ware in eine mit unauffälligen Aufschriften versehene Kiste packen und diese durch einen Träger fortschaffen lassen sollte. Endlich kam ich auf einen Gedanken, der mir der richtige Ausweg zu sein schien: ich entschloß mich, die Leiche im Keller einzumauern – ganz so, wie es alten Erzählungen zufolge die Mönche des Mittelalters mit ihren Opfern gemacht haben mochten.

Zur Ausführung gerade dieses Planes war der Keller sehr geeignet. Die Mauern waren leicht gebaut und erst kürzlich mit einem groben Mörtel beworfen worden, der infolge der Feuchtigkeit der Kellerluft noch nicht hart geworden war. Überdies war an einer der Mauern ein Vorsprung, hinter dem sich ein unbenutzter Rauchschlot oder eine Feuerstelle befand und der neuerdings wieder ausgefüllt und den übrigen Wänden des Kellers gleichgemacht worden war. Ich zweifelte nicht daran, daß es mir leicht möglich sein würde, an dieser Stelle die Ziegelsteine herauszunehmen, den Leichnam in die Höhlung hineinzubringen und die Wand wieder zuzumauern, so daß kein Mensch etwas Verdächtiges entdecken könnte.

Und diese Berechnung täuschte mich nicht. Mit Hilfe eines Brecheisens gelang es mir mühelos, die Steine zu lockern; nachdem ich den Leichnam mit aller Vorsicht aufrecht gegen die innere Wand gelehnt hatte, stützte ich ihn in dieser Stellung fest und füllte das Mauerloch ohne Schwierigkeiten wieder aus, genau so, wie es zuvor gewesen war. Ich hatte mir in aller Stille Mörtel, Sand und Haar zu verschaffen gewußt und stellte daraus einen Bewurf her, der von dem der anderen Wände nicht zu unterscheiden war; mit ihm bestrich ich sehr sorgfältig die neue Vermauerung. Als ich damit fertig war, fand ich zu meiner Befriedigung, daß nun alles in Ordnung sei. Man sah der Mauer nicht im geringsten an, daß sie aufgebrochen worden war. Den Schutt am Boden hatte ich mit peinlichster Sorgfalt entfernt. Triumphierend sah ich auf mein Werk und sagte mir selbst: »Hier wenigstens ist deine Arbeit nicht umsonst gewesen.«

Das nächste, was ich nun tat, war, mich nach der Bestie umzusehen, die so viel Elend veranlaßt hatte, denn ich hatte ihr inzwischen längst das Urteil gesprochen: sie mußte sterben! Hätte sie sich jetzt vor mir blicken lassen, so wäre es zweifellos sofort um sie geschehen gewesen; aber es schien, als ob das verschlagene Tier, noch beunruhigt durch meinen heutigen Wutausfall, es mit Absicht vermied, mir in meiner gegenwärtigen Stimmung vor die Augen zu kommen. Es ist unmöglich, zu beschreiben oder auch nur sich vorzustellen, wie tief beruhigend das Gefühl der Erlösung war, das ich über die Abwesenheit der verhaßten Katze empfand. Auch in der Nacht ließ sie sich nicht blicken – und so schlief ich, seitdem ich sie in mein Haus gebracht hatte, wenigstens eine Nacht hindurch tief und ruhig; ja, ich schlief, selbst mit der Last des Mordes auf der Seele.

Der zweite und der dritte Tag vergingen, ohne daß mein Quälgeist zurückkehrte. Ich atmete wieder auf wie ein Befreiter. Der Schrecken hatte das Ungeheuer für immer vertrieben. Ich sollte es nie mehr erblicken! Meine Seligkeit war grenzenlos! Das Bewußtsein meiner schwarzen Tat störte mich nur wenig. Ein paar Nachfragen, die erhoben worden waren, hatte ich schlagfertig beantwortet. Selbst eine Haussuchung hatte stattgefunden – aber natürlich war nichts zu entdecken gewesen. Ich brauchte also für die Zukunft nichts mehr zu befürchten.

Am vierten Tage nach dem spurlosen Verschwinden meiner Frau kam ganz unerwartet eine Polizeikommission und begann von neuem alle Räumlichkeiten gründlich zu durchsuchen. Ich war jedoch nicht im geringsten darüber beunruhigt, da ich sicher war, daß die Leiche in ihrem geheimen Versteck nicht entdeckt werden konnte. Die Beamten forderten mich auf, sie bei der Durchsuchung zu begleiten. Sie übersahen keinen Winkel, kein Versteck. Schließlich stiegen sie zum dritten- oder viertenmal in den Keller hinab. Ich blieb ruhig wie Stein. Mein Herz schlug so friedlich wie das eines Menschen, der in Unschuld schläft. Ich folgte den Herren von einem Ende des Kellers bis zum andern. Die Arme über der Brust verschränkt, ging ich festen Schrittes einher. Die Beamten waren vollkommen beruhigt und schickten sich an, fortzugehen. Die Freude meines Herzens war zu groß – ich mußte sie irgendwie äußern! Ich brannte darauf, wenigstens ein Wort des Triumphes auszurufen, das zugleich aber auch die Herren in ihrer Überzeugung von meiner Unschuld bestärken sollte.

»Meine Herren«, sagte ich, als sie bereits wieder die Kellerstufen emporstiegen, »ich bin entzückt, Ihren Verdacht zerstreut zu haben. Ich wünsche Ihnen viel Glück und ein wenig mehr Höflichkeit. Nebenbei bemerkt, meine Herren, dies – dies ist ein sehr gut gebautes Haus« (in dem verrückten Wunsch, irgend etwas Herausforderndes zu sagen, wußte ich kaum, was ich überhaupt redete), »ich möchte sagen, ein hervorragend gut gebautes Haus. Diese Mauern – gehen Sie schon, meine Herren? – diese Mauern sind solide aufgeführt.« Und hier – rein aus tollem Übermut – schlug ich mit einem Stock, den ich gerade bei der Hand hatte, kräftig auf die Stelle des Mauerwerks, hinter der sich die Leiche meines einst so geliebten Weibes befand.

Aber – möge Gott mir gnädig sein und mich retten aus den Krallen des Erzfeindes! – kaum war der Schall meiner Schläge verhallt, als eine Stimme aus dem Grabe mir Antwort gab. Es war ein Schreien, zuerst erstickt und abgebrochen wie das Weinen eines Kindes, dann aber schwoll es an zu einem ununterbrochenen, durchdringenden und unheimlichen Gekreisch, das keiner menschlichen Stimme mehr zu vergleichen war – zu einem bald jammervoll klagenden, bald höhnisch johlenden Geheul, wie es nur aus der Hölle kommt, wenn das Wehklagen der zu ewiger Todespein Verdammten sich mit dem Frohlocken der Höllengeister zu einem Schall vereint.

Es ist wohl überflüssig, noch davon zu sprechen, was ich in diesem Augenblick empfand. Ohnmächtig taumelte ich an die gegenüberliegende Mauer. Die Leute auf der Treppe standen regungslos, von Schreck und Entsetzen gelähmt. Im nächsten Moment aber arbeitete ein Dutzend kräftiger Hände daran, die Mauer einzureißen. Sie fiel. Der schon stark in Verwesung übergegangene und mit geronnenem Blut bedeckte Leichnam stand aufrecht vor den Augen der Männer. Auf seinem Kopf saß, mit weit aufgesperrtem rotem Rachen und dem einen glühenden Auge, die fürchterliche Katze, deren teuflische Gewalt mich zum Mörder gemacht hatte und deren Stimme mich nun den Henkern überlieferte. Ich hatte das Scheusal in das Grab mit eingemauert.

Charlotte Brontë
Jane Eyre

Am Morgen des 19. Januar hatte es eben erst fünf geschlagen, als Bessie eine Kerze in meine Kammer brachte, doch ich war schon aus dem Bett und fast fertig angekleidet. Bereits eine halbe Stunde vor ihrem Erscheinen war ich aufgestanden, hatte mir das Gesicht gewaschen und mich beim Licht des gerade untergehenden Mondes, dessen Strahlen durch das schmale Fenster neben meinem Bett drangen, angezogen. An diesem Tage sollte ich Gateshead mit der Postkutsche verlassen, die um sechs Uhr am Parktor vorüberfuhr. Außer Bessie war noch niemand wach. Sie hatte im Kinderzimmer ein Feuer angezündet, auf dem sie jetzt mein Frühstück bereitete. Die meisten Kinder können nicht essen, wenn sie durch den Gedanken an eine Reise aufgeregt sind, und mir ging es nicht anders. Bessie hatte mich umsonst gedrängt, doch wenigstens ein paar Löffel von dem heißen Milchbrei zu mir zu nehmen, den sie für mich gekocht hatte, und so wickelte sie ein paar Biskuits in Papier und packte sie in meine Tasche. Dann half sie mir in Mantel und Hut; hüllte sich in einen Schal und verließ mit mir das Kinderzimmer. Als wir an Mrs. Reeds Schlafzimmer vorüberkamen, fragte sie: »Wollen Sie hineingehen und Missis Lebewohl sagen?«

»Nein, Bessie, gestern abend kam sie an mein Bett, als du zum Abendbrot hinuntergegangen warst, und sagte, ich brauchte weder sie noch meine Kusinen heut früh zu stören. Und dann sagte sie, ich solle nie vergessen, daß sie immer meine beste Freundin gewesen sei, darum solle ich nur Gutes von ihr sprechen und dankbar an sie zurückdenken.«

»Und was haben Sie darauf geantwortet, Miss?«

»Gar nichts. Ich habe mein Gesicht mit der Bettdecke bedeckt und mich nach der Wand gedreht.«

»Das war nicht recht, Miss Jane.«

»Es war wohl richtig, Bessie. Deine Missis ist niemals meine Freundin gewesen. Sie war meine Feindin!«

»Oh, Miss Jane, so dürfen Sie nicht sprechen!«

»Lebe wohl, Gateshead!« rief ich, als wir durch die Halle kamen und durch die große Tür ins Freie traten.

Der Mond war untergegangen, und es war sehr dunkel. Bessie trug eine Laterne, deren Lichtschein über die nassen Stufen und den vom Tauwetter aufgeweichten Kiesweg dahinglitt. Rauh und kalt war dieser Wintermorgen; meine Zähne klapperten, als wir die Auffahrt hinuntereilten. Im Pförtnerhaus brannte schon Licht; als wir es erreichten, trafen wir die Pförtnersfrau gerade beim Feueranzünden. Mein Koffer, der am Abend zuvor hinuntergebracht worden war, stand schon verschnürt vor der Tür. Es fehlten nur noch wenige Minuten an sechs Uhr, und kurz nachdem es die volle Stunde geschlagen hatte, kündete fernes Räderrollen das Herannahen der Postkutsche an. Ich ging zur Tür und beobachtete, wie sich die Lampen rasch in der Dunkelheit näherten.

»Fährt sie denn ganz allein?« fragte die Pförtnersfrau.

»Ja.«

»Und wie weit ist es?«

»Fünfzig Meilen.«

»So ein weiter Weg! Mich wundert, daß Mrs. Reed es wagt, sie so weit allein fahren zu lassen.«

Die Postkutsche hielt an; da stand sie vor dem Portal mit ihren vier Pferden, das Verdeck voll besetzt mit Fahrgästen. Kutscher und Schaffner trieben zur Eile, mein Koffer wurde aufgeladen, man riß mich von Bessie los, deren Hals ich umklammert hielt und die ich mit Küssen bedeckte.

»Daß Sie ja gut auf sie aufpassen«, rief sie dem Postillion zu, als er mich ins Innere des Wagens hob.

»Aber natürlich!« war die Antwort, die Tür wurde zugeschlagen, eine Stimme rief: »Fertig!«, und fort ging es. So wurde ich von Bessie und Gateshead getrennt, so eilte ich unbekannten und, wie mir damals schien, fernen und geheimnisvollen Bereichen entgegen.

Ich kann mich kaum noch an die Fahrt erinnern, ich weiß nur, daß mir der Tag unendlich lang vorkam und daß wir auf der Landstraße Hunderte von Meilen zurückzulegen schienen. Wir fuhren durch mehrere Städte. In einer sehr großen Stadt hielt die Kutsche, die Pferde wurden ausgespannt, und die Fahrgäste stiegen aus, um Mittag zu essen. Ich wurde vom Postillion in ein Gasthaus getragen, wo ich etwas zu mir nehmen sollte, aber da ich keinen Appetit verspürte, ließ er mich allein in einem riesigen Zimmer, in dem zwei Kamine an den einander gegenüberliegenden Wänden standen und ein Kronleuchter von der Decke hing. Hoch oben an der Wand befand sich eine kleine rote Galerie, die voller Musikinstrumente lag. Hier ging ich lange Zeit auf und ab. Mir war sehr sonderbar zumute, und ich fürchtete dauernd, es könne jemand hereinkommen, um mich zu entführen, denn ich glaubte an Kinderräuber, deren Untaten in Bessies Kamingeschichten immer wieder eine Rolle gespielt hatten. Endlich kam der Postillion zurück, ich wurde wieder in die Kutsche gepackt, mein Beschützer kletterte auf seinen Sitz, ließ sein dumpfes Horn erklingen, und weiter rasselte der Wagen über die holprige Straße von L.

Ein feuchter und etwas nebliger Nachmittag kam heran, und als sich die Dämmerung herniedersenkte, wurde mir bewußt, daß wir wirklich schon sehr weit von Gateshead entfernt waren, denn wir kamen durch keine Städte mehr. Die Landschaft veränderte sich, und hohe graue Hügel stiegen ringsum am Horizont empor. Als es dunkelte, fuhren wir in ein dichtbewaldetes Tal hinab, und lange nachdem die Nacht jegliche Aussicht verhüllt hatte, hörte ich einen heftigen Sturm die Bäume peitschen.

Von dem Rauschen eingelullt, schlief ich schließlich ein. Ich hatte nicht lange geruht, als ich durch das plötzliche Stillstehen der Kutsche wieder erwachte. Der Wagenschlag war offen, und eine Person, die wie eine Dienerin aussah, stand davor. Ich konnte Gesicht und Kleidung beim Licht der Lampen erkennen.

»Ist hier ein kleines Mädchen, das Jane Eyre heißt?« fragte sie.

Ich antwortete mit »Ja« und wurde hinausgehoben; mein Koffer wurde heruntergereicht, und augenblicklich rollte der Wagen weiter. Ich war steif vom langen Sitzen und von dem Rattern und Schaukeln der Kutsche ganz benommen. Doch nahm ich alle meine Kraft zusammen und blickte mich um. Nichts als Regen, Wind und Dunkelheit! Trotzdem entdeckte ich vor mir eine Mauer und darin eine offene Tür, durch die ich meiner neuen Führerin folgte. Sie schloß sie hinter sich ab. Nun wurde ein Haus oder ein ganzer Häuserblock – denn das Gebäude dehnte sich weit aus – mit vielen Fenstern sichtbar, aus denen zum Teil noch ein Lichtschein drang. Wir schritten einen breiten, nassen Kiesweg hinauf und wurden durch eine Tür eingelassen; dann führte mich das Mädchen durch einen Gang in ein Zimmer, in dem ein Kaminfeuer brannte, und ließ mich allein.

Ich blieb stehen und wärmte meine erstarrten Finger über der Glut, dann blickte ich mich um. Es brannte keine Kerze, doch beim flackernden Licht des Kaminfeuers erkannte ich nach und nach die tapezierten Wände, einen Teppich, Vorhänge, glänzende Mahagonimöbel. Ich befand mich in einem Empfangszimmer, nicht so groß und vornehm wie der Salon in Gateshead, aber recht gemütlich. Gerade zerbrach ich mir den Kopf, was wohl das Gemälde an der Wand darstellen könnte, als sich die Tür öffnete und eine Gestalt mit einem Licht in der Hand eintrat, der eine zweite auf dem Fuße folgte.

Die erste war eine hochgewachsene Dame mit dunklem Haar, dunklen Augen und einer blassen, hohen Stirn. Ihre Gestalt war zum Teil in ein Tuch gehüllt, ihr Gesicht war ernst, ihre Haltung aufrecht.

»Das Kind ist ja noch zu klein, um ganz allein hierhergeschickt zu werden«, sagte sie und stellte das Licht auf den Tisch. Sie betrachtete mich ein oder zwei Minuten lang aufmerksam und fügte dann noch hinzu:

»Es wäre besser, sie bald zu Bett zu bringen; sie sieht müde aus. Bist du müde?« fragte sie und legte mir dabei die Hand auf die Schulter.

»Ein wenig, Madame.«

»Und bestimmt auch hungrig. Achten Sie darauf, daß sie etwas zum Abendbrot bekommt, ehe sie zu Bett geht, Miss Miller. Ist es das erstemal, daß du deine Eltern verlassen hast, um zur Schule zu kommen, mein kleines Mädchen?«

Ich erklärte ihr, daß ich keine Eltern hätte. Sie fragte mich, wie lange sie schon tot seien, dann wie alt ich sei, wie ich heiße, ob ich lesen, schreiben und ein wenig nähen könne. Dann strich sie mir mit dem Zeigefinger sanft über die Wange, und mit den Worten, sie hoffe, daß ich ein artiges Mädchen sein werde, gab sie mich in Miss Millers Obhut.

Die Dame, die ich verlassen hatte, mochte ungefähr neunundzwanzig Jahre alt sein; die andere, die mit mir ging, schien einige Jahre jünger zu sein. Die erstere beeindruckte mich durch ihre Stimme, ihr Äußeres und ihr Auftreten. Miss Miller wirkte gewöhnlicher. Sie hatte eine frische Gesichtsfarbe, wenngleich ihre Züge von Kummer und Sorgen gezeichnet waren. Ihr Gang und ihre Bewegungen waren hastig, als ob sie stets vielerlei Dinge gleichzeitig zu erledigen hätte. Sie sah tatsächlich aus, als wäre sie eine Hilfslehrerin, was ich später auch bestätigt fand. Ich wurde von ihr von Zimmer zu Zimmer, von Gang zu Gang durch ein großes und unregelmäßig gebautes Gebäude geführt, bis wir nach der völligen und beinahe bedrückenden Stille in diesem Teil des Hauses ein Gewirr vieler Stimmen vernahmen und auch schon einen breiten und langen Raum betraten. An jedem Ende des Zimmers standen zwei große Holztische, auf denen jeweils zwei Kerzen brannten, und rund herum saßen auf Bänken viele Mädchen im Alter von etwa zehn bis zwanzig Jahren. Bei dem schwachen Kerzenlicht erschien ihre Anzahl unübersehbar groß, obwohl es in Wirklichkeit nicht mehr als achtzig waren. Sie trugen alle braune, altmodisch zugeschnittene Wollkleider und lange leinene Schürzen. Es war Arbeitsstunde; sie waren damit beschäftigt, ihre Aufgabe für den nächsten Tag zu lernen, und das Gesumme, das ich gehört hatte, kam von den vielen geflüsterten Repetitionen.

Miss Miller bedeutete mir durch ein Zeichen, mich auf einer Bank an der Tür niederzulassen, dann ging sie an das obere Ende des langen Raumes und rief:

»Die aufsichthabenden Schülerinnen sammeln die Bücher ein und bringen sie an ihren Platz!«

Vier große Mädchen erhoben sich an verschiedenen Tischen, sammelten die Bücher und legten sie beiseite. Wieder gab Miss Miller einen Befehl:

»Holt das Abendessen!«

Die großen Mädchen gingen hinaus und kehrten augenblicklich zurück; jedes von ihnen trug ein Tablett mit fertigen Portionen – ich konnte nicht erkennen, was es sein mochte –, und in der Mitte stand jeweils ein Wasserkrug mit einem Becher. Die Portionen wurden herumgereicht, wer wollte, nahm einen Schluck Wasser, wobei alle den gleichen Becher benutzten. Ich trank, als die Reihe an mich kam, denn ich war durstig. Das Essen berührte ich nicht, ich hatte vor Aufregung und Übermüdung keinen Appetit, doch konnte ich jetzt erkennen, daß es dünner, in Scheiben geschnittener Haferkuchen war.

Nach der Mahlzeit las Miss Miller das Abendgebet vor, worauf die Mädchen in Zweierreihen nach oben gingen. Inzwischen war ich so von Müdigkeit übermannt, daß ich kaum bemerkte, wie der Schlafsaal aussah, nur schien mir, daß er – wie auch das Klassenzimmer – sehr lang war. Diese Nacht mußte ich das Bett mit Miss Miller teilen, die mir beim Auskleiden half. Als ich mich hingelegt hatte, blickte ich über die langen Reihen von Betten, die sich rasch mit jeweils zwei Mädchen füllten; zehn Minuten später wurde das einzige Licht gelöscht, und in der Stille und vollkommenen Dunkelheit schlief ich rasch ein.

Die Nacht verging schnell. Ich war selbst zum Träumen zu müde; nur einmal erwachte ich und hörte, wie der Wind wild daherbrauste und der Regen in Strömen fiel. Jetzt spürte ich erst, daß Miss Miller neben mir lag. Als ich die Augen wieder öffnete, klingelte es laut. Die Mädchen waren auf und zogen sich an. Es war noch dunkel, und ein oder zwei Talgkerzen brannten im Zimmer. Auch ich stand widerwillig auf. Im Schlafraum war es eisig kalt. Ich kleidete mich, vor Kälte zitternd, an und wusch mich, sobald ein Waschbecken frei war, was nicht so bald geschah, denn auf je sechs Mädchen kam nur eines der Becken, die auf Gestellen in der Mitte des Raumes standen. Wieder ertönte die Glocke. Alle stellten sich in Zweierreihen auf, gingen in dieser Ordnung die Treppe hinunter und betraten das kalte und schwachbeleuchtete Schulzimmer. Hier sprach Miss Miller das Morgengebet und rief dann laut:

»Bildet Klassen!«

In den nächsten Minuten entstand ein großes Durcheinander, während Miss Miller wiederholt ausrief: »Ruhe! Ordnung!«

Als sich die Mädchen beruhigt hatten, sah ich, wie sie sich in vier Halbkreisen vor vier Stühlen aufstellten, die an den vier Tischen standen. Alle hielten ein Buch in der Hand, und ein großes Buch, einer Bibel ähnlich, lag auf dem Tisch vor dem leeren Platz. Eine Pause von wenigen Sekunden entstand, in der man nur das leise, unbestimmte Gemurmel von Zahlen vernahm. Miss Miller ging von Klasse zu Klasse und brachte diese undefinierbaren Laute zum Verstummen.

In der Ferne ertönte die Glocke. In dem Augenblick betraten drei Damen das Zimmer, jede schritt auf einen Tisch zu und nahm ihren Platz ein. Miss Miller setzte sich auf den vierten unbesetzten Stuhl, der der Tür am nächsten stand und um den sich die kleinsten Kinder versammelt hatten. Dieser Klasse wurde ich zugeteilt und mußte mich am unteren Ende aufstellen.

Nun begann die Arbeit. Die Losung des Tages wurde wiederholt, dann wurden bestimmte Bibelstellen aufgesagt und anschließend endlose Kapitel aus der Bibel gelesen, was eine Stunde dauerte. Als diese Übung beendet wurde, war heller Tag. Die unermüdliche Glocke ertönte nun zum vierten Male. Die Klassen traten wieder an und marschierten in ein anderes Zimmer zum Frühstück. Wie froh war ich, daß Aussicht bestand, endlich etwas zu essen zu bekommen! Mir war vor Entkräftung beinahe übel, da ich schon am vergangenen Tag so wenig zu mir genommen hatte.

Der Speisesaal war ein großer, niedriger, düsterer Raum; auf zwei langen Tischen dampften Schüsseln mit etwas Heißem, von dem jedoch zu meiner Bestürzung ein Geruch ausging, der alles andere als einladend war. Als der Dampf dieses Essens in die Nasen derer drang, die dazu bestimmt waren, es hinunterzuschlingen, erhob sich eine allgemeine Kundgebung der Unzufriedenheit. Aus den vordersten Reihen unserer Prozession, von den großen Mädchen der ersten Klasse, vernahm man die geflüsterten Worte:

»Ekelhaft! Die Haferflocken sind wieder angebrannt!«

»Ruhe!« befahl eine Stimme; es war nicht die von Miß Miller, sondern sie gehörte einer der Oberlehrerinnen, einer kleinen dunklen Person, elegant gekleidet, aber von etwas mürrischem Aussehen, die am oberen Ende des einen Tisches Platz nahm, während eine stattlichere Dame die Aufsicht am anderen Tisch übernommen hatte. Vergebens hielt ich Ausschau nach der Gestalt, die ich am vergangenen Abend zuerst gesehen hatte; sie war nicht sichtbar. Miß Miller nahm den Platz am unteren Ende des Tisches ein, an dem ich saß, und eine eigenartige, fremdländisch aussehende ältere Dame – die Französisch-Lehrerin, wie ich später erfuhr – hatte den entsprechenden Platz am anderen Tisch inne. Ein langes Gebet wurde gesprochen und ein Choral gesungen, dann brachte eine Dienerin etwas Tee für die Lehrerinnen, und die Mahlzeit begann.

Heißhungrig und inzwischen ziemlich entkräftet, schlang ich ein oder zwei Löffel von meiner Portion hinunter, ohne auf den Geschmack zu achten, doch kaum war der erste Hunger gestillt, so bemerkte ich, welch widerliches Zeug vor mir stand. Verbrannter Haferbrei ist beinahe so abscheulich wie verfaulte Kartoffeln. Selbst ein Verhungernder schreckt angeekelt davor zurück. Nur langsam wurden die Löffel in Bewegung gesetzt. Ich sah, wie jedes Mädchen die Speise kostete und versuchte, sie hinunterzuschlucken, aber in den meisten Fällen wurde die Bemühung aufgegeben. Das Frühstück war vorbei, und niemand hatte etwas zu sich genommen. Nachdem das Dankgebet für etwas gesprochen war, was wir nicht bekommen hatten, und ein zweiter Choral heruntergeleiert worden war, begaben sich alle vom Speisesaal in das Schulzimmer zurück. Ich ging als eine der letzten hinaus, und als ich an den Tischen vorüberging, beobachtete ich, wie eine der Lehrerinnen eine Schüssel mit Haferbrei in die Hand nahm und davon kostete. Sie sah die anderen an, ihre Gesichter drückten Mißfallen aus, und eine von ihnen, es war die rundliche Dame, flüsterte:

»Scheußliches Zeug! Es ist eine Schande!«

Ehe der Unterricht wieder begann, verging eine Viertelstunde, während der das Klassenzimmer von großem Lärm erfüllt war. In dieser Zeit schien es erlaubt zu sein, laut und ungeniert zu sprechen, und dieses Vorrecht wurde gehörig ausgenutzt. Alle Gespräche drehten sich um das Frühstück, auf das jede rückhaltlos schimpfte. Die armen Dinger! Es war der einzige Trost, der ihnen blieb. Miss Miller befand sich als einzige Lehrerin noch im Zimmer, eine Gruppe großer Mädchen stand um sie herum. Sie sprachen mit ernsten und mißmutigen Gebärden. Ich hörte, wie einige Male der Name Mr. Brocklehurst fiel, wobei Miss Miller mißbilligend den Kopf schüttelte, doch gab sie sich keine große Mühe, die allgemeine Wut zu unterdrücken. Offensichtlich war sie der gleichen Meinung.

Eine Uhr im Schulzimmer schlug neun. Miss Miller verließ die um sie versammelten Schülerinnen, trat in die Mitte des Raumes und rief:

»Ruhe! Auf die Plätze!«

Die Disziplin setzte sich wieder durch. Nach fünf Minuten kam erneut Ordnung in die verwirrte Schar, und verhältnismäßige Ruhe folgte der »Sprachverwirrung von Babel«. Die Oberlehrerinnen nahmen nun wieder pünktlich ihre alten Plätze ein, doch alle schienen noch auf etwas zu warten. Auf den Bänken an beiden Seiten des Zimmers saßen Schulter an Schulter achtzig Mädchen, bewegungslos und kerzengerade aufgerichtet. Sie boten einen wunderlichen Anblick: alle mit glatt zurückgekämmtem Haar – keine Locke war sichtbar –, in braunen, hochgeschlossenen Kleidern mit einem schmalen Bündchen um den Hals, mit kleinen Leinenbeuteln (etwa in der Form der Holländertäschchen), die vorn am Kleid befestigt waren und als Arbeitstasche dienen sollten. Alle trugen wollene Strümpfe und grobgearbeitete Schuhe mit Messingschnallen. Ungefähr zwanzig der so eingekleideten Schülerinnen waren bereits erwachsene Mädchen oder, besser gesagt, junge Frauen. Die Tracht stand ihnen schlecht und verlieh selbst den hübschesten ein sonderbares Aussehen.

Ich betrachtete sie noch immer und warf zuweilen auch einen prüfenden Blick auf die Lehrerinnen, von denen mir keine so recht gefiel, denn die Rundliche war etwas gewöhnlich, die Dunkle war gar zu hitzig, die Ausländerin mürrisch und absonderlich, und Miss Miller, das arme

Ding, sah purpurrot, mitgenommen und überarbeitet aus. – Da, auf einmal, als meine Blicke von Gesicht zu Gesicht wanderten, erhoben sich plötzlich alle Schüler auf einmal, wie von einer Feder emporgeschnellt.

Was war eigentlich los? Ich hatte keinen Befehl vernommen und stand vor einem Rätsel. Ehe ich zur Besinnung kam, hatten sich alle Mädchen schon wieder gesetzt, aber da aller Augen auf einen Punkt gerichtet waren, folgten auch meine Blicke dieser Richtung und fielen auf die Dame, die mich am vorhergehenden Abend begrüßt hatte. Sie stand am unteren Ende des langen Raumes neben dem Kamin – an jeder Seite brannte nämlich ein Feuer – und musterte ruhig und ernst die beiden Reihen der Mädchen. Miss Miller ging auf sie zu und schien sie etwas zu fragen, dann kehrte sie an ihren Platz zurück und rief laut:

»Aufsicht der ersten Klasse, Globus holen!«

Während der Befehl ausgeführt wurde, schritt die eben befragte Dame langsam durch das Zimmer. Ich glaube, mein Sinn für Verehrung muß besonders stark entwickelt sein, denn ich verspüre noch heute etwas von dem Gefühl bewundernder Ehrfurcht, mit dem meine Blicke ihren Schritten folgten. Jetzt, im hellen Tageslicht, erschien sie groß, hellhäutig und von ebenmäßiger Gestalt. Braune, gütig strahlende Augen und schöngeschwungene lange Wimpern milderten die Blässe ihrer hohen Stirn. Der Mode jener Zeit entsprechend, als weder glatte Strähnen noch lange Ringellocken üblich waren, hatte sie ihr dunkelbraunes Haar an den Schläfen in lange gekräuselte Locken gelegt; ihr Kleid war – ebenfalls nach der Mode jener Zeit – aus dunkelrotem Tuch, dessen Wirkung durch eine Art spanischen Besatz aus schwarzem Samt verstärkt wurde; eine goldene Uhr – damals waren Uhren nicht so allgemein üblich wie heute – glänzte an ihrem Gürtel. Der Leser denke sich, um das Bild zu vervollständigen, noch edle Züge, einen reinen, wenn auch bleichen Teint, eine vornehme Haltung und gemessene Bewegungen hinzu, so wird er sich, wenigstens so deutlich, wie Worte es vermögen, eine richtige Vorstellung von der äußeren Erscheinung Miss Temples machen können – Maria Temple, wie ich später in ein Gebetbuch geschrieben sah, das ich für sie zur Kirche tragen durfte.

Die Leiterin von Lowood – denn das war diese Dame – nahm nunmehr vor dem Globus Platz, der auf einem der Tische stand, versammelte die erste Klasse um sich und begann eine Geographiestunde zu geben. Die unteren Klassen wurden von den Lehrerinnen zusammengerufen. Wiederholungen in Geschichte und Grammatik füllten bei ihnen die Stunde aus; Schreiben und Rechnen folgten, während Miss Temple einigen der älteren Mädchen Musikunterricht erteilte. Die Dauer der einzelnen Stunden wurde nach der Uhr bemessen, bis schließlich die zwölfte Stunde schlug. Die Leiterin erhob sich.

»Ich habe den Schülerinnen noch etwas bekanntzugeben«, sagte sie. Nach Beendigung des Unterrichts hatte sich bereits Lärm erhoben, der sich jedoch beim Klang ihrer Stimme legte. Sie fuhr fort:

»Ihr habt heute morgen ein Frühstück bekommen, das ihr nicht essen konntet. Ihr habt bestimmt Hunger. Ich habe angeordnet, daß ihr alle als zweites Frühstück Käsebrot bekommt.«

Die Lehrerinnen blickten sie etwas erstaunt an.

»Es soll auf meine Verantwortung hin geschehen«, sagte sie erklärend zu den Damen und verließ sofort das Zimmer.

Da wurde auch schon Brot und Käse hereingebracht und verteilt, zum größten Vergnügen und als willkommene Stärkung für die ganze Schule. Dann ertönte der Befehl: »In den Garten!« Jedes Mädchen setzte einen groben Strohhut mit bunten Kalikobändern auf und zog einen grauen Friesmantel an. Ich wurde genauso eingekleidet und folgte der Schar ins Freie.

Der Garten dehnte sich weithin aus. Er war von so hohen Mauern umgeben, daß man nicht die geringste Aussicht hatte. An einer Seite zog sich eine überdachte Veranda hin, und breite Wege umsäumten den mittleren Teil, der in Dutzende von kleinen Beeten aufgeteilt war. Diese Beete waren den Schülerinnen als kleine Gärten zum Bepflanzen überlassen worden, und jedes Beet hatte seine Besitzerin. Wenn sie voller Blumen standen, mochten sie zweifellos hübsch aussehen, aber jetzt, Ende Januar, boten sie einen Anblick winterlicher Vernichtung und trostlosen Verfalls. Mich schauderte, als ich so dastand und um mich blickte. Das unfreundliche Wetter eignete sich gar nicht für einen Aufenthalt im Freien. Wenn es auch nicht ausgesprochen regnerisch war, so verdunkelte doch ein feuchter, gelber Nebel den Tag. Der Boden war von den gestrigen Regengüssen noch völlig aufgeweicht. Die kräftigeren unter den Mädchen liefen umher und trieben Spiele, bei denen sie ständig in Bewegung waren, doch verschiedene blasse und magere Kinder hatten unter der Veranda Schutz gesucht und drängten sich dort zusammen, um sich gegenseitig zu wärmen. Als der dichte Nebel bis zu ihren vor Kälte zitternden Körpern drang, hörte ich oft den unheilverkündenden Klang eines dumpfen Hustens.

Bis jetzt hatte ich noch mit niemandem gesprochen, auch schien mich niemand zu beachten. Einsam genug stand ich da, aber an dieses Gefühl der Abgesondertheit war ich ja gewöhnt, es bedrückte mich nicht sehr. Ich hatte mich an einen Pfeiler der Veranda gelehnt und wickelte meinen grauen Mantel fest um mich. Bemüht, die Kälte zu vergessen, die mich äußerlich erstarren ließ, und den ungestillten Hunger, der mich innerlich quälte, versuchte ich mich meinen Beobachtungen und Gedanken hinzugeben. Meine Überlegungen waren zu vage und unzusammenhängend, als daß sie verdienten, festgehalten zu werden, ich war mir kaum bewußt, wo ich mich befand. Gateshead und mein vergangenes Leben lagen nebelhaft in unermeßlicher Ferne, die Gegenwart war ungewiß und fremd, und über die Zukunft konnte ich keine Vermutungen anstellen. Ich blickte in dem klosterähnlichen Garten umher und dann an dem Haus empor, einem großen Gebäude, von dem die eine Hälfte grau und alt, die andere indessen ganz neu zu sein schien. Dieser neue Teil, in dem sich das Klassenzimmer und der Schlafsaal befanden, wurde durch vergitterte Fenster erhellt, die in der Mitte geteilt waren und dem Gebäude ein kirchenähnliches Aussehen verliehen. Eine steinerne Tafel über dem Eingang trug die Inschrift:

Dieser Teil des Hauses wurde neu errichtet Anno Domini … durch Naomi Brocklehurst von Brocklehurst Hall in dieser Grafschaft.

»Also laßt euer Licht leuchten vor den Leuten, daß sie eure guten Werke sehen und euren Vater im Himmel preisen.«

Matth, 5,16

Immer wieder las ich diese Worte. Ich fühlte, daß sie einer Erklärung bedurften, und war nicht imstande, ihren Sinn ganz zu erfassen. Ich sann immer noch über die Bedeutung des Wortes »Stiftung« nach und bemühte mich, die ersten Worte mit dem Bibelspruch in Verbindung zu bringen, als mich ein hohles Husten hinter mir veranlaßte, mich umzudrehen. Nicht weit von mir sah ich ein Mädchen auf einer Steinbank sitzen; sie hatte den Kopf über ein Buch gebeugt, das sie zu fesseln schien. Von meinem Standort aus konnte ich den Titel erkennen, er lautete *Rasselas* – ein Name, der mir unbekannt und folglich für mich anziehend war. Beim Umwenden eines Blattes sah sie zufällig auf, und ich sprach sie gleich an:

»Ist dein Buch interessant?« Ich hatte mir schon vorgenommen, sie zu bitten, es mir einmal zu leihen.

»Es gefällt mir«, antwortete sie nach einer Pause von ein oder zwei Sekunden, währenddessen sie mich prüfend betrachtete.

»Wovon handelt es denn?« fuhr ich fort. Ich wußte kaum, woher ich die Kühnheit nahm, eine Unbekannte einfach so anzureden, das widersprach ganz meiner Natur und meinen Gewohnheiten. Aber ich glaube, die Tatsache, daß sie las, hatte in mir eine gewisse Sympathie geweckt, denn auch ich las gern Bücher, wenn sie auch wertloser und kindlicher Art waren. Etwas Ernstes oder Gehaltvolles konnte ich weder verstehen noch verarbeiten.

»Du kannst es dir ansehen«, erwiderte das Mädchen und reichte mir das Buch.

Das tat ich auch, doch ein kurzer Blick überzeugte mich, daß der Inhalt weniger anziehend war als der Titel. *Rasselas* erschien meinem oberflächlichen Geschmack langweilig; ich fand gar nichts über Elfen, nichts über Geister. Die engbedruckten Seiten schienen keine heitere Abwechslung zu verheißen. Ich gab ihr das Buch zurück. Sie nahm es schweigend entgegen und wollte sich ohne ein weiteres Wort wieder in ihre Lektüre vertiefen, als ich es noch einmal wagte, sie zu stören:

»Kannst du mir sagen, was die Inschrift auf dem Stein dort über der Tür bedeutet. Was ist ›Stiftung von Lowood‹?«

»Dieses Haus, in dem du nun wohnen wirst.«

»Und warum nennt man es Stiftung? Ist es denn anders als die übrigen Schulen?«

»Es ist zum Teil eine Armenschule. Du und ich und alle übrigen sind Freischülerinnen. Du bist doch sicher eine Waise. Ist nicht dein Vater oder deine Mutter tot?«

»Sie sind beide so früh gestorben, daß ich mich nicht auf sie besinnen kann.«

»Siehst du, alle Mädchen hier haben entweder Vater oder Mutter oder beide Eltern verloren, deshalb heißt dies auch eine Stiftung zur Erziehung von Waisen.«

»Bezahlen wir denn kein Geld? Da werden wir wohl umsonst versorgt?«

»Wir oder unsere Freunde zahlen fünfzehn Pfund jährlich.«

»Warum nennt man uns dann Freischülerinnen?«

»Weil fünfzehn Pfund für Kostgeld und Unterricht nicht ausreichen, und der fehlende Betrag wird durch freiwillige Beiträge aufgebracht.«

»Wer zahlt denn solche Beiträge?«

»Verschiedene wohltätige Damen und Herren aus der Umgebung und aus London.«

»Und wer war Naomi Brocklehurst?«

»Die Dame, die den neuen Teil dieses Hauses gebaut hat, wie auf der Tafel steht, und deren Sohn hier alles überwacht und leitet.«

»Warum?«

»Weil er der Schatzmeister und Verwalter der Stiftung ist.«

»Dann gehört das Haus nicht der großen, schlanken Dame, die eine Uhr trägt und die gesagt hat, daß wir Brot und Käse bekommen sollten?«

»Miss Temple? O nein! Ich wollte, es gehörte ihr, aber sie muß alles, was sie tut, vor Mr. Brocklehurst verantworten. Mr. Brocklehurst kauft alle Nahrung und Kleidung für uns ein.«

»Wohnt er hier?«

»Nein, zwei Meilen von hier in einem großen Herrenhaus.«

»Ist er ein guter Mensch?«

»Er ist ein Geistlicher, und man sagt, daß er viel Gutes tut.«

»Hast du gesagt, die schlanke Dame heißt Miss Temple?«

»Ja.«

»Und wie heißen die anderen Lehrerinnen?«

»Die mit den roten Wangen heißt Miss Smith; sie beaufsichtigt die Arbeit und schneidet zu, denn wir nähen unsere Wäsche und unsere Kleider und Mäntel alle selber. Die kleine mit dem schwarzen Haar ist Miss Scatcherd; sie gibt Geschichte und Grammatik und hört die Aufgaben der zweiten Klasse ab. Und die mit dem Schal, die das Taschentuch mit dem gelben Band an der Seite festgebunden hat, ist Madame Pierrot; sie kommt aus Lille in Frankreich und gibt Französisch.«

»Magst du die Lehrerinnen gern?«

»O doch.«

»Magst du die kleine Schwarze und die Madame...? Ich kann ihren Namen nicht so aussprechen wie du.«

»Miss Scatcherd ist hitzig, du mußt dich davor hüten, sie zu reizen, aber Madame Pierrot ist nicht übel.«

»Aber Miss Temple ist die beste, nicht wahr?«

»Miss Temple ist sehr gut und sehr klug. Sie steht über allen, weil sie viel mehr weiß als die anderen.«

»Bist du schon lange hier?«

»Zwei Jahre.«

»Bist du eine Waise?«

»Meine Mutter ist tot.«

»Bist du glücklich hier?«

»Du stellst zu viele Fragen auf einmal. Ich habe dir für jetzt genug geantwortet und möchte nun wieder lesen.«

In diesem Augenblick aber ertönte die Glocke zum Mittagessen, und alle betraten wieder das Haus. Der Geruch, der jetzt den Speisesaal erfüllte, war kaum appetitanregender als der, an dem sich unsere Nasen beim Frühstück hatten erquicken dürfen. Das Mittagessen wurde in zwei riesigen verzinnten Gefäßen aufgetragen, denen ein starker, nach ranzigem Fett riechender Dampf entstieg.

Ich stellte fest, daß dieses Gericht aus leidlich guten Kartoffeln und seltsamen alten Fleischfetzen bestand. Beides war vermischt und zusammen gekocht worden. Von dieser Mischung erhielt jede Schülerin einen ziemlich gehäuften Teller voll.

Ich aß, soviel ich konnte, und fragte mich im stillen, ob das Essen wohl jeden Tag so sein würde.

Nach dem Mittagessen begaben wir uns sofort nach dem Klassenzimmer. Die Unterrichtsstunden begannen wieder und dauerten bis fünf Uhr.

Das einzige bemerkenswerte Ereignis des Nachmittags war, daß ich sah, wie das Mädchen, mit dem ich auf der Veranda gesprochen hatte, von Miss Scatcherd mit Schande von der Geschichtsstunde ausgeschlossen wurde und sich inmitten des großen Schulzimmers aufstellen mußte. Die Strafe erschien mir in hohem Maße entehrend, besonders für so ein großes Mädchen – sie sah wie dreizehn oder gar noch älter aus. Ich erwartete, daß sie nun sehr entsetzt und beschämt sein würde, doch zu meiner Verwunderung weinte sie nicht und errötete nicht einmal. Gefaßt, wenn auch mit ernster Miene, stand sie vor aller Augen gebrandmarkt da.

»Wie kann sie es nur so ruhig und standhaft ertragen?« fragte ich mich. »Wenn ich an ihrer Stelle wäre, dann würde ich wohl wünschen, daß die Erde sich öffnete und mich verschlänge. Sie sieht aus, als ob sie an etwas denkt, das gar nichts mit ihrer Strafe und ihrer augenblicklichen Lage zu tun hat, an etwas, das nicht um sie herum vorgeht, sondern in weiter Ferne liegt. Ich habe schon von Tagträumen gehört – ob sie sich jetzt in einem solchen Traum befindet? Ihre Augen sind zwar auf den Boden gerichtet, doch ich bin überzeugt, daß sie ihn gar nicht sieht. Ihr Blick scheint nach innen gekehrt, sie sieht in ihr Herz, sie betrachtet Dinge, die in ihrer Erinnerung leben, und nichts, was hier geschieht. Ich möchte bloß wissen, was für ein Mädchen sie ist – ob gut oder böse.«

Bald nach fünf Uhr bekamen wir eine weitere Mahlzeit, die aus einem kleinen Becher Kaffee und einer halben Scheibe Schwarzbrot bestand. Ich verschlang mein Brot und ließ mir meinen Kaffee gut schmecken, aber ich hätte gern doppelt soviel gehabt – ich war immer noch hungrig. Dann folgte eine halbstündige Pause, die Arbeitsstunde, das Glas Wasser mit dem Stück Haferkuchen, das Abendgebet und das Schlafengehen. So verging mein erster Tag in Lowood.

Emily Brontë
Sturmhöhe

Bevor ich hierherkam, begann sie, lebte ich fast immer in Wuthering Heights, denn meine Mutter war die Amme des Mr. Hindley Earnshaw – das war Haretons Vater –, und ich gewöhnte mich daran, mit den Kindern zu spielen. Ich besorgte Botengänge, half beim Heuen und trieb mich auf dem Gut herum, stets bereit für alle Aufträge, die man mir erteilte. An einem schönen Sommermorgen zu Beginn der Ernte kam der alte Herr Earnshaw die Treppe herunter, gerüstet für eine Reise, und nachdem er Joseph gesagt hatte, was im Laufe des Tages erledigt werden mußte, wandte er sich an seinen Sohn: »Nun, mein kleiner Mann, ich gehe heute nach Liverpool, was soll ich dir mitbringen? Du kannst dir aussuchen, was du möchtest, nur leicht muß es sein, denn ich gehe zu Fuß hin und zurück, und sechzig Meilen, das ist eine lange Strecke!« Hindley wünschte sich eine Geige. Dann fragte er Miss Cathy; sie war kaum sechs Jahre alt, aber sie konnte jedes Pferd im Stall reiten, und sie wählte eine Peitsche. Er vergaß auch mich nicht, denn er hatte ein gutes Herz, obwohl er manchmal recht streng sein konnte. Er versprach mir Äpfel und Birnen, dann küßte er seine Kinder, nahm Abschied und machte sich auf den Weg.

Die drei Tage seiner Abwesenheit schienen uns allen eine lange Zeit. Am dritten Abend erwartete ihn Mrs. Earnshaw zum Nachtessen, aber nichts deutete auf sein Kommen, und schließlich wurden die Kinder es müde, zum Tor zu laufen und Ausschau zu halten. Sie wollte sie ins Bett schicken, aber sie bettelten so kläglich, aufbleiben zu dürfen. Erst um elf Uhr wurde die Türklinke leise heruntergedrückt, und herein trat der Herr. Er warf sich ächzend in einen Stuhl und bat sie, ihn vorerst in Ruhe zu lassen, er sei halbtot – nicht um die Welt wollte er wieder einen solchen Marsch machen.

»Und am Ende noch fast zu Tode gehetzt zu werden!« sagte er und öffnete seinen weiten Mantel. »Schau her, Frau! In meinem Leben ist mir nichts so schwer geworden. Aber du mußt es als eine Gabe Gottes nehmen, obwohl es so schwarz ist, als käme es vom Teufel.« Wir drängten uns um ihn. Über den Kopf von Miss Cathy hinweg sah ich ein schmutziges, schwarzhaariges Kind, das gerade groß genug war, um laufen und sprechen zu können; sein Gesicht sah älter aus als dasjenige Catherines. Als es auf die Füße gestellt wurde, starrte es nur umher und plapperte ein Kauderwelsch, das niemand verstand. Ich war entsetzt. Mrs. Earnshaw fuhr auf und fragte, was ihm einfiele, ein solches Zigeunerwesen ins Haus zu bringen, da sie doch ihre eigenen Kinder zu ernähren und zu versorgen hätten. Der Herr versuchte die Angelegenheit zu erklären, aber er war wirklich halbtot vor Müdigkeit. Das einzige, was ich zwischen ihrem Schelten heraushörte, war, daß er das Kind hungernd, heimatlos und fast stumm in den Straßen Liverpools aufgelesen und sich erkundigt hatte, wem es gehöre. Kein Mensch wußte es, und da er wenig Zeit und Geld hatte, hielt er es für besser, es mit sich nach Hause zu tragen, als sich dort unnütze Kosten zu machen, da er sich entschlossen hatte, es nicht seinem Schicksal zu überlassen. Nun, am Ende fügte sich meine Herrin widerwillig, und Mr. Earnshaw befahl mir, den Jungen zu waschen, ihm saubere Sachen zu geben und ihn bei den Kindern schlafen zu lassen.

Hindley und Cathy fingen an, die Taschen ihres Vaters nach den versprochenen Geschenken zu durchsuchen. Hindley war ein Junge von vierzehn Jahren; als er jedoch zu Tage förderte, was einmal eine Geige gewesen, im Mantel aber zu Stücken zerbrochen war, heulte er laut auf. Und als Cathy erfuhr, daß der Herr ihre Peitsche verloren hatte, während er auf den Fremden aufpaßte, zeigte sie ihre Stimmung, indem sie dem Kleinen Grimassen schnitt und ihn anspuckte, bis sie vom Vater eine kräftige Ohrfeige erhielt. Sie weigerten sich entschieden, den Kleinen in ihrem Zimmer zu dulden, und ich war auch nicht vernünftiger und brachte das Findelkind auf dem Treppenabsatz unter, in der Hoffnung, es möge am Morgen verschwunden sein. Zufällig kroch es zu Mr. Earnshaws Tür, der es dort fand, als er sein Zimmer verließ. Nachforschungen wurden angestellt, wie es dort hingeraten war; ich mußte gestehen, und zur Strafe für meine Feigheit und Roheit wurde ich aus dem Hause gewiesen.

Dies war Heathcliffs Einführung in die Familie. Als ich einige Tage später zurückkehrte (denn ich betrachtete meine Verbannung nicht als endgültig), fand ich, daß sie ihn »Heathcliff« getauft hatten; dies war der Name eines Sohnes, der als kleines Kind gestorben war. Miss Cathy und er waren dicke Freunde geworden, aber Hindley haßte ihn und ich ebenfalls. Wir quälten und behandelten ihn schändlich; denn ich war nicht vernünftig genug, meine Ungerechtigkeit zu erkennen, und Mrs. Earnshaw legte nie ein Wort zu seinen Gunsten ein, auch wenn ihm Unrecht geschah.

Es war ein stilles Kind, das vielleicht an schlechte Behandlung gewöhnt war. Hindleys Schläge ertrug er ohne Zucken, und meine Knüffe bewogen ihn nur, den Atem anzuhalten. Diese Duldsamkeit brachte den alten Earnshaw in Wut, wenn er seinen Sohn ertappte, wie er das arme, vaterlose Kind (so nannte er es) verfolgte. Er gewann Heathcliff merkwürdig gern und verwöhnte ihn weit mehr als Cathy.

So hat er von Anfang an Unfrieden in dem Haus erzeugt, und beim Tode von Mrs. Earnshaw, der weniger als zwei Jahre später eintrat, hatte der junge Herr gelernt, in seinem Vater mehr den Unterdrücker als den Freund zu sehen und Heathcliff als einen Eindringling zu betrachten, der sich die Zuneigung seines Vaters und seine Vorrechte erschlichen hatte; und das Nachgrübeln über diese Kränkungen verbitterten ihn. Anfangs stimmte ich mit ihm überein; als aber die Kinder an Masern erkrankten und ich sie pflegen mußte und so die Aufgaben einer Frau übernahm, änderte ich meine Meinung. Heathcliff war todkrank, und während der schlimmsten Zeit wollte er mich ständig an seinem Bett haben: ich glaube, er empfand, daß ich viel für ihn tat, und ahnte nicht, daß es gezwungenermaßen geschah. Eines will ich jedoch sagen: Er war das ruhigste Kind, das je gepflegt wurde. Der Unterschied zwischen ihm und den anderen lehrte mich, weniger parteiisch zu sein. Cathy und ihr Bruder plagten mich entsetzlich; er war geduldig wie ein Lamm, allerdings eher aus Verschlossenheit.

Er genas, und der Doktor lobte meine sorgfältige Pflege. Ich war stolz auf seine Anerkennung, und sie stimmte mich weicher gegen den Jungen; so verlor Hindley seinen letzten Verbündeten. Trotzdem konnte ich Heathcliff nicht lieben, der, soweit ich mich erinnere, seine Bevorzugung nie durch ein Zeichen der Dankbarkeit vergalt. Er war nicht ungezogen gegen seinen Wohltäter, er war nur gleichgültig; obwohl er seine Macht genau kannte und wußte, daß er nur zu sprechen habe, um das ganze Haus seinen Wünschen gefügig zu machen. Zum Beispiel erinnere ich mich, wie Mr. Earnshaw eines Tages auf dem Jahrmarkt ein paar Füllen kaufte und jedem der Knaben eins schenkte. Heathcliff nahm das schönste, aber es lahmte bald; und als er dies entdeckte, sprach er zu Hindley: »Du mußt dein Pferd mit mir tauschen, ich mag meins nicht, und wenn du es nicht tust, erzähle ich deinem Vater, daß du mich diese Woche dreimal geprügelt hast.« Hindley streckte ihm die Zunge heraus und ohrfeigte ihn. »Tu es lieber jetzt gleich«, beharrte Heathcliff und entwischte zur Tür (sie waren im Stall). »Weg, du Hund!« schrie Hindley und drohte ihm mit einem eisernen Gewicht. »Wirf nur«, erwiderte er und stand still, »dann werde ich ihm erzählen, wie du geprahlt hast, du würdest mich vor die Türe setzen, sobald er gestorben ist.« Hindley warf das Gewicht und traf ihn vor die Brust, er fiel hin, taumelte aber sofort wieder in die Höhe, atemlos und bleich; und hätte ich es nicht verhindert, wäre er in dieser Verfassung zum Herrn gegangen und hätte volle Genugtuung gegenüber Hindley erhalten. »Nimm denn mein Füllen, Zigeuner!« sagte der junge Earnshaw, »und ich bete, daß es dir den Hals bricht; und sei verdammt, du bettelhafter Eindringling!«

Heathcliff hatte inzwischen das Tier losgebunden, und er ging hinter ihm her, um es in den eigenen Stand zu führen. Hindley stellte ihm das Bein und rannte davon, so schnell er konnte. Ich staunte, wie kaltblütig sich das Kind aufrichtete, sein Vorhaben weiter ausführte und die Sättel und alles übrige auswechselte. Ich konnte ihn leicht dazu überreden, dem Pferd die Schuld an seinem Sturz zuzuschieben; es war ihm gleichgültig, was für ein Märchen erzählt wurde, da er erreicht hatte, was er wollte. Er beklagte sich überhaupt so selten über solche Auftritte, daß ich wirklich annahm, er sei nicht rachsüchtig; darin irrte ich mich gründlich.

Hans Christian Andersen
Die Prinzessin auf der Erbse

Es war einmal ein Prinz, der wollte eine Prinzessin heiraten, aber es sollte eine wirkliche Prinzessin sein. Nun reiste er in der ganzen Welt herum, um eine solche zu finden, aber überall war etwas im Wege. Prinzessinnen waren schon genug da, aber ob es auch wirkliche Prinzessinnen waren, dahinter konnte er durchaus nicht kommen: immer war da etwas, was nicht stimmte. So kam er denn wieder nach Hause und war ganz betrübt, denn er wollte so gern eine wirkliche Prinzessin haben. Eines Abends gab es ein furchtbares Unwetter; es blitzte und donnerte, der Regen strömte hernieder, es war geradezu entsetzlich. Da klopfte es an das Stadttor, und der alte König ging hin, um zu öffnen. Es war eine Prinzessin, die draußen stand. Aber, mein Gott, wie sah sie von dem Regen und dem bösen Wetter aus! Das Wasser triefte ihr von den Haaren und Kleidern herunter und lief in die Schuhspitzen hinein und aus den Hacken wieder heraus, und sie sagte, sie sei eine wirkliche Prinzessin. ›Nun, das wollen wir bald genug herausbekommen!‹ dachte die alte Königin, sagte aber nichts, ging in das Schlafzimmer, nahm alles Bettzeug ab und legte eine Erbse auf den Boden der Bettstelle. Darauf nahm sie zwanzig Matratzen, legte sie auf die Erbse und dann noch zwanzig Eiderdaunenbetten oben auf die Matratzen. Da sollte die Prinzessin nun des Nachts liegen. Am Morgen fragte man sie, wie sie geschlafen habe. »Oh, entsetzlich schlecht!« sagte die Prinzessin, »ich habe fast die ganze Nacht kein Auge zutun können! Gott weiß, was in meinem Bett gewesen ist? Ich habe auf etwas Hartem gelegen, so daß ich am ganzen Körper braun und blau bin! Es ist wahrhaft entsetzlich!« Daran konnte man denn sehen, daß sie eine wirkliche Prinzessin war, da sie durch die zwanzig Matratzen und die zwanzig Eiderdaunenbetten die Erbse gespürt hatte. So feinfühlig konnte nur eine wirkliche Prinzessin sein! Da nahm der Prinz sie zur Frau, denn nun wußte er, daß er eine wirkliche Prinzessin hatte, und die Erbse kam in das Kunstkabinett, wo sie noch zu sehen ist, wenn niemand sie gestohlen hat. Seht, das war eine wahre Geschichte.

Wer reitet so spät durch Nacht und Wind

Sieben der schönsten deutschen Balladen von Johann Wolfgang Goethe, Friedrich Schiller, Ludwig Uhland, Annette von Droste-Hülshoff, Heinrich Heine

Johann Wolfgang Goethe
Erlkönig

Wer reitet so spät durch Nacht und Wind?
Es ist der Vater mit seinem Kind;
Er hat den Knaben wohl in dem Arm,
Er faßt ihn sicher, er hält ihn warm.

»Mein Sohn, was birgst du so bang dein Gesicht?« –
»Siehst, Vater, du den Erlkönig nicht?
Den Erlenkönig mit Kron und Schweif?« –
»Mein Sohn, es ist ein Nebelstreif.« –

›Du liebes Kind, komm, geh mit mir!
Gar schöne Spiele spiel ich mit dir;
Manch bunte Blumen sind an dem Strand,
Meine Mutter hat manch gülden Gewand.‹

»Mein Vater, mein Vater, und hörest du nicht,
Was Erlenkönig mir leise verspricht?« –
»Sei ruhig, bleibe ruhig, mein Kind!
In dürren Blättern säuselt der Wind.« –

›Willst, feiner Knabe, du mit mir gehn?
Meine Töchter sollen dich warten schön;
Meine Töchter führen den nächtlichen Reihn,
Und wiegen und tanzen und singen dich ein.‹

»Mein Vater, mein Vater, und siehst du nicht dort
Erlkönigs Töchter am düstern Ort?« –
»Mein Sohn, mein Sohn, ich seh es genau:
Es scheinen die alten Weiden so grau.« –

›Ich liebe dich, mich reizt deine schöne Gestalt;
Und bist du nicht willig, so brauch ich Gewalt.‹

»Mein Vater, mein Vater, jetzt faßt er mich an!
Erlkönig hat mir ein Leids getan!« –

Dem Vater grauset's, er reitet geschwind,
Er hält in Armen das ächzende Kind,
Erreicht den Hof mit Mühe und Not;
In seinen Armen das Kind war tot.

Der Zauberlehrling

Hat der alte Hexenmeister
Sich doch einmal wegbegeben!
Und nun sollen seine Geister
Auch nach meinem Willen leben.
Seine Wort' und Werke
Merkt ich und den Brauch,
Und mit Geistesstärke
Tu ich Wunder auch.
Walle! walle
Manche Strecke,
Daß, zum Zwecke,
Wasser fließe
Und mit reichem, vollem Schwalle
Zu dem Bade sich ergieße.

Und nun komm, du alter Besen!
Nimm die schlechten Lumpenhüllen;
Bist schon lange Knecht gewesen;
Nun erfülle meinen Willen!
Auf zwei Beinen stehe,
Oben sei ein Kopf,
Eile nun und gehe
Mit dem Wassertopf!
Walle! walle
Manche Strecke,
Daß, zum Zwecke,
Wasser fließe

Und mit reichem, vollem Schwalle
Zu dem Bade sich ergieße.

Seht, er läuft zum Ufer nieder;
Wahrlich! ist schon an dem Flusse,
Und mit Blitzesschnelle wieder
Ist er hier mit raschem Gusse.
Schon zum zweiten Male!
Wie das Becken schwillt!
Wie sich jede Schale
Voll mit Wasser füllt!
Stehe! stehe!
Denn wir haben
Deiner Gaben
Vollgemessen! –
Ach, ich merk es! Wehe! wehe!
Hab ich doch das Wort vergessen!

Ach, das Wort, worauf am Ende
Er das wird, was er gewesen.
Ach, er läuft und bringt behende!
Wärst du doch der alte Besen!
Immer neue Güsse
Bringt er schnell herein,
Ach! und hundert Flüsse
Stürzen auf mich ein.
Nein, nicht länger
Kann ich's lassen;
Will ihn fassen.
Das ist Tücke!

Ach, nun wird mir immer bänger!
Welche Miene! welche Blicke!

O, du Ausgeburt der Hölle!
Soll das ganze Haus ersaufen?
Seh ich über jede Schwelle
Doch schon Wasserströme laufen.
Ein verruchter Besen,
Der nicht hören will!
Stock, der du gewesen,
Steh doch wieder still!
Willst's am Ende
Gar nicht lassen?
Will dich fassen,
Will dich halten
Und das alte Holz behende
Mit dem scharfen Beile spalten.

Seht, da kommt er schleppend wieder!
Wie ich mich nur auf dich werfe,
Gleich, o Kobold, liegst du nieder;
Krachend trifft die glatte Schärfe.
Wahrlich! brav getroffen!
Seht, er ist entzwei!
Und nun kann ich hoffen,
Und ich atme frei!
Wehe! wehe!
Beide Teile
Stehn in Eile
Schon als Knechte

Völlig fertig in die Höhe!
Helft mir, ach! ihr hohen Mächte!

Und sie laufen! Naß und nässer
Wird's im Saal und auf den Stufen.
Welch entsetzliches Gewässer!
Herr und Meister! hör mich rufen! –
Ach, da kommt der Meister!
Herr, die Not ist groß!
Die ich rief, die Geister,
Werd ich nun nicht los.
»In die Ecke,
Besen! Besen!
Seid's gewesen.
Denn als Geister
Ruft euch nur, zu seinem Zwecke,
Erst hervor der alte Meister.«

Friedrich Schiller
Die Bürgschaft

Zu Dionys, dem Tyrannen, schlich
Damon, den Dolch im Gewande;
Ihn schlugen die Häscher in Bande.
»Was wolltest du mit dem Dolche, sprich!«
Entgegnet ihm finster der Wüterich.
»Die Stadt vom Tyrannen befreien!«
»Das sollst du am Kreuze bereuen.«

»Ich bin«, spricht jener, »zu sterben bereit
Und bitte nicht um mein Leben;
Doch willst du Gnade mir geben,
Ich flehe dich um drei Tage Zeit,
Bis ich die Schwester dem Gatten gefreit;
Ich lasse den Freund dir als Bürgen –
Ihn magst du, entrinn ich, erwürgen.«

Da lächelt der König mit arger List
Und spricht nach kurzem Bedenken:
»Drei Tage will ich dir schenken.
Doch wisse: wenn sie verstrichen, die Frist,
Eh du zurück mir gegeben bist,
So muß er statt deiner erblassen,
Doch dir ist die Strafe erlassen.«

Und er kommt zum Freunde: »Der König gebeut,
Daß ich am Kreuz mit dem Leben
Bezahle des frevelnde Streben;
Doch will er mir gönnen drei Tage Zeit,
Bis ich die Schwester dem Gatten gefreit.
So bleib du dem König zum Pfande,
Bis ich komme, zu lösen die Bande.«

Und schweigend umarmt ihn der treue Freund
Und liefert sich aus dem Tyrannen,
Der andre ziehet von dannen.
Und ehe das dritte Morgenrot scheint,
Hat er schnell dem Gatten die Schwester vereint,
Eilt heim mit sorgender Seele,
Damit er die Frist nicht verfehle.

Da gießt unendlicher Regen herab,
Von den Bergen stürzen die Quellen,
Und die Bäche, die Ströme schwellen.
Und er kommt ans Ufer mit wanderndem Stab –
Da reißet die Brücke der Strudel hinab,
Und donnernd sprengen die Wogen
Des Gewölbes krachenden Bogen.

Und trostlos irrt er an Ufers Rand;
Wie weit er auch spähet und blicket
Und die Stimme, die rufende, schicket –
Da stößet kein Nachen vom sichern Strand,
Der ihn setze an das gewünschte Land,
Kein Schiffer lenket die Fähre,
Und der wilde Strom wird zum Meere.

Da sinkt er ans Ufer und weint und fleht,
Die Hände zum Zeus erhoben:
»O hemme des Stromes Toben!
Es eilen die Stunden, im Mittag steht
Die Sonne, und wenn sie niedergeht
Und ich kann die Stadt nicht erreichen,
So muß der Freund mir erbleichen.«

Doch wachsend erneut sich des Stromes Wut,
Und Welle auf Welle zerrinnet,
Und Stund an Stunde entrinnet.
Da treibt ihn die Angst, da faßt er sich Mut
Und wirft sich hinein in die brausende Flut
Und teilt mit gewaltigen Armen
Den Strom, und ein Gott hat Erbarmen.

Und gewinnt das Ufer und eilet fort
Und danket dem rettenden Gotte;
Da stürzet die raubende Rotte
Hervor aus des Waldes nächtlichem Ort,
Den Pfad ihm sperrend, und schnaubet Mord
Und hemmet des Wanderers Eile
Mit drohend geschwungener Keule.

»Was wollt ihr?« ruft er, vor Schrecken bleich,
»Ich habe nichts als mein Leben,
Das muß ich dem Könige geben!«
Und entreißet die Keule dem nächsten gleich:
»Um des Freundes willen erbarmet euch!«
Und drei mit gewaltigen Streichen
Erlegt er, die andern entweichen.

Und die Sonne versendet glühenden Brand,
Und von der unendlichen Mühe
Ermattet sinken die Kniee:
»O hast du mich gnädig aus Räuberhand,
Aus dem Strom mich gerettet ans heilige Land,
Und soll hier verschmachtend verderben,
Und der Freund mir, der liebende, sterben!«

Und horch! da sprudelt es silberhell
Ganz nahe, wie rieselndes Rauschen,
Und stille hält er, zu lauschen;
Und sieh, aus dem Felsen, geschwätzig, schnell,
Springt murmelnd hervor ein lebendiger Quell,
Und freudig bückt er sich nieder
Und erfrischet die brennenden Glieder.

Und die Sonne blickt durch der Zweige Grün
Und malt auf den glänzenden Matten
Der Bäume gigantische Schatten;
Und zwei Wanderer sieht er die Straße ziehn,
Will eilenden Laufes vorüberfliehn,
Da hört er die Worte sie sagen:
»Jetzt wird er ans Kreuz geschlagen.«

Und die Angst beflügelt den eilenden Fuß,
Ihn jagen der Sorge Qualen;
Da schimmern in Abendrots Strahlen
Von ferne die Zinnen von Syrakus,
Und entgegen kommt ihm Philostratus,
Des Hauses redlicher Hüter,
Der erkennet entsetzt den Gebieter:

»Zurück! du rettest den Freund nicht mehr,
So rette das eigene Leben!
Den Tod erleidet er eben.
Von Stunde zu Stunde gewartet' er
Mit hoffender Seele der Wiederkehr,
Ihm konnte den mutigen Glauben
Der Hohn des Tyrannen nicht rauben.«

»Und ist es zu spät und kann ich ihm nicht
Ein Retter willkommen erscheinen,
So soll mich der Tod ihm vereinen.
Des rühme der blut'ge Tyrann sich nicht,
Daß der Freund dem Freunde gebrochen die Pflicht –
Er schlachte der Opfer zweie
Und glaube an Liebe und Treue!«

Und die Sonne geht unter, da steht er am Tor
Und sieht das Kreuz schon erhöhet,
Das die Menge gaffend umstehet;
An dem Seile schon zieht man den Freund empor,
Da zertrennt er gewaltig den dichten Chor:
»Mich, Henker!« ruft er, »erwürget!
Da bin ich, für den er gebürget!«

Und Erstaunen ergreifet das Volk umher,
In den Armen liegen sich beide
Und weinen vor Schmerzen und Freude.
Da sieht man kein Auge tränenleer,
Und zum Könige bringt man die Wundermär;
Der fühlt ein menschliches Rühren,
Läßt schnell vor den Thron sie führen.

Und blicket sie lange verwundert an;
Drauf spricht er: »Es ist euch gelungen,
Ihr habt das Herz mir bezwungen,
Und die Treue, sie ist doch kein leerer Wahn –
So nehmet auch mich zum Genossen an.
Ich sei, gewährt mir die Bitte,
In eurem Bunde der Dritte.«

Ludwig Uhland
Des Sängers Fluch

Es stand in alten Zeiten ein Schloß so hoch und hehr,
Weit glänzt' es über die Lande bis an das blaue Meer,
Und rings von duft'gen Gärten ein blütenreicher Kranz,
Drin sprangen frische Brunnen in Regenbogenglanz.

Dort saß ein stolzer König, an Land und Siegen reich,
Er saß auf seinem Throne so finster und so bleich;
Denn was er sinnt, ist Schrecken, und was er blickt, ist Wut,
Und was er spricht, ist Geißel, und was er schreibt, ist Blut.

Einst zog nach diesem Schlosse ein edles Sängerpaar,
Der ein' in goldnen Locken, der andre grau von Haar;
Der Alte mit der Harfe, der saß auf schmuckem Roß,
Es schritt ihm frisch zur Seite der blühende Genoß.

Der Alte sprach zum Jungen: »Nun sei bereit, mein
Sohn!
Denk unsrer tiefsten Lieder, stimm an den vollsten Ton!
Nimm alle Kraft zusammen, die Lust und auch den
Schmerz!
Es gilt uns heut, zu rühren des Königs steinern Herz.«

Schon stehn die beiden Sänger im hohen Säulensaal,
Und auf dem Throne sitzen der König und sein Gemahl;
Der König furchtbar prächtig, wie blut'ger Nordlicht-
schein,
Die Königin süß und milde, als blickte Vollmond drein.

Da schlug der Greis die Saiten, er schlug sie wundervoll,
Daß reicher, immer reicher der Klang zum Ohre schwoll,
Dann strömte himmlisch helle des Jünglings Stimme vor,
Des Alten Sang dazwischen, wie dumpfer Geisterchor.

Sie singen von Lenz und Liebe, von sel'ger goldner Zeit,
Von Freiheit, Männerwürde, von Treu und Heiligkeit;
Sie singen von allem Süßen, was Menschenbrust durchbebt,
Sie singen von allem Hohen, was Menschenherz erhebt.

Die Höflingsschar im Kreise verlernet jeden Spott,
Des Königs trotz'ge Krieger, sie beugen sich vor Gott,
Die Königin, zerflossen in Wehmut und in Lust,
Sie wirft den Sängern nieder die Rose von ihrer Brust.

»Ihr habt mein Volk verführet, verlockt ihr nun mein Weib?«
Der König schreit es wütend, er bebt am ganzen Leib,
Er wirft sein Schwert, das blitzend des Jünglings Brust durchdringt,
Draus, statt der goldnen Lieder, ein Blutstrahl hochauf springt.

Und wie vom Sturm zerstoben ist all der Hörer Schwarm,
Der Jüngling hat verröchelt in seines Meisters Arm,
Der schlägt um ihn den Mantel und setzt ihn auf das Roß,
Er bindet ihn aufrecht feste, verläßt mit ihm das Schloß.

Doch vor dem hohen Tore, da hält der Sängergreis,
Da faßt er seine Harfe, sie, aller Harfen Preis,
An einer Marmorsäule, da hat er sie zerschellt,
Dann ruft er, daß es schaurig durch Schloß und Gärten
gellt:

»Weh euch, ihr stolzen Hallen! nie töne süßer Klang
Durch eure Räume wieder, nie Saite noch Gesang,
Nein! Seufzer nur und Stöhnen und scheuer Sklaven-
schritt,
Bis euch zu Schutt und Moder der Rachegeist zertritt!

Weh euch, ihr duft'gen Gärten im holden Maienlicht!
Euch zeig ich dieses Toten entstelltes Angesicht,
Daß ihr darob verdorret, daß jeder Quell versiegt,
Daß ihr in künft'gen Tagen versteint, verödet liegt.

Weh dir, verruchter Mörder! du Fluch des Sängertums!
Umsonst sei all dein Ringen nach Kränzen blut'gen
Ruhms,
Dein Name sei vergessen, in ew'ge Nacht getaucht,
Sei, wie ein letztes Röcheln, in leere Luft verhaucht!«

Der Alte hat's gerufen, der Himmel hat's gehört,
Die Mauern liegen nieder, die Hallen sind zerstört,
Noch *eine* hohe Säule zeugt von verschwundner Pracht,
Auch diese, schon geborsten, kann stürzen über Nacht.

Und rings statt duft'ger Gärten, ein ödes Heideland,
Kein Baum verstreuet Schatten, kein Quell durchdringt
den Sand.
Des Königs Namen meldet kein Lied, kein Heldenbuch,
Versunken und vergessen! das ist des Sängers Fluch.

Annette von Droste-Hülshoff
Der Knabe im Moor

O, schaurig ist's, übers Moor zu gehn,
Wenn es wimmelt vom Heiderauche,
Sich wie Phantome die Dünste drehn
Und die Ranke häkelt am Strauche,
Unter jedem Tritte ein Quellchen springt,
Wenn aus der Spalte es zischt und singt –
O, schaurig ist's, übers Moor zu gehn,
Wenn das Röhricht knistert im Hauche!

Fest hält die Fibel das zitternde Kind
Und rennt, als ob man es jage;
Hohl über die Fläche sauset der Wind –
Was raschelt drüben am Hage?
Das ist der gespenstische Gräberknecht,
Der dem Meister die besten Torfe verzecht;
Hu, hu, es bricht wie ein irres Rind!
Hinducket das Knäblein zage.

Vom Ufer starret Gestumpf hervor,
Unheimlich nicket die Föhre;

Der Knabe rennt, gespannt das Ohr,
Durch Riesenhalme wie Speere;
Und wie es rieselt und knittert darin!
Das ist die unselige Spinnerin,
Das ist die gebannte Spinnlenor,
Die den Haspel dreht im Geröhre!

Voran, voran, nur immer im Lauf,
Voran, als woll es ihn holen!
Vor seinem Fuße brodelt es auf,
Es pfeift ihm unter den Sohlen
Wie eine gespenstige Melodei;
Das ist der Geigenmann ungetreu,
Das ist der diebische Fiedler Knauf,
Der den Hochzeitheller gestohlen!

Da birst das Moor, ein Seufzer geht
Hervor aus der klaffenden Höhle;
Weh, weh, da ruft die verdammte Margret:
»Ho, ho, meine arme Seele!«
Der Knabe springt wie ein wundes Reh;
Wär nicht Schutzengel in seiner Näh,
Seine bleichenden Knöchelchen fände spät
Ein Gräber im Moorgeschwele.

Da mählich gründet der Boden sich,
Und drüben, neben der Weide,
Die Lampe flimmert so heimatlich,
Der Knabe steht an der Scheide.
Tief atmet er auf, zum Moor zurück

Noch immer wirft er den scheuen Blick:
Ja, im Geröhre war's fürchterlich,
O, schaurig war's in der Heide!

Heinrich Heine
Belsazar

Die Mitternacht zog näher schon;
In stiller Ruh' lag Babylon.

Nur oben in des Königs Schloß,
Da flackert's, da lärmt des Königs Troß.

Dort oben in dem Königssaal
Belsazar hielt sein Königsmahl.

Die Knechte saßen in schimmernden Reihn
Und leerten die Becher mit funkelndem Wein.

Es klirrten die Becher, es jauchzten die Knecht',
So klang es dem störrigen Könige recht.

Des Königs Wangen leuchten Glut;
Im Wein erwuchs ihm kecker Mut.

Und blindlings reißt der Mut ihn fort;
Und er lästert die Gottheit mit sündigem Wort.

Und er brüstet sich frech und lästert wild;
Die Knechtenschar ihm Beifall brüllt.

Der König rief mit stolzem Blick;
Der Diener eilt und kehrt zurück.

Er trug viel gülden Gerät auf dem Haupt;
Das war aus dem Tempel Jehovahs geraubt.

Und der König ergriff mit frevler Hand
Einen heiligen Becher, gefüllt bis am Rand.

Und er leert ihn hastig bis auf den Grund,
Und rufet laut mit schäumendem Mund:

»Jehovah! dir künd' ich auf ewig Hohn –
Ich bin der König von Babylon!«

Doch kaum das grause Wort verklang,
Dem König ward's heimlich im Busen bang.

Das gellende Lachen verstummte zumal;
Es wurde leichenstill im Saal.

Und sieh! und sieh! An weißer Wand,
Da kam's hervor wie Menschenhand;

Und schrieb, und schrieb an weißer Wand
Buchstaben von Feuer, und schrieb und schwand.

Der König stieren Blicks dasaß,
Mit schlotternden Knien und totenblaß.

Die Knechtenschar saß kalt durchgraut,
Und saß gar still, gab keinen Laut.

Die Magier kamen, doch keiner verstand
Zu deuten die Flammenschrift an der Wand.

Belsazar ward aber in selbiger Nacht
Von seinen Knechten umgebracht.

Lorelei

Ich weiß nicht, was soll es bedeuten,
Daß ich so traurig bin;
Ein Märchen aus alten Zeiten,
Das kommt mir nicht aus dem Sinn.

Die Luft ist kühl, und es dunkelt,
Und ruhig fließet der Rhein;
Der Gipfel des Berges funkelt
Im Abendsonnenschein.

Die schöne Jungfrau sitzet
Dort oben wunderbar,
Ihr goldnes Geschmeide blitzet,
Sie kämmt ihr goldenes Haar;

Sie kämmt es mit goldenem Kamme
Und singt ein Lied dabei,
Das hat eine wundersame
Gewaltige Melodei.

Den Schiffer im kleinen Schiffe
Ergreift es mit wildem Weh;
Er schaut nicht die Felsenriffe,
Er schaut nur hinauf in die Höh'.

Ich glaube, die Wellen verschlingen
Am Ende Schiffer und Kahn;
Und das hat mit ihrem Singen
Die Lorelei getan.

Theodor Fontane
Der Stechlin

Im Norden der Grafschaft Ruppin, hart an der mecklenburgischen Grenze, zieht sich von dem Städtchen Gransee bis nach Rheinsberg (und noch darüber hinaus) eine mehrere Meilen lange Seenkette durch eine menschenarme, nur hie und da mit ein paar alten Dörfern, sonst aber ausschließlich mit Förstereien, Glas- und Teeröfen besetzte Waldung. Einer der Seen, die diese Seenkette bilden, heißt »*der Stechlin*«. Zwischen flachen, nur an einer einzigen Stelle steil und kaiartig ansteigenden Ufern liegt er da, rundum von alten Buchen eingefaßt, deren Zweige, von ihrer eigenen Schwere nach unten gezogen, den See mit ihrer Spitze berühren. Hie und da wächst ein weniges von Schilf und Binsen auf, aber kein Kahn zieht seine Furchen, kein Vogel singt, und nur selten, daß ein Habicht drüber hinfliegt und seinen Schatten auf die Spiegelfläche wirft. Alles still hier. Und doch, von Zeit zu Zeit wird es an ebendieser Stelle lebendig. Das ist, wenn es weit draußen in der Welt, sei's auf Island, sei's auf Java, zu rollen und zu grollen beginnt oder gar der Aschenregen der hawaiischen Vulkane bis weit auf die Südsee hinausgetrieben wird. Dann regt sich's auch *hier*, und ein Wasserstrahl springt auf und sinkt wieder in die Tiefe. Das wissen alle, die den Stechlin umwohnen, und wenn sie davon sprechen, so setzen sie wohl auch hinzu: »Das mit dem Wasserstrahl, das ist nur das Kleine, das beinah Alltägliche; wenn's aber draußen was Großes gibt, wie vor hundert Jahren in Lissabon, dann brodelt's hier nicht bloß und sprudelt und strudelt, dann steigt statt des Wasserstrahls ein roter Hahn auf und kräht laut in die Lande hinein.«

Das ist der Stechlin, der *See* Stechlin.

Aber nicht nur der See führt diesen Namen, auch der Wald, der ihn umschließt. Und Stechlin heißt ebenso das langgestreckte Dorf, das sich, den Windungen des Sees folgend, um seine Südspitze herumzieht. Etwa hundert Häuser und Hütten bilden hier eine lange, schmale Gasse, die sich nur da, wo eine von Kloster Wutz her heranführende Kastanienallee die Gasse durchschneidet, platzartig erweitert. An ebendieser Stelle findet sich denn auch die ganze Herrlichkeit von Dorf Stechlin zusammen: das Pfarrhaus, die Schule, das Schulzenamt, der Krug, dieser letztere zugleich ein Eck- und Kramladen mit einem kleinen Mohren und einer Girlande von Schwefelfäden in seinem Schaufenster. Dieser Ecke schräg gegenüber, unmittelbar hinter dem Pfarrhause, steigt der Kirchhof lehnan, auf ihm, so ziemlich in seiner Mitte, die frühmittelalterliche Feldsteinkirche mit einem aus dem vorigen Jahrhundert stammenden Dachreiter und einem zur Seite des alten Rundbogenportals angebrachten Holzarm, dran eine Glocke hängt. Neben diesem Kirchhof samt Kirche setzt sich dann die von Kloster Wutz her heranführende Kastanienallee noch eine kleine Strecke weiter fort, bis sie vor einer über einen sumpfigen Graben sich hinziehenden und von zwei riesigen Findlingsblöcken flankierten Bohlenbrücke haltmacht. Diese

Brücke ist sehr primitiv. Jenseits derselben aber steigt das Herrenhaus auf, ein gelbgetünchter Bau mit hohem Dach und zwei Blitzableitern.

Auch dieses Herrenhaus heißt Stechlin, *Schloß* Stechlin.

Etliche hundert Jahre zurück stand hier ein wirkliches Schloß, ein Backsteinbau mit dicken Rundtürmen, aus welcher Zeit her auch noch der Graben stammt, der die von ihm durchschnittene, sich in den See hinein erstreckende Landzunge zu einer kleinen Insel machte. Das ging so bis in die Tage der Reformation. Während der Schwedenzeit aber wurde das alte Schloß niedergelegt, und man schien es seinem gänzlichen Verfall überlassen, auch nichts an seine Stelle setzen zu wollen, bis kurz nach dem Regierungsantritt Friedrich Wilhelms I. die ganze Trümmermasse beiseite geschafft und ein Neubau beliebt wurde. Dieser Neubau war das Haus, das jetzt noch stand. Es hatte denselben nüchternen Charakter wie fast alles, was unter dem Soldatenkönig entstand, und war nichts weiter als ein einfaches *Corps de logis*, dessen zwei vorspringende, bis dicht an den Graben reichende Seitenflügel ein Hufeisen und innerhalb desselben einen kahlen Vorhof bildeten, auf dem, als einziges Schmuckstück, eine große blanke Glaskugel sich präsentierte. Sonst sah man nichts als eine vor dem Hause sich hinziehende Rampe, von deren dem Hofe zugekehrter Vorderwand der Kalk schon wieder abfiel. Gleichzeitig war aber doch ein Bestreben unverkennbar, gerade diese Rampe zu was Besonderem zu machen, und zwar mit Hilfe mehrerer Kübel mit exotischen Blattpflanzen, darunter zwei Aloes, von denen die eine noch gut imstande, die andere dagegen krank war. Aber gerade diese kranke war der Liebling des Schloßherrn, weil sie jeden Sommer in einer ihr freilich nicht zukommenden Blüte stand. Und das hing so zusammen. Aus dem sumpfigen Schloßgraben hatte der Wind vor langer Zeit ein fremdes Samenkorn in den Kübel der kranken Aloe geweht, und alljährlich schossen infolge davon aus der Mitte der schon angegelbten Aloeblätter die weiß und roten Dolden des Wasserliesch oder des *Butomus umbellatus* auf. Jeder Fremde, der kam, wenn er nicht zufällig ein Kenner war, nahm diese Dolden für richtige Aloeblüten, und der Schloßherr hütete sich wohl, diesen Glauben, der eine Quelle der Erheiterung für ihn war, zu zerstören.

Und wie denn alles hier herum den Namen Stechlin führte, so natürlich auch der Schloßherr selbst. Auch *er* war ein Stechlin.

Dubslav von Stechlin, Major a. D. und schon ein gut Stück über Sechzig hinaus, war der Typus eines Märkischen von Adel, aber von der milderen Observanz, eines jener erquicklichen Originale, bei denen sich selbst die Schwächen in Vorzüge verwandeln. Er hatte noch ganz das eigentümlich sympathisch berührende Selbstgefühl all derer, die »schon vor den Hohenzollern da waren«, aber er hegte dieses Selbstgefühl nur ganz im stillen, und wenn es dennoch zum Ausdruck kam, so kleidete sich's in Humor, auch wohl in Selbstironie, weil er seinem ganzen Wesen nach überhaupt hinter alles ein Fragezeichen machte. Sein schönster Zug war eine tiefe, so recht aus dem Herzen kommende Humanität, und Dünkel und Überheblichkeit (während er sonst eine Neigung hatte, fünf gerade sein zu lassen) waren so ziemlich die einzigen Dinge, die ihn empörten. Er hörte gern eine freie Meinung, je drastischer und extremer, desto besser. Daß sich diese Meinung mit der seinigen deckte, lag ihm fern zu wünschen. Beinah das Gegenteil. Paradoxen waren seine Passion. »Ich bin nicht klug genug, selber welche zu machen, aber ich freue mich, wenn's andere tun; es ist doch immer was drin. Unanfechtbare Wahrheiten gibt es überhaupt nicht, und wenn es welche gibt, so sind sie langweilig.« Er ließ sich gern was vorplaudern und plauderte selber gern.

Des alten Schloßherrn Lebensgang war märkisch-herkömmlich gewesen. Von jung an lieber im Sattel als bei den Büchern, war er erst nach zweimaliger Scheiterung siegreich durch das Fähnrichsexamen gesteuert und gleich danach bei den brandenburgischen Kürassieren eingetreten, bei denen selbstverständlich auch schon sein Vater gestanden hatte. Dieser sein Eintritt ins Regiment fiel so ziemlich mit dem Regierungsantritt Friedrich Wilhelms IV. zusammen, und wenn er dessen erwähnte, so hob er, sich selbst persiflierend, gerne hervor, »daß alles Große seine Begleiterscheinungen habe«. Seine Jahre bei den Kürassieren waren im wesentlichen Friedensjahre gewesen; nur Anno vierundsechzig war er mit in Schleswig, aber auch hier, ohne »zur Aktion« zu kommen. »Es kommt für einen Märkischen nur darauf an, überhaupt mit dabeigewesen zu sein; das andre steht in Gottes Hand.« Und er schmunzelte, wenn er dergleichen sagte, seine Hörer jedesmal in Zweifel darüber lassend, ob er's ernsthaft oder scherzhaft gemeint habe. Wenig mehr als ein Jahr vor Ausbruch des vierundsechziger Kriegs war ihm ein Sohn geboren worden, und kaum wieder in seine Garnison Brandenburg eingerückt, nahm er den Abschied, um sich auf sein seit dem Tode des Vaters halb verödetes Schloß Stechlin zurückzuziehen. Hier warteten seiner glückliche Tage, seine glücklichsten, aber sie waren von kurzer Dauer – schon das Jahr darauf starb ihm die Frau. Sich eine neue zu nehmen, widerstand ihm, halb aus Ordnungssinn und halb aus ästhetischer Rücksicht. »Wir glauben doch alle mehr oder weniger an eine Auferstehung« (das heißt, er persönlich glaubte eigentlich nicht daran), »und wenn ich dann oben ankomme mit einer rechts und einer links, so is das doch immer eine genierliche Sache.« Diese Worte – wie denn der Eltern Tun nur allzu häufig der Mißbilligung der Kinder begegnet – richteten sich in Wirklichkeit gegen seinen dreimal verheiratet gewesenen Vater, an dem er überhaupt allerlei Großes und Kleines auszusetzen hatte, so beispielsweise auch, daß man ihm, dem Sohne, den pommerschen Namen »Dubslav« beigelegt hatte. »Gewiß, meine Mutter war eine Pommersche, noch dazu von der Insel Usedom, und ihr Bruder, nun ja, der hieß Dubslav. Und so war denn gegen den Namen schon um des Onkels willen nicht viel einzuwenden, und um so weniger, als er ein Erbonkel war. (Daß er mich schließlich schändlich im Stich gelassen, ist eine Sache für sich.) Aber trotzdem bleib ich dabei, solche Namensmanscherei verwirrt bloß. Was ein Märkischer ist, der muß Joachim heißen oder Woldemar. Bleib im Lande und taufe dich redlich. Wer aus Friesack is, darf nicht Raoul heißen.«

Dubslav von Stechlin blieb also Witwer. Das ging nun schon an die dreißig Jahre. Anfangs war's ihm schwer geworden, aber jetzt lag alles hinter ihm, und er lebte *comme philosophe* nach dem Wort und Vorbild des großen Königs, zu dem er jederzeit bewundernd aufblickte. Das war sein Mann, mehr als irgendwer, der sich seitdem einen Namen gemacht hatte. Das zeigte sich jedesmal, wenn ihm gesagt wurde, daß er einen Bismarckkopf habe. »Nun ja, ja, den hab ich; ich soll ihm sogar ähnlich sehen. Aber die Leute sagen es immer so, als ob ich mich dafür bedanken müßte. Wenn ich nur wüßte, bei wem; vielleicht beim lieben Gott, oder am Ende gar bei Bismarck selbst. Die Stechline sind aber auch nicht von schlechten Eltern. Außerdem, ich für meine Person, ich habe bei den sechsten Kürassieren gestanden, und Bismarck bloß bei den siebenten, und die kleinere Zahl ist in Preußen bekanntlich immer die größere – ich bin ihm also einen über. Und Friedrichsruh, wo alles jetzt hinpilgert, soll auch bloß 'ne Kate sein. Darin sind wir uns also gleich. Und solchen See wie den Stechlin, nu, den hat er schon ganz gewiß nicht. So was kommt überhaupt bloß selten vor.«

Gottfried Keller
Judith und Anna

Oft, am Morgen oder am Abend, stand ich auf der Höhe über dem tiefen See, wo unten der Schulmeister mit seinem Töchterchen wohnte, oder ich hielt mich auch einen ganzen Tag an einer Stelle des Abhanges auf, unter einer Buche oder Eiche, und sah das Haus abwechselnd im Sonnenscheine oder im Schatten liegen; aber je länger ich zauderte, desto weniger konnte ich es über mich gewinnen, hinabzugehen, da mir das Mädchen fortwährend im Sinne lag und ich deshalb glaubte, man würde mir auf der Stelle ansehen, daß ich seinetwegen käme. Meine Gedanken hatten von der feinen Erscheinung Annas plötzlich so vollständigen Besitz ergriffen, daß ich alle Unbefangenheit ihr gegenüber im gleichen Augenblicke verlor und mit vorwitziger Ziererei von ihrer Seite sofort das gleiche voraussetzte. Indem ich jedoch mich nach dem Wiedersehen sehnte, war mir die Zwischenzeit und meine Unentschlossenheit gar nicht peinlich und unerträglich, vielmehr gefiel ich mir in diesem gedanken- und erwartungsvollen Zustande und sah einem zweiten Begegnen eher mit Unruhe entgegen. Wenn meine Basen von ihr sprachen, tat ich, als hörte ich es nicht, indessen ich doch nicht von der Stelle wich, solange das Gespräch dauerte, und wenn sie mich fragten, ob es denn nicht ein allerliebstes Kind sei, erwiderte ich ganz trocken: »Ja, gewiß!«

Auf meinen Wegen war ich häufig am Hause der schönen Judith vorübergekommen, und da ich eben deswegen, weil sie ein schönes Weib war, auch einige Befangenheit fühlte und Anstand nahm einzutreten, von ihr gebieterisch hereingerufen und festgehalten worden. Nach der Weise der aufopfernden und nimmermüden alten Frauen und auch aus unentbehrlicher Gewohnheit befand sich ihre Mutter beinahe immer auf dem warmen Felde, während die kräftige Tochter das leichtere Teil erwählte und im kühlen Haus und Garten gemächlich waltete. Deswegen war diese bei gutem Wetter regelmäßig allein zu Hause und sah es gern, wenn jemand, den sie leiden mochte, bei ihr vorkehrte und mit ihr plauderte. Als sie meine Malerkünste entdeckt hatte, trug sie mir sogleich auf, ihr ein Blumensträußchen zu malen, welches sie mit Zufriedenheit in ihr Gesangbuch legte. Sie besaß ein kleines Stammbüchelchen von der Stadt her, das nur zwei oder drei Inschriften und eine Menge leerer Blätter mit Goldschnitt enthielt; von diesen gab sie mir bei jedem Besuche einige, daß ich eine Blume oder ein Kränzchen darauf male (Farben und Pinsel hatte ich schon bei ihr zurückgelassen und sie verwahrte dieselben sorgfältig); dann wurde ein Vers oder witziger Spruch darunter geschrieben und ihr Kirchenbuch mit solchen Bildchen, die ich in wenigen Minuten anfertigte, gefüllt. Die Verse wurden einer großen Sammlung bedruckter Papierstreifchen entnommen, welche sie als Überbleibsel früher genossenen Zuckerzeuges aufbewahrte. Durch diesen Verkehr war ich heimisch und vertraut bei ihr geworden und, indem ich immer an die junge Anna dachte, hielt ich mich gern bei der schönen Judith auf, weil ich in jener unbewußten Zeit ein Weib für das andere nahm und nicht im mindesten eine Untreue zu begehen glaubte, wenn ich im Anblicke der entfalteten vollen Frauengestalt behaglicher an die abwesende zarte Knospe dachte, als anderswo, ja als in Gegenwart dieser selbst. Manchmal traf ich sie am Morgen, wie sie ihr üppiges Haar kämmte, welches geöffnet bis auf ihre Hüften fiel. Mit dieser wallenden Seidenflut fing ich neckend an zu spielen, und Judith pflegte bald, ihre Hände in den Schoß legend, den meinigen ihr schönes Haupt zu überlassen und lächelnd die Liebkosungen zu erdulden, in welche das Spiel allmählich überging. Das stille Glück, welches ich dabei empfand, nicht fragend, wie es entstanden und wohin es führen könne, wurde mir Gewohnheit und Bedürfnis, daß ich bald täglich in das Haus huschte, um eine halbe Stunde dort zuzubringen, eine Schale Milch zu trinken und der lächelnden Frau die Haare aufzulösen, selbst wenn sie schon geflochten waren. Dies tat ich aber nur, wenn sie ganz allein und keine Störung zu befürchten war, so wie sie auch nur dann es sich gefallen ließ, und diese stillschweigende Übereinkunft der Heimlichkeit lieh dem ganzen Verkehr einen süßen Reiz.

So war ich eines Abends, vom Berge kommend, bei ihr eingekehrt; sie saß hinter dem Hause am Brunnen und hatte soeben einen Korb grünen Salat gereinigt; ich hielt ihre Hände unter den klaren Wasserstrahl, wusch und rieb dieselben, wie einem Kinde, ließ ihr kalte Wassertropfen in den Nacken träufeln und spritzte ihr solche endlich mit unbeholfenem Scherze ins Gesicht, bis sie mich beim Kopfe nahm und ihn auf ihren Schoß preßte, wo sie ihn ziemlich derb zerarbeitete und walkte, daß mir die Ohren sausten.

Obgleich ich diese Strafe halb und halb bezweckt hatte, wurde sie mir doch zu arg; ich riß mich los und faßte meine Feindin, nach Rache dürstend, nun meinerseits beim Kopfe. Doch leistete sie, indem sie immer sitzen blieb, so kräftigen Widerstand, daß wir beide zuletzt heftig atmend und erhitzt den Kampf aufgaben und ich, beide Arme um ihren weißen Hals geschlungen, ausruhend an ihr hangen blieb; ihre Brust wogte auf und nieder, indessen sie, die Hände erschöpft auf ihre Knie gelegt, vor sich hin sah. Meine Augen gingen den ihrigen nach in den roten Abend hinaus, dessen Stille uns umfächelte; Judith saß in tiefen Gedanken versunken und verschloß, die Wallung ihres aufgejagten Blutes bändigend, in ihrer Brust innere Wünsche und Regungen fest vor meiner Jugend, während ich, unbewußt des brennenden Abgrundes, an dem ich ruhte, mich arglos der stillen Seligkeit hingab und in der durchsichtigen Rosenglut des Himmels das feine, schlanke Bild Annas auftauchen sah. Denn nur an sie dachte ich in diesem Augenblicke; ich ahnte das Leben und Weben der Liebe, und es war mir, als müßte ich nun das gute Mädchen alsogleich sehen. Plötzlich riß ich mich los und eilte nach Hause, von wo mir der schrille Ton einer Dorfgeige entgegenklang. Sämtliche Jugend war in dem geräumigen Saale versammelt und benutzte den kühlen, müßigen Abend, nach den Weisen des herbeigerufenen Geigers sich gegenseitig im Tanzen zu unterrichten und zu üben; denn die älteren Glieder der Sippschaft befanden für gut, auf die Feste des nahenden Herbstes den jüngeren Nachwuchs vorzubereiten und dadurch sich selbst ein vorläufiges Tanzvergnügen zu verschaffen. Als ich in den Saal trat, wurde ich aufgefordert, sogleich teilzunehmen, und indem ich mich fügte und unter die lachenden Reihen mischte, ersah ich plötzlich die errötende Anna, welche sich unter denselben versteckt hatte. Da war ich sehr zufrieden und innerlich hoch vergnügt; aber obgleich schon Wochen vergangen, seit ich sie zum ersten Male gesehen, ließ ich meine Zufriedenheit nicht merken und entfernte mich, nachdem ich sie kurz begrüßt, wieder von ihr, und als meine Basen mich aufforderten, mit ihr, die gleichfalls anfing, einen Tanz zu tun, suchte ich ungefällig und unter tausend Ausflüchten auszuweichen. Dieses half nichts; widerstrebend fügten wir uns endlich und tanzten, einander nicht ansehend und uns kaum berührend, etwas ungeschickt und beschämt einmal durch den Saal. Ungeachtet es mir schien, als ob ich einen jungen Engel an der Hand führte und im Paradiese herumwalzte, trennten wir uns doch nach der Tour so schleunig wie Feuer und Wasser und waren im selben Augenblicke an den entgegengesetzten Enden des Saales zu sehen. Ich, der kurz vorher unbefangen und mutwillig die Wangen der großen und schönen Judith zwischen meine Hände gepreßt, hatte jetzt gezittert, die schmale, fast wesenlose Gestalt des Kindes zu umfangen, und diese fahren lassen wie ein glühendes Eisen. Sie verbarg sich ihrerseits wieder hinter die fröhlichen Mädchen und ließ sich so wenig mehr in die Reihen bringen als ich; hingegen bestrebte ich mich, meine Worte an die Gesamtheit zu richten und so zu stellen, daß sie von Anna auch hingenommen werden mußten, und bildete mir ein, sie meine es mit den wenigen Wörtchen, die sie hören ließ, ebenfalls so.

Nun wurde verabredet, daß die Tanzübungen mehrere

Male wiederholt werden sollten. Für jetzt aber war es notwendig, da es dunkel geworden, daß jemand die Anna nach Hause begleite, und dazu wurde ich ausersehen. Diese Kunde klang mir zwar wie Musik, doch drängte ich mich nicht sonderlich vor; denn es erwachte ein Stolz in mir, der es mir fast unmöglich machte, gegen das junge Ding freundlich zu tun, und je lieber ich es in meinem Herzen gewann, desto mürrischer und unbeholfener wurde mein Äußeres. Das Mädchen aber blieb immer gleich, ruhig, bescheiden und fein, und band gelassen seinen breiten Strohhut um, auf welchem eine Rose lag; der Nachtkühle wegen brachte die Muhme einen prachtvollen weißen Staatsschal aus alter Zeit mit Astern und Rosen besäet, den man um ihr blaues, halb ländliches Kleid schlug, daß sie mit ihren Goldhaaren und dem feinen Gesichtchen aussah wie eine junge Engländerin aus den Neunzigerjahren.

Die übrigen riefen, ich müßte sie durchaus am Arme führen, da wir so feine Stadtleutchen seien; ich glaubte dies und schob meinen Arm in den ihrigen, sie zog ihn rasch zurück und faßte mich unter den Arm, sanft, aber entschieden, indem sie lächelnd nach dem spottenden Volke zurücksah; ich merkte meinen Fehler und schämte mich dergestalt, daß ich ohne zu sprechen den Berg hinanstürmte und das arme Kind mir beinahe nicht folgen konnte. Sie ließ sich dies nicht ansehen, sondern schritt tapfer aus, und sobald wir allein waren, fing sie ganz geläufig und sicher an zu plaudern über die Wege, welche sie mir zeigen mußte, über das Feld, wem diese und jene Parzelle gehöre und wie es hier und dort vor wenigen Jahren noch gewesen sei. Ich wußte wenig zu erwidern, während ich aufmerksam zuhörte und jedes Wort wie einen Tropfen Muskatwein verschlang; meine Eile hatte schon nachgelassen, als wir die Höhe des Berges erreichten und auf seiner Ebene gemächlich dahingingen. Der funkelnde Sternhimmel hing weit gebreitet über dem Lande, und doch war es dunkel auf dem Berge, und die Dunkelheit band uns näher zusammen, da wir, unsere Gesichter kaum sehend, einander auch besser zu hören glaubten, wenn wir uns fest zusammenhielten. Das Wasser rauschte vertraulich im fernen Tale, hie und da sahen wir ein mattes Licht auf der dunklen Erde glimmen, welche sich massenhaft mit ihren schwarzen Schatten vom Himmel sonderte, der sie am Rande mit einem blassen Dämmerlicht umgab. Ich beachtete dies alles, lauschte den Worten meiner Begleiterin und bedachte zugleich für mich meine Freude und meinen Stolz, eine Geliebte am Arme zu führen, als welche ich sie ein für allemal betrachtete. Wir sprachen nun ganz munter und aufgeräumt von tausend Dingen, von gar nichts, dann wieder mit wichtigen Worten von unseren gemeinsamen Verwandten und ihren Verhältnissen, wie alte kluge Leute. Je näher wir ihrer Wohnung kamen, deren Licht bereits in der Tiefe glühte wie ein Leuchtwurm, desto sicherer und lauter wurde Anna; ihre Stimme klingelte unaufhörlich und fein, gleich einem fernen Vesperglöckchen; ich setzte ihren artigen Einfällen die besten meiner eigenen Erfindung entgegen, und doch hatten wir uns den ganzen Abend noch nie unmittelbar angeredet und das Du war seit jenem einen Male nie mehr zwischen uns gefallen. Wir hüteten es, wenigstens ich, im Herzen gleich einem goldenen Sparpfennige, den man auszugeben gar nicht nötig hat; oder es schwebte wie ein Stern weit vor uns in neutraler Mitte, nach welchem sich unsere Reden und Beziehungen richteten und sich dort vereinigten, wie zwei Linien in einem Punkte, ohne sich vorher unzart zu berühren. Erst als wir in der Stube waren und ihren sie erwartenden Vater begrüßt hatten, nannte sie, die Ereignisse des Abends froh erzählend, beiläufig ganz unbefangen meinen Namen, so oft es erforderlich war, und nahm, unter dem Schutze des Vaterhauses, wo sie sich geborgen fühlte wie eine Taube im Neste, unbesehen das Wörtchen Du hervor und warf es unbekümmert hin, daß ich es nur aufzunehmen und ebenso arglos zurückzugeben brauchte.

Anna übergab mir den Schal, den ich wieder zurücktragen sollte; dann leuchtete sie mir vor das Haus und sagte adieu mit jenem angenehmen Tone, der ein anderer ist nach einer stillschweigend geschlossenen Freundschaft, als vorher. Kaum war ich aus dem Bereiche des Hauses, so schlug ich das blumige weiche Tuch, das mir eine Wolke des Himmels zu sein dünkte, um Kopf und Schultern und tanzte darin wie ein Besessener über den nächtlichen Berg. Als ich auf seiner Höhe war unter den Sternen, schlug es unten im Dorfe Mitternacht; die Stille war nun nah und fern so tief geworden, daß sie in ein geisterhaftes Getöse überzugehen schien, und nur, wenn sich diese Täuschung zerstreute und man gesammelt horchte, rauschte und zog unten der Fluß. Ein seliger Schauer schien, als ich einen Augenblick stand wie festgebannt, rings vom Gesichtskreise heranzuzittern an den Berg in immer engeren Zirkeln bis dicht an mein Herz. Ich entledigte mich andächtig meiner närrischen

Umhüllung, legte sie zusammen, stieg träumend den Abhang hinunter und fand den Weg nach Hause, ohne auf ihn achtzugeben.

Fjodor Dostojewskij
Weiße Nächte

Es war eine wundervolle Nacht, die es wohl nur geben kann, wenn wir noch jung sind, mein lieber Leser. Der Himmel war sternklar, es war ein so heller Himmel, daß ein jeder, der ihn anblickte, sich unwillkürlich die Frage stellen mußte: ob es denn wirklich möglich sei, daß unter solch einem Himmel gewisse böse und launische Menschen leben dürften? Allein auch diese Frage ist eine junge Frage, mein lieber Leser, eine sehr junge, doch lege der Herr diese Frage öfters in Ihre Seele! ... Da ich von verschiedenen launigen und zornigen Personen sprach, mußte ich mich unwillkürlich auch an meine tugendhafte Aufführung im Verlaufe dieses ganzen Tages erinnern. Schon vom frühen Morgen an quälte mich eine erstaunliche Schwermut. Es kam mir plötzlich so vor, als ob alle mich, den Einsamen, verließen und als wenn alle Menschen mir auswichen. Freilich hat jetzt ein jeder das Recht zu fragen, wer denn all diese Menschen seien? Denn es sind ja schon acht Jahre, daß ich in diesem Petersburg lebe und noch so gut wie keine einzige Bekanntschaft geschlossen habe. Allein wozu auch Bekanntschaften? Mir ist ohnehin ganz Petersburg bekannt; darum eben kam es mir auch so vor, als ob alle mich verließen, denn ganz Petersburg hatte sich aufgemacht und war plötzlich in die Sommerfrische fortgefahren. Es war mir schrecklich, so ganz allein zurückzubleiben und drei Tage lang irrte ich durch die Stadt in tiefer Schwermut und begriff ganz und gar nicht, was mit mir vorging. Ob ich nun über den Newskij schritt, oder in einen Garten einkehrte, oder an den Uferkais spazierenging – von all den Gesichtern, denen ich immer das ganze Jahr über am gleichen Fleck zur gleichen Stunde begegnete, war keines mehr da. Sie kennen mich freilich nicht, dafür kenne ich sie. Ich kenne sie sogar sehr genau, ich habe ihre Physiognomien studiert und freue mich mit ihnen, wenn sie lustig sind, und werde melancholisch, wenn sie sich verdüstert haben. Mit einem alten Manne, dem ich jeden Tag zur bestimmten Stunde auf der Fontanka begegne, bin ich sogar fast befreundet. Er hat ein würdevolles und nachdenkliches Gesicht; er brummt immer vor sich hin und schwenkt die linke Hand, in der rechten aber hält er einen langen Stock mit einem goldnen Knauf. Er hat mich ebenfalls schon lange bemerkt und nimmt an mir seelischen Anteil. Ich bin überzeugt, daß, wenn ich nicht um die bestimmte Stunde an der gleichen Stelle auf der Fontanka erscheine, der alte Herr melancholisch wird. Aus diesem Grunde geschieht es, daß wir einander manchmal fast grüßen, besonders, wenn wir beide gleichzeitig guter Laune sind. Als wir uns unlängst zwei Tage lang nicht gesehen hatten und uns erst am dritten Tag begegneten, griffen wir schon nach den Hüten, allein da besannen wir uns noch zum guten Glück, ließen die Hände sinken und schritten lediglich teilnahmsvoll aneinander vorüber. Ich habe auch Häuser, mit denen ich gut bekannt bin. Wenn ich so meines Weges gehe, ist es fast, als eilten sie aus ihrer Häuserreihe, um mich zu begrüßen, sie schauen mich mit all ihren

Fenstern an, und es macht fast den Eindruck, als wollten sie sprechen: »Guten Tag, wie geht es Ihnen? Ich meinerseits bin Gott sei Dank gesund, aber im Monat Mai wird mir ein neues Stockwerk aufgesetzt werden.« Oder: »Wie geht es Ihnen? Mich will man morgen in Reparatur geben.« Oder: »Ich bin fast abgebrannt und habe mich darüber sehr erschreckt«, und so weiter. Unter den Häusern gibt es manche, die ich besonders gern habe, und manche, mit denen ich nah befreundet bin; eines von diesen hat die Absicht, sich in diesem Sommer zu einem Architekten in Kur zu begeben. Ich werde jeden Tag an ihm vorübergehen, damit man es nicht absichtlich falsch behandle, bewahre es Gott davor!... Niemals aber werde ich die Geschichte mit dem niedlichen hellrosa Häuschen vergessen. Es war so ein liebes Steinhäuschen, so herzlich schaute es mich immer an und schaute gleichzeitig so hochmütig auf seine plumpen Nachbarn, daß mein Herz stets lustig wurde, wann immer ich auch daran vorüberging. In der vorigen Woche nun schritt ich durch jene Straße und hörte, kaum daß ich mich nach meinem Freunde umgesehen, einen jämmerlichen Schrei: »Man streicht mich mit gelber Farbe an!« Bösewichte! Barbaren! Sie verschonten nichts: die Kolonnen nicht, noch die Karniese, und so wurde denn mein Freund gelb, gelb wie ein Kanarienvogel. Mir trat fast die Galle über, und bis jetzt habe ich immer noch nicht die Kraft gefunden, den armen Entstellten wiederzusehen, den man mit der Farbe des Reiches der Mitte angestrichen hat. Und somit hoffe ich denn, mein lieber Leser, daß Sie jetzt verstehen, auf welche Art ich mit ganz Petersburg bekannt bin.

Ich erzählte bereits, daß mich eine Unruhe drei Tage

lang quälte, bevor ich endlich auf ihren Grund kam. Auf der Straße fühlte ich mich nicht wohl (der eine war nicht da, der andre nicht und wo mochte wohl jener stecken?) – und auch zu Hause war ich ganz aus dem Häuschen. Zwei Abende lang beschäftigte mich die Frage, was es wohl sei, das mir in meinem Winkel fehle? Warum wohl war es mir so ungemütlich, darin zu verweilen? – Und mit Erstaunen blickte ich mich in meinen grünen, ziemlich rauchgeschwärzten Wänden um, ich sah die Decke an, die von Spinnweben übersät war, zu deren Vermehrung Matrjona mit solchem Erfolge tätig war, ich schaute alle Möbel an und musterte einen jeden Stuhl, ob er nicht vielleicht an allem schuld sei? (denn wenn auch nur ein Stuhl in meiner Wohnung anders steht, bin ich immer ganz außer mir) ich sah durchs Fenster, allein es war umsonst... es wurde dadurch nicht leichter! Ich ging sogar so weit, daß ich Matrjona hereinrief und ihr wegen der Spinnweben sowohl, als auch wegen ihrer allgemeinen Unordentlichkeit einen väterlichen Vorwurf machte; allein sie sah mich nur erstaunt an und ging hinaus, ohne ein Wort zu entgegnen, so daß die Spinnweben bis zur heutigen Stunde immer noch wohlbehalten am gleichen Fleck kleben. Erst heute morgen erriet ich endlich, um was es sich handelte. Aha! Ja, sie kneifen ja alle vor mir in die Sommerfrische aus! Verzeihen Sie das triviale Wort, allein mir war wirklich nicht nach erhabenem Stil zumute... da einfach alles, was in Petersburg lebte, entweder aufs Land gezogen war, oder sich anschickte, dorthin zu ziehen; da ein jeder respektabler Herr soliden Aussehens, der eine Droschke nahm, sich in meinen Augen sogleich in einen respektablen Familienvater verwandelte, der nach der Ausübung seiner alltäglichen Pflichten sich, so wie er ist, aufs Land in den Schoß seiner Familie begibt; und da ferner ein jeder Vorübergehende einen so völlig besonderen Anblick bot, als wollte er denen, die ihm begegneten, sagen: »Wir, meine Herren, wir weilen hier nur so, nur vorübergehend, denn nach zwei Stunden gedenken wir aufs Land zu fahren.« Wenn sich irgendwo ein Fenster öffnete, an dessen Scheibe dünne, fast zuckerweiße Fingerchen kurz zuvor getrommelt hatten und sich der Kopf eines hübschen Mädchens zeigte, das den Verkäufer mit den Blumentöpfen herbeirief, dann schwante mir im gleichen Augenblick, daß diese Blumen nur so gekauft werden, das heißt, keineswegs aus dem Grunde, damit jemand sich in einer stickigen Stadtwohnung am Frühling und seinen Blüten erfreuen könnte, sondern daß alle sich aus dieser Wohnung sehr bald aufs Land begeben und die Blumen dorthin mitnehmen werden. Doch nicht genug damit, ich machte schon bald in dieser meiner neuen und so besonderen Art von Entdeckungen solche Fortschritte, daß ich alsbald nach dem Aussehen eines jeden Menschen fehlerlos beurteilen konnte, in welcher Sommerfrische er lebte. Die Bewohner der Stein- und Apothekerinsel oder der Poststraße nach Peterhof zeichnen sich durch eine studierte Feinheit des Benehmens und durch stutzerhafte Sommergewänder aus, auch haben sie immer prächtige Wagen, mit denen sie zur Stadt gefahren kommen. Die Bewohner von Pargolowo und jene, die noch entfernter lebten, flößten mir schon beim ersten Anblick durch ihre Vernunft und Solidität Respekt ein; jene jedoch, die die Krestowskij-Insel besuchen, zeichnen sich durch ein unerschütterlich heiteres Aussehen aus. Und wenn ich dann den langen Prozessionen von Lastkutschern begegnete, die faul, mit den Zügeln in der Hand, neben ihren Lastfuhrwerken schritten, auf denen ganze Berge aller nur erdenklichen Möbel, Tische, Stühle, türkischer und nicht türkischer Divans und sonstiger Hausgeräte ragten, wobei sehr häufig über all diesem auf dem Gipfel des Fuhrwerks die besorgte Köchin, die das herrschaftliche Eigentum wie ihren Augapfel hütete, zu thronen pflegte; oder wenn ich die mit Hausrat schwer beladenen Barken betrachtete, die auf der Newa, oder auf der Fontanka bis zum Schwarzen Flüßchen oder bis zu den Inseln schwammen – die Lastfuhrwerke und Barken verzehnfachten sich alsbald, ja, sie verhundertfachten sich in meinen Augen; und mir war, es hätte sich alles aufgemacht und sei auf der Fahrt, mir war, als zöge alles in ganzen Karawanen aufs Land; es schien mir, daß ganz Petersburg zur Wüste werden müßte, so daß mich schließlich ein beschämtes, beleidigtes und betrübtes Gefühl überkam; ich allein hatte absolut keine Möglichkeit, mich ebenfalls in die Sommerfrische zu begeben und hätte auch ganz und gar nicht gewußt, wohin? Ich wäre bereit gewesen, mit einem jeden der Lastfuhrwerke fortzuziehen; mit einem jeden Herrn von respektablem Aussehen, der sich eine Droschke nahm, fortzufahren; allein nicht einer, kein einziger dachte daran, mich einzuladen; es war, als hätten alle mich vergessen, ganz so, als wäre ich in der Tat für alle ein Fremder gewesen!

Ich zog so lange und so viel durch die Straßen, daß ich endlich nach meiner Gewohnheit vergessen hatte, wo ich war, als ich mich plötzlich an der Stadtgrenze befand. Mit einem Male wurde ich heiter, ich ließ den Schlagbaum hinter mir und schritt durch Saatfelder und Wiesen hin, ich fühlte keine Müdigkeit mehr, sondern spürte mit meinem ganzen Körper, daß irgendeine Last von meiner Seele fiel. Alle Vorüberfahrenden schauten mich so freundlich an, als wollten sie mich grüßen; alle waren so froh und alle bis auf einen rauchten Zigarren. Und auch ich war so froh, wie es mir noch niemals bis dahin geschehen war. Die Natur berührte mich, den halbkranken Bürger, der in den Stadtmauern fast erstickt war, so stark, als wäre ich mit einem Male nach Italien versetzt worden.

Es liegt etwas unbeschreiblich Rührendes in unserer Petersburger Natur, wenn sie beim Anbruch des Frühlings plötzlich all ihre Kraft zeigt, alle Gewalt, die ihr der Himmel geschenkt hat, und aufsprießt, sich schmückt und sich mit Blumen farbig putzt... Sie erinnert unwillkürlich an ein leidendes und kränkliches Mädchen, das man zuweilen voll Mitleid anschaut und zuweilen mit besorgter Liebe, und häufig gar nicht mehr bemerkt, das jedoch dann plötzlich auf einen Augenblick völlig unerwartet und unerklärlich so wunderschön wird, daß ein jeder erstaunt und hingerissen sich unwillkürlich fragt: welche Kraft es wohl sei, die jetzt wie ein Feuer aus diesen sonst so traurigen und versonnenen Augen blitze? Was es wohl gewesen sein möge, das jetzt das Blut in diese blassen und eingefallenen Wangen getrieben hat? Und warum wohl diese zarten Gesichtszüge jetzt so voll Leidenschaft wären? Warum die Brust so tief atme? Und was wohl der Grund gewesen, der so urplötzlich auf dem Antlitz des armen Mädchens Kraft, Leben und Schönheit hervorgezaubert habe und ihm dieses schimmernde Lächeln geschenkt und dieses funkelnde, glänzende Lachen? Man sieht sich um, man sucht mit den Blicken, man versucht zu erraten... Allein der Augenblick geht vorüber und morgen vielleicht werden wir aufs neue dem gleichen nachdenklichen und zerstreuten Blick von gestern begegnen, dem früheren blassen Antlitz, der Unterwürfigkeit und Schüchternheit in allen Bewegungen und möglicherweise sogar der Reue und den Spuren ertötender Schwermut und des Grames über die flüchtige Verlockung... Und wir werden vielleicht traurig sein, daß die flüchtige Schönheit so schnell und so ohne Wiederkehr verwelkt ist, die so trügerisch und doch so vergeblich vor uns aufglänzte – traurig darüber sein, daß wir nicht einmal Zeit fanden, sie liebzugewinnen...

Und dennoch war meine Nacht noch schöner als dieser Tag! Und zwar kam das so:

Ich kehrte sehr spät zur Stadt zurück, es schlug bereits zehn Uhr, als ich mich meiner Wohnung näherte. Mein Weg führte am Ufer eines Kanals, um diese Stunde war es dort völlig menschenleer. Ich wohne allerdings in einem der abgelegensten Stadtteile. Ich schritt und sang, da ich immer, wenn ich glücklich bin, unbedingt etwas vor mich hinsummen muß, was freilich in der Art eines jeden glücklichen Menschen liegt, der weder Freunde noch gute Bekannte hat und also niemand, mit dem er in freudigen Minuten seine Freude teilen könnte. Da plötzlich stieß mir das allerunverhoffteste Abenteuer zu.

Ich bemerkte eine Frauengestalt, die sich an das Geländer der Kanalböschung lehnte; sie beugte sich über die

Brüstung und schaute offenbar sehr aufmerksam in das trübe Wasser des Kanals hinein. Sie trug einen niedlichen gelben Hut und einen koketten schwarzen Umhang. ›Es ist ein Mädchen und ganz bestimmt ist sie brünett‹, dachte ich. Es schien, daß sie meine Schritte nicht gehört hatte, denn als ich mit angehaltenem Atem und tief klopfendem Herzen an ihr vorüberging, bewegte sie sich nicht einmal. ›Sonderbar!‹ dachte ich: ›Sie ist offenbar in tiefes Nachdenken versunken‹, plötzlich jedoch blieb ich wie angewurzelt stehen. Ich hörte ein ersticktes Schluchzen. So war es! Ich täuschte mich nicht: das Mädchen weinte, denn nach einem Augenblick hörte ich es aufs neue schluchzen. Mein Gott! Das Herz schnürte sich mir im Leibe zusammen. Und wie schüchtern auch im allgemeinen mein Verhalten zu Frauen ist, dies war eine solche Minute! ... Ich kehrte zurück, trat an sie heran und hätte unbedingt: »Meine Gnädigste!« gesagt, wenn mir nicht allzu bewußt gewesen wäre, daß eben dieser Ausdruck schon mindestens tausendmal in allen russischen Romanen, die in der großen Welt spielen, gefallen ist. Einzig dieser Umstand hielt mich zurück. Allein, noch bevor ich das richtige Wort gefunden, kam das Mädchen zu sich, schaute auf, senkte den Kopf und glitt an mir vorüber. Ich folgte ihr sogleich, allein, sie erriet meine Absicht, verließ das Ufer, eilte über die Straße und ging jetzt auf dem Gehsteig weiter. Ich wagte nicht, ihr über die Straße zu folgen. Mein Herz bebte, wie das Herz eines gefangenen Vogels. Plötzlich kam mir der Zufall zu Hilfe.

Unweit von meiner Unbekannten tauchte auf der gleichen Seite des Gehsteiges ein Herr im Frack auf, er schien von solidem Alter zu sein, obwohl sein Gang nichts weniger als solide war. Er schwankte nämlich und stützte sich vorsichtshalber an die Hausmauern. Das Mädchen dagegen schritt wie ein Uhrzeiger, eilig und schüchtern, wie es überhaupt in der Art aller Mädchen liegt, die nicht wollen, daß ihnen jemand nachts den Vorschlag macht, sie nach Hause zu begleiten, und zweifellos hätte mein schwankender Herr sie um nichts in der Welt jemals eingeholt, wenn nicht eben mein Schicksal ihn auf den Gedanken gebracht hätte, zu künstlichen Mitteln zu greifen. Denn plötzlich flog mein Herr, ohne auch nur ein Sterbenswörtchen zuvor zu verlautbaren, vorwärts und eilte so sehr er konnte – ja lief fast –, um meine Unbekannte einzuholen. Sie ging wie der Wind, aber der taumelnde Herr erreichte sie dennoch, das Mädchen schrie auf und... ich segnete mein Schicksal für den kräftigen Stock, der sich gerade diesmal in meiner rechten Hand befand. Im gleichen Augenblick befand ich mich auf jener Seite des Gehsteiges, einen Augenblick später hatte der ungenannte Herr bereits begriffen, wie die Sache stand und sich in die unabwendbare Lage geschickt – er verstummte, blieb zurück und begann erst, als wir schon weit von ihm waren, in ziemlich energischen Redensarten gegen mich zu protestieren. Allein, seine Worte erreichten uns fast nicht mehr. »Geben Sie mir Ihren Arm«, sagte ich zu meiner Unbekannten, »und er wird es nicht wagen, Sie ferner zu belästigen.«

Schweigend bot sie mir ihren Arm, der noch immer vor Erregung und Schreck bebte. Oh, du mein ungenannter Herr! Wie segnete ich diesen Augenblick! Flüchtig blickte ich sie an, sie war sehr hübsch und in der Tat brünett – ich hatte es erraten; an ihren schwarzen Wimpern blitzten noch immer kleine Tränchen, allein ob sie von dem soeben widerfahrenen Schrecken herrührten, oder von dem Kummer von vorhin, – das weiß ich nicht. Auf ihren Lippen schimmerte bereits ein Lächeln. Sie blickte mich ebenfalls flüchtig an, errötete ein wenig und schlug die Augen nieder.

»Schauen Sie, warum haben Sie mich vorhin fortgejagt? Wenn ich mit Ihnen gewesen wäre, wäre bestimmt nichts geschehen...«

»Ich kannte Sie doch nicht; ich dachte, daß Sie ebenfalls...«

»Kennen Sie mich denn etwa jetzt?«

»Ein wenig. Weshalb zum Beispiel beben Sie in diesem Augenblick?«

»Oh, Sie haben es gleich erraten!« entgegnete ich entzückt, da ich sah, daß mein Mädchen gescheit war: das kann nämlich trotz aller Schönheit niemals schaden. »Ja, Sie haben es mit dem ersten Blick erraten, mit wem Sie es zu tun haben. Sie haben recht, ich bin schüchtern zu Frauen, und bestreite gar nicht, daß ich in einer nicht geringeren Erregung bin, als Sie es vor einer Minute waren, als jener Herr Sie erschreckt hat... Auch über mir liegt es wie ein Schrecken. Es ist wie ein Traum, obwohl ich mir niemals zuvor träumen ließ, daß ich jemals in die Lage kommen würde, mit einer Frau zu sprechen.«

»Wie? Ist es möglich?...«

»Freilich, und wenn mein Arm jetzt bebt, so geschieht das nur aus dem Grunde, weil in ihm noch niemals ein so hübscher zierlicher Arm, wie es der Ihre ist, gelegen hat. Ich habe mich ganz und gar von Frauen entwöhnt, das heißt, ich hatte eigentlich noch niemals Gelegenheit, mich an sie zu gewöhnen; ich bin nämlich ganz allein… Ich weiß nicht einmal, wie man mit ihnen sprechen muß. Ich weiß auch jetzt nicht, ob ich Ihnen irgendeine Dummheit gesagt habe? Sagen Sie es mir offen; ich mache Sie nämlich darauf aufmerksam, daß ich keinesfalls schnell gekränkt bin…«

»Nein, durchaus nicht; im Gegenteil. Und wenn Sie schon verlangen, daß ich aufrichtig sein soll, will ich Ihnen gern gestehen, daß den meisten Frauen eine solche Schüchternheit gut gefällt; und wenn Sie noch mehr wissen wollen – mir gefällt sie ebenfalls gut, und ich werde Ihnen gestatten, mich bis zu meinem Haus zu begleiten.«

»Sie werden damit bewirken«, rief ich vor Jubel fast erstickend, »daß ich sogleich aufhören werde, schüchtern zu sein – und dann – lebt wohl, alle meine Mittel!…«

»Mittel? Was für Mittel und wozu? Das ist ganz und gar nicht gut.«

»Um Vergebung, ich werde es nicht mehr sagen, es glitt mir nur so von der Zunge; allein wie wollen Sie verhindern, daß einem in solch einer Minute nicht der Wunsch kommt…«

»Etwa zu gefallen?«

»Nun ja; seien Sie denn, um Gottes willen, seien Sie ein bißchen gut zu mir. Bedenke Sie doch, wer ich bin! Ich bin sechsundzwanzig Jahre alt und habe noch niemals jemand gesehen. Wie kann ich da gut, oder etwa gewandt und treffend sprechen? Zudem ist es für Sie vorteilhafter, wenn alles offen und faßlich daliegt… Ich verstehe nicht zu schweigen, wenn das Herz in mir spricht. Nun ja, gleichviel… Wollen Sie es mir glauben – noch keine Frau, niemals, nie! Überhaupt keine Bekanntschaften! Und jeden

Tag nur träumen, daß ich irgendwann einmal endlich einer begegnen würde. Ach, wenn Sie wüßten, wie oft ich auf diese Weise verliebt gewesen bin…«

»Aber wie denn und in wen?«

»In niemand, in ein Ideal, in jene, die ich im Traum gesehen. In meinen Träumen erschaffe ich mir ganze Romane. Oh, Sie kennen mich nicht! Es ist allerdings wahr, wie wäre es auch anders möglich, zwei, drei Frauen bin ich freilich bereits begegnet, allein was waren das für Frauen? Es waren nichts als Hausfrauen, so daß ich… Aber ich will Sie zum Lachen bringen, und Ihnen erzählen, daß ich schon einige Male den Entschluß gefaßt habe, einfach auf der Straße, mir nichts dir nichts, eine von diesen Aristokratinnen anzusprechen, und zwar, versteht sich, wenn sie allein ist; mit aller Schüchternheit, Ehrfurcht und Leidenschaftlichkeit würde ich ihr sagen, daß ich in meiner Einsamkeit zugrunde ginge, daß sie mich nicht fortjagen solle, daß ich kein Mittel wüßte, mit irgend einer Frau bekannt zu werden; einprägen wollte ich ihr, daß es sogar die Pflicht einer jeden Frau sei, die schüchterne Bitte eines so unglückseligen Menschen, wie ich, nicht abzuschlagen. Und daß alles, was ich verlange, nur darin bestünde, sie möge mir teilnahmsvoll zwei gute Worte sagen, mich nicht gleich auf den ersten Schritt fortjagen, mir aufs Wort glauben, anhören, was ich ihr sagen wolle, meinetwegen über mich lachen, mich ein wenig aufmuntern und mir nichts als zwei Worte sagen, nur zwei Worte, gleichviel, ob wir uns jemals wiedersehen werden!… Aber Sie lachen ja… Übrigens, das war auch meine Absicht…«

»Seien Sie mir nicht böse; ich lache nur darüber, daß Sie

selber Ihr eigener Feind sind, wenn Sie es nämlich versucht hätten, wäre es Ihnen vermutlich gelungen, selbst wenn es auf der Straße gewesen wäre; je einfacher, desto besser… Keine einzige gütige Frau, die nicht dumm ist, oder sich nicht gerade in dem Augenblick über irgend etwas geärgert hat, würde Sie ohne diese zwei Worte, um die Sie so scheu bitten, fortgeschickt haben… Jedoch was sage ich da! Sie hätte Sie natürlich für einen Wahnsinnigen halten müssen. Ich urteile immer nach mir selber. Was weiß denn ich, wie die Menschen auf der Welt leben?«

»Oh, ich danke Ihnen«, rief ich, »Sie wissen nicht, was Sie soeben für mich getan haben!«

»Schon gut, schon gut! Aber sagen Sie mir doch, woraus Sie geschlossen haben, daß ich eine solche Frau bin, mit der… kurz, die Sie… der Aufmerksamkeit und der Freundschaft für würdig halten… Mit einem Wort, warum ich keine Hausfrau bin, wie Sie sich vorhin ausdrückten? Warum entschlossen Sie sich, sich mir zu nähern?«

»Warum? Warum? Sie waren doch allein, jener Herr war viel zu verwegen, und es ist nachts: war es da nicht meine Pflicht…«

»Nein, nein, schon vorher, dort, auf jener Seite. Nicht wahr, Sie hatten doch die Absicht, mich anzusprechen?«

»Dort auf jener Seite? Ich weiß wahrhaftig nicht, was ich antworten soll; ich fürchte mich… Sie müssen wissen, ich war heute sehr glücklich; ich ging und sang; ich war draußen vor der Stadt gewesen; solch eine glückselige Minute war mir noch niemals zugefallen. Sie dagegen… vielleicht kam es mir auch nur so vor… Sie müssen verzeihen, wenn ich Sie daran erinnere: es kam mir so vor, als weinten Sie, und ich... ich konnte das nicht hören... es schnürte mir das Herz zu... Oh, mein Gott! War es denn wirklich nicht erlaubt, Ihren Kummer ein wenig mitzufühlen? War es denn wirklich eine Sünde, ein brüderliches Mitgefühl mit Ihnen zu haben?... Verzeihen Sie, ich sagte Mitgefühl... Nun ja, mit einem Wort, konnte ich Sie denn wirklich dadurch beleidigen, daß mir unwillkürlich der Gedanke kam, an Sie heranzutreten?...«

»Lassen Sie, genug, sprechen Sie nicht weiter...«, sagte das Mädchen mit niedergeschlagenem Blick und drückte meine Hand. »Es ist meine Schuld, daß ich davon angefangen, aber nun freue ich mich, daß ich mich in Ihnen nicht getäuscht habe... Hier bin ich zu Hause; ich wohne hier gleich nebenan in der Querstraße; es sind nur mehr zwei Schritte... Leben Sie wohl, ich danke Ihnen...«

»Sollen wir uns denn wirklich, wirklich nie mehr wiedersehen?... Soll denn wirklich jetzt alles wieder beim alten bleiben?«

»Schauen Sie«, meinte lachend das Mädchen: »Sie wollten doch anfangs nicht mehr als nur zwei Worte, jetzt aber... Übrigens, ich will nichts sagen... So könnte sein, daß wir uns wieder einmal begegnen...«

»Ich werde morgen hierherkommen«, sagte ich. »Oh, verzeihen Sie mir, ich fordere ja schon...«

»Ja, Sie sind ungeduldig... Sie fordern schon fast...«

»Hören Sie doch, hören Sie!« unterbrach ich sie, »verzeihen Sie, wenn ich schon wieder etwas dergleichen sagen werde... Ich wollte nur noch dies sagen: ich kann gar nicht anders, als morgen wieder hierherkommen. Ich bin ein Träumer; es ist so wenig wirkliches Leben in mir und solche Minuten, wie diese, wie jetzt, fallen mir so selten zu, daß ich diese Augenblicke in meinen Träumen beständig neu erstehen lassen muß. Ich werde die ganze Nacht von Ihnen träumen, die ganze Woche, das ganze Jahr. Ich werde bestimmt morgen hierherkommen, eben hierher, zu dieser selben Stelle, um diese gleiche Stunde, und werde glückselig sein, mich an das, was vorgefallen, erinnern zu dürfen. Ich habe diesen Ort schon lieb. Ich habe noch zwei, drei solcher Orte in Petersburg. Einmal mußte ich sogar einer Erinnerung wegen so weinen, wie Sie... Wer weiß, ob Sie nicht vor zehn Minuten hier nur deswegen weinten, weil Erinnerungen... Aber verzeihen Sie mir, ich habe mich aufs neue vergessen; es könnte ja auch sein, daß Sie einmal an dieser Stelle glücklich waren...«

»Schon gut«, meinte das Mädchen, »ich werde vielleicht morgen hierherkommen, und zwar ebenfalls um zehn Uhr. Ich sehe, daß ich es Ihnen nicht untersagen kann... Die Sache ist nämlich, daß ich mich hier aufhalten muß; denken Sie nicht, daß ich Ihnen eine Zusammenkunft einräume; ich mache Sie darauf aufmerksam, daß ich mich aus ganz bestimmten Gründen hier aufhalten muß. Aber... ich will es Ihnen ruhig offen sagen: es macht nichts, wenn Sie herkommen; denn erstens könnte es vielleicht wieder Unannehmlichkeiten geben wie heute – aber lassen wir das... Mit einem Wort, ich möchte Sie gern wiedersehen... um Ihnen die zwei Worte zu sagen. Aber, wissen Sie, Sie dürfen mich deswegen nicht verurteilen. Denken Sie nicht, daß ich so leicht eine Zusammenkunft einräume... Ich hätte es bestimmt nicht getan, wenn nicht... Allein mag das mein Geheimnis bleiben! Und nur die eine Bedingung...«

»Eine Bedingung! Sprechen Sie, sagen Sie sie, sagen Sie sie schnell; ich bin mit allem einverstanden, ich bin zu allem bereit«, rief ich entzückt, »ich kann für mich einstehen – ich werde gehorsam und respektvoll sein... Sie kennen mich ja...«

»Eben weil ich Sie kenne, fordere ich Sie auf, morgen zu kommen«, sagte lachend das Mädchen. »Ich kenne Sie ausgezeichnet. Aber sehen Sie, Sie dürfen nur unter der einen Bedingung kommen; erstens nämlich (aber seien Sie dann auch so gut und erfüllen Sie das, um was ich Sie bitte – Sie sehen, ich spreche vollkommen offen) Sie dürfen sich nicht in mich verlieben... Ich beteure Ihnen, daß das nicht geht. Zur Freundschaft bin ich bereit, da haben Sie meine Hand darauf... Verlieben aber ist ausgeschlossen, ich bitte Sie darum!«

»Ich schwöre es Ihnen«, rief ich und ergriff ihr Händchen...

»Lassen Sie das, schwören Sie nicht, ich sehe ja, daß Sie imstande sind, wie Pulver aufzulodern. Verurteilen Sie mich nicht, wenn ich so was sage. Wenn Sie wüßten... Ich habe ebenfalls keinen Menschen, mit dem ich sprechen, oder den ich um Rat bitten könnte. Allerdings sollte man sich seine Ratgeber nicht auf der Straße suchen, allein Sie sind eine Ausnahme. Ich kenne Sie so gut, als wären wir bereits seit zwanzig Jahren befreundet... Nicht wahr, Sie werden mich nicht verraten?...«

»Sie werden es ja sehen... eines freilich weiß ich nicht, wie ich die nächsten vierundzwanzig Stunden überleben soll.«

»Schlafen Sie lange; gute Nacht – erinnern Sie sich daran,

daß ich mich Ihnen bereits anvertraut habe. Aber es war so gut und so richtig, was Sie vorhin sagten, soll man denn wirklich Rechenschaft über ein jedes Gefühl ablegen müssen, sogar über das geschwisterliche Mitgefühl! Wissen Sie, das haben Sie so gut gesagt, daß mir sofort der Gedanke kam, mich Ihnen anzuvertrauen...«

»Um Gottes willen, um was handelt es sich. Was ist es?«

»Auf morgen. Mag es bis dahin mein Geheimnis bleiben. Um so besser für Sie; um so mehr Ähnlichkeit wird es mit einem Roman haben. Vielleicht werde ich es Ihnen morgen sagen, vielleicht auch nicht... Wir werden in Zukunft noch viel miteinander zu sprechen haben und besser miteinander bekannt werden...«

»Oh, dann will auch ich Ihnen morgen alles von mir erzählen! Aber was geht hier vor? Es ist, als geschähe ein Wunder mit mir... Mein Gott, wo bin ich nur? Sagen Sie, ist es möglich, daß Sie mit sich selber unzufrieden sind, weil Sie nicht böse auf mich geworden und mich nicht, wie es die andern getan hätten, gleich zu Beginn fortgeschickt haben? Zwei Minuten nur, und Sie haben mich auf immer glücklich gemacht. Ja, wahrhaftig, glücklich; wer weiß, vielleicht haben Sie mir den inneren Frieden zurückgegeben und meine Zweifel gelöst... Es könnte sein, daß auch über mich Minuten kommen... Schon gut, morgen werde ich Ihnen alles erzählen, sie sollen alles erfahren, alles...«

»Schön, ich bin einverstanden; Sie werden anfangen...«

»Einverstanden.«

»Auf Wiedersehen!«

»Auf Wiedersehen!«

Wir trennten uns. Die ganze Nacht hindurch war ich auf

den Beinen; ich konnte mich nicht dazu entschließen, nach Hause zurückzukehren. Ich war so glücklich … bis morgen!

Charles Baudelaire
Any where out of the world

Dieses Leben ist ein Krankenhaus, wo jeder Kranke von dem Verlangen besessen ist, sein Bett zu wechseln. Der eine möchte gegenüber dem Ofen leiden, und der andere glaubt, daß er neben dem Fenster Heilung finden würde.

Mir ist, als ob ich immer da glücklich sein würde, wo ich nicht bin, und diese Frage der Wohnungsveränderung gehört zu denen, über die ich mich beständig mit meiner Seele unterhalte.

»Sag mir, liebe Seele, arme, frierende Seele, was meinst du, wenn wir nach Lissabon zögen? Dort soll es warm sein, und dort würdest du wieder ganz munter werden wie eine Eidechse. Die Stadt liegt dicht am Wasser; man sagt, sie wäre aus Marmor erbaut, und den Menschen dort wäre alles Gewächs so verhaßt, daß sie alle Bäume ausreißen. Das wäre ein Land nach deinem Geschmack, ein Land, aus Licht und Stein gemacht, und das Wasser, um sie zu spiegeln!«

Meine Seele antwortet nicht.

»Da du die Ruhe so sehr liebst, zugleich mit dem Schauspiel der Bewegung, willst du mit mir kommen, um in Holland zu wohnen, diesem beseligenden Land? Vielleicht wird dich diese Gegend, deren Bild du so oft in den Museen bewundert hast, angenehm zerstreuen? Was meinst du zu Rotterdam, du, die du die Wälder von Masten und die am Fuß der Häuser vor Anker liegenden Schiffe liebst?«

Meine Seele bleibt stumm.

»Batavia könnte dich vielleicht mehr locken? Wir würden dort übrigens den Geist Europas finden, vermählt mit der Schönheit der Tropen.«

Kein Wort. – Sollte meine Seele gestorben sein?

»Bist du denn in solche Erstarrung verfallen, daß du nur an deinem Leiden Gefallen findest? Wenn es so ist, dann laß uns zu den Ländern fliehen, die aussehen wie der Tod. – Ich weiß, was wir brauchen, arme Seele! Wir wollen unsere Koffer für Torneo packen. Reisen wir noch weiter an das äußerste Ende der Ostsee; noch weiter weg vom Leben, wenn möglich; lassen wir uns auf dem Nordpol nieder. Dort streift die Sonne die Erde nur mit schrägen Strahlen, und die langsame Abwechslung von Licht und Nacht hebt die Verschiedenheit auf und vermehrt die Eintönigkeit, dieses halbe Nichts. Dort könnten wir lange Bäder von Finsternis nehmen, während das Nordlicht, um uns zu zerstreuen, von Zeit zu Zeit seine Rosengarben schicken würde, wie der Widerschein eines Feuerwerks der Hölle!«

Da endlich bricht es aus meiner Seele hervor und gelassenen Tones ruft sie mir zu: »Ganz gleich wo, wenn es nur außerhalb dieser Welt ist!«

Gustave Flaubert
Madame Bovary

Sechs Wochen verflossen. Rodolphe kam nicht. Eines Abends endlich erschien er.

›Man darf sich nicht gleich wieder sehen lassen, das wäre ein Fehler‹, hatte er sich gesagt.

Und am Ende der Woche war er auf die Jagd gegangen. Nach der Jagd dachte er, daß es nun zu spät sei, dann überlegte er aber:

›Wenn sie mich vom ersten Tag an geliebt hat, wird sie mich, aus dem Wunsch heraus, mich wiederzusehen, noch mehr lieben. Machen wir also so weiter.‹

Und er sah, daß er sich nicht verrechnet hatte, als Emma bei seinem Eintritt ins Zimmer erbleichte.

Sie war allein. Der Tag verdämmerte. Die kleinen Musselinvorhänge an den Fenstern verstärkten das Halbdunkel, die Vergoldung des Barometers, auf die ein Sonnenstrahl fiel, warf zwischen den Ästen des Korallenstocks hindurch feurige Lichter in den Spiegel.

Rodolphe blieb stehen; Emma antwortete kaum auf seine ersten höflichen Redensarten.

»Ich hatte Geschäfte zu erledigen«, sagte er. »Und ich war krank.«

»Ernstlich?« rief sie aus.

»Nun…«, sagte Rodolphe und setzte sich neben sie auf einen Schemel. »Nein… Ich wollte nicht wiederkommen.«

»Warum?«

»Erraten Sie es nicht?«

Er sah sie wieder an, diesmal mit einer solchen Glut, daß sie errötete und die Augen senkte. Er fuhr fort:

»Emma...«

»Monsieur!« sagte sie und rückte ein wenig zur Seite.

»Ach! Sie sehen wohl«, sagte er mit trauriger Stimme, »wie recht ich hatte, als ich nicht wiederkommen wollte. Denn dieser Name, dieser Name, der mein Herz erfüllt und der mir entschlüpft ist, den verbieten Sie mir! Madame Bovary!... Ach, alle Welt nennt Sie so!... Es ist überhaupt nicht Ihr Name, es ist der Name eines anderen!«

Er wiederholte:

»Eines anderen!«

Und er barg sein Gesicht in den Händen.

»Ja, ich denke fortwährend an Sie!... Die Erinnerung an Sie bringt mich zur Verzweiflung!... Oh, verzeihen Sie!... Ich gehe schon!... Leben Sie wohl!... Ich gehe weit fort... so weit, daß Sie nichts mehr von mir hören werden!... Und doch... heute... ich weiß nicht, welche Macht mich hierhergetrieben hat! Denn niemand kann gegen den Himmel ankämpfen, und niemand vermag dem Lächeln der Engel zu widerstehen! Man läßt sich hinreißen von Schönheit, Anmut und anbetungswürdigem Liebreiz!«

Zum ersten Mal in ihrem Leben hörte Emma solche Dinge; und wie jemand, der sich behaglich im Bad ausstreckt, dehnte sich ihr Stolz wohlig in der warmen Flut dieser Worte.

»Aber wenn ich auch nicht gekommen bin«, fuhr er fort, »und Sie nicht habe sehen dürfen, so hab ich doch wenigstens die Umgebung angeschaut, in der Sie leben. Nacht für Nacht hab ich mich erhoben und bin hierhergeeilt, ich sah Ihr Haus, sah das Dach im Mondschein schimmern, die Bäume des Gartens, die sich vor Ihrem Fenster wiegen, und eine kleine Lampe, einen Lichtschein, der durch die Scheiben ins Dunkel glänzte. Oh! Sie haben nicht geahnt, daß da unten, so nah und doch so fern, ein armer, elender Mann stand…«

Sie wandte sich mit einem Schluchzen zu ihm:

»Oh! Sie sind gut!« sagte sie.

»Nein, ich liebe Sie, das ist alles! Sie glauben mir, nicht wahr? Sagen Sie ja! ein Wort, ein einziges Wort.«

Und Rodolphe ließ sich unmerklich von seinem Schemel zu Boden gleiten; aber von der Küche her kam das Klappern von Holzschuhen, und die Tür des Zimmers, merkte er, war nicht geschlossen.

»Sie wären sehr gütig«, sagte er und erhob sich wieder, »wenn Sie mir einen Wunsch erfüllen wollten.«

Er wollte ihr Haus sehen; er wünschte es kennenzulernen. Madame Bovary sah keinen Grund, ihm die Bitte abzuschlagen, und so standen beide gerade auf, als Charles eintrat.

»Guten Abend, Doktor«, sagte Rodolphe.

Der Arzt, durch den unerwarteten Titel geschmeichelt, erging sich in unterwürfigen Höflichkeiten, und der andere hatte Zeit, sich zu fassen.

»Madame sprach gerade von ihrem Befinden…«, sagte er dann.

Charles unterbrach ihn: Er sei allerdings oft beunruhigt; sie leide wieder an den alten Beklemmungen. Da fragte Rodolphe, ob nicht Reiten für sie gut wäre.

»Gewiß! ausgezeichnet! natürlich!... Das ist eine Idee! Das solltest du tun.«

Sie wandte ein, sie habe ja kein Pferd, aber Rodolphe bot ihr eins an; sie wies das Angebot zurück, und er drang nicht weiter in sie. Dann erzählte er, um seinen Besuch zu begründen, daß sein Fuhrknecht, den der Arzt zur Ader gelassen hatte, noch immer an Schwindelanfällen leide.

»Ich werde bei Ihnen vorbeikommen«, sagte Bovary.

»Nein, nein, ich will ihn lieber herschicken. Wir werden zu Ihnen kommen, das ist viel einfacher für Sie.«

»Ah! sehr gut, ich danke Ihnen.«

Als sie allein waren, fragte er sie:

»Warum hast du das freundliche Anerbieten von Monsieur Boulanger nicht angenommen?«

Sie setzte eine schmollende Miene auf, suchte allerlei Ausflüchte und erklärte endlich, *das wirke vielleicht seltsam*.

»Ach, ich pfeif drauf!« sagte Charles und drehte sich auf dem Absatz herum. »Die Gesundheit geht vor! Das war nicht richtig von dir!«

»Aber wie soll ich denn reiten, ich hab doch kein Reitkleid!«

»Nun, so bestell dir eins!« antwortete er.

Das Reitkleid gab den Ausschlag.

Als es fertig war, schrieb Charles an Monsieur Boulanger, seine Frau stehe ihm zur Verfügung und er zähle auf seine Gefälligkeit.

Am anderen Tag um zwölf kam Rodolphe mit zwei Reitpferden vor Charles' Haustüre. Das eine trug rosa Quasten an den Ohren und einen Damensattel aus Hirschleder.

Rodolphe hatte lange, weiche Stiefel an und war überzeugt, daß sie dergleichen noch nie gesehen hatte; und in der Tat, Emma war entzückt über sein Aussehen, als er in seinem Samtrock und den weißen Trikothosen auf dem Treppenabsatz erschien. Sie war bereit und erwartete ihn.

Justin entwischte aus der Apotheke, um sie zu sehen, und auch der Apotheker bemühte sich. Er gab Monsieur Boulanger gute Ratschläge:

»Ein Unglück ist schnell geschehen! Passen Sie ja auf! Ihre Pferde sind vielleicht zu temperamentvoll!«

Sie hörte über sich ein Geräusch: Es war Félicité, die gegen die Fensterscheiben trommelte, um die kleine Berthe zu vergnügen. Das Kind warf der Mutter eine Kußhand zu; sie winkte mit dem Knauf der Reitgerte zurück.

»Guten Ausritt!« rief Monsieur Homais. »Und vorsichtig sein, vor allem vorsichtig sein!«

Er schwenkte seine Zeitung hin und her und sah ihnen nach.

Sobald Emmas Pferd weicheren Boden unter sich fühlte, fiel es in Galopp. Rodolphe ritt an ihrer Seite. Ab und zu wechselten sie ein Wort. Sie hielt das Gesicht etwas gesenkt, die Hand hoch und den rechten Arm ausgestreckt und überließ sich dem Rhythmus der Bewegung, die sie im Sattel wiegte.

Am Fuß der Anhöhe ließ Rodolphe die Zügel schießen, und die Pferde jagten im selben Augenblick mit einem Satz davon; als sie oben waren, hielten sie plötzlich an, und Emmas großer blauer Schleier sank wieder über ihr Gesicht.

Es war in den ersten Tagen des Oktobers. Nebel lag auf den Feldern. Am Horizont, vor der Silhouette der Hügel, zogen sich Dunstschleier hin, während andere zerrissen, emporstiegen und sich verloren. Manchmal sah man durch eine Lücke des Nebels in der Ferne die Dächer von Yonville in einem Sonnenstrahl, mit den Gärten am Flußufer, den Höfen und Mauern und dem Kirchturm. Emma schloß halb die Lider, spähte nach ihrem Haus, und nie war ihr der armselige Ort, in dem sie lebte, so klein vorgekommen. Von der Höhe, auf der sie standen, erschien das Tal wie ein unermeßlicher fahler See, der in die Luft verdunstete. Baumgruppen ragten hie und da wie schwarze Felsen daraus hervor, und die hohen Pappelreihen, die über den Nebel hinaussahen, glichen vom Wind bewegten Dünen.

Neben ihnen, auf der Wiese, zwischen den Tannen, zog ein gedämpftes Licht durch die laue Luft. Der tabakbraune Boden verschluckte das Geräusch der Tritte, und die Pferde stießen im Gehen mit ihren Hufen abgefallene Tannenzapfen vor sich her.

Rodolphe und Emma ritten am Waldrand entlang. Sie wandte sich von Zeit zu Zeit ab, um seinem Blick nicht zu begegnen, und dann glitten die Stämme der Bäume einer nach dem andern an ihr vorüber, so schnell und einförmig, daß sie ein leiser Schwindel befiel. Die Pferde schnaubten. Das Leder der Sättel knarrte.

Im Augenblick, da sie in den Wald ritten, kam die Sonne zum Vorschein.

»Gott beschützt uns!« sagte Rodolphe.

»Glauben Sie!« machte sie.

»Vorwärts! vorwärts!« sagte er.

Er schnalzte mit der Zunge. Die Pferde begannen zu galoppieren. Hohe Farnkräuter am Wegrand verfingen sich in Emmas Steigbügel. Rodolphe neigte sich im Weiterreiten hinab und entfernte sie. Ein andermal ritt er dicht neben ihr, um die Zweige zurückzubiegen, und Emma fühlte, wie sein Knie ihr Bein berührte. Der Himmel war blau geworden. Die Blätter bewegten sich nicht. Sie ritten über große Flächen voll blühenden Heidekrauts, und hie und da tauchte zwischen den je nach Laub grauen, fahlroten oder goldgelben Bäumen ein blaues Veilchenfeld auf. Oft hörten sie ein leichtes Flügelschlagen unter Büschen oder den heiseren und sanften Schrei der Raben, die in das Laubdach der Eichen flüchteten.

Sie stiegen ab. Rodolphe band die Pferde an. Sie ging voraus auf dem Moos, zwischen den Wagenspuren. Aber ihr zu langes Kleid behinderte sie, obschon sie es an der Schleppe hochhob, und Rodolphe, der hinter ihr ging, betrachtete zwischen dem schwarzen Stoff des Kleides und den schwarzen Schuhen die Feinheit ihres weißen Strumpfes, der ihm als ein Stück ihrer Nacktheit erschien.

Sie blieb stehen.

»Ich bin müde«, sagte sie.

»Noch ein Stückchen!« erwiderte er. »Nur Mut!«

Nach etwa hundert Schritten blieb sie wieder stehen, und vom blauen Schleier, der von ihrem Herrenhut schräg bis auf die Hüften herabfiel, hatte ihr Gesicht eine durchsichtige Bläue angenommen, als treibe sie in azurnen Fluten.

»Wohin gehen wir denn?«

Er antwortete nicht. Sie atmete stoßweise. Rodolphe sah sich um und biß sich auf den Schnurrbart.

Sie kamen auf eine Lichtung, auf der man junge Bäume

gefällt hatte. Sie setzten sich auf einen der Stämme, und Rodolphe begann von seiner Liebe zu sprechen.

Er erschreckte sie nicht gleich durch Komplimente. Er blieb ruhig, ernst, voll Schwermut.

Emma hörte ihm mit gesenktem Kopf zu und stöberte dabei mit der Fußspitze in den Holzspänen, die am Boden herumlagen.

Doch als er sagte: »Sind nicht unsere Geschicke von nun an vereint?«, antwortete sie: »Nein! Sie wissen doch, daß es unmöglich ist.«

Sie wollte gehen. Er umklammerte ihr Handgelenk. Sie blieb stehen. Sie sah ihn ein paar Augenblicke liebevoll und mit feuchten Augen an und sagte dann lebhaft:

»Wissen Sie, wir wollen nicht mehr davon sprechen... Wo sind denn die Pferde? Kehren wir um.«

Er machte eine Gebärde zornigen Ärgers. Sie wiederholte:

»Wo sind die Pferde? Wo sind die Pferde?«

Da lächelte er seltsam, näherte sich ihr, den Blick starr auf sie gerichtet und mit zusammengebissenen Zähnen, und streckte die Arme nach ihr aus. Sie wich zitternd zurück. Sie stammelte:

»Oh! Sie machen mir Angst! Sie tun mir weh! Gehen wir!«

»Wenn es sein muß«, erwiderte er, und sein Gesichtsausdruck veränderte sich.

Er wurde sofort wieder respektvoll, liebenswürdig, schüchtern.

Sie gab ihm den Arm, und sie machten sich auf den Rückweg. Er sagte:

»Was hatten Sie denn? Warum? Ich habe Sie nicht begriffen. Sie mißverstehen mich wohl. Sie thronen in meinem Herzen wie eine Madonna auf einem Piedestal, hoch oben, unbeweglich und rein. Aber ich kann ohne Sie nicht leben! ohne Ihre Augen, Ihre Stimme, Ihre Gedanken! Seien Sie meine Freundin, meine Schwester, mein Engel!«

Er schlang seinen Arm um sie. Sie versuchte, sich ihm sanft zu entwinden. Aber er hielt sie fest, und so gingen sie nebeneinander her.

Da hörten sie ihre Pferde, die die Blätter von den Büschen abrupften.

»Oh! noch nicht!« bat Rodolphe. »Bleiben wir noch! Bitte!«

Und er zog sie fort zu einem kleinen Teich, der ganz grün war von Wasserlinsen. Verwelkte Seerosen standen unbeweglich zwischen den Binsen. Bei dem Geräusch ihrer Schritte hüpften Frösche davon und verschwanden.

»Es ist falsch, es ist falsch«, sagte sie. »Es ist Wahnsinn, Sie anzuhören.«

»Warum?... Emma! Emma!«

»Oh! Rodolphe!« sagte langsam die junge Frau und lehnte sich gegen seine Schulter.

Das Tuch ihres Kleids verfing sich am Samt seines Rocks, sie bog ihren weißen Hals zurück, dem ein Seufzer entstieg, und halb ohnmächtig, tränenüberströmt, mit einem langen Erbeben ihres ganzen Körpers und mit den Händen vor dem Gesicht gab sie sich hin.

Die Dämmerung brach herein; die Sonne schien fast waagrecht durch die Zweige und blendete sie. Da und dort, rings um sie herum, am Boden und in den Blättern, zitterten leuchtende Flecken, als hätten Kolibris im Vorbeifliegen ihre Federn verstreut. Es war ganz still; etwas Sanftes schien von den Bäumen auszugehen; Emma fühlte, wie ihr Herz wieder klopfte und ihr Blut wie ein Milchstrom in ihrem Körper kreiste. Dann vernahm sie ganz aus der Ferne, von einem Hügel jenseits des Waldes her, einen langgezogenen, undeutlichen Schrei, eine weithallende Stimme, und sie lauschte ihr still; wie ferne Musik vermischte sich der Ton mit den letzten Schwingungen ihrer erregten Nerven. Rodolphe, eine Zigarre zwischen den Zähnen, flickte mit seinem Taschenmesser den einen Zügel, der gerissen war.

Sie kehrten auf demselben Weg nach Yonville zurück. Sie sahen auf dem Boden die Spuren ihrer Pferde dicht beieinander und dieselben Büsche, dieselben Steine im Gras. Nichts um sie herum war verändert; und doch, schien ihr, war etwas Unerhörtes geschehen, als wenn die Berge ihren Platz verändert hätten. Rodolphe beugte sich ab und zu herab, um ihre Hand zu küssen.

Sie sah reizend aus zu Pferd! Mit ihrer schlanken Gestalt, kerzengerade sitzend, das Knie über der Mähne ihres Tieres gebeugt, ein wenig erhitzt von der frischen Luft, in der Röte des Abends.

Als sie Yonville erreicht hatten, ließ sie ihr Pferd auf dem Straßenpflaster tänzeln.

Man lief an die Fenster, um sie zu sehen.

Ihr Gatte fand beim Essen, daß sie gut aussehe; aber als er sie über ihren Ritt ausfragen wollte, tat sie, als habe sie nicht gehört; sie stützte den Ellbogen auf und blieb so zwischen den beiden Kerzen vor ihrem Teller sitzen.

»Emma!« sagte er.

»Was denn?«

»Ich war heute nachmittag bei Monsieur Alexandre. Er hat eine recht schöne junge Stute, sie hat nur ein bißchen kahle Knie, und ich glaube für hundert Taler...«

Er fügte hinzu:

»Ich dachte, daß es dir angenehm wäre, und ich habe das Pferd für mich zurückstellen lassen... Ich habe es gekauft... Ist es dir recht? Sag!«

Sie nickte zustimmend mit dem Kopf; nach einer Viertelstunde fragte sie:

»Gehst du heute abend fort?«

»Ja. Warum?«

»Oh, nichts, nichts, mein Freund.«

Sobald sie Charles los war, ging sie hinauf und schloß sich in ihr Zimmer ein.

Zuerst war sie wie betäubt; sie sah die Bäume, die Wege, die Gräben, und Rodolphe, und sie fühlte noch seine Umarmung, während die Blätter zitterten und der Wind durch die Binsen strich.

Dann sah sie sich im Spiegel an und war erstaunt über ihr Aussehen. Nie waren ihre Augen so groß, so schwarz und so tief gewesen. Über ihrer Gestalt lag etwas Zartes, das sie verklärte.

Sie wiederholte immer wieder: »Ich habe einen Geliebten! einen Geliebten!« und dieser Gedanke berauschte sie, als ob sie zum zweiten Mal zur Frau geworden wäre. Sie sollte also endlich jene Freuden der Liebe kennenlernen, jenen Rausch des Glücks, auf den sie schon nicht mehr gehofft hatte. Sie war dabei, in eine wunderbare Welt einzutreten, in der alles Leidenschaft, Ekstase, Taumel sein würde; eine blaue Unermeßlichkeit umgab sie, die Gipfel des Gefühls funkelten in ihren Gedanken, und der Alltag lag weit unten, im Schatten zwischen diesen Höhen.

Dann erinnerte sie sich an die Heldinnen der Bücher, die sie gelesen hatte, und die lyrische Schar dieser ehebrecherischen Frauen sang in ihrer Erinnerung mit schwesterlichen Stimmen, die sie entzückten. Sie wurde ein lebendiger Teil all dieser Phantasien, und die langen Träumereien ihrer Jugend wurden Wirklichkeit, indem sie sich nun zu dieser Art liebender Frauen zählte, die sie so sehr beneidet hatte. Auch das Gefühl befriedigter Rache fehlte nicht. Hatte sie nicht genug gelitten! Aber nun triumphierte sie, und die Liebe, die sie so lange unterdrückt hatte, sprudelte plötzlich mit ganzer Kraft und voller Freude hervor. Sie gab sich ihr ohne Gewissensbisse und ohne Unruhe gelassen hin.

Der folgende Tag verging in einem neuen süßen Glück. Sie tauschten Schwüre aus. Sie erzählte ihm von ihren Leiden, und Rodolphe unterbrach sie mit Küssen; sie sah ihn mit halbgeschlossenen Augen an und bat ihn, sie wieder bei ihrem Namen zu nennen und noch einmal zu sagen, daß er sie liebe. Es war wie am Tag zuvor, im Wald, in der Hütte eines Holzschuhmachers. Die Wände waren aus Stroh und das Dach so niedrig, daß man nicht aufrecht stehen konnte. Sie saßen dicht beieinander auf einem Lager von trockenem Laub.

Von diesem Tag an schrieben sie einander jeden Abend. Emma trug ihre Briefe in den Garten hinunter und versteckte sie in der Mauer gegen den Fluß zu. Rodolphe holte sie dort ab und legte seine hin, über deren Kürze sich Emma häufig beklagte.

Eines Morgens, da Charles schon vor Sonnenaufgang fortgegangen war, verspürte sie plötzlich den Wunsch, Rodolphe sofort zu sehen. Sie konnte rasch nach La Huchette gehen, eine Stunde dort bleiben und zurück sein, wenn die Einwohner von Yonville noch alle schliefen. Dieser Gedanke und ihr Verlangen verschlugen ihr beinahe den Atem, und ein paar Augenblicke später war sie mitten auf der Wiese und eilte dahin, ohne zurückzusehen.

Der Tag begann zu grauen. Emma erkannte von fern das Haus ihres Geliebten. Die beiden schwalbenschwanzförmigen Wetterfahnen hoben sich schwarz vom bleichen Himmel ab.

Hinter dem Hof stand ein großes Haus, das mußte das Schloß sein. Emma trat ein, als öffneten sich die Mauern bei ihrem Näherkommen von selbst vor ihr. Eine große gerade Treppe führte in einen Flur hinauf. Emma drückte auf die Klinke einer Tür, und plötzlich sah sie im Hintergrund des Zimmers einen Mann, der schlief. Es war Rodolphe. Sie stieß einen Schrei aus.

»Du bist es! du!« rief er aus. »Wie hast du das fertiggebracht?… Oh! dein Kleid ist feucht!«

»Ich liebe dich!« antwortete sie und schlang ihre Arme um seinen Hals.

Nachdem dieses erste Wagnis geglückt war, wiederholte sie es, sooft Charles frühzeitig aus dem Haus ging. Sie kleidete sich schnell an und schlich sich zum Bach hinab.

Aber wenn die Planke, die dort für die Kühe lag, weggenommen war, mußte sie an den Gartenmauern entlanggehen, die sich längs des Bachs hinzogen; die Böschung war glitschig, und sie hielt sich mit der einen Hand an den Büschen von verwelktem Goldlack, um nicht auszurutschen. Dann eilte sie über die umgepflügten Felder, wo sie einsank, stolperte und mit ihren feinen Stiefelchen steckenblieb. Ihr Kopftuch flatterte auf den Weiden im Wind; sie fürchtete sich vor den Ochsen und begann zu laufen; atemlos, mit roten Wangen und den Duft des Laubs und der frischen Luft ausströmend, trat sie dann wie ein Frühlingsmorgen in das Zimmer des Geliebten, der noch schlief.

Die gelben Fenstervorhänge ließen ein schweres gelbliches Licht durchsickern. Emma tappte mit zwinkernden Augen vorwärts, und die Tautropfen an ihrem Haar umgaben ihr Gesicht wie eine Aureole von Topasen. Rodolphe zog sie lachend an sein Herz.

Dann musterte sie das Zimmer, öffnete die Schubfächer, kämmte sich mit seinem Kamm und besah sich in seinem Rasierspiegel. Oft nahm sie sogar eine große Pfeife in den Mund, die auf dem Nachttisch zwischen Zitronen, Zuckerstückchen und einer Wasserkaraffe lag.

Sie brauchten eine gute Viertelstunde, um Abschied zu nehmen. Emma weinte; am liebsten wäre sie für immer bei ihm geblieben. Eine unwiderstehliche Gewalt trieb sie immer wieder in seine Arme, und eines Tages, als er sie ganz unerwartet auftauchen sah, runzelte er die Stirn.

»Was hast du denn?« fragte sie. »Hast du Schmerzen? Sprich!«

Schließlich erklärte er mit ernster Miene, daß ihre Besuche anfingen, unvorsichtig zu sein, und daß sie sich kompromittiere.

Guy de Maupassant
Mein Onkel Julius

Ein weißbärtiger Alter bettelte uns an. Mein Freund Joseph Davrange gab ihm ein Hundertsoustück. Ich wunderte mich darüber. Er erklärte:

»Der arme Teufel da hat mich an etwas erinnert, das ich nie vergessen werde. Hör zu:

Ich bin in Le Havre aufgewachsen. Meine Familie lebte in dürftigen Verhältnissen. Man schlug sich so durch. Mein Vater plagte sich für uns, er kam spät aus seinem Kontor und verdiente wenig. Ich hatte noch zwei Schwestern.

Meine Mutter litt sehr unter der Armut, in der wir lebten. Mein Vater bekam oft versteckte und giftige Vorwürfe von ihr zu hören. Der arme Mann antwortete auf ihre Anklagen mit einer unaussprechlich schmerzlichen Bewegung. Er deckte die flache Hand über die Stirn, wie um sich einen Schweißtropfen fortzuwischen, der nicht da war, und schwieg still. Ich aber fühlte seinen ohnmächtigen Schmerz mit.

An allem mußte gespart werden; eine Einladung zum Essen lehnte man, um sie nicht erwidern zu müssen, von vornherein ab; der Bedarf für den Haushalt wurde dort gekauft, wo es am billigsten war, auch die Kleiderstoffe. Meine Schwestern nähten sich ihre Kleider selbst. Über den Preis einer Litze, die fünfzehn Centime das Meter kostete, konnte man sich lange unterhalten. Das Mittagessen bestand in der Regel aus einer fetten Suppe und einem Stück Rindfleisch, das mit immer anderen Saucen angerichtet wurde. Man mag einwenden, daß so ein Essen nahrhaft und bekömmlich sei; nun, ich hätte lieber etwas anderes gegessen.

Und… oh, die scheußlichen Auftritte, die es gab, wenn mir ein Knopf, der sich vom Anzug gelöst hatte, verlorengegangen war, oder wenn ich mir gar ein Loch in die Hose gerissen hatte!

Aber – an jedem Sonntag machten wir im Galaanzug unseren Spaziergang über den Hafendamm. Mein Vater, im Gehrock, mit dem hohen Hut und mit Handschuhen, bot meiner Mutter den Arm, die sich wie ein festlich bewimpeltes Segelschiff herausgeputzt hatte. Meine Schwestern, die zuerst mit dem Ankleiden fertig geworden waren, mußten lange auf das Zeichen zum Aufbruch warten, denn im letzten Augenblick wurde immer noch ein Fleck auf dem väterlichen Gehrock entdeckt, den man übersehen hatte, und der noch rasch mit einem benzingetränkten Tuchfetzen entfernt werden mußte.

Mein Vater stand dann, den hohen Hut auf dem Kopfe und in Hemdsärmeln, und wartete darauf, daß die Sache in Ordnung käme, während die Mutter, die ihre Brille mit den dicken Gläsern aufgesetzt und die Handschuhe, um sie nicht zu verderben, ausgezogen hatte, sich heftig beeilte.

Alsdann machte man sich feierlich und umständlich auf den Weg. Die Schwestern gingen Arm in Arm voran. Sie standen im heiratsfähigen Alter, und also war es tunlich, daß man sie den Leuten zeigte. Ich hielt mich links von der Mutter, der Vater ging rechts. Nie werde ich das hochtrabende Gebaren meiner armen Eltern auf diesen Sonntagsspaziergängen, ihre starren Gesichtszüge, ihr ganzes verkrampftes Benehmen vergessen. Sie gingen mit feierlichen Schritten dahin, steifbeinig und in aufrechter Haltung; man hätte denken können, daß eine Sache von ungeheurer Tragweite von ihrem Auftreten abhinge.

Und jeden Sonntag, wenn er dann die großen Schiffe, die von fernen und unbekannten Ländern zurückkamen, einlaufen sah, pflegte mein Vater unweigerlich auszurufen:

»Ha, wenn Julius jetzt da drauf wäre – welch eine Überraschung!«

Mein Onkel Julius, Vaters Bruder, war die einzige Hoffnung der Familie, nachdem er ehemals ihr Schrecken gewesen. Ich hatte seit meiner frühesten Kindheit über ihn reden gehört, und ich war überzeugt, daß ich ihn auf den ersten Blick erkennen würde, so deutlich konnte ich ihn mir vorstellen. Ich kannte alle Einzelheiten seines Lebens bis zu dem Tage, da er nach Amerika abgereist war, obwohl man von jener Zeit nur mit gedämpfter Stimme sprach.

Er mußte sich – soviel hatte ich erlauscht – damals recht übel aufgeführt haben, das heißt, er hatte irgendwelche Gelder durchgebracht, was in armen Familien ja als eins der schwersten Verbrechen gilt. Wenn so etwas bei reichen Leuten vorkommt, so sagt man, der und der »hat dumme Streiche gemacht«. Man nennt ihn einen leichtsinnigen Bruder und lächelt über ihn. Bei den Bedürftigen ist ein junger Mann, der seine Eltern zwingt, das Ersparte anzugreifen, gleich ein Schlingel, ein Lump und ein Taugenichts!

Diese Unterscheidung ist nur zu sehr gerechtfertigt;

wenn zwei dasselbe tun, so ist es eben nicht dasselbe, weil ja jede Handlung nach ihren Folgen beurteilt werden muß.

Überdies hatte der Onkel Julius, nachdem er seine eigene Erbschaft bis auf den letzten Sou verpulvert hatte, auch den Teil, der meinem Vater zustand, beträchtlich geschmälert.

Man hatte ihn, wie es in solchen Fällen gebräuchlich ist, auf ein Handelsschiff gesetzt und nach New York verschifft.

Der Onkel Julius gründete drüben ein Geschäft. Ich weiß nichts Näheres darüber. Bald darauf schrieb er, daß er gut verdiene. Er hoffte, meinen Vater für den Verlust, den er verschuldet hatte, eines Tages entschädigen zu können. Dieser Brief versetzte die Familie in einen freudigen Aufruhr. Julius, der noch nie etwas getaugt hatte, dieser Erzgauner, wie er immer geheißen, verwandelte sich mit einem Schlag in einen Ehrenmann, in den besten Kerl von der Welt, in einen echten Davranche – denn die Davranche hatten sich immer und überall durch Rechtschaffenheit ausgezeichnet.

Inzwischen erfuhren wir durch einen Kapitän, daß er sich einen prächtigen Laden gemietet hätte und ein glänzendes Geschäft machte.

Ein zweiter Brief von ihm, der zwei Jahre später eintraf, lautete so: »Mein lieber Philipp! Ich schreibe Dir heute, damit Du Dich nicht über mich beunruhigst. Es geht mir gut. Das Geschäft entwickelt sich ausgezeichnet. Ich muß morgen eine längere Reise nach Südamerika antreten. Es ist möglich, daß Jahre vergehen werden, bis ich Dir wieder schreiben kann. Solltest Du also inzwischen nichts von mir hören, so sorge Dich weiter nicht. Ich werde eines Tages, wenn ich mein Glück gemacht habe, in Le Havre eintreffen. Ich hoffe, daß es nicht allzu lange dauern wird und daß wir zwei alsdann froh und munter beieinander sitzen ...«

Dieser Brief war für die Familie zu einem Evangelium geworden. Man las ihn bei jeder Gelegenheit vor und zeigte ihn jedermann, der ihn sehen wollte.

Tatsächlich vergingen volle zehn Jahre, ohne daß Julius von sich hören ließ; je länger es dauerte, um so mehr wuchs die Zuversicht meines Vaters; auch die Mutter sagte oft:

»Wenn erst der liebe Julius da ist, ändert sich alles. Das ist einer, der es verstanden hat, sich hinaufzuarbeiten!«

Und jeden Sonntag, wenn wir die großen schwarzen Dampfschiffe einlaufen und ihren Schornsteinrauch über den Himmel dahinwölken sahen, tat mein Vater seinen gewohnten Ausspruch:

»Ha, wenn Julius jetzt da drauf wäre – welch eine Überraschung!«

Und man wäre durchaus nicht erstaunt gewesen, wenn man sein Taschentuch hätte flattern sehen und seinen Zuruf vernommen hätte:

»Hallo, Philipp!«

Inzwischen wurde hin und her überlegt, was man »dann« mit dem Gelde des Onkels anfangen würde; immer wieder tauchte der Plan auf, ein bestimmtes Landhaus in Ingouville zu erwerben; ich bin sicher, daß mein Vater sich längst mit dem Besitzer in Verbindung gesetzt hatte.

Meine älteste Schwester war damals achtundzwanzig, die jüngere fünfundzwanzig. Sie waren immer noch ledig, zum großen Kummer der Familie.

Endlich hatte die Jüngere das Glück, einen Bewerber zu

finden. Es war ein Angestellter, ohne Vermögen zwar, aber von einwandfreiem Ruf. Heute bin ich fest davon überzeugt, daß der herrliche Brief des Onkel Julius, den man ihm eines Abends in die Hand drückte, die letzten Bedenken des jungen Herrn hinweggefegt hat und für das Zustandekommen dieser Ehe ausschlaggebend gewesen ist.

Er wurde mit offenen Armen aufgenommen. Man beschloß, gleich nach der Hochzeit mit der ganzen Familie eine kleine Reise nach der Insel Jersey zu unternehmen.

Jersey ist in Le Havre das ideale Reiseziel für die armen Leute. Die Entfernung ist nicht groß. Man fährt mit dem Postdampfer hinüber und hat Gelegenheit, den Fuß auf ausländischen Boden zu setzen. Das Eiland gehört ja den Engländern. Ein Franzose kann somit nach einer zweistündigen Seefahrt einen Blick auf das (übrigens recht primitive) Leben dieses Inselvölkchens werfen, das, um einen volkstümlichen Ausdruck zu gebrauchen, »die britische Flagge schützt«.

Man sah der Reise nach Jersey mit freudiger Unruhe entgegen. Sie würde eine einzigartige Sache werden, ein Traum geradezu, der in Erfüllung ging. Man sprach von nichts anderem.

Endlich war es soweit. Ich sehe das alles vor mir, als wäre es gestern gewesen: den Dampfer, der am Kai von Granville anlegt – meinen völlig verstörten Vater, der unsere drei Gepäckstücke nicht aus den Augen läßt, die aufgeregte Mutter am Arm der älteren Tochter, die ihrerseits in jener Zeit, da die Schwester von ihr gegangen war, wie ein verlorenes Huhn herumlief, und irgendwo im Hintergrunde die Jungvermählten, an denen mir schon aufgefallen war, daß sie, sooft ich mich nach ihnen umschaute, ihre eigenen Wege gingen.

Man stand an Bord. Der Dampfer tutete, verließ die Hafenböschung und glitt auf die See hinaus, die sich flach wie eine grüne Marmortafel hinauslehnte. Wir sahen die Küste mehr und mehr schwinden und fühlten uns glücklich und gehoben. Der Traum war in Erfüllung gegangen. Es war »die« Seereise, die wir jetzt erlebten.

Mein Vater drückte stolz seinen Bauch heraus. Er trug den Gehrock, aus dem man noch am selben Morgen mit größter Sorgfalt sämtliche Flecke entfernt hatte. In seiner Nähe roch es nach Benzin… nach den Sonntagsspaziergängen also, die ich so gut kannte.

Er beobachtete dann zwei Herren, die für ihre beiden eleganten Damen Austern besorgten. Ein alter zerlumpter Seemann kam heran, öffnete ihnen die Schalen mit dem Messer und übergab sie den Herren, die sie den Damen weiterreichten. Diese nahmen sie auf eine ebenso vornehme wie anmutige Weise in Empfang. Sie hielten die Schale nämlich über ihre hübschen Taschentüchlein. Dabei streckten sie die Mündchen vor, um die Kleider nicht zu beschmutzen. Alsdann schluckten sie die Flüssigkeit mit einer kurzen gewandten Bewegung hinunter und warfen die Schalen über Bord.

Mein Vater war offenbar von dieser vorbildlichen Art, Austern auf einem schwankenden Schiff zu verspeisen, sehr angetan. Er mochte sich sagen: Da haben wir die feine Lebensart, das ist Überlegenheit und so weiter – er wandte sich an meine Mutter und meine Schwestern und fragte:

»Darf ich euch Austern anbieten?«

Die Mutter zögerte, wegen der Ausgabe; aber meine Schwestern waren sogleich dabei. Mutter meinte unwillig:

»Ich würde mir nur den Magen daran verderben. Gib meinetwegen den Kindern davon, aber nicht zuviel, sonst wird ihnen doch nur übel.«

Und indem sie auf mich deutete, fügte sie hinzu: »Joseph braucht keine Austern; Buben soll man nicht verwöhnen.«

Ich blieb also neben meiner Mutter stehen. Ihre Entscheidung kränkte mich. Ich sah meinen Vater mit seinen beiden Töchtern und dem Schwiegersohn zu dem alten zerlumpten Seemann hinübergehen. Er hielt sich so stolz wie nur je.

Die beiden Damen waren nicht mehr in der Nähe.

Mein Vater erklärte den Schwestern, wie man es anstellen müßte, um die Flüssigkeit, ohne sie zu verschütten, in den Mund zu bekommen; er wollte es ihnen dann vormachen und nahm eine Auster in die Hand. Aber es gelang ihm nicht so gut wie den Damen vorhin, denn er schüttete den ganzen Inhalt auf seinen Gehrock. Ich hörte meine Mutter ärgerlich murmeln:

»So was soll man bleiben lassen.«

In diesem Augenblick beobachtete ich, daß in meinem Vater etwas vorging; er wich ein paar Schritte zurück, starrte die drei, die mit ihm um den Austernhändler herumstanden, an und eilte dann auf die Mutter los. Er war leichenblaß, seine Augen flackerten sonderbar. Er zischte meiner Mutter ins Ohr:

»Das ist ja geradezu toll, wie der Mann da, der die Austern öffnet, dem Julius ähnelt.«

Die Mutter fragte verblüfft:

»Welchem Julius?«

Mein Vater erklärte:

»Nun... meinem Bruder... Wenn ich ihn nicht in Amerika und in ausgezeichneten Vermögensverhältnissen wüßte, so würde ich wahrhaftig glauben, er sei es selbst.«

Meine Mutter sah völlig verstört drein, sie stammelte:

»Du bist verrückt! Du weißt doch genau, daß er es nicht sein kann – sprich also nicht solche Dummheiten!«

Doch mein Vater ließ sich nicht beirren:

»Sieh ihn dir bitte selbst an, Clarisse; ich werde dir von Herzen dankbar sein, wenn du dich mit eigenen Augen vergewisserst.«

Sie stand auf und ging zu ihren Töchtern hinüber. Ich folgte ihr, ich wollte mir den Mann ebenfalls anschauen. Er war alt, schmutzig, ganz runzlig schon – er sah nicht von seiner Arbeit, die er da verrichtete, auf.

Meine Mutter kehrte zurück. Ich merkte, daß sie zitterte. Sie konnte kaum sprechen. Sie stotterte:

»Ich glaube, er ist es. Geh gleich zum Kapitän und erkundige dich. Vor allem: jetzt Vorsicht, damit dieser Taugenichts es sich nicht einfallen läßt, uns zu erkennen.«

Mein Vater eilte davon. Ich lief ihm nach. Alles in mir zitterte.

Der Kapitän, ein langer, dürrer Mann mit breitem Vollbart, schritt auf der Brücke hin und her, und zwar mit einer so gewichtigen Miene, als ob er den Schnellpostdampfer nach Hinterindien unter seinen Füßen hätte.

Mein Vater sprach ihn mit übertriebener Höflichkeit an und stellte dann allerlei Fragen, die sich auf die Seereise bezogen. Etwa so:

Worin die Bedeutung von Jersey läge? Wovon und wie die Bevölkerung lebte? Wie der Boden beschaffen wäre? Und so weiter. Die Unterhaltung wurde mit derartiger Ernsthaftigkeit geführt, als ob es sich um die Vereinigten Staaten von Nordamerika gehandelt hätte.

Dann kam das Gespräch auf den Dampfer, mit dem wir fuhren, den »Expreß«, und endlich auch auf die Besatzung. Dabei sagte mein Vater, und seine Stimme hatte plötzlich ihre Festigkeit verloren:

»Sie haben da einen alten Austernverkäufer an Bord. Er ist mir aufgefallen. Wissen Sie Näheres über den Mann?«

Der Kapitän, den die Unterhaltung bereits langweilen mochte, gab mit knappen Worten Auskunft:

»Es ist ein alter Franzose und Herumstreicher. Er kam im vorigen Jahre in Amerika auf das Schiff, und ich habe ihn dann mitgenommen. Er hat Verwandte in Le Havre, aber er traut sich nicht hin, weil er ihnen Geld schuldig ist. Er heißt Julius… Julius Darmanche oder Darvranche, so ähnlich jedenfalls. Ich habe den Eindruck, daß es ihm drüben zeitweilig sehr gut gegangen ist. Wie es jetzt mit ihm steht, werden Sie ja gesehen haben.«

Mein Vater war bleich geworden. Er nickte mit seinem verstörten Gesicht und murmelte:

»Aha! Sehr schön… sehr interessant… zwar, so was kommt ja nicht gerade selten vor… meinen verbindlichsten Dank, Herr Kapitän.«

Damit ging er davon. Der Mann auf der Brücke sah ihm sehr erstaunt nach.

Er kam zu meiner Mutter zurück. Sein Gesicht war verzerrt. Sie hauchte ihm zu:

»Setz dich doch; man wird sonst was merken.«

Er sank auf den Sitz und stammelte:

»Er ist es, er ist es also ... ganz bestimmt.«

Darauf stöhnte er:

»Was sollen wir tun? ...«

Sie sagte rasch:

»Wir müssen die Kinder von ihm wegbringen. Da Joseph alles mit angehört hat, soll er hinübergehen. Vor allem müssen wir auf unseren Schwiegersohn achtgeben, damit er nichts erfährt.«

Mein Vater war völlig zerschmettert. Er ächzte:

»Welch ein Verhängnis!«

Meine Mutter geriet plötzlich in Wut. Sie erklärte:

»Ich habe immer vermutet, daß dieser Dieb überhaupt nichts arbeitet, und daß wir ihn eines Tages wieder auf dem Hals haben werden. Wie könnte man von einem Davranche auch etwas anderes erwarten! ...«

Mein Vater deckte die Hand auf seine Stirn, mit der Bewegung, die ich so gut an ihm kannte.

Sie fuhr fort:

»Gib Joseph Geld, damit er die Austern sofort bezahlt. Es fehlte mir jetzt nur noch, daß dieser Bettler uns erkennt. Das würde hier auf dem Schiff einen netten Eindruck machen. Gehen wir auf die andre Seite hinüber, und sorge du dafür, daß dieser Strolch nicht in unsre Nähe kommt!«

Sie stand auf. Ich bekam ein Hundertsoustück ausgehändigt, und meine Eltern entfernten sich.

Die Schwestern, die sich unser Gehaben nicht erklären konnten, warteten immer noch auf den Vater.

Ich teilte ihnen mit, daß Mama ein wenig seekrank geworden wäre. Dann fragte ich den Austernverkäufer:

»Wieviel bekommen Sie, mein Herr?«

Ich hätte ihn am liebsten »Lieber Onkel!« angeredet.

Er sagte: »Zwei Franc fünfzig.«

Ich hielt ihm mein Hundertsoustück hin, und er wechselte es mir.

Ich sah mir seine Hand an. Es war eine arme schwielige Matrosenhand. Und ich sah ihm ins Gesicht, und es war so alt und erbarmungswürdig, so unglücklich und so niedergeschlagen – das alles wurde mir bewußt, und ich sagte mir:

»Dies ist der Bruder deines Vaters ... dein eigener Onkel ist dies ...«

Ich gab ihm zehn Sou Trinkgeld. Er bedankte sich mit den Worten:

»Gott vergelt's, junger Herr!«

Er sagte das in dem leiernden Ton eines Bettlers. Gewiß hatte er drüben in Amerika betteln müssen.

Die Schwestern sahen mich ob meiner Freigebigkeit groß an.

Als ich meinem Vater nur zwei Franc zurückgab, fragte die Mutter verwundert:

»Hat er euch denn für drei Franc verkauft? ... Das kann nicht stimmen.«

Ich erklärte unbeirrt:

»Ich habe ihm zehn Sou Trinkgeld gegeben.«

Meine Mutter fuhr auf und starrte mir ins Gesicht:

»Bist du verrückt geworden? Du gibst diesem Menschen, diesem Halunken zehn Sou? ...«

Mein Vater warf ihr einen Blick zu, denn der Schwiegersohn kam gegangen. Darauf Schweigen.

Vor uns, am Horizont tauchte eben ein dunkelblauer Schatten aus dem Meer auf. Es war die Insel Jersey.

Als der Dampfer sich der Anlegestelle näherte, überfiel mich das heiße Verlangen, meinen Onkel Julius noch einmal zu sehen, ihn aufzusuchen und ihm ein paar herzliche und liebe Worte zu sagen.

Aber ich fand ihn nirgends. Da seine Austern nicht mehr verlangt wurden, so war er gewiß nach unten gestiegen, in seinen stinkenden Schiffsraum, wo er hauste.

Um nicht Gefahr zu laufen, ihm ein zweites Mal zu begegnen, haben wir dann die Rückfahrt auf dem Dampfer von Saint-Malo gemacht. Meine Mutter zitterte immer noch vor Erregung und Zorn.

Ich habe den Bruder meines Vaters nie wiedergesehen!

Nun also weißt du, warum ich allen Landstreichern ein Hundertsoustück schenke.«

Ambrose Bierce
Ein Ereignis an der Owl-Creek-Brücke

I

Ein Mann stand auf einer Eisenbahnbrücke im nördlichen Alabama und blickte, zwanzig Fuß unter sich, auf das schnellfließende Wasser. Die Hände des Mannes waren auf den Rücken gelegt, die Handgelenke mit einem Strick zusammengebunden. Ein Seil umschloß eng seinen Hals. Es war an einer kreuzförmigen Verstrebung aus kräftigen Holzstämmen befestigt, die sich über seinem Kopf befand, und das freie Ende fiel bis in die Höhe seiner Kniekehlen herunter. Einige Bretter waren lose auf die Schwellen gelegt, die die Geleise der Bahnlinie trugen, und bildeten so einen Standplatz für ihn und seine Scharfrichter – zwei gemeine Soldaten der Unionsarmee, die von einem Unteroffizier befehligt wurden, welcher im Zivilleben vielleicht stellvertretender Sheriff gewesen sein konnte. In kurzem Abstand befand sich auf derselben Plattform ein Offizier in der Uniform seines Dienstranges, bewaffnet. Es war ein Hauptmann. Ein Wachtposten an jedem Ende der Brücke stand mit dem Gewehr in jener Haltung, die man als ›Präsentiergriff‹ kennt, das heißt, das Gewehr befand sich senkrecht vor der linken Schulter, die Pulverpfanne ruhte auf dem Unterarm, der quer über die Brust gelegt war – eine steife und unnatürliche Stellung, die eine aufrechte

Haltung des Körpers erzwingt. Es schien nicht zu den Pflichten dieser beiden Männer zu gehören, sich um das zu bekümmern, was sich in der Mitte der Brücke ereignete; sie versperrten lediglich die beiden Enden jenes mit Bohlen ausgelegten Ganges, der über die Brücke hinwegführte.

Jenseits des einen dieser Wachtposten war sonst niemand zu sehen; die Eisenbahnlinie verlief schnurgerade, führte dann hundert Yard durch einen Wald, beschrieb einen Bogen und kam dadurch außer Sicht. Zweifellos befand sich weiter entfernt noch ein Außenposten. Das andere Ufer des Stromes war ungehindert einzusehendes Gelände – eine sanfte Böschung, gekrönt von einer Palisade aus senkrecht eingerammten Baumstämmen mit kleinen Schießscharten für die Gewehre und einer großen Schießscharte, durch die die Mündung einer Messingkanone ragte, welche die Brücke bestrich. Auf der Mitte der Böschung, zwischen Brücke und Fort, standen die Zuschauer – eine einzige Kompagnie Infanterie, in Reihe angetreten und in ›Rührteuch‹-Stellung, die Kolben der Gewehre auf den Boden gesetzt, die Gewehrläufe leicht nach hinten gegen die rechte Schulter geneigt und beide Hände über dem Ladestock gekreuzt. Ein Lieutenant stand auf dem rechten Flügel der Reihe, die Spitze seines Degens auf den Boden gestellt, die linke Hand auf der rechten ruhend. Mit Ausnahme der Gruppe von vier Männern in der Mitte der Brücke rührte sich kein Mensch. Die Kompagnie stand mit der Front zur Brücke und blickte steinern, regungslos hinüber. Die Wachtposten, die zum Ufer des Stromes blickten, hätten ebensogut Statuen sein können, die die Brücke schmückten. Der Hauptmann stand mit verschränkten Armen, schweigend, und beobachtete die Arbeit seiner Untergebenen, verriet jedoch keine Bewegung. Der Tod besitzt eine so große Würde, daß er, wenn er angemeldet kommt, selbst von denen mit allen Anzeichen des Respekts empfangen wird, die mit ihm am vertrautesten sind. Im Gesetz der militärischen Etikette sind Schweigen und Reglosigkeit feste Formen der Ehrerbietung.

Der Mann, um dessen Erhängen es ging, war augenscheinlich im Alter von etwa fünfunddreißig Jahren. Es war ein Zivilist, wenn man nach seinem Äußeren urteilen wollte, das dem eines Pflanzers glich. Seine Gesichtszüge waren gut geschnitten – eine gerade Nase, ein fester Mund, eine breite Stirn, aus der das lange dunkle Haar glatt nach hinten gekämmt war und hinter den Ohren bis auf den Kragen seines langen Jacketts hinunterfiel. Er trug Schnurr- und Kinnbart, jedoch keinen Backenbart; seine Augen waren groß und dunkelgrau und besaßen einen freundlichen Ausdruck, den man kaum bei einem erwartet hätte, um dessen Hals bereits die Schlinge lag. Offensichtlich war er kein gewöhnlicher Meuchelmörder. Das großzügige militärische Gesetz hat Vorsorge getroffen, daß alle möglichen Arten von Menschen gehängt werden können, und selbst Gentlemen sind davon nicht ausgeschlossen.

Nachdem die Vorbereitungen abgeschlossen waren, traten die beiden gemeinen Soldaten zurück, und jeder zog das Brett fort, auf dem er gestanden hatte. Der Unteroffizier wandte sich an den Hauptmann, salutierte und stellte sich unmittelbar hinter den Offizier, der seinerseits einen Schritt zur Seite trat. Diese Bewegungen endeten damit, daß der Verurteilte und der Unteroffizier auf den beiden Enden desselben Brettes standen, das drei Querbalken der Brücke überspannte. Das Ende, auf welchem der Verurteilte stand, reichte beinahe, jedoch nicht ganz, bis zum vierten Querbalken. Dieses Brett war bisher vom Gewicht des Hauptmanns in seiner Lage gehalten worden; jetzt wurde es von dem des Unteroffiziers gehalten. Auf ein Zeichen des ersten hin würde jener zur Seite treten, das Brett würde hochkippen und der Verurteilte zwischen zwei Querbalken hindurchfallen. Diese Anordnung empfahl sich seiner Ansicht nach als einfach und wirkungsvoll. Sein Gesicht war nicht bedeckt und seine Augen nicht verbunden worden. Er sah einen Augenblick lang auf seinen unsicheren Standplatz hinunter; dann ließ er seinen Blick zu den wirbelnden Wassern des Stromes wandern, die wie wahnwitzig unter seinen Füßen dahinströmten. Ein Stück tanzendes Treibholz erweckte seine Aufmerksamkeit, und seine Augen folgten ihm den Flußlauf hinunter. Wie langsam es sich zu bewegen schien! Welch ein langweiliger Strom!

Er schloß die Augen, um seine letzten Gedanken auf Frau und Kinder zu richten. Das Wasser, das von der aufgehenden Sonne in Gold verwandelt war, der Nebel, der auf den Uferbänken in einiger Entfernung stromabwärts lagerte, das Fort, die Soldaten, das Stück Treibholz – alles hatte ihn abgelenkt. Und jetzt wurde er sich einer neuen Störung bewußt. Durch die Gedanken an seine Lieben schnitt ein Laut, den er weder überhören noch sich erklären konnte, ein scharfer, deutlicher, metallischer Schlag wie der, wenn der Schmied seinen Hammer auf den Amboß niedersausen läßt. Er hätte gern gewußt, was es war und ob es unmeßbar weit oder ganz nahe war – es schien beides zugleich zu sein. Er erklang in regelmäßiger Wiederholung, aber so langsam wie das Läuten einer Totenglocke. Jeden Schlag erwartete er mit Ungeduld und – warum, wußte er nicht – mit Furcht. Die Intervalle der Stille wurden von Mal zu Mal länger; die Verzögerungen waren jetzt so, daß sie zum Wahnsinn trieben. Je seltener die Schläge wurden, desto mehr nahmen sie an Lautstärke und Schärfe zu. Sie schmerzten seinem Ohr wie der Stich eines Messers; er fürchtete, losschreien zu müssen. Was er hörte, war das Ticken seiner Uhr. Er schlug die Augen auf und sah unter sich wieder das Wasser. ›Wenn ich meine Hände befreien könnte‹, so überlegte er, ›dann könnte ich vielleicht die Schlinge abwerfen und in den Strom springen. Durch Tauchen könnte ich den Gewehrkugeln ausweichen und, wenn ich kräftig schwämme, das Ufer erreichen, in den Wald gelangen und nach Hause entkommen. Mein Heim liegt bis jetzt, Gott sei gedankt, noch außerhalb ihrer vordersten Linie; mein Weib und meine Kinder befinden sich immer noch jenseits der vordersten Stellungen dieser Eindringlinge.‹

Während dieser Gedanken, die hier in Worten niedergelegt werden müssen, eher in das Gehirn des verurteilten Mannes hineindrangen, als aus ihm hervorgingen, nickte der Hauptmann dem Unteroffizier zu. Der Unteroffizier trat einen Schritt zur Seite.

II

Peyton Farquhar war ein wohlhabender Pflanzer aus einer alten und hochangesehenen Familie Alabamas. Selbst Eigentümer von Sklaven und, wie andere Sklavenbesitzer, zugleich Politiker, war er natürlich seiner ganzen Herkunft nach ein Anhänger der Sezession und der Sache der Südstaaten von ganzem Herzen ergeben. Verschiedene Umstände dringender Art, die hier nicht erläutert zu werden brauchen, hatten ihn daran gehindert, Dienst bei der tapferen Armee zu tun, welche die unglücklichen Feldzüge führte, die mit dem Fall der Stadt Corinth endeten, und er litt sehr unter der unglücklichen Verhinderung und sehnte sich nach dem Gebrauch seiner Kräfte, nach dem großzügigeren Leben eines Soldaten, nach der Gelegenheit zur Auszeichnung. Diese Gelegenheit, so spürte er, würde kommen, wie sie in Kriegszeiten für jeden einmal kommt. Mittlerweile tat er, was in seinen Kräften stand. Keine Dienstleistung war für ihn zu gering, um sie nicht zur Unterstützung des Südens zu tun, kein Abenteuer für ihn zu gefahrvoll, um es nicht auszuführen, wenn es mit dem Wesen eines Zivilisten übereinstimmte, der in seinem Herzen Soldat war und guten Glaubens sowie ohne zu viel Befähigung zumindest einem Teil des unverhüllt schändlichen Machtanspruches zustimmte, der sowohl in der Liebe als auch im Kriege berechtigt ist.

Eines Abends, während Farquhar und seine Frau auf einer hölzernen Bank nahe dem Zugang zu seinem Besitz saßen, kam ein graugekleideter Soldat an das Tor geritten und bat um einen Becher Wasser. Mrs. Farquhar war nur zu froh, ihn mit ihren eigenen gepflegten Händen zu bedienen. Während sie Wasser holte, näherte ihr Ehemann sich dem staubbedeckten Reitersmann und fragte begierig nach Nachrichten von der Front.

»Die Yankees bessern die Eisenbahnlinie aus«, sagte der Mann, »und machen sich für einen neuen Vormarsch bereit. Sie haben die Owl-Creek-Brücke erreicht, richten sie wieder her und haben auf dem Nordufer Palisaden gebaut. Der Kommandant hat einen Befehl erlassen, der überall angeschlagen ist und in welchem erklärt wird, daß jeder Zivilist, der bei einem Anschlag auf die Bahnstrecke oder ihre Brücken, Tunnels und Züge gefangengenommen wird, auf der Stelle erhängt wird. Ich habe den Befehl selbst gelesen.«

»Wie weit ist es bis zur Owl-Creek-Brücke?« fragte Farquhar.

»Etwa dreißig Meilen.«

»Befinden sich auf dieser Seite des Flusses Truppen?«

»Nur eine Feldwache eine halbe Meile landeinwärts, unmittelbar an der Eisenbahnlinie, sowie ein einzelner Wachtposten an dem diesseitigen Ende der Brücke.«

»Angenommen, ein Mann – ein Zivilist und gelehriger Schüler in der Kunst des Hängens – würde die Feldwache umgehen und vielleicht dem Wachtposten zuvorkommen«, sagte Farquhar lächelnd, »was könnte er erreichen?«

Der Soldat überlegte. »Ich war vor einem Monat dort«, erwiderte er. »Ich habe beobachtet, daß das Hochwasser des vergangenen Winters eine große Menge Treibholz an dem hölzernen Brückenpfeiler angeschwemmt hat, der sich am diesseitigen Ende der Brücke befindet. Es ist jetzt strohtrocken und wird wie Zunder brennen.«

Die Ehefrau hatte das Wasser gebracht, das der Soldat trank. Er dankte ihr geziemend, verbeugte sich vor ihrem Ehemann und ritt davon. Eine Stunde später, nach Einbruch der Nacht, kam er wiederum an der Pflanzung vorbei und ritt nordwärts in jene Richtung, aus der er gekommen war. Es war ein Kundschafter der Unionstruppen gewesen.

III

Während Peyton Farquhar geradewegs zwischen den Querbalken der Brücke hindurchfiel, verlor er das Bewußtsein und war ein beinahe Toter. Aus diesem Zustand erwachte er – nach Ewigkeiten, wie ihm schien – durch den Schmerz eines schneidenden Druckes auf seine Kehle, gefolgt von einem Gefühl des Erstickens. Grelle, durchdringende Todeszuckungen schienen von seinem Genick aus durch jede Faser seines Körpers und seiner Gliedmaßen zu schießen. Diese Schmerzen waren so, als durchführen sie ganz bestimmte Verästelungen und träten in unbegreiflich schneller Folge auf. Sie ähnelten Strömen von pulsierendem Feuer, das in ihm eine unerträgliche Hitze anfachte. Und in seinem Kopf verspürte er nichts als ein Gefühl der Völle – eine Stauung. Diese Empfindungen waren von keinem einzigen Gedanken begleitet. Der verstandesmäßige Teil seines Wesens war bereits ausgelöscht; er hatte nur noch die Kraft des Empfindens, und Empfinden war eine Qual. Er wurde sich irgendeiner Bewegung bewußt. Eingehüllt in eine strahlende Wolke, deren glühendes Herz er lediglich war, ohne jede materielle Substanz, schwang er wie ein ungeheuer großes Pendel in unvorstellbaren Bögen hin und her.

Dann schoß auf einmal das Licht mit einer fürchterlichen Plötzlichkeit und dem Geräusch eines lauten Aufklatschens nach oben; ein schreckliches Tosen war in seinen Ohren, und alles war kalt und finster. Die Macht des Denkens war zurückgekehrt; er wußte, daß das Seil gerissen und er in den Strom gefallen war. Es gab keine neue Art Strangulierung für ihn; die um seinen Hals liegende Schlinge schnürte ihm bereits die Luft ab und verhinderte das Eindringen des Wassers in seine Lungen. Den Tod durch Erhängen am Grunde eines Flusses zu sterben! – diese Vorstellung schien ihm beinahe lachhaft. Er schlug die Augen auf und sah über sich einen Schimmer von Licht, aber wie fern, wie unerreichbar. Er sank immer noch tiefer, denn das Licht wurde schwächer und immer schwächer, bis es nur noch ein bloßes Glimmen war. Dann begann es zu wachsen und heller zu werden, und er wußte, daß er wieder an die Oberfläche stieg – wußte es mit Widerwillen, denn er fühlte sich jetzt sehr wohl. ›Gehängt und ertränkt zu werden‹, so dachte er, ›das ist nicht so schlimm. Aber erschossen möchte ich nicht werden. Nein! Ich will nicht erschossen werden; das wäre nicht gerecht.‹

Er war sich jetzt einer Anstrengung bewußt, und ein schneidender Schmerz in seinem Handgelenk machte ihm deutlich, daß er versuchte, seine Hände freizubekommen. Diesem Bemühen widmete er seine ganze Aufmerksamkeit, wie ein Müßiggänger die Geschicklichkeit eines Taschendiebes beobachtet, ohne an dem Ausgang interessiert zu sein. Welch großartiger Versuch! Welch prachtvolle, übermenschliche Kraft! Ein glänzendes Unternehmen war das! Bravo! Der Strick löste sich; seine Arme trennten sich und glitten nach oben, die Hände waren in dem langsam heller werdenden Licht undeutlich zu erkennen. Mit neuem Interesse beobachtete er sie, wie erst die eine und dann die andere nach der Schlinge, die um seinen Hals lag, griff. Sie zogen an dem Seil und warfen es wütend weg, und seine Bewegungen ähnelten denen einer Wasserschlange. ›Legt sie wieder um! Legt sie wieder um!‹ Er glaubte, diese Worte seinen Händen zuzurufen, denn dem Lockern der Schlinge war der schrecklichste stechende Schmerz gefolgt, den er bisher verspürt hatte. Sein Genick tat entsetzlich weh; sein Gehirn stand in Flammen, und sein Herz, das nur noch schwach geflattert hatte, tat einen gewaltigen Satz und versuchte, sich durch seinen Mund ins Freie zu zwängen. Sein ganzer Körper wurde von einer unerträglichen Pein gefoltert und verrenkt! Aber seine ungehorsamen Hände schenkten dem Befehl nicht die geringste Beachtung. Heftig zerteilten sie mit schnellen, nach unten gerichteten Schwimmstößen das Wasser und zwangen ihn, an die Oberfläche zu steigen. Er merkte, wie sein Kopf aus dem Wasser tauchte; seine Augen waren vom Sonnenschein geblendet. Sein Brustkorb weitete sich krampfhaft, und mit einer letzten, alles übertreffenden Anstrengung pumpten seine Lungen ungeheure Mengen Luft in sich herein, woraufhin er sofort einen gellenden Schrei ausstieß!

Er war jetzt im vollen Besitz seiner körperlichen Sinne. In Wirklichkeit waren sie sogar übernatürlich wach und gespannt. Irgend etwas in der schrecklichen Verwirrung seines organischen Systems hatte sie so gesteigert und geläutert, daß sie jetzt Dinge vermeldeten, die sie bisher niemals wahrgenommen hatten. Er spürte die Wellen, die sein Gesicht berührten, und hörte dabei den Laut jeder einzelnen, die ihn traf. Er blickte zu dem Wald am Ufer des Stromes hinüber und sah jeden einzelnen Baumstamm, die Blätter und die Adern jedes einzelnen Blattes – sogar die Insekten sah er, die auf ihnen saßen: Heuschrecken, Fliegen mit ihren schillernden Leibern, graue Spinnen, die ihre Netze von Zweig zu Zweig spannten. Er bemerkte die Regenbogenfarben aller Tautropfen auf den Millionen von Grashalmen. Das Summen der Mücken, die über den Wasserstrudeln des Stromes tanzten, der Flügelschlag der Libellen, die Schwimmstöße der Wasserspinnen, deren Beine wie Ruder waren, die ein Boot vorwärtsbewegten – alles das verursachte eine hörbare Musik. Ein Fisch glitt dicht unterhalb seiner Augen dahin, und er hörte das Rauschen, mit dem der Fischleib das Wasser zerteilte.

Mit dem Gesicht stromabwärts, war er an die Oberfläche gekommen; im nächsten Augenblick schien die sichtbare Welt sich langsam zu drehen, wobei er selber der Drehpunkt war, und er sah die Brücke, das Fort, die Soldaten auf der Brücke, den Hauptmann, den Unteroffizier, die beiden gemeinen Soldaten, seine Scharfrichter. Deutlich hoben sie sich gegen den blauen Himmel ab. Sie schrien und gestikulierten und deuteten auf ihn. Der Hauptmann hatte seinen Revolver gezogen, schoß jedoch nicht; die übrigen waren unbewaffnet. Ihre Bewegungen waren grotesk und schrecklich, ihre Gestalten riesig.

Plötzlich vernahm er einen scharfen Knall, und irgend etwas schlug glatt, wenige Zentimeter von seinem Kopf entfernt, in das Wasser und bespritzte sein Gesicht. Er hörte einen zweiten Knall und sah einen der Wachtposten, der sein Gewehr angelegt hatte, aus dessen Mündung eine kleine Wolke bläulichen Qualms aufstieg. Der Mann im Wasser sah das Auge des Mannes auf der Brücke, das über das Visier hinweg in sein eigenes starrte. Er bemerkte, daß es ein graues Auge war, und erinnerte sich, gelesen zu haben, daß graue Augen am schärfsten wären und daß alle berühmten Meisterschützen graue Augen hätten. Nichtsdestoweniger hatte dieser eine sein Ziel verfehlt.

Eine Gegenströmung hatte Farquhar ergriffen und ihn halb herumgedreht; jetzt blickte er wieder auf den Wald am Ufer gegenüber dem Fort. Der Ton einer klaren hellen Stimme in einem eintönigen Singsang erklang jetzt hinter ihm und drang mit einer Deutlichkeit über das Wasser, die alle übrigen Laute durchschnitt und unterdrückte, selbst das Schlagen der Wellen in seinen Ohren. Obgleich kein Soldat, hatte er doch genügend Lager besucht, um die drohende Bedeutung dieser entschlossenen, gedehnten, helltönenden Melodie zu erkennen. Der Lieutenant am Ufer nahm jetzt am morgendlichen Werk teil. Wie kalt und mitleidslos – mit welch gleichmäßiger, ruhiger Betonung, bei welch ahnungsvoller, eindrucksvoller Ruhe in den Männern – mit welch genau abgezirkelten Pausen fielen diese grausamen Worte:

»Kompagnie Achtung! … Legt an! … Fertig! … Zielt! … Feuer!«

Farquhar tauchte – tauchte, so tief er konnte. Das Wasser brauste in seinen Ohren wie die Stimme des Niagara, und dennoch vernahm er den gedämpften Donner der Salve, und als er langsam wieder an die Oberfläche stieg, begegnete er leuchtenden Stückchen aus Metall, seltsam abgeplattet, die glitzernd langsam nach unten sanken. Einige von ihnen berührten ihn im Gesicht und an den Händen, glitten dann weg und sanken weiter in die Tiefe. Eines rutschte ihm zwischen Kragen und Hals; es war unangenehm warm, und mit einem schnellen Griff holte er es heraus.

Als er wieder an der Oberfläche war und nach Atem rang, sah er, daß er lange Zeit unter Wasser gewesen war; er befand sich sichtlich ein ganzes Stück weiter stromabwärts – der Sicherheit näher. Die Soldaten waren mit dem Nachladen ihrer Gewehre beinahe fertig; die metallenen Ladestöcke blitzten gemeinsam im Schein der Sonne auf, als sie aus den Läufen gezogen, durch die Luft geschwenkt und in ihre Hüllen gestoßen wurden. Die beiden Wachtposten feuerten wieder, unabhängig voneinander und ergebnislos.

Der gejagte Mann sah all dies über seine Schulter; er schwamm jetzt in kräftigen Stößen mit dem Strom. Sein Gehirn war genauso voller Tatkraft wie seine Arme und Beine; seine Gedanken hatten die Geschwindigkeit eines Blitzes.

›Der Offizier‹, so überlegte er, ›wird diesen Fehler eines Vorgesetzten nicht zum zweiten Mal begehen. Es ist genauso einfach, einer Salve wie einem einzelnen Schuß durch Tauchen auszuweichen. Wahrscheinlich hat er aber bereits den Befehl gegeben, einzeln und nach eigenem

Gutdünken zu schießen. Gott helfe mir, aber allen kann ich durch Tauchen nicht entgehen!‹

Einem entsetzlichen Aufklatschen, keine zwei Yards von ihm entfernt, folgte ein lauter, rauschender Schall – *diminuendo* –, der durch die Luft zum Fort zurückzukehren schien und dort in einer Explosion aufging, die selbst das Wasser des Stromes bis in die Tiefen aufrührte! Eine hochsteigende Wasserfontäne erhob sich über ihm, schwankte, stürzte auf ihn herab, blendete und erstickte ihn! Die Kanone hatte in das Spiel eingegriffen. Während er den Kopf schüttelte, um die Betäubung durch das heruntergestürzte Wasser zu bannen, hörte er das abgeprallte Geschoß, wie es über ihn hinweg durch die Luft sauste, und im allernächsten Augenblick zerschlug und zerschmetterte es die Äste des jenseitigen Waldes.

›Das werden sie nicht noch einmal tun‹, überlegte er. ›Das nächste Mal werden sie mit Kartätschen laden. Ich darf die Kanone nicht aus den Augen lassen; der Pulverqualm wird mich warnen – der Knall dringt zu spät herüber. Er bleibt weit hinter dem Geschoß zurück. Es ist eine gute Kanone.‹

Plötzlich fühlte er sich unaufhörlich herumgewirbelt – wie ein Kreisel drehte er sich. Das Wasser, die Ufer, der Wald, die jetzt entfernte Brücke mit dem Fort und den Menschen – alles war durcheinandergeraten und verschwommen. Die Dinge waren nur an ihren Farben zu erkennen; kreisrunde waagrechte Streifen von Farbe – das war alles, was er sah. Ein Strudel hatte ihn gepackt und wirbelte ihn mit einer Schnelligkeit sowohl im Kreise als auch weiter stromabwärts, daß es ihm schwindelig und übel wurde. Binnen weniger Augenblicke wurde er auf den Kies am Fuß des linken Stromufers geschleudert – es war das südliche Ufer – und fand sich hinter einer vorspringenden Stelle wieder, die ihn vor seinen Feinden verbarg. Die plötzliche Stockung in der Bewegung, das Abschürfen der Haut von einer seiner Hände durch den Kies brachte ihn wieder zu sich, und er weinte vor Erleichterung und Freude. Er grub seine Finger in den Sand, warf ihn mit vollen Händen über sich und segnete ihn hörbar. Wie Diamanten, Rubine und Smaragde sah der Sand aus; er konnte sich nichts Schöneres vorstellen, dem der Sand nicht ähnelte. Die Bäume auf dem Ufer waren riesige Parkgewächse; er bemerkte, daß sie deutlich in einer bestimmten Anordnung gepflanzt worden waren, und atmete tief den Duft ihrer Blüten ein. Ein seltsames, rosiges Licht schimmerte zwischen den Stämmen hindurch, und der Wind spielte in ihren Zweigen, daß es wie die Melodie einer Windharfe klang. Er hatte gar nicht das Verlangen, seine Flucht bis zum Ende fortzusetzen – er war zufrieden, an dieser bezaubernden Stelle zu bleiben, bis man ihn wieder aufgriff.

Das Rauschen und Prasseln eines Kartätschenschusses in den Ästen hoch über seinem Kopf erweckte ihn aus seinem Traum. Der genarrte Kanonier hatte ihm aufs Geratewohl zum Abschied einen Schuß nachgeschickt. Er sprang auf die Füße, rannte die ansteigende Uferböschung hinauf und stürzte in den Wald hinein.

Den ganzen Tag hindurch war er unterwegs und richtete seine Schritte nach dem Verlauf der Sonnenbahn. Der Wald schien endlos zu sein; nirgends entdeckte er eine Schneise, nicht einmal einen Holzweg. Er hatte nicht gewußt, daß er in einer so wilden Gegend wohnte. In dieser Erkenntnis lag etwas Unheimliches.

Bei Einbruch der Dunkelheit war er erschöpft, fußmüde und ausgehungert. Der Gedanke an Frau und Kinder drängte ihn weiter. Schließlich stieß er auf eine Straße, die in die ihm richtig dünkende Richtung führte. Sie war so breit und gerade wie die Straßen einer Stadt, und dennoch schien sie unbefahren zu sein. Keine Felder säumten sie ein, nirgends waren Wohnstätten zu sehen. Nicht einmal das Bellen eines Hundes deutete auf menschliche Bewohner hin. Die dunklen Kronen der Bäume bildeten an beiden Seiten eine schnurgerade Mauer, die am Horizont in einem Punkt zusammenliefen, wie wenn man es lernt, perspektivisch zu zeichnen. Über ihm leuchteten, als er durch den Spalt zwischen den Baumkronen nach oben blickte, große goldene Sterne, die fremdartig aussahen und in merkwürdigen Konstellationen zusammenstanden. Er war überzeugt, daß sie in irgendeiner Absicht angeordnet waren, die eine geheimnisvolle und bösartige Bedeutung hatte. Die Bäume beiderseits der Straße waren voller einmaliger Laute, unter denen er – einmal, zweimal und noch einmal – deutlich Geflüster in einer ihm unbekannten Sprache hörte.

Starke Schmerzen durchzogen seinen Hals, und als er seine Hand hob, stellte er fest, daß der Hals entsetzlich angeschwollen war. Er wußte, daß er jetzt dort einen schwarzen Streifen hatte, wo das Seil ihn zusammengeschnürt hatte. Seine Augen waren überanstrengt; er konnte sie nicht mehr schließen. Seine Zunge war vor Durst angeschwollen; er milderte ihre Trockenheit, indem er sie zwischen den Zähnen hindurch weit in die kühle Luft streckte. Wie weich war die unbefahrene Straße durch das Gras, das über sie gewachsen war – er spürte gar nicht das Pflaster!

Zweifellos war er trotz seiner Leiden im Gehen eingeschlafen, denn jetzt sieht er ein anderes Bild – vielleicht ist er auch nur aus einem Fieberwahn aufgewacht. Er steht am Tor seines Heimes. Alles ist genauso, wie er es verlassen hat, und alles liegt strahlend und wunderschön im Licht der Morgensonne. Die ganze Nacht hindurch muß er gegangen sein. Als er das Tor aufstößt und den breiten weißen Weg entlanggeht, sieht er wehende Frauenkleider; seine Frau, frisch und kühl und süß aussehend, kommt die Treppe der Veranda herab ihm entgegen. Am Fuße der Treppe bleibt sie wartend stehen, mit einem Lächeln unbeschreiblicher Freude und in der Haltung unvergleichlicher Anmut und Würde. Oh, wie wunderschön sie ist! Mit ausgebreiteten Armen springt er vorwärts. Als er sie gerade in seine Arme schließen will, verspürt er einen betäubenden Schmerz im Genick; ein blendendes weißes Licht erfüllt blitzartig alles um ihn her, zugleich mit einem Donnerschlag wie dem Schuß einer Kanone – und dann ist alles Dunkelheit und Stille!

Peyton Farquhar war tot; mit gebrochenem Genick schaukelte sein Leichnam unter dem Gebälk der Owl-Creek-Brücke langsam von der einen Seite zur anderen.

Robert Louis Stevenson
Der seltsame Fall von Dr. Jekyll und Mr. Hyde

Ich wurde im Jahre 18** als Erbe eines großen Vermögens geboren, von der Natur mit ausgezeichneten Anlagen beschenkt; ich war fleißig und legte Wert auf die Achtung der Klugen und Guten unter meinen Mitmenschen. All das hätte, wie man wohl annehmen konnte, eine Bürgschaft für eine ehrenvolle und glänzende Zukunft geboten. Tatsächlich bestand der schlimmste meiner Fehler in einer gewissen unbezähmbaren Neigung zur Fröhlichkeit, eine Veranlagung, die für viele das Glück bedeutet hätte. Ich aber fand es schwer, diese Neigung mit meinen hochfliegenden Wünschen, mein Haupt stolz zu tragen und in der Öffentlichkeit eine mehr als gewöhnliche feierliche Miene zu zeigen, in Einklang zu bringen. So kam es, daß ich meine Vergnügungen verheimlichte, und als ich die Jahre der Selbstbesinnung erreichte, anfing, mich umzuschauen und mir Rechenschaft über meinen Fortschritt und meine Stellung in der Welt abzulegen, stand ich bereits einer tiefen Zwiespältigkeit in meinem Dasein gegenüber. Manch einer hätte sich wohl sogar noch solcher Regelwidrigkeiten, wie ich sie mir zuschulden kommen ließ, gerühmt, doch bei den hohen Zielen, die ich mir gesteckt hatte, betrachtete und verbarg ich sie mit einem fast krankhaften Gefühl der Scham. Es waren also eher die hohen Forderungen meines Strebens als eine besondere Untiefe meiner Fehler, die mich zu dem machten, was ich war; und die Trennungslinie, die in meinem Innern jene Sphären von Gut und Böse schied, die des Menschen Doppelnatur trennen und verbinden, war bei mir sogar noch tiefer gezogen als bei der Mehrzahl der Menschen. Angesichts dieser Lage wurde ich dazu gedrängt, tief und unerbittlich über jenes harte Lebensgesetz nachzudenken, das einerseits die Wurzel der Religion ist, andererseits eine der stärksten Quellen des Elends bildet. Obwohl so im Grunde ein Doppelwesen, war ich doch in keiner Hinsicht ein Heuchler. Beide Seiten meines Wesens waren mir tödlich ernst. Es entsprach nicht weniger meinem wahren Ich, wenn ich alle Hemmungen beiseite warf und mich in Schande tauchte, als wenn ich in der Helle des Tages mich um den Fortschritt der Wissenschaft oder um Milderung von Sorgen und Leiden mühte. Es traf sich, daß die Richtung meiner wissenschaftlichen Forschungen, die ganz auf Mystik und Übersinnliches zielten, diese Erkenntnis des ewigen Kampfes in meinem Innern stärkten und erleuchteten. Mit jedem Tage und von beiden Seiten meiner Geistigkeit, der moralischen und der intellektuellen, näherte ich mich so ständig jener Wahrheit, durch deren teilweise Entdeckung ich zu einem so fürchterlichen Schiffbruch verdammt worden bin: daß der Mensch in Wahrheit nicht eins, sondern wahrlich zwei ist. Ich sage zwei, weil der Status meiner eigenen Erkenntnis nicht über diesen Punkt hinausgeht. Andere werden folgen, andere werden mich auf dieser gleichen Linie überflügeln.

Ja, ich wage anzunehmen, daß die Menschheit sich

schließlich bewußt werden wird eines ganzen Gemeinwesens vielfältiger, inkongruenter und unabhängiger Existenzen. Ich für meinen Teil, nach der Natur meines Lebens, schritt unfehlbar in einer Richtung vorwärts, und nur in einer Richtung. Auf dem Gebiete der Moral, an meiner eigenen Persönlichkeit, lernte ich die absolute, unergründliche Zwiespältigkeit im Menschen erkennen. Ich sah, daß, wenn ich auch von den beiden Naturen, die im Bereiche meines Bewußtseins miteinander im Kampfe lagen, mit Grund behauptete, die eine zu sein, dies lediglich deswegen geschehen konnte, weil ich wahr und wahrhaftig beide war. Schon sehr zeitig, sogar noch ehe der Verlauf meiner wissenschaftlichen Entdeckung angefangen hatte, auch nur die bloße Möglichkeit eines solchen Wunders in Betracht zu ziehen, vertiefte ich mich gern in angenehmen Wachträumen in den Gedanken einer Trennung dieser Elemente. Ich sagte mir, daß, falls es gelänge, jede dieser beiden Naturen in gesonderte Persönlichkeiten zu verpflanzen, das Leben von all dem, was jetzt unerträglich war, befreit sein würde. Der Ungerechte könnte seinem Wege folgen, befreit von den Aspirationen und Gewissensbissen seines rechtschaffenen Zwillingsbruders, und der Gerechte könnte fest und sicher seinen aufwärtsführenden Pfad schreiten, das Gute tun, das seine Freude bildet, fürder nicht mehr Schande und Strafe ausgesetzt durch die Hand dieses ihm wesensfremden Bösen.

Es war der Fluch der Menschheit, daß diese inkongruenten Teile so miteinander verbunden waren – daß in dem qualdurchzuckten Schoße des Bewußtseins diese einander feindlichen Zwillinge ständig im Kampfe liegen mußten.

Was würde geschehen, wären sie geschieden? So weit war ich in meinen Überlegungen gediehen, als von der Platte des Experimentiertisches ein Lichtschein auf dieses Problem zu fallen begann.

Ich erkannte meinen Körper nicht nur als reine Ausstrahlung und als einen Abglanz gewisser Kräfte, die mein geistiges Ich bildeten, sondern es gelang mir auch, ein Mittel herzustellen, mit dessen Hilfe diese Kräfte ihrer Oberhoheit entledigt wurden und in neuer Form und Gestalt auftraten, meinem Ich nicht weniger natürlich, weil sie der Ausdruck waren und den Stempel trugen der niedrigeren Mächte meiner Seele.

Lange zögerte ich, bevor ich diese Theorie einer praktischen Probe unterzog. Ich wußte wohl, daß ich mein Leben wagte; denn eine Droge, die so übermächtig die starke Festung der Identität beherrschte und erschütterte, konnte, war die Dosierung auch nur um die geringste Kleinigkeit zu stark oder bei der leisesten Indisposition im Augenblick der Durchführung, von Grund aus dieses immaterielle Tabernakel, das ich zu verändern beabsichtigte, zerstören. Endlich aber siegte das Verführerische einer Entdeckung, so einzigartig, so inhaltsschwer, über alle Besorgnis. Lange stand meine Tinktur bereit. Ich kaufte einst von einer chemischen Fabrik eine erhebliche Quantität eines besonderen Salzes, das, wie ich nach meinen Experimenten wußte, das letzte erforderliche Ingrediens darstellte, und spät, in einer verfluchten Nacht, mischte ich diese Elemente, überwachte ihr Kochen und Brodeln in der Retorte, und als das Aufwallen nachgelassen hatte, nahm ich meinen ganzen Mut zusammen und stürzte die Arznei hinunter.

Quälendste Todesangst folgte; ein Reißen in den Knochen, tödliche Übelkeit und ein Angstgefühl, wie es in der Stunde der Geburt oder des Todes nicht größer sein kann. Dann begann diese Qual langsam zu weichen, und ich kam wieder zu mir mit einem Gefühl, als erwachte ich aus schwerer Krankheit. Es war etwas Fremdartiges in meinem Empfinden, etwas unbeschreiblich Neues und, dank dieser völligen Neuheit, unsagbar Süßes. Ich fühlte mich jünger, leichter, glücklicher. In meinem Innern lebte eine berauschende Sorglosigkeit; ein Strom ungeordneter sinnlicher Vorstellungen durchrauschte in tausend Wirbeln meine Phantasie; alle Bande der Verpflichtung schienen gelöst, und ein nie gekanntes, doch nicht unschuldsvolles Freiheitsgefühl erfüllte meine Seele. Mit dem ersten Atemzug dieses neuen Lebens erkannte ich, daß ich lasterhafter geworden war, zehnfach lasterhafter, ein Sklave alles Bösen, das in mir gelebt hat. Dieser Gedanke stärkte und entzückte mich in dem Augenblick gleich Wein. Jauchzend angesichts der Lebhaftigkeit dieser Empfindung streckte ich meine Arme aus, und im gleichen Moment wurde ich plötzlich gewahr, daß ich kleiner geworden war. Damals befand sich in meinem Arbeitszimmer noch kein Spiegel; der, welcher neben mir steht, während ich dies schreibe, wurde erst später und eigens zum Zweck dieser Verwandlungen hierhergeschafft. Die Nacht war jedoch bereits in den Morgen übergegangen – und der Morgen, finster wie er war, war nahezu reif für den Empfang des Tages –, und die Mitbewohner meines Hauses lagen noch tief vom Schlafe umfangen. Im Überschwang von Hoffnung und Triumph beschloß ich, mich in meiner neuen Gestalt in mein Schlafzimmer vorzuwagen. Ich durchquerte den Hof, in dem die Sterne auf mich niederblickten, und staunend kam mir der Gedanke, das erste Geschöpf dieser Art zu sein, das ihre nie ruhende Wachsamkeit ihnen enthüllte. Ein Fremder in meinem eigenen Hause, stahl ich mich durch die Korridore, und als ich mein Zimmer erreichte, erblickte ich zum erstenmal die Erscheinung Edward Hydes.

Ich kann nur theoretisch sprechen und nicht sagen, was ich weiß, sondern lediglich das, was meiner Ansicht nach am wahrscheinlichsten ist. Die böse Seite meines Lebens, auf die ich jetzt die wirkende Kraft übertragen hatte, war weniger robust und weniger entwickelt als die gute, die ich gerade von ihrem Throne gestürzt hatte. Im Verlaufe meines Lebens, das trotz allem ein Leben der Arbeit, der Tugend und der Selbstzucht gewesen war, war diese Seite viel weniger geübt, doch auch viel weniger erschöpft worden. Daher kam es nach meiner Ansicht, daß Edward Hyde um so viel kleiner, schmächtiger und jünger war als Henry Jekyll. Wie das Gute aus dem Antlitz des einen strahlte, stand das Böse breit und klar auf dem Gesicht des anderen geschrieben. Dieses Böse (das, wie ich auch heute noch glaube, der sterbliche Teil des Menschen ist) hatte jenem Körper den Stempel der Verunstaltung und des Verfalles aufgedrückt, und doch, wenn ich auf jenes scheußliche Monstrum in dem Spiegel blickte, wurde ich mir keines Widerwillens, eher eines Gefühls freudigen Willkommens bewußt. Das war auch mein Ich. Es erschien mir natürlich und menschlich. In meinen Augen zeigte es einen lebendigeren Abglanz des Geistes, es erschien mir ausdrucksvoller und einheitlicher als das unvollkommene und zwiespältige Antlitz, das ich bisher gewohnt war als das meine zu bezeichnen. Soweit hatte ich zweifellos recht. Ich habe beobachtet, daß, wenn ich das Aussehen Edward Hydes zeigte, niemand mir zum erstenmal ohne einen sichtbaren physischen Schauder nahen konnte. Nach meiner Auffassung kam das daher, daß alle menschlichen Wesen, die uns begegnen, eine Mischung aus Gut und Böse in sich tragen. Edward Hyde allein unter allen Menschen war ausschließlich böse.

Ich weilte nur einen Augenblick vor dem Spiegel: Das zweite und entscheidende Experiment mußte jetzt versucht werden. Es blieb noch festzustellen, ob ich meine Identität unwiederbringlich verloren hatte und noch vor Tagesanbruch aus einem Hause fliehen mußte, das nicht länger mehr meines war. Und in mein Arbeitszimmer zurückeilend, bereitete und trank ich noch einmal den Kelch, noch einmal erduldete ich die Qualen der Auflösung und kam wieder zu mir mit dem Charakter, der Gestalt und dem Antlitz Henry Jekylls.

Oscar Wilde
Die Sphinx ohne Geheimnis

Eines Nachmittags saß ich vor dem Café de la Paix und betrachtete den Glanz und die Schäbigkeit des Pariser Lebens und bewunderte hinter meinem Glas Wermut das merkwürdige Panorama von Stolz und Armut, das sich vor mir entwickelte. Da hörte ich, wie jemand meinen Namen rief. Ich wandte mich um und sah Lord Murchison. Wir waren einander nicht begegnet, seitdem wir vor beinah zehn Jahren zusammen studierten, und so war ich denn entzückt, ihn wiederzusehen, und wir schüttelten uns herzlich die Hände. In Oxford waren wir gute Freunde gewesen. Ich hatte ihn riesig gern gehabt, denn er war sehr hübsch, gradsinnig und anständig. Wir pflegten von ihm zu sagen, daß er gewiß der beste Kerl wäre, wenn er nur nicht immer die Wahrheit spräche. Aber ich glaube, wir bewunderten ihn ehrlich, gerade wegen seiner Offenherzigkeit. Ich fand ihn ziemlich verändert. Er sah ängstlich und zerstreut aus und schien über irgend etwas im Zweifel zu sein. Ich dachte mir, das könne kein moderner Skeptizismus sein, Murchison war durch und durch Tory und glaubte so fest an den Pentateuch wie an das Oberhaus. So schloß ich denn, daß es sich offenbar um eine Frau handle, und fragte ihn, ob er schon verheiratet sei.

»Ich verstehe Frauen zu wenig«, antwortete er.

»Mein lieber Gerald«, sagte ich. »Frauen wollen geliebt, nicht verstanden sein.«

»Ich kann nicht lieben, wo ich nicht vertrauen kann«, antwortete er.

»Ich glaube, es gibt ein Geheimnis in deinem Leben, Gerald«, rief ich aus. »Erzähle es mir doch!«

»Wollen wir nicht zusammen eine Spazierfahrt machen? Hier ist mir's zu voll«, antwortete er. »Nein, keinen gelben Wagen, lieber eine andere Farbe. Ja, der dunkelgrüne dort ist mir recht.« Und einige Augenblicke später fuhren wir den Boulevard in der Richtung nach der Madeleine hinunter.

»Wohin wollen wir?« sagte ich.

»Wohin du willst«, antwortete er. »Zum Restaurant im Bois. Wir werden dort dinieren, und du wirst mir von dir erzählen.«

»Ich möchte erst etwas von dir hören«, sagte ich. »Erzähle mir dein Geheimnis.«

Er zog ein kleines silberbeschlagenes Saffianetui aus der Tasche und reichte es mir. Ich öffnete es – es enthielt die Fotografie einer Frau. Sie war hoch und schlank und sah seltsam malerisch aus mit ihren großen, träumerischen Augen und dem offenen Haar. Sie sah aus wie eine Hellseherin und war in einen kostbaren Pelz gehüllt.

»Was hältst du von dem Gesicht?« fragte er. »Kann man ihm trauen?«

Ich betrachtete es aufmerksam. Das Gesicht sah aus wie das eines Menschen, der ein Geheimnis hat, aber ich hätte nicht sagen können, ob dies Geheimnis gut oder böse ist. Ihre Schönheit war eine aus vielen Geheimnissen gebildete

Schönheit – eine Schönheit psychischer, nicht plastischer Natur –, und das schwache Lächeln, das ihre Lippen umspielte, war viel zu überlegen, als daß es wirklich süß hätte sein können.

»Nun«, rief er ungeduldig, »was sagst du zu ihr?«

»Eine Gioconda in Zobel«, antwortete ich. »Erzähl mir doch Näheres von ihr.«

»Nicht jetzt«, sagte er. »Nach Tisch.« Und er begann von anderen Dingen zu sprechen.

Als der Kellner uns den Kaffee und die Zigaretten gebracht hatte, erinnerte ich Gerald an sein Versprechen. Er stand auf und ging zwei- oder dreimal auf und ab, ließ sich dann in einen Lehnstuhl fallen und erzählte mir folgende Geschichte.

»Eines Abends«, sagte er, »ging ich nach fünf Uhr die Bond Street hinunter. Es herrschte ein furchtbares Gewirr von Wagen, und der Verkehr stockte fast völlig. Ganz nahe am Bürgersteig stand ein kleiner gelber Einspänner, der aus irgendeinem Grunde meine Aufmerksamkeit erregte. Als ich daran vorüberging, blickte mich das Gesicht an, das ich dir eben gezeigt habe. Es fesselte mich sofort. Die ganze Nacht und den ganzen nächsten Tag über dachte ich daran. Ich lief die verflixte Straße immer auf und ab, guckte in jeden Wagen und wartete auf den gelben Einspänner. Aber ich konnte *ma belle inconnue* nicht finden, und schließlich begann ich zu glauben, daß es nur ein Traum gewesen sei. Etwa eine Woche später dinierte ich bei Madame de Rastail. Das Diner war auf acht Uhr angesetzt, aber um halb neun wartete man noch immer im Salon. Endlich öffnete der Diener die Tür und meldete Lady Alroy. Es war die Frau, die ich gesucht hatte. Sie kam sehr langsam herein, sah aus wie ein Mondstrahl in grauen Spitzen, und zu meinem unbeschreiblichen Entzücken wurde ich aufgefordert, sie zu Tische zu führen. Als wir uns gesetzt hatten, bemerkte ich ganz unschuldig: ›Ich glaube, ich habe Sie vor einiger Zeit in der Bond Street gesehen, Lady Alroy.‹ Sie wurde sehr blaß und sagte leise zu mir: ›Bitte, sprechen Sie nicht so laut, man könnte Sie hören.‹ Ich fühlte mich sehr unbehaglich, daß ich mich so schlecht bei ihr eingeführt hatte, und stürzte mich kopfüber in ein Gespräch über das französische Theater. Sie sprach sehr wenig, immer mit derselben leisen, musikalischen Stimme und schien immer Angst zu haben, daß jemand zuhören könne. Ich verliebte mich leidenschaftlich, wahnsinnig in sie, und die unbeschreibliche Atmosphäre des Geheimnisses, die sie umgab, erregte aufs heftigste meine brennende Neugier. Als sie fortging – und sie ging sehr bald nach dem Diner fort –, fragte ich sie, ob ich ihr meinen Besuch machen dürfe. Sie zögerte einen Augenblick, sah sich um, ob jemand in der Nähe sei, und sagte dann: ›Ja – morgen um dreiviertel fünf.‹ Ich bat Madame de Rastail, mir etwas über sie zu sagen, aber alles, was ich erfahren konnte, war, daß sie Witwe sei und ein wunderschönes Haus in Park Lane besitze. Als dann irgendein wissenschaftlicher Schwätzer eine lange Abhandlung über Witwen begann, um an Beispielen zu beweisen, daß die Überlebenden stets die zur Ehe Geeignetsten seien, stand ich auf und ging nach Hause.

Am nächsten Tag erschien ich in Park Lane pünktlich zur angegebenen Stunde, aber der Kammerdiener sagte mir, daß Lady Alroy eben ausgegangen sei. Ich ging in meinen Klub, unglücklich und voller Unruhe. Nach langer Überlegung schrieb ich ihr einen Brief, in dem ich anfragte, ob es mir erlaubt sei, an einem anderen Tage mein Glück zu versuchen. Einige Tage lang erhielt ich keine Antwort, aber endlich bekam ich ein kleines Briefchen, in dem stand, daß sie Sonntag um vier Uhr zu Hause sein würde, und das folgendes sonderbare Postskriptum enthielt: ›Bitte, schreiben Sie mir nicht mehr hierher. Ich werde Ihnen den Grund bei unserem Wiedersehen sagen.‹ Am Sonntag empfing sie mich und war entzückend. Als ich fortging, bat sie mich, wenn ich ihr wieder einmal schriebe, den Brief an Mrs. Knox, c/o Whittakers Buchhandlung, Green Street, zu senden. ›Es gibt Gründe, warum ich in meinem Hause keine Briefe empfangen kann‹, sagte sie.

Den ganzen Winter hindurch sah ich sie sehr oft, und die Atmosphäre des Geheimnisses verließ sie nie. Manchmal glaubte ich, sie sei in der Gewalt irgendeines Mannes, aber sie sah immer so unnahbar aus, daß ich diese Meinung bald aufgab. Es war für mich sehr schwer, zu irgendeinem Ergebnis zu kommen, denn sie glich jenen seltsamen Kristallen, die man in Museen findet und die einen Augenblick ganz klar und dann wieder ganz trüb sind. Endlich entschloß ich mich, ihr einen Antrag zu machen. Ich war ganz krank und erschöpft von dem fortwährenden Geheimnis, mit dem sie alle meine Besuche und die wenigen Briefe, die ich ihr sandte, umgab. Ich schrieb ihr also in die Buchhandlung, um sie zu fragen, ob sie mich am nächsten Montag um sechs Uhr empfangen könne. Sie antwortete mit ›Ja‹, und ich war im siebenten Himmel des Entzückens. Ich war ganz behext von ihr – *trotz* des Geheimnisses, dachte ich damals, *wegen* des Geheimnisses, weiß ich jetzt. Nein, es war die Frau selbst, die ich liebte. Das Geheimnis beunruhigte mich, machte mich toll. Warum hat der Zufall mir auf die Spur geholfen?«

»Du hast es also entdeckt!« rief ich aus.

»Ich fürchte fast«, antwortete er. »Urteile selbst.

Als der Montag kam, ging ich mit meinem Onkel frühstücken, und etwa um vier Uhr war ich in der Marylebone Road. Wie du weißt, wohnt mein Onkel am Regent's Park. Ich wollte nach Piccadilly und schnitt den Weg ab, indem ich durch eine Menge armseliger, kleiner Straßen ging. Plötzlich sah ich vor mir Lady Alroy, tief verschleiert und eilenden Schrittes. Als sie zum letzten Haus der Straße kam, ging sie die Stufen hinauf, zog einen Drücker aus der Tasche, öffnete und trat ein. Hier ist also das Geheimnis, sagte ich zu mir selbst. Ich stürzte vor und betrachtete das Haus. Es schien eine Art Absteigequartier zu sein. Auf der Türschwelle lag ihr Taschentuch, das sie hatte fallen lassen. Ich hob es auf und steckte es in die Tasche. Dann begann ich darüber nachzudenken, was ich tun sollte. Ich kam zu dem Schluß, daß ich kein Recht hätte, ihr nachzuspionieren, und fuhr in meinen Klub. Um sechs machte ich ihr meinen Besuch. Sie lag auf dem Sofa, in einem silberdurchwirkten Schlafrock mit einer Spange von seltsamen Mondsteinen, die sie immer trug. Sie sah entzückend aus. ›Ich freue mich, Sie zu sehen‹, sagte sie. ›Ich war den ganzen Tag nicht aus.‹ Ich sah sie ganz verblüfft an, dann zog ich ihr Taschentuch aus meiner Tasche und übergab es ihr.

›Sie haben dieses Taschentuch heute nachmittag in der Cumnor Street verloren, Lady Alroy‹, sagte ich sehr ruhig.

Sie sah mich ganz erschrocken an, machte aber keine Bewegung, das Taschentuch zu nehmen. ›Was haben Sie dort getan?‹ fragte ich. – ›Welches Recht haben Sie, mich das zu fragen?‹ antwortete sie. – ›Das Recht eines Mannes, der Sie liebt. Ich kam hierher, um Sie zu bitten, meine Frau zu werden.‹ Sie verbarg ihr Gesicht in den Händen und brach in eine Tränenflut aus. ›Sie müssen mir alles sagen‹, fuhr ich fort. Sie stand auf, blickte mir voll ins Gesicht und sagte: ›Lord Murchison, ich habe nichts zu sagen.‹ – ›Sie wollten dort jemand treffen‹, schrie ich, ›das ist Ihr Geheimnis.‹ Sie wurde schrecklich bleich und sagte: ›Ich wollte niemand treffen.‹ – ›Können Sie nicht die Wahrheit sagen?‹ rief ich aus. ›Ich habe sie gesagt‹, antwortete sie. Ich war toll, außer mir. Ich weiß nicht, was ich ihr gesagt habe, aber es waren furchtbare Dinge. Endlich stürzte ich aus dem Hause. Sie schrieb mir am nächsten Tag einen Brief. Ich sandte ihn ihr ungeöffnet zurück und fuhr mit Alan Colville nach Norwegen. Nach einem Monat kam ich zurück, und das erste, was ich in der Morgenpost las, war die Todesnachricht von Lady Alroy. Sie hatte sich in der Oper erkältet und war fünf Tage später an einer Lungenentzündung gestorben. Ich schloß mich ein und sah niemanden. Ich hatte sie wahnsinnig geliebt. Großer Gott, wie habe ich dieses Weib geliebt!«

»Du gingst natürlich in die Straße und in das Haus«, sagte ich.

»Ja«, antwortete er. »Eines Tages ging ich nach der Cumnor Street. Ich konnte einfach nicht anders – der Zweifel quälte mich. Ich klopfte an die Tür, und eine würdig aussehende Dame öffnete mir. Ich fragte, ob sie nicht ein Zimmer zu vermieten hätte. ›Ja, Sir!‹ sagte sie. ›Mein Salon ist eigentlich vermietet, aber ich habe die Dame seit drei Monaten nicht gesehen. Und da das Zimmer nicht bezahlt ist, können Sie es haben.‹ ›Ist das diese Dame?‹ fragte ich und zeigte ihr das Bild. ›Gewiß!‹ rief sie aus, ›das ist sie. Und wann kommt sie denn zurück?‹ ›Die Dame ist tot‹, antwortete ich. ›O mein Gott‹, sagte die Frau. ›Sie war meine beste Mieterin. Sie hat mir drei Guineen die Woche bezahlt, um ab und zu hier im Salon zu sitzen.‹ ›Traf Sie jemand?‹ fragte ich. Aber die Frau versicherte mir, daß sie immer allein kam und niemand traf. ›Was, um Gottes willen, hat sie dann hier getan?‹ rief ich aus. ›Sie saß bloß im Salon, las Bücher und trank manchmal eine Tasse Tee‹, antwortete die Frau. Ich wußte nicht, was ich sagen sollte, und so gab ich ihr einen Sovereign und ging. – Was glaubst du, hat das alles bedeutet? Glaubst du, daß die Frau die Wahrheit gesagt hat?«

»Gewiß glaube ich das«, antwortete ich.

»Warum ist Lady Alroy dann aber hingegangen?«

»Mein lieber Gerald«, antwortete ich. »Lady Alroy war einfach eine Frau mit der Manie für das Geheimnisvolle. Sie hat das Zimmer aus Vergnügen daran genommen, tiefverschleiert hingehen zu können und sich einzubilden, sie sei eine Romanheldin. Sie hatte die Leidenschaft der Geheimnistuerei, aber sie selbst war bloß eine Sphinx ohne Geheimnis.«

»Glaubst du das wirklich?«

»Ich bin davon überzeugt«, antwortete ich.

Er nahm das Saffianetui aus der Tasche, öffnete es und blickte auf das Bild. »Wer weiß?« sagte er endlich.

»To be or not to be«

Sechs große Szenen für die Bühne von William Shakespeare, Molière, Johann Wolfgang Goethe

William Shakespeare
Hamlet

Sein oder Nichtsein

Hamlet. Sein oder Nichtsein, das ist hier die Frage:
Obs edler im Gemüt, die Pfeil' und Schleudern
Des wütenden Geschicks erdulden, oder,
Sich waffnend gegen eine See von Plagen,
Durch Widerstand sie enden? Sterben – schlafen –
Nichts weiter! – und zu wissen, daß ein Schlaf
Das Herzweh und die tausend Stöße endet,
Die unsers Fleisches Erbteil – 's ist ein Ziel,
Aufs innigste zu wünschen. Sterben – schlafen –
Schlafen! Vielleicht auch träumen! – Ja, da liegts:
Was in dem Schlaf für Träume kommen mögen,
Wenn wir den Drang des Irdschen abgeschüttelt,
Das zwingt uns still zu stehn. Das ist die Rücksicht,
Die Elend läßt zu hohen Jahren kommen.
Denn wer ertrüg der Zeiten Spott und Geißel,

Des Mächtgen Druck, des Stolzen Mißhandlungen,
Verschmähter Liebe Pein, des Rechtes Aufschub,
Den Übermut der Ämter, und die Schmach,
Die Unwert schweigendem Verdienst erweist,
Wenn er sich selbst in Ruhstand setzen könnte
Mit einer Nadel bloß? Wer trüge Lasten
Und stöhnt' und schwitzte unter Lebensmüh?
Nur daß die Furcht vor etwas nach dem Tod –
Das unentdeckte Land, von des Bezirk
Kein Wandrer wiederkehrt – den Willen irrt,
Daß wir die Übel, die wir haben, lieber
Ertragen, als zu unbekannten fliehn.
So macht Gewissen Feige aus uns allen;
Der angebornen Farbe der Entschließung
Wird des Gedankens Blässe angekränkelt;
Und Unternehmungen voll Mark und Nachdruck,
Durch diese Rücksicht aus der Bahn gelenkt,
Verlieren so der Handlung Namen.
– Still!
Die reizende Ophelia. – Nymphe, schließ
In dein Gebet all meine Sünden ein.

Hamlet und Ophelia

Ophelia. Mein Prinz, wie geht es Euch seit so viel Tagen?
Hamlet. Ich dank Euch untertänig; wohl.
Ophelia. Mein Prinz, ich hab von Euch noch Angedenken,
Die ich schon längst begehrt zurückzugeben.
Ich bitt Euch, nehmt sie jetzo.

Hamlet. Nein, ich nicht;
Ich gab Euch niemals was.
Ophelia. Mein teurer Prinz, Ihr wißt gar wohl, Ihr tatets,
Und Worte süßen Hauchs dabei, die reicher
Die Dinge machten. Da ihr Duft dahin,
Nehmt dies zurück: dem edleren Gemüte
Verarmt die Gabe mit des Gebers Güte.
Hier, gnäd'ger Herr.
Hamlet. Haha! Seid Ihr tugendhaft?
Ophelia. Gnädiger Herr?
Hamlet. Seid Ihr schön?
Ophelia. Was meint Eure Hoheit?
Hamlet. Daß, wenn Ihr tugendhaft und schön seid, Eure Tugend keinen Verkehr mit Eurer Schönheit pflegen muß.
Ophelia. Könnte Schönheit wohl bessern Umgang haben als mit der Tugend, mein Prinz?
Hamlet. Ja freilich: denn die Macht der Schönheit wird eher die Tugend in eine Kupplerin verwandeln, als die Kraft der Tugend die Schönheit sich ähnlich machen kann. Dies war ehedem paradox, aber nun bestätigt es die Zeit. Ich liebte Euch einst.
Ophelia. In der Tat, mein Prinz, Ihr machtet michs glauben.
Hamlet. Ihr hättet mir nicht glauben sollen: denn Tugend kann sich unserm alten Stamm nicht so einimpfen, daß wir nicht einen Geschmack von ihm behalten sollten. Ich liebte Euch nicht.
Ophelia. Um so mehr wurde ich betrogen.
Hamlet. Geh in ein Kloster. Warum wolltest du Sünder zur

Welt bringen? Ich bin selbst leidlich tugendhaft; dennoch könnte ich mich solcher Dinge anklagen, daß es besser wäre, meine Mutter hätte mich nicht geboren. Ich bin sehr stolz, rachsüchtig, ehrgeizig; mir stehn mehr Vergehungen zu Dienst, als ich Gedanken habe sie zu hegen, Einbildungskraft ihnen Gestalt zu geben, oder Zeit sie auszuführen. Wozu sollen solche Gesellen wie ich zwischen Himmel und Erde herumkriechen? Wir sind ausgemachte Schurken, alle: trau keinem von uns! Geh deines Wegs zum Kloster! Wo ist Euer Vater?

Ophelia. Zu Hause, gnädiger Herr.

Hamlet. Laßt die Tür hinter ihm abschließen, damit er den Narren nirgends anders spielt, als in seinem eignen Hause. Leb wohl!

Ophelia. O hilf ihm, güt'ger Himmel!

Hamlet. Wenn du heiratest, so gebe ich dir diesen Fluch zur Aussteuer: sei so keusch wie Eis, so rein wie Schnee, du wirst der Verleumdung nicht entgehn. Geh in ein Kloster! leb wohl! Oder willst du durchaus heiraten, nimm einen Narren; denn gescheite Männer wissen allzu gut, was ihr für Ungeheuer aus ihnen macht. In ein Kloster! geh! und das schleunig. Leb wohl!

Ophelia. Himmlische Mächte, stellt ihn wieder her!

Hamlet. Ich weiß auch von euren Malereien Bescheid, recht gut. Gott hat euch *ein* Gesicht gegeben, und ihr macht euch ein anders; ihr tänzelt, ihr trippelt, und ihr lispelt, und gebt Gottes Kreaturen verhunzte Namen, und stellt euch aus Leichtfertigkeit unwissend. Geht mir! nichts weiter davon! es hat mich toll gemacht. Ich sage, wir wollen nichts mehr von Heiraten wissen: wer schon verheiratet ist – alle außer einem – soll das Leben behalten; die übrigen sollen bleiben, wie sie sind. In ein Kloster! geh!

(Hamlet ab.)

Ophelia. O welch ein edler Geist ist hier zerstört!
Des Hofmanns Auge, des Gelehrten Zunge,
Des Kriegers Arm, des Staates Blum und Hoffnung,
Der Sitte Spiegel und der Bildung Muster,
Das Merkziel der Betrachter: ganz, ganz hin!
Und ich, der Fraun elendeste und ärmste,
Die seiner Schwüre Honig sog, ich sehe
Die edle, hochgebietende Vernunft
Mißtönend wie verstimmte Glocken jetzt;
Dies hohe Bild, die Züge blühnder Jugend,
Durch Schwärmerei zerrüttet: weh mir, wehe!
Daß ich sah, was ich sah, und sehe, was ich sehe.

Molière
Der Menschenfeind

Ich hasse alle

Alceste. Nein, ohne Unterschied, ich hasse alle, alle,
Die einen, weil sie böse und böser Taten schuldig,
Die anderen, weil sie milde, verzeihend und geduldig,
Nicht in gerechtem Unmut, erbittert und ergrimmt,
Die Bösen derart hassen, wie's wahrer Tugend ziemt,
Die Schwäche wird Verbrechen; das exemplifiziere
Ich an dem Haderlumpen, mit dem ich prozessiere,

Denn hinter seiner Maske erkennt man den Verräter,
Man weiß es allenthalben: er ist ein Übeltäter,
Sein holder Augenaufschlag, sein zaghaftes Benehmen
Wären täuschend nur für jene, die aus dem Ausland kämen,
Man weiß es: dieser Schurke – die Pest soll ihn vernichten! –
Verdankt seine Karriere den schmutzigsten Geschichten,
Die solcherart erworbene gehobene Position
Macht das Verdienst erröten, spricht wahrer Tugend Hohn.
Mit welchen bösen Namen man ihn auch flüsternd nennt,
Laut nennt ihn keiner den, als den ihn jeder kennt!
Sagt man ganz leise Unhold, Lump, Schelm, Verbrecher, Schuft,
Dann findet sich nicht einer, der uns zur Ordnung ruft,
Und doch ist seine Fratze beliebt und gern gesehn,
Man heißt ihn froh willkommen, man lächelt, tut ihm schön …
Ist irgendwo durch Ränke ein Posten zu erschleichen,
Wird er vor jedem Edlen das hohe Ziel erreichen.
Zum Henker, diese feige und schonende Methode
Dem Laster gegenüber schlägt Wunden, führt zum Tode,
Oft faßt mich jäh die Sehnsucht, mich all dem zu entziehen,
Ich möchte vor der Menschheit in eine Wüste fliehen.

Alceste und Célimène

Erste Szene

Alceste, Célimène

Alceste. Ich bin – wenn ich mich offen und ehrlich äußern kann –
Ich bin von Ihrem Wandel nicht eben angetan;
Zu oft hat ihm mein Ärger, mein tiefer Schmerz gegolten,
So daß ich deutlich fühle, daß wir uns trennen sollten.
Ja, jede andere Rede wär' schiere Heuchelei,
Denn früher oder später ist's ganz gewiß vorbei;
Wenn ich auch immer wieder geneigt zum Bleiben bin,
Der Tag kommt, der mich zwingt, die Konsequenz zu zieh'n.

Célimène. Sie wollten mich – ich merk' es – nur in mein Haus begleiten,
Um endlich wieder einmal, wie schon so oft, zu streiten.

Alceste. Nicht streiten, meine Dame; nur fördert Ihr Betragen
Die Kühnheit allzu vieler, die allzu vieles wagen;
Verehrer gehen bei Ihnen so zahlreich aus und ein,
Mein Herz wird auf die Dauer dem nicht gewachsen sein.

Célimène. Daß Männer für mich schwärmen, ist Ihnen nicht genehm?
Wie sollt' ich das verbieten? Sie täten's ja trotzdem.

Sie suchen meine Nähe mit Freude und Behagen,
Soll ich sie mit der Peitsche aus diesem Haus verjagen?

Alceste. Die Peitsche, meine Dame, wird Ihnen wenig frommen,
Sie dürften nur den Herren nicht so entgegenkommen!
Ja: überall und immer folgt Ihnen jeder Blick,
Doch: wer da blickt, dem lohnt es Ihr Auge mit Geschick,
Daß er in ihm geheime Verheißung entdeckt
Und bald vor soviel Liebreiz besiegt die Waffen streckt.
Sie machen jedem Hoffnung, ziehen jeden magisch an,
Längst ist ein ganzer Schwarm in Ihrem Zauberbann
Und würde sich verlaufen, alsbald in nichts vergehen,
Könnt' man Sie kühl und spröde, statt so gefällig, sehen.
Verraten Sie mir eines, um alles in der Welt,
Wie geht es zu, daß Ihnen Clitandre wohlgefällt,
Welch unerhörter Menge von Tugenden und Gaben
Dankt er es, daß Sie ihn ins Herz geschlossen haben?
Er schneidet sich den Nagel am kleinen Finger nie,
Vermutet oder weiß er vielleicht: das schätzen Sie?
Die gelbliche Perücke begeistert groß und klein,
Sie stimmen hingerissen in diese Hymne ein?
Was hat er denn an sich, das Sie so sehr entzückt?
Ist es die Flut von Spitzen, die Ihren Sinn berückt,
Die Fülle bunter Bänder, mit denen er sich schmückt,
Sind Sie nach seinen Stiefeln vom neuesten Schnitt verrückt?
Sollt' er am Ende gar durch melodiöses Kichern,
Durch seine Fistelstimme sich Ihrer Gunst versichern?

Célimène. Sie haben mich schon wieder ganz ohne Grund verdächtigt;
Zum Umgang mit dem Menschen halt' ich mich für berechtigt,
Weil er durch seine Freunde für mich vor dem Gericht
Viel tun kann und auch tun wird – das wissen Sie wohl nicht.

Alceste. Verlieren Sie den Prozeß? – Sie werden dran nicht sterben –
Statt mir durch diesen Umgang die Laune zu verderben!

Célimène. Sind Sie denn eifersüchtig auf jeden Mann der Welt?

Alceste. Auf jeden, der Sie ansieht und Ihnen wohlgefällt.

Célimène. Und kann Sie das denn nicht von Ihrem Argwohn heilen?
Sie sehen mich Sympathien an alle Welt verteilen
Und hätten eher Anlaß, sich von mir abzuwenden,
Würd' ich die Gunst nur einem und nicht so vielen spenden.

Alceste. Doch ich, ob dessen Eiferns Sie die Erzürnte spielen,
Was hab' ich mehr, Verehrte, als alle diese vielen?

Célimène. Das große Glück, zu wissen, mein lieber Freund: man liebt Sie.

Alceste. Die Proben, die Beweise – wo sind sie und wer gibt sie?

Célimène. Nahm ich mir nicht die Mühe, es Ihnen zu erklären?
Ich denke nicht, daß neue Beweise nötig wären.

Alceste. Doch haben Sie vermutlich, von Ängsten nicht beschwert,
Das, was Sie mir erklärten, auch anderen erklärt.

Célimène. Sie singen da mein Loblied in sonderbarem Ton,
Sie sehen mich als falsche, als seltsame Person,
Drum löse ich das Band, auf daß Sie nichts mehr plagt,
Ich nehm' mein Wort zurück, als hätt ich's nicht gesagt.
Nun denn: mit Ihrem Wahn sind Sie allein geblieben;
Macht Sie das froh?

Alceste. Mein Gott! Warum muß ich Sie lieben?!
Geläng' es mir, mein Herz von Ihnen abzuwenden,
Dann würde ich zum Himmel froh Dankgebete senden,
Ich leugne es ja nicht, mit aller meiner Kraft
Bekämpf' ich das Gefühl, die Glut, die Leidenschaft,
Doch müh' ich mich vergebens – mein Herz muß sich entzünden –
Gott straft mich durch die Liebe für meine schweren Sünden.

Célimène. Ich muß gestehen: noch nie erlebt' ich solches Feuer.

Alceste. Wann liebte je ein Mann so heiß, so ungeheuer?!
Wann gab es eine Liebe, die meiner Liebe glich,
Wo liebte je ein Mann so grenzenlos wie ich?

Célimène. Und die Methoden, die Sie in Ihrer Liebe wählen,
Sind gleichfalls unerhört: Sie lieben, um zu quälen,
Der Sitz der Liebe scheint die Galle, nicht das Herz –
Wer liebte je wie Sie voll Zorn und Wut und Schmerz?

Alceste. Es hängt von Ihnen ab, daß diese Launen schwinden,
Wir müssen dazu nur aus diesem Wirrwarr finden,
In offenem Gespräch sei dieser Weg beschritten…

Zweite Szene

Célimène, Alceste, Basque

Célimène. Was gibt es?
Basque
Herr Acaste.
Célimène. Acaste – ich lasse bitten.
Alceste. Wie? Kann man wirklich nie allein mit Ihnen reden?
Sie sehen die ganze Welt, empfangen einen jeden,
Kommt Ihnen denn bei keinem ein Vorwand in den Sinn?
Ich lasse jedem sagen, daß ich verhindert bin.
Célimène. Soll ich den guten Mann verstimmen und beleidigen?
Alceste. Die Rücksicht geht zu weit, das kann ich nicht verteidigen.
Célimène. Hat er den Eindruck, daß er mir nicht willkommen ist,
Weiß ich, daß er den Ärger im Leben nicht vergißt.
Alceste. Und wenn? Was macht das aus? Ich würde es verschmerzen.

Célimène. Mit Leuten dieser Art darf man sich's nicht verscherzen,
Wie sie es anstellen, kann ich zwar selbst nicht recht verstehen,
Doch wird man sie bei Hof mit jedem reden sehen,
Stets sind sie mit dabei, stehen überall in Gnaden,
Sie können nicht viel nützen, doch ungeheuer schaden,
Und hat man Unterstützung auf noch so vielen Seiten,
Mit diesen Wichtigtuern darf man sich nicht zerstreiten.

Alceste. Mag meine Warnung auch beredt und gut gemeint sein,
Sie werden dieser Welt doch weiterhin nicht feind sein,
Solange Ihre Vorsicht nichts zu entscheiden wagt…

Dritte Szene

Basque, Alceste, Célimène

Basque. Nun kam auch Herr Clitandre.

Alceste. Was habe ich gesagt?!

(Er will gehen.)

Célimène. Wohin?

Alceste. Ich geh'.

Célimène. Sie bleiben.

Alceste. Wozu? Ich gehe weg.

Célimène. Sie bleiben.

Alceste. Nein.

Célimène. Ich will es.

Alceste. Das hat doch keinen Zweck.
Mich ekelt und mich langweilt das Plappern, kalt und leer,
Wenn ich es hören muß, gibt das für Sie und mich nichts her.
Célimène. Ich will es, will es, will es!
Alceste. Und wenn ich es nicht kann?
Célimène. Nun gut, dann gehen Sie eben – Sie sind ein freier Mann.

Johann Wolfgang Goethe
Faust

Da steh ich nun, ich armer Tor!

Faust. Habe nun, ach! Philosophie,
Juristerei und Medizin
Und, leider! auch Theologie
Durchaus studiert, mit heißem Bemühn.
Da steh ich nun, ich armer Tor!
Und bin so klug, als wie zuvor;
Heiße Magister, heiße Doktor gar
Und ziehe schon an die zehen Jahr
Herauf, herab und quer und krumm
Meine Schüler an der Nase herum –
Und sehe, daß wir nichts wissen können!
Das will mir schier das Herz verbrennen.
Zwar bin ich gescheiter als alle die Laffen,
Doktoren, Magister, Schreiber und Pfaffen;

Mich plagen keine Skrupel noch Zweifel,
Fürchte mich weder vor Hölle noch Teufel –
Dafür ist mir auch alle Freud entrissen,
Bilde mir nicht ein, was Rechts zu wissen,
Bilde mir nicht ein, ich könnte was lehren,
Die Menschen zu bessern und zu bekehren.
Auch hab ich weder Gut noch Geld,
Noch Ehr und Herrlichkeit der Welt;
Es möchte kein Hund so länger leben!
Drum hab ich mich der Magie ergeben,
Ob mir durch Geistes Kraft und Mund
Nicht manch Geheimnis würde kund,
Daß ich nicht mehr mit saurem Schweiß
Zu sagen brauche, was ich nicht weiß;
Daß ich erkenne, was die Welt
Im Innersten zusammenhält,
Schau alle Wirkenskraft und Samen
Und tu nicht mehr in Worten kramen.

Faust und Gretchen

Margarete. Versprich mir, Heinrich!
Faust. Was ich kann!
Margarete. Nun sag, wie hast du's mit der Religion?
Du bist ein herzlich guter Mann,
Allein ich glaub, du hältst nicht viel davon.
Faust. Laß das, mein Kind! Du fühlst, ich bin dir gut;
Für meine Lieben ließ' ich Leib und Blut,
Will niemand sein Gefühl und seine Kirche rauben.

Margarete. Das ist nicht recht, man muß dran glauben!
Faust. Muß man?
Margarete. Ach, wenn ich etwa auf dich könnte!
Du ehrst auch nicht die heilgen Sakramente.
Faust. Ich ehre sie.
Margarete. Doch ohne Verlangen.
Zur Messe, zur Beichte bist du lange nicht gegangen.
Glaubst du an Gott?
Faust. Mein Liebchen, wer darf sagen:
Ich glaub an Gott?
Magst Priester oder Weise fragen,
Und ihre Antwort scheint nur Spott
Über den Frager zu sein.
Margarete. So glaubst du nicht?
Faust. Mißhör mich nicht, du holdes Angesicht!
Wer darf ihn nennen?
Und wer bekennen:
Ich glaub ihn?
Wer empfinden
Und sich unterwinden,
Zu sagen: ich glaub ihn nicht?
Der Allumfasser,
Der Allerhalter,
Faßt und erhält er nicht
Dich, mich, sich selbst?
Wölbt sich der Himmel nicht dadroben?
Liegt die Erde nicht hierunten fest?
Und steigen freundlich blickend
Ewige Sterne nicht herauf?
Schau ich nicht Aug in Auge dir,

Und drängt nicht alles
Nach Haupt und Herzen dir
Und webt in ewigem Geheimnis
Unsichtbar sichtbar neben dir?
Erfüll davon dein Herz, so groß es ist,
Und wenn du ganz in dem Gefühle selig bist,
Nenn es dann, wie du willst,
Nenn's Glück! Herz! Liebe! Gott!
Ich habe keinen Namen
Dafür! Gefühl ist alles;
Name ist Schall und Rauch,
Umnebelnd Himmelsglut.

Margarete. Das ist alles recht schön und gut;
Ungefähr sagt das der Pfarrer auch,
Nur mit ein bißchen andern Worten.

Faust. Es sagen's allerorten
Alle Herzen unter dem himmlischen Tage,
Jedes in seiner Sprache;
Warum nicht ich in der meinen?

Margarete. Wenn man's so hört, möcht's leidlich scheinen,
Steht aber doch immer schief darum;
Denn du hast kein Christentum.

Faust. Liebs Kind!

Margarete. Es tut mir lang schon weh,
Daß ich dich in der Gesellschaft seh.

Faust. Wie so?

Margarete. Der Mensch, den du da bei dir hast,
Ist mir in tiefer innrer Seele verhaßt;
Es hat mir in meinem Leben

So nichts einen Stich ins Herz gegeben,
Als des Menschen widrig Gesicht.
Faust. Liebe Puppe, fürcht ihn nicht!
Margarete. Seine Gegenwart bewegt mir das Blut.
Ich bin sonst allen Menschen gut;
Aber wie ich mich sehne, dich zu schauen,
Hab ich vor dem Menschen ein heimlich Grauen
Und halt ihn für einen Schelm dazu!
Gott verzeih mir's, wenn ich ihm Unrecht tu!
Faust. Es muß auch solche Käuze geben.
Margarete. Wollte nicht mit seinesgleichen leben!
Kommt er einmal zur Tür herein,
Sieht er immer so spöttisch drein
Und halb ergrimmt;
Man sieht, daß er an nichts keinen Anteil nimmt;
Es steht ihm an der Stirn geschrieben,
Daß er nicht mag eine Seele lieben.
Mir wird's so wohl in deinem Arm,
So frei, so hingegeben warm,
Und seine Gegenwart schnürt mir das Innre zu.
Faust. Du ahnungsvoller Engel du!
Margarete. Das übermannt mich so sehr,
Daß, wo er nur mag zu uns treten,
Mein ich sogar, ich liebte dich nicht mehr.
Auch wenn er da ist, könnt ich nimmer beten,
Und das frißt mir ins Herz hinein;
Dir, Heinrich, muß es auch so sein.
Faust. Du hast nun die Antipathie!
Margarete. Ich muß nun fort.
Faust. Ach, kann ich nie

Ein Stündchen ruhig dir am Busen hängen
Und Brust an Brust und Seel in Seele drängen?
Margarete. Ach, wenn ich nur alleine schlief'!
Ich ließ' dir gern heut nacht den Riegel offen;
Doch meine Mutter schläft nicht tief,
Und würden wir von ihr betroffen,
Ich wär gleich auf der Stelle tot!
Faust. Du Engel, das hat keine Not.
Hier ist ein Fläschchen! Drei Tropfen nur
In ihrem Trank umhüllen
Mit tiefem Schlaf gefällig die Natur.
Margarete. Was tu ich nicht um deinetwillen?
Es wird ihr hoffentlich nicht schaden!
Faust. Würd ich sonst, Liebchen, dir es raten?
Margarete. Seh ich dich, bester Mann, nur an,
Weiß nicht, was mich nach deinem Willen treibt;
Ich habe schon so viel für dich getan,
Daß mir zu tun fast nichts mehr übrig bleibt.

Olive Schreiner
Waldos Brief

Waldo schrieb an Lyndall. Er wollte ihr alles schreiben, was er gesehen und getan hatte, obwohl es kaum des Erzählens wert sei, schrieb er. Ihm schien, er sei zu ihr zurückgekehrt und unterhielte sich mit ihr, wie er jetzt im alten Haus saß.

... und dann kam ich in die nächste Stadt, und mein Pferd war müde, so daß ich nicht weiterreiten konnte und mich nach Arbeit umsah. Ein Ladenbesitzer war bereit, mich als Verkäufer anzustellen. Ich mußte ihm schriftlich versprechen, ein halbes Jahr zu bleiben, und er gab mir eine leere, kleine Kammer hinter dem Laden, in der ich schlafen konnte. Ich hatte noch drei Pfund von meinem eigenen Geld, und wenn man frisch vom Lande kommt, hält man drei Pfund für sehr viel Geld.

Nachdem ich drei Tage in dem Laden gewesen war, wollte ich wieder weg. Ein Verkäufer in einem Laden hat unvorstellbar erniedrigende Arbeit zu verrichten. Es ist viel besser, Steine zu klopfen: da hat man den blauen Himmel über sich und braucht sich nur über die Steine zu beugen. Ich bat meinen Herrn, mich gehen zu lassen, und bot ihm meine zwei Pfund an, dazu den Beutel mit Mais, den ich mit dem andern Pfund gekauft hatte; doch er wollte nicht.

Später fand ich heraus, weshalb: er gab mir nur halb soviel wie den andern – deshalb also. Wenn ich die andern

Verkäufer sah, bekam ich es mit der Angst, ich könnte werden wie sie. Den ganzen Tag verbeugten sie sich und grinsten die Frauen an, die hereinkamen: sie lächelten und wollten doch weiter nichts als ihr Geld. Sie liefen hin und her und holten Kleider und Bänder herbei, um sie ihnen zu zeigen, und kamen mir wie geölte Würmer vor. Nur ein achtbarer Mann war im Laden: das war der Kaffer, der die Waren ein- und ausladen mußte. Er brauchte nicht zu lächeln, nur, wenn er wollte, und keine Lüge ging über seine Lippen.

Die andern Verkäufer gaben mir den Spitznamen ›Seelenheil‹. Übrigens war in der Stadt einer, der mir gut gefiel. Er arbeitete in einem andern Geschäft als Verkäufer. Er ging oft an unsrer Ladentür vorbei. Er kam mir nicht wie die andern vor. Sein Gesicht war hell und frisch, gerade wie bei einem Kind. Als er in den Laden trat, merkte ich, daß er mir gefiel. Eines Tages sah ich ein Buch in seiner Tasche, und das brachte ihn mir nahe. Ich fragte ihn, ob er gerne läse, und er sagte, ja, wenn sonst nichts zu tun sei. Am nächsten Tag kam er auf mich zu und fragte mich, ob ich mich nicht einsam fühle, er sähe mich nie mit den andern Burschen ausgehen; er wolle am Abend kommen und mich besuchen, sagte er.

Ich freute mich und kaufte etwas Fleisch und Mehl, denn die graue Stute und ich aßen immer Mais: es ist das billigste, und wenn man ihn dick einkocht, kann man nicht viel davon essen. Ich buk etwas Röstbrot und legte meinen Mantel zusammengefaltet auf eine Kiste, damit er es weich hätte; und endlich kam er.

»Du hast aber ein komisches Zimmer«, sagte er.

Es stand nämlich nichts weiter drin als Packkisten für Möbel, deshalb war es ziemlich leer. Während ich das Essen auf eine Kiste stellte, betrachtete er meine Bücher. Die Titel las er laut: *Elementar-Physiologie! Grundbegriffe der Ethik!* – Liebe Güte!« rief er. »Ich hab zu Hause einen Haufen trocknes Zeugs wie das da – hab sie in der Sonntagsschule bekommen, als Preise! Jetzt hebe ich sie nur noch auf, um mir die Pfeife damit anzuzünden – dafür sind sie praktisch!« Dann fragte er mich, ob ich das Buch *Schwarzäugige Kreolin* gelesen hätte. »Das ist mein Geschmack!« sagte er. »Wenn der Bursche das Negermädchen beim Arm packt, und der andre Bursche haut ab – so was hab ich gern!«

Ich kann mich nicht erinnern, was er danach noch sagte. Mir war, als hätte ich einen schlechten Traum, und ich wünschte mich meilenweit fort.

Als er fertig gegessen hatte, blieb er nicht mehr lange: er mußte ein paar Mädchen von einer Gebetsstunde nach Hause begleiten, und er fragte mich, wie es käme, daß ich sonntags nie mit Mädchen ausginge. Er sagte, er hätte eine Menge Liebchen. Eine von ihnen wollte er am nächsten Mittwoch auf einer Farm besuchen, und er bat mich, ihm meine graue Stute zu leihen. Ich entgegnete, sie sei schon sehr alt. Aber er sagte, das mache gar nichts, und er käme am nächsten Tag, sie abholen.

Nachdem er weg war, nahm mein kleines Zimmer wieder sein altes Aussehen an. Ich liebte es so: abends kehrte ich gern zu ihm zurück, und nun schien es mir Vorwürfe zu machen, daß ich ihn eingelassen hatte. Am nächsten Tag holte er die graue Stute ab. Am Donnerstag brachte er sie nicht zurück, und am Freitag fand ich Sattel und Zaumzeug gegen meine Tür gelehnt.

Am Nachmittag kam er in den Laden und rief: »Hast deinen Sattel gefunden, Farber? Sechs Meilen von hier ist dein altes Knochengerippe schon verreckt! Ich schick dir morgen ein paar Schilling, obwohl die alte Haut nicht soviel wert ist! 'n Abend!«

Aber ich sprang über den Ladentisch und packte ihn an der Kehle. Mein Vater war so sanft zu ihr gewesen. Bergauf war er stets abgestiegen – und dieser Bursche mußte sie mir ermorden! Ich fragte ihn, an welcher Stelle er sie umgebracht hätte, und schüttelte ihn, bis er sich losriß. Dann stand er an der Tür und griente:

»Hab nicht viel Zeit gebraucht, um so ein Gerippe umzubringen, eins, dessen Herr in 'ner Möbelkiste schläft und der warten muß, bis sein Gast fertig gegessen hat, damit er vom gleichen Teller essen kann! 's sollte mich nicht wundern, wenn du sie mit leeren Säcken gefüttert hast«, sagte er, »und wenn du glaubst, ich hätt sie galoppieren lassen, dann geh nur hin und schau sie dir an! Sie liegt am Straßenrand bei den Aasvögeln und läßt sich auffressen.«

Ich packte ihn beim Kragen und warf ihn zur Tür hinaus, bis in die Straßenmitte. Da hörte ich, wie der Buchhalter zu den andern Verkäufern sagte, die stillen Wasser hätten den Teufel in sich, und ›Seelenheil‹ nannten sie mich von da an nicht mehr.

Ich schreibe dir so unbedeutende Dinge, aber etwas anderes habe ich nicht zu berichten, und ich weiß, daß du es gern liest. Immer, wenn etwas geschah, dachte ich gleich, das muß ich dir erzählen. Hinter all meinen Gedanken bist nur du. Danach besuchte mich nur noch ein alter Mann. Ich hatte ihn oft auf der Straße gesehen; er trug immer einen sehr schmutzigen schwarzen Anzug und einen Trauerflor um den Hut, und er hatte nur noch ein Auge, deshalb fiel er mir auf. Eines Tages kam er mit einer Zeichnungsliste in mein Zimmer: er sammelte für einen Prediger. Als ich sagte, ich hätte nichts und könnte nichts geben, sah er mich mit dem einen Auge an und sagte:

»Junger Mann, wie kommt's, daß ich Sie nie im Hause des Herrn sehe?« Ich dachte, er meinte es ehrlich, deshalb antwortete ich ihm, daß ich nie in die Kirche ginge. »Junger Mann«, sagte er, »es dauert mich, so gottlose Worte aus dem Munde eines so jungen Menschen zu hören – so jung und schon so weit auf dem Pfad der Sünde geschritten! Junger Mann, wenn Sie Gott vergessen, wird Gott Sie vergessen. Rechterhand ist noch'n Platz für Sie frei, wenn Sie durch die hintere Tür gehen! Was aber soll aus Ihrer unsterblichen Seele werden, wenn Sie sich den Freuden und Vergnügungen der Welt hingeben?«

Er ging nicht eher, als bis ich ihm eine halbe Krone für das Gehalt des Predigers gegeben hatte. Später hörte ich, er sei der Mann, der die Miete für die Kirchenstühle einsammelt und einen Teil davon für sich selbst bekommt. Jemand anders habe ich in der Stadt nicht kennengelernt.

Sobald meine Zeit im Laden abgelaufen war, verdingte ich mich als Fuhrmann bei einem Transportunternehmer.

Als ich am ersten Morgen auf dem Kutschbock saß und meine Ochsen antrieb und nichts als die Berge sah, über die sich die Himmelsbläue niedersenkte, und ringsumher die weite Karru, da war ich trunken vor Freude. Ich lachte, und mein Herz hämmerte, bis es mir weh tat. Ich machte die Augen fest zu, damit, wenn ich sie wieder öffnete, keine Laden-Regale mehr zu sehen waren. Wenn jedes Ding seine eigene Schönheit hat, dann muß auch im Kaufen und Verkaufen eine gewisse Schönheit liegen, aber für mich war es nur widerlich. Mein Leben als Fuhrmann hätte das schönste von der Welt sein können, wenn ich nur den einen Wagen hätte fahren müssen. Mein Herr hatte mir gesagt, ich solle den einen Wagen übernehmen, er selbst nähme einen andern, und für den dritten wolle er noch jemand anstellen. Doch am ersten Tag mußte ich zwei übernehmen, um ihm auszuhelfen, und nachher alle drei. Sobald wir zu einem Hotel kamen, hielt er an und trank, und wenn er wiederkam, konnte er nicht mehr stehen. Der Hottentotte und ich mußten ihn hochhieven. Wir fuhren immer des Nachts und spannten in der größten Tageshitze aus, um fünf oder sechs Stunden zu ruhen. Ich hatte mir vorgenommen, mich unter den Wagen zu legen und zwei Stunden zu lesen, ehe ich einschlief, aber das tat ich nur die ersten paar Tage; nachher wollte ich nur noch schlafen, genau wie die andern, und packte meine Bücher fort. Wenn man jede Nacht unterwegs ist und für drei Wagen sorgen muß, dann ist man so müde, daß man sich kaum noch auf den Füßen halten kann. Anfangs war es herrlich, wenn ich so neben meinem Wagen einherging: noch nie waren mir die Sterne so schön vorgekommen, und in den dunklen Nächten, wenn wir da durch den Busch fuhren, dann tanzten rechts und links vom Wege die Irrlichter. Ich entdeckte, daß sogar die dunklen und die feuchten Nächte schön sind. Doch das änderte sich bald, und ich sah nichts mehr als die Landstraße und meine Ochsen. Ich wünschte mir nur eine glatte Strecke, damit ich vorne sitzen und einnicken konnte. An den Orten, wo wir ausspannten, waren manchmal seltene Pflanzen und Blumen, und Ranken, die von den Büschen hingen, und Nüsse und Insekten – lauter Dinge, die wir hier nie sehen. Doch nach einiger Zeit sah ich nicht mehr hin – ich war zu müde. Ich aß soviel ich konnte und legte mich dann bäuchlings unter den Wagen, bis mich der Boy weckte, und dann fuhren wir wieder die ganze Nacht hindurch: so ging's immer weiter, immer weiter. Ich glaube, daß ich meinen Ochsen manchmal nur im Schlaf zugerufen habe, denn gedacht habe ich an nichts – ich war wie ein Tier. Mein Körper war stark und taugte für die Arbeit, aber mein Geist war tot. Wenn du's nicht selbst erlebt hast, Lyndall, kannst du es nicht verstehen. Man kann arbeiten und arbeiten und arbeiten, bis man nur noch Körper ist und keine Seele mehr. Wenn ich jetzt die wüsten Männer sehe, die von Europa kommen – Arbeiter mit tierischen, ausgemergelten Gesichtern, nicht so wie unsre Kaffern –, dann weiß ich, woher sie den Ausdruck in den Augen haben, und wenn ich auch nur noch ein daumenbreites Stück Tabak habe, schenke ich ihnen die Hälfte. Denn es kommt von der Arbeit: mühsame mechanische Arbeit, die sie oder ihre Vorfahren verrichten mußten, hat sie zu Tieren gemacht. Man kann einen Mann so schuften lassen, daß seine Seele stirbt. Arbeit ist gut: ich habe hier auf der alten Farm von Sonnenaufgang bis Sonnenuntergang gearbeitet, aber es ist mir Zeit zum Denken und Empfinden geblieben. Man kann einen Mann so schuften lassen, daß nur noch das Tier in ihm bleibt, und das wird mit der körperlichen

Arbeit immer stärker. Man kann einen Mann so schuften lassen, daß er ein Teufel wird. Ich weiß es, weil ich es selbst gefühlt habe. Du kannst dir nicht vorstellen, was für eine Veränderung mit mir vorging. Wie groß sie war, das weiß nur ich. Doch ich war nie unglücklich: wenn ich die Ochsen davor bewahren konnte, daß sie sich festfuhren, und wenn ich einen Platz fand, wo ich mich hinlegen konnte, dann hatte ich alles, was ich brauchte. Nachdem ich acht Monate lang Fuhrmann gewesen war, kam die Regenzeit. Von vierundzwanzig Stunden mußten wir zehn im Nassen arbeiten. Der Schlamm ging manchmal bis zur Radnabe, und wir mußten die Räder ausgraben und kamen nie sehr weit. Mein Herr verwünschte mich mehr denn je, aber wenn's vorbei war, bot er mir seine Kognakflasche an. Im Anfang, als ich noch neu war, hatte er sie mir auch angeboten und ich hatte abgelehnt, aber jetzt trank ich, wie's meine Ochsen taten, wenn ich sie tränkte – ohne nachzudenken. Schließlich kaufte ich mir selber Kognak, sooft wir an einem Wirtshaus vorbeikamen.

Eines Sonntags spannten wir am Ufer eines hochgehenden Flusses aus und wollten warten, bis er wieder sank. Es regnete noch, daher legte ich mich unter den Wagen in den Schmutz. Nirgends war ein trockenes Plätzchen, und der Dung war naß, deshalb konnten wir kein Feuer anzünden und kochen. Meine Taschenflasche war mit Kognak gefüllt, und ich trank etwas und schlief ein. Als ich aufwachte, regnete es immer noch, deshalb trank ich noch mehr. Ich war starr und fror, und mein Herr, der neben mir lag, bot mir von seinem Kognak an, denn meine Flasche war leer. Ich trank etwas davon, und dann wollte ich an den Fluß gehen und nachschauen, ob der Wasserspiegel sank. Ich überquerte die Landstraße, und sie schien zu schwanken. Als ich aufwachte, lag ich neben einem kleinen Strauch am Flußufer. Es war Nachmittag. Die Wolken waren alle verschwunden, und der Himmel strahlte in tiefem Blau. Der Buschmann-Boy briet sich Rippchen am Feuer. Er sah mich und grinste von einem Ohr zum andern. »Master war ein bißchen beschwipst«, sagte er, »und hat sich mitten auf die Straße gelegt. Master konnte überfahren werden, deshalb hab ich ihn hierhergetragen.« Er grinste mich an. Es war, als wollte er sagen: »Du und ich, wir sind Kameraden. Ich hab auch schon auf der Straße gelegen. Ich weiß Bescheid.« Als ich meinen Kopf abwandte, sah ich die Erde – so rein nach dem Regen, frisch und grün, und so blau der Himmel –, ich aber war ein betrunkener Fuhrmann, den sein *forelooper* aus dem Schmutz aufgelesen und am Straßenrand niedergelegt hatte, damit er seinen Rausch ausschliefe. Ich dachte an mein früheres Leben, und ich dachte an dich. Ich sah dich, wie du eines Tages in der Zeitung lasest: »Ein deutscher Fuhrmann namens Waldo Farber fiel von seinem Wagen und wurde von den Rädern zermalmt. Man nimmt an, daß er verunglückte, weil er betrunken war.« Solche Notizen kann man jeden Tag in der Zeitung lesen. Ich richtete mich auf, zog die Kognakflasche aus meiner Tasche und schleuderte sie mit aller Kraft ins dunkle Wasser.

Der Hottentotte kam angelaufen, um zu sehen, ob er sie noch erwischen könne, aber sie war schon auf den Grund gesunken. Ich habe nie wieder einen Tropfen getrunken. Aber Lyndall, die Sünde erscheint denen, die sie betrachten, viel schlimmer als denen, die sie begehen. Ein Sträfling oder ein Trinker erscheint uns so fern und so widerwärtig; er aber glaubt, er sei uns ganz nah und sei einer von uns. Wir wundern uns, was für ein Geschöpf er ist, und dabei ist er unsersgleichen. Wir sind einfach das Holz, und die äußeren Umstände sind das Messer, das uns schnitzt.

Ich weiß nicht, warum ich noch länger für meinen Herrn so schwer arbeitete. Ich glaube, ich tat's wie die Ochsen, die jeden Tag herbeitrotten und sich unters Joch stellen: warum, das wissen sie nicht. Vielleicht wäre ich noch bei ihm; eines Tages aber brachen wir mit einer Ladung zu den Diamantfeldern auf. Die Ochsen waren sehr mager, und sie hatten den ganzen Tag ohne Futter im Joch gestanden, während die Wagen beladen wurden. Nicht weit hinter der Stadt erhob sich eine Anhöhe. Als wir an den Fuß des Hügels kamen, blieb der erste Wagen stecken. Ich versuchte ein Weilchen, die Ochsen anzutreiben, doch sah ich bald ein, daß ein Gespann allein den Wagen nie hinaufziehen konnte. Ich ging zum zweiten Wagen, um das Gespann auszuspannen und vor den ersten Wagen zu schirren, aber der Herr, der hinten im Wagen lag, sprang herunter.

»Sie müssen ihn bergauf ziehen«, rief er, »und wenn sie dabei krepieren, sie sollen's alleine schaffen!«

Er war nicht betrunken, sondern schlechter Laune, weil er in der Nacht davor betrunken gewesen war. Er schnauzte mich an und befahl mir, die Peitsche zu nehmen und ihm zu helfen. Wir versuchten es eine Zeitlang; dann sagte ich ihm, es hätte keinen Sinn, sie würden es niemals schaffen. Er fluchte noch wüster und rief den Ochsentreibern zu, sie sollten mit ihren Peitschen kommen, und gemeinsam peitschten sie auf die Tiere ein. Der eine Ochse, ein schwarzer, war so mager, daß ihm das Rückgrat fast durchs Fleisch stach. »Bist du's, du Teufel, der nicht ziehen will?« schrie der Herr. »Ich will's dir beibringen!« Und dabei sah er selber wie ein Teufel aus.

Er sagte den Boys, sie sollten nicht mehr peitschen; dann hielt er den Ochsen am Horn fest, nahm einen runden Stein und schlug ihm damit auf die Nase, bis das Blut floß. Als er abließ, feuerten sie die Ochsen wieder an, und die Tiere zogen mit gestrammten Rücken, aber der Wagen rührte sich keinen Finger breit.

»Ihr wollt also nicht? Ich will euch helfen!« schrie er.

Er nahm sein Taschenmesser und stieß es dem zitternden Ochsen dreimal bis ans Heft ins Bein. Dann nahmen sie wieder die Peitschen. Die Flanken der Ochsen zitterten, und sie hatten Schaum vor dem Maul. Mit aller Kraft brachten sie den Wagen ein paar Fuß voran und blieben dann mit krummem Rücken stehen, um ihn vor dem Zurückgleiten zu bewahren. Aus den Nüstern des schwarzen Ochsen flossen Blut und Schaum auf den Boden. In seiner Qual und Schwäche drehte er den Kopf auf die Seite und blickte mich mit seinen großen, weit aufgerissenen Augen an. Dann nahmen sie wieder die Peitschen. Das arme Geschöpf brüllte laut. Wenn es einen Gott gibt, so rief es da seinen Schöpfer zu Hilfe. Dann brach eine Flut klaren Blutes aus seinen Nüstern; es fiel zu Boden, und der Wagen rutschte ein Stück zurück. Der Mann trat auf das Tier zu.

»Du willst dich also hinlegen, du Teufel? Das soll dir nicht so leicht fallen!«

Das Tier lag schon im Sterben. Er öffnete sein Taschenmesser und beugte sich über das Tier. Ich weiß nicht, was ich daraufhin tat. Jedenfalls kniete ich auf dem Mann, und er lag auf den Steinen. Die Boys zerrten mich herunter. Ich wünschte, sie hätten es nicht getan. Ich ließ ihn am Straßenrand zurück, wo er stand und zitterte, und ich ging wieder in die Stadt. Aus dem verwünschten Wagen nahm ich mir nichts mit, daher hatte ich nur zwei Schilling bei mir. Aber das hatte nichts zu sagen. Am folgenden Tag hatte ich bereits einen Posten in einem Engros-Geschäft. Ich mußte Waren einpacken und auspacken und Kisten tragen, und ich brauchte nur von sechs Uhr morgens bis sechs Uhr abends zu arbeiten und hatte viel Zeit. Ich mietete mir eine kleine Kammer und schrieb mich in einer Bibliothek ein, so daß ich alles hatte, was ich brauchte. Und in der Weihnachtswoche zog ich aus, um mir das Meer anzusehen. Ich wanderte die ganze Nacht, Lyndall, um der Tageshitze zu entgehen, und bald nach Sonnenaufgang kam ich auf den Kamm eines hohen Hügels. Vor mir erstreckte sich eine lange, niedrige, eintönig blaue Ebene. Ich dachte ans Meer, das ich so gern sehen wollte, und fragte mich, was das seltsame blaue Ding wohl sein könne. Dann begriff ich, daß es das Meer war! Ich wäre am liebsten sofort wieder umgekehrt, nur war ich zu müde. Ich möchte wohl wissen, ob alle Dinge, die wir so sehnlichst sehen möchten – die Kirchen, die Bilder, die Menschen in Europa –, uns auch so enttäuschen. Ich hatte eben schon zu lange vom Meer geträumt. Als ich ein kleiner Junge war und die Schafe hinter dem *Kopje* hütete, sah ich Wellen vor mir, so weit das Auge den Sonnenschein durchdringen konnte. Das war *mein* Meer! Ist das Idealbild stets schöner als die Wirklichkeit?

Am Nachmittag ging ich an den Strand und sah, wie das Wasser den Sand hinauf- und hinablief, und ich sah den weißen Schaum der Brandung; es war hübsch, aber ich dachte, daß ich am folgenden Tag wieder in die Stadt zurückkehren könnte. Es war nicht mein Meer.

Doch als ich dann in der Nacht bei Mondschein davorsaß, begann es mir zu gefallen, und am nächsten Tag gefiel es mir noch besser, und ehe ich fortging, liebte ich es. Es war nicht wie der Himmel und die Sterne, die von dem sprechen, was weder Beginn noch Ende hat; es ist so menschlich! Von all den Dingen, die ich je gesehen habe, ist nur das Meer wie ein menschliches Wesen; der Himmel ist's nicht, und die Erde auch nicht. Das Meer ist immer in Bewegung; immer rührt sich etwas in seiner tiefsten Tiefe. Es ruht niemals: immer will es, will es, will es. Es stürzt voran, und dann kriecht es langsam wieder zurück, ohne etwas erreicht zu haben, und stöhnt. Immer stellt es eine Frage, und nie bekommt es eine Antwort. Ich kann es bei Tage hören und in der Nacht; die weißen Brandungswogen sagen das, was ich denke. Ich gehe allein mit ihnen, wenn keiner da ist, der mich sieht, und singe mit ihnen. Ich lege mich in den Sand und beobachte sie mit halbgeschlossenen Augen. Der Himmel ist besser, aber er ist so hoch über unsern Köpfen. Ich liebe das Meer. Manchmal müssen wir auch hinunterblicken. Nach fünf Tagen kehrte ich nach Grahamstown zurück.

Ich hatte herrliche Bücher, und nachts konnte ich in meiner Kammer sitzen und mich in sie vertiefen; aber ich war einsam. Bücher bedeuten einem nicht das gleiche, wenn man unter Menschen lebt. Ich kann nicht sagen, warum, aber sie scheinen dann tot. Auf der Farm wären sie für mich lebendige Geschöpfe gewesen, aber hier, wo so viele Menschen um mich waren, wollte ich jemanden, der zu mir gehörte. Ich war einsam. Ich wollte etwas aus Fleisch und Blut haben. Früher einmal kam ein Fremder auf diese Farm. Ich fragte ihn nicht nach seinem Namen; aber er setzte sich zu mir ins Karru-Gestrüpp und sprach mit mir. Und wo immer ich jetzt wanderte, da habe ich nach ihm Ausschau gehalten, in Hotels und auf Straßen, in heranbrausenden Zügen, und hinter den offenen Fenstern der Häuser habe ich ihn gesucht, aber ich habe ihn nicht gefunden und nie eine Stimme wie die seine gehört. Eines Tages ging ich in den Botanischen Garten. Es war ein halber Feiertag, und die Musikkapelle sollte spielen. Ich stand in einer langen, hochgelegenen Allee und blickte hinab. Viele Blumen waren da, und schöngekleidete Damen und Kinder gingen umher. Endlich begann die Musik. Ich hatte noch nie solche Musik gehört. Zuerst war sie langsam und gleichmäßig wie das Alltagsleben, wenn wir es ohne Gedanken oder Gefühl hinnehmen; dann wurde sie rascher, hielt inne, zauderte, dann wurde sie einen Augenblick ganz ruhig, und dann brach sie wieder los. Lyndall, der Himmel wäre mir recht, wenn er nur aus Musik bestünde! Die Musik hebt einen auf und trägt einen fort, weit fort, bis man die Dinge hat, nach denen man sich sehnte: man ist ihnen ganz nahe. Man ist wie auf einem großen, freien, offenen Platz. Ich konnte gar nichts anderes sehen, solange die Musik spielte; ich stand und hatte den Kopf an einen Baum gelehnt; aber als die Musik aufhörte, sah ich, daß ganz in meiner Nähe einige Damen auf einer Bank saßen, und der Fremde, der damals unter dem Dornbaum mit mir gesprochen hatte, saß bei ihnen. Die Damen waren sehr hübsch, und ihre Kleider waren prächtig. Ich glaube nicht, daß sie der Musik gelauscht hatten, denn sie sprachen und lachten leise. Ich hörte alles, was sie sagten, und ich konnte sogar den Duft der Rose an der Brust der einen Dame riechen. Ich hatte Angst, er könnte mich sehen; deshalb ging ich auf die andere Seite des Baumes. Und bald standen sie auf und begannen in der Allee auf und ab zu wandeln. Die ganze Zeit, während die Musik spielte, plauderten sie, und er trug über seinem Arm den Schal der schönsten Dame. Ich lauschte nicht auf die Musik; ich versuchte jedesmal, wenn er vorbeiging, den Klang seiner Stimme zu erhaschen. Als ich auf die Musik hörte, war es mir nicht bewußt, daß ich schlecht angezogen war, doch jetzt schämte ich mich. Ich hatte vorher nicht gewußt, was für ein gewöhnliches, schreckliches Geschöpf ich war – nur in schlechtes Zeug gekleidet. Damals auf der Farm, als wir unter dem Dornbaum auf der Erde gesessen hatten, glaubte ich, er gehöre mir allein; jetzt sah ich, daß er nicht mein war. Doch war er noch immer ebenso schön. Seine braunen Augen sind schöner als jedermanns Augen – deine ausgenommen.

Endlich wandten sie sich zum Gehen, und ich ging hinter ihnen her. Als sie durch das Portal getreten waren, half er den Damen in eine offene Kutsche und stand einen Augenblick da, den einen Fuß auf dem Tritt, und sprach mit ihnen. Er hatte ein Stöckchen in der Hand, und ein italienischer Windhund folgte ihm. Als sie wegfahren wollten, fiel der einen Dame die Peitsche aus der Hand.

»Heb sie auf, Bursche!« rief sie; und als ich sie ihr brachte, warf sie ein Geldstück auf die Erde. Ich hätte danach wieder in den Garten zurückkehren können, aber ich wollte keine Musik mehr; ich wollte schöne Kleider haben und vornehm und elegant sein. Ich wußte, daß meine Hände rauh waren und daß ich gewöhnlich war. Ich habe nie mehr versucht, ihn wiederzusehen.

Ich blieb danach noch vier Monate auf meinem Posten, aber ich war nicht glücklich. Ich hatte keine Ruhe. Die Menschen um mich her bedrängten mich und machten mich unzufrieden. Ich konnte sie nicht vergessen. Selbst wenn ich sie nicht sah, bedrängten sie mich und machten mich unglücklich. Ich liebte die Bücher nicht; ich wollte Menschen haben. Wenn ich auf der Straße unter schattigen Bäumen nach Hause ging, konnte ich nicht glücklich sein, denn wenn ich an Häusern vorbeikam, hörte ich Musik und sah Gesichter hinter den Vorhängen. Ich wollte keinen von diesen Menschen, aber ich wollte einen für mich allein, ganz für mich allein. Ich konnte es nicht ändern. Ich wollte ein schöneres Leben haben.

Nur etwas machte mich eines Tages sehr glücklich. Eine Kinderschwester kam mit einem kleinen Mädchen in unser Geschäft, und die Kleine gehörte einem unsrer Verkäufer. Während die Wärterin ins Büro ging, um dem Vater eine Mitteilung zu überbringen, stand die Kleine da und blickte mich an.

»Schöne Locken! Hübsche Locken!« sagte sie. »Ich habe Locken gern!«

Mit ihren kleinen Händen befühlte sie mein ganzes Haar. Als ich meinen Arm ausstreckte, ließ sie es zu, daß ich sie auf mein Knie setzte. Sie küßte mich mit ihrem weichen Mund. Wir waren glücklich, bis die Wärterin kam und sie schüttelte und fragte, ob sie sich denn nicht schäme, bei einem fremden Mann auf den Knien zu sitzen. Aber ich glaube, das machte meiner Kleinen nichts aus. Sie lachte mich an, als sie hinausging.

Wenn die Welt nur aus Kindern bestünde, könnte sie mir gefallen; aber Frauen und Männer ziehen mich so merkwürdig an, und dann stoßen sie mich zurück, so daß ich Qualen leide. Ich bin nicht dazu bestimmt, unter Menschen zu leben. Vielleicht kann ich eines Tages, wenn ich älter bin, wieder hingehen und unter ihnen leben und sie so anschauen, wie ich Felsen und Büsche anschaue, ohne mich von ihnen aufscheuchen und von mir selbst fortführen zu lassen; doch nicht jetzt. Ich wurde so unglücklich; eine Art Fieber schien an mir zu zehren; ich konnte nicht ruhen oder lesen oder denken; deshalb kehrte ich hierher zurück. Ich wußte, daß du nicht hier bist, aber es schien mir, daß ich dir hier näher bin; und du bist es, die ich haben möchte – du bist's, an die mich die andern Leute denken machen, ohne mir dich zu geben …

Er hatte alle Briefbögen ausgefüllt, die er sich genommen hatte, und nun holte er sich das letzte Blatt vom Kaminsims. Draußen im Freien wütete noch immer der Sturm, doch nur in launischen Stößen, als habe er das Toben fast selber satt. Waldo beugte sich wieder über seine Briefbögen und schrieb mit vor Eifer geröteten Wangen weiter.

Joseph Conrad
Il Conde

Vedi Napoli e poi mori.

Das erste Mal kamen wir im Nationalmuseum in Neapel ins Gespräch, in den Räumen des Erdgeschosses, die die weltbekannte Sammlung von Bronzen aus Herculaneum und Pompeji beherbergen: jenes erstaunliche Erbe antiker Kunst, deren feine Vollkommenheit uns durch den verhängnisvollen Zornesausbruch eines Vulkans erhalten geblieben ist.

Er sprach mich zuerst an, über den berühmten Ruhenden Hermes hinweg, den wir Seite an Seite betrachtet hatten. Er sagte die richtigen Worte über das herrliche Kunstwerk. Nichts Tiefgründiges. Sein Geschmack war eher natürlich als kultiviert. Er hatte in seinem Leben offensichtlich viele schöne Dinge gesehen und wußte sie zu schätzen: Aber er hatte nicht den Jargon eines Kunstliebhabers oder des Connoisseur. Abscheuliche Leute. Er sprach wie ein ziemlich intelligenter Mann von Welt, ein vollkommen unaffektierter Gentleman.

Wir kannten uns seit einigen Tagen vom Sehen. Ich wohnte im selben Hotel – es war gut, aber nicht übertrieben modern –, und ich hatte ihn in der Hotelhalle ein- und ausgehen sehen. Ich vermutete, daß er ein langjähriger und geschätzter Gast war. Die Verbeugung des Hotelbesitzers war aufrichtig in ihrer Ehrerbietung, und er erwiderte sie mit familiärer Höflichkeit. Für das Personal war er *Il Conde*. Es gab einen kleinen Zwist über einen Herrenparasol – so einen aus gelber Seide mit weißem Besatz –, den jemand vor der Tür des Speisesaals stehengelassen hatte und den die Kellner entdeckt hatten. Unser goldbetreßter Portier erkannte ihn, und ich hörte, wie er einen der Liftboys beauftragte, *Il Conde* damit nachzulaufen. Vielleicht war er der einzige Graf, der in dem Hotel wohnte, oder vielleicht hatte er die Ehre, der Graf par excellence zu sein, die ihm auf Grund seiner erwiesenen Treue zum Hause zuteil geworden war.

Da wir uns im Museo unterhalten hatten – (und beiläufig hatte er seine Abneigung gegen die Büsten und Statuen römischer Kaiser in der Galerie der Marmorbildwerke zum Ausdruck gebracht: ihre Gesichter seien ihm zu energisch, zu ausgeprägt) –, da wir uns schon am Vormittag unterhalten hatten, meinte ich, nicht aufdringlich zu sein, als ich am Abend, da ich den Speisesaal sehr voll antraf, fragte, ob ich mich an seinen kleinen Tisch setzen dürfte. Nach der ruhigen Liebenswürdigkeit seiner Zustimmung zu urteilen, dachte er das auch nicht. Sein Lächeln war sehr einnehmend.

Er speiste in einer Abendweste und einem »Smoking« (er nannte ihn so) mit schwarzer Krawattenschleife. Alles von sehr gutem Schnitt, nicht neu – gerade wie diese Dinge sein sollten. Er war morgens wie abends sehr korrekt in seiner Kleidung. Ich hege keinen Zweifel, daß sein ganzes Dasein korrekt war, wohlgeordnet und konventionell, ungestört von aufregenden Ereignissen. Sein weißes, aus einer edlen Stirn nach hinten gebürstetes Haar verlieh ihm das

Aussehen eines Mannes mit Idealen und reicher Phantasie. Sein weißer Schnurrbart, groß, aber sorgfältig gestutzt und gepflegt, war in der Mitte nicht unangenehm goldgelb getönt. Der schwache Duft eines sehr guten Parfüms und guter Zigarren (auf letzteren trifft man sehr selten in Italien) erreichte mich über den Tisch. Sein Alter war am deutlichsten an den Augen ablesbar. Sie sahen ein wenig müde aus und hatten faltige Lider. Er muß sechzig gewesen sein oder ein paar Jahre älter. Und er war gesprächig. Ich würde nicht soweit gehen, es geschwätzig zu nennen – aber ausgesprochen gesprächig.

Er habe es mit verschiedenen Klimaten versucht, mit dem von Abbazia, dem der Riviera, auch noch anderer Orte, erzählte er mir, aber das einzige, das ihm bekomme, sei das Klima des Golfs von Neapel. Die alten Römer, die, wie er mir erklärte, sich hervorragend auf die Kunst zu leben verstanden hätten, wußten sehr wohl, was sie taten, als sie ihre Villen hier am Meer bauten: in Bajä, in Vico, auf Capri. Sie seien in ihrem Streben nach Gesundheit hinunter an diese Küste gekommen, mit Mimen und Flötenspieler im Gefolge, um in ihrer Muße unterhalten zu werden. Er hielt es für äußerst wahrscheinlich, daß die Römer der oberen Klassen besonders zu schmerzhaften rheumatischen Erkrankungen neigten.

Das war die einzige persönliche Meinung, die ich ihn aussprechen hörte. Sie beruhte nicht auf besonderer Gelehrsamkeit. Er wußte nicht mehr über die Römer, als man es von einem durchschnittlich gebildeten Mann von Welt erwartet. Er sprach aus eigener Erfahrung. Er hatte selbst an einer schmerzhaften und gefährlichen rheumatischen

Erkrankung gelitten, bis er gerade an diesem Punkt Südeuropas Linderung fand.

Das lag drei Jahre zurück, und seitdem hatte er seinen Wohnsitz an den Küsten des Golfs aufgeschlagen, entweder in einem der Hotels in Sorrento oder indem er eine kleine Villa auf Capri mietete. Er hatte ein Klavier, ein paar Bücher, machte flüchtige Bekanntschaften in dem Strom von Reisenden aus ganz Europa, die einen Tag, eine Woche oder einen Monat andauerten. Man kann sich vorstellen, wie er hinausging, um auf den Straßen und Wegen zu spazieren, wie er Bettlern, Ladenbesitzern, Kindern und Leuten vom Lande bekannt wurde, wie er über die Mauern hinweg freundlich mit den *contadini* schwatzte – und wie er in seine Zimmer oder seine Villa zurückkehrte, um sich mit seinem nach hinten gebürsteten weißen Haar und seinem dichten, ordentlichen Schnurrbart ans Klavier zu setzen, »um ein wenig für mich selbst zu musizieren«. Und natürlich war, wenn es ihn nach Abwechslung verlangte, Neapel in der Nähe – Leben, Bewegung, Anregung, Oper. Ein bißchen Belustigung sei, wie er sagte, notwendig für die Gesundheit. Mimen und Flötenspieler also. Nur riefen ihn, im Gegensatz zu den Großen des alten Roms, nicht die Geschäfte der Stadt von diesen maßvollen Vergnügungen fort. Er ging überhaupt keinen Geschäften nach. Wahrscheinlich hatte er sich nie in seinem Leben ernsthaften Geschäften gewidmet. Es war ein angenehmes Dasein, dessen Freuden und Sorgen durch den Lauf der Natur geregelt wurden – Hochzeiten, Geburten, Todesfälle – und das durch die vorgeschriebenen Gepflogenheiten der guten Gesellschaft beherrscht und vom Staat geschützt wurde.

Er war Witwer; aber in den Monaten Juli und August wagte er es, für sechs Wochen zu einem Besuch bei seiner verheirateten Tochter über die Alpen zu fahren. Er sagte mir ihren Namen. Es war der einer sehr aristokratischen Familie. Sie besaß ein Schloß – in Böhmen, glaube ich. Das ist die genaueste Angabe, die er mir jemals über seine Nationalität gemacht hat. Seinen eigenen Namen hat er seltsamerweise nie erwähnt. Vielleicht dachte er, ich hätte ihn auf der offiziellen Gästeliste gesehen. Um die Wahrheit zu sagen, ich habe nie nachgeschaut. Jedenfalls war er ein guter Europäer – er sprach vier Sprachen, wie ich ganz sicher weiß –, und er war ein Mann von Vermögen. Nicht von großem Vermögen, augenscheinlich, aber von ihm entsprechendem. Ich nehme an, außergewöhnlich reich zu sein, wäre ihm ungehörig erschienen, *outré* – überhaupt zu auffällig. Und offensichtlich war auch, daß nicht er das Vermögen erworben hatte. Man kann ein Vermögen nicht ohne eine gewisse Härte erwerben. Es ist eine Sache der Veranlagung. Seine Natur war zu milde zum Kämpfen. Während der Unterhaltung erwähnte er ganz beiläufig sein Besitztum im Zusammenhang mit jener schmerzhaften und beunruhigenden rheumatischen Erkrankung. In einem Jahr, als er sich unvorsichtigerweise noch Mitte September jenseits der Alpen aufgehalten habe, sei er in dem einsamen Landhaus drei Monate lang ans Bett gefesselt gewesen, mit niemandem zu seiner Pflege als seinem Diener und dem Hausverwalterehepaar. Weil er, wie er es ausdrückte, »dort kein großes Haus führte«. Er sei nur für ein paar Tage hingefahren, um sich mit seinem Verwalter zu beraten. Er gelobte sich, in Zukunft nie wieder so unklug zu sein. Die ersten Wochen des September würden ihn stets an den Ufern seines geliebten Golfes finden.

Zuweilen begegnet man auf Reisen solchen einsamen Männern, deren einzige Beschäftigung es ist, auf das Unvermeidliche zu warten. Todesfälle und Hochzeiten haben Einsamkeit um sie geschaffen, und ihre Bemühungen, sich das Warten so erträglich wie möglich zu machen, sind wahrlich nicht zu tadeln. Wie er mir gegenüber bemerkte: »In meinem Alter ist es wichtig, daß man frei ist von körperlichem Schmerz.«

Man darf nicht denken, daß er ein langweiliger Hypochonder war. Er hatte wirklich viel zu gute Manieren, um einem lästig zu fallen. Er hatte einen Blick für die kleinen Schwächen der menschlichen Natur. Aber es war ein gutmütiger Blick. Er erwies sich als ein ruhiger, ungezwungener, angenehmer Gesellschafter für die Stunden zwischen Abendessen und Schlafengehen. Drei Abende verbrachten wir zusammen, und dann mußte ich Neapel eilig verlassen, um mich um einen Freund zu kümmern, der in Taormina ernstlich erkrankt war. Da *Il Conde* nichts zu tun hatte, begleitete er mich zum Bahnhof. Ich war ein wenig aufgeregt, und seine Untätigkeit neigte immer dazu, eine freundliche Form anzunehmen. Er war keineswegs ein indolenter Mensch.

Er ging am Zug entlang und spähte in die Wagen nach einem guten Platz für mich, und dann plauderte er munter von unten weiter. Er erklärte, er würde mich am Abend sehr vermissen und kündigte seine Absicht an, nach dem Abendessen der Kapelle im öffentlichen Garten, der Villa Nazionale, zuzuhören. Er würde sich durch das Anhören vortrefflicher Musik und den Anblick der besten Gesellschaft zerstreuen. Dort würden viele Leute sein, wie gewöhnlich. Mir ist, als sähe ich ihn noch – sein erhobenes Gesicht mit einem freundlichen Lächeln unter dem dichten Schnurrbart und seine gütigen, müden Augen. Als sich der Zug in Bewegung setzte, verabschiedete er sich in zwei Sprachen von mir, zuerst sagte er in Französisch: »*Bon voyage*«; dann aufmunternd, weil er meine Sorge sehen konnte, in seinem sehr guten, etwas emphatischen Englisch: »Alles wird – noch – gut – werden!«

Da die Krankheit meines Freundes eine entschieden günstige Wendung genommen hatte, kehrte ich zehn Tage später nach Neapel zurück. Ich kann nicht sagen, daß ich während meiner Abwesenheit viel an *Il Conde* gedacht hätte, aber als ich den Speisesaal betrat, suchte ich ihn an seinem gewohnten Platz. Ich hatte den Gedanken, er könnte nach Sorrento zurückgefahren sein, zu seinem Klavier, seinen Büchern und zum Angeln. Er war mit all den Bootsverleihern gut befreundet und verbrachte viel Zeit damit, daß er in einem Boot saß und angelte. Aber ich erkannte sein weißes Haupt in der Menge und bemerkte sogar aus einiger Entfernung etwas Ungewöhnliches an seiner Haltung. Anstatt aufrecht zu sitzen und mit wacher Höflichkeit um sich zu blicken, saß er zusammengesunken vor seinem Teller. Ich stand ihm eine Zeitlang gegenüber, bevor er aufsah, ein wenig verstört, wenn man einen solch starken Ausdruck im Zusammenhang mit seiner korrekten Erscheinung benutzen kann.

»Oh, mein lieber Herr! Sind Sie es?« begrüßte er mich. »Ich hoffe, alles ist gut.«

Er war sehr nett, was meinen Freund betraf. Wirklich, er war immer nett, mit der Nettheit von Leuten, deren Herzen wahrhaft menschlich sind. Aber diesmal kostete es ihn Mühe. Seine Versuche zu allgemeiner Konversation blieben in Fadheit stecken. Mir kam der Gedanke, er könne unpäßlich sein. Aber bevor ich die Frage formulieren konnte, murmelte er: »Sie treffen mich hier sehr traurig an.«

»Das tut mir leid«, sagte ich. »Sie haben hoffentlich keine schlechten Nachrichten erhalten?«

Es sei sehr freundlich von mir, daß ich Anteil nähme. Nein. Das sei es nicht. Keine schlechten Nachrichten, Gott sei Dank. Und er saß reglos, als hielte er den Atem an. Dann beugte er sich leicht vor und zog mich in einem seltsamen Ton schreckerfüllter Verwirrung ins Vertrauen.

»Die Wahrheit ist, daß ich ein sehr – ein sehr – wie soll ich sagen? – abscheuliches Abenteuer erlebt habe.«

Die Stärke des Adjektivs war überraschend genug bei diesem Manne von maßvollen Empfindungen und zurückhaltendem Vokabular. Das Wort unangenehm wäre, so hatte ich gedacht, vollauf geeignet gewesen für das übelste Erlebnis, das einen Mann seines Schlages treffen könnte. Und ein Abenteuer noch dazu. Unglaublich! Aber es liegt in der menschlichen Natur, das Übelste zu denken; und ich gestehe, ich sah ihn verstohlen an und fragte mich, was er getan hatte. Jedoch augenblicklich schwanden meine unwürdigen Vermutungen. Es war eine ursprüngliche, natürliche Vornehmheit an dem Manne, die mich veranlaßte, jeden Gedanken, er säße in einer mehr oder weniger anrüchigen Klemme, fallenzulassen.

»Es ist sehr ernst. Sehr ernst«, fuhr er nervös fort. »Ich

werde es Ihnen nach dem Abendessen erzählen, wenn Sie gestatten.«

Ich bekundete mein völliges Einverständnis durch eine kleine Verbeugung, nichts weiter. Ich wollte ihm zu verstehen geben, daß ich kaum an diesem Anerbieten festhalten würde, wenn er sich später eines anderen besinnen sollte. Wir sprachen von gleichgültigen Dingen, aber mit einem Gefühl der Verlegenheit, ganz im Gegensatz zu unseren früheren zwanglosen, vertraulichen Gesprächen. Die Hand, die ein Stück Brot zum Munde führte, zitterte leicht, wie ich bemerkte. Dieses Symptom war in Anbetracht meiner Meinung von dem Mann nichts weniger als bestürzend.

Im Rauchzimmer zögerte er keineswegs. Sobald wir unsere gewohnten Plätze eingenommen hatten, beugte er sich über die Armlehne seines Sessels und sah mir gerade und ernst in die Augen.

»Erinnern Sie sich«, begann er, »an jenen Tag, an dem Sie wegfuhren? Ich sagte Ihnen, ich würde zur Villa Nazionale fahren, um am Abend ein wenig Musik zu hören.«

Ich erinnerte mich. Sein schönes altes Antlitz, so frisch für sein Alter, von keiner unangenehmen Erfahrung gezeichnet, sah einen Augenblick lang verstört aus. Es war wie das Vorübergleiten eines Schattens. Ich erwiderte seinen festen Blick und nahm ein Schlückchen von meinem schwarzen Kaffee. Er war systematisch genau in seiner Erzählung, einfach, so glaube ich, um sich von seiner Erregung nicht überwältigen zu lassen.

Nach dem Verlassen des Bahnhofs habe er ein Eis gegessen und in einem Café die Zeitung gelesen. Dann sei er ins Hotel zurückgefahren, habe sich für das Abendessen umgekleidet und mit gutem Appetit gespeist. Nach dem Abendessen habe er sich in der Halle aufgehalten (es standen dort Sessel und Tische) und seine Zigarre geraucht; habe mit der kleinen Tochter des *Primo Tenore* des Theaters San Carlo geplaudert und ein paar Worte mit jener »liebenswürdigen Dame«, der Frau des *Primo Tenore*, gewechselt. Es sei an jenem Abend keine Vorstellung gewesen, und die Herrschaften seien ebenfalls zur Villa gefahren. Sie hätten das Hotel verlassen. Nun gut.

In dem Augenblick, da er ihrem Beispiel habe folgen wollen – es sei schon halb zehn gewesen –, habe er sich erinnert, daß er eine ziemlich große Geldsumme in seiner Brieftasche trüge. Er sei deshalb ins Büro gegangen und habe den größten Teil davon beim Buchhalter des Hotels hinterlegt. Danach habe er eine *carrozzella* genommen und sei an die Küste des Meeres gefahren. Er sei aus der Droschke ausgestiegen und habe die Villa vom Largo di Vittoria aus zu Fuß betreten.

Er starrte mich intensiv an. Und da begriff ich, wie empfänglich er doch für Eindrücke war. Jedes kleine Faktum und Ereignis jenes Abends trat in seinem Gedächtnis deutlich hervor, als hätte es mystische Bedeutung. Wenn er mir gegenüber nicht die Farbe des kleinen Pferdes, das die *carrozzella* zog, und das Aussehen des Mannes, der sie kutschierte, erwähnte, so war es nichts als ein Versehen, das seiner Erregung entsprang, die er mannhaft unterdrückte.

Dann habe er die Villa Nazionale vom Largo di Vittoria aus betreten. Die Villa Nazionale ist ein öffentlicher Lustgarten, der mit Rasenplätzen, Sträuchern und Blumenbeeten zwischen den Häusern der Riviera di Chiaja und den

Wassern der Bucht angelegt ist. Baumalleen, mehr oder weniger parallel, durchziehen ihn in seiner gesamten Länge, die beträchtlich ist. An der Seite der Riviera di Chiaja fahren elektrische Straßenbahnen dicht am Geländer entlang. Zwischen dem Garten und dem Meer befindet sich der elegante Fahrweg, eine breite Straße, die von einer niedrigen Mauer begrenzt wird, jenseits derer das Mittelmeer mit sanftem Murmeln plätschert, wenn das Wetter schön ist.

Da das Leben spätabends in Neapel weitergeht, herrschte auf dem breiten Fahrweg reges Treiben; ein leuchtender Schwarm von Wagenlampen bewegte sich paarweise vorwärts, einige schlichen langsam, andere liefen schnell dahin unter der schmalen, bewegungslosen Reihe elektrischer Lampen, die die Küste kennzeichnen. Und ein leuchtender Schwarm von Sternen hing über dem Land, das von Stimmen summte, das mit Häusern angefüllt war, das von Lichtern glänzte – und über den stummen, flachen Schatten des Meeres.

Der Garten selbst ist nicht sehr gut beleuchtet. Unser Freund schritt aus in der warmen Dunkelheit, den Blick auf ein entferntes, helles Strahlen gerichtet, das sich fast über die gesamte Breite der Villa erstreckte, als leuchtete dort die Luft mit dem ihr eigenen kalten, bläulichen und blendenden Licht. Diesem magischen Ort hinter schwarzen Baumstämmen und Massen tintigen Blattwerks entströmten süße Klänge, die vermischt waren mit jäh einsetzendem blechernem Lärm, plötzlichem Klirren von Metall und tiefen, nachhallenden Schlägen.

Als er weiterging, vereinigten sich all diese Geräusche zu einem Stück kunstvoller Musik, dessen wohlklingende

Phrasen eindringlich durch ein großes, verworrenes Gemurmel von Stimmen und das Scharren von Füßen auf dem Kies des öffentlichen Platzes drangen. Eine riesige Menschenmenge, eingetaucht in das elektrische Licht wie in ein Bad einer strahlenden und dünnen Flüssigkeit, die mittels leuchtender Lampenglocken über ihre Köpfe ausgegossen wurde, zog zu Hunderten um die Kapelle. Weitere Hunderte saßen auf Stühlen in mehr oder weniger konzentrischen Kreisen und nahmen unentwegt die großen Wellen von Wohlklang auf, die in der Dunkelheit verebbten. Der Graf bahnte sich einen Weg in die Menge, ließ sich in stiller Freude von ihr treiben, während er lauschte und die Gesichter betrachtete. Alles Leute guter Gesellschaft: Mütter mit ihren Töchtern, Eltern und Kinder, junge Männer und junge Frauen, und alle unterhielten sich, lächelten, nickten einander zu. Sehr viele hübsche Gesichter und sehr viele hübsche Toiletten. Es gab natürlich eine Anzahl verschiedener Typen: alte Protze mit weißen Schnurrbärten, dicke Männer, dünne Männer, Offiziere in Uniform; aber überwogen habe, so sagte er mir, der süditalienische Typ des jungen Mannes mit dem bleichen, reinen Teint, roten Lippen, dem tiefschwarzen kleinen Schnurrbart und feucht schimmernden schwarzen Augen, so wunderbar wirkungsvoll bei boshaften und finsteren Blicken.

Der Graf habe sich aus der Menge zurückgezogen und anschließend einen kleinen Tisch vor dem Café mit einem jungen Mann ebendieses Menschenschlages geteilt. Unser Freund habe Zitronenlimonade getrunken. Der junge Mann habe trübsinnig vor einem leeren Glas gesessen. Einmal habe er aufgesehen und dann wieder nach unten geblickt. Er habe auch seinen Hut nach vorn geschoben. So…

Der Graf machte die Geste eines Mannes, der sich den Hut in die Stirn zieht, und fuhr fort. »Ich denke bei mir, er ist traurig, etwas stimmt nicht mit ihm; junge Männer haben ihre Sorgen. Natürlich beachte ich ihn nicht. Ich bezahle meine Limonade und gehe.«

Als der Graf in der Nähe der Kapelle umhergeschlendert sei, habe er, wie er glaube, diesen jungen Mann zweimal allein in der Menge gehen sehen. Einmal hätten sich ihre Blicke getroffen. Es müsse derselbe junge Mann gewesen sein, aber es seien dort so viele dieses Typs gewesen, daß er nicht sicher sein könne. Überdies sei er nicht sehr besorgt gewesen, außer daß ihm die ausgeprägte, mißmutige Unzufriedenheit dieses Gesichts aufgefallen sei.

Dann drängte sich der Graf, des Gefühls der Einengung müde, das man in einer Menge empfindet, von der Kapelle fort. Eine Allee, im Vergleich sehr dunkel, bot sich einladend dar mit ihrer Aussicht auf Einsamkeit und Kühle. Er betrat sie und ging langsam weiter, bis der Ton der Kapelle deutlich schwächer wurde. Danach ging er zurück und machte noch einmal kehrt. Das tat er mehrmals, bevor er merkte, daß dort jemand eine der Bänke besetzte.

Da sich die Stelle in der Mitte zwischen zwei Laternenpfählen befand, war das Licht schwach.

Der Mann lehnte lässig in der Ecke der Bank, die Beine ausgestreckt, die Arme verschränkt, und hielt den Kopf gesenkt. Er regte sich nicht, als wäre er eingeschlafen, aber als der Graf das nächste Mal vorbeikam, hatte er seine Körperhaltung geändert. Er saß vornübergebeugt. Seine Ellbogen waren auf die Knie gestützt, und seine Hände drehten eine Zigarette. Er sah nicht auf von dieser Beschäftigung.

Der Graf schlenderte weiter von der Kapelle fort. Er sei langsam zurückgegangen, sagte er. Ich kann mir vorstellen, wie er die Lauheit dieser südlichen Nacht und die durch die Entfernung wunderbar gedämpften Klänge der Musik so ganz, aber mit seiner gewohnten Ruhe genoß.

Dann näherte er sich zum dritten Male dem Mann auf der Gartenbank, der immer noch vornübergebeugt saß, die Ellbogen auf den Knien. Es war eine niedergeschlagene Haltung. Im Halbdunkel der Allee bildeten sein hoher Hemdkragen und seine Manschetten kleine Flecken von leuchtender Weiße. Der Graf sagte, er habe bemerkt, wie er unvermittelt aufstand, als wolle er weggehen, aber fast ehe er sich dessen bewußt gewesen sei, habe der Mann vor ihm gestanden und in leisem, liebenswürdigem Ton gefragt, ob der Signore die Freundlichkeit haben würde, ihm Feuer zu geben.

Der Graf antwortete auf diese Bitte mit einem höflichen »Natürlich« und ließ die Hände in der Absicht sinken, seine beiden Hosentaschen nach den Streichhölzern abzusuchen.

»Ich ließ meine Hände sinken«, sagte er, »aber ich steckte sie nicht in die Taschen. Ich fühlte hier einen Druck ...«

Er legte die Spitze seines Fingers auf eine Stelle dicht unter seinem Brustbein, genau auf die Stelle des menschlichen Körpers, wo ein japanischer Ehrenmann mit dem Harakiri beginnt, einer Form der Selbsttötung, die der Entehrung folgt, der unerträglichen Verletzung der Zartheit seiner Gefühle.

»Ich blicke hinunter«, fuhr der Graf mit scheuer Stimme fort, »und was sehe ich? Ein Messer! Ein langes Messer...«

»Sie wollen doch nicht etwa sagen«, rief ich bestürzt aus, »daß Sie in dieser Weise um halb elf Uhr in der Villa überfallen wurden, keinen Katzensprung entfernt von tausend Leuten!«

Er nickte mehrmals und starrte mich mit größter Eindringlichkeit an.

»Die Klarinette«, erklärte er feierlich, »beendete gerade ihr Solo, und ich versichere Ihnen, ich konnte jeden Ton hören. Dann schmetterte die Kapelle *fortissimo*, und jenes Geschöpf rollte mit den Augen, knirschte mit den Zähnen und zischte mich mit der größten Wildheit an: ›Seien Sie still! Kein Geschrei oder...‹«

Ich konnte meiner Verwunderung nicht Herr werden.

»Was für ein Messer war es?« fragte ich einfältig.

»Eine lange Klinge. Ein Stilett – vielleicht ein Küchenmesser. Eine lange, schmale Klinge. Sie funkelte. Und seine Augen funkelten. Seine weißen Zähne auch. Ich konnte sie sehen. Er war sehr wild. Ich dachte mir: Wenn ich ihm einen Schlag versetze, tötet er mich. Wie hätte ich mit ihm kämpfen sollen? Er hatte das Messer, und ich hatte nichts. Ich bin fast siebzig, wissen Sie, und das war ein junger Mann. Mir war sogar, als würde ich ihn erkennen. Der trübsinnige junge Mann aus dem Café. Der junge Mann, dem ich in der Menge begegnet war. Aber ich könnte es nicht sagen. Es gibt in diesem Land so viele wie ihn.«

Die Qual des Augenblicks spiegelte sich auf seinem Gesicht. Ich glaube, physisch muß er vor Bestürzung gelähmt gewesen sein. Seine Gedanken blieben jedoch ungemein lebhaft. Sie streiften jede beunruhigende Möglichkeit. Ihm kam auch die Idee, ein kräftiges Geschrei um Hilfe zu erheben. Aber er tat nichts dergleichen, und der Grund, warum er es unterließ, verhalf mir zu einer guten Meinung von seiner innerlichen Selbstbeherrschung. Er sah im Nu, daß nichts den anderen daran hinderte, ebenfalls zu schreien.

»Der junge Mann hätte augenblicklich sein Messer wegwerfen und behaupten können, ich sei der Angreifer gewesen. Warum nicht? Er hätte sagen können, ich hätte ihn angegriffen. Warum nicht? Eine unglaubliche Geschichte stand gegen die andere! Er hätte sonst etwas sagen, irgendeine entehrende Beschuldigung gegen mich vorbringen können – was weiß denn ich? Seiner Kleidung nach war er kein gewöhnlicher Räuber. Er schien zu den besseren Klassen zu gehören. Was konnte ich schon sagen? Er war Italiener – ich bin Ausländer. Natürlich, ich habe meinen Paß, und es gibt unseren Konsul – aber festgenommen, in der Nacht wie ein Verbrecher zum Polizeiamt gezerrt zu werden...«

Er schauderte. Es lag in seinem Charakter, vor einem Skandal zurückzuschrecken, viel mehr als vor dem bloßen Tod. Und sicherlich wäre das für viele Leute – in Anbetracht gewisser Eigenheiten neapolitanischer Sitten – immer eine äußerst seltsame Geschichte geblieben. Der Graf war kein Dummkopf. Nachdem sein Glaube an die ehrbare Friedlichkeit des Lebens einen schweren Schlag erlitten hatte, hielt er alles für möglich. Aber ihm kam auch der Gedanke in den Sinn, daß der junge Mann vielleicht nur ein rasender Irrer sei.

Das war für mich der erste Hinweis auf seine Einstellung

zu diesem Abenteuer. In seinem übersteigerten Feingefühl schien ihm, daß niemandes Selbstachtung beeinträchtigt werden müsse durch das, was einem ein Wahnsinniger möglicherweise antun mochte. Es wurde jedoch offenkundig, daß dem Grafen dieser Trost versagt bleiben sollte. Er ließ sich über die schrecklich wilde Art aus, in der der junge Mann mit seinen funkelnden Augen rollte und mit seinen weißen Zähnen knirschte. Die Kapelle spielte nun einen langsamen Satz mit dem feierlichen Schmettern aller Posaunen und Paukenschlägen in gemessenen Abständen.

»Und was taten Sie?« fragte ich überaus erregt.

»Nichts«, antwortete der Graf. »Ich ließ meine Hände ganz reglos herunterhängen. Ich erklärte ihm ruhig, ich hätte nicht die Absicht, Geschrei zu machen. Er knurrte wütend wie ein Hund und sagte dann mit normaler Stimme: ›*Vostro portafoglio.*‹

Und so habe ich natürlich…«, fuhr der Graf fort, und von da an stellte er die ganze Sache pantomimisch dar. Während er mich fest im Auge behielt, führte er nacheinander alle entsprechenden Bewegungen aus: er griff sich in die Brusttasche, nahm eine Brieftasche heraus und reichte sie hin. Aber der junge Mann, der immer noch fest auf das Messer drückte, wollte sie nicht anfassen.

Er hieß den Grafen, das Geld selbst herauszunehmen, empfing es in die linke Hand, gab ein Zeichen, die Brieftasche wieder in die Tasche zu stecken, und all dies geschah unter dem süßen Trillern von Flöten und Klarinetten, das getragen wurde vom gefühlvollen Näseln der Oboen. Und der »junge Mann«, wie der Graf ihn nannte, sagte: »Das scheint sehr wenig zu sein.«

»Es waren tatsächlich nur 340 oder 360 Lire«, erzählte der Graf weiter. »Ich hatte mein Geld im Hotel gelassen, wie Sie wissen. Ich sagte ihm, das sei alles, was ich bei mir hätte. Er schüttelte unwillig den Kopf und sagte: ›*Vostro orologio.*‹«

Der Graf zeigte mir durch Gebärden, wie er seine Uhr herauszog und sie abmachte. Aber, wie es der Zufall wollte, befand sich das wertvolle goldene Halbchronometer, das er besaß, zur Reinigung beim Uhrmacher. An jenem Abend trug er (an einer Lederhalterung) das Waterbury-Ding zu fünfzig Francs, das er für gewöhnlich mitnahm, wenn er angeln fuhr. Kaum daß der gutgekleidete Räuber die Art dieser Beute wahrgenommen hatte, stieß er mit der Zunge einen verächtlichen schnalzenden Laut hervor, wie »Tseah«, und wies sie hastig ab. Dann, als der Graf den verschmähten Gegenstand wieder in seine Tasche zurücksteckte, verlangte er mit einem zur Ermahnung bedrohlich verstärkten Druck des Messers auf die Magengegend: »*Vostri anelli.*«

»Einen der Ringe«, sprach der Graf weiter, »schenkte mir vor vielen Jahren meine Frau, der andere ist der Siegelring meines Vaters. Ich sagte: Nein. *Die* bekommen Sie nicht!«

Hier wiederholte der Graf die Geste, die zu dieser Erklärung gehörte, indem er geschwind eine Hand auf die andere legte und beide so gegen seine Brust drückte. Sie war rührend in ihrer Resignation. »Die bekommen Sie nicht«, wiederholte er bestimmt und schloß die Augen, völlig gefaßt darauf – ich weiß nicht, ob es rechtens ist, wenn ich festhalte, daß ein derart garstiges Wort über seine Lippen kam –, völlig gefaßt darauf, zu spüren, wie ihm –

ich zögere wirklich, es zu sagen –, wie ihm der Bauch aufgeschlitzt würde durch den Stoß der langen, scharfen Klinge, die mörderisch an seiner Magengrube – dem unmittelbaren Sitz angstvoller Empfindungen bei allen Menschen – ruhte.

Die Kapelle verströmte nach wie vor herrliche Wogen der Harmonie.

Plötzlich spürte der Graf, daß der grauenhafte Druck auf die empfindliche Stelle nicht mehr da war. Er öffnete die Augen. Er war allein. Er hatte nichts gehört. Wahrscheinlich war der »junge Mann« schon vor einiger Zeit mit leichten Schritten fortgegangen, aber das Gefühl des schrecklichen Drucks war geblieben, sogar nachdem das Messer weg war. Ein Schwächegefühl überkam ihn. Er hatte gerade noch Zeit, zu der Gartenbank zu wanken. Ihm war, als hätte er lange Zeit den Atem angehalten. Zusammengesunken saß er da, keuchend vor Erschütterung über das Geschehene.

Die Kapelle spielte mit ungeheurer Bravour den komplizierten Schlußsatz. Er endete mit einem gewaltigen Schmettern. Er vernahm es unwirklich und schwach, als wären seine Ohren zugestopft, und dann das harte Klatschen von ungefähr tausend Händepaaren, wie einen plötzlichen Hagelschauer, der vorüberzieht. Das tiefe Schweigen, das folgte, rief ihn zu sich selbst zurück.

Eine Straßenbahn, die einem langen Glaskasten ähnelte, in welchem Leute saßen, deren Köpfe stark beleuchtet waren, fuhr nicht weiter als sechzig Yards von der Stelle entfernt, wo er beraubt worden war, schnell vorbei. Dann rauschte eine zweite vorüber, und noch eine fuhr in die andere Richtung. Das Publikum um die Kapelle herum hatte sich zerstreut und betrat die Allee in kleinen, plaudernden Gruppen. Der Graf setzte sich auf und versuchte, ruhig darüber nachzudenken, was ihm widerfahren war. Die Widerwärtigkeit dessen nahm ihm erneut den Atem. Soweit ich es beurteilen kann, empfand er Ekel vor sich selbst. Ich meine damit nicht sein Verhalten. Wirklich, wenn man seiner pantomimischen Darstellung, die er zu meiner Information davon gegeben hatte, Glauben schenken konnte, so war es einfach vollkommen gewesen. Nein, das war es nicht. Er schämte sich nicht. Er war schockiert, das erwählte Opfer zu sein, nicht so sehr von einem Raub als von Verachtung. Seine Ruhe war böswillig entweiht worden. Die lebenslange, liebenswürdige Feinheit seiner Ansichten war entstellt.

Dennoch war er zu diesem Zeitpunkt, da sich das schreckliche Erlebnis in ihm noch nicht tief hatte eingraben können, imstande, sich selbst zu verhältnismäßigem Gleichmut zu bewegen. Als seine Aufregung etwas nachließ, merkte er, daß er furchtbar hungrig war. Ja, hungrig. Die bloße Erregung hatte ihn einfach heißhungrig gemacht. Er verließ die Bank, und nachdem er eine Zeitlang gegangen war, fand er sich außerhalb des Gartens und vor einer haltenden Straßenbahn, ohne selbst ganz genau zu wissen, wie er dorthin gekommen war. Wie im Traum stieg er ein, durch eine Art Instinkt. Glücklicherweise fand er in seiner Hosentasche eine Kupfermünze, um den Schaffner zufriedenzustellen. Dann hielt die Bahn, und da alle Leute ausstiegen, stieg er auch aus. Er erkannte die Piazza San Ferdinando, aber offenbar kam es ihm nicht in den Sinn, eine Droschke zu nehmen und zum Hotel zu fahren. Er blieb betrübt auf der Piazza wie ein verlorener Hund und dachte vage darüber nach, wie er schnellstens etwas zu essen bekäme.

Plötzlich erinnerte er sich seines Zwanzig-Franc-Stücks. Er erklärte mir, er habe dieses französische Goldstück seit ungefähr drei Jahren besessen. Er habe es immer mit sich herumgetragen als eine Art Reserve im Unglücksfall. Jedem könne es passieren, von einem Taschendieb bestohlen zu werden – das sei etwas ganz anderes als ein schamloser und beleidigender Raub.

Der imposante Bogen der Galleria Umberto befand sich oben auf einer prächtigen Treppe vor ihm. Unverzüglich erstieg er diese und lenkte seine Schritte zum Café Umberto. Alle Tische draußen waren von vielen Leuten besetzt, die etwas tranken. Da er aber etwas essen wollte, ging er in das Café hinein, das durch eckige Pfeiler, die rundherum mit langen Spiegeln versehen sind, in Gänge geteilt ist. Der Graf setzte sich auf eine rote Plüschbank vor einen dieser Pfeiler und wartete auf seinen Risotto. Und sein Geist kehrte zu dem abscheulichen Abenteuer zurück.

Er dachte an den trübsinnigen, gutgekleideten jungen Mann, mit dem er in der Menge um den Musikpavillon Blicke getauscht hatte und der, davon war er überzeugt, der Räuber war. Würde er ihn wiedererkennen? Zweifellos. Aber er wollte ihn nie wiedersehen. Es war das beste, diese erniedrigende Episode zu vergessen.

Der Graf sah sich begierig nach seinem Risotto um, und siehe! links nach der Wand hin – dort saß der junge Mann. Er war allein an einem Tisch, mit einer Flasche irgendeines

Weins oder Sirups und einer Karaffe eisgekühlten Wassers vor sich. Die glatten olivenfarbenen Wangen, die roten Lippen, der kleine, tiefschwarze, galant nach oben gebogene Schnurrbart, die schönen schwarzen Augen, ein wenig finster und von langen Wimpern beschattet, jener seltsame Ausdruck von grausamer Unzufriedenheit, wie man ihn nur auf den Büsten einiger römischer Kaiser sieht – er war es, überhaupt kein Zweifel. Aber das war ein Typ. Der Graf sah hastig weg. Der junge Offizier dort drüben, der eine Zeitung las, sah auch so aus. Derselbe Typ. Zwei junge Männer weiter weg, die Dame spielten, ähnelten ebenfalls …

Der Graf senkte den Kopf mit der Angst im Herzen, ewig von der Vision dieses jungen Mannes verfolgt zu werden. Er begann, seinen Risotto zu essen. Bald hörte er den jungen Mann zu seiner Linken in übellaunigem Ton den Kellner rufen.

Auf den Ruf hin eilten nicht nur sein Kellner, sondern noch zwei unbeschäftigte, zu einer ganz anderen Reihe von Tischen gehörende Kellner mit unterwürfigem Eifer, der im allgemeinen für die Kellner im Café Umberto nicht kennzeichnend ist, auf ihn zu. Der junge Mann murmelte etwas, und einer der Kellner ging schnell zur nächsten Tür und rief in die Galleria hinaus: »Pasquale! Oh! Pasquale!«

Jeder kennt Pasquale, den zerlumpten alten Kerl, der, zwischen den Tischen schlurfend, den Kunden des Cafés Zigarren, Zigaretten, Ansichtskarten und Streichhölzer zum Kauf anbietet. Er ist in vieler Hinsicht ein gefälliger Halunke. Der Graf sah den grauhaarigen, unrasierten Schurken, dem der Glaskasten an einem Ledergurt vom Hals herabhing, das Café betreten und auf ein Wort vom

Kellner sich schlurfend, plötzlich schneller werdend, dem Tisch des jungen Mannes nähern. Der junge Mann brauchte eine Zigarre, mit der Pasquale ihn schmeichlerisch bediente. Der alte Hausierer war beim Hinausgehen, als der Graf ihn, einer plötzlichen Eingebung folgend, heranwinkte.

Pasquale kam, und das Lächeln respektvollen Wiedererkennens verband sich seltsam mit dem zynisch-forschenden Ausdruck seiner Augen. Als er seinen Kasten auf den Tisch gestützt hatte, hob er den Glasdeckel ohne ein Wort. Der Graf nahm eine Schachtel Zigaretten und fragte, getrieben von einer furchtbaren Neugier, so beiläufig, wie er konnte: »Sag mal, Pasquale, wer ist der junge Signore, der dort drüben sitzt?«

Der andere beugte sich vertraulich über seinen Kasten.

»Das, *Signor Conde*«, sagte er, wobei er anfing, geschäftig und ohne aufzublicken, seine Waren umzuordnen, »das ist ein junger *Cavaliere* aus einer sehr guten Familie aus Bari. Er studiert hier an der Universität und ist der Führer, *capo*, einer Verbindung junger Männer – sehr netter junger Männer.«

Er machte eine Pause, und dann murmelte er mit einer Mischung aus Diskretion und Stolz über sein Wissen das erklärende Wort »*Camorra*« und setzte den Deckel auf. »Eine sehr mächtige *Camorra*«, hauchte er. »Die Professoren selbst haben großen Respekt vor ihr … *una lira e cinquanti centesimi, Signor Conde*.«

Unser Freund bezahlte mit dem Goldstück. Während Pasquale das Wechselgeld herausgab, bemerkte er, daß der junge Mann, von dem er in wenigen Worten so viel gehört hatte, den Abschluß des Geschäfts verstohlen beobachtete. Nachdem sich der alte Vagabund mit einer Verbeugung entfernt hatte, rechnete der Graf mit dem Kellner ab und saß reglos da. Eine Starrheit, sagte er mir, habe sich seiner bemächtigt.

Der junge Mann zahlte ebenfalls, stand auf und kam herüber, scheinbar um sich in dem Spiegel zu betrachten, der in den Pfeiler eingelassen war, welcher der Bank des Grafen am nächsten stand. Er war ganz in Schwarz gekleidet und trug eine dunkelgrüne Fliege. Der Graf sah sich um und war bestürzt, einem tückischen Blick aus den Augenwinkeln des anderen zu begegnen. Der junge *Cavaliere* aus Bari (nach Pasquale, aber Pasquale ist natürlich ein ausgemachter Lügner) fuhr fort, vor dem Spiegel seine Fliege und seinen Hut zurechtzurücken, und unterdessen sprach er gerade laut genug, daß der Graf es hörte. Er sprach durch die Zähne mit der beleidigendsten Boshaftigkeit der Verachtung und starrte gerade in den Spiegel.

»Ach! Also hatten Sie Gold bei sich – Sie alter Lügner – Sie alter *birba* – Sie *furfante*! Aber wir sind noch nicht fertig miteinander.«

Die teuflische Bosheit seines Gesichtsausdrucks verschwand blitzartig, und er schlenderte mit übellaunigem, unbewegtem Gesicht aus dem Café.

Der arme Graf fiel, nachdem er mir diese letzte Episode erzählt hatte, bebend in seinen Sessel zurück. Auf der Stirn brach ihm der Schweiß aus. Es lag eine brutale Unverschämtheit im Charakter dieser Ungeheuerlichkeit, die sogar mich entsetzte. Was sie für das Zartgefühl des Grafen bedeutete, versuche ich gar nicht erst zu erraten. Ich bin sicher, wäre er nicht zu kultiviert gewesen, etwas derart eklatant Vulgäres zu tun, wie in einem Café an Apoplexie zu sterben, er hätte auf der Stelle einen tödlichen Schlaganfall erlitten. Alle Ironie beiseite, meine Schwierigkeit bestand darin, ihn nicht das volle Ausmaß meines Mitleids sehen zu lassen. Er schreckte vor jedem übermäßigen Gefühl zurück, und mein Mitleid war praktisch grenzenlos. Es überraschte mich nicht, zu hören, daß er eine Woche lang im Bett gelegen hatte. Er war aufgestanden, um seine Vorkehrungen für seine endgültige Abreise aus Süditalien zu treffen.

Und der Mann war überzeugt, daß er kein volles Jahr in einem anderen Klima durchstehen könnte!

Keines meiner Argumente hatte irgendeinen Erfolg. Es war nicht Ängstlichkeit, obwohl er einmal zu mir sagte: »Sie wissen ja nicht, was eine *Camorra* ist, mein lieber Herr! Ich bin ein Gezeichneter!« Er hatte keine Angst vor dem, was man ihm antun könnte. Seine empfindliche Vorstellung von seiner Würde war durch ein erniedrigendes Erlebnis beschmutzt. Das konnte er nicht ertragen. Kein japanischer Ehrenmann, verletzt in seinem übersteigerten Ehrgefühl, hätte mit größerer Entschlossenheit an seine Vorbereitungen zum Harakiri gehen können. Nach Hause zu fahren bedeutete wirklich Selbstmord für den armen Grafen.

Es gibt eine Redensart der Lokalpatrioten von Neapel, gedacht zur Information von Ausländern, wie ich annehme: »Neapel sehen und sterben.« *Vedi Napoli e poi mori.* Es ist eine Redensart von übertriebener Eitelkeit, und alles Übertriebene war der empfindsamen Gemessenheit des armen Grafen zuwider. Aber als ich ihn auf dem Bahnhof verabschiedete, dachte ich, daß er ihrem dünkelhaften Sinn außergewöhnliche Treue entgegenbrachte. *Vedi Napoli!...* Er hatte es gesehn! Er hatte es mit erschreckender Gründlichkeit gesehen – und jetzt fuhr er seinem Grabe entgegen. Er fuhr ihm mit dem train de luxe der Internationalen Schlafwagengesellschaft entgegen, via Triest und Wien. Als die vier langen, düsteren Wagen aus dem Bahnhof rollten, lüftete ich meinen Hut mit dem feierlichen Gefühl, einem Trauerzuge die letzte Ehre zu erweisen. *Il Condes* Profil, schon sehr gealtert, glitt in steinerner Unbeweglichkeit hinter der erhellten Glasscheibe von mir fort – *Vedi Napoli e poi mori!*

O. Henry
Der Polizist und der Choral

Soapy rutschte unruhig auf seiner Bank im Madison-Park hin und her. Wenn die Wildgänse hoch am nächtlichen Himmel kreischen, wenn Frauen ohne Seehundsfellmäntel plötzlich nett zu ihren Männern werden und Soapy auf seiner Bank im Park unruhig wird, dann weiß man, daß der Winter vor der Tür steht.

Ein welkes Blatt fiel in Soapys Schoß. Das war Vater Frosts Visitenkarte. Vater Frost meint es gut mit den ständigen Bewohnern des Madison-Parks und warnt sie zeitig vor seinem alljährlichen Besuch. An den Ecken der vier Straßen übergibt er seine Karten dem Nordwind, dem Lakaien im weiten Haus der Natur, so daß dessen Bewohner sich vorbereiten können.

Soapy wurde sich darüber klar, daß es Zeit für ihn geworden war, sich zu einem Ein-Mann-Ausschuß zur Beratung der Mittel und Wege gegen die kommende Kälte zusammenzufinden. Und deshalb rutschte er so unruhig auf seiner Bank hin und her.

Soapys winterliche Ambitionen waren nicht sehr hoch gesteckt. Eine Mittelmeerreise, ein Aufenthalt unter einschläfernden südlichen Himmeln oder eine Bootsfahrt in der Bucht von Neapel, an derartiges dachte er gar nicht. Drei Monate Gefängnis auf der Insel, das war alles, was sein Herz begehrte. Drei Monate gesicherte Kost und Unterkunft im Kreise gleichgesinnter Kollegen, geschützt vor Nordwind und Polizei, das erschien Soapy als der Inbegriff alles Wünschenswerten.

Seit Jahren schon war das gastfreundliche Blackwell-Gefängnis sein Winterquartier. Ebenso wie seine glücklicheren New Yorker Mitbürger in jedem Winter ihre Fahrkarten nach Palm Beach oder an die Riviera lösten, so traf Soapy seine bescheidenen Vorbereitungen für seine alljährliche Flucht auf die Insel. Und jetzt war es wieder Zeit dafür. In der Nacht zuvor hatten die Wochenendausgaben von drei Zeitungen, die Soapy sich unter die Jacke geschoben, um die Knöchel gewickelt und über die Knie gebreitet hatte, nicht die Kälte abwehren können, als er auf seiner Bank neben dem plätschernden Springbrunnen in dem alten Park schlief. Deshalb erschien das Inselgefängnis groß und verlockend in seiner Vorstellung. Er verschmähte die Vorkehrungen, welche die Stadt im Namen der Nächstenliebe für ihre Bürger getroffen hatte. In seinen Augen war das Gesetz von größerer Güte als die Menschenfreundlichkeit. Es gab eine Unzahl städtischer und karitativer Einrichtungen, wohin er hätte gehen können, um Essen und Obdach seinen bescheidenen Ansprüchen gemäß zu erhalten. Aber, stolz wie er war, fand er die milden Gaben mit manch lästiger Bedingung verknüpft. Wenn nicht mit klingender Münze, zahlt man für jede Wohltat aus mildtätiger Hand mit einer Demütigung. So wie zu Cäsar Brutus gehörte, so gibt es in einer Fürsorgeanstalt kein Bett ohne vorausgehendes Bad und keinen Laib Brot ohne private und persönliche Inquisition. Daher fährt man besser als Gast des Gesetzes, das, wenngleich an Vorschriften gebunden, nicht ungebührlich in das Privatleben eines Gentleman eingreift.

Nachdem sich Soapy einmal entschlossen hatte, auf die Insel zu gehen, machte er sich sogleich daran, seinen Wunschtraum zu verwirklichen. Dazu gab es viele einfache Wege. Der angenehmste war ein lukullisches Abendessen in irgendeinem teuren Lokal; danach brauchte man nur seine Zahlungsunfähigkeit zu erklären und sich ruhig und ohne Krawall einem Polizisten übergeben zu lassen. Ein entgegenkommender Richter erledigte dann schon den Rest.

Soapy stand auf, verließ gemächtlichen Schrittes den Park und überquerte die glatte Asphaltfläche, wo sich der Broadway mit der Fifth Avenue vereint. Er ging den Broadway entlang und blieb vor einem eleganten Café stehen, das allabendlich den erlesensten Produkten des Weinbaus, der Seidenzucht und der Gattung Mensch als Treffpunkt diente.

Vom untersten Knopf seiner Weste nach oben war Soapy seiner sicher. Er war rasiert, die Jacke war ganz ordentlich, und die schmucke schwarze Selbstbindeschleife hatte er von einer Dame der Inneren Mission am Thanksgiving Day geschenkt bekommen. Konnte er, ohne Argwohn zu erregen, einen Tisch im Restaurant erreichen, so war der Erfolg ihm sicher. Was von ihm über dem Tisch zu sehen sein würde, könnte bei dem Kellner keinerlei Bedenken aufkommen lassen. Ein Wildentenbraten, so dachte Soapy, wäre gerade das Richtige, dazu eine Flasche Chablis, danach Camembert, ein Mokka und eine Zigarre. Eine Zigarre zu einem Dollar dürfte genügen. Die Rechnung würde nicht so hoch werden, um die Geschäftsführung zu einem übertriebenen Racheakt zu reizen; aber mit dem Fleisch im Bauch könnte er satt und zufrieden in sein Winterasyl abreisen.

Doch als Soapy das Restaurant betrat, fiel der Blick des Kellners auf seine abgewetzten Hosen und auseinanderfallenden Schuhe. Und da packten ihn auch schon kräftige Fäuste, drehten ihn um die eigene Achse, beförderten ihn wortlos und schnell auf den Bürgersteig und bewahrten somit die bedrohte Wildente vor unwürdigem Schicksal.

Soapy wandte sich vom Broadway ab. Es hatte nicht den Anschein, als sei die Straße zu der ersehnten Insel mit leiblichen Genüssen gepflastert. Er mußte sich einen anderen Weg ausdenken, um ins Kittchen zu kommen.

An einer Ecke von der Sixth Avenue war ein Schaufenster, das mit seiner elektrischen Beleuchtung und verführerisch ausgestellten Waren Aufsehen erregte. Soapy hob einen Pflasterstein auf und schleuderte ihn durch die Scheibe. Einige Leute kamen um die Ecke gerannt, allen voraus ein Polizist. Soapy blieb, die Hände in den Taschen, ruhig stehen und lächelte, als er die Messingknöpfe sah.

»Wer hat das getan?« fragte der Schutzmann aufgeregt.

»Können Sie sich nicht vorstellen, daß ich damit etwas zu tun gehabt habe?« fragte Soapy nicht ohne Spott, aber immerhin so freundlich, wie man eine glückliche Fügung begrüßt.

Der Polizist schien nicht geneigt, Soapy überhaupt in Zusammenhang mit der Angelegenheit zu sehen. Männer, die Fenster zertrümmern, bleiben nicht stehen, um sich mit den Hütern des Gesetzes zu unterhalten. Sie geben Fersengeld. Da sah der Schutzmann einen halben Häuserblock entfernt einen Mann hinter einer Straßenbahn herrennen, und mit dem Gummiknüppel in der Faust nahm er die Verfolgung auf. Soapy schlich sich fort, das Herz voll Gram über seine beiden Mißerfolge.

Auf der gegenüberliegenden Straßenseite stand ein anspruchsloses Gasthaus, das auf Gäste mit großem Appetit und geringen Mitteln eingestellt war. Dort waren die Teller ebenso dick wie die Luft und die Suppe so dünn wie das Tischtuch. Und hier trat Soapy ein, ohne mit seinen schandbaren Schuhen und verräterischen Hosen Anstoß zu erregen. Er setzte sich an einen Tisch und vertilgte Beefsteak, Pfannkuchen, Krapfen und Torte. Dann verriet er dem Kellner, daß auch nicht die winzigste Münze bei ihm zu finden sei.

»Los, machen Sie schnell und rufen Sie einen Schutzmann«, sagte er. »Einen Gentleman läßt man nicht warten.«

»Das würde dir passen«, sagte der Kellner mit einer Stimme wie Butterkeks, und seine Augen sahen aus wie Kirschen auf einem Manhattan-Cocktail. »He, Con!«

Genau mit dem linken Ohr landete Soapy auf dem harten Pflaster, als ihn die beiden Kellner hinauswarfen. Langsam, wie ein Zimmermann Glied um Glied seinen Zollstock aufklappt, so richtete sich Soapy empor und klopfte sich den Staub von den Kleidern. Die Verhaftung schien nur ein rosiger Traum zu sein und die Insel in weitester Ferne. Ein Polizist, der zwei Türen weiter vor einem Drugstore stand, lachte und ging die Straße hinunter.

Fünf Häuserblocks legte Soapy zurück, bevor er wieder Mut faßte, sich um seine Verhaftung zu bemühen. Diesmal bot sich eine Gelegenheit, die er innerlich in seiner Einfalt ein Kinderspiel nannte. Eine junge Frau von sittsamer und anmutiger Erscheinung stand vor einem Schaufenster und betrachtete mit lebhaftem Interesse die ausgestellten Rasierschalen und Tintenfässer, und zwei Meter davon entfernt lehnte an einem Hydranten ein mächtiger Schutzmann mit grimmiger Miene.

Soapy nahm sich vor, die verächtliche und verabscheuungswürdige Rolle jener Vorstadtcasanovas zu spielen, die Frauen auf offener Straße belästigen. Das vornehme und elegante Äußere seines Opfers und die Nähe des gewissenhaften Polizeibeamten ermutigten ihn zu der Hoffnung, auf seinem Arm bald jenen angenehmen Griff der Staatsgewalt zu spüren, der ihm sein Winterquartier auf der schönen, kleinen, abgeschiedenen Insel sichern würde.

Soapy rückte die Krawatte der Missionsdame zurecht, zog seine zusammengeschrumpften Manschetten aus dem Ärmel, schob den Hut unternehmungslustig in den Nakken und machte sich an die junge Frau heran. Er warf ihr herausfordernde Blicke zu, mußte plötzlich husten und sich räuspern, lächelte, schmunzelte und spielte frech die unverfrorene und verachtungswürdige Rolle des Schwerenöters. Mit halbem Auge sah Soapy, daß der Polizist ihn unverwandt beobachtete. Die junge Frau entfernte sich ein paar Schritte und vertiefte sich erneut in die Betrachtung der Rasierschalen. Soapy ging ihr nach, trat keck neben sie, zog den Hut und sagte:

»Hallo, Mausi! Möchtest du nicht mit mir kommen und in meinem Hof spielen?«

Der Schutzmann schaute immer noch auf die zwei. Die

verfolgte junge Frau brauchte nur mit dem Finger zu winken, und Soapy befände sich so gut wie sicher auf dem Weg zu seinem Inselasyl. Schon glaubte er die behagliche Wärme der Wachtstube zu spüren. Da wandte sich die junge Frau ihm zu, streckte die Hand aus und faßte ihn am Ärmel.

»Na klar, Egon«, sagte sie gut gelaunt, »wenn du mir 'ne Pulle Bier schmeißt. Ich hätte dich ja schon längst angequatscht, aber der Schupo da hat dauernd hergeschaut.«

Mit der jungen Frau, die sich an ihn wie Efeu an eine Eiche klammerte, ging Soapy trübsinnig an dem Schutzmann vorbei. Er schien zur Freiheit verurteilt. An der nächsten Ecke schüttelte er seine Begleiterin ab und rannte los. Er blieb erst wieder in dem Stadtteil stehen, wo man bei Nacht die lebenslustigsten Straßen, die spritzigsten Cabarets, die fröhlichsten Herzen und die leichtfertigsten Treueschwüre findet. Frauen in Pelzmänteln und Männer in Überziehern promenierten frohgestimmt durch die Winterluft. Eine plötzliche Angst ergriff Soapy, daß irgendein entsetzlicher Zauberbann ihn gegen jede Festnahme gefeit habe. Dieser Gedanke jagte ihm fast panischen Schrecken ein, und als er auf den nächsten Schutzmann stieß, der hoheitsvoll vor einem hellerleuchteten Theater herumstand, griff er nach dem nächstbesten Strohhalm: er probierte es mit »Ungebührlichem Benehmen«.

Auf dem Bürgersteig begann Soapy, aus Leibeskräften wie ein Betrunkener zu grölen. Er tanzte, heulte und tobte, als wolle er den Himmel zum Einsturz bringen. Der Schutzmann wirbelte seinen Gummiknüppel durch die Luft, kehrte Soapy den Rücken und bemerkte zu einem Passanten:

»Einer von den Yale-Studenten, die ihren Sieg über das Hartford College feiern. Radaubrüder, aber harmlos. Wir haben Anweisung, sie in Ruhe zu lassen.«

Untröstlich brach Soapy seinen unnützen Lärm ab. Wollte ihn denn kein Polizist haben? In seiner Vorstellung erschien ihm die Insel unerreichbar wie das Paradies. Er knöpfte seine Jacke zu, um sich gegen den schneidenden Wind zu schützen.

In einem Tabakladen sah er einen gutgekleideten Mann, der sich eine Zigarre an einer bereitstehenden Flamme anzündete. Seinen seidenen Regenschirm hatte er am Eingang abgestellt. Soapy trat ein, griff nach dem Schirm und schlenderte langsam davon. Der Mann an der Flamme folgte ihm hastig nach.

»Der Schirm gehört mir«, sagte er energisch.

»Wirklich?« fragte Soapy mit einem Grinsen, das zum Diebstahl hinzu noch den Tatbestand der Beleidigung erfüllte. »Na schön, warum rufen Sie dann keinen Polizisten? Ich habe ihn doch genommen, Ihren Schirm! Warum also rufen Sie keinen Schutzmann? Dort an der Ecke steht einer.«

Der Schirmbesitzer wurde langsamer. Soapy folgte seinem Beispiel, mit der dumpfen Ahnung, daß das Glück wieder nicht seinen Weg kreuzen würde. Der Polizist schaute den beiden neugierig zu.

»Natürlich«, sagte der Schirmbesitzer, »das heißt – na ja, Sie wissen schon, wie solche Versehen vorkommen – ich – wenn der Schirm Ihnen gehört, dann hoffe ich, Sie werden entschuldigen – ich habe ihn heute morgen aus einem Gasthaus mitgenommen – wenn Sie ihn wiedererkennen, dann – ich hoffe, Sie werden –«

»Natürlich gehört er mir«, sagte Soapy böse.

Der Ex-Schirmbesitzer zog sich zurück. Der Schutzmann eilte zu einer hochbeinigen Blondine im Theatermantel, um ihr vor einer noch zwei Häuserblocks entfernten Trambahn über die Straße zu helfen.

Soapy wanderte ostwärts durch eine Straße, die wegen Erdarbeiten aufgerissen war. Zornig schleuderte er den Regenschirm in eine Baugrube. Er schimpfte vor sich hin auf die Leute, die Helme und Gummiknüppel tragen. Weil er ihnen in die Klauen fallen wollte, schienen sie ihn für einen König zu halten, der kein Unrecht tun konnte.

Endlich erreichte Soapy eine der nach Osten führenden Straßen, in denen der Lichterglanz und der Trubel nur noch schwach zu bemerken waren. Diese Straße entlanggehend, steuerte Soapy wieder auf den Madison-Park zu, denn der Ruf der Heimat verstummt selbst dann nicht, wenn man nur eine Bank im Park sein Zuhause nennt.

Aber an einer ungewöhnlich stillen Straßenecke hielt Soapy an. Hier stand eine alte Kirche, altmodisch, stillos und mit einem Giebel. Durch ein violettfarbenes Fenster schimmerte sanftes Licht; zweifellos ließ dort der Organist jetzt seine Finger über die Tasten gleiten, um seinem Choral für den kommenden Sonntag den letzten Schliff zu geben. Denn an Soapys Ohr drang süße Musik, die ihn ergriff und gegen die verschlungenen Stäbe des Eisenzauns preßte.

Der Mond stand am Himmel, strahlend und klar; Wagen und Fußgänger waren kaum noch zu sehen; einige Spatzen zwitscherten schlaftrunken in der Dachrinne – für einen Augenblick glaubte man sich auf einen ländlichen Kirchhof versetzt. Der Choral, den der Organist spielte, schmiedete Soapy an das Eisengitter, denn er kannte dieses Lied aus der Zeit seines Lebens, in der es für ihn noch eine Mutter, Rosen, Zukunftspläne, Freunde, saubere Gedanken und Kragen gab.

Das Zusammenwirken von Soapys empfänglicher Stimmung und dem Einfluß der alten Kirche schuf eine augenblickliche und wunderbare Wandlung in seiner Seele. Mit plötzlichem Schaudern sah er vor sich den Abgrund, in den er hineingetaumelt war, all die Tage der Erniedrigung, die unwürdigen Begierden, toten Hoffnungen, verpfuschten Möglichkeiten und niedrigen Triebkräfte, die sein Leben erfüllt hatten.

Und mit einemmal öffnete sich sein Herz erbebend dieser neuartigen Stimmung. Ein spontaner und mächtiger Drang befahl ihm, mit seinem verzweifelten Schicksal den Kampf aufzunehmen. Er würde sich aus dem Sumpf herausziehen; er würde wieder ein anständiger Mensch werden; er würde das Böse überwinden, das von ihm Besitz ergriffen hatte. Noch war es Zeit; er war verhältnismäßig jung; er würde seine ehrgeizigen Pläne von einst wieder ausgraben und sie verfolgen, ohne vom Wege abzuweichen. Die feierlichen und doch so süßen Orgelklänge hatten sein Innerstes aufgewühlt. Morgen schon würde er in die lärmende Innenstadt gehen und sich eine Arbeit suchen. Ein Pelzimporteur hatte ihm einmal die Stelle eines Kraftfahrers angeboten. Er würde ihn morgen aufsuchen und um die Stelle bitten. Er würde wieder jemand sein auf dieser Welt. Er würde –

Soapy spürte eine Hand auf seinem Arm. Er wandte sich

schnell um und blickte in das breite Gesicht eines Polizisten.

»Was tun Sie hier?« fragte der Beamte.

»Nichts«, antwortete Soapy.

»Na, dann kommen Sie mal mit«, sagte der Schutzmann.

»Drei Monate Insel«, sagte der Schnellrichter am nächsten Morgen.

Anton Čechov
Von der Liebe

Am nächsten Tag gab es zum Frühstück sehr schmackhafte Piroggen, Krebse und Hammelkoteletts; während des Essens kam der Koch Nikanor nach oben, um sich zu erkundigen, was sich die Gäste zu Mittag wünschten. Er war ein mittelgroßer Mann mit einem gedunsenen Gesicht, kleinen Augen und glattrasierten Wangen, und es sah aus, als sei der Schnurrbart nicht abrasiert, sondern ausgezupft.

Alëchin erzählte, die schöne Pelageja sei in diesen Koch verliebt. Da er aber ein Trunkenbold und Hitzkopf war, wollte sie ihn nicht heiraten, sondern willigte ein, so mit ihm zu leben. Er jedoch war sehr fromm, und seine religiösen Überzeugungen erlaubten ihm nicht, so mit ihr zu leben; er verlangte, sie solle ihn heiraten, anders wolle er nichts von ihr wissen, und wenn er betrunken war, beschimpfte er sie und schlug sie sogar. Sie versteckte sich dann im oberen Stockwerk und schluchzte, und Alëchin und das Dienstpersonal gingen nicht aus dem Haus, um sie zu beschützen, falls es notwendig sein sollte.

Man sprach von der Liebe.

»Wie die Liebe entsteht«, sagte Alëchin, »warum Pelageja sich nicht in einen anderen, der seinen moralischen Eigenschaften und seinem Äußeren nach besser zu ihr passen würde, verliebt hat, sondern ausgerechnet in Nikanor, diese Fratze – bei uns nennen ihn alle die Fratze –, wieweit in der Liebe Fragen des persönlichen Glücks wichtig sind, das alles weiß man nicht, und man kann darüber denken, wie man will. Bis heute ist über die Liebe nur ein einziger wahrer Satz gesprochen worden, nämlich: ›Das Geheimnis ist groß‹, alles andere, was man über die Liebe geschrieben und gesagt hat, war keine Lösung, sondern nur das Stellen von Fragen, die auch weiterhin ungelöst bleiben. Eine Erklärung, die für den einen Fall zu taugen scheint, ist für zehn andere unbrauchbar, und meiner Ansicht nach ist es das beste, jeden Einzelfall speziell zu klären und nicht zu versuchen zu verallgemeinern. Man muß, wie die Ärzte sagen, jeden Fall für sich individualisieren.«

»Völlig richtig«, stimmte Burkin zu.

»Wir, die Anständigen unter den Russen, hegen eine Vorliebe für diese Fragen, die ohne Lösung bleiben. Gewöhnlich poetisiert man die Liebe, schmückt sie mit Rosen und Nachtigallen, wir Russen aber schmücken unsere Liebe mit diesen schicksalsschweren Fragen, und dabei wählen wir noch die am wenigsten interessanten aus. In Moskau hatte ich, als ich noch Student war, eine Freundin, eine reizende Dame, die jedesmal, wenn ich sie umarmte, daran dachte, wieviel ich ihr im Monat geben würde und wieviel jetzt das Pfund Rindfleisch kostete. So stellen auch wir, wenn wir lieben, unaufhörlich Fragen: Ob das ehrenhaft oder nicht ehrenhaft, ob das klug oder dumm sei, wohin diese Liebe führe und so weiter. Ob das gut ist oder nicht, das weiß ich nicht, daß es aber hinderlich ist, einen nicht befriedigt und reizt, das weiß ich.«

Es sah aus, als wolle er etwas erzählen. Menschen, die einsam leben, haben immer etwas auf dem Herzen, was sie gern erzählen möchten. In der Stadt gehen Junggesellen absichtlich in ein Bad oder in ein Restaurant, nur um sich dort auszusprechen, und manchmal erzählen sie den Badewärtern oder den Kellnern sehr interessante Geschichten; auf dem Lande aber schütten sie gewöhnlich den Gästen ihr Herz aus. Jetzt sah man durchs Fenster den grauen Himmel und die regenfeuchten Bäume, bei solchem Wetter konnte man nirgends hingehen, und es blieb nichts weiter übrig, als zu erzählen und zuzuhören.

»Ich lebe schon lange in Sofjino«, begann Alëchin, »und befasse mich mit der Landwirtschaft, seitdem ich das Studium beendet habe. Ich bin nicht zu körperlicher Arbeit erzogen worden, ich neige eher zu geistiger Tätigkeit, doch als ich hierherkam, lasteten große Schulden auf dem Gut, und da mein Vater zum Teil deshalb verschuldet war, weil er viel Geld für meine Bildung ausgegeben hatte, entschloß ich mich, hierzubleiben und so lange zu arbeiten, bis ich die Schulden abgezahlt hätte. Ich faßte also diesen Entschluß und begann hier zu arbeiten, nicht ohne einigen Widerwillen, das muß ich gestehen. Der Boden hier ist wenig ergiebig, und wenn die Landwirtschaft Gewinn bringen soll, muß man sich der Arbeit von Leibeigenen oder Tagelöhnern bedienen, was beinahe dasselbe ist, oder man muß seine Wirtschaft wie die Bauern führen, das heißt selber mit seiner Familie auf dem Feld arbeiten. Ein Zwischending gibt es da nicht. Aber mit solchen feinen Erwägungen gab ich mich damals nicht ab. Ich ließ keinen Fleck Erde unberührt, ich trieb alle Bauern und Weiber aus den Nachbardörfern zusammen, und bei mir wurde wie toll gearbeitet; ich pflügte, säte und mähte selber, und ich langweilte mich dabei und verzog vor Ekel das Gesicht wie eine Bauernkatze, die im Garten vor Hunger Gurken frißt; der ganze Körper schmerzte mir, und ich schlief im Gehen. In der ersten Zeit glaubte ich noch, ich könnte dieses arbeitsame Leben leicht mit meinen kulturellen Gewohnheiten in Einklang bringen; dazu brauchte ich nur, so dachte ich, in meinem Leben eine gewisse äußere Ordnung einzuhalten. Ich ließ mich hier oben in den Paradezimmern nieder und richtete es so ein, daß mir nach dem Frühstück und dem Mittagessen Kaffee und Liköre serviert wurden, und wenn ich mich abends schlafen legte, las ich den *Vestnik Evropy*. Einmal aber kam unser Priester, Vater Ivan, und auf einen Sitz trank er meinen ganzen Likör aus, und der *Vestnik Evropy* landete ebenfalls bei den Popenfrauen, weil ich im Sommer, besonders während der Mahd, nicht einmal bis zu meinem Bett gelangte, sondern in der Scheune in einem Schlitten oder irgendwo in einer Waldhütte einschlief – wie war da an Lesen zu denken? Allmählich übersiedelte ich nach unten; ich begann in der Gesindeküche zu Mittag zu essen, und von dem früheren Luxus blieb nur die Dienerschaft, die schon meinem Vater gedient hat und die zu entlassen mir sehr schwerfallen würde.

In den ersten Jahren hatte man mich hier zum ehrenamtlichen Friedensrichter gewählt. Ab und zu mußte ich in die Stadt fahren und an den Sitzungen des Kreisgerichts teilnehmen, und das bereitete mir Vergnügen. Wenn man hier zwei oder drei Monate ständig lebt, ohne herauszukommen, besonders im Winter, dann sehnt man sich schließlich nach einem schwarzen Gehrock. Und im Kreisgericht gab es Gehröcke, Uniformen, Fräcke, alle waren Juristen, Menschen, die Hochschulbildung genossen hatten und mit denen man reden konnte.

Nach dem Schlafen im Schlitten, nach dem Essen in der Gesindeküche in einem Lehnstuhl sitzen zu können, in reiner Wäsche und leichten Schuhen und mit einer Kette auf der Brust – was für eine Wohltat!

In der Stadt wurde ich überall freundlich aufgenommen, ich schloß gern Bekanntschaften. Zu meinen dauerhaftesten und, um der Wahrheit die Ehre zu geben, auch zu den für mich angenehmsten Bekanntschaften gehörte Luganovič, der stellvertretende Präsident des Kreisgerichts. Sie kennen ihn beide – eine liebenswerte Persönlichkeit. Es war unmittelbar nach dem berühmten Brandstifterprozeß; die Verhandlung erstreckte sich über zwei Tage, und wir waren erschöpft. Luganovič sah mich an und sagte:

›Wissen Sie was? Essen Sie bei mir zu Mittag.‹

Das kam für mich unerwartet, denn ich kannte Luganovič nur oberflächlich, nur dienstlich, und war noch kein einziges Mal bei ihm gewesen. Ich ging nur auf einen Augenblick in mein Hotelzimmer, um mich umzuziehen, und begab mich dann zum Mittagessen. Dort hatte ich die Gelegenheit, Anna Alekseevna, die Gattin Luganovičs, kennenzulernen. Sie war damals noch sehr jung, nicht älter als zweiundzwanzig, und ein halbes Jahr zuvor hatte sie ihr erstes Kind zur Welt gebracht. Die Geschichte ist schon lange her, und es wäre jetzt für mich schwierig, festzustellen, was an dieser Frau eigentlich so ungewöhnlich war, was mir an ihr so gefiel; damals aber, bei dem Mittagessen, schien es mir vollkommen klar. Ich sah eine junge, schöne, gütige, intelligente und bezaubernde Frau vor mir; so einer

Frau war ich noch nie begegnet; ich spürte in ihr sofort ein mir nahestehendes, ein mir vertrautes Wesen, als hätte ich dieses Gesicht, diese freundlichen, klugen Augen schon einmal in meiner Kindheit gesehen, in dem Album, das auf der Kommode meiner Mutter lag.

In dem Brandstifterprozeß wurden vier Juden beschuldigt, eine Bande gebildet zu haben, meiner Meinung nach völlig unbegründet. Beim Essen war ich sehr erregt, mir war schwer ums Herz, und ich entsinne mich nicht mehr, was ich sagte, nur Anna Alekseevna schüttelte immerzu den Kopf und fragte ihren Mann:

›Dimitrij, wie ist denn das?‹

Luganovič war ein guter Kerl, einer jener treuherzigen Menschen, die unbeirrt an der Meinung festhalten, wenn ein Mensch erst einmal vor Gericht gekommen sei, so bedeute das, er sei schuldig und man dürfe Zweifel an der Richtigkeit des Urteils nicht anders als in gesetzlicher Form, also schriftlich äußern, keinesfalls aber beim Mittagessen und in einem privaten Gespräch.

›Wir beide haben kein Feuer angelegt‹, sagte er weich, ›und so wird man uns nicht aburteilen und nicht ins Gefängnis stecken.‹

Und beide, Mann und Frau, achteten darauf, daß ich möglichst viel aß und trank; aus einigen Kleinigkeiten, zum Beispiel, wie sie beide zusammen Kaffee zubereiteten und wie sie einander bei der ersten Andeutung verstanden, konnte ich schließen, daß sie friedlich und glücklich lebten und daß sie sich über einen Gast freuten. Nach dem Mittagessen spielten sie vierhändig Klavier, dann wurde es dunkel, und ich fuhr in mein Hotel. Das war zu Beginn des

Frühjahrs. Darauf verbrachte ich den ganzen Sommer in Sofjino, und ich hatte keine Zeit, an die Stadt auch nur zu denken, doch die Erinnerung an die schlanke blonde Frau blieb in mir alle Tage lebendig; ich dachte nicht an sie, aber wie ein leichter Schatten lag ihr Bild auf meiner Seele.

Im Spätherbst wurde in der Stadt zu wohltätigen Zwekken ein Theaterstück aufgeführt. Ich betrat die Gouverneursloge (in der Pause hatte man mich dorthin eingeladen) und sah neben der Frau des Gouverneurs Anna Alekseevna sitzen, und wieder machten ihre Schönheit und ihre lieben zärtlichen Augen auf mich den gleichen, unwiderstehlichen, frappierenden Eindruck, und wieder hatte ich das gleiche Gefühl vertrauter Nähe.

Wir saßen nebeneinander, darauf gingen wir ins Foyer.

›Sie sind schmal geworden‹, sagte sie, ›waren Sie krank?‹

›Ja. Ich hatte das Reißen in der Schulter, und bei dem regnerischen Wetter schlafe ich schlecht.‹

›Sie sehen erschöpft aus. Damals im Frühjahr, als Sie zu uns zum Essen kamen, wirkten Sie jünger, rüstiger. Sie waren damals sehr angeregt und sprachen viel, Sie waren sehr interessant, und ich gestehe, ich hatte mich sogar ein bißchen in Sie verliebt. Im Laufe des Sommers mußte ich oft an Sie denken, und als ich mich heute für das Theater fertigmachte, ahnte ich, daß ich Sie wiedersehen würde.‹

Und sie lachte.

›Aber heute sehen Sie erschöpft aus‹, wiederholte sie. ›Das macht Sie älter.‹

Am nächsten Tag frühstückte ich bei den Luganovičs; nach dem Frühstück fuhren sie in ihr Landhaus, um dort alles für den Winter vorzubereiten, und ich fuhr mit ihnen.

Ich kehrte auch mit ihnen in die Stadt zurück, und um Mitternacht tranken wir bei ihnen zu Haus Tee; der Kamin brannte, und die junge Mutter ging immerzu hinaus, um nachzusehen, ob ihr Töchterchen schlief. Danach besuchte ich bei jedem meiner Aufenthalte in der Stadt unbedingt die Luganovičs. Sie gewöhnten sich an mich und ich mich an sie. In der Regel kam ich unangemeldet, wie ein Familienmitglied.

›Wer ist da?‹ klang aus einem entfernten Zimmer eine gedehnte Stimme, die mir so wunderschön erschien.

›Das ist Pavel Konstantinyč‹, antwortete die Zofe oder die Kinderfrau.

Anna Alekseevna kam dann mit besorgter Miene zu mir heraus und fragte mich jedesmal:

›Warum sind Sie so lange nicht hiergewesen? Ist etwas geschehen?‹

Ihr Blick, die gepflegte, vornehme Hand, die sie mir reichte, ihr Hauskleid, die Frisur, die Stimme, ihre Schritte machten auf mich immer wieder den Eindruck von etwas Neuem, etwas Ungewöhnlichem und Wichtigem in meinem Leben. Wir unterhielten uns lange, und wir schwiegen lange, wobei sich jeder das Seine dachte, oder aber sie spielte mir etwas auf dem Klavier vor. Wenn niemand zu Hause war, blieb ich da und wartete, ich unterhielt mich mit der Kinderfrau, spielte mit dem Kind oder legte mich im Kabinett auf den türkischen Diwan und las Zeitung, kehrte Anna Alekseevna aber zurück, so begrüßte ich sie im Vorzimmer, nahm ihr alle Einkäufe ab, und, ich weiß nicht, warum, jedesmal trug ich diese Einkäufe so liebevoll und so begeistert wie ein kleiner Junge.

Es gibt ein Sprichwort: Wenn die Frau keine Sorgen hat, kauft sie sich ein Ferkel. Sie, die Luganovičs, hatten keine Sorgen, und so befreundeten sie sich mit mir. Wenn ich lange nicht in die Stadt kam, so hieß das für sie, ich sei krank oder mit mir sei etwas geschehen, und beide waren sehr beunruhigt. Sie waren besorgt darüber, daß ich, ein gebildeter Mensch mit Sprachkenntnissen, statt mich wissenschaftlich oder literarisch zu betätigen, auf dem Lande lebte, mich wie ein Eichhörnchen im Rade drehte, viel arbeitete und doch ständig ohne einen roten Heller dastand. Sie meinten, ich würde darunter leiden, und wenn ich sprach, lachte und aß, so würde ich das nur deshalb tun, um meine Leiden zu verbergen; und selbst in fröhlichen Augenblicken, wenn mir wohl zumute war, fühlte ich auf mir ihre forschenden Blicke. Besonders rührend waren sie, wenn mir tatsächlich etwas Unangenehmes zustieß, wenn mich ein Gläubiger bedrängte oder wenn ich nicht genügend Geld für eine Terminzahlung hatte; beide, Mann und Frau, flüsterten dann miteinander am Fenster, darauf trat er zu mir und sagte mit ernstem Gesicht:

›Wenn Sie im Augenblick Geld brauchen, Pavel Konstantinovič, so bitten wir Sie, sich nicht zu genieren und von uns etwas anzunehmen.‹

Und er bekam vor Aufregung rote Ohren. Es geschah aber auch, daß er, nachdem sie am Fenster geflüstert hatten, mit roten Ohren zu mir trat und sagte:

›Meine Frau und ich bitten Sie dringend, dieses Geschenk von uns anzunehmen.‹

Und er überreichte mir Manschettenknöpfe, eine Zigarrentasche oder eine Lampe; ich schickte ihnen dafür vom

Land Schlachtgeflügel, Butter und Blumen. Übrigens waren sie beide vermögende Leute. In der ersten Zeit machte ich viele Anleihen und war dabei nicht besonders wählerisch, ich nahm, wo ich nur konnte, aber keine zehn Pferde hätten mich dazu gebracht, von den Luganovičs Geld anzunehmen. Wozu aber davon reden!

Ich war unglücklich. Zu Hause, auf dem Feld, in der Scheune, überall dachte ich an sie, ich bemühte mich, das Geheimnis einer jungen, schönen und klugen Frau zu ergründen, die einen uninteressanten Mann, beinahe einen Greis (ihr Mann war schon über Vierzig) geheiratet und von ihm Kinder bekommen hatte – ebenso bemühte ich mich, das Geheimnis dieses uninteressanten Mannes zu ergründen, dieses gutmütigen, schlichten Menschen, der mit einem so langweiligen gesunden Menschenverstand urteilte, sich auf Bällen und Soirees an solide Leute hielt, der schlapp war und überflüssig, der eine ergebene, teilnahmslose Miene zeigte, als habe man ihn zum Verkauf hierhergebracht, der sich aber dennoch berechtigt glaubte, glücklich zu sein und von ihr Kinder zu haben; und ich versuchte immerfort zu begreifen, warum sie gerade ihm begegnet war und nicht mir und wozu in unserem Leben ein so schrecklicher Irrtum geschehen mußte.

Wenn ich in die Stadt kam, konnte ich ihr jedesmal an den Augen ablesen, daß sie mich erwartet hatte; und sie selbst gestand mir, sie habe schon seit dem frühen Morgen ein so eigenartiges Gefühl gehabt, sie habe geahnt, daß ich kommen würde. Wir unterhielten uns lange, oder wir schwiegen, aber wir gestanden uns nicht unsere Liebe, sondern verbargen sie schüchtern und eifersüchtig. Wir fürchteten alles, was unser Geheimnis uns selber hätte entdecken können. Ich liebte zärtlich und tief, doch ich überlegte und fragte mich, wohin unsere Liebe führen würde, wenn wir nicht genügend Kraft aufbrächten, sie zu bekämpfen; es schien mir unwahrscheinlich, daß diese meine stille, traurige Liebe plötzlich das glückliche Leben ihres Gatten und ihrer Kinder, dieses ganzen Hauses, in dem man mich so liebte und mir so vertraute, jäh zerstören sollte. War das ehrenhaft? Sie würde mir folgen, aber wohin? Wo könnte ich sie hinführen? Anders wäre es, wenn ich zum Beispiel für die Befreiung der Heimat kämpfte oder ein berühmter Gelehrter, Künstler oder Maler wäre, so aber würde ich sie nur aus einer gewöhnlichen, alltäglichen Umgebung in eine ebensolche oder eine noch alltäglichere bringen. Wie lange würde unser Glück dauern? Was würde aus ihr, falls ich krank werden oder sterben sollte oder wenn wir uns einfach nicht mehr liebten?

Sie urteilte offenbar ähnlich. Sie dachte an ihren Mann, an die Kinder, an ihre Mutter, die Annas Mann wie einen Sohn liebte. Würde sie ihrem Gefühl nachgeben, dann müßte sie entweder lügen oder die Wahrheit sagen, und in ihrer Lage war das eine wie das andere gleich furchtbar und gleich peinlich. Auch sie quälte die Frage, ob ihre Liebe mir Glück bringe, ob sie nicht mein Leben, das auch so schon schwer genug und voller Ungemach war, nur noch schwieriger mache. Sie fand, sie sei nicht mehr jung genug für mich, nicht arbeitsfreudig und energisch genug, um ein neues Leben anzufangen, und sie sprach oft mit ihrem Mann darüber, daß ich ein kluges, meiner würdiges Mädchen heiraten müßte, das mir eine gute Hausfrau und Helferin wäre – und sie fügte dann immer sofort hinzu, daß man ein solches Mädchen in der ganzen Stadt nicht finden würde.

Inzwischen vergingen die Jahre. Anna Alekseevna hatte bereits zwei Kinder. Wenn ich zu den Luganovičs kam, lächelten die Dienstboten freundlich, die Kinder schrien, Onkel Pavel Konstantinyč sei gekommen, und hingen an meinem Hals; alle freuten sich. Sie verstanden nicht, was in meiner Seele vorging, und dachten, ich würde mich ebenfalls freuen. Alle sahen in mir ein edles Wesen. Erwachsene und Kinder hatten das Gefühl, ein edles Wesen schreite durch die Zimmer, und das verlieh ihren Beziehungen zu mir einen besonderen Reiz, als wäre auch ihr Leben in meiner Gegenwart sauberer und schöner. Ich ging mit Anna Alekseevna ins Theater, jedesmal zu Fuß; wir saßen nebeneinander im Fauteuil, unsere Schultern berührten sich, ich nahm schweigend das Opernglas aus ihrer Hand und spürte dann, daß sie mir nahe, daß sie mein war, daß wir nicht ohne einander sein konnten, aber durch irgendein seltsames Mißverständnis verabschiedeten wir uns jedesmal, wenn wir das Theater verließen, und trennten uns wie Fremde. In der Stadt wurde schon Gott weiß was über uns gesprochen, aber von all dem Gerede stimmte kein einziges Wort.

In den letzten Jahren fuhr Anna Alekseevna häufiger zu ihrer Mutter oder zu ihrer Schwester; sie war oft schlechter Laune und schien sich ihres unbefriedigten, verfehlten Lebens bewußt zu sein, wenn sie weder ihren Gatten noch die Kinder sehen wollte. Sie war wegen ihrer zerrütteten Nerven bereits in ärztlicher Behandlung.

Wir schwiegen, wir schwiegen immer, doch in Gegenwart von Fremden war sie mir gegenüber irgendwie seltsam gereizt. Worüber ich auch sprach, sie pflichtete mir nicht bei, und wenn ich mich stritt, so ergriff sie stets die Partei meines Gegners. Ließ ich etwas fallen, sagte sie kalt: ›Ich gratuliere.‹ Gingen wir ins Theater und ich hatte das Opernglas vergessen, sagte sie zu mir: ›Ich wußte ja, daß Sie es vergessen würden.‹

Zum Glück oder zum Unglück gibt es in unserem Leben nichts, was nicht früher oder später ein Ende nähme. Es kam die Zeit der Trennung, denn Luganovič war in einem der westlichen Gouvernements zum Gerichtspräsidenten ernannt worden. Möbel, Pferde und Landhaus mußten verkauft werden. Als wir zum Landhaus fuhren und uns dann auf der Heimfahrt ein letztes Mal nach dem Garten und dem grünen Dach umblickten, waren wir alle traurig, und mir wurde klar, daß wir nun nicht nur von dem Landhaus Abschied nehmen mußten. Es war beschlossen, daß Anna Alekseevna Ende August in die Krim reisen würde, was die Ärzte ihr verordnet hatten, und etwas später sollte dann Luganovič mit den Kindern in sein Gouvernement fahren.

Ein großes Gefolge begleitete Anna Alekseevna zum Bahnhof. Als sie sich von ihrem Mann und den Kindern verabschiedet hatte und nur noch ein Augenblick bis zum dritten Läuten geblieben war, eilte ich zu ihr ins Abteil, um eines ihrer Körbchen, das sie beinahe vergessen hätte, ins Gepäcknetz zu legen; außerdem mußte ich ihr Lebewohl sagen. Als sich hier im Abteil unsere Blicke trafen, verließ uns beide die Kraft, ich umarmte sie, sie schmiegte ihr Gesicht an meine Brust, und Tränen flossen aus ihren Augen;

ich küßte ihr Gesicht, ihre Schultern, ihre tränenfeuchten Hände – oh, wie unglücklich waren wir beide! Ich gestand ihr meine Liebe, und mit wundem Herzen begriff ich, wie unnütz, wie kleinlich, wie trügerisch all das gewesen war, was uns gehindert hatte zu lieben. Ich begriff, daß man, wenn man liebt, in seinen Überlegungen von dem Höchsten ausgehen muß, von etwas Wichtigerem, als es Glück oder Unglück, Sünde oder Tugend im landläufigen Sinne sind, oder man braucht überhaupt nicht zu überlegen.

Ich küßte sie zum letztenmal, und wir trennten uns – für immer. Der Zug fuhr bereits. Ich setzte mich ins Nebenabteil – es war leer –, und dort blieb ich bis zur nächsten Station sitzen und weinte. Dann ging ich zu Fuß heim, nach Sofjino ...«

Während Alëchins Erzählung hatte der Regen aufgehört, und die Sonne schaute hervor. Burkin und Ivan Ivanyč gingen hinaus auf den Balkon; von hier aus hatte man einen wunderbaren Blick auf den Garten und den Fluß, der jetzt in der Sonne wie ein Spiegel glänzte. Sie genossen den Anblick und bedauerten zugleich, daß dieser Mann mit den gütigen, klugen Augen, der so offenherzig erzählt hatte, sich tatsächlich hier auf diesem riesigen Gut wie ein Eichhörnchen im Rade drehte und sich nicht mit der Wissenschaft oder mit irgend etwas anderem befaßte, was sein Leben angenehmer gestalten würde. Sie dachten auch daran, was für ein trauriges Gesicht die junge Dame wohl gehabt hatte, als er sich im Abteil von ihr verabschiedete und ihr Gesicht und ihre Schultern küßte. Beide waren ihr in der Stadt begegnet, Burkin war sogar mit ihr bekannt und fand sie schön.

Franz Kafka
Ein Bericht für eine Akademie

Hohe Herren von der Akademie!

Sie erweisen mir die Ehre, mich aufzufordern, der Akademie einen Bericht über mein äffisches Vorleben einzureichen.

In diesem Sinne kann ich leider der Aufforderung nicht nachkommen. Nahezu fünf Jahre trennen mich vom Affentum, eine Zeit, kurz vielleicht am Kalender gemessen, unendlich lang aber durchzugaloppieren, so wie ich es getan habe, streckenweise begleitet von vortrefflichen Menschen, Ratschlägen, Beifall und Orchestralmusik, aber im Grunde allein, denn alle Begleitung hielt sich, um im Bilde zu bleiben, weit von der Barriere. Diese Leistung wäre unmöglich gewesen, wenn ich eigensinnig hätte an meinem Ursprung, an den Erinnerungen der Jugend festhalten wollen. Gerade Verzicht auf jeden Eigensinn war das oberste Gebot, das ich mir auferlegt hatte; ich, freier Affe, fügte mich diesem Joch. Dadurch verschlossen sich mir aber ihrerseits die Erinnerungen immer mehr. War mir zuerst die Rückkehr, wenn die Menschen gewollt hätten, freigestellt durch das ganze Tor, das der Himmel über der Erde bildet, wurde es gleichzeitig mit meiner vorwärtsgepeitschten Entwicklung immer niedriger und enger; wohler und eingeschlossener fühlte ich mich in der Menschenwelt; der Sturm, der mir aus meiner Vergangenheit nachblies, sänftigte sich; heute ist es nur ein Luftzug, der mir die Fersen kühlt; und das Loch in der Ferne, durch das er kommt und durch das ich einstmals kam, ist so klein geworden, daß ich, wenn überhaupt die Kräfte und der Wille hinreichen würden, um bis dorthin zurückzulaufen, das Fell vom Leib mir schinden müßte, um durchzukommen. Offen gesprochen, so gerne ich auch Bilder wähle für diese Dinge, offen gesprochen: Ihr Affentum, meine Herren, soferne Sie etwas Derartiges hinter sich haben, kann Ihnen nicht ferner sein als mir das meine. An der Ferse aber kitzelt es jeden, der hier auf Erden geht: den kleinen Schimpansen wie den großen Achilles. In eingeschränktestem Sinn aber kann ich doch vielleicht Ihre Anfrage beantworten und ich tue es sogar mit großer Freude. Das erste, was ich lernte, war: den Handschlag geben; Handschlag bezeigt Offenheit; mag nun heute, wo ich auf dem Höhepunkte meiner Laufbahn stehe, zu jenem ersten Handschlag auch das offene Wort hinzukommen. Es wird für die Akademie nichts wesentlich Neues beibringen und weit hinter dem zurückbleiben, was man von mir verlangt hat und was ich beim besten Willen nicht sagen kann – immerhin, es soll die Richtlinie zeigen, auf welcher ein gewesener Affe in die Menschenwelt eingedrungen ist und sich dort festgesetzt hat. Doch dürfte ich selbst das Geringfügige, was folgt, gewiß nicht sagen, wenn ich meiner nicht völlig sicher wäre und meine Stellung auf allen großen Varietébühnen der zivilisierten Welt sich nicht bis zur Unerschütterlichkeit gefestigt hätte:

Ich stamme von der Goldküste. Darüber, wie ich eingefangen wurde, bin ich auf fremde Berichte angewiesen. Eine Jagdexpedition der Firma Hagenbeck – mit dem Führer habe ich übrigens seither schon manche gute Flasche Rotwein geleert – lag im Ufergebüsch auf dem Anstand, als ich am Abend inmitten eines Rudels zur Tränke lief. Man schoß; ich war der einzige, der getroffen wurde; ich bekam zwei Schüsse.

Einen in die Wange; der war leicht; hinterließ aber eine große ausrasierte rote Narbe, die mir den widerlichen, ganz und gar unzutreffenden, förmlich von einem Affen erfundenen Namen Rotpeter eingetragen hat, so als unterschiede ich mich von dem unlängst krepierten, hie und da bekannten, dressierten Affentier Peter nur durch den roten Fleck auf der Wange. Dies nebenbei.

Der zweite Schuß traf mich unterhalb der Hüfte. Er war schwer, er hat es verschuldet, daß ich noch heute ein wenig hinke. Letzthin las ich in einem Aufsatz irgendeines der zehntausend Windhunde, die sich in den Zeitungen über mich auslassen: meine Affennatur sei noch nicht ganz unterdrückt; Beweis dessen sei, daß ich, wenn Besucher kommen, mit Vorliebe die Hosen ausziehe, um die Einlaufstelle des Schusses zu zeigen. Dem Kerl sollte jedes Fingerchen seiner schreibenden Hand einzeln weggeknallt werden. Ich, ich darf meine Hosen ausziehen, vor wem es mir beliebt; man wird dort nichts finden als einen wohlgepflegten Pelz und die Narbe nach einem – wählen wir hier zu einem bestimmten Zwecke ein bestimmtes Wort, das aber nicht mißverstanden werden wolle – die Narbe nach einem frevelhaften Schuß. Alles liegt offen zutage; nichts ist zu verbergen; kommt es auf Wahrheit an, wirft jeder Großgesinnte die allerfeinsten Manieren ab. Würde dagegen jener Schreiber die Hosen ausziehen, wenn Besuch kommt, so hätte dies allerdings ein anderes Ansehen, und ich will es als Zeichen der Vernunft gelten lassen, daß er es nicht tut. Aber dann mag er mir auch mit seinem Zartsinn vom Halse bleiben!

Nach jenen Schüssen erwachte ich – und hier beginnt allmählich meine eigene Erinnerung – in einem Käfig im Zwischendeck des Hagenbeckschen Dampfers. Es war kein vierwandiger Gitterkäfig; vielmehr waren nur drei Wände an einer Kiste festgemacht; die Kiste also bildete die vierte Wand. Das Ganze war zu niedrig zum Aufrechtstehen und zu schmal zum Niedersitzen. Ich hockte deshalb mit eingebogenen, ewig zitternden Knien, und zwar, da ich zunächst wahrscheinlich niemanden sehen und immer nur im Dunkel sein wollte, zur Kiste gewendet, während sich mir hinten die Gitterstäbe ins Fleisch einschnitten. Man hält eine solche Verwahrung wilder Tiere in der allerersten Zeit für vorteilhaft, und ich kann heute nach meiner Erfahrung nicht leugnen, daß dies im menschlichen Sinn tatsächlich der Fall ist.

Daran dachte ich aber damals nicht. Ich war zum erstenmal in meinem Leben ohne Ausweg; zumindest geradeaus ging es nicht; geradeaus vor mir war die Kiste, Brett fest an Brett gefügt. Zwar war zwischen den Brettern eine durchlaufende Lücke, die ich, als ich sie zuerst entdeckte, mit dem glückseligen Heulen des Unverstandes begrüßte, aber diese Lücke reichte bei weitem nicht einmal zum Durchstecken des Schwanzes aus und war mit aller Affenkraft nicht zu verbreitern.

Ich soll, wie man mir später sagte, ungewöhnlich wenig Lärm gemacht haben, woraus man schloß, daß ich entweder bald eingehen müsse oder daß ich, falls es mir gelingt, die erste kritische Zeit zu überleben, sehr dressurfähig sein werde. Ich überlebte diese Zeit. Dumpfes Schluchzen, schmerzhaftes Flöhesuchen, müdes Lecken einer Kokosnuß, Beklopfen der Kistenwand mit dem Schädel, Zungenblecken, wenn mir jemand nahe kam – das waren die ersten Beschäftigungen in dem neuen Leben. In alledem aber doch nur das eine Gefühl: kein Ausweg. Ich kann natürlich das damals affenmäßig Gefühlte heute nur mit Menschenworten nachzeichnen und verzeichne es infolgedessen, aber wenn ich auch die alte Affenwahrheit nicht mehr erreichen kann, wenigstens in der Richtung meiner Schilderung liegt sie, daran ist kein Zweifel.

Ich hatte doch so viele Auswege bisher gehabt und nun keinen mehr. Ich war festgerannt. Hätte man mich angenagelt, meine Freizügigkeit wäre dadurch nicht kleiner geworden. Warum das? Kratz dir das Fleisch zwischen den Fußzehen auf, du wirst den Grund nicht finden. Drück dich hinten gegen die Gitterstange, bis sie dich fast zweiteilt, du wirst den Grund nicht finden. Ich hatte keinen Ausweg, mußte mir ihn aber verschaffen, denn ohne ihn konnte ich nicht leben. Immer an dieser Kistenwand – ich wäre unweigerlich verreckt. Aber Affen gehören bei Hagenbeck an die Kistenwand – nun, so hörte ich auf, Affe zu sein. Ein klarer, schöner Gedankengang, den ich irgendwie mit dem Bauch ausgeheckt haben muß, denn Affen denken mit dem Bauch.

Ich habe Angst, daß man nicht genau versteht, was ich unter Ausweg verstehe. Ich gebrauche das Wort in seinem gewöhnlichsten und vollsten Sinn. Ich sage absichtlich nicht Freiheit. Ich meine nicht dieses große Gefühl der Freiheit nach allen Seiten. Als Affe kannte ich es vielleicht und ich habe Menschen kennengelernt, die sich danach sehnen. Was mich aber anlangt, verlangte ich Freiheit weder damals noch heute. Nebenbei: mit Freiheit betrügt man sich unter Menschen allzuoft. Und so wie die Freiheit zu den erhabensten Gefühlen zählt, so auch die entsprechende Täuschung zu den erhabensten. Oft habe ich in den Varietés vor meinem Auftreten irgendein Künstlerpaar oben an der Decke an Trapezen hantieren sehen. Sie schwangen sich, sie schaukelten, sie sprangen, sie schwebten einander in die Arme, einer trug den anderen an den Haaren mit dem Gebiß. ›Auch das ist Menschenfreiheit‹, dachte ich, ›selbstherrliche Bewegung.‹ Du Verspottung der heiligen Natur! Kein Bau würde standhalten vor dem Gelächter des Affentums bei diesem Anblick.

Nein, Freiheit wollte ich nicht. Nur einen Ausweg; rechts, links, wohin immer; ich stellte keine anderen Forderungen; sollte der Ausweg auch nur eine Täuschung sein; die Forderung war klein, die Täuschung würde nicht größer sein. Weiterkommen, weiterkommen! Nur nicht mit aufgehobenen Armen stillestehen, angedrückt an eine Kistenwand.

Heute sehe ich klar: ohne größte innere Ruhe hätte ich nie entkommen können. Und tatsächlich verdanke ich vielleicht alles, was ich geworden bin, der Ruhe, die mich nach den ersten Tagen dort im Schiff überkam. Die Ruhe wiederum aber verdanke ich wohl den Leuten vom Schiff.

Es sind gute Menschen, trotz allem. Gerne erinnere ich mich noch heute an den Klang ihrer schweren Schritte, der damals in meinem Halbschlaf widerhallte. Sie hatten die Gewohnheit, alles äußerst langsam in Angriff zu nehmen. Wollte sich einer die Augen reiben, so hob er die Hand wie ein Hängegewicht. Ihre Scherze waren grob, aber herzlich. Ihr Lachen war immer mit einem gefährlich klingenden aber nichts bedeutenden Husten gemischt. Immer hatten sie im Mund etwas zum Ausspeien und wohin sie ausspien war ihnen gleichgültig. Immer klagten sie, daß meine Flöhe auf sie überspringen; aber doch waren sie mir deshalb niemals ernstlich böse; sie wußten eben, daß in meinem Fell Flöhe gedeihen und daß Flöhe Springer sind; damit fanden sie sich ab. Wenn sie dienstfrei waren, setzten sich manchmal einige im Halbkreis um mich nieder; sprachen kaum, sondern gurrten einander nur zu; rauchten, auf Kisten ausgestreckt, die Pfeife; schlugen sich aufs Knie, sobald ich die geringste Bewegung machte; und hie und da nahm einer einen Stecken und kitzelte mich dort, wo es mir angenehm war. Sollte ich heute eingeladen werden, eine Fahrt auf diesem Schiffe mitzumachen, ich würde die Einladung gewiß ablehnen, aber ebenso gewiß ist, daß es nicht nur häßliche Erinnerungen sind, denen ich dort im Zwischendeck nachhängen könnte.

Die Ruhe, die ich mir im Kreise dieser Leute erwarb, hielt mich vor allem von jedem Fluchtversuch ab. Von heute aus gesehen scheint es mir, als hätte ich zumindest geahnt, daß ich einen Ausweg finden müsse, wenn ich leben wolle, daß dieser Ausweg aber nicht durch Flucht zu erreichen sei. Ich weiß nicht mehr, ob Flucht möglich war, aber ich glaube es; einem Affen sollte Flucht immer möglich sein. Mit meinen heutigen Zähnen muß ich schon beim gewöhnlichen Nüsseknacken vorsichtig sein, damals aber hätte es mir wohl im Lauf der Zeit gelingen müssen, das Türschloß durchzubeißen. Ich tat es nicht. Was wäre damit auch gewonnen gewesen? Man hätte mich, kaum war der Kopf hinausgesteckt, wieder eingefangen und in einen noch schlimmeren Käfig gesperrt; oder ich hätte mich unbemerkt zu anderen Tieren, etwa zu den Riesenschlangen mir gegenüber flüchten können und mich in ihren Umarmungen ausgehaucht; oder es wäre mir gar gelungen, mich bis aufs Deck zu stehlen und über Bord zu springen, dann hätte ich ein Weilchen auf dem Weltmeer geschaukelt und wäre ersoffen. Verzweiflungstaten. Ich rechnete nicht so menschlich, aber unter dem Einfluß meiner Umgebung verhielt ich mich so, wie wenn ich gerechnet hätte.

Ich rechnete nicht, wohl aber beobachtete ich in aller Ruhe. Ich sah diese Menschen auf und ab gehen, immer die gleichen Gesichter, die gleichen Bewegungen, oft schien es mir, als wäre es nur einer. Dieser Mensch oder diese Menschen gingen also unbehelligt. Ein hohes Ziel dämmerte mir auf. Niemand versprach mir, daß, wenn ich so wie sie werden würde, das Gitter aufgezogen werde. Solche Versprechungen für scheinbar unmögliche Erfüllungen werden nicht gegeben. Löst man aber die Erfüllungen ein, erscheinen nachträglich auch die Versprechungen genau dort, wo man sie früher vergeblich gesucht hat. Nun war an diesen Menschen an sich nichts, was mich sehr verlockte. Wäre ich ein Anhänger jener erwähnten Freiheit, ich hätte gewiß das Weltmeer dem Ausweg vorgezogen, der sich mir im trüben Blick dieser Menschen zeigte. Jedenfalls aber beobachtete ich sie schon lange vorher, ehe ich an solche

Dinge dachte, ja die angehäuften Beobachtungen drängten mich erst in die bestimmte Richtung.

Es war so leicht, die Leute nachzuahmen. Spucken konnte ich schon in den ersten Tagen. Wir spuckten einander dann gegenseitig ins Gesicht; der Unterschied war nur, daß ich mein Gesicht nachher reinleckte, sie ihres nicht. Die Pfeife rauchte ich bald wie ein Alter; drückte ich dann auch noch den Daumen in den Pfeifenkopf, jauchzte das ganze Zwischendeck; nur den Unterschied zwischen der leeren und der gestopften Pfeife verstand ich lange nicht.

Die meiste Mühe machte mir die Schnapsflasche. Der Geruch peinigte mich; ich zwang mich mit allen Kräften; aber es vergingen Wochen, ehe ich mich überwand. Diese inneren Kämpfe nahmen die Leute merkwürdigerweise ernster als irgend etwas sonst an mir. Ich unterscheide die Leute auch in meiner Erinnerung nicht, aber da war einer, der kam immer wieder, allein oder mit Kameraden, bei Tag, bei Nacht, zu den verschiedensten Stunden; stellte sich mit der Flasche vor mich hin und gab mir Unterricht. Er begriff mich nicht, er wollte das Rätsel meines Seins lösen. Er entkorkte langsam die Flasche und blickte mich dann an, um zu prüfen, ob ich verstanden habe; ich gestehe, ich sah ihm immer mit wilder, mit überstürzter Aufmerksamkeit zu; einen solchen Menschenschüler findet kein Menschenlehrer auf dem ganzen Erdenrund; nachdem die Flasche entkorkt war, hob er sie zum Mund; ich mit meinen Blicken ihm nach bis in die Gurgel; er nickte, zufrieden mit mir, und setzt die Flasche an die Lippen; ich, entzückt von allmählicher Erkenntnis, kratze mich quietschend der Länge und Breite nach, wo es sich trifft; er freut sich, setzt die

Flasche an und macht einen Schluck; ich, ungeduldig und verzweifelt, ihm nachzueifern, verunreinige mich in meinem Käfig, was wieder ihm große Genugtuung macht; und nun weit die Flasche von sich streckend und im Schwung sie wieder hinaufführend, trinkt er sie, übertrieben lehrhaft zurückgebeugt, mit einem Zuge leer. Ich, ermattet von allzu großem Verlangen, kann nicht mehr folgen und hänge schwach am Gitter, während er den theoretischen Unterricht damit beendet, daß er sich den Bauch streicht und grinst.

Nun erst beginnt die praktische Übung. Bin ich nicht schon allzu erschöpft durch das Theoretische? Wohl, allzu erschöpft. Das gehört zu meinem Schicksal. Trotzdem greife ich, so gut ich kann, nach der hingereichten Flasche; entkorke sie zitternd; mit dem Gelingen stellen sich allmählich neue Kräfte ein; ich hebe die Flasche, vom Original schon kaum zu unterscheiden; setze sie an und – und werfe sie mit Abscheu, mit Abscheu, trotzdem sie leer ist und nur noch der Geruch sie füllt, werfe sie mit Abscheu auf den Boden. Zur Trauer meines Lehrers, zur größeren Trauer meiner selbst; weder ihn noch mich versöhne ich dadurch, daß ich auch nach dem Wegwerfen der Flasche nicht vergesse, ausgezeichnet meinen Bauch zu streichen und dabei zu grinsen.

Allzuoft nur verlief so der Unterricht. Und zur Ehre meines Lehrers: er war mir nicht böse; wohl hielt er mir manchmal die brennende Pfeife ans Fell, bis es irgendwo, wo ich nur schwer hinreichte, zu glimmen anfing, aber dann löschte er es selbst wieder mit seiner riesigen guten Hand; er war mir nicht böse, er sah ein, daß wir auf der gleichen Seite gegen die Affennatur kämpften und daß ich den schwereren Teil hatte.

Was für ein Sieg dann allerdings für ihn wie für mich, als ich eines Abends vor großem Zuschauerkreis – vielleicht war ein Fest, ein Grammophon spielte, ein Offizier erging sich zwischen den Leuten – als ich an diesem Abend, gerade unbeachtet, eine vor meinem Käfig versehentlich stehengelassene Schnapsflasche ergriff, unter steigender Aufmerksamkeit der Gesellschaft sie schulgerecht entkorkte, an den Mund setzte und ohne Zögern, ohne Mundverziehen, als Trinker vom Fach, mit rund gewälzten Augen, schwappender Kehle, wirklich und wahrhaftig leer trank; nicht mehr als Verzweifelter, sondern als Künstler die Flasche hinwarf; zwar vergaß den Bauch zu streichen; dafür aber, weil ich nicht anders konnte, weil es mich drängte, weil mir die Sinne rauschten, kurz und gut »Hallo!« ausrief, in Menschenlaut ausbrach, mit diesem Ruf in die Menschengemeinschaft sprang und ihr Echo: »Hört nur, er spricht!« wie einen Kuß auf meinem ganzen schweißtriefenden Körper fühlte.

Ich wiederhols: es verlockte mich nicht, die Menschen nachzuahmen; ich ahmte nach, weil ich einen Ausweg suchte, aus keinem anderen Grund. Auch war mit jenem Sieg noch wenig getan. Die Stimme versagte mir sofort wieder; stellte sich erst nach Monaten ein; der Widerwille gegen die Schnapsflasche kam sogar noch verstärkter. Aber meine Richtung allerdings war mir ein für allemal gegeben.

Als ich in Hamburg dem ersten Dresseur übergeben wurde, erkannte ich bald die zwei Möglichkeiten, die mir offenstanden: zoologischer Garten oder Varieté. Ich zögerte nicht. Ich sagte mir: setze alle Kraft an, um ins Varieté zu kommen; das ist der Ausweg; zoologischer Garten ist nur ein neuer Gitterkäfig; kommst du in ihn, bist du verloren.

Und ich lernte, meine Herren. Ach, man lernt, wenn man muß; man lernt, wenn man einen Ausweg will; man lernt rücksichtslos. Man beaufsichtigt sich selbst mit der Peitsche; man zerfleischt sich beim geringsten Widerstand. Die Affennatur raste, sich überkugelnd, aus mir hinaus und weg, so daß mein erster Lehrer selbst davon fast äffisch wurde, bald den Unterricht aufgeben und in eine Heilanstalt gebracht werden mußte. Glücklicherweise kam er bald wieder hervor.

Aber ich verbrauchte viele Lehrer, ja sogar einige Lehrer gleichzeitig. Als ich meiner Fähigkeiten schon sicherer geworden war, die Öffentlichkeit meinen Fortschritten folgte, meine Zukunft zu leuchten begann, nahm ich selbst Lehrer auf, ließ sie in fünf aufeinanderfolgenden Zimmern niedersetzen und lernte bei allen zugleich, indem ich ununterbrochen aus einem Zimmer ins andere sprang.

Diese Fortschritte! Dieses Eindringen der Wissensstrahlen von allen Seiten ins erwachende Hirn! Ich leugne nicht: es beglückte mich. Ich gestehe aber auch ein: ich überschätzte es nicht, schon damals nicht, wieviel weniger heute. Durch eine Anstrengung, die sich bisher auf der Erde nicht wiederholt hat, habe ich die Durchschnittsbildung eines Europäers erreicht. Das wäre an sich vielleicht gar nichts, ist aber insofern doch etwas, als es mir aus dem Käfig half und mir diesen besonderen Ausweg, diesen Menschenausweg verschaffte. Es gibt eine ausgezeichnete deutsche Redensart: sich in die Büsche schlagen; das habe ich getan, ich habe mich in die Büsche geschlagen. Ich hatte keinen anderen Weg, immer vorausgesetzt, daß nicht die Freiheit zu wählen war.

Überblicke ich meine Entwicklung und ihr bisheriges Ziel, so klage ich weder, noch bin ich zufrieden. Die Hände in den Hosentaschen, die Weinflasche auf dem Tisch, liege ich halb, halb sitze ich im Schaukelstuhl und schaue aus dem Fenster. Kommt Besuch, empfange ich ihn, wie es sich gebührt. Mein Impresario sitzt im Vorzimmer; läute ich, kommt er und hört, was ich zu sagen habe. Am Abend ist fast immer Vorstellung, und ich habe wohl kaum mehr zu steigernde Erfolge. Komme ich spät nachts von Banketten, aus wissenschaftlichen Gesellschaften, aus gemütlichem Beisammensein nach Hause, erwartet mich eine kleine halbdressierte Schimpansin und ich lasse es mir nach Affenart bei ihr wohlgehen. Bei Tag will ich sie nicht sehen; sie hat nämlich den Irrsinn des verwirrten dressierten Tieres im Blick, das erkenne nur ich, und ich kann es nicht ertragen.

Im ganzen habe ich jedenfalls erreicht, was ich erreichen wollte. Man sage nicht, es wäre der Mühe nicht wert gewesen. Im übrigen will ich keines Menschen Urteil, ich will nur Kenntnisse verbreiten, ich berichte nur, auch Ihnen, hohe Herren von der Akademie, habe ich nur berichtet.

Robert Walser
Brief eines Dichters an einen Herrn

Auf Ihren Brief, hochverehrter Herr, den ich heute abend auf dem Tisch fand, und worin Sie mich ersuchen, Ihnen Zeit und Ort anzugeben, wo Sie mich kennenlernen könnten, muß ich Ihnen antworten, daß ich nicht recht weiß, was ich Ihnen sagen soll. Einiges und anderes Bedenken steigt in mir auf, denn ich bin ein Mensch, müssen Sie wissen, der nicht lohnt, kennengelernt zu werden. Ich bin außerordentlich unhöflich, und an Manieren besitze ich so gut wie nichts. Ihnen Gelegenheit geben, mich zu sehen, hieße, Sie mit einem Menschen bekannt machen, der seinen Filzhüten den Rand mit der Schere halb abschneidet, um ihnen ein wüsteres Aussehen zu verleihen. Möchten Sie einen solchen Sonderling vor Augen haben? Ihr liebenswürdiger Brief hat mich sehr gefreut. Doch Sie irren sich in der Adresse. Ich bin Der nicht, der verdient, solcherlei Höflichkeiten zu empfangen. Ich bitte Sie: Stehen Sie sogleich ab von dem Wunsch, meine Bekanntschaft zu machen. Artigkeit steht mir schlecht zu Gesicht. Ich müßte Ihnen gegenüber die notwendige Artigkeit hervorkehren; und das eben möchte ich vermeiden, da ich weiß, daß artiges und manierliches Betragen mich nicht kleidet. Auch bin ich nicht gern artig; es langweilt mich. Ich vermute, daß Sie eine Frau haben, daß Ihre Frau elegant ist, und daß bei Ihnen so etwas wie ein Salon ist. Wer sich so feiner und schöner Ausdrücke bedient wie Sie, hat einen Salon. Ich aber bin nur Mensch auf der Straße, in Wald und Feld, im Wirtshaus und in meinem eigenen Zimmer; in irgend jemandes Salon stünde ich da wie ein Erztölpel. Ich bin noch nie in einem Salon gewesen, ich fürchte mich davor; und als Mann von gesunder Vernunft muß ich meiden, was mich ängstigt. Sie sehen, ich bin offenherzig. Sie sind wahrscheinlich ein wohlhabender Mann und lassen wohlhabende Worte fallen. Ich dagegen bin arm, und alles, was ich spreche, klingt nach Ärmlichkeit. Entweder würden Sie mich mit Ihrem Hergebrachten oder ich würde mit meinem Hergebrachten Sie verstimmen. Sie machen sich keine Vorstellung davon, wie aufrichtig ich den Stand, in welchem ich lebe, bevorzuge und liebe. So arm ich bin, ist es mir doch bis heute noch nie eingefallen, mich zu beklagen; im Gegenteil: Ich schätze, was mich umgibt, so hoch, daß ich stets eifrig bemüht bin, es zu hüten. Ich wohne in einem wüsten, alten Haus, in einer Art von Ruine. Doch das macht mich glücklich. Der Anblick armer Leute und armseliger Häuser macht mich glücklich; so sehr ich auch denke, wie wenig Grund Sie haben, dies zu begreifen. Ein bestimmtes Gewicht und eine gewisse Menge von Verwahrlosung, von Verlotterung und von Zerrissenheit muß um mich sein: sonst ist mir das Atmen eine Pein. Das Leben würde mir zur Qual, wenn ich fein, vortrefflich und elegant sein sollte. Die Eleganz ist mein Feind, und ich will lieber versuchen, drei Tage lang nichts zu essen, als mich in die gewagte Unternehmung verstricken, eine Verbeugung zu machen. Verehrter Herr, so spricht nicht der Stolz, sondern der ausgesprochene Sinn für Harmonie und Bequemlichkeit. Warum sollte ich sein, was ich nicht bin, und nicht sein, was ich bin? Das wäre eine Dummheit. Wenn ich bin, was ich bin, bin ich mit mir zufrieden; und dann tönt alles, ist alles gut um mich. Sehen Sie, es ist so: Schon ein neuer Anzug macht mich ganz unzufrieden und unglücklich; woraus ich entnehme, wie ich alles, was schön, neu und fein ist, hasse und wie ich alles, was alt, verschabt und verbraucht ist, liebe. Ich liebe Ungeziefer nicht gerade; ich möchte Ungeziefer nicht geradezu essen, aber Ungeziefer stört mich nicht. In dem Haus, in welchem ich wohne, wimmelt es von Ungeziefer; und doch wohne ich gern in dem Haus. Das Haus sieht aus wie ein Räuberhaus, zum ans Herz Drücken. Wenn alles neu und ordentlich ist in der Welt, dann will ich nicht mehr leben, dann morde ich mich. Ich fürchte also quasi etwas, wenn ich denken soll, ich solle mit einem vornehmen und gebildeten Menschen bekannt werden. Wenn ich befürchte, daß ich Sie nur störe und keine Förderlichkeit und Erquicklichkeit für Sie bedeute, so ist die andere Befürchtung ebenso lebendig in mir, nämlich die (um ganz und gar offen zu reden), daß auch Sie mich stören und mir nicht erquicklich und erfreulich sein könnten. Es ist eine Seele in eines jeden Menschen Zustand; und Sie müssen unbedingt erfahren, und ich muß Ihnen das unbedingt mitteilen: Ich schätze hoch, was ich bin, so karg und ärmlich es ist. Ich halte allen Neid für eine Dummheit. Der Neid ist eine Art Irrsinn. Respektiere jeder die Lage, in der er ist: so ist jedem gedient. Ich fürchte auch den Einfluß, den Sie auf mich ausüben könnten; das heißt: Ich fürchte mich vor der überflüssigen innerlichen Arbeit, die getan werden müßte, mich Ihres Einflusses zu erwehren. Und deshalb renne ich nicht nach Bekanntschaften, kann nicht danach rennen. Jemand Neues kennenlernen: Das ist zum mindesten stets ein Stück Arbeit, und ich habe mir bereits erlaubt, Ihnen zu sagen, daß ich die Bequemlichkeit liebe. Was werden Sie denken von mir? Doch das muß mir gleichgültig sein. Ich will, daß mir das gleichgültig sei. Ich will Sie auch nicht um Verzeihung wegen dieser Sprache bitten. Das wäre Phrase. Man ist immer unartig, wenn man die Wahrheit sagt. Ich liebe die Sterne, und der Mond ist mein heimlicher Freund. Über mir ist der Himmel. Solange ich lebe, werde ich nie verlernen, zu ihm hinaufzuschauen. Ich stehe auf der Erde: dies ist mein Standpunkt. Die Stunden scherzen mit mir, und ich scherze mit ihnen. Ich vermag mir keine köstlichere Unterhaltung zu denken. Tag und Nacht sind meine Gesellschaft. Ich stehe auf vertrautem Fuß mit dem Abend und mit dem Morgen. Und hiermit grüßt Sie freundlich

der arme junge Dichter.

Charles-Augustin Sainte-Beuve
Was ist ein Klassiker?

Nach der üblichen Definition ist ein Klassiker ein Schriftsteller aus der alten Zeit, dessen Ruhm feststeht und der auf seinem Gebiet als Autorität gilt.

Unter einem wahren Klassiker verstehe ich einen Schriftsteller, der den menschlichen Geist bereichert und dessen Bildungsschatz vergrößert hat, der ihn einen Schritt vorwärtsbrachte, der eine eindeutige Geisteswahrheit erkannte und eine ewige Leidenschaft wieder entdeckt hat in jenem Herzen, in dem schon alles gefunden und erforscht schien; der seine Gedanken, seine Beobachtung, seine Fabel in irgendeine Form gegossen hat, ganz gleich in welche – nur muß sie weit und groß, fein und verständig, gesund und schön in sich sein; der zu allen in einem Stil gesprochen hat, der nur ihm eigen und doch der Stil aller ist, in einem neuartigen Stil, doch ohne Neubildungen, in einem zugleich neuen und alten Stil, der allen Zeiten zeitgenössisch ist.

Ein solcher Klassiker kann einen Augenblick lang Revolutionär sein, zumindest kann es so scheinen, aber er ist es in Wirklichkeit nicht; wenn er auch alles um sich her vernichtete und alle Hemmnisse umstieß, so wollte er doch nur das Gleichgewicht wiederherstellen, damit Ordnung und Schönheit triumphieren konnten.

Es ist nicht gut, von seinen Zeitgenossen zu schnell bemerkt und mit dem Prädikat »Klassiker« bedacht zu werden; man läuft dann sehr Gefahr, es in den Augen der Nachwelt nicht zu bleiben. Es gibt so viele solcher »Klassiker«, denen man zu früh diesen Namen beigelegt hat; sie halten sich nicht und verdienen ihn nur eine Zeitlang. Man wendet sich eines schönen Tages um und ist ganz erstaunt, sie nicht mehr hinter sich stehen zu sehen. Sie haben vor dem klaren Licht der Sonne nicht bestehen können, und »ihre Farben sind verschossen«, würde Mme de Sévigné launig sagen. Die besten und größten Klassiker sind immer noch die, von denen man es am wenigsten erwartete. Man kann es eher von jenen männlichen Geistern verlangen, die als Unsterbliche und ewig Blühende geboren werden. Unter den vier großen Dichtern der Zeit Ludwigs XIV. schien Molière am wenigsten klassisch zu sein. Der Beifall, den man ihm spendete, war größer als die Achtung, die man ihm zollte; man freute sich an ihm, ohne seinen wahren Preis zu kennen. Der am wenigsten klassische nach ihm schien La Fontaine zu sein; und was ist nach zwei Jahrhunderten aus ihnen geworden? Weit vor Boileau, sogar noch vor Racine erkennt man sie heute einstimmig an als die Fruchtbarsten und Reifsten auf dem Gebiet der allgemeinen Moral.

Und wenn diese Halbgötter gebührend geehrt worden sind, dann sieht man trotzdem noch eine zahlreiche Menge hervorragender Geister, die man liebgewonnen hat; sie sind gern im Gefolge von Cervantes und auch von Molière; es sind die wirklichen Darsteller des Lebens, jene nachsichtigen Freunde, jene größten Wohltäter, die den ganzen Menschen von der heiteren Seite nehmen, die ihm lachend die

Wahrheit sagen und die die wirksamen Mittel kennen, um eine vernünftige, herzliche und reine Freude hervorzurufen.

Wir wollen uns damit begnügen, ihre Werke nachzuerleben, sie zu ergründen, zu bewundern, und wir, die wir so spät kamen, wollen wenigstens den Mut zu uns selbst haben. Wir wollen unsere Wahl wirklich nach unseren eigenen Neigungen treffen. Seien wir aufrichtig und natürlich in unseren eigenen Gedanken und Gefühlen; dies ist immer möglich; und damit wollen wir dann, was schon schwieriger ist, einen Drang nach oben, wenn möglich, eine Richtung auf ein hohes Ziel hin verbinden. So wollen wir unsere eigene Sprache sprechen, wollen unsere Zeit, aus der wir unsere Stärke und unsere Fehler haben, hinnehmen, wie sie ist, und wollen dann manchmal unser Gesicht jenen Höhen zuwenden, unsere Augen auf die Gruppen dieser Sterblichen richten, die wir verehren, und wollen uns dann fragen: »Was würden sie von uns sagen?«

Doch warum soll man immer vom Autor und vom Schreiber sprechen? Vielleicht kommt einmal die Zeit, wo man nicht mehr schreibt. Glücklich die, die lesen, wieder lesen, die dabei unbeschwert ihren Neigungen nachgehen können. Für jeden kommt der Augenblick in seinem Leben, da alle Reisen vollbracht, alle Erfahrungen durchgemacht sind und da es keine größere Freude gibt als die, sein Wissen zu durchforschen und zu vertiefen, seine Gefühle auszukosten, ebenso wie man die Menschen, die man liebt, nicht oft genug sehen kann. Dies sind die reinen Freuden des Herzens und des Geschmacks im reifen Alter. Dann bekommt das Wort »Klassiker« seinen wahren Sinn und wird für jeden Menschen von Geschmack fest umrissen durch die Wahl, die eine unwiderstehliche Vorliebe trifft. Der Geschmack hat sich dann herausgebildet und hat eine endgültige Form angenommen. Und die gesunde Einsicht – wenn sie überhaupt kommt – hat dann einen eindeutigen Inhalt.

Man hat keine Zeit mehr, Versuche zu machen, und keine Lust, auf Entdeckungen auszugehen. Man hält sich an seine Freunde, an die, die ein langer Verkehr als zuverlässig erwiesen hat. Alter Wein, alte Bücher, alte Freunde. Man spricht Worte zu sich wie Voltaire in diesen köstlichen Versen:

Jouissons, écrivons, vivons, mon cher Horace!
…
J'ai vécu plus que toi: mes vers dureront moins;
Mais, au bord du tombeau, je mettrai tous mes soins
A suivre les leçons de ta philosophie,
A mépriser la mort en savourant la vie,
A lire tes écrits pleins de grâce et de sens
Comme on boit d'un vin vieux qui rajeunit les sens.

Doch mag es nun Horaz oder irgendein anderer Lieblingsautor sein, der uns unsere eigenen Gedanken in ihrer ganzen Fülle und Reife schenkt, wir werden dann von einem dieser guten alten Denker eine dauernde Zwiesprache erbitten, eine Freundschaft, die uns nicht täuscht, die uns nie fehlen dürfte; und wir brauchen diese Heiterkeit und Anmut, die dann immer um uns wäre, die uns mit unseren Mitmenschen und mit uns selbst aussöhnte.

Nach- und Hinweise

ANDERSEN HANS CHRISTIAN, 2.4.1805 Odense – 4.8.1875 Kopenhagen
Die Prinzessin auf der Erbse. Aus: *Die schönsten Märchen von Hans Christian Andersen* (detebe 23484); Diogenes, Zürich 2005.

AUSTEN JANE, 16.12.1775, Steventon (Hampshire) – 18.7.1817, Winchester
Gefühl und Verstand. Aus dem Englischen von Erika Gröger. Auszug aus dem gleichnamigen Roman (detebe 21964); Diogenes, Zürich 1991.
• Von Jane Austen sind im Diogenes Verlag erschienen:
Die Abtei von Northanger. Roman. 1996
Emma. Roman. 1991
Die Liebe der Anne Elliot oder Überredungskunst. Roman. 1996

BALZAC HONORÉ (DE), 20.5.1799, Tours – 18.8.1850, Paris
Zwei Frauen. Aus dem Französischen von Gabrielle Betz. Auszug aus dem gleichnamigen Roman (detebe 20907); Diogenes, Zürich 1981.
Oberst Chaberts Entschluß (Titel von den Herausgebern). Aus dem Französischen von Ernst Weiss. Auszug aus der Erzählung *Oberst Chabert* (detebe 22808); Diogenes, Zürich 1995.
• Von Honoré de Balzac sind im Diogenes Verlag erschienen:
Albert Savarus / Kehrseite der Geschichte unserer Zeit. Zwei Romane. 1991 ***
Die Belustigungen des guten Königs Loys XI. Eine tolldreiste Geschichte. 1957 ***
Die Frau von dreißig Jahren. Roman. 1981
Das Mädchen mit den Goldaugen. Erzählung. 1986
Meistererzählungen (vorm.: *Liebesgeschichten*). 1994 ***
Mystische Geschichten (vorm.: *Buch der Mystik*). 1982
Oberst Chabert. Eine Erzählung. 1995
Die menschliche Komödie in 40 Bänden in Kassette (Holzkiste). 1977 ***
Die menschliche Komödie in 40 Bänden und einem Supplement in Kassette. 1998 ***
Albert Savarus. Erzählungen. 1977 ***
Der Alchimist. Roman. 1977 ***
Das Bankhaus Nucingen. Erzählungen. 1977 ***

*** = zur Zeit nicht lieferbar. Stand: Februar 2006

Die Bauern. Roman. 1977 ***
Beatrix. Roman. 1977 ***
Cäsar Birotteaus Größe und Niedergang. Roman. 1977 ***
Eine dunkle Geschichte. Erzählungen. 1977 ***
Der Ehekontrakt. Erzählungen. 1977 ***
Eugenie Grandet. Roman. 1977
Zwei Frauen. Roman. 1977
Die Geheimnisse der Fürstin von Cadignan. Erzählungen. 1977 ***
Die falsche Geliebte. Erzählungen. 1977 ***
Eine dunkle Geschichte. Roman. 1977
Geschichte der Dreizehn. Erzählungen. 1977 ***
Pariser Geschichten. 1982 ***
Tolldreiste Geschichten. 1989
Glanz und Elend der Kurtisanen. Roman. 1977 ***
Die Grenadière. Erzählungen. 1977 ***
Das Haus zur ballspielenden Katze. Erzählungen. 1977 ***
Honorine. Erzählungen. 1977 ***
Verlorene Illusionen. Roman. 1977
Junggesellenwirtschaft. Roman. 1977
Katharina von Medici. Roman. 1977 ***
Die Kleinbürger. Roman. 1977 ***
Die Königstreuen. Roman. 1977 ***
Der Landarzt. Roman. 1977 ***
Der Landpfarrer. Roman. 1977 ***
Die Lilie im Tal. Roman. 1977 ***
Das ungekannte Meisterwerk. Erzählungen. 1977 ***
Modeste Mignon. Roman. 1977 ***
Nebenbuhler. Erzählungen. 1977 ***
Oberst Chabert. Erzählungen. 1977 ***
Pierrette / Der Landpfarrer von Tours. Romane. 1991 ***
Pierrette. Erzählungen. 1977 ***
Der verstoßene Sohn. Erzählungen. 1977 ***
Tante Lisbeth. Roman. 1977
Ursula Mirouet. Roman. 1977
Vater Goriot. Roman. 1977
Vetter Pons. Roman. 1977
Die tödlichen Wünsche. Das Chagrinleder. Roman. 1977 ***
• Außerdem erschienen:
Balzac – Leben und Werk (vorm.: *Über Balzac*). 1994
Das Leben des Honoré Balzac. Eine Biographie von André Maurois. 1985 ***

BAUDELAIRE CHARLES, 9.4.1821, Paris – 31.8.1867, Paris
Die Fenster und *Any where out of the world.* Aus dem Französischen von Walther Küchler. Aus: *Die Tänzerin Fanfarlo / Der Spleen von Paris.* Prosadichtungen (detebe 20387); Diogenes, Zürich 1977.
• Von Charles Baudelaire ist im Diogenes Verlag außerdem erschienen:
Die Blumen des Bösen. Gedichte. 1982

BIERCE AMBROSE, 24.6.1842, Ohio – 1914, verschollen
Ein Ereignis an der Owl-Creek-Brücke. Aus dem Amerikanischen von Joachim Uhlmann. Aus: *Meistererzählungen.* (vorm.: *Die Spottdrossel*) (detebe 22524); Diogenes, Zürich 1993

BOCCACCIO GIOVANNI, 1313, wahrscheinlich Florenz (oder Certaldo) – 21.12.1375, Certaldo bei Florenz
Bruder Hilario – Die Welt besehen und *Federigo und sein Falke* (Titel von den Herausgebern). Deutsch von Heinrich Conrad. Aus: *Meistererzählungen aus dem Decamerone* (detebe 22746); Diogenes, Zürich 1995.
• Von Giovanni Boccaccio sind im Diogenes Verlag erschienen:
Der Decamerone in 5 Bänden in Kassette. 1984***
Der Decamerone. Die Novellen des ersten und zweiten Tages. 1984 ***
Der Decamerone. Die Novellen des dritten und vierten Tages 1984 ***
Der Decamerone. Die Novellen des fünften und sechsten Tages. 1984 ***
Der Decamerone. Die Novellen des siebten und achten Tages. 1984 ***
Der Decamerone. Die Novellen des neunten und zehnten Tages. 1984 ***
Eine Nacht in Neapel. Drei pikante Schelmengeschichten aus dem Decamerone. 1983 ***

BRÄKER ULRICH, 22.12.1735, Näbis (Toggenburg) – 11.9.1798, Wattwil (Toggenburg)
Die Schlacht bey Lowositz (Titel von den Herausgebern). Aus: *Der arme Mann im Tockenburg* (vorm.: *Lebensgeschichte und Natürliche Ebentheuer des Armen Mannes im Tockenburg*) (detebe 22662); Diogenes, Zürich 1993.
• Von Ulrich Bräker sind im Diogenes Verlag erschienen:
Leben und Schriften in 2 Bänden in Kassette. 1978.***
Tagebücher / Wanderberichte / Der große Lavater / Gespräch im Reiche der Toten / Etwas über William Shakespeares Schauspiele. 1978 ***

BRONTË CHARLOTTE, 21.4.1816, Thornton – 31.3.1855, Haworth (Yorkshire)
Jane Eyre. Aus dem Englischen von Bernhard Schindler. Auszug aus dem gleichnamigen Roman (detebe 21581); Diogenes, Zürich 1988.

BRONTË EMILY JANE, 30.7.1818, Thronton (Yorkshire) – 19.12.1848
Sturmhöhe. Aus dem Englischen von Gladys von Sondheimer. Auszug aus dem gleichnamigen Roman (detebe 23124); Diogenes, Zürich 1999.

BUSCH WILHELM, 15.4.1832, Wiedensahl (Hannover) – 9.1.1908, Mechtshausen bei Seesen
Dilemma. Aus: *Gedichte* (detebe 20107); Diogenes, Zürich 1974.

• Von Wilhelm Busch sind im Diogenes Verlag erschienen:
Der Eispeter und andere Bilderpossen. 1981 ***
Die Liebe war nicht geringe. Geflügelte Worte, Verse und Zeichnungen (vorm.: *Das Wilhelm Busch mini Lesebuch*). 1984 ***
Schöne Studienausgabe in 7 Bänden in Kassette. 1977 ***
Balduin Bählamm / Maler Klecksel. 1974 ***
Gedichte. 1974
Hans Huckebein / Fipps der Affe / Plisch und Plum. 1974
Die fromme Helene. 1974
Max und Moritz. 1974
Tobias Knopp. Trilogie. 1974
Eduards Traum / Der Schmetterling (vorm.: *Prosa*). 1990 ***
• Außerdem erschienen:
Das Wilhelm Busch Bilder- und Lesebuch. 1981 ***
Faust. Von Johann Wolfgang Goethe. In einer krassen Bearbeitung von Eberhard Thomas Müller. Mit vielen Zeichnungen von Wilhelm Busch. 1982 ***

ČECHOV ANTON 17.1.1860, Taganrog - 15.7.1904, Badenweiler
Von der Liebe. Aus dem Russischen von Gerhard Dick. Aus *Flattergeist.* Erzählungen 1888-1892 (detebe 20264); Diogenes, Zürich 1976.
• Von Anton Čechov sind im Diogenes Verlag erschienen:
Die Dame mit dem Hündchen / Herzchen.
Zwei Erzählungen. 1995 ***
Das Drama auf der Jagd. Eine wahre Begebenheit. 1985
Dramatische Werke (in einem Band, in der Übersetzung von Sigismund von Radecki). 1968 ***
Freiheit von Gewalt und Lüge. Gedanken über Aufklärung, Fortschritt, Kunst, Liebe, Müßiggang und Politik (vorm.: *Denken mit Anton Čechov*). 1992
Das weibliche Glück. Acht Erzählungen. 1957 ***
Der Kirschgarten. Komödie in vier Akten. In der Übersetzung von Sigismund von Radecki. 1964 ***
Meistererzählungen (vorm.: *Die besten Geschichten ...*) 1989
Seelchen.
Erzählungen. 1963 ***
Tagebücher, Notizbücher. 1983 ***
• Briefe:
Briefe 1877–1904 in 5 Bänden in Kassette. 1979 ***
Briefe 1877–1904 in 5 Bänden mit Supplement in Kassette. 1998
Briefe 1877–1889. 1979 ***
Briefe 1889–1892. 1979 ***
Briefe 1892–1897. 1979 ***
Briefe 1897–1901. 1979 ***
Briefe 1901–1904. 1979 ***
• Das dramatische Werk in der Übersetzung von Peter Urban:
Das dramatische Werk in 8 Bänden in Kassette. 1980 ***
Sämtliche Einakter. 1980
Ivanov. Drama in vier Akten. 1974
Die Möwe.
Komödie in vier Akten. 1973

Onkel Vanja. Szenen aus dem Landleben in vier Akten. 1973
Drei Schwestern. Drama in vier Akten. 1974
Die Vaterlosen [Platonov]. ›Stück ohne Titel‹ in vier Akten und fünf Bildern (vorm.: *Platonov*). 1995
Der Waldschrat. Komödie in vier Akten. 1973
• Das erzählerische Werk:
Das erzählerische Werk in 10 Bänden in Kassette. 1976 ***
Die Dame mit dem Hündchen. Erzählungen 1897–1903. 1976
Flattergeist. Erzählungen 1888–1892. 1976
Rothschilds Geige. Erzählungen 1893–1896. 1976
Eine langweilige Geschichte / Das Duell. Kleine Romane I. 1976
Gespräch eines Betrunkenen mit einem nüchternen Teufel. Erzählungen 1886. 1976
Die Insel Sachalin. Reisebericht. 1976
Drei Jahre / Mein Leben. Kleine Romane III. 1976
Krankenzimmer Nr. 6 / Erzählung eines Unbekannten. Kleine Romane II. 1976
Ein unbedeutender Mensch. Erzählungen 1883–1885. 1976
Die Steppe. Erzählungen 1887–1888. 1976
• Das Frühwerk:
Ein unnötiger Sieg. Frühe Novellen und Kleine Romane. 2000
Gesammelte Humoresken und Satiren 1880–1892 in 2 Bänden in Kassette. 2001
Das Leben in Fragen und Ausrufen. Humoresken und Satiren 1880–1884. 2001
Aus den Erinnerungen eines Idealisten. Humoresken und Satiren 1885–1892. 2001
• Außerdem erschienen:
Das Čechov Lesebuch. Herausgegeben von Peter Urban. 1985
Über Čechov. Herausgegeben von Peter Urban. 1988 ***
Čechov-Chronik. Leben und Werk. Von Peter Urban. 1981
Anton Čechov. Sein Leben in Bildern. Herausgegeben von Peter Urban. 1987
Wie soll man leben? Anton Čechov liest Marc Aurel. 1997

Cervantes Saavedra Miguel de, 1.10.1547, Alcalá de Henares – 23.4.1616, Madrid
An den Leser. Aus dem Spanischen von Gerda von Uslar. Aus: *Meistererzählungen* (detebe 22527); Diogenes, Zürich 1993.
• Von Miguel de Cervantes Saavedra ist im Diogenes Verlag erschienen:
Leben und Taten des scharfsinnigen Edlen Don Quixote von la Mancha. Roman. 1987

Choderlos de Laclos Pierre Ambroise François, 18.10.1741, Amiens – 5.9.1803, Tarent
Gefährliche Liebschaften. Aus dem Französischen von Franz Blei. Auszug aus dem gleichnamigen Roman (detebe 21271); Diogenes, Zürich 1985.

Claudius Matthias, 15.8.1740, Reinfeld (Holstein) – 21.1.1815, Hamburg
Der Tod und das Mädchen und *Abendlied.* Aus: *Die schönsten Gedichte* (vorm: *Der Mond ist aufgegangen*) (detebe 70129); Diogenes, Zürich 1998.

Conrad Joseph, eigentlich Teodor Józef Konrad Korzeniowski, 3.12.1857, bei Berditschew in der südpolnischen Ukraine – 3.8.1924, Bishopsbourne
Il Conde. Aus dem Englischen von Carmen Janetzki. Aus: *Das Duell.* Sechs Erzählungen (detebe 21769); Diogenes, Zürich 1989.
• Von Joseph Conrad sind im Diogenes Verlag erschienen:
Der Geheimagent. Eine einfache Geschichte. 1975
Herz der Finsternis. Erzählung. 1977
Lord Jim. Roman. 1974

Cooper James Fenimore, 15.9.1789, Burlington (New Jersey) – 14.9.1851, Cooperstown (New York)
Der letzte Mohikaner. Aus dem Amerikanischen von L. Tafel. Auszug aus dem gleichnamigen Roman (detebe 21816); Diogenes, Zürich 1989.
• Von James Fenimore Cooper sind im Diogenes Verlag erschienen:
Lederstrumpf in 5 Bänden in Kassette. 1989 ***
Die Ansiedler oder Die Quellen des Susquehanna. Ein Zeitgemälde. 1989 ***
Der letzte Mohikaner. Ein Bericht über das Jahr 1757. 1989 ***
Der Pfadfinder oder Das Binnenmeer. Roman. 1989 ***
Die Prärie. Roman. 1989 ***
Der Wildtöter oder Der erste Kriegspfad. Roman. 1989 ***

Defoe Daniel, eigentlich Daniel Foe, 1660 (vermutl. Sept.), London – 26.4.1731, London
Robinson Crusoe und Freitag (Titel von den Herausgebern). Aus dem Englischen von Ulrich Greiner. Auszug aus dem Roman *Robinson Crusoe.* Seine ersten Seefahrten, sein Schiffbruch und sein siebenundzwanzigjähriger Aufenthalt auf einer unbewohnten Insel (detebe 21364); Diogenes, Zürich 1985.

Dickens Charles, 7.2.1812, Landport bei Portsmouth – 9.6.1870, London, Gadshill Place bei Chatham-Rochester
David Copperfield. Aus dem Englischen von Gustav Meyrink. Auszug aus dem gleichnamigen Roman (detebe 21034); Diogenes, Zürich 1982.
• Von Charles Dickens sind im Diogenes Verlag erschienen:
Weihnachtslied. Eine Gespenstergeschichte (vorm.: *Ein Weihnachtslied in Prosa*). 1989
Ausgewählte Romane und Geschichten in 7 Bänden in Kassette. 1986 ***
Bleakhaus. Roman. 1984
Martin Chuzzlewit. Roman. 1986
Nikolas Nickleby. Roman. 1982

Oliver Twist. Roman. 1982
Die Pickwickier. Roman. 1986
Drei Weihnachtsgeschichten. 1984 ***
• Außerdem erschienen:
Charles Dickens. Ein Essay von George Orwell. 1986 ***

DROSTE-HÜLSHOFF ANNETTE VON, 12. 1.1797, Burg Hülshoff bei Münster in Westfalen – 24.5.1848, Meersburg am Bodensee
Der Knabe im Moor. Aus: *Wer reitet so spät durch Nacht und Wind.* Die schönsten deutschen Balladen von Gotthold Ephraim Lessing bis Erich Kästner (detebe 22512); Diogenes, Zürich 1992.

DOSTOJEWSKIJ FJODOR, 11.11.1821, Moskau – 9.2.1881, St. Petersburg
Weiße Nächte. Aus dem Russischen von Johannes von Guenther. Aus: *Meistererzählungen* (detebe 20951); Diogenes, Zürich 1982.
• Von Fjodor Dostojewskij ist im Diogenes Verlag erschienen:
Die Sanfte. Eine phantastische Erzählung. 1997 ***

EICHENDORFF JOSEPH VON, 10.3.1788, Schloß Lubowitz bei Ratibor in Schlesien (heute Polen) – 26.11.1857, Neisse (heute Nysa in Polen)
Das zerbrochene Ringlein, Mondnacht, Der frohe Wandersmann und *Die zwei Gesellen.* Aus: *Wem Gott will rechte Gunst erweisen.* Die schönsten Gedichte (detebe 21607); Diogenes, Zürich 1998.
• Von Joseph von Eichendorff sind im Diogenes Verlag erschienen:
Aus dem Leben eines Taugenichts. Novelle. 1978
Das Marmorbild. 1986 ***
Meistererzählungen. 1988 ***

FLAUBERT GUSTAVE, 12.12.1821, Rouen – 8.5.1880, Croisset (bei Rouen)
Madame Bovary. Aus dem Französischen von René Schickele und Irene Riesen. Auszug aus dem gleichnamigen Roman (detebe 20721); Diogenes, Zürich 1979.
• Von Gustave Flaubert sind im Diogenes Verlag erschienen:
Leidenschaft und Tugend (vorm.: *Jugendwerke*). Erste Erzhählungen. 2005
Memoiren eines Irren . (vorm.: *November*). 2005
Reisetagebuch aus Ägypten. 1991
Werke in 8 Bänden in Kassette. 2005
Bouvard und Pécuchet. Roman. 1979
Die Erziehung des Herzens. Geschichte eines jungen Mannes. 1979
Drei Geschichten. 1979
Madame Bovary. Sitten der Provinz. Roman. 1979
Salammbô. Roman. 1979
Die Versuchung des heiligen Antonius. 1979
• Außerdem erschienen:
Gustave Flaubert. Leben und Werk. (vorm. *Über Flaubert*). 2005

FONTANE THEODOR, 30.12.1819, Neuruppin – 20.9.1898, Berlin
Herr von Ribbeck auf Ribbeck im Havelland und *Es kribbelt und wibbelt weiter.* Aus: *Gedichte / Erinnerungen / Aufsätze* (detebe 21074); Diogenes, Zürich 1983.
Der Stechlin. Auszug aus dem gleichnamigen Roman (detebe 23086); Diogenes, Zürich 1998.
• Von Theodor Fontane sind im Diogenes Verlag erschienen:
L'Adultera. Roman. 1998
Effi Briest. Roman. 1983
Gedichte / Erinnerungen / Aufsätze. 1983 ***
Die schönsten Gedichte von Theodor Fontane. 1996 ***
Frau Jenny Treibel. Roman. 1998
Irrungen Wirrungen / Frau Jenny Treibel. Zwei Romane. 1983 ***
Irrungen Wirrungen. Roman. 1998
Schach von Wuthenow / L'Adultera / Stine. Drei Romane. 1983 ***
Schach von Wuthenow Erzählung aus der Zeit des Regiments Gendarmes. Roman. 1998
Der Stechlin. Roman. 1983
Herr von Ribbeck auf Ribbeck im Havelland. Illustriert von Karin Blume. 1987 ***

GOETHE JOHANN WOLFGANG (von), 28.8.1749, Frankfurt am Main – 22.3.1832, Weimar
Heidenröslein, Ein Gleiches, Das Göttliche, Erlkönig und *Der Zauberlehrling.* Aus: *Die schönsten Gedichte* (detebe 23487); Diogenes, Zürich 2005.
Meine Ruh' ist hin. Aus: *Die Liebe hemmet nichts.* Die schönsten Liebesgedichte von Walther von der Vogelweide bis Gottfried Keller (detebe 22518); Diogenes, Zürich 1992.
Faust – Da steh ich nun, ich armer Tor! und *Faust und Gretchen* (Titel von den Herausgebern). Aus: *Faust.* Der Tragödie erster und zweiter Teil (detebe 20439); Diogenes, Zürich 1982.
• Von Johann Wolfgang Goethe sind im Diogenes Verlag erschienen:
Faust. Der Tragödie erster und zweiter Teil. 1982
Faust. Eine Tragödie. 1997
Gedanken und Aussprüche. 1988 ***
Gedichte I. Lieder / Balladen / Elegien / Sonette / Kantaten / Epigramme. 1982 ***
Gedichte II. Gedankenlyrik / Westöstlicher Divan. 1982 ***
Herz, mein Herz. Die schönsten Gedichte (vorm.: *Liebesgedichte*). 1984 ***
Von der Höflichkeit des Herzens und andere Gedanken. 1999 ***
Die Leiden des jungen Werther. Roman. 1986
Die Wahlverwandtschaften. Roman. 1996
• Außerdem erschienen:
Faust. Von Johann Wolfgang Goethe. In einer krassen Bear-

beitung von Eberhard Thomas Müller. Mit vielen Zeichnungen von Wilhelm Busch. 1982 ***
Unser Goethe. Ein Lesebuch. Von Eckhard Henscheid und F. W. Bernstein. 1982 ***

GOGOL NIKOLAI (Wassiljewitsch), 31.3.1809, Sorotschinzy (Ukraine) – 4.3.1852, Moskau
Die Nase. Aus dem Russischen von Sigismund von Radecki. Aus: *Meistererzählungen* (detebe 21091); Diogenes, Zürich 1984.
• Von Nikolai Gogol ist im Diogenes Verlag erschienen:
Die toten Seelen. Roman. 1977

GOTTHELF JEREMIAS, eigentlich Albert Bitzius, 4.10.1797, Murten – 22.10.1854, Lützelflüh (Bern)
Elsi, die seltsame Magd (Auszug). Aus: *Meistererzählungen* (detebe 22443); Diogenes, Zürich 1991.
• Von Jeremias Gotthelf sind im Diogenes Verlag erschienen:
Der Bauernspiegel oder Lebensgeschichte des Jeremias Gotthelf. Von ihm selbst beschrieben. 1986 ***
Elsi, die seltsame Magd. 1986
Meistererzählungen. 1991
Ausgewählte Werke und Materialien in 13 Bänden in Kassette. 1978 ***
Anne Bäbi Jowäger. Roman in zwei Bänden. 1978
Der Besenbinder von Richyswil / Barthli der Korber / Die Frau Pfarrerin / Selbstbiographie. Ausgewählte Erzählungen IV. 1978 ***
Michels Brautschau / Niggi Ju / Das Erdbeerimareili. Ausgewählte Erzählungen III. 1978 ***
Geld und Geist oder Die Versöhnung. Roman. 1978
Der Geltstag oder Die Wirtschaft nach der neuen Mode. Roman. 1978 ***
Die Käserei in der Vehfreude. Roman. 1978 ***
Käthi die Großmutter. Erzählung. 1978 ***
Die schwarze Spinne / Elsi, die seltsame Magd / Kurt von Koppigen. Ausgewählte Erzählungen II. 1978
Uli der Knecht. Eine Gabe für Dienstboten und Meisterleute. Roman. 1978
Uli der Pächter. Roman. 1978
Die Wassernot im Emmental / Wie Joggeli eine Frau sucht. Ausgewählte Erzählungen I. 1978 ***
• Außerdem erschienen:
Keller über Gotthelf. Vier Essays von Gottfried Keller. 1978 ***

GRIMM JACOB, 4.1.1785. Hanau – 20.9.1863, Berlin (Jacob) & GRIMM WILHELM, 24.2.1786 in Hanau – 16.12.1859, Berlin
Von dem Wacholderbaum. Aus: *Die schönsten Märchen der Brüder Grimm* (detebe 23485); Diogenes, Zürich 2005.
• Außerdem erschienen:
Märchen der Brüder Grimm. Illustriert von Maurice Sendak. 1974

HEBEL JOHANN PETER, 10.5.1760, Basel – 22.9.1826, Schwetzingen
Unverhofftes Wiedersehen. Aus: *Klassische deutsche Erzähler, Band I.* Von Christoph Martin Wieland bis Heinrich von Kleist (detebe 22519); Diogenes, Zürich 1992.
• Von Johann Peter Hebel ist im Diogenes Verlag erschienen:
Biblische Geschichten. Mit Illustrationen von Gustave Doré. 1989 ***

HEINE HEINRICH, eigentlich Harry Heine, 13.12.1797, Düsseldorf – 17.2.1856, Paris
Im wunderschönen Monat Mai. Aus: *Die Liebe hemmet nichts.* Die schönsten Liebesgedichte von Walther von der Vogelweide bis Gottfried Keller (detebe 22518); Diogenes, Zürich 1992.
Weltlauf, Die Wanderratten, Belsazar und *Lorelei.* Aus: *Gedichte* (detebe 20383); Diogenes, Zürich 1977.
• Von Heinrich Heine sind im Diogenes Verlag erschienen:
Deutschland. Ein Wintermärchen. 2005
Gedichte. 1977
Ich weiß nicht, was soll es bedeuten. Die schönsten Gedichte. 1983 ***
Reisebilder. 1993

HENRY O., eigentlich William Sidney Porter, 11.9.1862, Greensboro (North Carolina) – 5.6.1910, New York
Der Polizist und der Choral. Aus dem Amerikanischen von Theo Schumacher. Aus: *Meistererzählungen* (detebe 21992); Diogenes, Zürich 1991.
• Von O. Henry sind im Diogenes Verlag erschienen:
Glück, Geld und Gauner. Ausgesuchte Geschichten. 1967 ***
Der edle Gauner. Erzählungen. 1981 ***
Gesammelte Geschichten in 6 Bänden in Kassette. 1981 ***
Das Herz des Westens. Erzählungen. 1981 ***
Die klügere Jungfrau. Erzählungen. 1981 ***
Meistererzählungen. 1991
Rollende Steine. Erzählungen. 1981 ***
Streng geschäftlich. Erzählungen. 1981 ***
Wege des Schicksals. Erzählungen. 1981 ***

HUGO VICTOR, 26.2.1802, Besançon – 22.5.1885, Paris
Der Glöckner von Notre Dame. Aus dem Französischen von Philipp Wanderer. Auszug aus dem gleichnamigen Roman (detebe 21290); Diogenes, Zürich 1985.
• Von Victor Hugo sind im Diogenes Verlag erschienen:
Der Glöckner von Notre Dame. Roman. 1985
Napoleon der Kleine. Ein Pamphlet. 1991 ***
Der letzte Tag eines Verurteilten. 1984
Das Teufelsschiff. Roman. 1987 ***
Die Elenden in 5 Bänden in Kassette. 1986 ***
Fantine. Die Elenden 1. 1986 ***

Cosette.
Die Elenden II. 1986 ***
Marius.
Die Elenden III. 1986 ***
Eponine.
Die Elenden IV. 1986 ***
Jean Valjean.
Die Elenden V. 1986 ***

KAFKA FRANZ, 3.7.1883, Prag – 3.6.1924, Kierling bei Wien
Ein Bericht für eine Akademie. Aus: *Meistererzählungen* (detebe 22793); Diogenes, Zürich 1995.
• Von Franz Kafka sind im Diogenes Verlag erschienen:
Brief an den Vater. 1996 ***
Meistererzählungen. 1995
Die Verwandlung. Erzählung. 1995
• Außerdem erschienen:
Frauen in Kafkas Leben. Von Nahum N. Glatzer. 1987 ***

KELLER GOTTFRIED, 19.7.1819, Zürich – 15.7.1890, Zürich
Abendlied und *Erkenntnis.* Aus: *Gedichte / Der Apotheker von Chamonix* (detebe 20528); Diogenes, Zürich 1978.
Judith und Anna (Titel von den Herausgebern). Auszug aus dem Roman *Der grüne Heinrich* (detebe 22641); Diogenes, Zürich 1993.
• Von Gottfried Keller sind im Diogenes Verlag erschienen:
Kleider machen Leute. 1986 ***
Meistererzählungen. 1992
Ein Nest voll Glück. Die schönsten Gedichte. 1984 ***
Zürcher Ausgabe: Werke und Materialien in 9 Bänden in Kassette. 1978 ***
Gedichte / Der Apotheker von Chamonix. 1978 ***
Der grüne Heinrich. Roman. 1978
Martin Salander / Ein Bettagsmandat / Therese / Autobiographische Schriften. 1978 ***
Die Leute von Seldwyla. Erzählungen. 1993
Die Leute von Seldwyla / Zwei Kalendergeschichten. In zwei Bänden. 1978 ***
Das Sinngedicht / Sieben Legenden. 1978 ***
Züricher Novellen / Aufsätze. 1978 ***
Züricher Novellen. 1993
• Außerdem erschienen:
Über Gottfried Keller. 1978 ***
Gottfried Keller. Eine Biographie von Emil Ermatinger. 1990 ***

KLEIST HEINRICH VON, 18.10.1777, Frankfurt an der Oder – 21.11.1811, Wannsee bei Berlin
Brief an Henriette Vogel. Aus: *Tintenfaß Nr. 19* (detebe 22019); Diogenes, Zürich 1988.
• Von Heinrich von Kleist sind im Diogenes Verlag erschienen:
Sämtliche Erzählungen. 1990 ***
Die Marquise von O… 1986 ***

LESSING GOTTHOLD EPHRAIM, 22.1.1729, Kamenz (Sachsen) – 15.2.1781, Braunschweig
Auf sich selbst. Aus: *Das alte Wahre, faß es an.* Gedichte von Martin Luther bis Friedrich Nietzsche (detebe 22476); Diogenes, Zürich 1992.

Maupassant Guy de, 5.8.1850, Schloß Miromesnil (Seine-Inférieure) – 7.7.1893, Passy bei Paris
Mein Onkel Julius. Aus dem Französischen von Georg von der Vring. Aus: *Der Schmuck* und andere Erzählungen (vorm.: *Hoch zu Roß*) (detebe 22617); Diogenes, Zürich 1993.
• Von Guy de Maupassant sind im Diogenes Verlag erschienen:
Das Freudenhaus. Drei Erzählungen. 1998 ***
Das Glück und andere Erzählungen (vorm.: *Mein Freund Patience*). 1993
Das Haus Tellier und andere Erzählungen. 1983
Eine List und andere Erzählungen (vorm.: *Die kleine Roque*). 1993 ***
Mamsell Fifi und andere Erzählungen. 1963
Meistererzählungen (vorm.: *Die besten Geschichten von …*). 1977 ***
Der Schmuck. 1993

Melville Herman, 1.8.1819, New York – 28.9.1891, ebenda
Moby-Dick. Aus dem Amerikanischen von Thesi Mutzenbecher und Ernst Schnabel. Auszug aus dem gleichnamigen Roman (detebe 20385); Diogenes, Zürich 1977.
• Von Herman Melville sind im Diogenes Verlag erschienen:
Billy Budd. Novelle. 1981 ***
Meistererzählungen. 1993 ***
Moby-Dick. Roman. 1977

Molière, eigentlich Jean Baptiste Poquelin, 15.1.1622, Paris – 17.2.1673, Paris
Der Menschenfeind – Ich hasse alle und *Alceste und Célimène* (Titel von den Herausgebern). Aus dem Französischen von Hans Weigel. Aus: *Der Menschenfeind / Die erzwungene Heirat / Die gelehrten Frauen* (detebe 20203); Diogenes, Zürich 1975.
• Von Molière sind im Diogenes Verlag erschienen:
Die gelehrten Frauen. Komödie in fünf Akten. 1965 ***
Der Geizige. Komödie in fünf Akten. 1965 ***
Der Herr aus der Provinz. Eine Komödie mit Gesang und Tanz. 1964 ***
Die Schule der Frauen. Komödie in fünf Akten. 1964 ***
Tartuffe oder Der Betrüger. Komödie in fünf Akten. 1967 ***
Komödien und Materialien in 8 Bänden in Kassette. 1977 ***
Der Wirrkopf / Die lächerlichen Schwärmerinnen / Sganarell oder Der vermeintlich Betrogene. Komödien I. 1975 ***
Die Schule der Frauen / Kritik der ›Schule der Frauen‹ / Die Schule der Ehemänner. Komödien III. 1975
Tartuffe oder Der Betrüger / Der Betrogene oder George Dandin / Vorspiel in Versailles. Komödien III. 1975 ***
Don Juan oder Der steinerne Gast / Die Lästigen / Der Arzt wider Willen. Komödien IV. 1975 ***

Der Menschenfeind. Komödie in fünf Akten. 1965 ***
Der Geizige / Der Bürger als Edelmann / Der Herr aus der Provinz. Komödien VI. 1975 ***
Der eingebildete Kranke/ Die Gaunereien des Scappino. Komödien VII. 1975
• Außerdem erschien:
Über Molière. 1973 ***

MONTAIGNE MICHEL DE, eigentlich Michel Eyquem, Seigneur de Montaigne, 28.2.1533, Schloß Montaigne (Périgord) – 13.9.1592, ebenda
Ich weiß nicht einmal die Namen der wichtigsten Haushaltsgeräte (Titel von den Herausgebern). Aus dem Französischen von Hanno Helbling. Aus: *Essais.* Eine Auswahl, vorgestellt von André Gide; Diogenes, Zürich 1993.
• Von Michel de Montaigne sind im Diogenes Verlag erschienen:
Essais nebst des Verfassers Leben nach der Ausgabe von Pierre Coste, ins Deutsche übersetzt von Johann Daniel Tietz. Drei Bände in Schuber. 1992
Um recht zu leben. Aus den Essais. 1996 ***
Zum Zeitvertreib und um die Phantasie zu tummeln. Aus den Essais. 1985 ***
• Außerdem erschienen:
Über Montaigne. 1992
Michel de Montaigne. Eine Biographie von Wilhelm Weigand. 1985

MÖRIKE EDUARD, 8.9.1804, Ludwigsburg – 4.6.1875, Stuttgart
Er ists. Aus: *Was hilft das Schimpfen.* Die schönsten Gedichte (detebe 79529); Diogenes, Zürich 1984.
• Außerdem erschienen:
Mozart auf der Reise nach Prag. Novelle. 1983

MÜLLER WILHELM, 7.10.1794, Dessau – 30.9.1827, Dessau
Gute Nacht. Aus: *Die Winterreise und Die schöne Müllerin* (detebe 21932); Diogenes, Zürich 1991.

NIETZSCHE FRIEDRICH, 15.10.1844, Röcken bei Lützen – 25.8.1900, Weimar
Das trunkene Lied. Aus: *Gedichte* (detebe 22741); Diogenes, Zürich 1994.
• Von Friedrich Nietzsche sind im Diogenes Verlag erschienen:
Brevier. 1987 ***
Denken mit Friedrich Nietzsche. 2006
Gedichte. 1944
Die schönsten Gedichte. 2000
Vom Nutzen und Nachteil der Historie für das Leben. 1984

POE EDGAR ALLAN, 19.1.1809, Boston – 7.10.1849, Baltimore
Die schwarze Katze. Aus dem Englischen von Gisela Etzel. Aus: *Meistererzählungen* (vorm.: *Die besten Geschichten…*) (detebe 21721); Diogenes, Zürich 1989.
• Von Edgar Allan Poe sind im Diogenes Verlag erschienen:
Der entwendete Brief. Eine Auguste-Dupin-Geschichte. 1983 ***

Die denkwürdigen Erlebnisse des Arthur Gordon Pym. Roman. 1985
Die schwarze Katze und andere Verbrechergeschichten. 1984
Die Maske des roten Todes und andere phantastische Fahrten. 1984
Der Teufel im Glockenstuhl und andere Scherz- und Spottgeschichten. 1984
Der Untergang des Hauses Usher und andere Geschichten von Schönheit, Liebe und Wiederkunft. 1984

Puškin Aleksandr (Sergejewitsch), 26.5.1799, Moskau – 23.1.1837, St. Petersburg
Der Schuß. Aus dem Russischen von Peter Urban. Aus: *Die Erzählungen.* Herausgegeben von Peter Urban; Friedenauer Presse, Berlin 1999. Abdruck mit freundlicher Genehmigung der Friedenauer Presse, Berlin.
• Von Aleksander Puškin sind im Diogenes Verlag erschienen:
Meistererzählungen. 1987 ***

Raimund Ferdinand, 1.6.1790, Wien – 5.9.1836, Pottenstein
Das Hobellied. Aus: *Das alte Wahre, faß es an!* Gedichte von Martin Luther bis Friedrich Nietzsche (detebe 22476); Diogenes, Zürich 1992.

Sainte-Beuve Charles Augustin, 23.12.1804, Boulogne sur mer – 13.10.1869, Paris
Was ist ein Klassiker? (Auszug). Aus dem Französischen von Peter M. Schon. Aus: *Tintenfaß Nr. 20* (detebe 22020); Diogenes, Zürich 1992.

Schiller Friedrich, 10.11.1759, Marbach am Neckar – 9.5.1805, Weimar
An die Freude, Hoffnung und *Die Bürgschaft.* Aus: *Die schönsten Gedichte* (detebe 23489); Diogenes, Zürich 2005.
• Von Friedrich Schiller sind im Diogenes Verlag erschienen:
Denken mit Friedrich Schiller. 2005
Freude, schöner Götterfunken. Die schönsten Gedichte. 1984 ***
Unsterbliche Hoffnung. Eine Auswahl aus den Briefen und dem Prosawerk. 1988 ***

Schreiner Olive, 24.3.1855, Wittebergen (Kapprovinz im heutigen Südafrika) – 12.12.1920, Wynberg (Kapprovinz)
Waldos Brief (Titel von den Herausgebern). Aus dem Englischen von Elisabeth Schnack. Aus: *Geschichte einer afrikanischen Farm* (detebe 20885); Diogenes, Zürich 1981.

Shakespeare William, getauft 26.4.1564, Stratford-upon-Avon – 23.4.1616, ebenda
Hamlet – Sein oder Nichtsein und *Hamlet und Ophelia* (Titel von den Herausgebern). Aus dem Englischen von August Wilhelm Schlegel. Aus: *Romeo und Julia / Hamlet / Othello* (detebe 20631); Diogenes, Zürich 1979.
• Von William Shakespeare sind im Diogenes Verlag erschienen:
Shakespeare's Sonette. Englisch und deutsch. Übersetzt von Karl Kraus. 1977 ***

Sonette. Englisch und deutsch. Hrsg. und übersetzt von Hanno Helbling. 1994 ***
Liebessonette. Englisch und deutsch. 1999 ***
Dramatische Werke in 10 Bänden in Kassette. 1979 ***
Cymbeline / Das Wintermärchen / Der Sturm. 1979 ***
Ende gut, alles gut / Was ihr wollt / Troilus und Cressida / Maß für Maß. 1979 ***
Heinrich der Fünfte / Heinrich der Achte / Titus Andronicus. 1979 ***
Heinrich der Sechste / Richard der Dritte. 1979 ***
Julius Cäsar / Antonius und Cleopatra / Coriolanus. 1979
König Lear / Macbeth / Timon von Athen. 1979
Verlorne Liebesmüh / Die Komödie der Irrungen / Die beiden Veroneser / Der Widerspenstigen Zähmung. 1979 ***
Richard der Zweite / König Johann / Heinrich der Vierte. 1979 ***
Romeo und Julia / Hamlet / Othello. 1979
Ein Sommernachtstraum / Der Kaufmann von Venedig / Viel Lärm um nichts / Wie es euch gefällt / Die lustigen Weiber von Windsor. 1979
• Außerdem erschienen:
Shakespeare's Geschichten I. Nacherzählt von Walter E. Richartz. 1978 ***
Shakespeare's Geschichten II. Nacherzählt von Urs Widmer. 1978 ***

STENDHAL, eigentlich Henri Beyle, 23.1.1783, Grenoble – 23.3.1842, Paris
Die Kartause von Parma. Aus dem Französischen von Erwin Rieger. Auszug aus dem gleichnamigen Roman (detebe 20974); Diogenes, Zürich 1981.
• Von Stendhal sind im Diogenes Verlag erschienen:
Meistererzählungen. 1992
Werke und Materialien in 11 Bänden in Kassette. 1981 ***
Die Äbtissin von Castro. Kurzgeschichten. 1981 ***
Amiele. Romanfragment. 1981 ***
Armance. Einige Szenen aus einem Pariser Salon um das Jahr 1827. Roman. 1981 ***
Denkwürdigkeiten über Napoleon. Fragmente. 1981 ***
Eine Geldheirat. Kurzgeschichten. 1981 ***
Die Kartause von Parma. Roman. 1981
Leben des Henri Brulard. Autobiographie. 1981 ***
Über die Liebe. Essay. 1981
Lucian Leuwen. Romanfragment. 1981 ***
Rot und Schwarz. Eine Chronik des 19. Jahrhunderts. 1981
• Außerdem erschienen:
Über Stendhal. 1981 ***

STERNE LAURENCE, 24.11.1713, Clonmel (Irland) – 18.3.1768, London
Tristram Shandy. Aus dem Englischen von Rudolf Kassner. Auszug aus dem gleichnamigen Roman (detebe 20950); Diogenes, Zürich 1982.

Stevenson Robert Louis, 13.11.1850, Edinburgh – 3.12.1894, Vailima (Samoa)
Der seltsame Fall von Dr. Jekyll und Mr. Hyde. Aus dem Englischen von Marguerite und Curt Thesing. Auszug aus der Erzählung *Dr. Jekyll und Mr. Hyde* (detebe 22868); Diogenes, Zürich 1996.
• Von Robert Louis Stevenson sind im Diogenes Verlag erschienen:
Meistererzählungen. 1994
Werke in 12 Bänden in Kassette. 1979 ***
Der gefährliche Archipel. In der Südsee I. Roman (vorm.: *In der Südsee* I). 1986 ***
Catriona. Eine Fortsetzung zu ›Die Entführung‹. Roman. 1979 ***
Dr. Jekyll und Mr. Hyde und andere Geschichten (vorm.: *Der Pavillon auf den Dünen / Dr. Jekyll und Mr. Hyde*). 1990
Die Entführung. Roman. 1979 ***
Der Flaschenteufel und andere Geschichten. 1979 ***
Die Herren von Hermiston. Roman (Fragment). 1979
Der Junker von Ballantrae. Roman. 1979 ***
Der Leichenräuber und andere Geschichten. 1979 ***
Die tollen Männer und andere Geschichten. 1979 ***
Der Palast der vielen Frauen. In der Südsee II. Roman (vorm.: *In der Südsee* II). 1986 ***
Die Schatzinsel. Roman. 1979
Der Selbstmörderklub / Der Diamant des Rajahs. Geschichten. 1979 ***

Storm Theodor, 14.9.1817, Husum – 4.7.1888, Hademarschen
Oktoberlied. Aus: *Das alte Wahre, faß es an!* Gedichte von Martin Luther bis Friedrich Nietzsche (detebe 22476); Diogenes, Zürich 1992.

Swift Jonathan, 30.11.1667, Dublin – 19.10.1745, Dublin
Die Akademie. Aus dem Englischen von Franz Kottenkamp. Auszug aus dem Roman *Gullivers Reisen* (detebe 22590); Diogenes, Zürich 1993.

Tausendundeine Nacht
Wie es kam, daß Schehersad die Geschichten von Tausendundeiner Nacht erzählte (Titel von den Herausgebern). Deutsch von Max Henning und Hans W. Fischer. Auszug aus *Tausendundeine Nacht* (detebe 22745); Diogenes, Zürich 1995.

Tolstoi Leo (Nikolajewitsch), 9.9.1828, Jasnaja Poljana (Gouvernement Tula) – 20.11.1910, Astapowo (Gouvernement Kaluga)
Anna Karenina. Aus dem Russischen von Arthur Luther. Auszug aus dem gleichnamigen Roman (detebe 21371); Diogenes, Zürich 1985.
• Von Leo Tolstoi sind im Diogenes Verlag erschienen:
Anna Karenina. Roman. 1985
Auferstehung. Roman. 1993
Gesammelte Erzählungen in 6 Bänden in Kassette. 1985 ***

Die besten Geschichten von Leo Tolstoi. (später: *Meistererzählungen*). 1985 ***
Hadschi Murat und andere Erzählungen. 1985 ***
Herr und Knecht. Volkserzählungen. 1985 ***
Kindheit / Knabenjahre / Jugendzeit. Erzählungen. 1985 ***
Die Kosaken und andere Erzählungen. 1985 ***
Die Kreutzersonate und andere Erzählungen. 1985 ***
Krieg und Frieden. 4 Bände in Kassette. 1991 ***
Meistererzählungen. (vorm.: *Die besten Geschichten ...*). 1989
Der Schneesturm und andere Erzählungen. 1985 ***
Der Tod des Iwan Iljitsch. Eine Erzählung. 1983 ***
• Außerdem erschienen:
Denken mit Tolstoi. 1985 ***
Das Leben Tolstois. Von Romain Rolland. 1994 ***

TURGENJEW IWAN (SERGEJEWITSCH), 9.11.1818, Orjol – 3.9.1883, Bougival (bei Paris)
Erste Liebe (Auszug). Aus dem Russischen von Johannes von Guenther. Aus: *Meistererzählungen* (detebe 21051); Diogenes, Zürich 1983.

TWAIN MARK, eigentlich Samuel Langhorne Clemens, 30.11.1835, Florida (Missouri) – 21.4.1910, Redding (Connecticut)
Huckleberry Finns Abenteuer. Aus dem Amerikanischen von Lore Krüger. Auszug aus dem gleichnamigen Roman (detebe 21370); Diogenes, Zürich 1985.
• Von Mark Twain sind im Diogenes Verlag erschienen:
Gesammelte Werke in 5 Bänden in Kassette. 1985 ***
Adams Tagebuch / Die romantische Geschichte der Eskimomaid. Eine klassische und eine moderne Liebesgeschichte. 1983 ***
Die Arglosen im Ausland. 1990 ***
Bummel durch Europa. 1990
Durch Dick und Dünn. 1990
Der gestohlene weiße Elefant und andere Erzählungen. 1987 ***
Huckleberry Finns Abenteuer. Roman. 1985
Kannibalismus auf der Eisenbahn und andere Erzählungen. 1987 ***
Leben auf dem Mississippi. 1990 ***
Meistererzählungen (vorm.: *Die besten Geschichten von ... / Adams Tagebuch / Schöne Geschichten*). 1990
Menschenfresserei in der Eisenbahn. 1981 ***
Die Eine-Million-Pfund-Note und andere Erzählungen. 1987 ***
Die Million-Pfund-Note. Skizzen und Erzählungen. 1981 ***
Der Prinz und der Bettelknabe. Eine Erzählung für junge Menschen jeden Alters. 1987 ***
Eine Rigibesteigung. 1971 ***
Tom Sawyers Abenteuer. Roman. 1985
Ein Yankee aus Connecticut an König Artus' Hof. Roman. 1990

Uhland Ludwig, 26.4.1787, Tübingen – 13.11.1862, Tübingen
Der Wirtin Töchterlein und *Des Sängers Fluch*. Aus: *Wer reitet so spät durch Nacht und Wind.* Die schönsten deutschen Balladen von Gotthold Ephraim Lessing bis Erich Kästner (detebe 22512); Diogenes, Zürich 1992.

Verne Jules, 8.2.1828, Nantes – 24.3.1905, Amiens
Reise um den Mond. Aus dem Französischen von Ute Haffmans. Auszug aus dem gleichnamigen Roman (detebe 20243); Diogenes, Zürich 1976.
• Von Jules Verne sind im Diogenes Verlag erschienen:
Das erstaunliche Abenteuer der Expedition Barsac. Roman. 1978 ***
Die Eissphinx. Roman. 1985 ***
Die Erfindung des Verderbens. Roman. 1968
Fünf Wochen im Ballon. 1972
Die Gestrandeten. Roman in zwei Bänden. 1968 ***
Die Insel der Milliardäre. Roman. 1985 ***
Das Karpathenschloß. Roman. 1973
Die Kinder des Kapitäns Grant. Roman in zwei Bänden. 1970 ***
Der Kurier des Zaren. Michael Strogoff. Roman in zwei Bänden. 1969 ***
Die Leiden eines Chinesen in China. Roman. 1967 ***
Meistererzählungen (vorm.: *Der ewige Adam*). 1991 ***
Die fünfhundert Millionen der Begum. Roman. 1967 ***
Reise um die Erde in achtzig Tagen. Roman. 1966
Reise um den Mond. Roman. 1969
Reise zum Mittelpunkt der Erde. Roman. 1971
Robur der Eroberer. Roman. 1970 ***
Die großen Seefahrer und Entdecker. Eine Geschichte der Entdeckung der Erde im 18. und 19. Jahrhundert. 1974 ***
Von der Erde zum Mond. Direkte Fahrt in siebenundneunzig Stunden und zwanzig Minuten. Roman. 1966
Zwanzigtausend Meilen unter Meer. Roman in zwei Bänden. 1966
Zwei Jahre Ferien. Roman. 1973

Villon François, eigentlich François de Montcorbier, 31.3.(?)1431, Paris – nach 1463 verschollen
Testament. Aus dem Französischen von K.L. Ammer. Aus: *Lieder und Balladen* (detebe 21494); Diogenes, Zürich 1987.

Voltaire, eigentlich François Marie Arouet, 21.11.1694, Paris – 30.5.1778, ebenda
Candide. Aus dem Französischen von Johann Frerking. Auszug aus der gleichnamigen Erzählung (detebe 23491); Diogenes, Zürich 2005.
• Von Voltaire sind im Diogenes Verlag erschienen:
Briefe aus England. 1994

Candide. Erzählung. 2005
Denken mit Voltaire (vorm.: *Gedanken regieren die Welt)*. 2005

WALSER ROBERT, 15.4.1878, Biel – 25.12.1956, Herisau (Appenzell-Ausserrhoden)
Brief eines Dichters an einen Herrn. Aus: *Maler, Poet und Dame.* Aufsätze über Kunst und Künstler (detebe 20794); Diogenes, Zürich 1981.
• Von Robert Walser ist im Diogenes Verlag außerdem erschienen:
Der Spaziergang. Ausgewählte Geschichten. 1967

WILDE OSCAR, 16.10.1854, Dublin – 30.11.1900, Paris
Die Sphinx ohne Geheimnis (Auszug). Aus: *Sämtliche Erzählungen* sowie 35 philosophische Leitsätze zum Gebrauch für die Jugend (detebe 20985); Diogenes, Zürich 1982.
• Von Oscar Wilde sind im Diogenes Verlag erschienen:
Die Lust des Augenblicks. Aphorismen. 1999 ***
Das Bildnis des Dorian Gray. Roman. 1986
De profundis. Epistola: in carcere et vinculis sowie ›Die Ballade vom Zuchthaus zu Reading‹. 1987
Extravagante Gedanken. Eine Auswahl. 1988
Das Gespenst von Canterville. Eine materialistisch idealistische Geschichte. 1957 ***
Sämtliche Erzählungen. 1982
Der Sozialismus und die Seele des Menschen. Ein Essay. 1970

Bitte beachten Sie
auch die folgenden Seiten

Diogenes Reader

Einfach nur Geschichten

Deutschsprachige Erzähler

»Erscheint ein Buch bei Diogenes, signalisiert das fast so etwas wie ein Programm: Es ist milieusicher, spannend erzählt, unterhaltsam und sinnlich.« *Die Woche, Hamburg*

Stories

Erzähler aus aller Welt

»Ein anspruchsvolles, internationales literarisches Verlagsprogramm.« *Neue Zürcher Zeitung*

Unerhörte Begebenheiten

Klassische Geschichten und Gedichte

»Die Diogenes Taschenbuch-Klassiker: eine verdienstvolle Reihe.« *Norddeutscher Rundfunk, Hannover*

Erlesene Verbrechen

Kriminalgeschichten

»Im Diogenes Verlag wird die Crème de la crème der Krimiautoren verlegt.« *Frankfurter Allgemeine Zeitung*

Denkanstöße

Lebensweisheiten

»Die Weltliteratur ist ein bunter Garten voller guter, schöner, nachdenklicher, aufmüpfiger, witziger Gedanken und Empfindungen. Man muß die Blüten nur pflücken. Der Diogenes Verlag hat es getan.« *BuchJournal, Frankfurt*

Erlebte Geschichten

Biographisches

»Die Diogenes-Produktion wirkt auch heute noch so frisch und spontan, daß man glaubt, es mit einem ganz jungen Verlag zu tun zu haben.« *Frankfurter Allgemeine Zeitung*

Wahrscheinlich liest wieder kein Schwein

Satirisches

»Diogenes' Begriff von Literatur läßt tolles Treiben zu, wenn nur schriftstellerische Brillanz und Witz dabei zugange sind.« *Frankfurter Rundschau*

Michel de Montaigne
Essais
[Versuche]
nebst des Verfassers Leben, nach der Ausgabe von Pierre Coste ins Deutsche übersetzt von Johann Daniel Tietz

3 Bände im Schuber oder in Kassette. Diese Ausgabe bringt alle Essais, eine Biographie Montaignes, Briefe Montaignes, Etienne de la Boéties »Von der freiwilligen Dienstbarkeit«, Kritiken zu den Essais sowie ein ausführliches Personen- und Stichwortregister. Neuausgabe der 1753/54 erschienenen deutschen Erstausgabe

»Ein publizistisches Glanzstück: In einer prachtvoll ausgestatteten, typographisch vorzüglichen dreibändigen Edition legt der Diogenes Verlag Tietz' Übersetzung auf, die selbst Fachleuten kaum gegenwärtig war.«
Rainer Moritz/Rheinischer Merkur, Bonn

»Ein bezauberndes Buch sind die ›Essais‹ dieses Republikaners mit monarchistischen Neigungen, dieses Christen mit heidnischer Gesinnung, dieses Renaissance-Menschen und Humanisten mit dem mittelalterlichen Gottvertrauen, der schon die Aufklärung ankündigt. Ein großes Lese- und Lehrbuch vom richtigen Leben.« *Rolf Michaelis/Die Zeit, Hamburg*

»Diese genialen ›Versuche‹ sind frisch wie am ersten Tag.« *Gert Ueding/Die Welt, Berlin*

Honoré de Balzac im Diogenes Verlag

»All seine Bücher bilden nur ein Buch, ein lebendiges Buch, lichtvoll, tief, wo man unsere ganze zeitgenössische Zivilisation kommen und gehen und sich bewegen sieht, die Realität irgendwie gemischt mit Bestürzendem und Schrecklichem.« *Victor Hugo*

Zwei Frauen
Roman. Aus dem Französischen von Gabrielle Betz

Die Frau von dreißig Jahren
Roman. Deutsch von Erich Noether. Mit einem Nachwort von Eugen Lerch

Vater Goriot
Roman. Deutsch von Rosa Schapire. Mit einem Nachwort von W. Somerset Maugham

Junggesellenwirtschaft
Roman. Deutsch von Franz Hessel

Verlorene Illusionen
Roman. Deutsch von Otto Flake. Mit einem Nachwort von Hans-Jörg Neuschäfer

Tante Lisbeth
Roman. Deutsch von Paul Zech

Vetter Pons
Roman. Deutsch von Otto Flake

Eine dunkle Geschichte
Roman. Deutsch von Friedrich von Oppeln-Bronikowski

Mystische Geschichten
Deutsch von Franz Hessel, Else von Hollander und Emmi Hirschberg. Mit einem Nachwort von Wilhelm Dilthey

Tolldreiste Geschichten
Deutsch und mit einem Nachwort von Herbert Kühn. Mit vielen Bildern von Gustave Doré

Das Mädchen mit den Goldaugen
Erzählung. Deutsch von Victor von Koczian. Mit einem Nachwort von Stefan Zweig

Oberst Chabert
Erzählung. Deutsch von Ernst Weiss

Geliebtes Leben
Ein Brevier. Herausgegeben von Werner Fuchs-Hartmann

Balzac – Leben und Werk
Zeugnisse und Aufsätze von Victor Hugo bis Georges Simenon. Mit einem Repertorium der wichtigsten Romanfiguren. Chronik und Bibliographie. Herausgegeben von Claudia Schmölders. Erweiterte Neuausgabe 1993

Charles Dickens im Diogenes Verlag

»Die erste Bedingung für die Popularität eines Autors ist die Liebe, mit der er seine Charaktere behandelt. Deshalb sind die Figuren bei Dickens Freunde der ganzen Menschheit. Sie bilden ein vereinigendes Band zwischen den Menschen in Amerika und den Menschen in St. Petersburg.« *Leo Tolstoi*

»Die, meiner Ansicht nach, mit Abstand beste deutsche Dickens-Übersetzung ist die von Gustav Meyrink. Sie ist fast vollkommen ... Die Ausgabe müßte unbedingt wieder erreichbar gemacht werden.«
Arno Schmidt

David Copperfield
Roman. Aus dem Englischen von
Gustav Meyrink. Mit einem Essay von
W. Somerset Maugham

Oliver Twist
Roman. Deutsch von
Gustav Meyrink

Die Pickwickier
Roman. Deutsch von
Gustav Meyrink. Mit einem Nachwort von
Walter Kluge

Martin Chuzzlewit
Roman. Deutsch von
Gustav Meyrink. Mit einem Nachwort von
Jérôme von Gebsattel

Weihnachtslied
Eine Gespenstergeschichte. Deutsch von
Richard Zoozmann. Mit Zeichnungen von
Tatjana Hauptmann und einem Essay von John Irving.
Die Taschenbuchausgabe bleibt weiterhin lieferbar

Leo Tolstoi im Diogenes Verlag

»Tolstoi steht stark und fest, er hat eine Riesenautorität, und solange er lebt, wird aller schlechter Geschmack in der Literatur, alle mögliche Trivialität, ob frech oder tränenselig, wird alle struppige, zornentbrannte Eitelkeit weit und tief im Schatten stehen.«
Anton Čechov

»Nie, nicht eine Sekunde hat Leo Tolstoi feige vor dem Tragischen des Daseins das Auge gesenkt oder geschlossen, dies wachsamste, wahrhaftigste und unbestechlichste Auge unserer neueren Kunst: nichts Großartigeres darum als dieser heroische Versuch, selbst dem Unbegreifbaren noch einen bildnerischen Sinn und dem Unabwendbaren seine Wahrheit zu geben.« *Stefan Zweig*

Anna Karenina
Roman. Aus dem Russischen von Arthur Luther. Mit einem Nachwort von Egon Friedell

Auferstehung
Roman. Deutsch von Ilse Frapan
Mit einem Nachwort von Stefan Zweig

Meistererzählungen
Ausgewählt von Christian Strich
Deutsch von Arthur Luther, Erich Müller und August Scholz

Anton Čechov im Diogenes Verlag

»Er ist der subtilste Analytiker menschlicher Beziehungen. Wenn wir diese ›Geschichten über Fastnichts‹ lesen, weitet sich unser Horizont, und wir gewinnen einen erstaunlichen Sinn für die Freiheit.«
Virginia Woolf

● **Das erzählerische Werk**
Aus dem Russischen von Gerhard Dick, Wolf Düwel, Ada Knipper, Hertha von Schulz, Michael Pfeiffer und Georg Schwarz. Gesamtredaktion, Anmerkungen und Nachweise von Peter Urban

Ein unbedeutender Mensch
Erzählungen 1883–1885

Gespräch eines Betrunkenen mit einem nüchternen Teufel
Erzählungen 1886

Die Steppe
Erzählungen 1887–1888

Flattergeist
Erzählungen 1888–1892

Rothschilds Geige
Erzählungen 1893–1896

Die Dame mit dem Hündchen
Erzählungen 1897–1903

Eine langweilige Geschichte / Das Duell
Kleine Romane I

Krankenzimmer Nr. 6 / Erzählung eines Unbekannten
Kleine Romane II

Drei Jahre / Mein Leben
Kleine Romane III

Die Insel Sachalin
Reisebericht

Ein unnötiger Sieg
Frühe Novellen und Kleine Romane. Deutsch von Beate Rausch und Peter Urban. Herausgegeben, mit Anmerkungen und einem Nachwort von Peter Urban

Meistererzählungen
Ausgewählt von Franz Sutter

● **Frühe Erzählungen**
in zwei Bänden. Übersetzt und herausgegeben von Peter Urban

Er und sie
Frühe Erzählungen 1880–1885

Ende gut
Frühe Erzählungen 1886–1887

● **Gesammelte Humoresken und Satiren**
in zwei Bänden. Übersetzt und herausgegeben von Peter Urban

Das Leben in Fragen und Ausrufen
Humoresken und Satiren 1880–1884

Aus den Erinnerungen eines Idealisten
Humoresken und Satiren 1885–1892

● **Das Čechov Lesebuch**
Herausgegeben, kommentiert und mit einem Vorwort von Peter Urban